中国现代文学史稿

魏洪丘　张普安 ◎ 主编

ZHONGGUO
XIANDAI WENXUE
SHIGAO

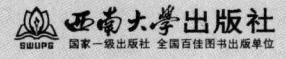

西南大学出版社
国家一级出版社　全国百佳图书出版单位

图书在版编目（CIP）数据

中国现代文学史稿 / 魏洪丘，张普安主编. — 重庆：
西南师范大学出版社，2018.8（2025.8 重印）
 ISBN 978-7-5621-9555-9

Ⅰ.①中… Ⅱ.①魏… ②张… Ⅲ.①中国文学－现代文学史－1917—1949－高等学校－教材 Ⅳ.①I209.6

中国版本图书馆 CIP 数据核字(2018) 第 182599 号

中国现代文学史稿
主编　魏洪丘　张普安

责任编辑：钟小族
装帧设计：观止堂_未氓　朱璇
排　　版：瞿勤
出版发行：西南大学出版社（原西南师范大学出版社）
地　　址：重庆市北碚区天生路2号
邮　　编：400715
电　　话：023-68254353
经　　销：全国新华书店
印　　刷：重庆市国丰印务有限责任公司
幅面尺寸：170 mm×240 mm
印　　张：25
字　　数：468千字
版　　次：2018年8月 第1版
印　　次：2025年8月 第6次印刷
书　　号：ISBN 978-7-5621-9555-9
定　　价：60.00元

目录 CONTENTS

第一编
五四统一战线的反封建文学（1917—1927）

第一章　文学史概况　3
第一节　"五四"新文化运动和文学革命　4
第二节　反对封建守旧派的斗争和新文学统一战线的分化　13
第三节　新文学社团的蜂起和流派的形成　17

第二章　文学运动的发展　21
第一节　初期白话诗运动　22
第二节　现代小说的发展　34
第三节　白话美文的风采　44
第四节　文明戏的引进　47

第三章　作家论　51
第一节　现代小说之父——鲁迅　52
第二节　现代新诗奠基人——郭沫若　77

第二编
左联时期博弈的阶级文学（1927—1937）

第一章　文学史概况　93
第一节　无产阶级文学的倡导与论争　94
第二节　中国左翼作家联盟及左翼文艺运动　98
第三节　无产阶级与资产阶级文艺派别的论争　102

第四节	抗日救亡新形势和两个口号的论争	107
第二章	**文学运动的发展**	**111**
第一节	左翼文学的应运而生	112
第二节	文学流派的成熟	117
第三节	长篇小说、大型话剧的崛起及其他	134
第四节	多彩的散文	155
第三章	**作家论**	**159**
第一节	茅盾的社会分析范式	160
第二节	老舍的文化批评视野	161
第三节	巴金的家庭情感题材	164
第四节	曹禺的现代话剧艺术	167
第五节	沈从文的边地湘西世界	169

第三编
全面抗战和解放战争时期的文学（1937—1949）

第一章	**文学史概况**	**173**
第一节	文化界抗日民族统一战线的建立	174
第二节	沦陷区和解放区、国统区及孤岛文学的形成	176
第三节	延安文艺座谈会的召开和《讲话》的发表	184
第二章	**文学运动的发展**	**189**
第一节	解放区：民族化大众化的文学追求	190
第二节	国统区：多元的文学流向	198
第三节	沦陷区：个性各异的文学构成	216
第三章	**作家论**	**225**
第一节	赵树理：农村现实问题的持续关注	226
第二节	艾青：土地与太阳的深情歌手	230

第四编
现实主义为主潮的社会主义文学（1949—1976）

第一章　文学史概况　237
　第一节　文学体制的建立　238
　第二节　文学秩序的规范　242
　第三节　文艺政策的调整　246

第二章　文学运动的发展　249
　第一节　诗歌的当代形态　250
　第二节　革命现实主义小说的曲折发展　257
　第三节　散文的复兴与戏剧的繁荣　273

第三章　作家论　293
　第一节　当代农村的写实与想象——柳青　294
　第二节　农民革命斗争的史诗追求——梁斌　297
　第三节　知识分子题材的言说方式——杨沫　299
　第四节　旧时代生活的浮世绘——老舍　302

第五编
美学形态多样化的新时期文学（1976—2000）

第一章　文学史概况　311
　第一节　文学的"新时期"　312
　第二节　现实主义的回归和演变　314
　第三节　文学现代化的追求与探索　316
　第四节　文学界的分化与多元文化格局的形成　319

第二章　文学运动的发展　321
　第一节　诗歌创作的变革与创新　322
　第二节　反思历史与介入现实　329
　第三节　"人"的探索与小说艺术实验　336
　第四节　多元并存的文学景观　351
　第五节　散文、戏剧的不同境遇　358

第三章　作家论　377
第一节　从"高密东北乡"走向世界——莫言　378
第二节　百变"蝴蝶"的探索与创新——王蒙　380
第三节　从暴力叙事到苦难讲述——余华　383
第四节　女性生存境遇的执着叩问——张洁　385
后记　389

第一编

五四统一战线的反封建文学

(1917—1927)

第一章 文学史概况

【章目要览】

中国现代文学起始于"五四"新文化运动和"五四"文学革命。在新文化运动的推动下,文学革命应运而生。从胡适的《文学改良刍议》、陈独秀的《文学革命论》到钱玄同、刘半农的响应,再到李大钊的《什么是新文学》对马克思主义的宣传,文学革命经历了指导思想的转变。文学革命的开展曾遭到封建守旧派的阻挠,因此,新文学阵营与林纾、学衡派、甲寅派进行了激烈的斗争,最终取得了胜利。而成员思想观念的差异,又导致了新文学阵营的分化。这个阶段,文学运动的实绩是文学社团的蜂起、现代文学流派的初步形成和新文学创作的兴起。

【重点提示】

新文化运动和文学革命的关系;文学革命倡导、发生、发展的大致过程;"五四"新文学社团(文学研究会、创造社、新月社);新文学阵营与封建守旧派的斗争;十月革命对新文化运动的影响;文学革命向革命文学的发展。

【拓展阅读】

1. 魏洪丘.也谈"五四"文学革命的指导思想.文艺研究,1984(4).
2. 曾小逸.走向世界文学——中国现代作家与外国文学.长沙:湖南人民出版社,1985.
3. 陈国恩.20世纪中国文学与中外文化.武汉:长江文艺出版社,2004.
4. 严家炎.二十世纪中国文学史.北京:高等教育出版社,2010.
5. 钱理群,温儒敏,吴福辉.中国现代文学三十年(修订本).北京:北京大学出版社,1998.

第一节 "五四"新文化运动和文学革命

一、"五四"新文化运动

中国现代文学的产生，是中国传统文化、思想和社会政治发生伟大历史转折在文学领域的反映。1919 年，中国爆发的彻底的反帝反封建的"五四"爱国运动，便是这一伟大历史转折的标志。"五四"前后，在历史潮流的不断冲击下，中国几千年来的传统封建文化体系开始瓦解，一个崭新的民族自觉、走向世界的新文化体系正在建立。以"五四"为分界石，中国革命的性质发生了质的变化，由旧民主主义进入新民主主义的新阶段。可以说，"五四"运动从根本上改变了中国革命的面貌，开辟了革命历史的新纪元。

1. 产生的历史条件与背景

"五四"运动的发生绝不是偶然的。"五四"前夜特定的社会历史现实为新文化运动的产生准备了条件。从 19 世纪中叶起，中国传统文化就受到西方文化的挑战。长期以来，中西文化的碰撞使中国人不断地调整着自己的宇宙观、价值观。鸦片战争时期，帝国主义的大炮打开了中国封建社会闭关自守的大门。此后，列强的政治、经济和军事入侵，粉碎了文明古国中人们妄自尊大的迷梦，摧毁了封建传统文化在中国的统治地位。中国人的自尊心、自信心和自豪感受到了伤害，千百年来儒家"安分守己"的传统所掩饰着的专制主义、蒙昧主义受到了嘲弄。西方文化以其鲜明的异质性，给人们提供了与中国传统文化截然不同的宇宙观、价值观和行为规范。文艺复兴以来的西方各种思潮在中国广泛传播，使中国人越来越认识到自己的不足，传统的观念和既定的准则必须重新审视。他们积极向西方寻找新思想，以"西学"作为衡量改革的标准。19 世纪末出现的学校与科举之争，新学与旧学之争，西学与中学之争，就是中西文化碰撞的产物。从闭关锁国、盲目排外到开放交流、向西方学习，从逆来顺受、安分守己到叛逆反抗、积极进取，这就是 19 世纪末以来在外来文化影响下中国人文化心理演变的轨迹。

在西方文化的影响下，中国资产阶级思想革命的浪潮接连不断地兴起。1898 年，资产阶级改良派便掀起了一场维新变法运动，以康有为、梁启超为代表的维新派大力主张改革政治机构，实行君主立宪，批评封建专制主义。资产阶级思想家严复也积极宣传资产阶级民主思想，鼓吹以西方国家为榜样，改变中国的政治制度。他翻译的赫胥黎的《天演论》产生过较大的影响。这本宣扬进化论学说的书，从"物竞天择""弱肉强食、适者生存"的自然规律出发，阐释了人类社会的发展规律。严复认为，中国如果不自强，就要遭到列强的欺侮，以至于灭亡。辛亥革命时期，以孙中山为首的资产阶级革命派力求实现资产阶级共和的理想。他们推翻了清朝专制统治，建立了资产阶级民主共和国，并希望以"平均地权"来防止贫富分化。但由于资产阶级的软弱性，他们的目标没有实现。在帝国主义和封建势力的反击下，中华民国很快就只剩下了一个空名，大地主大买办的代表人物袁世凯篡夺了中国人民经过长期努力而争得的革命果实。辛亥革命虽然失败了，但在思想领域，它却余波未息，为新的思想革命高潮的到来做了准备。

辛亥革命以后，帝国主义支持下的军阀重新走上专制道路，中国社会仍处于黑暗腐败之中。袁世凯上台后就下令解散国会，宣布废除《临时约法》，最后竟置全国人民的反对于不顾，企图恢复帝制。为了实现自己的皇帝梦，他极力讨好帝国主义，乞求他们的支持，竟与日本签订了灭亡中国的"二十一条"。逆历史潮流而动的窃国大盗最终没有得到好下场，但是，袁世凯死后中国又出现了军阀混战的局面。正如毛泽东所指出的："帝国主义和国内买办豪绅阶级支持着的各派新旧军阀，从民国元年以来，相互间进行着连续不断的战争，这是半殖民地中国的特征之一。"在军阀割据、战争频繁的状况下，人民背井离乡，致使田园荒芜，农村经济破产。帝国主义趁机加紧对中国的侵略，在中国开办工厂、银行，榨取中国人民的血汗，掠夺中国人民的资源和财富。同时，大量洋货在中国市场上倾销，中国的民族工业受到严重威胁，濒临倒闭。

更为严重的是，面对中华民族的危难，在中国文化和思想界却出现了一股由奴化思想和复古思潮所形成的逆流。一时间，孔教会、孔道会、尊孔会等反动组织纷纷出笼，复古尊孔的活动甚嚣尘上。封建余孽们叫嚷要发扬国粹，维护国俗，定孔教为国教。他们鼓吹"欲中国之不亡，必自至诚至敬尊孔子为教主始"，大搞尊孔读经。一些改良派也推波助澜，大有"黑云压城城欲摧"之势。

受西方新思潮影响的先进知识分子目睹封建军阀的倒行逆施和帝国主义的侵略掠夺，体验到旧文化旧思想对民族意识觉醒的严重阻碍，他们深感中华民族已经到了生死存亡的危急关头。为了改变现实，唤起民众，拯救祖国和民族，他们不得不起来反对旧的传统文化，宣传"科学"和"民主"的精神。因此，一场彻底反帝反封建的文化运动便应运而生了。

2. 标志与内容

我国新文化运动先后经历了两个不同的历史时期。毛泽东在《新民主主义论》中就曾指出："在中国文化战线或思想战线上，'五四'以前和'五四'以后，构成了两个不同的历史时期。""在'五四'以前，中国的新文化，是旧民主主义性质的文化，属于世界资产阶级的资本主义的文化的一部分。在'五四'以后，中国的新文化却是新民主主义性质的文化，属于世界无产阶级的社会主义的文化革命的一部分。"[①]

《新青年》的创刊标志着思想启蒙运动的开始。"五四"以前的新文化运动属于资产阶级思想启蒙运动。在西方新思潮的影响下，一批先进的知识分子以挽救民族危亡为目的，开展了宣传新思想、反对旧传统的思想启蒙工作。1915年9月，他们在上海创办了《新青年》（第一卷名为《青年杂志》）。《新青年》创刊后，首先提出了"自主的而非奴隶的""进步的而非保守的""进取的而非退隐的""世界的而非锁国的""实利的而非虚文的""科学的而非想象的"六点主张，高扬"科学"和"民主"两面大旗，向封建势力展开了全面进攻。他们把西方的民主、自由、平等、博爱作为近世文明的精华向人们宣传，对几千年来被当作神圣不可侵犯的封建道德和传统观念进行了猛烈抨击。在思想启蒙运动中，他们以西方资本主义政治为楷模，把人道主义作为思想武器，主张实现民主政治和人格独立。他们反对旧思想旧道德，表现为对中国古老文化体系的反省，并把伦理的革命提到一个相当的高度。

新文化运动主将之一陈独秀就明确指出："吾人果欲于政治上采用共和立宪制，复欲伦理上保守纲常阶级制，以收新旧调和之效，自家冲撞，此绝对不可能之事。盖共和立宪制，以独立、平等、自由为原则，与纲常阶级制绝对不可相容之，存其一必废其一。"他称"吾人最后觉悟之最后觉悟"乃是"伦理之觉悟"。[②]李大钊也著文指出："掊击孔子，非掊击孔子之本身，乃掊击孔子为历代君王所雕塑之偶像之权威也"，"乃掊击专制政治之灵魂也"。他号召青年"冲决过去历史之网罗，破坏陈腐学说之囹圄，勿令僵尸枯骨，束缚现在活泼泼地之我，进而纵现在青春之我，扑杀过去青春之我。"[③]在他们的率领下，新文化阵营开展了轰轰烈烈的"打倒孔家店"的运动，并同尊孔复古派进行了坚决的斗争。启蒙思想运动追求人格独立，要求个性自由，冲击了中国几千年来的封建传统和伦理道德观念，在反对封建主义的斗争中，曾

---

① 毛泽东.毛泽东选集（合订一卷本）.北京：人民出版社，1964.
② 陈独秀.吾人最后之觉悟.青年杂志，1916年1卷6号.
③ 李大钊.自然的伦理观与孔子.甲寅，1917（3）.

经起了振聋发聩的作用。

"五四"后的新文化运动属于无产阶级的共产主义思想运动。1917年以后，马克思主义开始影响中国的思想启蒙运动，动摇了思想启蒙运动的资产阶级文化思想根基。许多激进的民主主义者开始朝着共产主义的方向转化。1918年7月，李大钊在《言治》季刊上发表了《法俄革命之比较观》，最早论述了十月革命与18世纪法国资产阶级革命的根本区别。他指出："俄罗斯之革命，非独俄罗斯人心变动之显兆，实二十世纪全世界人类普遍心理变动之显兆"，并预言："二十世纪初叶以后之文明，必将起绝大之变动，其萌芽即茁发于今日俄国革命血潮之中。"[①] 1919年12月，陈独秀在《新青年》7卷1号发表的《本志宣言》中也说："我们相信世界上的军国主义和金力主义，已经造了无穷罪恶，现在是应该抛弃的了"，"我们主张的是民众运动社会改造，和过去及现在的各派政党，绝对断绝关系。"[②] 这表明在十月社会主义革命的影响下，中国一批具有初步共产主义思想的知识分子开始成长起来了。他们接受并开始宣传马克思主义。十月革命"帮助了中国的先进分子，用无产阶级的宇宙观作为观察国家命运的工具，重新考虑自己的问题。走俄国人的路——这就是结论"。[③] 马克思主义的传播也标志着"五四"新文化运动进入了一个崭新的历史阶段。1918年，李大钊、鲁迅、钱玄同、刘半农、胡适等先后参加了《新青年》的编辑工作。这时以《新青年》为核心，实际上已经形成了新文化运动的统一战线，它团结了具有初步共产主义思想的知识分子、革命的小资产阶级积极分子和资产阶级知识分子等反封建的人们，向封建主义展开了激烈的斗争，使新文化运动的声势得到进一步扩大。李大钊等人还在北京创立了"马克思主义研究会"，开始用马克思主义的观点指导中国新文化运动的实践。李大钊先后发表了《庶民的胜利》《布尔什维克的胜利》《我的马克思主义观》等宣传马克思主义的著名论著。在"五四"运动的推动下，宣传新文化的刊物也大量涌现，如《每周评论》《国民》《新潮》《湘江评论》《少年中国》等，有力地配合了当时的斗争。

"五四"以后，马克思主义哲学和科学社会主义越来越深入人心，在新文化运动中逐渐占据了主导地位。在马克思主义的指导下，"五四"新文化运动终于由初期的思想启蒙发展为一次广泛的马克思主义思想运动。

---

① 李大钊.法俄革命之比较观.言治，1918（3）.
② 陈独秀.本志宣言.新青年，1919年7卷1号.
③ 毛泽东.毛泽东选集（第4卷）.北京：人民出版社，1991.

"五四"前后的这场中国历史上空前的新文化运动,无论对于中国革命还是世界革命都具有十分重大的意义。它的开放性显示出沉睡了几千年的中华民族终于觉醒过来了,她必将以自己的崭新姿态走向世界,独立于世界民族之林。它彻底反帝反封建的性质,使它成为中国革命历史发展的分水岭,表明中国革命由旧民主主义向新民主主义转变。

二、"五四"文学革命

1. 文学革命前的基本情况

作为新文化运动的组成部分,伴随着新文化运动的发展,文学领域的革命也方兴未艾。它从小到大、由弱到强地发生着飞速的变化,也经历着性质上的根本转变。

在"五四"新文化运动爆发之前,中国近代进步文学成为文学革命的先导,与封建文学传统进行了针锋相对的斗争。晚清以来的桐城派、宋诗派作为封建正统文化的代表,一直在文坛上居统治地位。桐城派主张"古文义法",他们从维护封建统治出发,要求诗文的指归在于载儒家之道,代圣贤立言,束缚了文辞的自由表达,限文辞于理学的框子之内。在清王朝兴盛时期,桐城派被视为文坛正宗,"义法"也成了钦定学说。宋诗派则主张"学"与"诗"的结合,要求诗文必须以学问考据为途径,到经籍、史学中寻找题材。后来的同光体派也承袭了宋诗派的衣钵,追求诗文创作的"生涩奥衍",讲求用僻典、深典和造拗句的"真实本领"。桐城派与宋诗派等的共同点,在于引导文学创作脱离现实生活,束缚和限制诗文的自由创作与发展,为封建统治服务。

针对封建道统、文统在文学领域的肆虐,龚自珍、魏源和后来的黄遵宪、梁启超等人都进行了斗争。龚自珍、魏源等提出了"变"与"逆"的理论:"自古及今,法无不变,势无不积,事例无不变迁","逆则生,顺则夭矣;逆则圣,顺则狂矣"[①]。他们提倡经世致用,主张诗文与现实相结合,直抒胸臆,表现个性。太平天国运动也提出过"文以纪实""不须古典之言"的文学改革主张。黄遵宪、梁启超则提出"适用于今、通行于俗"和"言文合一"。他们提倡的新文体是"平易畅达,时杂以俚语、韵语及外国语法,纵笔所至不检束","欲令天下之农工商贾妇女幼稚,皆能通文字之用"[②]的新文辞。他们倡导"诗界革命""小说界革命",黄遵宪提出了"以我手写吾口"的诗体改革主张,他的《杂诗》写道:"我手写我口,古岂能拘牵!即今

---

① 魏源. 魏源集. 北京:中华书局,1975.
② 黄遵宪. 日本国志. 上海:上海古籍出版社,2001.

流俗语，我若登简编。五千年后人，惊为古斓斑。"他的《人境庐诗草》就有民歌、山歌风。梁启超的《论小说与群治之关系》一文则是"小说界革命"的源头。他说："故今日欲改良群治，必自小说界革命始。"他把过去认为"不登大雅之堂"的小说，抬高到"文学之最上乘"，强调小说强大的社会功用。这就是近代小说兴起与发展的原因。

近代翻译文学的兴起，传达了西方进步思想与艺术，促进了东西方文化的交流，如"林译小说"就是突出的例子。林纾翻译的《巴黎茶花女遗事》《黑奴吁天录》等，就对中国文学带来巨大的影响。郭沫若就曾说过他也深受"林译小说"的影响。所以说，晚清以来的进步文学是"五四"文学革命的先导。近代进步文学的改革主张，为"五四"文学革命的产生做了必要的准备。

但是，近代进步文学又有着不可克服的局限。它没有从根本上否定整个封建社会制度和封建文化，只是从改良的角度要求文学变新，其倡导的内容基本上停留在理论探讨上，因而不可能也没有形成广泛的文学运动，在辛亥革命失败后便销声匿迹了，充斥于文坛的是封建主义残余和资本主义庸俗情调相混杂的半封建半殖民地文学。

近代曾经起过一定进步作用的揭露官场腐败的"谴责小说"，这时堕落为"黑幕小说"。宣传新思想的文明戏这时也"商业化"，沦为充满低级趣味的小市民谐剧。一些带有封建色彩的文学思潮，严重阻碍着人们现代意识的觉醒，这必然引起新文学阵营的反对和斗争。如鸳鸯蝴蝶派的代表人物徐枕亚，被视为其代表作的《玉梨魂》，就宣扬"发乎情而止乎礼"，歌颂封建伦理道德。他们专写才子佳人的言情小说、武侠小说甚至色情小说，却盛行于世。文学领域反帝反封建的伟大使命，便历史地落到了"五四"文学革命的肩上。

启蒙思想运动开始后，文学领域就出现了改革现状的努力。鲁迅较早开始介绍近代欧洲的物质文明和进步文艺思想，1903年至1907年，他先后写了《文化偏至论》《摩罗诗力说》等著名文章。1909年又翻译了《域外小说集》。《新青年》也积极介绍西方文艺思潮，发表了《现代欧洲文艺史谭》等文章。李大钊曾预言："新文明之诞生，必有新文艺为之先声。"[①]1917年十月革命的胜利，则给了中国人民以极大的鼓舞。

2. 文学革命：理论倡导及其指导思想的转变

（1）胡适的《文学改良刍议》发表

1917年1月，胡适在《新青年》上发表了《文学改良刍议》，提出了文学改良的"八事"："一曰须言之有物，二曰不模仿古人，三曰须讲求文法，四曰不作无病之呻吟，

---

① 李大钊."晨钟"之使命.晨钟（创刊号），1916.

五曰务去烂调套语，六曰不用典，七曰不讲对仗，八曰不避俗字俗语。"胡适的"八事"针对旧文学的拟古毛病，明确主张用白话文代替文言文，开了白话文学运动的风气。胡适的主张多从形式入手，但也涉及文学的内容。他提出"言之有物"，反对"文以载道"，要求文学表现主观情感和思想。他强调文学的进化，指出"一时代有一时代之文学"，"今日之中国，当选今日之文学"，必须摆脱师古、拟古的奴性，"实写今日社会之情状"，才是真正的文学。他主张文学要表现积极进取之精神，不作"牢骚之音，感喟之文"，不作"徒为妇人醇酒丧气失意之诗文"。当然，胡适是从改良出发，更多着眼于形式，缺乏革命的气势和战斗气概，但客观上毕竟为文学革命打了头阵。正如陈独秀后来所说："文学革命之气运，酝酿已非一日。其首举义旗之急先锋，则为吾友胡适。"从近代新文体的提倡到胡适的《文学改良刍议》，无疑是进了一大步。

（2）陈独秀发表《文学革命论》

真正"高揭文学革命的旗帜"的是陈独秀。他于1917年2月在《新青年》上发表《文学革命论》，第一次打出"文学革命"的旗号。在《文学革命论》中，他提出了全面否定封建文学的"三大主义"："（一）推倒雕琢的阿谀的贵族文学，建设平易的抒情的国民文学；（二）推倒陈腐的铺张的古典文学，建设新鲜的立诚的写实文学；（三）推倒迂腐的艰涩的山林文学，建设明了的通俗的社会文学。"陈独秀鲜明地从政治思想、艺术思想和社会思想等方面提出了以民主主义反对封建主义的战斗纲领。他指出："盘踞吾人精神界根深底固之伦理、道德、文学、艺术诸端，莫不黑幕层张，垢污深积"，"今欲革新政治，势不得不革新盘踞于运用此政治者精神界之文学"，公开把文学革命与政治革命联系起来，反对封建文学，主张文学要独立自尊，以抒情写实反映宇宙、人生、社会，并且表示了"愿拖四十二生的大炮，为之前驱"的决心。《文学革命论》表现出一种激进的革命精神，从总体上批判了封建文学，提出了新文学的建设目标，把当时的文学改良运动推向了一个新高潮。

（3）钱玄同、刘半农等的响应

"文学革命"的主张提出后，立即得到进步知识分子的响应。首先起来的是钱玄同。他在《新青年》上发表了给陈独秀的公开信，并为文学革命明确了"桐城谬种"和"选学妖孽"两个具体打击目标。他不仅提倡白话，而且带头实践，提出"我们既然绝对主张用白话体做文章，则自己在《新青年》里面做的，便应该渐渐的改用白话"。在他的倡议下，《新青年》从4卷1号起便完全用白话。以"文学革命第四者"自居的是刘半农。他发表了《我之文学改良观》等论文，提出白话文应该吸收文言文的优点，还从语言学的角度对白话文提出了许多建议，如破旧韵造新韵、分段、加新式标点符号等。

为了扩大文学革命的宣传，他们在《新青年》上发表"双簧信"，用自树靶子自己打的方式，引起社会广泛的关注。钱玄同化名"王敬轩"写信给《新青年》，反对和攻击新文学和白话文，然后再由刘半农逐一加以批驳。这事被传为"五四"文学革命的美谈。

（4）李大钊的《什么是新文学》发表

1919年12月，李大钊发表了《什么是新文学》。他在文中指出："光是用白话作的文章，算不得新文学；光是介绍点新学说、新事实，叙述点新人物，罗列点新名词，也算不得新文学。"只有以"宏深的思想、学理，坚信的主义，优美的文艺，博爱的精神"为土壤、根基，铲除了"科举的、商贾的旧毒新毒"的文学，才是新文学。在这里，他把"宏深的思想学理""坚信的主义"排在前列，非常明确地把马克思主义作为指导，完成了由资产阶级文化思想指导向无产阶级文化思想指导的转变。李大钊的文学主张体现了马克思主义在文学领域的广泛而深刻的影响，说明无产阶级文化思想对新文学运动的指导已经开始明确化了。可以肯定，这个转变是在十月革命后，转变的条件则是马克思主义的传播。文学革命的发展导致了文学观念的质变。

随着马克思主义的传播，中国革命的面貌发生了根本变化，新文化运动和文学革命更受到了直接影响。有了马克思主义这一决定性因素，文学革命发生了由旧民主主义到新民主主义的质的飞跃。

1918年5月，《狂人日记》的发表，成为真正的新文学作品诞生的标志，它有力地"显示了文学革命的实绩"。此后，鲁迅一发而不可收，先后完成了《呐喊》《彷徨》的创作，为新文学发展树立了历史丰碑。鲁迅的创作成就表明文学革命已从破坏开始走向真正的创造，从初期的尝试迈入具有强大威慑力的境地。在鲁迅的影响下，广大革命民主主义作家以彻底的革命精神积极投入文化和思想革命的斗争，新文学创作出现了崭新的局面。新潮社的新小说很快便取得了较大成绩，汪敬熙的《雪夜》《砍柴的女儿》，杨振声的《渔家》《玉君》，叶绍钧的《这也是一个人》《低能儿》，俞平伯的《花匠》等，都以崭新的姿态出现在文坛上。这时，冰心的《斯人独憔悴》、郭沫若的《牧羊哀话》也较早地表现了反帝爱国的思想。白话新诗的创作则有了较大的改观，胡适的《尝试集》、康白情的《草儿》、俞平伯的《冬夜》、刘半农的《扬鞭集》、刘大白的《旧梦》等的再版，显示了新诗在最初尝试的基础上取得了长足的进步。白话散文也打破了"美文"只能用文言创作的陈腐观念，出现多种形式的小品、随笔、杂感、短论，还有新创的通讯报告，如瞿秋白的《饿乡纪程》《赤都心史》。

话剧也开始进入戏剧舞台。

　　"五四"文学革命从根本上动摇了封建文化的根基，为新文学运动开辟了道路，对当时的思想革命是一个极大的鼓舞。但是，这些文学革命的倡导大多停留在理论的探讨上，没有出现大批真正有力的创作。

> **思考练习**
>
> 1. 名词解释：双簧信
> 2. 怎样理解近代文学与"五四"文学革命的历史联系？
> 3. 简述并评价"五四"文学革命理论倡导的过程及其指导思想的转变。
> 4. 简述"五四"文学革命的意义与局限。

第二节　反对封建守旧派的斗争和新文学统一战线的分化

一、反对封建守旧派的斗争

1. 与林纾等的斗争

在新的历史条件下，文学革命的影响不断扩大和深入了。文学的语言形式呈现出大解放的趋势。白话创作越来越多，已经超出了纯文学的范畴。它不仅取代了文言的地位，而且形成了席卷一切之势。据统计，仅 1919 年，白话报刊就超出四百种，北洋军阀政府也不得不承认白话为"国语"。这时，文学革命突破了知识分子的范围而走上社会，出现了不可阻挡的良好势头。

封建复古派深感末日的来临，开始起来"拼我残年极力卫道"。刘师培、黄侃针对新文化创办了《国故》月刊，标榜"昌明中国固有之学术"，公然宣传旧文化。林纾写了《论古文之不当废》，极力维护文言文的正宗地位。胡适对此做了有力的批驳："林先生为古文大家，而其论'古文不当废'，乃不能道其所以然，则古文之当废也，不亦既明且显耶？"林纾后来又接连抛出《论古文白话之相消长》《致蔡鹤卿书》，矛头指向北大校长蔡元培，责备北大"必覆孔孟，铲伦常为快"，"若尽废古书，行用土语为文字，则都下引车卖浆之徒所操之语，按之皆有文法"，"据此则凡京津之稗贩，均可用为教授矣？"这些言论遭到新文学战线的联合反击。林纾后来又发表了影射小说《荆生》《妖梦》。正如李大钊在《新旧思潮之激战》中指出的，林纾之流"总是隐在大家的背后，想抱着那位伟丈夫的大腿"，就是说那些对文学革命的倡导者进行影射谩骂和人身攻击的人，幻想中国能出现一个"伟丈夫"，镇压新文学运动。

林纾等人公开复古，与新文学阵营正面对垒，这就导致了新旧思潮的激战。新文化阵营对复古派的反扑进行了有力的反击，李大钊的《新旧思潮之激战》、蔡元培的《答林君琴南函》、鲁迅的《随感录五十七·现在的屠杀者》便是其中出色的篇章。通过这些较量，复古派的封建本质被揭露无遗，他们的阴谋很快就破产了。相反，新思潮却得到更广泛的传播，新文化运动的声势进一步扩大。

2. 与"学衡派"的斗争

所谓"学衡派"，是由南京东南大学梅光迪、胡先骕、吴宓等为首的守旧知识分子。他们都曾留学欧美，又长期接受过封建文化教育，自我标榜"学贯中西"，"昌明国粹，融化新知",对新旧文学最有发言权,其实他们骨子里是封建守旧。

1922年1月,他们办了名为《学衡》的刊物,"学衡"即进行新旧文学之比较。他们鼓吹新文学是"专取外国吐弃之余屑""专取一家之邪说",反对以白话代替文言。鲁迅和许多新文学阵营的成员参加了这场论战。例如鲁迅的《估〈学衡〉》、茅盾的《文学界的反动运动》等。著名的《估〈学衡〉》一文,针对"学衡派"大言不惭的特点,着重揭露其"学贯中西"的假面。他们所谓的"学贯中西"其实是"不学无术"。鲁迅列举了《学衡》杂志上许多文句不通以及书名都出现逻辑错误的事例,而后不无讥讽地指出:"诸公掊击新文化而张皇旧学问,倘不自相矛盾,倒也不失其为一种主张。可惜的是于旧学并无门径,并主张也还不配。倘使字句未通的人也算是国粹的知己,则国粹更要惭惶煞人!衡了一顿,仅仅衡出了自己的铢两来,于新文化无伤,于国粹也差得远。"茅盾的《文学界的反动运动》一文中揭穿了他们自相矛盾的反动面孔,捍卫了新文学运动的初步成果。

和林纾等人不同,"学衡派"是在封建守旧派公开复古遭遇失败后,采用披着西方资产阶级文化外衣,迂回包抄、改头换面的封建守旧。他们比林纾等人更加具有欺骗性、迷惑性。在新文化阵营发动的强大攻势下,"学衡派"无力招架,很快败下阵来。

3. 与"甲寅派"的斗争

"甲寅派"以封建军阀政府的司法总长兼教育总长章士钊为代表,这是一个顽固而富有权势的封建守旧派人物。1925年是旧历的甲寅年,章士钊将1914年5月创刊于日本东京但早已停刊的《甲寅》月刊改为周刊在北京复刊。《甲寅》周刊的封面图案是一只黄斑老虎,因为章士钊有权势,镇压白话文运动来势汹汹,人们称其为"新文化运动和新文学运动的拦路虎"。章士钊利用职权,强令小学以上学校尊孔读经,禁止学生用白话作文。他在自己的《评新文化运动》《评新文学运动》中,直接毁谤白话文:"盖作白话而欲其美,其事之难,难如登天。"

《甲寅》周刊的御用性和反动性是很明显的,但它权势大,有令行禁止之能。新文化阵营动员了几乎全部力量,全面迎击,撰写了许多批驳文章。鲁迅发表了一批战斗力极强的杂文,如《答KS君》《十四年的读经》《再来一次》等。郁达夫的《咒〈甲寅〉十四号〈评新文学运动〉》、徐志摩的《守旧与"玩"旧》等,也从不同角度揭露了"甲寅派"复古倒退的本质。

鲁迅谴责章士钊所作文言文"文字庞杂,有如泥浆混着沙砾一样",甚至连成语也弄不清楚,并且辛辣地讽刺道:"倘说这是复古运动的代表,那可是只见得复古派的可怜,不过以此当作讣闻,公布文言文的气绝罢了。"①

"甲寅派"是新文化运动、新文学运动的拦路虎,在封建守旧越来越不得人心的情况下,借助权势孤注一掷,是封建守旧派的最后挣扎。当然,光凭新文学阵营的批驳,是不可能将章士钊赶下台的。在北洋军阀政府垮台后,章士钊躲进了天津的租界。为此,鲁迅还写下著名杂文《论"费厄泼赖"应该缓行》,高扬起"痛打落水狗"的精神。

二、新文学统一战线的分化

在同守旧派反复较量的同时,新文学阵营内部也经历了分化和组合。一大批文学青年投到新文学的旗帜下,壮大了统一战线的队伍。马克思主义的广泛传播和深入宣传提高了这支队伍的政治素质,较早参加到统一战线中的大多数人都随着时代步伐不断前进。但是,也有人落伍、颓唐,退出了统一战线,甚至站到反动方面去了。曾被称为"只手打倒孔家店的英雄"的吴虞,在"五四"文学革命中打过几次硬仗的刘半农、钱玄同等,在"五四"运动高潮过去不久后,或隐身乡里不问国家大事,或出洋留学,或钻入故纸堆中,或在政治上趋向反动。

在新文化统一战线中,胡适作为资产阶级知识分子的代表,所走的道路更具有代表性。1919年7月,胡适在《每周评论》上发表《多研究些问题,少谈些主义》,挑起"问题与主义"之争。胡适在文章中攻击和诬蔑宣传马克思主义"是没有什么用处的空谈",说这是鹦鹉、留声机都能做的事。他提出,应多研究些具体问题,少谈"好听"的主义,还说要对社会问题做"根本解决",乃是"自欺欺人的梦话"。李大钊等发起了反驳。这是新文学阵营中的革命派与改良派、马克思主义者与实用主义者分化的开始。

受到批评后,胡适不但没有改变,还于1920年写信给《新青年》编辑部,反对该刊宣传马克思主义,甚至要该刊改变编辑方针,不谈政治。遭到反对后,胡适和《新青年》同人遂告分裂,于1922年和钱玄同另办《努力周报》,接连发表文章鼓吹"好政府"主义与"联省自治",美化帝国主义和军阀政府。

在此之前的1919年12月,胡适在《新青年》上发表《"新思潮"的意义》一文,用"研究问题,输入学理,整理国故,再造文明"十六个字概括"五四"新文化运动的基本内容,主张"对待旧文化的态度""是用科学的方法做整理的功夫"。1923年以后,他竟大张旗鼓地提倡起"整理国故"来,其目的是诱导青年"踱进研究室",

---

① 鲁迅.鲁迅全集(3).北京:人民文学出版社,1981.

"闭门读书"，不问政治，并在为青年学生开列的近200部的读书目录中，把宣传封建主义的书籍列入其中。胡适对青年学生的错误导向很快引起进步思想界和新文学阵营的关注。鲁迅写了《青年必读书》一文，针对胡适等人造成的读古书的风气，他诚恳地告诫青年学生："我以为要少——或者竟不——看中国书，看外国书。"邓中夏的《〈努力周报〉的功罪》、成仿吾的《国学运动的我见》、恽代英的《青年与偶像》等文，也揭露了胡适政治上的堕落，指出"整理国故"口号的消极作用。

1924年，胡适支持陈源、徐志摩等人创办《现代评论》杂志，围绕"五卅"惨案和"三一八"事件为帝国主义、封建军阀辩护，百般诬蔑人民群众的革命要求，鲁迅等与之作了持久而激烈的斗争。鲁迅写了大量文笔犀利的杂文，剥下了他们貌似公允平和的假面具。1925年，胡适出席段祺瑞召开的反动"善后会议"，并开始担任中华文化教育基金会董事会"名誉秘书"，彻底站到了帝国主义、买办资产阶级那一边去了。

新文学统一战线的分化正如鲁迅后来总结的那样："因为终极目的的不同，在行进时，也时时有人退伍，有人落荒，有人颓唐，有人叛变，然而只要无碍于进行，则愈到后来，这队伍也就愈成为纯粹、精锐的队伍了。"[①]

思考练习

1. 名词解释：学衡派 甲寅派
2. 简述"五四"新文学统一战线的分化原因及过程。

[①] 鲁迅.鲁迅全集（4）.北京：人民文学出版社，1981.

第三节　新文学社团的蜂起和流派的形成

　　这一时期，外国进步文学的翻译介绍也有了很大的发展。在"五四"以前，文言译介具有一定的历史功绩，林译小说、鲁迅等的《域外小说集》等就向人们提供了了解世界文学的窗口。1918年以后，白话译介的规模和影响逐步扩大。《新青年》出过"易卜生专号"。一些世界文学名著如莎士比亚的《罗密欧与朱丽叶》、歌德的《少年维特之烦恼》和《浮士德》、司汤达的《红与黑》、托尔斯泰的《安娜·卡列尼娜》等被陆续介绍给中国读者。中国现代早期作家没有一个不受外国新思潮和进步文学影响的。正如鲁迅所说："现在的新文艺是外来的新兴的潮流。"① 外国文学对中国现代文学的影响之大，超过了中国历史上任何时期。

　　"五四"文学革命揭开了中国现代文学的序幕。它以崭新的内容和形式开拓了中国文学的新路。它破旧立新，引导中国文学走向世界，使中国文学进入了一个全新的历史发展时期。从这个意义上讲，"五四"文学革命是中国文学继往开来的创新阶段，是中国新民主主义文学的良好开端。

一、新文学社团的蜂起

　　1921年起，新文学社团纷纷成立，到1925年，大大小小不下百余个，几乎遍布全国大中城市。茅盾形容它们就像"尼罗河水大泛滥"。②

　　新文学社团的蜂起，原因之一是社会时代的要求，激烈动荡的社会要求得到迅速、及时、大量的反映。文学社团的成立，最主要的目的就在于发展文学创作。办刊物、搞创作，就能够迅速、及时地反映社会生活。原因之二在于当时形成了坚实的社会的基础。经受了"五四"新思潮冲击的知识分子，在"五四"退潮后倾向于选择文学来倾吐内心的苦闷。成立文学社团、发表文学作品最适合作者抒发内心的思想情感，表现时代的苦闷。原因之三则是文学发展的规律所决定的：初期文学革命理论的倡导、文学的尝试必然发展为大规模的文学创作。

　　"五四"运动以后，国内形势继续激烈动荡，帝国主义卷土重来，封建军阀内战频繁。经受了"五四"新文化运动冲击的广大知识分子，越来越多地选择用文学来表

---

① 鲁迅. 鲁迅全集（8）. 北京：人民文学出版社，1981.
② 茅盾. 中国新文学大系导言集. 天津：天津人民出版社，2009.

现自己的理想和要求，倾吐内心的忧虑与苦闷，这就促使新文学运动有了急剧的发展，其显著的表现就是新文学社团的大量涌现。新文学社团的蜂起，不仅结束了文学革命时期以个人为主体的奋斗局面，而且为文学创作流派的产生奠定了坚实的基础。

1. 文学研究会

1921年1月，由郑振铎、沈雁冰、叶绍钧、许地山、王统照、耿济之、郭绍虞等发起，后来冰心、朱自清、庐隐、鲁彦等人加入，在北京成立了文学研究会。他们以《小说月报》《文学旬刊》《诗》月刊等为阵地，努力倡导"为人生"的文学。文学研究会成员多、分布广，除北京、上海外，在广州、宁波、郑州等地还有分会。他们的文学观念可以概括为："将文艺当作高兴时的游戏或失意时的消遣的时候，现在已经过去了"，"文学应该反映社会的现象，表现并讨论一些有关人生一般的问题"。这个社团的作家具有强烈的社会责任感和历史使命感，人们称其为"为人生"派和现实主义流派。他们的活动与成绩，主要有"问题小说""乡土小说"的创作、外国进步文学的译介、与鸳鸯蝴蝶派的斗争，等等。

2. 创造社

1921年7月，郭沫若、郁达夫、田汉、成仿吾、郑伯奇、张资平等中国留日学生在日本东京成立了创造社，后有冯乃超、李初梨、彭康、朱镜我等人加入。先后创办了《创造》季刊、《创造日》《洪水》和《文化批判》等刊物。他们受西方唯美主义的影响，尊重自我，崇天才、重神会，讲求文学的"全"和"美"。他们的宗旨是："我们所同的，只是本着我们内心的要求，从事于文艺的活动罢了。"他们本着"内心的要求"，用文学表现自我，同时又重视文学对于时代的使命。人们称其为"为艺术"派和浪漫主义流派。这个社团前期倡导浪漫主义文学，集中于浪漫主义诗歌、小说的创作，后期倡导革命文学，热衷于"普罗文学"的宣传。

3. 新月社

1923年在北京成立的新月社，成员有闻一多、徐志摩、胡适、梁实秋、饶孟侃、林徽因、陈梦家、孙大雨等，他们多为留学欧美的知识分子，受西方资产阶级文艺思想的影响，主张"艺术美的至高无上"，"艺术不是为人生的，人生倒是为艺术的"，"绝对的写实便是艺术的破产"，提倡反写实运动。因此，人们称他们是"为艺术而艺术"派。他们先后办了《晨报副刊·诗镌》和《新月》月刊，长期进行新诗艺术的探讨。新月社早期艺术思想的领导者闻一多，从新诗艺术改革的角度提出了"新格律诗"的主张——"音乐美、绘画美、建筑美"。社团的前期活动主要是对新格律诗的倡导，创作倾向于反封建；但由于闻一多先生的退隐，社团在徐志摩的带领下，后期转向反对普罗文学运动，提倡"人性论"，成了革命文学的对立面。

4. 其他社团

这一时期，大小不同、各有特色的新文学社团不断涌现。如，1922年在杭州成立的由应修人、潘漠华、冯雪峰和汪静之组织的湖畔诗社，他们专事情诗的创作，出版了《湖畔》诗集，以诗来讴歌友谊与爱情；1922年在上海成立，由欧阳予倩、沈雁冰、郑振铎等发起的民众戏剧社，致力于戏剧的改革与研究，出版了《戏剧》周刊；1924年在北京成立，由鲁迅、孙伏园、钱玄同、章川岛等组成的语丝社，以文学从事社会批评和文化批评，创造了"泼辣幽默"的语丝文体；1924年于北京成立，在鲁迅的支持下由韦素园、李霁野、台静农、曹靖华、高长虹等组成的未名社，出版了《未名丛刊》和《乌合丛书》，翻译介绍了不少外国（特别是苏俄）进步文学作品；1924年在上海成立，后迁至北京，由杨晦、陈炜谟、陈翔鹤、冯至等组成的浅草—沉钟社，创办了《浅草》《沉钟》等刊物，是众多文学团体中"最坚韧、最诚实，挣扎得最久的"；1927年在上海成立，由田汉、欧阳予倩、周信芳等组织的南国社，出版《南国月刊》，创办文艺学院，开展演剧活动，是我国现代话剧运动的前驱。此外，还有胡山源等组成的弥洒社，高长虹等组织的狂飙社，以及后来陈白尘、赵铭彝、郑君里等组织的摩登社，等等。新文学社团的出现推动了文学运动的迅猛发展，促使创作队伍扩大，锻炼和造就了大批有希望的青年作家，并形成了由文学研究会和创造社为代表的现实主义、浪漫主义两种基本创作倾向，体现出新文学创作已朝着成熟的方向迈开了坚实的步伐。

二、流派的形成

1. 以文学研究会为代表的现实主义流派

文学创作关切现实，描绘人们熟悉的人和事，以描摹世态人情为主，在叙述中夹以议论；借助客观形象对腐败污浊的社会进行无情的抨击，呈现出的风格是稳健、冷静、态度严峻。

2. 以创造社为代表的浪漫主义流派

文学创作注重表现自我，强调作家自我的内心要求，浓厚的主观抒情，不是把感情和态度渗透在对现实的描绘和剖析中，而是直抒胸臆，呈现出的风格是热烈、奔放、激情横溢。

3. 现代主义的萌芽

借鉴西方现代派的艺术，注重艺术表现技巧、手法和形式的创新；常挖掘和表现人的潜意识，快速的节奏，蒙太奇式的跳跃，听觉、视觉、嗅觉的客观化、对象化，感觉、梦幻、意象的重叠变化，呈现出的风格是怪诞、晦涩、意味朦胧。

思考练习

1. 名词解释：文学研究会 创造社 新月社
2. 简述新月派的诗歌格律主张。

第二章

文学运动的发展

【章目要览】

在"五四"文学革命的倡导下,新文学创作蓬勃发展。第一个十年中,首当其冲的是白话诗运动。胡适的《尝试集》是时代的产物,具有开创之功;产生较大影响的沈尹默、刘半农、刘大白、康白情等,是新诗改革的先驱;狂飙突进开一代诗风的郭沫若,被称为自由体诗的第一高峰;追求新诗艺术改革的闻一多、徐志摩,开辟了新格律诗的蹊径;冰心、湖畔诗人的小诗,晶莹剔透、回味悠长。冰心、许地山、叶圣陶等的问题小说,鲁彦、许钦文、蹇先艾等的乡土小说,是"五四"小说的主流。朱自清、冰心的白话美文,彰显出时代的风采。田汉、欧阳予倩的创作为新兴的话剧增添了光彩。

【重点提示】

"五四"白话诗运动及《尝试集》;"五四"时期文学创作的类型:问题小说、乡土小说、自叙小说、寄托小说;自由体诗;美文;文明戏;爱美剧;社团作家的现实主义、浪漫主义思潮的形成。

【拓展阅读】

1. 祝宽.五四新诗史.西安:陕西师范大学出版社,1987.

2. 陆耀东.二十年代中国各流派诗人论.北京:中国社会科学出版社,1985.

3. 孙玉石.中国初期象征派诗歌研究.北京:北京大学出版社,1983.

4. 陈继会.文化视角中的"五四"乡土小说.文艺研究,1989(5).

5. 许子东.郁达夫新论.杭州:浙江文艺出版社,1984.

6. 俞元桂等.中国现代散文十六家综论.上海:华东师范大学出版社,1989.

7. 陈白尘,董健.中国现代戏剧史稿.北京:中国戏剧出版社,1989.

8. 施建伟.中国现代文学流派论.西安:陕西人民出版社,1986.

第一节　初期白话诗运动

中国是一个诗的国度,从《诗经》开始,就有源远流长的诗的传统。诗歌自古以来就是文学的正宗,"五四"新文学运动把诗歌改革放在首要地位。诗歌改革是"五四"文学革命的先锋。对旧的艺术的不满,对新的艺术的追求,是诗歌发展的内部规律。白话诗运动的产生,正是文学自身发展规律的产物。

一、初期白话诗运动

1. 胡适(1891—1962)的《尝试集》

胡适,字适之,安徽绩溪人。封建官僚家庭出身,是"五四"新文化运动的骨干,资产阶级文学的代表人物。曾在美国留学,入哥伦比亚大学,受教于杜威门下。他发表了文学革命的理论文章《文学改良刍议》,而且是第一个写新诗的人。他自称是"文学的实验主义"。他有意用白话突破旧体诗的格律,显示了对新诗的探索。他最早的尝试是1916年在《新青年》上发表新诗。后来,他将1916年到1920年所作的新诗结集为《尝试集》出版,这是中国现代文学史上的第一部新诗集。胡适曾得到新文学阵营的支持,有人说康白情为他改诗;鲁迅、俞平伯为他删诗;钱玄同为他写序;陈独秀、杨杏佛与他论诗。由此可见,《尝试集》可以说是时代的产物。

胡适的代表作如《蝴蝶》(原名《朋友》):"两个黄蝴蝶,双双飞上天。不知为什么,一个忽飞还。剩下那一个,孤单怪可怜。也无心上天,天上太孤单。"受意象派的影响,借意象来抒发自己的情感(一说写实,因朋友要回国,自己觉得孤独寂寞;一说是因主张文学革命,得不到支持的孤寂感)。又如《人力车夫》:"'车子!车子!'/车来如飞。/客看车夫,忽然心中酸悲。客问车夫:'你今年几岁?拉车拉了多少时?'/车夫答客:'今年十六,拉过三年车了,你老别多疑。'/客告车夫:'你年纪太小,我不坐你车。我坐你车,心中惨凄。'/车夫告客:'我半日没有生意,又寒又饥。你老的好心肠,饱不了我的饿肚皮。我年纪小拉车,警察还不管,你老又是谁?'/客人点头上车,说'拉到内务部西!'"他为打破旧体诗的格律而走向散文化,也透露了底层社会的不幸,表现了资产阶级人道主义的同情和怜悯。朱自清称赞道:"这也是时代精神之一,至今还为新诗特色之一。"

还有《威权》:"威权坐在山顶上,/指挥一班铁索锁着的奴隶替他开矿。/他说:'你们谁敢倔强?／我要把你们怎么样就怎么样!'／ 奴隶们做了一万年的工,头颈上的铁索渐渐的磨断了。／他们说:'等到铁索断时,／我们要造反了!'／ 奴隶们同心合力,／一锄一锄的掘到山脚底。／山脚底挖空了,／威权倒撞下来,活活的跌死!(八年六月十一夜。是夜陈独秀在北京被捕;半夜后,某报馆电话来,说日本东京有大罢工举动。)"这是对反动统治者的反抗叛逆之声,其中的乐观、自信和愤愤不平,达到了胡适诗作中思想的极限。胡适称,这是他"新诗进化的最高一步"①。

胡适的诗歌留下了新诗开拓者的足迹,但他的白话诗尝试,艺术上还是比较粗糙的。人们喻其为"放脚体",即仍然含有旧诗的痕迹。

2. 沈尹默(1883—1971)的诗

沈尹默,中国现代书法家。祖籍浙江吴兴,出生于陕西兴安。曾留学日本,1907年回国,在杭州高等学校等学校任教。后来受蔡元培的邀请,在北京大学任教。他积极支持文学革命,是陈独秀的得力助手。"北社"选编《新诗年选》的编者评论称:"胡适的所谓新诗,当时还不成什么体裁","第一首散文诗,而具备新诗美德的是沈尹默的《月夜》"。其诗作散见于《新青年》,未出过专集。在白话诗运动中,他的诗作产生过比较大的影响,有开拓性的贡献。

沈尹默的代表作如《月夜》:"霜风呼呼地吹着,／月光明明的照着。／我和一株顶高的树并排立着,／却没有靠着。"人们称这是现代最早的象征诗。从时代的个性解放精神角度看,它体现了个性论者的独立而不依附于别人的精神特征。另如《人力车夫》:"日光淡淡,白云悠悠,风吹薄冰,河水不流。／出门去,雇人力车。街上行人,往来很多;车马纷纷,不知干些甚么?／人力车上人,个个穿棉衣,个个袖手坐,还觉风吹来,身上冷不过。／车夫单衣已破,他却汗珠儿颗颗往下堕。"诗歌以鲜明的对照,揭露旧社会的贫富不均,慨叹人间的不平,表现了对劳动人民的同情。无论思想或艺术,都大大超过了胡适的《人力车夫》。

他的《三弦》:"中午时候,火一样的太阳,没法去遮拦,让他直晒在长街上。静悄悄少人行路,只有悠悠风来,吹动路旁杨树。／谁家破大门里,半院子绿茸茸细草,都浮着闪闪的金光。旁边有一段低低土墙,挡住了个弹三弦的人,却不能隔断那三弦鼓荡的声浪。／门外坐着一个穿破衣裳的老年人,双手抱着头,他不声不响。"他采用寓情于景、侧面烘托等艺术手法,借助于视觉、听觉形象,描绘了一幅富有浓郁诗意的图画。画面由远到近,由淡到浓,层层推进。晦暗凄凉的人间景色,暗示了社会

---

① 胡适.尝试集(增订四版).上海:上海亚东图书馆,1922.

的衰败,人生的悲惨痛苦,流露了诗人对现实的不满。还有双声叠韵字词的运用,读来抑扬顿挫,如同听到三弦的鼓荡,具有音韵美。

3. 刘半农(1891—1934)的《扬鞭集》《瓦釜集》

刘半农,名复,字半农。江苏江阴人,出身于一个贫苦的塾师家庭。少年时天资聪敏,读了不少古书,能够吟诗作对。因不满社会的黑暗,曾经参加革命军,投身于辛亥革命。但军队中的旧习气又使他离开了军队,到上海闯荡。他曾任《中华日报》和中华书局的编辑。《新青年》创刊后,他认识了陈独秀,便加入了新文学阵营,投入新文学运动。

他的《我之文学改良观》、与钱玄同的"双簧信"产生了非常大的影响。他的诗歌创作也是非常突出的,是新诗的三位开拓者(胡适、刘半农、沈尹默)之一。由于他的诗歌较为集中地反映了下层劳动人民的疾苦,同时,又汲取了民歌的养料,具有民歌的特色,所以得到了"平民诗人"的美誉。他的创作集为《扬鞭集》,而收集整理的江阴民歌集为《瓦釜集》。

鲁迅的《忆刘半农君》就曾写道:"……是《新青年》里的一个战士。他活泼、勇敢,很打了几次大仗。……我愿以愤火照出他的战绩,免使一群陷沙鬼将他先前的光荣和死尸一同拖入烂泥的深渊。"[①] 他的代表作如《相隔一层纸》:"屋子里拢着炉火,／老爷吩咐开窗买水果,／说'天气不冷火太热,／别任它烤坏了我。'／ 屋子外躺着一个叫花子,／咬紧了牙齿对着北风喊'要死'！／可怜屋外与屋里,／相隔只有一张薄纸！"诗作揭露黑暗社会中贫富不均的现象,鲜明地表现了对社会的不满、对劳动人民的同情,语言朴实自然。另如《教我如何不想她》:"天上飘着些微云,／地上吹着些微风。／啊！／微风吹动了我的头发,教我如何不想她？／／月光恋爱着海洋,／海洋恋爱着月光。／啊！／这般蜜也似的银夜,／教我如何不想她？／／水面落花慢慢流,／水底鱼儿慢慢游。／啊！／燕子你说些什么话？／教我如何不想她？／／枯树在冷风里摇,／野火在暮色中烧。／啊！／西天还有些儿残霞,／教我如何不想她？"看似爱情诗、怀人诗,其实是思念故土的爱国诗篇。四节诗分别通过白天、黑夜、暮春、深冬的不同场景,反复咏叹对祖国的思念。诗情画意中跳动着赤子之心。感情真挚深沉,音韵和谐,节奏优美,回环往复,有很强的艺术感染力。后经赵元任谱曲,成为传世的抒情经典歌曲。

[①] 鲁迅.鲁迅全集(7).北京:人民文学出版社,1981.

4. 刘大白（1880—1932）的《旧梦》《邮吻》

刘大白，原姓金，辛亥革命后改姓刘，名靖裔，字大白，别号白屋。浙江绍兴人。出身于书香门第，古文底蕴深厚。早年有一定的爱国主义、民主主义思想，曾经参加孙中山领导的同盟会。二次革命后逃亡日本，1916年回国。"五四"时期，他在浙江第一师范学校任教。他积极投入新文化运动，把文言文称为"鬼话文"，把白话文称为"人话文"。

《旧梦》是他"五四"时期的诗作合集，收入了他1923年以前的作品。这些作品和刘半农的作品相仿，属于现实主义之作，表达对社会下层的劳苦大众的同情，有积极的思想内容，也借鉴了民间歌谣的艺术特点。诗集中的《卖布谣》其一："嫂嫂织布，／哥哥卖布。／卖布买米，有饭落肚。／／嫂嫂织布，／哥哥卖布。弟弟裤破，／没布补裤。／／嫂嫂织布，／哥哥卖布。／是谁买布，前村财主。／／土布粗，／洋布细。／洋布便宜，／财主欢喜。土布没人要，／饿倒哥哥嫂嫂。"其二："布机轧轧，／雄鸡哑哑。／布长夜短，／心乱如麻。／／四更落机，／五更赶路；／空肚出门，／上城卖布。／／上城卖布，／城门难过。／放过洋货，／捺住土货。／没钱完捐，／夺布充公。夺布犹可，／押人太凶！饶我饶我，／拘留所里坐坐。"诗歌反映了在帝国主义的经济侵略下，旧中国城乡市场洋货充斥，农村手工业纷纷破产；加上贪官污吏、地主豪绅的敲诈剥削、巧取豪夺，农村社会民不聊生。诗作有着强烈的反帝反封建色彩。作品采用歌谣方式，句式整齐，语言通俗晓畅，节奏鲜明和谐。另如《田主来》："一声田主来，／爸爸眉头皱不开。／一声田主到，／妈妈心头毕剥跳。爸爸忙扫地，／妈妈忙上灶：／／'米在桶，酒在坛，鱼在盆，肉在篮；／照例要租鸡，／没有怎么办？——／本来预备两只鸡，／一只被贼偷，一只遭狗咬；／另买又没钱，真真不得了！——／阿二来！／和你商量好不好？外婆给你那只老婆鸡，／养到三年也太老，／不如借给我，／明年还你一只雄鸡能报晓！'妈妈泪一揩，／阿二唇一翘：／／'譬如贼偷和狗咬，／凭他楦得大肚饱。／别说什么借和还，／雄鸡雌鸡都不要。勤的饿，惰的饱，／世间哪里有公道！辛苦种得一年田，／田主偏来当债讨。大斗重秤十足一，／额外浮收还说少。／更添阿二一只鸡，／也不值得再计较！贼是暗地偷，狗是背地咬，／都是乘人不见到。／怎象财主凶得很，／明吞面抢真强盗！'妈妈手乱摇：／'阿二别懊恼！小心田主听见了，／明年田脚都难保！'"诗作描写佃户在田主上门收租逼债时的惊慌、恐惧，揭露了地主阶级对农民残酷的经济剥削，反映了农村中尖锐的阶级斗争。作品学习民间歌谣中的叙事手法，选材典型，描写细致，接近口语，尤其是借孩子的口对封建地主进行了愤怒的控诉，产生了较强的艺术效果。

5. 康白情（1898—1945）的《草儿》

康白情，字洪章，四川安岳人。他出生于贫苦农民家庭。1917年考入北京大学，参加了新潮社和少年中国学会，曾担任《少年中国》月刊的首届编辑副主任，成为"五四"时期的活跃人物。他的诗作不少，1922年3月结集为《草儿》出版。

他的代表作是《草儿》："草儿在前，/鞭儿在后。/那喘吁吁的耕牛，/正担着犁鸢，/眙着白眼，/带水拖泥，/在那里'一东二冬'地走着。//'呼——呼……'/'牛咃，你不要叹气，/快犁快犁，/我把草儿给你。'//'呼——呼……'/'牛咃，快犁快犁。/你还要叹气，/我把鞭儿抽你。'//牛呵！人呵！草儿在前，/鞭儿在后。"诗人以写实的手法，描绘了一幅《农耕图》。朱自清称他"以写景胜"。写牛，实际上是写人。诗歌揭示了旧中国广大农民的悲惨命运，反动统治者对广大农民实施软硬兼施的统治手段，把农民推向苦难的深渊。农民吃的是"草"，受的却是鞭挞之苦。又如《和平的春里》："遍江北的野色都绿了。/柳也绿了。/麦子也绿了。/细草也绿了。/水也绿了。/鸭尾巴也绿了。/茅屋盖上也绿了。/穷人的饿眼儿也绿了。/和平的春里远燃着几团野火。"题目是"春"，却并未让人感受到春意的温暖。穷人饿得眼睛发绿，形象地说明了他们在饥饿线上挣扎的悲惨命运。诗句逐层深入，一步一步揭示主题。

二、新格律诗

1. 闻一多（1899—1946）的《红烛》《死水》

闻一多，原名家骅，又名亦多。湖北浠水人。新月社早期的积极活动者和艺术思想的主要领导者，又是新格律诗的主要倡导者。他出身于书香门第，从小受到良好的文化教育，爱好古典诗词和美术，尤其受晚唐李商隐的影响更大。他1913年考入清华学校，1922年到美国留学，学习了3年的绘画、文学、戏剧。他深受唯美主义思想的影响，渴求美的诗境，但"现实生活时时刻刻把我从诗境拉到尘境来"。在国外受到的民族歧视，国内军阀的罪恶统治，都激起他强烈的爱国主义热情。

1922年赴美留学前后，他写了不少新诗，后结集为《红烛》，1923年9月由泰东图书局出版。诗集中相当部分的诗是在美国创作的爱国思乡之作，也有一些充满感伤情绪的抒怀诗。一方面，表现对理想的追求、对祖国的热爱、对未来的坚定信念，展示自己反抗、斗争、不惜牺牲的高尚情操；一方面，却又在痛苦地回顾，流露出悲伤哀怨的消沉情绪。

《红烛》以红烛自喻，显示了矛盾的二重性（既心火发光、创造光明，又灰心流泪、莫问收获）；《忆菊》则赞美"祖国的花"，赞美"如花的祖国"，表达海外赤子的乡恋，横溢的炽情化作千姿百态的秋菊，缤纷的花雨中幻现了壮丽灿烂的祖国。闻一多自称，《忆菊》"具有最繁缛的作风，义山济慈的影响都在这里"。① 在艺术的道路上，他并不满足于仅仅追求自由的新诗；对于只要自由而忽略诗的艺术的做法，更不赞同。他认为诗歌应该有诗歌的艺术规律，提出了"三美"（音乐美、绘画美、建筑美）。这种新体式即新格律诗。

1925年，闻一多回国，看到了祖国的千疮百孔，看到了人民的悲惨命运，也受到了大革命风暴的激荡。他开始创作新格律诗，并出版了第二部诗集《死水》。这部诗集中的作品大多创作于第一次大革命前后，记录了一个爱国的知识分子在大革命时代的思想感情。相对《红烛》而言，它标志着诗人已跨入成年时期。诗作无论内容还是艺术形式，都走向独创性的成熟。虽然这时他未满三十，却有了更多的忧虑，对祖国的命运、人民的疾苦有了更多的关心。在艺术形式的创造上，他有了很大的发展，尤其是新格律诗的探索已经卓有成效。代表作《死水》以"一沟绝望的死水"象征腐朽丑恶的旧中国，倾泻了自己对反动统治者的无比愤怒和强烈诅咒，表现了他忧国忧民的爱国主义情怀。诗作也显示了他对新格律诗的成功探索，诗形严谨，诗节整饬，光怪陆离的丑恶图画，美丑相对的强烈反衬，四个音尺构成的沉重而有规律的节奏，使诗歌具有独特的美。闻一多自称："这首诗是我第一次在音节上最满意的试验。"

又如《一句话》："有一句话说出就是祸，／有一句话能点得着火。／别看五千年没有说破，／你猜得透火山的缄默？／突然青天里一个霹雳／爆一声：'咱们的中国！'／／这话教我今天怎样说？／你不信铁树开花也可，／那么有一句话你听着：／等火山忍不住了缄默，／不要发抖，伸舌头，顿脚，／等到青天里一个霹雳／爆一声：／'咱们的中国！'"这是震撼中华、激动人心的预言。面对烽烟弥漫、支离破碎的旧中国，诗人痛心、震惊，但爱国的真挚情感，却又使他执着地渴望并坚信：中国一定会新生！诗作情感蕴藉深厚，如火山爆发，以比拟、夸张、反问、暗示等手法，给人"于无声处听惊雷"之感。

闻一多在给臧克家的信里曾说："我只觉得自己是座没有爆发的火山，火烧得我痛。⋯⋯炸开禁锢我的地壳，从而放射出光和热。"② 后来，在革命浪潮的推动下，

---

① 闻一多. 闻一多全集（12）. 武汉：湖北人民出版社，1993.

② 闻一多. 闻一多全集（12）. 武汉：湖北人民出版社，1993.

他最终走上了人民民主革命的道路，站在了斗争的前列，最终被国民党反动派暗杀。毛泽东也赞誉"闻一多拍案而起，横眉怒对国民党的手枪，宁可倒下去，不愿屈服。……表现了我们民族的英雄气概。"

2. 徐志摩（1896—1931）的诗

徐志摩，原名章垿，字槱森。浙江海宁人。出身于资本家兼封建官僚地主家庭。父亲徐申如是当地的商会会长。徐志摩从小生活优裕，受到良好的文化教育。在北京大学读完大学后，父亲把他送到美国，先后在克拉克大学学习银行学、哥伦比亚大学学习政治学。1920年又到英国的剑桥大学学习。所以，他深受西方唯美主义的影响。1922年回国，先后在北京、上海等地的大学任教。

徐志摩是"五四"以后有较大影响的诗人之一，新月派的主要成员和艺术思想的指导者，是中国现代资产阶级文学的代表人物。茅盾曾经称他是中国的"布尔乔亚"的"开山"，同时又是"末代的诗人"[①]。他是一个很复杂的诗人。他以资产阶级的眼光看待中国社会，对中国的封建专制统治不满，也从人道主义的角度同情社会底层劳动人民的悲惨遭遇。然而，他更多地赞美富人的善心与博爱，沉溺于流萤与花香的自由，表现理想不能实现时的怅惘、悲哀。

徐志摩的思想和创作以1928年初主编《新月》月刊为界，分为前期和后期。

前期，他表现出积极向上的反封建倾向，站在资产阶级的立场反对封建主义，追求光明，谴责军阀统治的罪恶，同情社会下层的劳动人民。诗作由自由体的白话新诗向新格律诗发展。

代表作如《为要寻一个明星》："我骑着一匹拐腿的瞎马，／向着黑夜里加鞭；——／向着黑夜里加鞭，／我骑着一匹拐腿的瞎马。／／我冲入这黑绵绵的昏夜，／为要寻一颗明星：——／为要寻一颗明星，／我冲入这黑茫茫的荒野。／／累坏了，累坏了我胯下的牲口，／那明星还不出现；——／那明星还不出现，／累坏了，累坏了马鞍上的身手。／／这回天上透出了水晶似的光明，／荒野里倒着一只牲口，／黑夜里躺着一具尸首。——／这回天上透出了水晶似的光明。"对黑暗社会的厌倦，使他为寻找光明而不断加鞭，表现了不见光明不停息的姿态。他的资产阶级立场决定了他的短视，迷惘而不知光明所在。面对强大的封建势力，他悲观失望，对未来既抱有幻想，又有看不到光明的悲哀。他的《雪花的快乐》描写雪花欢快地在半空中飞舞，追求着自己的理想境界。它生动地展现了诗人对自由、爱和美的追求，构思新颖，意境优美，节奏轻快，呈现出

[①] 茅盾．茅盾论中国现代作家作品．北京：北京大学出版社，1980．

浓郁的诗情画意。

后期,即"四一二"反革命政变之后,资产阶级文人纷纷倒向反动政权。徐志摩也急遽右转,率领新月派站到了革命的对立面。《新月》月刊创刊后,他高举"人性论"的旗帜,与左翼文学运动对垒。他后期的诗作多是充满颓废色彩的绝望的哀歌,如《生活》:"阴沉,黑暗,毒蛇似的蜿蜒,/生活逼成了一条甬道:/一度陷入,你只可向前,/手扪索着冷壁的粘潮,//在妖魔的脏腑内挣扎,/头顶不见一线的天光,/这魂魄,在恐怖的压迫下,/除了消灭更有什么愿望?"感觉人生进入了死胡同,弥漫着颓废与绝望。

代表他艺术成就的,是那些并无明显社会内容的抒情诗,如《再别康桥》《沙扬娜拉》等。徐志摩自称《再别康桥》是"从性灵暖处来的诗句"[①],诗作表现对母校的赞美与留恋,有意识地压抑心中感情的波澜,艺术上是新格律诗的典范之作,轻盈的节奏、美妙的形象、规律而有变化的诗形,很好地体现了闻一多的诗歌三美理论。《沙扬娜拉》是对日本女郎道别时美妙形态的艺术写照。诗行蕴藏着温情的激流,眷念化作绵绵的旋律,曲终人不见,但余韵悠长。徐志摩的诗章法整饬,音调铿锵,词句绚丽多彩,形式富于变化,在艺术上有着较好的借鉴价值。

三、小诗

所谓小诗,是指1921年前后开始风靡诗坛的一种诗歌体式。这种即兴创作的短小精悍的诗歌,多以三五行为一首,表现作者刹那间的感悟和情趣,蕴含深刻的哲理与思想情感。这种诗歌注重意境的追求,含蓄凝练,易引发人们的联想。小诗在中国实际上是古已有之,《诗经》中的国风、唐诗中的绝句、宋词中的小令等,就有这样的特点。20世纪以来,外来文化的影响,国外诗歌体式的引进,也对小诗的诞生起了引导和推动的作用。印度诗人、诺贝尔文学奖获得者泰戈尔的《飞鸟集》,郑振铎也将其翻译了过来。冰心就深有体会地说,她正是用《飞鸟集》的形式来收集自己"零碎的思想"。小诗的出现说明新诗领域正致力于新诗形式多样化的改革与探索,新诗的艺术正向着越来越广阔的道路发展演变。小诗创作的成就最高、影响最大的,要数冰心和湖畔诗社的诗人。

---

① 转引自钱理群等.中国现代文学三十年(修订本).北京:北京大学出版社,1998.

1. 冰心（1900—1999）的小诗

冰心作为"问题小说"作家登上文坛，曾一度歌唱"爱的哲学"（如《超人》）。她围绕"爱"的主题，创作了散文《寄小读者》，《繁星》《春水》则是她的诗歌的杰出成果。

和小说、散文一样，冰心在小诗中，也把母爱、童贞、大自然作为自己的母题。

冰心重视母爱，尽情歌颂母爱，把母爱视为最美好最崇高的东西，因为当时社会充满尔虞我诈，到处凄风苦雨，缺少"爱的温暖"。如《繁星·一五九》："母亲呵！／天上的风雨来了，／鸟儿躲到它的巢里；／心中的风雨来了，／我只躲在你的怀里。"母爱才是人们避风躲雨的港湾，母亲的胸怀，才是婴儿的温床。又《繁星·一二〇》："母亲呵！／这零碎的篇儿，／你能看一看么？／这些字，／在没有我以前／已隐藏在你的心怀里。"这首诗是《繁星》的《自序》，这里"零碎的篇儿"，指的就是《繁星》。《繁星》和《春水》一样，感情最浓郁的，是纯真孩童的心灵对母亲的赞颂。又如《繁星·一一三》："父亲呵！／我怎样的爱你，／也怎样爱你的海。"这里对父爱的赞颂与对母爱的赞颂一样，是冰心思想感受和情绪的真实表露。

冰心推崇童心，因为童心最为纯真，没有矫揉造作，说话不需思索，态度不必矜持。歌颂童贞的诗歌如《繁星·一四》："我们都是自然的婴儿，／卧在宇宙的摇篮里。"诗作把宇宙比作摇篮，人类如婴儿卧在摇篮里，无忧无虑，享受着平静安详，这是作者所向往的境界。《春水·六四》："婴儿，／在他颤动的啼声中／有无限神秘的言语，／从最初的灵魂里带来／要告诉世界。"诗作赞美婴儿，是为赞美纯真的爱心。褓褓中的婴儿，就是混沌世界里最清醒的灵魂；他的啼声乃是超越现实的最神秘的言语，它将唤醒和改变世界。这一切都也聚集于爱心之上。《繁星·七一》："这些事——／是永不漫灭的回忆：／月明的园中，／藤萝的叶下，／母亲的膝上。"诗作把过去的一切，那"永不漫灭的回忆"，都比作孩提的人生，清纯、自然、温馨，永远值得留恋、回味。

冰心热爱并书写大自然，是因为大自然是美的，永恒的自然还审视着过去、今天和未来，是人类生生不息的见证，它善待宇宙中的一切，平和、温文尔雅、公允。赞美自然的诗篇如《繁星·一》："繁星闪烁着——／深蓝的太空，／何曾听得见它们对语？／沉默中，微光里，／它们深深的互相颂赞了。"诗作描写深蓝的太空，繁星闪烁，它们安静、甜蜜，安然相处，默默地遥遥相互赞美、相互祝愿，一派祥和氛围。与地球上杂乱纷争的人类世界相比，太空、宇宙、自然才是理想境界。又如:《繁星·一三一》："大海呵！／哪一颗星没有光？／哪一朵花没有香？／哪一次我的思潮里／没有你波涛的清响？"诗作描写的大海，不仅是自然现象，波涛汹涌，它还沉浸在人类的思潮中，震撼心灵。赞美自然，是因为自然之物与人生有着千丝万缕的联系，或意蕴深远，或振聋发聩。

2. 湖畔诗社的小诗

20年代初，"五四"新文化运动提倡新道德、反对旧道德，推动了男女平等、婚姻自由等现代性爱观念的产生，歌咏爱情的文学作品也应运而生。由汪静之、潘漠华、应修人、冯雪峰等组织的湖畔诗社，成立于1922年。他们联合出版了《湖畔》《春的歌集》，汪静之还出版了个人诗集《蕙的风》。正如朱自清所说："中国缺少情诗，有的只是'忆内''寄内'，或曲喻隐指之作；坦率的告白恋爱者绝少，为爱情而歌咏爱情的更是没有。这时期新诗做到了'告白'的第一步……但真正专心致志做情诗的，是'湖畔'的四个年轻人。"[①]"湖畔诗社"成员的诗歌创作，虽然形式为小诗，但内容、题材集中于爱情，表现了一代青年真诚坦率、大胆天真的炽热情怀，表达了青年男女对自由恋爱、自由婚姻的向往，是时代精神的体现。

湖畔诗社的诗人中，最为突出的是汪静之。

《蕙的风》问世后，由于"露"的风格，在社会上引起了许多的非难，有不少封建遗老遗少发文进行攻击。为此，鲁迅改变创作计划，在小说《不周山》中加进了一个"古衣冠的小丈夫"形象，还发表了《反对含泪的批评家》为汪静之辩护。汪静之的诗作表现爱情从不掩饰，大胆直率，让假道学家感受到作假的困难，如《过伊家门外》："我冒犯了人们的指谪，/一步一回头瞟我意中人；/我怎样欣慰而胆寒呵。"诗作直抒胸臆，写自己过爱人的门外，情不自禁，斜着眼睛注视她。看见自己所爱的人，肯定是欣然。而这个举动在当时却遭人指谪，于是胆寒。情之所至，自然要发之于外，诗作是自然的表现，无可指谪。又如《西湖杂诗·十一》："娇艳的春色映进了灵隐寺，/和尚们压死了的爱情，/于今压不住而沸腾了；/悔煞不该出家呵！"春天阳光明媚，春风和煦，春色满园。这里"春"是双关语，明指春天，暗指怀春之"春"，乃是男女之爱。和尚们由于佛门清规，不能谈情说爱，而"食色，性也"，性爱是人的本能，欲念是无法抑制的，因此，出家人"悔煞不该出家呵！"说的也是事实，并非诳语。再如《西湖杂诗·二》："山是亲昵地擒着水，/水是亲昵地擒着山，/湖儿，伊充满了热烈的爱，/把湖心亭包在心里，/荡漾着美的波浪，/与他不息地接吻着。/东风来看望伊，/柳儿拱拱手弯弯腰地招待着。"山水本无情，但在诗人

---

① 朱自清. 中国新文学大系导言集. 天津：天津人民出版社，2009.

的笔下，都变成了多情者。作者根据西湖的山和水、湖与湖心亭、东风和柳树枝条的位置关系，将其拟人化，从男女爱情的角度来欣赏，可以说很贴切。这就是诗歌的构思与诗歌形象的创造。

与汪静之的诗歌不同的，是冯雪峰的诗。如果说汪静之是"露"，那么冯雪峰就是"隐"。冯雪峰的情诗常常是含蓄蕴藉、曲喻隐指，不直说。他的诗歌让人觉得手法独特、韵味悠长，读时要细细品味。

例如他的《山里的小诗》："鸟儿出山去的时候，／我以一片花瓣放在它嘴里。／告诉那住在谷口的女郎，／说山里的花已经开了。"诗作写的爱情，可诗句没有一个"爱"字。诗的中心是花、花瓣，耐人寻味。鸟儿犹似传书的鸿雁，花瓣则是书信的象征。把"花瓣"放在鸟儿的嘴里，就是形象化的想象。最后是点题：山里的"花"开了，其实是爱情的花迎春怒放了。诗作含蓄，才显出悠长的韵味。又如《伊在》："一天伊在一块地上刈菽，／我便到那里寻牛食草。／伊以伊底手帕揩我底汗／于是伊底眼病就传染我了，／此后我底眼也常常要流泪了。"诗作写少男少女们的爱情，但诗人也没有直说。通篇不着一个"爱"字，男女之间也没有平常所见的亲昵举动，只有农村生活中劳动的情节"刈菽""寻牛食草"。作者抓住"揩汗"的细节。"伊以伊底手帕揩我底汗"，本来这是平凡的日常生活中最普通的举动，离"爱"字还相差十万八千里。但是，作者精妙的构思是"染上眼病了"，从此就要"常常流泪了"。真是眼病的泪吗？否也。是相思之泪！这又是独特的构思与诗歌形象的创造。

还如《有水下山来》："有水下山来，／道经你家田里；／它必留下浮来的红叶，／然后它流去。／／有人下山来，／道经你们家里；／他必赠送你一把山花，／然后他归去。"这是一首表现爱情的诗歌，诗中青年对山下姑娘的爱慕，是以水流、红叶来寄托；男女之间的恋情，是以道路、山花来象征。爱情描写很鲜明，但不直露，采取民歌中"兴"的写法，自然严谨，却不显雕琢痕迹。

四、象征诗

李金发，原名李淑良，曾用名金发、肩阔、兰帝、弹丸等。广东梅县人，1900 年生。在家乡梅县高小毕业后，便到了香港罗马书院学习，接受英式教育。1917 年到上海求学，1918 年入留法预备班，1919 年到法国留学。先是在第戎美术专门学校，后入巴黎艺术学院雕塑科。1920 年开始写诗，1923 年 2 月编成第一本诗集《微雨》，仅过了两个月又编成《食客与凶年》，过了六个月，又写出了《为幸福而歌》。

李金发属于现代派，写象征诗，在神秘朦胧中歌唱自己的哀伤与悲苦。他的代表作《弃妇》，开始是用第一人称写一个被遗弃妇女的痛苦与悲哀：被人羞辱与憎恶，只能淡漠地对待一切——生与死、"鲜血之急流"与"枯骨之沉睡"。内心孤独与哀戚，只能靠一根小草与上帝相通。诗作第三、四节改用第三人称，对妇女作直接的描述：内心隐忧、动作迟缓而沉重。时光如此之慢，她虽生犹死，痛苦而麻木。

弃妇的形象只是命运的一种象征：悲苦、孤寂的人生，充满不平与愤慨。作者认为，人生不过是彷徨于死亡者墓边的弃妇，悲伤、痛苦而无人理解，也无法改变。

诗歌注重运用感官形象：夕阳、灰烬、烟突、游鸦、海啸、舟子之歌等，这些表面看来没有联系，但联类无穷。它由特殊（弃妇）到普遍（人生命运），形成暗示。朱自清评价李金发的诗，说他"多远取喻"，"在普通人以为不同的事物中看出同来"，"发现事物之间的新关系"。① 另一首诗作《律》："月儿装上面幕，／桐叶带了愁容，／我张耳细听，／知道来的是秋天。／／树儿这样消瘦，／你以为是我攀摘了／他的叶子么？"诗中，作者首先把自己的感情色彩涂到了自然景物上，月儿如同蒙上了淡淡的面纱，桐叶也失去了往日的生机，是萧瑟的秋风告诉诗人秋天来临了吗？接着用设问的句式，进一步暗示了自己的心境和思绪。不是自己攀摘了如人般消瘦的树的枝叶，是不可抗拒的大自然的规律——"律"。一年四季总有萧瑟之秋，人的一生总有消瘦之暮年，这是自然之律，也是人生之律。诗人的暗示，造就了自然与人生的和谐的交感与默契，耐人咀嚼，启人深思，兴味无穷。

思考练习

1. 名词解释：新格律诗
2. 简述初期白话诗的创作概况。
3. 为什么说《尝试集》是时代的产物？
4. 试分析闻一多的《死水》。
5. 举例说明汪静之诗歌的创作特色。
6. 试鉴赏李金发的象征诗《弃妇》。

---

① 转引自钱理群等.中国现代文学三十年（修订本）.北京：北京大学出版社，1998.

第二节 现代小说的发展

一、问题小说的兴起

问题小说是特定历史时期，在启蒙主义的影响下，初涉世事的青年作家的社会热情和人生思考相结合的产物，是一种特殊的"为人生"的文学。任何具有社会价值或社会反响的文学作品，都或多或少地涉及一些社会问题，所以，凡是思想性和社会针对性较强的小说，都可视为问题小说。

1. 冰心

冰心，原名谢婉莹，福建长乐人，出生在福州市。她的祖父谢子修是一位教书先生，与严复是好朋友。她的父亲谢葆璋毕业于北洋水师学堂，曾任北洋水师巡洋舰副舰长、海军学校校长、军学司司长，是一位爱国军官。她从小就受到爱国主义、民主主义思想的影响。她先就读于福州协和女子师范学校，后入北京贝满女子中学，1918年直接升入华北协和女子大学预科；1920年并入燕京大学，为燕大女校。"五四"运动高潮时期，冰心正在读大学。她曾积极参与社会活动，并目睹了社会现实的许多问题。凭着一股热情和对人生的思考，她用自己所喜爱的形式把这些问题表现了出来。这就是她早期的问题小说。

《斯人独憔悴》就针对社会中的青年问题发出质问。参加反帝爱国运动的青年颖石、颖铭兄弟，受到封建家长的压制被软禁在家，只能软弱地苦吟"斯人独憔悴"的诗句。小说开启了问题小说的风气，但是只问病源，不开药方。怎样解决这些问题？作者没能给出答案。冰心立足于资产阶级平等、博爱、自由的立场反对封建主义，她的问题小说虽有反封建意识，揭示了社会中存在的一些矛盾，有一定的积极影响，但是她提出的问题是零碎而局部的，也没有找到解决问题的途径。

她的《超人》就是突出的例子。禄儿因摔伤腿无钱医治而痛苦呻吟，孤独恨世的"冷心肠"青年何彬为避免干扰而资助禄儿医好了腿。禄儿为感谢何彬，给他送花和留言，用母爱唤醒了这个"超人"。作者的愿望是好的，但在阶级矛盾、阶级斗争都非常尖锐的社会里，这种超阶级的"爱"，只不过是一种空想。

1926年，赴美留学的冰心回到祖国，在母校燕京大学任教。此后，她经历了大革命的风暴、"四一二"反革命政变、左翼文艺运动、"九一八"事变等，开始对自己倡导的爱的哲学产生了动摇。

1931年8月,她写出了标志着她的创作和思想发生转折的作品《分》。《分》描写了两个刚刚从母体中诞生的婴儿(同一医院、同样小床、同样白衫),一对相亲相爱的好朋友,但教授之子的人生道路上铺满鲜花,将到上层社会去享福;而屠户之子如路边的野草,将去下层社会奋斗。在这个世界上,并非所有的儿童都能享受到母爱,生存下去的需要比情感的安慰更重要。自此,冰心的作品更贴近现实,改变了"爱"的说教。

2. 许地山(1893—1941)

许地山,原名许赞堃,字地山,笔名落花生。祖籍福建龙溪,出生于台湾。其父许南英是筹防局统领,驻守台南。甲午战败,清廷割让台湾,许南英激于民族大义,毅然抗日,守卫台南。但后来战争失败,许南英抛弃家产,带领全家渡海回到故乡,后来到广东阳江等地做县知事。许地山随父在广东读书。中学毕业后,由于家境衰落,他不得不自立谋生,开始了教员生涯。1913年,他出国到缅甸仰光中学任教,在缅甸期间受到佛教的影响。1917年,他考入燕京大学,1920年毕业,获文学士学位。又入燕京大学宗教学院学习,1922年获神学士学位。后留校任教。1923年,许地山到美国哥伦比亚大学留学,后转入英国牛津大学学习,研究宗教、哲学、梵文。1926年回国,途中又到印度研究佛学。

许地山生长在爱国者的家庭,家境的败落、流落异邦的生活以及佛教的影响,使他对摧残人性的黑暗社会及封建礼教产生了极大的不满。"五四"期间,他积极投身于反帝爱国运动,常常在游行示威队伍的先锋行列,是新文化运动的积极分子,是文学研究会的主要发起人之一。

他早期的作品充满着反封建主义的人道主义思想,渗透着对被迫害、被侮辱的弱小者的同情,揭露了封建社会的黑暗、冷酷,但也有着明显的佛教影响。

其散文《落花生》就以花生作为自己人生的信条和理想,它是有用的,不是伟大的、好看的东西。花生"用处固然很多;……只把果子埋在地底,等到成熟,才容人把它挖出来";"这小小的豆不像那好看的苹果,桃子,石榴,把它们的果实悬在枝上,鲜红嫩绿的颜色,会使人一望而生羡慕的心。"这就是许地山式的人道主义:不求闻达,不为个人名利,而求于人民有益,造福人类。

小说《缀网劳蛛》塑造了一个不幸的妇女形象尚洁。她是童养媳,受到婆婆虐待。为了逃避这种虐待,她只得依靠丈夫,过着没有爱情和受人毁谤的生活。她有着高尚的人道主义的怜悯心,以宗教精神对待生活中的不幸,有着随遇而安、与世无争的人生态度（处世如蜘蛛织网，或完或缺，只能听其自然）。这是作者早年受佛教影响、研究宗教哲学所致，他的思想中往往掺杂了一些唯心的宗教哲学和宿命论思想，对改变现实缺乏足够的勇气和信心。因此，在大胆揭露社会生活的矛盾的同时，往往表现出彷徨、苦闷，采取的是妥协、逃避或自我反抗的消极方式。这种世界观的矛盾，使他的作品的积极意义受到一定程度的削弱。同类型的作品还有《命命鸟》《商人妇》等。

许地山的早期作品始终贯穿着异域情调、宗教氛围和传奇色彩，因此他是文学研究会的现实主义作家群里倾向于浪漫主义的作家。

3. 叶绍钧（1894—1988）

叶绍钧，名圣陶，江苏苏州人。出生于贫苦的劳动人民家庭。他从小就喜爱文学，但只读了中学。1911年他中学毕业，家里没钱供他继续升学，他便开始了小学教员的生涯。较早挑起生活的重担，备尝人间辛酸。他对社会的黑暗、下层劳动人民的疾苦，有着切身的体验。他对文学的爱好，促使他写了一些文言作品，这些作品发表在鸳鸯蝴蝶派的刊物上。和大多数鸳鸯蝴蝶派的作家所写的言情小说不同，叶绍钧的文言小说是在暴露、讽刺黑暗丑恶的社会现象，蕴含着积极进步的意义。

"五四"时期，叶绍钧开始写白话小说，从一开始就表现出鲜明的民主主义倾向。他早期的代表作是《这也是一个人？》（后改名为《一生》）。小说主人公是一个农家女，她没有呼奴唤婢、傅粉施朱的福气，也没有受三从四德、自由平等的教育，只是作为生儿育女的工具、劳动的帮佣嫁到夫家。可是，儿子夭折，丈夫狂赌，夫家虐待，她不得不逃出去做帮工。她的婆家、娘家都追索她回去，几经周折，几次逃避，最终被她夫家强索了回去。她丈夫死后，她又被当作耕牛一样卖掉，她的身价充了她丈夫的入殓费。这便是她所尽的最后一次义务！叶绍钧以"这也是一个人？"为题，为妇女们身受的残酷压迫大声疾呼，要求给妇女们以做人的权利。

叶绍钧长期生活在社会的底层，又在学校从事多年教育工作，对教育界的情况更为熟悉。因此，他的小说多取材于市镇小市民和下层知识分子的生活。有人称他是新文学史上最早和最有成就的"教育小说家"。他的小说创作沿着"为人生"的路子，遵循现实主义的原则和方法，客观、忠实地再现生活图景，表现了他对劳动人民和下层知识分子的深切同情。

他的教育题材小说代表作《潘先生在难中》，描写了军阀混战中，潘先生携家人逃难的经历。作者批判了被长期的蝇营狗苟的生活磨蚀得胸无大志、自得而又怯懦、谦恭而又卑琐的小市民。他们对国家、民族漠不关心，心目中只有个人小天地，甚至丧失了最起码的爱国主义思想，把帝国主义看成保护伞；眼光短浅，心胸狭窄，没有是非观念,对军阀的罪恶麻木不仁。"临虚惊而失色,暂苟安而深喜",便是潘先生真实的个性。茅盾指出:"要是有人问道:第一个'十年'中反映着小市民知识分子的灰色生活的,是哪一位作家的作品呢?我的回答是叶绍钧!"[①]

1925年以后,"五卅"运动、第一次大革命的兴起,极大地推动着叶绍钧创作的发展,使他的创作发生了可喜的变化。他开始克服"美"和"爱"的空想,写出了不少崭新的作品,对黑暗社会的揭露和批判更深刻,在一定程度上反映了人民的斗争和反抗精神,如《夜》《抗争》《一篇宣言》《多收了三五斗》等。

标志着其创作思想转变的《夜》写于1927年。由于女儿、女婿被捕,一位老母亲深夜带着小外孙焦急地等待女儿、女婿的消息。开始母亲害怕危及小外孙,当得知女儿、女婿被反动派残忍杀害后,她变得坚强,决心"勇敢地再负一次母亲的责任",培养烈士后代,报仇雪恨。作品愤怒地控诉了新军阀镇压人民革命的血腥罪行,怀着敬意歌颂了革命志士视死如归的英雄品质,表现了人民群众在反动派血腥镇压面前不屈的斗争精神。

叶绍钧小说创作的高峰是他1928年发表的长篇小说《倪焕之》,作品也属于教育题材小说,茅盾赞誉其为"扛鼎之作"[②]。

二、乡土小说的深化

1. 王鲁彦(1901—1944)

王鲁彦,原名王衡。1901年出生于浙江镇海一个贫寒的店员家庭。他从小生活在农村,广泛地接触了农村生活。6岁时他开始读私塾,后来进入家乡的灵山小学学习。因为家庭经济困难,他小学还没有毕业就辍学了。16岁时离开家到上海去当学徒。当时,正值"五四"新文化运动兴起,受新思潮的影响,他瞒着家里跑到北京,参加了由蔡元培、李大钊等创办的半工半读的工读互助团。他还到北京大学中文系旁听。

1923年,他开始从事文学创作,早期作品有《秋夜》《秋雨的诉苦》等,1926年结集为《柚子》出版,这是他的第一个小说集。后来,他陆续写了不少小说,出版了《黄金》《童年的悲哀》《小小的心》《屋顶下》等小说集。由于他的小说描写的多半是农民、乡村知识分子、小生产者和地主,充满浓郁的乡土生活气息,所以被称为"乡土小说"作家。

---

① 茅盾.中国新文学大系导言集.天津:天津人民出版社,2009.
② 茅盾.茅盾论中国现代作家作品.北京:北京大学出版社,1980.

王鲁彦的前期创作以《柚子》为代表。作为文学研究会的成员，他始终遵循现实主义原则，对黑暗社会进行无情的揭露。正如他自己所说的："在《柚子》时期，我的热情使我诅咒一切，攻击一切，不愿意接近一切坏的恶的生活。"这是一个涉世未深的青年对当时社会做出的直接反映。他着重描写日常生活，对人物进行心理分析，在阴暗的色彩里显露出微讽。《柚子》描写了长沙街头湖南军阀开杀场杀人的场面，控诉封建军阀草菅人命、杀人如麻的血腥罪行，但对"柚子"似的人头的描写、谐谑的议论，采用了玩世不恭的口吻。鲁迅先生对他的评价是："对专制不平，但又向自由冷笑。"茅盾则指出，他的作品呈现出一种浓厚的"教训主义色彩"。

王鲁彦的乡土小说代表作是《菊英的出嫁》。作品描写了浙东宗法制农村社会的旧民俗——冥婚。菊英是个已死了十年的女孩，其母跋山涉水为阴间的女儿寻找阴亲，结果找了一个同样死了十年的男子结阴亲。她煞有介事地置办金银首饰、绫罗衣被，划出陪嫁田产，吹吹打打，举行排场的婚礼。人们以为是结亲，快到近前才发现是青轿。作品对当时浙东农村的这种受封建迷信毒害而盛行的可笑又可悲的旧俗，进行了揭露与讽刺，充满了浓郁的乡土气息。另一篇《黄金》，也是王鲁彦的代表作品。小说写农村的小有产者如史伯伯，从小康之家突然中落之后，受尽周围人们的奚落和冷眼，陷入惶惶不可终日的窘境。小说反映了在帝国主义经济侵略和恶势力的逼迫之下，我国农村社会经济迅速破产而导致人人自危、世情浇薄的状况。作品对金钱势利观念进行了深入的揭露和有力的鞭挞。这篇小说深刻的现实主义内涵，显示了乡土小说反映生活的力度。

到后期，王鲁彦的小说不仅继续保持了乡土文学的特点，深入挖掘农村习俗的文化意蕴，充满乡土气息，而且进一步揭示阶级矛盾和阶级斗争，在广阔的社会背景上，正面描写农民自发的革命斗争，刻画了农民革命者的崭新形象。这时的代表作是长篇小说《野火》（又名《愤怒的乡村》）。这部小说描写了我国江南乡村的农民们在封建势力压迫下的悲惨境遇，以及他们从单枪匹马到聚众结群的自发的反抗斗争。围绕抗旱挖井、阿如收租打死人等事件，展开了以华生、阿波叔为代表的农民和以阿如、傅青山为代表的封建势力之间的斗争。农民自发起来斗争，给了地主老财、反动政权以有力的打击，但最终被镇压，华生被捕。然而，一场新的斗争正在酝酿着。

2. 许钦文（1897—1984）

许钦文，原名世棱，后改名绳尧，字钦文。浙江绍兴人，出生于一个小康之家，后来逐渐困顿。1917年毕业于杭州省立第五师范学校，留任母校附小教师。1920年赴北京工读互助团学习，在北京大学旁听鲁迅先生的中国小说史课程，并因乡谊与鲁迅先生过从甚密，自称是先生的"私淑弟子"，受到鲁迅的扶植与指导。1926年由鲁迅选校、资助，出版了短篇小说集《故乡》。由于描写的多是家乡的人情世故，颇受好评。鲁迅指出："许钦文自名他的第一本短篇小说集为《故乡》，也就是在不知不觉中自招为乡土文学的作者。"

许钦文的小说多描写农村生活的真实面貌和农民痛苦的生活境遇，常常带有鲁迅式的忧愤和沉郁，其有影响的作品有《疯妇》《石宕》等，都深刻地揭露了农村中尖锐的阶级矛盾和农民的悲惨遭遇。

《疯妇》的主人公是一个农村妇女双喜太娘。在城市商业经济波及这个江南乡村后，她丈夫双喜进城到酒店当学徒，她自己也不学织布而去"放纸船"褙锡箔了。为了赚小洋一角，两天要褙三千六百张锡箔，可是婆婆仍然不满意。因思念丈夫，双喜太娘在河边淘米时不小心被猫叼走了鲞头，追猫时又让河水冲走了米箩。婆婆则黑着脸到乡里宣扬她的不是，双喜太娘心情憋闷，精神失常，不到一个月便悲惨地死了。作品揭示出，妇女的价值竟还不如一个鲞头和一只米箩。这是农民民不聊生的惨象，也是农村妇女所受深重压迫的写照。

《石宕》则写了石工世代沿袭的悲苦：开掘石矿是他们唯一的生计。巨大的石层由于长期开采突然断裂塌方，砸死了许多石工，而几个幸存者却被压在石穴中无法出来。他们的亲人只能在石穴外悲哀地听着他们凄惨呼救，无法救援，只听见呼救声渐渐衰弱、消失。作品的结尾也令人深思：尽管谁也不能保证这样的惨剧不会再发生，而且人们还传言石穴深处仍不时有冤鬼呼救的声音，可是为了生存，石工们不得不又去开凿石矿。小说描写了以采石为生的劳动人民的悲惨命运，感情郁结而落笔深沉，表现了强大的悲剧力量。

后来许钦文又创作了著名的中篇小说《鼻涕阿二》，深刻地批判了农村社会的封建陋习，而且在人物塑造方面采用了细致生动的心理刻画。作品主人公菊花，是一个体面人家的女儿，由于排行第二，绰号"鼻涕阿二"。原本她在家里就是一个丫头的角色，要烧饭，洗衣，干粗活。乡村维新后她进了夜校，没想到一场恋爱风波使她成为"贱小娘"，遭到全家人鄙视。种田的丈夫死后，她被婆婆卖给钱师爷做妾。她不甘如此，想活得像个人样，就玩弄手段笼络钱师爷，排挤大太太，显现出一种畸形人格。但钱师爷又有了新欢，菊花失宠。最终钱师爷病死，大太太重掌家政，便报复折磨她。她最终病入膏肓，在抑郁和苦闷中死去。"鼻涕阿二"性格的转变，体现了宗法制农村社会畸形人格的典型形态，也就是鲁迅所批判的国民性和民族的劣根性。

3. 蹇先艾（1906—1994）

蹇先艾，笔名罗辉、赵休宁、陈艾利、蔼生等，贵州遵义人。年幼时读私塾，在其父指导下读古文，十来岁能作古体诗。1919 年冬，蹇先艾到北京，先后就读于北京师范学校附属小学、北京师范大学附中，与朱大枬、李健吾创办"曦社"，办文学刊物《熠火》。1926 年加入文学研究会。

蹇先艾把自己深厚的感情献给了贵州这片贫困而苦难的土地，和在这片土地上生活着、挣扎着的人们。他的笔下涌现出众多人物，如挑夫、马夫、滑竿匠、盐巴客、乞丐、草药贩子、家庭主妇、失业青年、农妇、小职员、女艺人、教员等等。他的第一部小说集《朝雾》出版于 1927 年，后来又出版了《踌躇集》《盐的故事》《乡间的悲剧》等。蹇先艾不仅对笔下人物的痛苦生活与不幸遭际寄了深切同情，做了忠实的记录和典型的反映，而且建构了独特的贵州乡土艺术世界。

《朝雾》中大多是对往日的回忆，记人忆事，轻盈柔婉，感情真切，有时也带有感伤的情绪。其中的《水葬》被鲁迅选入《中国新文学大系》，成了现实主义乡土文学的代表。《水葬》描写的是人间悲剧——村民对小偷处以酷刑。骆毛是桐村的一个山民，和瞎母相依为命，因生活贫困潦倒，不得已干上了偷鸡摸狗的勾当，一次行窃中被逮个正着。按村里自古流传下来的规矩，骆毛被处以死刑——野蛮的"水葬"。村民们麻木地看热闹，骆毛也麻木地骂村民是"老杂种"，还说"几十年后不又是一条好汉吗？"。已是民国时代，"文明"的桐村却依然保留原始的野蛮习俗，这是作品向人们展示的一个悲惨事实！

后来的许多作品显示蹇先艾完成了从抒情到写实的转换，如《盐巴客》《贵州道上》，都可以算是现实主义佳作。

《盐巴客》写的是川黔道上的苦力。"我"和一个负伤的盐巴客同宿，了解到盐巴客的苦难与哀怨。他们每天要背几百斤盐巴长途跋涉，可是蜀道难行，常常出现因道路堵塞而争道的情况。负伤的盐巴客就是被川军推落悬崖跌断了腿。不但军队不好惹，连坐滑竿的老爷也得让。世代背盐巴的盐巴客，家里的人都还眼巴巴地等着他们的工钱吃饭。作品现实主义的朴实描述中，寄寓了作者深挚的感情。

《贵州道上》用川黔方言写成，极具地方色彩。作品是围绕"我"与妻子回贵州的还乡之旅而展开。一边是贵州山路崎岖险峻、重峦叠嶂的自然环境，一边是轿夫们长途跋涉、艰难困苦的社会情景，既有山水的美丽，也有世态的险恶。他们遇到的轿夫赵世顺，是一个"烂干人"，即没有父母，长期漂流在外打工糊口，近似于乞丐的人。他染上了抽鸦片的恶习，有钱宁可抽大烟，也不管家事。他不但赖过别人的钱，老婆也跟别人跑了，还当过"棒老二"（土匪）。正如作者曾说，贵州当时的情形是闭塞、野蛮，有三个特点：一是运输的困难；二是鸦片散布的宽广；三是一般人民生活的原始。虽然赵世顺身强力壮，抬轿健步如飞，但思想愚昧落后。结果，加班抬轿还没有到达目的地，便被军队捉住处决了。作品显示了赵世顺在这个时代和地域中的悲剧意义。

三、自叙小说与寄托小说

1. 郁达夫（1896—1945）

郁达夫，原名郁文，字达夫。1896年出生于浙江富阳的一个破落地主家庭。他从小就认真读书，是一个"品行方正的模范学生"。他的父亲死得早，他的大哥对他产生了决定性的影响。1913年，他随大哥去了日本，第二年考入东京第一高等学校预科。1915年，他进入名古屋第八高等学校学习。在此，他读了许多外国作家的作品，如屠格涅夫、托尔斯泰、陀思妥耶夫斯基、契诃夫、高尔基等。

1918年，他进入东京帝国大学经济学部学习。在这里，他开始了自己的文学创作。当时，他感染了肺结核，在日本又受到冷遇，便形成了多愁善感、自卑自贱、神经纤弱的性格。他在《忏余集·忏余独白》中写道："我的这抒情时代，是在那荒淫惨酷、军阀专权的岛国里过的。眼看到的故国的陆沉，身受到的异乡的屈辱，与夫所感所思，所经所历的一切，剔括起来没有一点不是失望，没有一处不是忧伤，同初丧了夫主的少妇一般，毫无气力，毫无勇敢，哀哀切切，悲鸣出来的，就是那一卷当时很惹起了许多非难的《沉沦》。"[①]

郁达夫的《沉沦》，出版于1921年10月，是中国现代第一部小说集，包括3篇短篇小说：《沉沦》《南迁》和《银灰色的死》）。

早期代表作《沉沦》写了一个留日学生的屈辱遭遇、忧郁性格和变态心理。主人公"他"为追求合理的人生去了日本，但作为弱国子民，在异邦受到歧视、冷遇；渴望纯真的友谊和爱情而不得，终至沉沦和自戕。这是不甘沉沦又无力挣扎者的一生。小说的描写集中于"生的苦闷"和"性的苦闷"，真实而坦诚地暴露"人的情欲""人的性爱的追求"乃至变态的性心理、性行为。文中关于色与欲的描写，震动了当时的文坛。这种大胆的暴露，体现了对封建道德的叛逆精神，使伪道学家、伪君子们"感受到作假的困难"，是对"士大夫的虚伪的一种暴风雨式的闪击"。小说是自我的写真。抒情主人公是以自我为原型的，浸透着作者本人强烈的主观色彩，常常运用感伤

[①] 郁达夫.忏余集.上海：天马书店，1933.

的抒情表现主人公郁郁寡欢、孤独凄清的情怀，脆弱自卑、厌世颓废的心境。这是一个"零余者"形象，是沾染了"时代病"的彷徨、苦闷、找不到出路的青年的典型，"生则于世无补，死则于世无损"，不甘沉沦而又无力挣扎，最终走向了沉沦。失望、苦闷、颓废、沉沦与强烈的爱国主义精神；为爱欲所驱使的变态性行为与向善的认真的自我反省；为富国强兵而赴日求学与受冷遇后的后悔、埋怨；个性的多愁善感、孤独自卑与壮怀激烈、冲动激越，等等，这些对立的元素融合在一起，造成了积极与消极并存、精华与糟粕杂陈的现象。

1922年，郁达夫抱着美丽的幻想、进步的勇气回到上海。而恶浊的社会空气、生计问题的压迫，使他难以生存，"为饥饿所驱使，竟成了一个贩卖知识的商人"。在实际生活中他感悟到，必须摆脱个性解放的狭小天地，把同情投向广大劳动人民，才是唯一的出路。于是，他的创作进入了一个高潮期。这时期的代表作有《春风沉醉的晚上》《薄奠》。

《春风沉醉的晚上》是现代文学中最早描写产业工人并歌颂他们的优秀品质的少数作品之一。烟厂女工陈二妹是一个善良、纯真、具有朴素反抗精神的形象，而落魄的知识分子"我"在失业、饥饿中挣扎，具有浪漫主义气质，形成了鲜明的对比。郁达夫突破了早期题材的知识分子圈子，改变了《沉沦》时期对个人孤独、失望、忧伤情感的书写，代之以积极、明朗、向上的工人形象的刻画和对工人阶级心灵美的歌颂。郁达夫曾经自称："《春风沉醉的晚上》《薄奠》《微雪的早晨》，多少也带一点社会主义的色彩。"《薄奠》描写了勤劳、善良、淳朴、坚韧而遭遇悲惨的城市劳动者，是指向剥削制度的血泪控诉书，表达了对不合理的社会制度的抨击和对劳动人民的苦难的深切同情。它可以说是《春风沉醉的晚上》的续篇。

2. 郭沫若（1892—1978）

郭沫若，原名郭开贞。1892年11月16日诞生于四川乐山。他出生于中等地主家庭。13岁之前，他在私塾学了《诗经》《唐诗三百首》《千家诗》《诗品》等，培育了他对诗歌的兴趣。后来他考入嘉定高等小学堂，又升入嘉定中学堂。他对我国古典文学有了更广泛的涉猎，如《庄子》《楚辞》《史记》《文选》等。同时也接触了新文学，如林译小说，受到民主主义思想的影响。从文学创作来看，郭沫若最突出的是诗歌和话剧，但他最早创作的文学作品则是小说。他的自叙小说和寄托小说，在中国现代浪漫主义文学潮流中是首屈一指的。

1919年3月，他写出了具有反帝爱国思想的寄托小说《牧羊哀话》。用郭沫若的话说,《牧羊哀话》是"借朝鲜为舞台,把排日的感情移到了朝鲜人的心里"[①]。作品写日据时期,朝鲜的子爵闵崇华不愿为日寇卖命,携妻女隐居金刚石,其家臣尹石虎与继室李夫人相勾结,阴谋杀害闵崇华,却误刺了石虎之子爱国青年尹子英。最终,闵崇华之女闵佩荑放牧时,只能唱着牧歌,怀念自己的情侣、英毅勇敢的尹子英。杨义评价道:"《牧羊哀话》较为气势雄伟地展示重大的民族矛盾和社会势力间的矛盾,尹子英的英毅勇敢,闵佩荑的坚贞深情。"[②]

1922年8月,郭沫若又完成了自叙小说《残春》。正如郁达夫所说,小说是作家的自叙传。自叙小说也被称为身边小说,是浪漫主义文学中以自我为原型的小说。《残春》的主人公爱牟从福冈到门司看望住院的友人,看到医院的漂亮女护士心生暗恋,回来梦见与她幽会。正在浪漫之际,忽闻邻居来报,发疯的妻子手刃二子,爱牟赶回福冈,妻子飞刀刺中他。梦终于醒来。小说明显受到弗洛伊德精神分析学的影响,写的是作者的潜意识,"日有所思,夜有所梦"。1924年2月发表的《漂流三部曲》,也是同类型的自叙小说。小说写了主人公爱牟携妻儿从日本归国的情景:爱牟回国,无力供养妻儿,妻子语言也不通,只好送她东归,是为《歧路》;妻子走后,爱牟在上海孤苦伶仃,过着炼狱般的生活,是为《炼狱》;面对如此艰难困苦的境地,爱牟宁可身上背着沉重的十字架,也不屈服于家族势力和旧式婚姻,而在文学道路上坚持到底,是为《十字架》。这其实就是郭沫若1922年回国的经历。

思考练习

1. 名词解释:寄托小说
2. 概述冰心问题小说的发展演变历程。
3. 举例说明许地山早期小说的艺术风格。
4. 茅盾称第一个十年"反映小市民知识分子灰色生活"的是谁?为什么?
5. 试析王鲁彦《菊英的出嫁》的内容与艺术的特色。
6. 为什么说郁达夫的《沉沦》色与欲的描写不算色情小说?

---

① 郭沫若. 沫若文集(7). 北京:人民文学出版社,1958.
② 杨义. 中国现代小说史(1). 北京:人民文学出版社,1986.

第三节　白话美文的风采

一、抒情写景的美文——朱自清

朱自清（1898—1948），字佩弦，号秋实。祖籍浙江绍兴。1898年出生于江苏东海。祖父和父亲都做过小官。5岁时迁居扬州，所以他一直自称是扬州人。他幼年读私塾，后进入中学学习。1916年考入北京大学预科，第二年进本科学哲学。1920年毕业，先后在杭州、上海、温州、宁波等地任教。他的创作是从诗歌开始的，还在大学读书时就开始写诗了。他很讲求诗歌艺术，不留任何雕琢痕迹。1923年起，朱自清开始由诗歌转入散文创作。他的散文按照内容的不同，可以分为以下两类：

1. 有强烈政治色彩、表现深刻社会内容的作品

如《生命的价格——七毛钱》，描述了一个小女孩被兄嫂廉价出卖的悲惨事实。作者推测这女孩未来的命运：任人转卖获高额利润的商品、被榨取劳动力的牲畜、给富人发泄兽欲的工具，死神是她最后的买主。文章最后发出严正的质问："这是谁之罪呢？谁之责呢？"向旧社会提出了强烈的控诉。又如《白种人——上帝的骄子》，写自己在公共汽车上遭到一个小白种人的白眼的事，联系起帝国主义对中国的侵略、欺压和歧视，揭露了民族压迫的现实，表达了自己强烈的愤懑之情。又如《执政府大屠杀记》，作者记载了自己目睹的"三一八"惨案的事实——段祺瑞政府卫队枪杀手无寸铁的游行学生，强烈控诉并谴责封建军阀惨无人道的血腥屠杀。

2. 以日常生活为题材的抒情写景的作品

（1）抒情为主的作品，如《背影》，作品捕捉到生活特定情境中最富有表现力的细节——父亲的背影，充分刻画父子之间的骨肉至情。文章表现了社会中小有产者、知识分子孤寂没落的悲惨境遇，暗示出整个社会的腐朽、没落和灰暗。又如《给亡妇》，是悼念亡妻之作，回顾了妻子的挚爱、温顺、贤良以及对自己和儿女的关怀体贴，倾诉了自己对亡妻的思念及感激、痛惜之情。

（2）写景为主的作品，如《荷塘月色》，这是一篇脍炙人口的经典之作。作者记叙了自己深夜观赏荷塘月色之美，抒发自己对现实的厌倦及在自然中寻求解脱的心情。作品中采用了比喻、拟人、通感等多种修辞方法，成为白话美文的典范。又如《桨声灯影里的秦淮河》，写与俞平伯夏夜泛舟秦淮河的见闻与感受。秦淮河的绰约风姿，

如梦如幻的境界，浓浓夜色、汩汩桨声，引人发思古之幽情。

朱自清的散文感情真挚、情景交融、诗画合一，意境含蓄蕴藉，语言清新隽永，被称为"白话美文"，显示了白话文的魅力。

二、凝练隽丽的童贞——冰心

冰心最初是以问题小说登上文坛的，但在20年代中期，歌唱"爱的哲学"的她，也在诗歌、散文创作方面，有了成功的尝试。她完成了被称为"冰心体"的小诗，出版了诗集《繁星》《春水》；又在赴美留学时期开始了通讯体散文的创作，这就是后来出版的散文集《寄小读者》《往事》等。

冰心的散文具有较高的文学修养，既有白话文的流利晓畅，又有文言文的简洁凝练，笔调灵活轻倩，文字清新隽秀，感情细腻澄澈。

1923年，冰心乘约克逊号邮船赴美国波士顿威尔斯利女子大学留学，经过广阔浩瀚的海洋，到达风光旖旎的大洋彼岸。远离国内激烈动荡的斗争，冰心整日面对波士顿的湖光山色，"以读书，凝想，赏明月，看朝霞为日课"。舒适的环境，使她写下了仍以歌唱"爱的哲学"为主题的通讯体散文《寄小读者》（起初名为《寄儿童世界的小读者》）。这些作品清新秀丽，充满浓郁亲切的感情。

《通讯一》是《寄小读者》的第一篇，在开宗明义的第一封信里，冰心就把"童贞"推到了我们面前。她写道："我从前也是一个小孩子，现在有时仍是一个小孩子"，就像最小的十三岁的小弟弟一样。小弟弟念过地理，知道地球是圆的，所以他对要去美国的姐姐说："姊姊，你走了，我们想你的时候，可以拿一条很长的竹竿子，从我们的院子里，直穿到对面你们的院子去，穿成一个孔穴。我们从那孔穴里，可以彼此看见。"冰心羡慕小弟弟和家里的小孩子们，能够在父亲母亲的膝下享受快乐甜美的时光。她希望做孩子们最热情最忠实的朋友，保守着一份天真，在以后的通讯中，告诉大家一些新奇的事情。童贞和母爱显然是其散文的中心。

《通讯七》则集中写对大自然的欣赏与赞美。她乘约克逊号邮船，出吴淞口，经神户，大海一望无际的粼粼的微波，凉风习习，海水竟似湖光。冰心说："恨我不能画，文字竟是世界上最无用的东西，写不出这空灵的妙景。"接着，她又写威尔斯利女子大学慰冰湖畔的美景，湖上的明月和落日，浓阴和微雨，仪态万千。岸上四围的树叶，一丛一丛的，倒影在水中，夕阳下极其艳冶，极其柔媚。她嘱咐小朋友，在母亲怀中的乐趣，也应该说出来听听呀！散文中，大自然是与母爱紧密联系在一起的。

《往事》的主题也是歌唱爱的哲学。《往事·七》中，作者用饱蘸感情的笔墨，细腻地描写了两盆莲花——白莲和红莲在雨中的不同情景。白莲经夜雨的侵袭，瓣儿散落水面，只剩小小莲蓬和须儿，如同无依无靠的孤儿，形容憔悴；而红莲反而绽开得更加鲜艳，亭亭玉立，因为大荷叶为它遮挡了全部的风雨。写的是自然，而大荷叶对红莲的庇护，自然也上升到母爱的主题了。

思考练习

1. 举例说明朱自清的散文为何被称为"白话美文"。
2. 说说冰心散文《寄小读者》的艺术风格。

第四节 文明戏的引进

一、早期文明新剧团与戏剧形式

人们把适应现代文明的需要，以言语、动作为主要表现形式的，国外传进来的新的戏剧形式，称为文明新剧。文明新剧又叫文明戏，深受人们的欢迎，其特点为：反映社会现实，追踪社会热点，幽默、晓畅、新鲜。不过，文明戏的艺术是比较粗糙的。其采用幕表制，没有剧本，演员上台现编词，有时候牛头不对马嘴，令人捧腹。但它对黑暗现实的揭露，对军阀统治的抨击、控诉，有积极的社会意义。后来，文明新剧遭到军阀政府的重压，开始商业化，逐渐走下坡路了。

1. 文明戏

中国传统戏剧是由"曲"演变而来，所以又称"戏曲"。戏曲由折子戏构成，每个折子的唱段则由"曲"（包括宫调、曲牌、正文、衬字等）组成。其基本程式是"念、唱、做、打"，与国外的话剧是不同的艺术种类。中国戏曲是"虚拟"的，即象征主义的；国外的话剧是写实的，属于斯坦尼斯拉夫斯基体系，讲求的是进入角色，演员要自觉成为戏剧中的人物。中国戏曲基本上是帝王将相、才子佳人，属于消遣式艺术品；而西方话剧多为现实剧，有较强的社会现实意义。因此，引进新的艺术形式，改革传统的戏曲艺术，用这种新的戏剧艺术为当时的文化改革、启蒙主义服务，便成了当时的时尚。

1906年冬，中国留日学生在日本东京成立了戏剧团体春柳社，主要成员有李叔同、曾孝谷、陆镜若、欧阳予倩等。这个社团首先举起了引进话剧艺术的旗帜。他们于1907年2月在东京演出了西方话剧《茶花女》《黑奴吁天录》等。他们的演出大获成功，在留学生中产生了极大的影响。辛亥革命后，春柳社员陆续归国。1912年初，陆镜若在上海邀集欧阳予倩等人成立了新剧同志会，正式从事职业演剧。它始终保持着春柳社的宗旨和传统作风，因此可称作"后期春柳"。

2. 爱美剧

文明戏由于受到军阀政府的反对和限制，不得不迎合小市民趣味，演出一些戏谑、搞笑、黑幕类的戏剧，走向商业化。加上艺术形式的粗糙，文明戏开始走下坡路，在政治上也走向堕落。

"五四"之初，戏剧界的一些有识之士为了振兴文明新剧，提倡"爱美剧"（英文 amateur 的音译，意即非职业戏剧，不以营利为目的的业余演出），希望文明戏摆脱金钱的羁绊，不受反动政治的压迫，走上健康发展的道路。因此，不少戏剧社团都开展了"爱美剧"的演出，还创办了戏剧学校，培养戏剧后备人才。例如，1921年，李健吾、陈大悲和蒲伯英发起成立人艺戏剧专门学校。田汉领导的南国社也办起了南国艺术剧社，培养了陈白尘、金焰、郑君里、张曙、塞克等大批艺术人才。

3. 话剧

话剧的正名是在洪深归国参与戏剧艺术的改革以后。他1923年在上海加入上海戏剧协社，后来还加入了复旦剧社、南国社。他不仅是我国现代著名戏剧家，而且是现代戏剧理论家。他较早就比较系统地建立了现代戏剧理论，对现代话剧艺术的规律、特征做过较为深入的研究。他为话剧正了名，在文明戏的基础上，建立了正规的话剧演出体制（编、导、演的整体系统），为我国现代戏剧运动的发展做出了重要贡献。话剧创作的大发展是在30年代，曹禺的《雷雨》问世，是中国现代话剧成熟的标志。

二、文明戏的初期创作

1. 胡适的《终身大事》

初期话剧创作相当贫乏，第一个话剧剧本是胡适的独幕话剧《终身大事》，1916年3月发表在《新青年》上。由于受到挪威著名戏剧家易卜生社会问题剧的影响，加上"五四"时期文学创作中常见的个性解放主题，剧作以婚姻恋爱为题材，描写了一位知识女性田亚梅，冲破封建传统的束缚、反对封建家庭的干涉，自主决定自己婚姻大事的故事。作品塑造的新女性形象田亚梅，为了追求爱情，敢于进行个性主义的抗争，表现了时代精神，就像易卜生的《玩偶之家》中的娜拉一样。

2. 欧阳予倩（1889—1962）的《泼妇》《回家以后》

戏剧作家是欧阳予倩是话剧运动的先驱。他1902年留学日本，1907年加入春柳社，演出过话剧《黑奴吁天录》，后来加入了南国社。欧阳予倩这个时期的话剧创作，较有影响的作品是《泼妇》和《回家以后》。《泼妇》塑造了一个大胆泼辣的妇女形象——素心，她面对道貌岸然的丈夫违背诺言想要娶妾时，勇敢地捍卫妇女应有的权利，揭穿了丈夫的伪善面目。她坚决反对他娶妾，与他展开了面对面的斗争。她逼丈夫辞退了带回来的所谓"女佣"，并毅然和丈夫决裂，表现了大无畏的斗争精神，一个反封建的新女性形象跃然纸上。剧的末尾，丈夫陈慎之望着她离去的身影，惊呼：

"好一个泼妇！"《回家以后》写已有妻室的留美大学生陆治平留学期间又与外国女子刘玛利结婚，本来打算回家与原配吴自芳离婚，却发现妻子身上有许多新式女性所没有的优点，因而陷入了进退两难的尴尬境地。作品体现了人们对中西两种文化做选择时的迷惘与犹疑。

3. 田汉（1898—1968）的《咖啡店之一夜》《获虎之夜》

田汉是中国现代戏剧运动的奠基人之一。他留日期间参加过创造社，是创造社的骨干。后来为了戏剧运动的发展，他退出创造社，另组南国社。南国社在极其艰苦的环境中为中国现代话剧的发展做出了重要贡献。这个时期，田汉的创作有较大影响的是两部独幕剧：《咖啡店之一夜》《获虎之夜》。两部作品都是爱情婚姻题材。《咖啡店之一夜》写了纯情少女白秋英的爱情故事。她爱上了一个盐商的儿子李乾卿，而李乾卿进城读书后，却另寻新欢，遗弃了白秋英。有一天晚上，在一家咖啡店，白秋英遇见了李乾卿，李乾卿厚颜无耻地想用金钱索回自己以前的情书，白秋英大义凛然地将金钱与情书付之一炬，斥责了李乾卿的无耻，只会像盐商一样做买卖。作品揭露和谴责了资产阶级以金钱、地位为中心的丑恶本质。《获虎之夜》则写了一个富裕猎户魏福生的女儿莲姑的恋爱故事。莲姑爱上了一个流浪汉黄大傻，父亲却不同意。黄大傻趁夜到魏家探望莲姑，不料被魏福生设置的猎虎陷阱击中。面对受伤的黄大傻，莲姑紧紧抓住他的手不舍分开，而且说："世间没有人能拆开我们的手。"但是，魏福生最终还是硬把莲姑拖走，黄大傻悲愤自杀，贫富悬殊终于造成了这对青年的恋爱悲剧。作品成功地塑造了一个具有强烈反抗精神的农村少女形象。

思考练习

1. 名词解释：文明戏 爱美剧
2. 简述话剧与中国传统戏剧艺术的不同。
3. 简述早期话剧作为舶来品的情况。

第三章 作家论

【章目要览】

鲁迅，人称"中国现代小说之父"。1918年发表第一篇白话小说《狂人日记》，高扬反封建的旗帜。著作有小说集《呐喊》《彷徨》《故事新编》，散文集《朝花夕拾》，散文诗集《野草》等等，是中国现代文学的奠基人。

郭沫若，中国现代新诗的奠基人。早期有《牧羊哀话》《凤凰涅槃》等，新诗集有《女神》《星空》《前茅》《恢复》等。《女神》中的自由体诗狂飙突进、汪洋恣肆，是"五四"时代积极浪漫主义艺术的杰出代表，开一代诗风。早期的"三个叛逆的女性"到40年代的经典剧作《屈原》，开创了现代话剧中历史剧的先河。

【重点提示】

鲁迅：《呐喊》《彷徨》的思想内容和艺术特色；阿Q形象与阿Q精神；《朝花夕拾》的艺术风格；杂文概貌及思想艺术特色。

郭沫若：泛神论思想与《女神》；"三个叛逆的女性"；寄托小说和自叙小说；历史剧的艺术风格。

【拓展阅读】

1. 王富仁. 中国反封建思想革命的一面镜子——《呐喊》《彷徨》综论. 北京：北京师范大学出版社，1986.

2. 钱理群. 心灵的探寻. 上海：上海文艺出版社，1988.

3. 孙玉石.《野草》研究. 北京：北京大学出版社，2007.

4. 魏洪丘. 鲁迅《朝花夕拾》研究. 北京：中国言实出版社，2014.

5. 汪晖. 反抗绝望：鲁迅及其文学世界. 石家庄：河北教育出版社，1994.

6. 孙党伯. 郭沫若评传. 北京：人民文学出版社，1987.

第一节　现代小说之父——鲁迅

一、生平与思想发展

（一）寻求真理的爱国主义者（1881—1918）

1. 少年时代（1881—1898）

鲁迅，原名周樟寿，后改名周树人，出生在封建官僚家庭。祖父周介孚曾担任江西金溪县知县、翰林院内阁中书等职；父亲周伯宜是秀才。但是，由于其祖父卷入科场贿赂案被捕入狱，周伯宜的秀才被革，永久取消考试资格，因此而家道中落。家庭中的许多事件给他留下了痛苦的记忆。如祖父下狱后，父亲酗酒生病，脾气暴躁，鲁迅多次出入当铺和药铺。在被侮辱、受歧视的环境里，鲁迅深感世态炎凉。作为家中的长子，他更早地承受到家庭的重压。

鲁迅受母亲的影响较深。鲁迅的母亲经历了几次重大的家庭变故：科场案的打击、丈夫的重病和亡故、儿子的夭折等，但她坚强地挺了下来，把孩子培养大。鲁迅因此以母姓为笔名的姓。

鲁迅幼年时受过诗、书、经、传的教育，涉猎了许多古籍。随着年龄的增长，他喜欢杂览，读了许多野史、笔记，养成了对历史的兴趣，一些乡邦先贤的反抗思想和爱国精神对他产生了较大影响。他小时常随母亲去外祖母家，熟悉农村社会，和农民保持着密切联系。对闰土、长妈妈等，鲁迅都寄以深刻的同情。因此，鲁迅没有走士大夫子弟的老路——经商或做官，而是选择了到新学校去读书，学习科学技术，寻求救国救民的真理。1898年，他告别母亲，进入南京的江南水师学堂，开始了新的人生之旅。

2. 南京读书与日本留学（1898—1909）

江南水师学堂是洋务派创办的，仍然延续旧制，学生的道路依然是"读书—候补—做官"。英语等课程只是用来装点门面的。只读了半年，鲁迅便转学到江南陆师学堂附设的路矿铁路学堂。

在这里，鲁迅接触到了一些近代自然科学知识。学校开设了地学、金石、地理、算学、历史、生理等课程。鲁迅在这里读到了严复译述的《天演论》。该书中阐述的"天道变化，不主故常"的唯物主义思想，冲击了"天不变，道亦不变"的传统观念。

它打破了"神造物论",提出了"生存竞争""物竞天择"的自然规律。鲁迅由此联想到中国的命运。只有强国,中华民族才能自立于世界民族之林。他抱定"我以我血荐轩辕"的决心。

戊戌变法让鲁迅受到"维新图强"思想的影响。在"要救国只有维新,要维新只有到外国"的思想影响下,他选择了出国留学之路。1902年,他考取了官费到日本留学。他积极参与反清爱国运动,第二年就剪了辫子,作《自题小像》:"灵台无计逃神矢,风雨如磐黯故园。寄意寒星荃不察,我以我血荐轩辕。"他这时走的是科学救国之路,要用自己所学的"专长",来挽救中国的危亡。其后,他撰写了《斯巴达之魂》《说镭》《中国地质略论》《中国矿产志》等论文,还翻译了《月界旅行》《地底旅行》《北极探险记》等。

之后,他研究日本经济发展的历史和原因时,发现日本的明治维新的发端是西方医学。要发展国家、民族的经济,先要使国民有强健的身体。当时,中国人被称为"东亚病夫",加上鲁迅的父亲生病被庸医所误,这促使他决心学习医学,进入了仙台的医科专门学校。

在仙台,鲁迅得到了藤野先生的关怀。但一件偶然的事改变了他的人生,击碎了他的美梦。课间放了一个幻灯片,在演日军杀中国人的事。周围的中国人虽然体格健壮,却麻木地当着看客。他认识到:"医学并非一件要紧事,凡是愚弱的国民,即使体格如何健全,如何茁壮,也只能做毫无意义的示众材料和看客,病死多少是不必以为不幸的。所以我们的第一要著,是在改变他们的精神,而善于改变精神的是,我那时以为当然要推文艺,于是想提倡文艺运动了。"[①]"改变他们的精神",就是改造国民性,这是启蒙主义思想的表现。在群众还没有觉悟时,启蒙主义思想具有积极的意义。

1906年,他终止了学医,回到东京,开始了文学生涯。他筹办了《新生》杂志,但因经济条件而中止。他又与人共同翻译出版了《域外小说集》两集,但没有销路。他并未停止,又先后写了《摩罗诗力说》《文化偏至论》等文艺论文。《摩罗诗力说》推荐欧洲积极浪漫主义诗人拜伦、雪莱、莱蒙托夫、密兹凯维支、裴多菲等"精神界之战士",他们"立意在反抗,指归在动作","不为顺世和悦之音,……争天拒俗";"不克厥敌,战则不止"。《文化偏至论》推崇"掊物质而张灵明,任个人而排众数"的个性主义思想,表现了对封建中庸之道的否定。

3. 回国后的第一个十年(1909—1918)

1909年鲁迅回国后,先后在杭州、绍兴任教。在这期间,鲁迅经历了辛亥革命。

---

① 鲁迅.鲁迅全集(2).北京:人民文学出版社,1981.

1911年，他非常兴奋地带领学生上街示威游行、宣传演说；但是，光复后的绍兴虽然"满街是白旗子"，骨子里却依旧。这年，他发表了自己唯一的文言小说《怀旧》，但作品的内容、作者的视角、叙述的人称等诸多方面都已经现代化了。鲁迅目睹社会的一切，悲愤而沉痛。他说："见过辛亥革命，见过二次革命，见过袁世凯称帝、张勋复辟，看来看去，就看得怀疑起来，于是失望，颓唐得很了。"他是在苦苦思索和探求新的革命道路。

1912年1月，他应蔡元培的邀请，赴南京教育部任职，5月迁往北京。从回国到1918年5月发表白话小说《狂人日记》，前后有10个年头。鲁迅工作之余不断抄古书，辑录金石碑帖，校订《后汉书》《嵇康集》等，研究分析中国历史、中国社会，为后来的学术研究、文学创作奠定了坚实的基础。他曾经说过："因为从旧垒中来，情形看得比较分明，反戈一击，易制强敌的死命。"他就是在此基础之上，实现了对封建礼教及家族制度的尖锐有力的揭露和批判。

（二）战斗的革命民主主义者（1918—1927）

1. 战斗的呐喊（1918—1924）

1917年俄国十月革命的胜利，开辟了人类历史的新纪元，也让鲁迅看到了"新世纪的曙光"。他积极投身新文化运动，并参与了《新青年》的编辑工作。

1918年5月，他发表了具有划时代意义的第一篇白话小说《狂人日记》，以文学的形式深刻地揭露封建礼教吃人的罪恶，这篇最激烈的战斗檄文引起了社会的广泛关注。此后，他便一发而不可收，又写出了《药》《孔乙己》《阿Q正传》等一系列著名作品，从各个不同的角度深入揭露封建社会的黑暗。与此同时，他还写了不少短小精悍的杂文，剖析社会问题，如《我之节烈观》《我们现在怎样做父亲》等。他谦虚地把自己的创作称为"遵命文学"，即遵"革命的前驱者的命令"。在和封建守旧派的斗争中，他写下了许多著名文章，例如《现在的屠杀者》《估〈学衡〉》《论"费厄泼赖"应该缓行》等。他在"五四"高潮期创作的小说，后来结集为《呐喊》。

由于相信进化论，鲁迅的思想显示出相当程度的复杂性：一方面歌颂人民革命和新世纪的曙光，一方面又对人民的力量估计不足："群众，——尤其是中国的，——永远是戏剧的看客"[①]。他笔下的人物大多数是不幸而又不争的。在进化论的影响下，鲁迅把所有的斗争都归结为新与旧的斗争。

---

① 鲁迅.鲁迅全集（1）.北京：人民文学出版社，1981.

2. 十字路口的搏击（1924—1927）

"五四"运动开始走向低潮时，鲁迅看到反封建的新文学统一战线的分化，"有的高升，有的退隐，有的前进"。同一阵营中的战友还会有这样的变化，他的进化论无法解释；封建军阀在帝国主义的支持下，向新文化运动发起了疯狂反扑。新的并不能完全战胜旧的，鲁迅感到非常困惑。他开始反思、探求、自我解剖，发现了进化论思想和个性主义的局限。

这期间，他苦苦探索知识分子问题，寻找正确的出路。《在酒楼上》《孤独者》《端午节》《弟兄》《伤逝》等作品，都是描写知识分子的名篇。他的探索是十分艰苦的。他把小说结集为《彷徨》，就是明证。《题〈彷徨〉》中就写道："寂寞新文苑，平安旧战场。两间余一卒，荷戟独彷徨。"[①]他觉得自己成了散兵游勇，但他没有气馁，仍然继续战斗。

在"女师大风潮"中，他一直站在学生一边；"五卅惨案""三一八惨案"后，他写下了《无花的蔷薇》《记念刘和珍君》《"公理"的把戏》等著名文章。鲁迅看到，封建势力并没有因为它代表旧事物而立即被代表新事物的进步力量所取代，仍然在猖狂肆虐，屠杀进步人士和革命学生。鲁迅的教育部佥事职务被无故罢免，还上了军阀政府的黑名单。

1926年8月，鲁迅到厦门大学任教。工作之余，他不仅完成了回忆性散文《朝花夕拾》的创作，而且写下了被人称为"鲁迅的哲学"的散文诗23篇，后结集为《野草》，并整理出版了自己早期的作品集《坟》。不久，北伐战争开始。鲁迅受到鼓舞，当即作了"少读中国书，做好事之徒"的演讲。可是，厦门大学当局对他却是敬而远之，使他深感寂寞。

1927年1月，鲁迅辞去了厦门大学的职务，受中山大学的邀请，来到当时的革命策源地广州，在中山大学任教务主任兼文科教授。

3. 伟大的转折（1927年前后）

在中山大学，鲁迅与中共粤区委员会负责人陈延年、中山大学支部毕磊密切接触，读了党团刊物《向导》《人民周刊》《少年先锋》等。受马列主义和共产党人的影响，鲁迅的思想发生了质的飞跃。他作了如"革命时代的文学"等演讲，尤其是在"四一二"反革命政变前夕，发表了著名的《庆祝沪宁克复的那一边》，标志着他思想的逐渐成熟。

1927年4月12日，蒋介石发动了反革命政变。4月15日，反动派在广州捕杀

[①] 鲁迅.鲁迅全集（7）.北京：人民文学出版社，1981.

3000多人，中山大学有40多人被捕，500多人被开除。鲁迅连夜冒雨奔走营救，但最终无果。他愤然辞去一切职务，决定离开广州去上海。

鲁迅目睹了更多的血腥和更残酷的杀戮，也看到了更英勇的牺牲；而"同是青年，而分成两大阵营，或则投书告密，或则助官捕人……"，他的进化论思想彻底崩毁，接受了阶级论。他愤怒地写了《可恶罪》等文章，抨击反动派屠杀人民的滔天罪行。

1928年，创造社、太阳社的青年们因为倡导革命文学而与鲁迅发生了革命文学论争。鲁迅先后读了一些马克思主义的文艺理论著作，并翻译了普列汉诺夫的《艺术论》和卢那察尔斯基的《艺术论》。对马克思主义文艺理论的学习，促使鲁迅的思想发生了飞跃。正如鲁迅自己所说："我有一件事要感谢创造社的，是他们'挤'我看了几种科学的文艺论，明白了先前的文学史家们说了一大堆，还是纠缠不清的疑问。并且因此译了一本蒲力汗诺夫的《艺术论》，以救正我——还因我而及于别人——的只信进化论的偏颇。"①

经过长期战斗的经验积累，艰苦的探索总结，对马克思主义的学习，认真的思想改造，加上中国共产党的影响，鲁迅完成了世界观的转变，从一个革命民主主义者转变成为马克思主义者。

（三）伟大的共产主义战士（1927—1936）

这段时期，鲁迅组织、参加中国左翼作家联盟，培养、带领广大青年作家反对国民党的反革命文化围剿，为他们改稿编书、写序作跋、解答疑难；先后编辑了《萌芽》《前哨》《十字街头》等刊物；创作了9本杂文集（《三闲集》《二心集》《南腔北调集》《伪自由书》《准风月谈》《花边文学》《且介亭杂文》《且介亭杂文二集》《且介亭杂文末编》）和1本小说集（《故事新编》）。他还先后加入了中国共产党发起组织的革命互济会、中国自由运动大同盟、中国民权保障同盟、反帝反战同盟等，多次和文艺界同仁共同发表声明、宣言,对国民党、帝国主义的暴行提出强烈抗议和控诉。

频繁的战斗，紧张的工作，艰苦的生活，严重损害了鲁迅的健康。1936年10月19日凌晨5时25分，鲁迅在上海寓所逝世，终年56岁。在葬仪上，上海民众在他的灵柩上盖了一面大旗——"民族魂"。

毛泽东在《新民主主义论》里写道："鲁迅是中国文化革命的主将，他不但是伟大的文学家，而且是伟大的思想家与伟大的革命家。鲁迅的骨头是最硬的，他没有丝

---

① 鲁迅.鲁迅全集（4）.北京：人民文学出版社，1981.

毫的奴颜与媚骨,这是殖民地半殖民地人民最可宝贵的性格。鲁迅是在文化战线上,代表全民族的大多数,向着敌人冲锋陷阵的最正确、最勇敢、最坚决、最忠实、最热忱的空前的民族英雄。鲁迅的方向,就是中华民族新文化的方向。"[1]

二、文学创作成就

鲁迅的文学创作,主要是3部小说集:《呐喊》《彷徨》《故事新编》;1部散文集《朝花夕拾》;1部散文诗集《野草》;17部杂文集:《热风》《坟》《华盖集》《华盖集续编》《而已集》《三闲集》《二心集》《南腔北调集》《伪自由书》《准风月谈》《花边文学》《且介亭杂文》《且介亭杂文二集》《且介亭杂文末编》以及后人所编的《集外集》《集外集拾遗》《集外集拾遗补编》。

(一)小说创作

1.《呐喊》

《呐喊》创作于1918年至1922年,是鲁迅的第一部小说集,1923年8月由北京新潮社出版。鲁迅在《我怎么做起小说来》中说:"说到'为什么'做小说罢,我仍抱着十多年前的'启蒙主义',以为必须是'为人生',而且要改良这人生。……我的取材,多采自病态社会的不幸的人们中,意思是在揭出病苦,引起疗救的注意。"[2]鲁迅称,呐喊几声,目的在于"慰藉那些在斗争中奔驰的勇士",使他们无畏地前进。小说集初版有15篇小说(《狂人日记》《孔乙己》《药》《明天》《一件小事》《头发的故事》《风波》《故乡》《阿Q正传》《端午节》《白光》《兔和猫》《鸭的喜剧》《社戏》《不周山》)。后改版为14篇,抽掉了1篇《不周山》,改名为《补天》,于30年代收入《故事新编》。

白话小说的开篇之作是《狂人日记》。作者利用早年获得的医学知识,以严格的现实主义态度,描写了一个"迫害狂"患者的精神状态和心理活动,将社会生活的具体描写与狂人特有的内心感受艺术地结合起来,贯穿在小说的全部细节里。狂人说的每一句话都是疯话,却又包含着许多深刻的道理,从而揭示了封建社会"吃人"的本质。《狂人日记》构思的巧妙、忧愤的深广和批判的犀利,使人们耳目一新。这篇小说是向封建社会进军的第一声号角,反映了中国革命已经进入新阶段的历史特征。

---

[1] 毛泽东.毛泽东选集(一卷本).北京:人民出版社,1964.
[2] 鲁迅.鲁迅全集(4).北京:人民文学出版社,1981.

小说主要是批判封建制度，表现了对"人吃人"的社会的彻底否定。"吃人"两个字一针见血，深刻至极，同时也包括对国民性的批判。小说的创作意图，用鲁迅的话来说就是"意在暴露家族制度和礼教的弊害"[①]。作品的主人公狂人显然是个清醒的反封建主义战士，是时代的产物，是鲁迅的历史观、社会观、文学观和美学观相结合的产物。

《狂人日记》之后的《孔乙己》《白光》，是鲁迅对封建旧知识分子形象的塑造。《孔乙己》中，鲁迅通过对孔乙己悲剧性格的描绘，对腐朽反动的封建科举制度进行了尖锐的批判和愤怒的控诉。孔乙己是封建教育与科举制度的牺牲品。鲁迅以酒店为背景来表现人物，这里的等级观念、尔虞我诈、势利眼等，构成了展示人物的典型环境。孔乙己是一个多余的人，统治阶级践踏他，劳动人民也不需要他，他的遭遇十分可怜，悲剧命运却无法避免。作品中描写的另一种人，如丁举人，骑在人民头上作威作福，也是封建教育制度和科举制度的恶果。《白光》里的陈士成，也是一个孔乙己类型的人物。他官迷心窍，整天梦想高官厚禄，但多次应试不中，转而想发财，最后发疯而死。

《呐喊》主要的成就是刻画了许多农民形象和对农民革命性问题的探讨，主要作品有《故乡》《风波》，最突出的是《阿Q正传》。《阿Q正传》塑造了一个典型形象——阿Q。这是一个处境悲惨而精神常胜、质朴而愚蠢的破产农民的典型。小说中《优胜记略》的情节显示了阿Q独特的精神胜利法，它不过是阿Q不能也不敢正视自己的失败的一种自我麻醉的手段。阿Q常常用虚假的胜利麻醉自己，自欺欺人。这其实就是中华民族长期以来形成的民族劣根性，塑造和批判阿Q的"精神胜利法"就是在批判国民性，启发农民的民主主义觉悟。阿Q的性格是半封建半殖民地人民性格的典型，是保守、排外、经验主义的产物。只要条件具备，"阿Q精神"就会在任何人身上产生。所以人们说，阿Q是"说不尽"的，过去有，现在有，将来也会有；中国有，外国也有。从这个角度来看，鲁迅不仅是我们民族的思想家，也是人类的思想家。

《故乡》塑造了一个愚昧落后的农民形象——闰土。在帝国主义掠夺、封建军阀混战、地主官僚压榨和连年自然灾害的摧残下，中国农村破产凋敝，农民都愚昧、麻木、不堪重负，都苦得像木偶人了。

和《阿Q正传》一样，《风波》《药》也是总结辛亥革命经验教训的作品。《风波》中，农民七斤进城做工被革命党剪了辫子，而皇帝又要坐龙庭的消息传来，没有

[①] 鲁迅. 中国新文学大系导言集. 天津：天津人民出版社，1993.

辫子的他惶恐不安。作品以张勋复辟为背景，揭示了辛亥革命没有给农村带来真正的变革。农村社会一切照旧，农民的思想没有受到触动，仅仅是象征性地剪了一条辫子而已。张勋复辟没有成功，一场风波也就此平息。《药》则写华小栓得了痨病，迷信说要吃人血馒头，结果却让他吃了辛亥革命烈士夏瑜的鲜血。"药"，明线指的人血馒头——治痨病的药，暗线则指诊治中华民族的药——破除迷信，进行革命。

《明天》是鲁迅第一篇关于妇女题材的作品，主人公单四嫂子是个寡妇，儿子就是她的明天。可是"明天"出问题了——孩子生病了，单四嫂子是一个有主见有魄力的人，她一边求神灵保佑，一边请大夫给孩子看病，但孩子最终还是死了，"明天"没了。等待单四嫂子的"明天"是蓝皮阿五、红鼻子老拱的觊觎和戕害。

《兔和猫》《鸭的喜剧》是以动物为题材的小说。《兔和猫》与其说是写动物，不如说是对人生态度的描述。小说中的母亲、三太太和"我"对待兔和猫的态度截然不同。三太太豢养的小兔被恶猫吃了，"我"憎恨恶猫而怜惜小兔，母亲却反对我打猫，说猫也是生灵，爱兔也爱猫。而三太太却恨猫也怪罪兔子。作品表现出对蛮横者的憎恨，对弱小者的同情。《鸭的喜剧》则显示出对外国友人爱罗先珂脱离现实的美好理想的揶揄。爱罗先珂主张自食其力，自己种菜，还买了蝌蚪来养；但他又买了鸭子来放。想不到，他的鸭子把自己养的蝌蚪吃光了。

《呐喊》中，以"五四"时代知识分子为题材的作品只有《端午节》，主人公方玄绰是以鲁迅自己为原型的。他不仅身份与鲁迅相似，其思想和口头禅"差不多"也是鲁迅曾经有过的。方玄绰的"差不多"其实是"中庸"之道、"此亦一是非，彼亦一是非"的翻版，其实质就是无是非观，是置身于黑暗社会的一种精神逃路和灵魂的腐蚀剂。这既是对旧中国黑暗社会里国民劣根性的嘲弄与批判，又是对灵魂的自我剖析与自责。

2. 《彷徨》

《彷徨》创作于1924年至1925年，是鲁迅的第二部小说集，1926年8月由北京北新书局出版。集子收了小说11篇：《祝福》《在酒楼上》《幸福的家庭》《肥皂》《长明灯》《示众》《高老夫子》《孤独者》《伤逝》《弟兄》《离婚》。

与《呐喊》相比，《彷徨》除了继续反映农村社会的面貌外，更侧重于对知识分子前进道路的探索。这个集子中塑造了三种知识分子的形象，有封建守旧的知识分子，有参与辛亥革命的知识分子，还有投身"五四"新文化运动的知识分子。作品不仅写了他们的不同表现，还揭示了他们各自的本质与局限。

第一类是写封建守旧的知识分子的作品，有《高老夫子》《肥皂》。《高老夫子》

的主人公高尔础是个不学无术的封建守旧的遗老。除了反对新文化、鼓吹封建伦理道德外，别无所用。改名高尔础是为了和俄国文豪高尔基攀上亲，教历史只会讲隋唐演义，代课的结局是落荒而逃。《肥皂》里的四铭是一个满嘴仁义道德、满腹男盗女娼的假道学，整天不是骂十七八岁的女学生，就是称赞十七八岁的女乞丐。在一伙流氓戏谑女乞丐"咯吱咯吱洗一洗"的笑声中，他竟下意识地去买了肥皂。两部作品都是鲁迅对封建守旧知识分子的嘲弄与讽刺。

第二类是写参与辛亥革命的知识分子的作品，有《在酒楼上》《孤独者》。《在酒楼上》的主人公吕纬甫曾积极投身改革，但辛亥革命失败后，他在理想与现实的矛盾中走向了颓废，把当年反对的孔孟之道变为谋生的饭碗。《孤独者》中的魏连殳，受过西方先进科学和文化思想的影响，但面对强大的封建势力，无力改变现实，于是采取玩世不恭的态度来消极对待。虽然他很悲哀，但无疑是另一种形式的失败。鲁迅在塑造这些人物时，对其性格弱点进行了深入的剖析。

第三类是写投身"五四"新文化运动的知识分子的作品，有《伤逝》《弟兄》。《伤逝》中涓生和子君都曾热心改革，追求个性解放，冲破家庭和社会的束缚，实现了自由婚姻。但由于脱离社会现实，他们组成了男主外、女主内的旧式家庭，子君当起了家庭主妇。由于社会的压迫，涓生失业，子君不得不回到自己的家，最后忧郁成疾而亡，成为一个悲剧。《弟兄》则写沛君、靖甫两兄弟亲密无间，但由于一个假想敌"猩红热"的出现，导致兄弟关系出现隐忧和哥哥灵魂深处自私心态的暴露。"兄弟怡怡"的假象之所以能够维持，其实是经济杠杆所决定的。沛君、靖甫能够"怡怡"是因为两兄弟经济收入差不多，负担也差不多，达到一种平衡而没有分家。当"猩红热"出现，弟弟若病死，经济杠杆失衡，重头全部压向哥哥，"怡怡"自然会被打破。

《彷徨》中还有两篇塑造妇女形象的作品值得关注。《祝福》中被迫改嫁的寡妇祥林嫂，陷入夫权、族权、神权、政权四大绞索对她进行绞杀的命运，一个弱女子不走向悲剧结束才怪呢！《离婚》中的爱姑与单四嫂子、祥林嫂都不同，她不是寡妇，加上时代的转变，她有了姓名，可以闹离婚了。她个性是倔强的，她要闹得"老畜生小畜生家破人亡"。但是，这个时代的妇女并未彻底翻身，而她充满幻想的反抗却寄希望于"知书达理"的旧官僚，最终仍然是失败。

《彷徨》中也有一篇塑造"狂人"形象的作品，这就是《长明灯》。《长明灯》的主人公也是一个疯子，他是吉光屯的叛逆，要灭掉祠堂里象征宗族延续、兴旺的长明灯。因为有灯，他可以看见许多牛鬼蛇神；村民们欺骗他说帮他灭，他不受骗要自己亲手灭；村民拦阻他，他愤怒地要放火烧祠堂。最后，他被村里人抓起来关在破木屋里，只能掰着木屋的栅栏发着嘶哑的呼喊。这个疯子不像狂人只是空洞地呼喊"救救孩子！"，他不受世人的欺瞒，决心要放火，将封建的祠堂彻底烧光！疯子比狂人激进得多，反抗要激烈得多，革命也要彻底得多。小说反映的是革命者彻底反封建的孤军奋战的悲剧。

《呐喊》《彷徨》中作品的特征可以概括为表现的深切、格式的特别。从内容看，它高举反封建主义的旗帜，表现了反封建的主题，深刻总结了辛亥革命的经验教训，对知识分子的前进道路进行了探索。它们成为旧中国农村社会的一面镜子。从形式看，它们具有选材严、开掘深（无论环境概括、情节提炼和人物塑造）、结构严谨（如单线条、场景、肖像的细节描写等）、语言精练（叙述语言的简洁、人物语言的个性化等）等特点。

3.《故事新编》

《故事新编》是鲁迅的历史小说集，创作于1922年冬到1935年底，"足足十三年"，跨越了鲁迅思想发展的前后期，共收小说8篇：《补天》（原名《不周山》）、《铸剑》《奔月》《理水》《非攻》《采薇》《出关》《起死》，1936年由上海文化生活出版社印行。

鲁迅在《自选集〈自序〉》中说，这8篇都是"神话、传说及史实的演义"，即是说，《故事新编》采用的是"演义"的方法。"义"指历史的真实，"演"指艺术表现方法，"演义"则指历史真实与艺术虚构的有机统一。《故事新编》所写的故事，既有"旧书上的根据"，又"没有将古人写得更死"。鲁迅经过认真的探索和开拓，根据现实斗争的需要，对历史题材进行了认真的考察、选择并加以改造，又艺术地穿插进某些现代生活的细节，熔古铸今，推陈出新，充分发挥了作品的社会作用。

前期的作品有《补天》《铸剑》《奔月》。

《补天》创作于1922年11月，原名《不周山》，塑造了创世纪的女英雄——女娲。她"抟黄土作人""炼石补天"，创造了人类，重整了乾坤，表现了伟大的创造和进取精神。鲁迅说："《不周山》便是取了'女娲炼石补天'的神话，……也不过取了弗罗特说，来解释创造——人和文学——的缘起。""我做的《不周山》，原意是在描写性的发动和创造，以至衰亡的。"[①] 可是，在创作过程中，他在报纸上看见了胡梦华对汪静之的《蕙的风》的污蔑，忍不住在《补天》故事中加入了"赤身裸体的女娲的两腿之间出现了一个古衣冠的小丈夫"的情节，表现了对封建复古派的谴责与嘲弄。这也是鲁迅后来提出"油滑"话题的起始。

---

① 鲁迅.鲁迅全集（2）.北京：人民文学出版社，1981.

《铸剑》创作于 1926 年 10 月，写了铸剑能手干将因为铸剑被楚王所杀，干将之子眉间尺在宴之敖者的帮助下，为父报仇、英勇献身的故事。宴之敖者假装抓到并杀了刺客眉间尺，取得楚王的信任，最后杀了残忍的楚王，帮眉间尺复仇。这是一曲颂扬反抗强权的赞歌，表现了强烈的复仇精神和韧战精神。作品创作于"三一八"惨案之后，故事以此为背景，显露出悲愤与悲壮的情态，表现了"以血还血，以牙还牙"的顽强的复仇精神。

　　《奔月》创作于 1926 年 12 月，写的是后羿射日、嫦娥奔月、逄蒙剪径的故事。由于曾经射日的神箭手后羿把天下的野兽射完了，只剩乌鸦，妻子嫦娥只能天天吃乌鸦炸酱面。她要求丈夫改变这种状况。后羿后来射了老母鸡，兴冲冲地回家，想不到路上遇见了剪径的强盗。强盗想射死后羿，但他的招数都被后羿一一化解了。这个强盗居然就是他的学生逄蒙，为了当天下第一，想害死老师后羿。后羿狠狠训斥了逄蒙，逄蒙灰溜溜地走了。后羿回到家中，可嫦娥因为耐不住无为的生活而奔月了。小说反映了英雄的众叛亲离、孤寂落寞，歌颂英雄坚持前进的高贵品质，谴责追求个人名利及忘恩负义的卑劣行径。

　　鲁迅后期的作品有《非攻》《理水》《采薇》《出关》《起死》等。这时的作品大致可以分为两类：一类是歌颂"中国的脊梁"的，一类是"挖坏种的祖坟"的。30 年代中期以来，由于日本帝国主义的入侵和国民党反动政府"不抵抗"的政策，前线节节败退，国内许多人陷入悲观，鲁迅歌颂"中国的脊梁"就是为了鼓舞士气。而对于不顾国家民族、只计较个人得失的一些人，鲁迅是要挖他们的思想根子，"挖坏种的祖坟"。

　　属于歌颂"中国的脊梁"的作品有《非攻》《理水》。

　　《非攻》创作于 1934 年 8 月，写了墨子阻楚攻宋、与公输班斗智斗勇的故事。楚国攻打宋国，是一场非正义的战争。墨子千里迢迢到楚国去劝说楚王放弃攻打宋国，可楚王以造了攻城的云梯就要用为理由拒绝他。墨子说自己和学生已经为宋国做了战争准备，攻打宋国只会劳民伤财，并与楚王的谋臣公输班当面演练，击败了对方，迫使楚王放弃攻宋。作品揭示出，正义战争的胜利不仅依靠实战准备与外交相结合，而且要勇于并善于斗争。《理水》创作于 1935 年 11 月，作品写了大禹治水的故事，讴歌中国人民的优秀品质和聪明智慧以及古代英雄坚韧不拔的斗争精神。

　　属于"挖坏种的祖坟"的作品有《采薇》《出关》《起死》。

　　《采薇》创作于 1935 年 12 月，是写伯夷、叔齐"义不食周粟"的故事。商纣王无道被推翻，周武王建立了周朝。伯夷、叔齐是孤竹君的儿子，他们抱着旧朝代不放,认为纣王无道应该下台,但周武王以下犯上,是为不义,所以他们"义不食周粟",上首阳山采薇充饥,结果被村民取笑:普天之下莫非王土,你们不吃周朝地里长的粮食,那么山也是周朝的,薇也是周朝的,你们也不能够吃。伯夷、叔齐连薇也不吃了,后来活活饿死在首阳山。作品讥讽了伯夷、叔齐之流的因循守旧和消极避世,批判了这种逃避现实斗争的荒唐行为。《出关》也创作于1935年12月,写的是孔子问礼于老子和老子西出函谷关的故事。孔子向老子请教,老子主张"无为而治",而孔子却"知其不可为而为之",这使老子感到了威胁。于是老子要逃避,西出函谷关。没料到,守关将士见来的是老子,便慕名要老子向他们讲解《道德经》。为了出关,老子不得不硬着头皮来讲《道德经》,其实将士们并不真懂《道德经》,老子想"无为"而不得。作品批判道家"无为"哲学的虚伪和逃避现实的空谈。《起死》同样创作于1935年12月,"起死"就是"复活"的意思。作品写的是庄子路遇骷髅并将其起死回生的故事。庄子路遇骷髅,觉得很可怜,便命司命大神将其复活。可想不到骷髅复活后,因为死去多年衣服包袱都烂光了,便认为是庄子抢了,要庄子赔偿。庄子救人做好事,没想到被诬陷抢衣服包袱。庄子本来宣扬"虚无主义"并主张"此亦一是非,彼亦一是非"的无是非观,可是这时却不得不辩是非。作品批判了虚无主义的虚伪,表现了对"无是非观"的嘲讽。

　　《故事新编》是现实主义原则和浪漫主义想象的和谐统一。它遵循严谨的现实主义原则,忠实地反映历史人物的根本精神;同时又大胆驰骋浪漫主义想象和艺术虚构,穿插了许多现代生活的细节,充分运用了讽刺手法。

　　鲁迅的本意是"想从古代和现代都采取题材,来做短篇小说"。[①] 为了现实斗争的需要,鲁迅从来不受历史小说的定义和规范的约束,使历史小说对现代社会生活产生积极的效应。所以,在历史小说中融入现代生活的细节,是符合现实主义的原则和态度的。从艺术形式的角度来看,在历史小说中融入现代生活的细节,是一个伟大的创造。古今交映,相辅相成,亦庄亦谐,有着强烈的艺术效果。例如,大禹是"水利局局长";文化山上的"学者名流"对"禹"的研究;吃"飞车"运送来的食品,开食品博览会;庄子掏出警笛呼唤警察;墨子遇见的"募捐救国队"等情节,既诙谐又发人深省。

　　鲁迅在《故事新编〈序言〉》中说道:"不记得怎么一来,中途停了笔,去看日报了,不幸正看见了谁——现在忘记了名字——的对于汪静之君的《蕙的风》的批

---

① 鲁迅.鲁迅全集(2).北京:人民文学出版社,1981.

评,他说要含泪哀求,请青年不要再写这样的文字。这可怜的阴险使我感到滑稽,当再写小说时,就无论如何,止不住一个古衣冠的小丈夫,在女娲的两腿之间出现了。这就是从认真陷入了油滑的开端。油滑是创作的大敌,我对于自己很不满。……因为自己的对于古人,不及对于今人的诚敬,所以仍不免时有油滑之处。过了十三年,依然并无长进……"①

关于文学创作的"油滑"有两种情况。创作态度的"油滑",不严肃、不认真,随心所欲,任意而为,或随波逐流,迎合小市民口味,听任趣味低级庸俗;创作手法的"油滑",实际上指的是文学创作中不规范的虚构、讽刺和戏剧性的手法。这样的手法不会损害人物性格的塑造,可以增强作品的现实意义。

鲁迅在《序言》中所说的"从认真陷入了油滑的开端",显然是创作手法的"油滑",它不仅没有损害作品的形象和现实意义,而且是一个崭新的创造。它包括古今交融的手法,为历史小说的创作开辟了一条新途径。鲁迅所说的"油滑是创作的大敌,我对于自己很不满","仍不免时有油滑之处。过了十三年,依然并无长进……"②,这应该是指创作态度的"油滑",是鲁迅的自谦。

茅盾在《玄武门之变·序》中说:"用历史事实为题材的作品,自'五四'以来,已有了新的发展。鲁迅先生是这一方面的伟大的开拓者和成功者。他的《故事新编》,在形式上展示了多种多样的变化,给我们树立了可贵的楷式;但尤其重要的,是内容的深刻,——在《故事新编》中,鲁迅先生以他特有的锐利的观察,战斗的热情和创作的艺术,非但'没有将古人写得更死',而且将古代和现代错综交融,成为一而二,二而一。鲁迅先生这手法,曾引起了不少人的研究和学习,然而我们勉强能够学到的,也还只有他的用现代眼光去解释古事这一面,而他的更深一层的用心,——借故事的躯壳来激发现代人之所以应憎恨与应爱,乃至将古代和现代错综交融,则我们虽能理会,能吟咏,却未能学而几及。"这应该是最好的评价。

(二)散文诗创作

《野草》是鲁迅唯一的散文诗集,创作于1924年9月到1926年4月,1927年7月由北新书局出版。全书除《题辞》外,共23篇:《秋夜》《影的告别》《求乞者》《我的失恋》《复仇》《复仇(其二)》《希望》《雪》《风筝》《好的故事》《过客》

---

① 鲁迅.鲁迅全集(2).北京:人民文学出版社,1981.
② 鲁迅.鲁迅全集(2).北京:人民文学出版社,1981.

《死火》《狗的驳诘》《失掉的好地狱》《墓碣文》《颓败线的颤动》《立论》《死后》《这样的战士》《聪明人和傻子和奴才》《腊叶》《淡淡的血痕中》《一觉》。《野草》的总体特征是：以内心抒发为主，交织着不倦的战斗和严肃的自剖；采用象征、隐喻、暗示等手法，注重表现意境，含蓄而富于暗示性。

作品从内容角度来划分，可以分为三类：

1. 否定黑暗现实，向往光明理想

如《好的故事》，作品写了与"昏沉的夜"对立的梦，"美的人和美的事"，梦里是故乡美丽、优雅、有趣的村野。作品表现出浓浓的梦幻色彩。"昏沉的夜"和"好的故事"是隐喻和象征，暗示作者正处在理想与现实的矛盾中：一方面是自己的怅惘与失望，另一方面是对美好生活的向往。

又如《雪》，作品描绘了北方冰冷、坚硬、如粉如沙的"朔方的雪"，与"滋润美艳之至"的"江南的雪"。如果"朔方的雪"比拟的是冷酷现实，那么"江南的雪"就是美好事物的象征。以自然之物比拟社会环境，是鲁迅在《野草》中常用的方法。

《秋夜》也是一篇以自然之物比拟社会情境的作品。它以自家后园为描写对象，两株叶子落尽的枣树，"默默地铁似的"直刺"奇怪而高"的天空，使月亮窘得"发白"。天空布下繁霜，做着梦的小红花冻得红惨惨地"瑟缩着"；为光明而扑火的小飞虫撞进灯罩。"我"对着灯，默默地"敬奠"着这些"苍翠精致"的英雄们。作者借助自然形象歌颂反抗精神，赞美为光明献身，批评不切实际的幻想。

2. 深入剖析旧社会的病态，批判奴才、帮凶和骑墙派

如《聪明人和傻子和奴才》，这是一篇犹如小说的散文诗。奴才整日劳作，住的是黑屋子，吃的是猪狗食，见人就诉苦。一次聪明人听了，同情地安慰他说：你总会好起来。一个傻子听了，便大骂主人混账，动手砸泥墙，要给奴才开窗洞。奴才害怕了，哭嚷起来，结果许多奴才出来把傻子赶走了。作品揭示了社会生活中的反常现象，启发人们对病态社会进行思考。聪明人其实是主子的高级奴才和帮凶，给奴才以精神安慰，让其安于受剥削压迫；傻子是激进的反抗者，是真正帮助奴才的人，却被奴才赶走；奴才是充满奴性的不幸而又不争的人。

又如《立论》，写的是一个梦境，梦中老师教学生"立论"。老师说"立论"难，例如孩子满月喜庆，说真话（孩子将来要死）要遭打，说假话（孩子将来升官发财）会得好报。要"既不谎人，也不遭打"，只有不置可否，打哈哈。这就是社会上"哈哈主义"多的原因。作品针砭了庸俗圆滑的处世之道,批判了折中骑墙的市侩人生哲学。

再如《复仇》，作品写路人们围观一对赤身裸体、手持利刃的青年男女，希望看

到拥抱接吻或相互杀戮,但青年男女面对这些"看客"却采取的是"复仇"的憎恶与反击——静立不动,反过来赏鉴路人们面面相觑及生命的"干枯"。关于"示众的材料和看客",鲁迅在仙台学医的时候就从课间的幻灯片中看到过,中国人长期充当"示众的材料和看客"让鲁迅耿耿于怀。鲁迅不但放弃了学医,若干年后他依然不能释怀,写下了《示众》《复仇》和《娜拉走后怎样》等一系列作品。《复仇》正如鲁迅所说:"群众——尤其是中国的,——永远是戏剧的看客。牺牲上场,如果显得慷慨,他们就看到了悲壮剧;如果显得觳觫,他们就看到了滑稽剧。……对于这样的群众没有法,只好使他们无戏可看倒是疗救……"[①]作品不但表现了对"看客"的憎恶,而且用复仇的方式,揭示了路人们生命"干枯"的结局——"无血的大戮"。可以说,这也是对国民性的批判。

3. 自我解剖

自我解剖是《野草》特有而突出的内容。揭示世界观中的矛盾,是鲁迅对自我最真实最科学的写照,所以有人称《野草》是"鲁迅的哲学"。这一类作品在《野草》中比较多,也是最难读懂的部分。如《影的告别》,构思非常奇特:影子要与形体告别。我们都说"形影不离",有形才有影。可这个作品写影子要告别形体而独自远行。它不愿到形体所要去的"天堂""黄金世界",不愿徘徊于明暗之间,要么冲向光明,要么冲向黑暗,哪怕被黑暗所吞没。这是鲁迅不甘绝望而又找不到出路的矛盾心理的表现。鲁迅苦闷、彷徨、迷惘但又不断前进的情状,像"影子"一样呈现在我们面前。

又如《墓碣文》。"墓碣文"本来指墓碑上的文字,这些文字应该是介绍死者的。可这篇作品里的文字其实是鲁迅对自我的概括,也就是说,作品中的死者是过去的鲁迅的写照,而活着的生者,是现在的鲁迅的形象。死者的反常思维——欲知本味而自啮心肝,正是鲁迅反思自己过去的痛苦。作品中生者与死者的对立,是鲁迅剖析自己思想上曾经有过的进化论思想、虚无主义、悲观失望的体现。

再如《这样的战士》。战士走进了一个"无物之阵",无物挂着各式各样的头衔、旗帜、外套,对他点头;战士终于举起投枪,掷向无物,无物却丢下外套逃走;战士倒成了罪人。最终,战士在无物之阵中衰老、寿终。作品表现了改革的艰难、敌人的狡猾。作者抒发了自己的孤独、寂寞、感伤,以及作"绝望的战斗"的顽强、韧性和无所畏惧。

---

① 鲁迅.鲁迅全集(1).北京:人民文学出版社,1981.

（三）散文创作

鲁迅的散文集《朝花夕拾》创作于 1926 年 2 月至 11 月间，1928 年 9 月由北京未名社出版，列为鲁迅所编的《未名新集》之一。集中共收作者"从记忆中抄出来"的回忆性散文 10 篇（除《小引》《后记》外）。前 5 篇作于北京，后 5 篇作于厦门，连续发表于《莽原》，原名为《旧事重提》。1927 年 5 月编成集子时，改为《朝花夕拾》。篇目有《小引》《狗·猫·鼠》《阿长与〈山海经〉》《二十四孝图》《五猖会》《无常》《从百草园到三味书屋》《父亲的病》《琐记》《藤野先生》《范爱农》《后记》。

《朝花夕拾》的特征是：记人和记事饱含强烈的爱憎，闪烁着社会批判的锋芒，回忆与感想、抒情与讽刺和谐地结合在一起。

作为"回忆的记事"，作品相当完整地反映了鲁迅青少年时期的生活。有写绍兴生活的，如《狗·猫·鼠》《阿长与〈山海经〉》《二十四孝图》《五猖会》《无常》《从百草园到三味书屋》《父亲的病》等；有写南京读书的，如《琐记》；有写日本留学的，如《藤野先生》；有写回国工作的，如《范爱农》。这些作品记叙了鲁迅青少年时期的性格特点和志趣爱好，对封建文化的厌倦，对神话野史的渴慕，以及他的保姆、师长、挚友的事迹，等等。我们也可以看到鲁迅同劳动人民之间的深厚感情，与国际友人之间的友谊，如《阿长与〈山海经〉》中的长妈妈，《藤野先生》中的藤野先生。

记事的同时，他也进行反封建主义的批判，显示反封建斗争的正义性、合理性，作品如《二十四孝图》批判封建"愚孝"的反动和虚伪；如《父亲的病》批判封建"愚孝"和迷信，既荒唐又残忍；如《从百草园到三味书屋》揭露封建教育制度的罪恶，扼杀人的天性。

《朝花夕拾》中的散文是记叙、议论、抒情的水乳交融。

其一，记叙中穿插议论。如《父亲的病》中先记叙："前回的名医是一个人还可以办的，这一回却是一个人有些办不妥帖了，因为他一张药方上，总兼有一种特别的丸散和一种奇特的药引。……最平常的是'蟋蟀一对'，旁注小字道：'要原配，即本在一窠中者。'"既而插以议论，画龙点睛。"似乎昆虫也要贞节，续弦或再醮，连做药资格也丧失了。"又如《二十四孝图》中记叙："我至今还记得，一个躺在父母跟前的老头子，一个抱在母亲手上的小孩子，是怎样地使我发生不同的感想呵。他们一手都拿着'摇咕咚'。……"又插入议论："然而这东西是不该拿在老莱子手里的，他应该扶一枝拐杖。现在这模样，简直是装佯，侮辱了孩子。"

再如《二十四孝图》记叙："说明云，'汉郭巨家贫，有子三岁，母尝减食与之。

巨谓妻曰，贫乏不能供母，子又分母之食。盍埋此子？'……'及掘坑二尺，得黄金一釜，上云：天赐郭巨，官不得取，民不得夺！'"之后又插以议论："然而我已经不但自己不敢再想做孝子，并且怕我父亲去做孝子了。家境正在坏下去，常听到父母愁柴米；祖母又老了，倘使我的父亲竟学了郭巨，那么，该埋的不正是我么？如果一丝不走样，也掘出一釜黄金来，那自然是如天之福，但是，那时我虽然年纪小，似乎也明白天下未必有这样的巧事。"

其二，记叙中融入抒情。如《藤野先生》："只有他的照相至今还挂在我北京寓居的东墙上，书桌对面。每当夜间疲倦，正想偷懒时，仰面在灯光中瞥见他黑瘦的面貌，似乎正要说出抑扬顿挫的话来，便使我忽又良心发现，而且增加勇气了，于是点上一枝烟，再继续写些为'正人君子'之流所深恶痛疾的文字。"

又如《阿长与〈山海经〉》："我的保姆，长妈妈即阿长，辞了这人世，大概也有了三十年了罢。我终于不知道她的姓名，她的经历；仅知道有一个过继的儿子，她大约是青年守寡的孤孀。仁厚黑暗的地母呵，愿在你怀里永安她的魂灵！"

鲁迅的散文篇篇都紧紧围绕中心，舒卷自如，灵活多变，做到了形散而神凝。

例如《阿长与〈山海经〉》中，常常插入故事寓言、历史掌故、趣闻轶事、风俗习惯、神话传说、科学知识、古书记载、动物花卉等。有麻烦的礼节：压岁钱、福橘、"恭喜恭喜"、人死要说"老掉了"、晒裤子的竹竿下不能钻等等；有各类古书：《山海经》（神话传说）、《毛诗草木鸟兽虫鱼疏》（动物花草）、《花镜》（花卉知识）、《尔雅音图》（音韵学）、《点石斋丛画》（绘画知识）、《毛诗品物图考》（诗经知识）等等；有故事传说：长妈妈所知道的关于长毛的传说；有动物知识："我"所钟爱的隐鼠；有趣闻轶事：长妈妈睡成一个"大"字，挤得我没有余地翻身……这么错综复杂的材料，鲁迅用了感情的两个起伏，就有机地组织起来了："怨恨（麻烦的礼节、睡觉姿势）——第一次敬意（长毛的故事）——再怨恨（踩死了心爱的隐鼠）——再一次敬意（给我找来了朝思暮想的《山海经》）。"整个作品的线索围绕一个中心：对长妈妈的怀念。

（四）杂文创作

杂文，中国古代早已有之，如序、论、说、笔记等。但是，把它作为文化批判、思想批判的武器，成为一种单独的文学形式，是从"五四"前夕开始的。可以说，它是由鲁迅所创造并由他发展到一个成熟的高峰的特定文体。

"五四"时期斗争形势变化快，杂文的形式比小说、戏剧对思想感情的熔铸，来得更直接、快捷。为了紧密配合现实斗争，杂文这种新的文学形式便很快萌生起来。瞿秋白称杂文是战斗的"阜利通"（Feuilleton），意即"战斗的文艺性的论文"。

鲁迅在《且介亭杂文二集·后记》中写道："我从在《新青年》上写'随感录'起，到写这个集子里的最末一篇止，共历十八年，单是杂感，约有八十万字。后九年中所写，比前九年多两倍；而这九年中，近三年所写的数字，等于前六年。"

1. 自编集

鲁迅的思想发展以1927年前后为界，分前期和后期。从鲁迅自编的集子来分，前期有《热风》《坟》《华盖集》《华盖集续编》《而已集》5集；后期有《三闲集》《二心集》《南腔北调集》《伪自由书》《准风月谈》《花边文学》《且介亭杂文》《且介亭杂文二集》《且介亭杂文末编》9集。

如果从思想的分野来看，前期鲁迅是进化论者，受进化论思想影响；后期鲁迅成了马克思主义者，受阶级论思想的指导。鲁迅杂文前期以广泛的社会批评为主，而后期则以激烈的政治斗争为主。

鲁迅杂文各集的情况如下：

《热风》1925年11月由北新书局出版，是鲁迅最早在《新青年》发表的"随感录"的集子，文体短小精悍，收集了一些反封建社会批评和文化批评的文章。用鲁迅自己的话来说，他觉得"周围的空气太寒冽了"，所以他是在向社会吹出一股热风。这是表明自己对于社会改革的热切愿望。集中的"随感录"有的有标题，如《估〈学衡〉》、《反对含泪的批评家》；有的没有标题，如《随感录·四十八》《随感录·五十七·现在的屠杀者》等。

《坟》1927年3月由北平未名社出版，收入的文章时间跨度比较大，甚至是文言与白话的合集，最早的是日本留学时期的文言论文，最迟是1925年发表的文章，如《摩罗诗力说》、《我之节烈观》、《论雷峰塔的倒掉》等。这时的鲁迅，已经对自己的"进化论"思想产生了怀疑，感觉进化论不是社会发展规律，不能解释社会许多社会现象，那么原先在"进化论"思想指导下写的文章，也就有问题了。所以他将文章合集出版，是要筑成一座小小的新坟，加以埋葬。鲁迅心情比较复杂，称"一面是埋葬。一面也是留恋"。因为它毕竟是自己生活的一部分痕迹，还有人要看，有人憎恶。

《华盖集》（1926年6月由北新书局出版）、《华盖集续编》（1927年5月由北新书局出版）是收入20年代中期鲁迅经历女师大风潮、"三一八"惨案、和封建守旧派斗争时杂文作品的集子。关于"华盖"二字如鲁迅在《题记》中所说："听老年人说，人有时要交'华盖运'的，……这运，在和尚是好运，顶有华盖，自然是成佛作祖之兆。但俗人可不行，华盖在上，就要给罩住了，只好碰钉子。"他在《自嘲》诗中也曾写道："运交华盖欲何求，未敢翻身已碰头。破帽遮颜过闹市，漏船载酒泛中流。横眉冷对千夫指，俯首甘为孺子牛。躲进小楼成一统，管他冬夏与春秋。"[①]"华盖"象征着军阀政府的黑暗统治，它罩在人民头上，是一张黑暗的网。鲁迅以此为集子标题，寄寓着自己的强烈的愤怒。和军阀政府进行斗争时写的文章，都收在这两个集子中。例如与甲寅派代表章士钊论战的《答 KS 君》、《再来一次》，揭露军阀政府枪杀游行学生的"三一八"惨案的《无花的蔷薇》《记念刘和珍君》等。

《而已集》1928 年 10 月由上海北新书局出版，主要收集了 1927 年前后创作的文章，这一年中国发生了反革命政变，大批革命者、进步人士被屠杀，鲁迅在《题辞》中写道："这半年我又看见了许多血和许多泪，然而我只有杂感而已。泪揩了，血消了，屠伯们逍遥复逍遥，用钢刀的，用软刀的。然而我只有"杂感"而已。……连'杂感'也被放进了应该去的地方时，我只有'而已'而已！"因此他取名为"而已集"。这个集子的文章有《可恶罪》、《论魏晋风度及文章与药及酒之关系》等。

《三闲集》1932 年 9 月由上海北新书局出版，收集了 20 年代末创作的杂文，这时中国正发生着革命文学的倡导与论争。鲁迅和创造社、太阳社之间也发生了论争。鲁迅在集子的《序》中指出："我有一件事要感谢创造社的，是他们'挤'我看了几种科学底文艺论，明白了先前文学史家们说了一大堆，还是纠缠不清的疑问。并且因此译了一本蒲力汗诺夫的《艺术论》，以救正我——因我而及于别人——的只信进化论的偏颇。"[②]在论争中，创造社的成仿吾攻击鲁迅，说鲁迅是"有闲阶级"，他所矜持的是"闲暇，闲暇，第三个闲暇"[③]，鲁迅就用"三闲"作集子名，以回击成仿吾。这个集子中收集了《"醉眼"中的朦胧》、《新月社批评家的任务》等文章。

《二心集》1932 年 10 月由上海合众书店出版，收入 1930、1931 年创作的杂文 37 篇。此时，中国左翼作家联盟成立，倡导左翼文学，也就是革命文学（普罗文学）。鲁迅当选为"左联"的常务委员，是七常委之一。这时鲁迅完成了思想的飞跃，从一个"进化论"者，变成了马克思主义者。为了表明自己的阶级立场，取名"二心"，意指自己与反动统治者之间是怀有二心的，不是一条心。集中收集的文章有《"硬译"与"文

---

① 鲁迅.自嘲.鲁迅全集（7）.北京：人民文学出版社,1981.
② 鲁迅.三闲集序言.鲁迅全集（4）.北京：人民文学出版社,1981.
③ 成仿吾.完成我们的文学革命.洪水.1927 年 3 卷 25 期.

学的阶级性》"、《中国无产阶级革命文学和前驱的血》、《上海文艺之一瞥》等。

从《南腔北调集》开始，一直到《花边文学》止，鲁迅都是在与国民党反动统治者斗争，批判文坛丑恶。

其中《南腔北调集》出版于1934年3月，集中收集了《我们不再受骗了》、《由中国女人的脚，推定中国人之非中庸，又由此推定孔夫子有胃病》、《小品文的危机》等，体现了鲁迅与资产阶级右翼文人的斗争。论敌美子攻击鲁迅，说："鲁迅很喜欢演说，只是有些口吃，并且是是'南腔北调'，然而是促成他深刻而又滑稽的条件之一"。面对敌人的污蔑，鲁迅以其人之道还治其人之身，他接过敌人的话语，说自己说话确是"不入调、不入流"，实在是"南腔北调"。这里的"调"实指"高调"（为反动派唱高调），这里的"流"实指"同流合污"（与反动派同流合污）。

又如《伪自由书》出版于1933年10月由上海北新书局以"青光书店"的名义出版。1932年底起，鲁迅受《申报》"自由谈"副刊编辑黎烈文的邀请，在"自由谈"专栏发表了许多"论时事不留面子，砭固弊常取类型"的杂文，后来就被禁止了。如鲁迅所说："这《自由》谈，其实是不自由的。"他把在这个专栏发表的文章集成集子出版，取名"伪自由书"，说明这个"自由"是假的，不是真正的自由。《伪自由书》中，收了文章《航空救国三愿》、《文章与题目》、《天上地下》等。

再如《准风月谈》，1934年12月由上海联华书局以"兴中书局"名义出版。仍为《申报·自由谈》上发表。当鲁迅的杂文因"论时事不留面子，砭固弊常取类型"而不能发表时，"自由谈"编辑发"编者按"称："吁请海内文豪，从兹多谈风月，少发牢骚……"。鲁迅便以谈风月的方式，借谈风月来谈风云。他取名"准风月谈"，（这里"准"为前缀语，表示程度上虽不完全够，但可以作为这事看待），即指这不是真正的风月谈。《准风月谈》中收入的文章有《二丑艺术》、《帮闲法发隐》、《爬和撞》等。

还如《花边文学》，1936年6月由上海联华书局出版。集名的由来，是因为有人污蔑攻击鲁迅，说鲁迅的文章一是常常围绕一圈花边勾勒，以示重要；二是花边为银元的别称，意指鲁迅的文章是为了赚取稿费，而其实并无可取。鲁迅取集名为"花边文学"，也是以其人之道，还治其人之身。表示自己的轻蔑。这个集中收入的文章有《推己及人》、《倒提》、《骂杀与捧杀》等。

鲁迅自编集的最后三集，为《且介亭杂文》《且介亭杂文二集》《且介亭杂文末编》。《且介亭杂文》于1935年末由鲁迅亲自编定，《且介亭杂文二集》于1935年12月31日由鲁迅亲自编定，《且介亭杂文末编》于1937年6月由鲁迅生前开始编集、鲁迅逝世后由许广平继续编完。三个集子都于 1937 年 7 月同时由上海三闲书屋出版。

古人给书斋、笔名、书籍取名，曾有深奥晦涩的旧习。好像用的名称越难以理解，越看不懂，似乎就月显得高深有水平。有人以为鲁迅的"且介"也是如此。其实，这是误解。

"且介"其实是"租界"二字的一半，"租"字去了"禾"旁、"界"字去了"田"头，就成了"且介"。"且介"二字是半租界的意思。

"租界"本来是帝国主义侵略中国的产物，近代以来，帝国主义用枪炮打开了中国的大门，强迫清政府签订丧权辱国的不平等条约，乘机让卖国的反动政府划地它们建立"租界"。美其名曰"租借"，实际上是长期霸占。"租界"其实是国中之国，帝国主义在那里享有治外法权。像法租界公园"华人与狗不得入内"的事例就很能够说明问题。"租界"虽然不合理，但帝国主义强制清政府签订条约是代表人物签了字的，形式上"合法"。而所谓"半租界"则是帝国主义于"租界"之外，巧立名目用各种手段强占的区域，既不合理，也不合法。

鲁迅晚年居住的上海闸北四川路，就是帝国主义越界筑路区域，是"租界"外强占的"半租界"地区。"且介"指的就是"半租界"。鲁迅是以此愤怒谴责帝国主义野蛮侵略中国的狼子野心，他们强占中国的土地，侵犯中国的主权，这是中国人民所不能答应的。

至于"亭"，是指当时上海人所说的"亭子间"——简陋的房子。"且介亭杂文"乃是鲁迅晚年居住在上海简陋寓所中所创作的杂文。

鲁迅杂文的具体内容，按照时间的脉络可以概括为：

前期以广泛的社会批评为主，具体如下：

（1）揭露批判封建礼教、封建宗法制度的罪恶

反对国粹主义：如《热风》的"随感录"的大部分及《说胡须》《看镜有感》《论"他妈的！"》等。鲁迅揭露"国粹"家们所谓的"国粹"，不过是一些陈腐的规矩，如缠脚、拖大辫子、吸鸦片……直到人身买卖、一夫多妻。他指出："只要从来如此，便是宝贝。即使无名肿毒，倘若生在中国人身上，也便'红肿之处，艳若桃花；溃烂之时，美如乳酪'。……国粹所在，妙不可言。""我们保存了国粹，国粹却不能保存我们。"到时，"中国人要从'世界人'中挤出"。[①]

反对迷信落后思想：如《论照相之类》《春末闲谈》等。鲁迅向愚昧无知和旧的

---

① 鲁迅.鲁迅全集（1）.北京：人民文学出版社，1981.

习俗不断进攻,他指出,应该知道"火药除了做鞭炮,罗盘除了看风水"外,还有更重要的作用。要医治"祖传老病"、扫除社会上的妖气,只有一味对症药——科学,"因为科学能教道理明白,能教人思路清楚,不许鬼混,所以自然而然的成了讲鬼话的人的对头"。

主张社会解放:如《我之节烈观》《我们现在怎样做父亲》《灯下漫笔》《论雷峰塔的倒掉》《娜拉走后怎样》等。鲁迅猛烈地攻击腐朽的名教、吃人的礼法,他指出,妇女只有争取经济权,才能有真正的平等;做父亲的要解放自己的孩子,对下一代的精神负责。而最根本的手段,是扫荡封建制度,创造出不做奴隶的"中国历史上未曾有过的第三样时代"[①]。

(2)和封建复古派、资产阶级右翼文人的斗争

与"学衡派""甲寅派"的斗争。例如《估〈学衡〉》《十四年的读经》《再来一次》《答KS君》等。鲁迅指出:"我们目下的当务之急,是:一要生存,二要温饱,三要发展。苟有阻碍这前途者,无论是古是今,是人是鬼,是《三坟》《五典》,百宋千元,天球河图,金人玉佛,祖传丸散,秘制膏丹,全都踏倒他。"

与胡适"整理国故"的斗争。例如《青年必读书》《导师》《一点比喻》《未有天才之前》等。鲁迅指出:"抬出祖宗来说法,那自然是极威严的,然而我总不信在旧马褂未曾洗净叠好之前,便不能做一件新马褂。……老先生们要整理国故,当然不妨去埋在南窗下读死书,至于青年,却自有他们的活学问和新艺术,各干各事,也还没有大妨害的,但若拿了这面旗子来号召,那就是要中国永远与世界隔绝了。倘以为大家非此不可,那更是荒谬绝伦!"[②]

他又说:"……有些外人,很希望中国永是一个大古董以供他们的鉴赏,这虽然可恶,却还不奇,因为他们究竟是外人。而中国竟也有自己还不够,并且要率领了少年,赤子,共成一个大古董以供他们的鉴赏者,则真不知是生着怎样的心肝。"[③]他对"青年必读书"的回答是:"从来没有留心过,所以现在说不出。"

(3)和封建军阀、反动统治者及其走狗的斗争

对封建军阀虐杀人民的反动罪行的谴责与控诉。例如《"碰壁"之后》《无花的蔷薇(之二)》《记念刘和珍君》等。鲁迅在"女师大风潮"中说:"一进门就觉得

---

① 鲁迅.鲁迅全集(1).北京:人民文学出版社,1981.

② 鲁迅.鲁迅全集(1).北京:人民文学出版社,1981.

③ 鲁迅.鲁迅全集(3).北京:人民文学出版社,1981.

阴惨惨，……看看学生们，就像一群童养媳"，"就如中国历来的大多数媳妇儿在苦节的婆婆脚下似的，都决定了暗淡的命运"。他愤怒地把军阀及其爪牙在女师大的统治称为"寡妇主义"。

在"三一八"惨案当天，鲁迅愤怒地称："这是民国以来最黑暗的一天"，"如此残虐险狠的行为，不但在禽兽中所未见，便是在人类中也极少有的"。他称赞青年学生英勇牺牲的崇高精神，赞扬他们是"真的猛士，敢于直面惨淡的人生，敢于正视淋漓的鲜血"[1]。他坚信人类的历史是血战前行的历史，"这不是一件事的结束，而是一件事的开头"，"血债必须用同物偿还。拖欠得愈久，就要付出更大的利息"。[2]

和反动文人的斗争。例如《并非闲话》《论"费厄泼赖"应该缓行》等。鲁迅揭露反动文人的走狗面目，把他们比作"媚态的猫"，"比主人更厉害的狗"，吸人的血还要预先"哼哼地发一篇大议论"的蚊子，"嗡嗡地闹了大半天，停下来也不过舐一点油汗"的苍蝇。他们把帝国主义的侵略当作"他山的大石"，鲁迅痛斥他们："这样的中国人，呸！呸！！！"鲁迅高扬"痛打落水狗"的精神，表示对敌人不能讲"慈悲""哀矜"和"恻隐之心"。

对国民党血腥屠杀的愤慨。例如《答有恒先生》《可恶罪》《魏晋风度及文章与药及酒之关系》等。面对严峻的时局、危险的处境，鲁迅无所畏惧，他对敌人以莫须有的罪名作屠杀共产党人、进步青年的借口"十分的憎恶和悲痛"。他揭露："花言巧语，只消以一语包括之：可恶罪。……我先前总以为人是有罪，所以枪毙或坐监的。现在才知道其中的许多，是先因为被人认为'可恶'，这才终于犯了罪。""恐怕有一天总要不准穿破衣衫，否则便是共产党。"为了避害，他巧妙地借古代的文学风貌、社会思潮来谈古论今，谴责统治者捏造罪状、屠杀异己。

后期的作品以激烈的政治斗争为主。

（1）反对反革命文化围剿、批判资产阶级文艺思想

例如《为了忘却的记念》《中国无产阶级革命文学和前驱的血》《文学与出汗》《"丧家的""资本家的乏走狗"》等。鲁迅面对白色恐怖，英勇斗争。他谴责敌人只是一群"在灭亡中的黑暗的动物"，而烈士的鲜血"永远在显示敌人的卑劣的凶暴和启示我们的不断的斗争"。他深信将来总会有记起他们，再说起他们的时候的。针对资产阶级的"人性论"，他指出："'喜怒哀乐，人之情也'，然而穷人决无开交易所折本的懊恼，煤油大王哪会知道北京捡煤渣老婆子身受的酸辛，饥区的灾民，大约

---

[1] 鲁迅.鲁迅全集（3）.北京：人民文学出版社，1981.
[2] 鲁迅.鲁迅全集（3）.北京：人民文学出版社，1981.

总不去种兰花,像阔人的老太爷一样,贾府上的焦大,也不爱林妹妹的。"他又说:"文学不借人,也无以表示'性',一用人,而且还在阶级社会里,即断不能免掉所属的阶级性。"① 鲁迅揭去了那些披着"作家""批评家"伪装的资产阶级文人,揭露了他们"丧家的""资本家的乏走狗"的本相。

(2)揭露鞭挞投降卖国政策、拥护抗日民族统一战线

这类作品如《友邦惊诧论》《文章与题目》《答托洛斯基派的信》等。鲁迅揭露了所谓"友邦"的帝国主义的野蛮侵略,和国民党反动派"攘外必先安内"的不抵抗政策,并宣称自己"无条件加入"抗日民族统一战线。他说:"那切切实实,足踏在地上,为着现在中国人的生存而流血奋斗者,我得引以为同志,是自以为光荣的。"对于那些民族败类,他则给予了无情的讽刺:"你们的'理论'却比毛泽东先生们高超得多,岂但得多,简直一是在天上,一是在地下。但高超固然是可敬佩的,无奈这高超又恰恰为日本侵略者所欢迎,则这高超仍不免要从天上掉下来,掉到地上最不干净的地方去。"②

2. 后人编辑

《集外集》(杨霁云收集编辑,1935年5月由上海图书公司出版);《集外集拾遗》(鲁迅生前拟定书名,因病未果,后由许广平编定,1938年作为《鲁迅全集》之一卷出版);《集外集拾遗补编》(1981年收入《鲁迅全集》第八卷)。

这三个集子,都是鲁迅自编的杂文集没有收入的作品。这些遗漏、散佚的作品,多数是杂文,也有少量的小说、诗歌,还有极少数的广告、启事、凡例等。有的是发表后未收集到,有的是散佚了,有的是从他人著作中录出的。

这些后人编辑的作品集,有些还是十分重要的鲁迅研究的基本材料。例如,《集外集》中的《斯巴达之魂》《记"杨树达"君的袭来》《我来说"持中"的真相》《文艺与政治的歧途》等;《集外集拾遗》中的《文艺大众化》《帮忙文学与帮闲文学》《〈铁流〉编校后记》等;《集外集拾遗补编》中的《中国地质略论》《破恶声论》《庆祝沪宁克复的那一边》《鲁迅自传》等等。

---

① 鲁迅.鲁迅全集(4).北京:人民文学出版社,1981.
② 鲁迅.鲁迅全集(6).北京:人民文学出版社,1981.

思考练习

1. 鲁迅开始为什么接受进化论思想？后来又为什么抛弃了进化论思想？
2. 怎样评价《狂人日记》中的"狂人"形象？
3. 怎样理解北大教材《阿Q正传》中阿Q的"说不尽"？
4. 谈谈《彷徨》的创作背景，为何鲁迅集中探索知识分子的前进道路？
5. 怎样理解鲁迅《故事新编》的"油滑"？举例说明。
6. 简要评述《朝花夕拾》的艺术风格。
7. 举例说明《野草》的自我解剖。

第二节　现代新诗奠基人——郭沫若

一、生平和思想发展

（一）青少年时期（1892—1926）

1. 家庭情况、小学和中学（1892—1913）

郭沫若，原名郭开贞。1892年11月16日诞生于四川乐山峨眉山下的沙湾镇。由于这里是沫水和若水相交处，所以他取笔名为"沫若"。他的家庭是中等地主，兼营商业。晚清的社会变革，也直接影响到他的家庭。

郭沫若受母亲的影响较深。这主要是来自他的外祖父——杜琢章。杜琢章曾任贵州省黄平州的州官。由于苗民起义，攻陷了城池，为尽忠避害，在城池失守后，自杀，同时让全家都殉节。当时，他的小女儿杜邀贞被奶妈带着，幸免于难，后由奶妈抚养长大。15岁时嫁到郭家。这就是郭沫若的母亲。她天资聪敏，耳濡目染，会诵许多诗词；她不仅教儿女诗词，而且常常讲述家族的历史。这促使郭沫若逐渐养成壮烈的性格、豪放的感情，影响到他日后的文学创作。她不仅教儿女诗词，而且常常讲述家族的历史。这使郭沫若逐渐养成壮烈的性格、豪放的感情，影响到他日后的文学创作。

13岁之前，郭沫若读私塾，学了《诗经》《唐诗三百首》《千家诗》《诗品》等，培育了他对诗歌的兴趣。在时代潮流推动下，塾师沈焕章还给他讲授了新学课本和笔算数学。

1905年，他考入嘉定（乐山）高等小学堂，两年后又升入嘉定中学堂。在学堂里，他对我国古典文学有了更广泛的涉猎，如《庄子》《楚辞》《史记》《文选》等；又接触了新的文学，如"林译小说"，受到民主主义思想的影响。在小学中的"撕榜风潮"，给了郭沫若很大的刺激。他说："这件事对于我一生是第一个转扭点，我开始接触了人性的恶浊面。我恨之深深，我内心的叛逆性便被培植了。"[①] 从乐山到成都，他用各种形式反抗专制教育，请愿罢课，参加武装斗争，先后三次被开除。

辛亥革命时，他积极投入成都学生的立宪请愿运动和保路风潮。他非常崇拜邹容、徐锡麟、秋瑾和黄花岗七十二烈士。他是由反抗学校专制发展到反抗社会独裁的。辛

---

① 郭沫若.沫若文集（7）.北京：人民文学出版社，1958.

亥革命的失败使他"苦闷到了绝顶"。

2. 日本留学（1913—1923）

1913年，他怀着"富国强兵"的理想，到日本留学，想实现实业救国的理想。1914年，他考入东京高等学校预科，第二年转入岗山高等学校学习。他要"学些近代的科学和技术"，使中国富强起来。毕业后，他选择了医学，考入福冈的九州帝国大学。

在学习期间，他读到了不少外国文学作品，如泰戈尔、歌德、海涅、惠特曼等，汲取了多方面的滋养，受到外国文学和"泛神论"的影响。荷兰哲学家斯宾诺莎的"泛神论"思想，对他产生了巨大的吸引力。

"泛神论"宣扬"本体即神，神即自然"，即是说，神即宇宙万物，自然界的一切都是神，没有什么超阶级的精神力量存在。它主张从世界本身去说明世界。这与"上帝创造世界""天子主宰一切"等唯心主义思想是完全对立的，与反帝反封建斗争、个性解放是合拍的。同时，"泛神论"提倡"物我无间"，它将宇宙万物拟人化，正适合诗人驰骋自己的浪漫主义艺术想象。

这时的郭沫若也受到"五四"新思潮的影响，他希望冲决一切罗网和束缚，破除一切偶像和迷信，张扬个性，否定上帝、天子的权威，又期待"物我无间"的诗化境界，成了"泛神论"者。郭沫若的"泛神论"思想与斯宾诺莎的"泛神论"还是有所不同。郭沫若接受过近代科学教育，当然不会相信世界上有"神"，他说："泛神便是无神。"

1917年十月革命的成功，1919年"五四"运动的爆发，都给了郭沫若以极大的鼓舞。他怀着改造社会的朦胧理想、振兴民族的巨大热情，一边学医，一边开始文学创作。

1919年3月，他写出了具有反帝爱国思想的寄托小说《牧羊哀话》。接着，又写了《凤凰涅槃》《晨安》《地球，我的母亲》《匪徒颂》等著名诗篇。1919年下半年到1920年上半年，是郭沫若创作的旺盛时期。1921年，他将诗作结集为《女神》出版，成为新诗歌运动的开拓者和奠基人。1921年7月，他发起组织了创造社。

郭沫若这时的文艺思想比较复杂。他强调文学改革社会的积极作用："文学是反抗精神的象征，是生命穷促时叫出来的一种革命"，"反抗精神，革命，无论如何，是一切艺术之母"。他在创作中反抗黑暗社会，热烈追求个性解放，但又有"泛神论"和唯美主义思想的影响。他认为："诗的主要成分总要算是'自我表现'，……个性最彻底的文艺便是最有普遍性的文艺。"[①] 他把诗的创作规律看作是：诗人的心境如一湾清澄的海水，宇宙万物的印象都涵映在里面。风便是'直觉、灵感'，大波大浪

---

① 郭沫若. 文艺论集. 北京：人民文学出版社，1979.

便成为雄浑的诗,小波小浪便成为冲淡的诗。他忽视了诗歌与时代、社会、生活的关系,陷入了唯心主义的纯艺术论。他的文艺思想对创造社有较大的影响,即强调文学创作的"内心的要求"、尊重自我;重视文学的时代使命,讲求文学的"全"和"美"、艺术无目的。

1921到1922年间,他三次回国,希望"五四"后的中国有崭新的面貌,并通过自己的努力实现社会进步;但他很快就失望了。国内黑暗依旧,憧憬和希望破灭。他一度陷入苦闷彷徨之中,写下了"漂流三部曲"、诗集《星空》,寄希望于"天上的市街",就是他思想的写照。

3. 回国以后(1923—1926)

1923年,他于帝国大学医科毕业,最终弃医从文。在时代潮流的激荡下,他看到,即使做一个良医,也无法医好整个国家、民族;同时,他耳朵有了毛病(重听),不能使用听诊器,没法行医。所以,他弃医从文,积极从事文学创作,创办了《创造周报》《创造日》。

在国内风起云涌的工人运动(如"二七"铁路工人大罢工)的鼓舞下,他的思想有了较大变化。这时,他创作了早期历史剧《卓文君》《王昭君》,歌颂妇女的觉醒与反抗,表现了时代精神。

1924年4月,他曾经回到日本,翻译日本的社会主义经济学家河上肇的著作《社会革命和社会组织》。此书较为系统地介绍了马克思主义理论。郭沫若称:"这书的译出在我一生中形成了一个转换时期,把我从半眠状态里唤醒了的是它。"[1]

不久,他又返回国内,并参加了江苏"齐(燮元)卢(永祥)战祸"的调查。他目睹了下层社会劳苦大众的悲惨生活,深受现实的教育。他说:"那次调查,使我于战祸之外深深地认识了江南地方上的农村凋敝的情形和地主们的对于农民榨取的苛烈。"1925年,他又在上海亲历了震惊中外的"五卅"惨案。他开始认识到:"我从前是尊重个性、景仰自由的人,但是最近一两年之内与水平线下的悲惨社会略略有所接触,觉得在大多数人完全不自主地失掉了自由,失掉了个性的时代,有少数的人要来主张个性、主张自由,总不免有几分僭妄。"[2]他写了《穷汉的穷谈》《共产与共管》《新国家的创造》等文章。他主张"实行无产阶级的革命","建设公产制度的国家,以求达到全人类物质上和精神上的自由解放"。

---

[1] 郭沫若.沫若文集(7).北京:人民文学出版社,1958.

[2] 郭沫若.文艺论集.北京:人民文学出版社,1979.

他此期间的创作有话剧《聂嫈》（与《卓文君》《王昭君》合称为"三个叛逆的女性"），还写了诗歌《瓶》。

（二）国内革命战争时期（1926—1937）

1926年3月，受中国共产党的推荐，他到了当时革命运动的中心——广州，任中山大学文学院院长，结识了不少共产党人，直接受到马克思主义的影响。他不断用马克思主义观点来论述文艺问题，写了《文艺家的觉悟》《革命与文学》等。

7月，北伐战争爆发，他投笔从戎，担任国民革命军总政治部副主任，随军从广州到武汉、南昌，经受了战争的考验。但不久蒋介石背叛革命，发动了"四一二"反革命政变。郭沫若愤怒地写下了《请看今日之蒋介石》的讨蒋檄文。接着，他参加了1927年8月1日由周恩来、朱德、贺龙等领导的"八一南昌起义"，并在白色恐怖中加入中国共产党。

起义失败以后，他到了上海，积极从事文化斗争，写了许多斗志昂扬的诗篇，出版了《前茅》《恢复》。他在《诗的宣言》中称："我的诗，便是我的宣言，我的阶级属于无产。"在《如火如荼的恐怖》中说："要杀你们就尽管杀吧！你们杀了一个要增加百个，我们身上都有孙悟空的毫毛，一吹便变成无数的新我。"

1928年，郭沫若遭到国民党反动派的通缉。为了他的安全，党组织劝他出国避难。2月，他流亡到日本，避难达10年之久。在日本期间，他运用马克思主义的观点研究中国的历史文献。对《诗》《书》《易》以及甲骨文、金文资料做了认真细致的考察、研究，取得了卓越的成就。他参与了中国社会发展形态的论争，揭示了我国古代社会由原始社会到奴隶社会再到封建社会的发展规律，驳斥了封建买办文人的"马克思主义不适用于中国"的谬论。

（三）抗日战争和解放战争时期（1937—1949）

1937年"七七事变"以后，抗战进入了全面爆发的时期。郭沫若立即冒着生命危险回到祖国，投入抗日救亡的爱国运动。他先在上海主办《救亡日报》，"八一三"以后出任周恩来领导的军委会政治部第三厅厅长，开展抗日救亡工作。工作之余，他又创作了《战声集》《蜩螗集》等诗集。

1941年皖南事变之后，面对国民党反动派白色恐怖的统治，他展开了巧妙而有效的斗争：借历史来暴露、讽喻现实。他先后创作了6部历史剧：《棠棣之花》《屈原》《虎符》《高渐离》《孔雀胆》《南冠草》。它们歌颂了中华民族爱国志士反侵略、反分裂、团结对敌的爱国主义精神，批判了民族斗争中的妥协主义，赞颂了高尚的民族气节。它们冲破了敌人的文网，配合了现实斗争，是教育人民打击敌人的有力武器。

1945年夏，受苏联科学院的邀请，郭沫若赴苏访问50天，写了歌颂社会主义制度、反映苏联人民革命斗争生活的《访苏纪行》。

日寇宣布投降以后，他积极投身于民族解放斗争。毛主席到重庆谈判期间，他积极配合并两次拜访毛主席。"一二·一"惨案后，他写了《祭昆明四烈士文》《历史在大转变》等文章，愤怒控诉国民党反动派的罪行。作为政协代表，他于1946年2月参加了重庆各界举行的庆祝政治协商会议（旧政协）的成立大会，被国民党特务打伤，这就是震惊中外的"较场口事件"。

1946年5月，他由重庆到上海，后来又到南京以无党派人士身份参加南京谈判。他又写了《南京印象》一书，表现了对国民党反动当局的不满。

1947年11月，由于遭到国民党反动派的迫害，他到香港避难。在香港期间，他写了一系列回忆录，如《洪波曲》《南昌之一夜》《涂家埠》等。1948年11月，他到了解放区，参加新的政治协商会议。1949年8月，在全国第一次文代会上，他当选为文联主席。

邓小平同志在郭沫若逝世追悼会上的悼词中说："郭沫若同志是我国杰出的作家、诗人和戏剧家，又是马克思主义的历史学家和古文字学家。……在哲学社会科学的许多领域，包括文学、艺术、哲学、历史学、考古学、金文甲骨文研究，以及马克思主义理论著作和外国进步文艺的翻译介绍等方面，都有重要建树。……他和鲁迅一样，是我国现代文化史上一位学识渊博、才华卓著的著名学者。他是继鲁迅之后，在中国共产党领导下，在毛泽东思想领导下，我国文化战线上又一面光辉的旗帜。"

二、文学创作成就

（一）诗歌创作

1. 《女神》

《女神》出版于1921年8月，除序诗外共56首，最早的写于1918年，最迟的写于1921年，绝大部分为1919年、1920年所作。

《女神》对封建藩篱进行了猛烈的冲击，表现了改造社会的强烈要求，追求和赞颂美好理想，传达出"五四"时代精神的最强音。《女神》的思想内容主要有以下几个方面。

其一，破旧立新的精神贯穿始终。诗人歌颂反抗、破坏、创造，体现了个性解放和民族解放的迫切要求，表现了打破枷锁，创造光明、自由、统一、欢乐的新中国的希望，反映了诗人彻底革命的态度。

《凤凰涅槃》以有关凤凰的传说为素材，借凤凰"集香木自焚，复从死灰中更生"的故事，象征旧中国以及诗人旧我的毁灭、新中国以及诗人新我的诞生。诗中表现了把一切投入烈火、与旧世界决裂的英雄气概。这种毁弃旧我、再造新我的痛苦与欢乐，正是"五四"运动中人民大众彻底革命、自觉革命的形象写照。诗人以汪洋恣肆的笔调、重叠反复的诗句，写了凤凰的更生，即经过斗争冶炼后的真正的新生。它表达了诗人对"五四"新机运的歌颂，也是祖国和诗人自己开始觉醒的象征，洋溢着炽热的向往光明、追求理想的热情。又如《女神之再生》，诗作据古代神话"女娲炼石补天"而作，以神话题材表现反抗、破坏、创造的主题，揭示"五四"时代精神。诗中颛顼与共工争帝，触断擎天柱不周山，天晦地冥，风声、涛声交织成"罪恶的交鸣"，是旧中国现实的写照；女神们面对"浩劫"离开神龛，要去"创造个新鲜的太阳"，"照彻天内的世界，天外的世界"，则是象征中华民族的伟大觉醒。

其二，饱含爱国主义思想和深情。例如《炉中煤》，诗人自喻为炉中燃烧着的煤，而把祖国比为"年青的女郎"。"五四"爱国运动激起了诗人深切的爱国热情，他眷恋祖国，颂扬祖国的新生，盼望祖国的富强安康。他要为心爱的人燃烧，为祖国而献身。他称自己有"火一样的心肠"，庆幸自己能够"重见天光"，因为他从时代的曙光中看到了新的希望。又如《晨安》，诗人以最亲切的感情、最真挚的敬意，用自豪的声音，向大海西岸的祖国问安，一气连喊了27个"晨安"："晨安！我年青的祖国呀！／晨安！我新生的同胞呀！／晨安！我冻结着的北方的黄河呀！／黄河呀！我望你胸中的冰块早早融化呀！／晨安！万里长城呀！／……"

其三，歌颂叛逆精神，表现与万物相结合的个性力量。例如《天狗》，在群魔乱舞的昏暗世道中，诗人大声疾呼，要把日、月、星球、全宇宙吞了，充分表现了要冲决一切罗网、摧毁一切黑暗的英雄气概和豪迈气魄。具有叛逆精神的自我形象，有着扫除一切陈腐、创造一切新生的巨大威力，是全宇宙的能的总量。《女神》鲜明的自我特色，叛逆的自我的激越颂歌，折射出强烈的个性解放的要求，体现了狂飙突进的风格。又如《立在地球边上放号》，让人想起阿基米德"给我一个支点我可以撬动地球"的气势及震天撼地的力量。诗作中"无限的太平洋提起他全身的力量来要把地球推倒"，具有多么巨大的魄力啊！

其四，对工农的景仰和颂扬。诗人怀着十分崇敬的心情，由衷地赞美和颂扬工农大众，体现了"五四"时代"劳工神圣"思潮的巨大影响和作用。例如《地球，我的母亲》，诗作展现了地上乐园的景象：从黎明起，地球就像母亲一样背负着人们，哺育着人们，让人们在乐园中逍遥；宇宙的一切都是地球的化身，而地球的主宰却是工人和农民。"炭坑里的工人"是"全人类的普罗美修士"，"田地里的农人"是"全人类的保姆"。诗人表现了对工农的无限仰慕和崇敬。又如《雷峰塔下》，对老农的敬仰甚至让诗人想跪在他的面前，"把他脚上的黄泥舔个干净"！

其五，以积极向上的精神歌咏大自然。作为浪漫主义诗人，郭沫若赞美大自然，歌颂日出、光明、新生，表现出积极向上的精神。如《太阳礼赞》不写太阳照着自己，而写自己的两眸中"有无限道金丝向着太阳飞放"，太阳不把我照得通明"我不回去"！又如《日出》《光海》，歌颂太阳是"摩托车前的明灯""二十世纪底亚坡罗"，光海是"生命的光波""新鲜的情调"。

《女神》以诗体改革的精神，进行彻底的自由创造。《女神》狂飙突进的风格，在"五四"时代开一代诗风。它的直抒胸臆、浪漫想象，充满"泛神论"色彩，呈现出积极浪漫主义的特色，主要表现在以下几个方面。

其一，火山爆发式的激情，狂涛巨浪般的气势。

首先，体现为情感的宣泄。《女神》的诗直抒胸臆，感情炽烈，有着强烈的艺术感染力。如《凤凰涅槃》对黑暗现实的否定，用的是最富有感情色彩的语言："你脓血污秽着的屠场呀！你悲哀充塞着的囚牢呀！你群鬼叫号着的坟墓呀！你群魔跳梁着的地狱呀！"把自己对现实的厌恶、敌视表现得异常强烈、淋漓尽致。又如《匪徒颂》，对政治革命、社会革命、宗教革命、学说革命、文艺革命、教育革命的"匪徒"，他高呼："万岁！万岁！万岁！"他毫不掩饰，赤裸裸地暴露自己的思想情感，使诗作呈现出汹涌澎湃的气势。

其次，是回环复迭的渲染。在诗作中，常常不顾及诗的"忌重复"，而采用回环复迭的方式，重复的句式、反反复复的感情渲染，造成情感的叠加，形成强烈的艺术感染力。如《凤凰涅槃》："我们新鲜，我们净朗，／我们华美，我们芬芳，／一切的一，芬芳。／一的一切，芬芳。／芬芳便是你，芬芳便是我。／芬芳便是他，芬芳便是火。／火便是你。／火便是我。／火便是他。／火便是火。／翱翔！翱翔！／欢唱！欢唱！"反复吟唱，使欢欣鼓舞、兴奋激昂的心情跃然纸上。诗中的《群鸟歌》则是通过反复，揭露官僚政客、市侩文人的相同嘴脸，幽默滑稽，讽意盎然，人们不禁发出会心的微笑。

再次，是气势磅礴的背景。郭沫若诗作的背景常常是无限广阔的宇宙，给人以气势磅礴之感，叫人惊异、使人震撼。如《天狗》中气吞日月、囊括宇宙的天狗，驰骋风云，豪情澎湃，给人以震撼天地的力量。又如《立在地球边上放号》中，要提起"无限的太平洋"把黑暗的地球推倒，这是何等巨大的力量和气势！

其二，叛逆追求的化身——理想化的自我形象的创造。《女神》把破坏、反抗、创造精神形象化，创造了一个叛逆追求的化身——理想化的自我形象。这个自我形象在诗中非常突出，它占据了宇宙中心，成了宇宙的主宰。这个"自我"与大自然、历史文明都化为一体。这个自我是无生死的精神和理想的化身。这个精神便是叛逆、破坏、创造，这个理想便是摧毁黑暗社会，建设光明中国。

如《凤凰涅槃》，自我形象、凤、凰、火等，都融为一体："一切的一，更生了！／一的一切，更生了！／我们便是他，他们便是我！／我中也有你，你中也有我！／我便是你！／你便是我！／火便是凰！／凤便是火！／翱翔！翱翔！／欢唱！欢唱！"又如《天狗》："我把月来吞了，／我把日来吞了，／我把一切的星球来吞了，／我把全宇宙来吞了。／我便是我了！""我便是我呀！／我的我要爆了！"这个自我，包含了宇宙万物，成了宇宙的主宰。

自我形象中不仅有作者的影子，又有民族和大众的情感。他对黑暗社会、陈规陋习、旧的势力有着强烈的不满，对祖国和民族有着深切的爱，对劳动人民充满真挚的敬意。因此，这个"自我"，实际上是诗人"自身"与"祖国""民族""大众"，以及"人民革命"的统一体，是理想化的形象。

其三，借助神话传说、历史故事，寄托诗人理想，表现时代精神。

《女神》本着"古为今用"的原则，借神话传说、历史人物，书写自己的革命理想，表现自己不屈的意志、创造的精神、对理想的追求。

如《凤凰涅槃》借凤凰"集香木自焚，复从死灰中更生"的神话传说，象征祖国、民族、自我在革命中获得新生；《天狗》用传说中的"天狗吃月亮""天狗吃太阳"的传说，表现自己冲决一切的叛逆精神；《女神之再生》则是融合神话传说、历史故事，谴责军阀混战给人民带来的灾难，歌颂追求、创造光明的精神；《湘累》借历史人物屈原的事迹，表现自我强烈的反抗精神和爱国主义思想；《棠棣之花》借历史故事、历史人物聂嫈的事迹，歌颂伟大的女性及爱国志士反抗强权政治、视死如归的英雄主义精神。

其四，丰富的想象、奇丽的色彩。

《女神》想象丰富，比拟奇丽，展现了缤纷多彩、生机勃勃的诗境，如天马行空，瑰丽多姿，具有很强的艺术魅力。

如《炉中煤》的比拟："年青的女郎"——祖国（蕴涵对祖国的爱与希望：祖国

永远年轻、漂亮、充满青春活力）；"炉中煤"——自我（形象化的写照：赤诚、献身精神、受压抑、为新时代所鼓舞）。又如《地球，我的母亲》中的想象：那"田地里的农人"——地球母亲的"孝子"，"全人类的保姆"；那"炭坑里的工人"——地球母亲的"宠子"，"全人类的普罗美修士"。

还有无所顾忌的现代科技词汇的引用，如"我是一切星球底光，／我是X光线的光，／我是全宇宙的Energy（能）的总量"（《天狗》）；"哦哦，摩托车前的明灯！／你二十世纪底亚坡罗！／你也改乘了摩托车吗？／我想做个你的助手，你肯同意吗？"（《日出》）

其五，形式的大胆革新和新颖多姿。

郭沫若说："我愿意打破一切诗的形式，来写自己能够够味的东西。"（《凤凰·序》）他正是这样，冲破旧格律诗的种种清规戒律，创造了崭新的诗歌艺术形式。

气势雄浑豪迈的自由体诗，是《女神》里最具特色、最能激动人心的诗歌，它开一代诗风，为"五四"以后的新诗发展开辟了新的天地。它体现了宽广的胸怀和丰富的想象力，也是"五四"时代狂飙突进的时代精神的产物。

新格律诗体的运用。具有比较严谨的形式格律，音调铿锵，诗形齐整，节奏韵律鲜明和谐，有深刻而丰富的意境。如《炉中煤》等。诗剧体式的借鉴。既有戏剧的情节、人物、形象、对话，又有诗歌的凝练、含蓄、意境、韵味，如《女神之再生》《湘累》《棠棣之花》等。有长篇叙事诗，如《凤凰涅槃》。也有小诗体形式，如《鸣蝉》《死》等。

2. 从《星空》到《恢复》

在《女神》之后，郭沫若又完成并出版了《星空》《前茅》《恢复》等诗集。

诗集《星空》出版于1923年，共34首诗，作于1921年10月至1922年12月。这时新文化阵营分化，革命进入低潮时期，郭沫若陷入孤寂彷徨的苦闷之中。

《序诗》中，《女神》里气吞日月的理想化的叛逆形象，已经变成了"带了箭的雁鹅"和"受了伤的勇士"，"偃卧在这莽莽的沙场上"。郭沫若几度回国，希望看到祖国的新生，但"五四"高潮已过，国内仍然一片黑暗。他对现实有着更深的憎恶、不满，又无可奈何，只好到大自然或超现实的空幻境界寻找暂时的解脱和安慰。他不再礼赞"光芒万丈的太阳"，而是仰望幽光闪烁的"星空"；不再是"赤裸着双脚"，永远和地球"母亲"相亲，而是羡慕"天上的市街"。

不过，《星空》里也有与《女神》一脉相承的作品，如《洪水时代》，把夏禹四海为家、决心治理好洪水的刚毅比作"近代的劳工"，并号召人们效法大禹的精神去开拓这"第二个洪水时代":"你伟大的开拓者哟,/你永远是人类的夸耀!/你未来的开拓者哟,/如今是第二次的洪水时代了!"这表明,郭沫若这时一面是孤寂彷徨,一面也在追求探索,思想呈现出矛盾状态。

代表作《天上的市街》是对"桃花源"式的理想社会的描述,是现实社会无法得到的情境。作品描写的是缥缈空中那美丽的天上街市,街市上陈列着世上没有的珍奇。那里与世间传说不同:天河浅而不甚宽广,牛郎织女可自由来往。《天上的市街》与丑恶现实形成鲜明的反差。诗人继承了《女神》的浪漫主义手法,借助神话传说,寄托自己的情怀。

诗集《前茅》出版于1928年,包括《序诗》在内共23首诗,大部分诗作写于1923年。当时郭沫若从日本回国,正值中国革命度过了"五四"以后的短暂低潮,在中国共产党的领导下,国内工人、农民运动蓬勃兴起,他们开始取代青年学生,成为主力军,即革命的"前茅"。郭沫若受到工农运动的激荡,重新燃起革命激情。《前茅》正是一部歌颂工农的诗集。与《女神》相比,现实主义因素增多,革命意识增强。

集中的代表作,如《黄河与扬子江对话》,号召人们要像"俄国无产阶级专政一样"进行流血的大革命,并断言俄国和正在革命中的中国是20世纪的"两个新星",肩负着"人类解放"和"世界和平"的使命。又如《我们在赤光之中相见》,诗人坚信"长夜纵使漫漫,/终有时辰会旦",他把太阳作为与黑暗统治英勇搏斗的革命者的象征:"在这黑暗如漆之中/太阳依旧在转徙,/他在砥砺他犀利的金箭/要把天魔射死"。诗人与太阳相约:"我们在赤光之中相见",表现了一种革命乐观主义精神。

诗集《恢复》也出版于1928年,共收诗作24首,创作于1928年1月5日至16日的半个月中。这时,郭沫若已经经受了革命战争的考验,成长为一名共产主义战士。南昌起义失败后,他大病了一场。到了上海,他大病初愈,便写下了这些斗志昂扬的诗。

集中的代表作有《如火如荼的恐怖》,诗作写道:"要杀你们就尽管杀罢!/你们杀了一个要增加百个,/我们的身上都有孙悟空的毫毛,/一吹便变成无数的新我。"又如《血的幻影》:"我们昨日不是还驾御着一朵红云,/为什么要让它化成一片血雨飞散?/我们便从那高不可测的火星天里/坠落到这深不可测的黑暗之渊。"还如《战取》:"我已准备下一杯鲜红的寿酒,/朋友,这是我的热血充满心头。/要酿出一片的血雨腥风在这夜间,/战取那新生的太阳,新生的宇宙!"

较为突出的诗作是《我想起了陈涉吴广》。诗作以古事起兴,写现实中农民的悲惨生活。陈涉吴广是"受不过秦始皇的压迫",成为"农民暴动的前驱",他们"惊动了林中的虎豹"，"惊散了秦朝的兵将"，"他们的暴动便告了成功"，"秦朝的江山便告了灭亡"。而现实之中，"北方的农民实在是可怜万状"，南方"农村的凋敝触目神伤"。和陈涉吴广相同的是"我们中国出了无数的始皇！还有那外来的帝国主义的压迫，比秦时的匈奴还要有五百万倍的嚣张"。诗人相信人民一定会有主张，会像陈涉吴广那样："在工人领导之下的农民暴动哟，朋友，这是我们的救星，改造全世界的力量！"

总之，《恢复》在创作方法和艺术风格上又有新的发展，它继承了《女神》的积极浪漫主义，发扬了《前茅》的现实主义。《恢复》和《女神》都表现革命理想，但《女神》是通过幻想的形式、夸张的形象来表现；《恢复》则通过现实中革命者具体的情操、行为来表现。它们都表现了理想化的"自我"形象，但《女神》的"自我"形象是物我的融合、统一，而《恢复》的"自我"则是现实中的无产阶级革命者。

《恢复》与《前茅》相比，生活实践更丰富、世界观更成熟、战斗情绪更激昂、革命态度更坚定。

（二）历史剧创作

1. "三个叛逆的女性"（《卓文君》《王昭君》《聂嫈》）

《卓文君》创作于1923年2月，写卓文君在婚姻问题上对封建礼教的叛逆，她公开和家庭决裂，与司马相如出走。主题是反抗封建礼教、冲破封建束缚，歌颂敢于争取幸福和自由的叛逆女性，表现个性解放的思想。

《王昭君》创作于1923年7月，写王昭君对封建社会中至高无上的王权的叛逆，表现了她"宁为玉碎，不为瓦全"的品格。她敢于当廷谴责封建帝王，自愿出嫁匈奴，维护了人格尊严，行为惊世骇俗。作品歌颂了敢于向封建王权进行挑战的伟大叛逆女性，表现了彻底的反封建的主题。

《聂嫈》创作于1925年6月，写聂嫈支持弟弟聂政反抗强秦侵略的斗争，认领弟弟遗体，大义凛然、视死如归。作品表现了聂嫈反对强权政治、忘我牺牲的精神，歌颂了不因弱小而屈从强权，为伸张正义而英勇牺牲的伟大爱国主义叛逆女性。

郭沫若的历史剧遵循"古为今用"的现实主义原则，不为再现历史人物而去写历史人物，而是以历史人物的塑造配合现实斗争，表现时代精神，为反帝反封建的斗争服务。书写三个叛逆的女性和封建礼教的斗争、对封建王权的否定、与强权政治的搏击，都是以史为鉴，为"五四"反帝反封建斗争服务。人们可以从剧中得到启示、受到教益。他的历史剧不拘泥于成说，不照搬史实，对人物和情节大胆加以改造，重新发掘历史人物的思想精神面貌，力求对历史做出新的解释，使之与时代息息相通。如卓文君从过去的"私奔"改成"公开决裂、离家出走"，王昭君出塞从以往的"悲悲切切"改为"大义凛然"，变"被动派遣"为"主动请嫁"。

郭沫若善于将人物放在尖锐复杂的矛盾冲突中去表现，使人物形象的个性得到更有力的刻画，性格更鲜明、更突出。如：卓文君过去是父亲逼她寻死、公公骂她有伤风化，而现在是自己主宰自己的命运；王昭君过去是留恋豪华的宫廷生活，而现在是毅然抉择。

2. 后期历史剧

郭沫若于40年代先后完成了6部历史剧，它们是《屈原》《棠棣之花》《虎符》《高渐离》《孔雀胆》《南冠草》。这是郭沫若历史剧的丰盛期。

《屈原》创作于1942年1月，取材于爱国诗人屈原的悲剧故事。作品表现了以屈原为代表的爱国进步力量与上官大夫、南后郑袖为代表的统治集团妥协投降派的矛盾斗争，突出了反对分裂投降、主张团结御侮的具有重大现实意义的主题。其中的《雷电颂》《橘颂》及婵娟的形象等都是剧作中成功的艺术经典，具有令人震撼的艺术魅力。《屈原》1942年4月在重庆上演，产生了轰动效应。它反对投降、主张抗战，鞭挞黑暗、颂扬光明的主题，与当时的现实相映照，引起了人们的共鸣。

《棠棣之花》完稿于1941年12月，是《聂嫈》两幕话剧的扩写。《棠棣之花》和《聂嫈》一样，写的都是战国时代"抗秦派"和"亲秦派"的斗争，表现了主张联合、反对分裂的主题。《虎符》创作于1942年2月，写的是信陵君窃符救赵的故事，表现了反侵略、反奴役、反压迫的主题，成功地塑造了信陵君和如姬夫人的艺术形象。《高渐离》创作于1942年6月，写的是高渐离以筑击秦始皇的故事。这个剧作主要表现反抗封建专制。残暴的秦始皇激起人民的愤怒与反抗，容易引起人们对国民党反动政府专制统治的联想。《孔雀胆》创作于1942年9月，写的是大理总管段功与阿盖公主的爱情悲剧。剧作以此表现歌颂民族团结、反对民族分裂的主题。《南冠草》创作于1943年4月，写明末青年诗人夏完淳起兵复明、以身殉国的故事。夏完淳不仅是一个才气很高的诗人，而且又有高尚的民族气节，他起兵复明遭告密，终至失败而殉国。郭沫若后期历史剧的思想艺术成就如下：

其一，现实性和战斗性的主题。它们延续了前期剧作"古为今用"的原则，题材与主题有明确的现实性和强烈的战斗性，有鲜明的政治倾向，为现实服务。这些历史剧虽然写的是历史,却表现了强烈的时代精神。

其二,壮美的悲剧精神。郭沫若后期历史剧写的都是悲剧故事,都是体现中华民族传统精神的悲剧事件,剧作内容都显示了正义和真理被压迫;剧中的主人公都具有爱国主义和英雄主义精神,他们在进行着不屈的斗争,往往杀身成仁、舍生取义;作品呈现出饱含悲戚与颂扬的英雄主义基调。

其三,激越的浪漫主义诗情。作者作为诗人,运用诗的形象、诗的语言来刻画人物,其剧作呈现为诗化的语言,例如,有时直接是诗歌的引用,如《橘颂》;有时是诗情浓郁的大段独白,如《雷电颂》。这样既能深刻揭示人物的内心世界,又能丰富人物的情感,增强艺术感染力。剧作的人物也是诗化的,有诗美的人格、有道义美的化身、有诗人的气质。

思考练习

1. 谈谈"泛神论"思想及其对郭沫若早期浪漫主义风格创作的影响。
2. 试论郭沫若《女神》的自我抒情主人公形象。
3. 试析《凤凰涅槃》中的"凤凰"的形象。
4. 简论郭沫若历史剧《屈原》的艺术特色。
5. 从《女神》到《星空》再到《恢复》,看郭沫若诗歌创作风格的演变。

第二编

左联时期博弈的阶级文学

(1927—1937)

第一章
文学史概况

【章目要览】

20年代中后期，除了先前发展起来的"五四"文学，早期的共产党人也在开始倡导革命文学以及无产阶级革命文学，大革命失败后，无产阶级革命文学倡导得更甚，由此引发1928年太阳社、创造社成员与鲁迅、茅盾等人的文艺论争，这场论争最终以中国左翼作家联盟的成立作为终结。左联成立之后积极开展文艺运动，形成了30年代的主流文学，也引发了无产阶级和资产阶级文艺派别的论争。随着抗日救亡新形势的到来，左联作家内部也展开了一场关于如何建立抗日统一战线的论争。

【重点提示】

"普罗"文学倡导的过程与论争的功过；"左联"的历史贡献；鲁迅《对于左翼作家联盟的意见》；后期创造社和太阳社；"左翼"文学与资产阶级文艺的论争；抗日战争新形势与"两个口号"之争。

【拓展阅读】

1. 温儒敏. 新文学现实主义的流变. 北京：北京大学出版，1988.
2. 吴中杰. 中国现代文艺思潮史. 上海：复旦大学出版社，1996.
3. 宋剑华. 论"左翼"文学现象. 文艺理论研究，2000（6）.
4. 艾晓明. 中国左翼文学思潮探源. 长沙：湖南文艺出版社，1991.

第一节　无产阶级文学的倡导与论争

从 1928 年开始，"五四"新文学的队伍出现了新的组合。决定 30 年代中国现代文学基本面貌的，是革命文学思潮及其文学创作和人文主义文学思潮及其文学创作。这两股文学潮流中，人文主义文学思潮是传承了"五四"以来的个性主义、人道主义的潮流，而革命文学是随着时代发展新兴的。

一、文学革命向革命文学的转变

中国共产党自 1921 年成立以来，就将宣传工作放在首要位置。1922 年 2 月，中国共产党领导的社会主义青年团机关刊物《先驱》增设了"革命文艺"专栏，发表了一些具有革命鼓动内容的诗歌。1924 年，早期共产党人邓中夏、恽代英、萧楚女等提出了革命文学的口号，他们认为，既然革命的浪潮已经到来，那么"五四"以来的文学革命建构起来的文学，应该立即转为革命文学，为革命服务，作家应该与革命实际相结合。1923 年前后，各地兴起的农民武装起义和工人运动确实使革命形势发生了一些转变，他们得到了沈雁冰、蒋光赤、成仿吾、郭沫若、鲁迅等文学家们的积极响应，这是无产阶级文学思想兴起的基础。1925 年"五卅运动"后，沈雁冰等人已经开始尝试用马克思主义阶级论来解释文学现象。

20 年代初、中期，部分共产党人和一些倾向于马克思主义的文艺工作者，尝试用唯物史观和阶级分析方法对文学提出新的要求。他们的思想大致可以归纳为四个方面：第一，在文学和社会生活的关系上，强调社会生活对文学的决定性作用，要求文学家以唯物史观为指导，忠实地反映生活。萧楚女在《艺术与生活》一文中明确指出："艺术是生活的反映……是随着人类底生活方式之变迁而变迁的东西。"沈泽民在《文学与革命的文学》一文中认为："无论我们怎样夸称天才的创造力，文学始终是生活的反映。"第二，在文学与革命的关系上，要求文学反映革命斗争的现实生活。恽代英认为新文学应"激发国民的精神，使他们从事于民族独立与民主革命运动"[1]。第三，提出文学的阶级性和无产阶级文学问题。1925 年，茅盾发表了《论无产阶级艺术》，比较系统地探讨了无产阶级文学的性质、任务、题材、形式及与旧文学的关系等诸多问题。第四，要求文学家深入生活，深入实际，参加实际的革命斗争。这四个方面说

---

[1]　恽代英．恽代英文集．北京：人民文学出版社，1984．

明马克思主义理论特别是唯物史观与阶级学说开始渗透到文学领域。

二、大革命失败后国内阶级关系的变化

1927年，蒋介石、汪精卫相继叛变革命，对共产党人和革命群众进行公开镇压和屠杀，共产党的活动被迫转入地下，国共合作彻底破裂，轰轰烈烈的大革命终于失败。面对国民党的突然倒戈，中国共产党"八七"会议确立了武装反抗国民党反动派的新方针，"八一"南昌起义打响了武装反抗国民党反动派的第一枪，进入了中国共产党独立领导革命斗争的新时期。

这个时期中国的政治形势、阶级关系比较复杂，有以下几方面：

第一，新建立的以蒋介石为首的南京国民政府，是代表帝国主义和地主买办阶级利益的政权，对外投降帝国主义，对内以新军阀代替旧军阀，对工农阶级的剥削和压迫比以前更加厉害。全国工农、平民仍然在反革命统治之下，没有得到政治上、经济上的解放。中国社会的性质没有变化，依然是半殖民地半封建社会。而且，在国民党新军阀的统治下，中国半殖民地化的程度进一步加深了，封建地主阶级对农民的剥削和压榨也更加严重了。

第二，全国派系林立，矛盾重重，四分五裂。各个大小实力派军阀，都凭借着自己掌握的军队争权夺利。尤其是蒋、冯（玉祥）、阎（锡山）、桂（李宗仁等）几大系之间，矛盾更为突出。他们为了一己私利，可以暂时联合，又能互相大打出手。正如毛泽东所说："国民党新军阀蒋桂冯阎四派，在北京天津没有打下以前，有一个对张作霖的临时的团结。北京天津打下以后，这个团结立即解散，变为四派内部激烈斗争的局面。"事实正是如此，当四派联合攻下北京、天津，打垮奉系军阀之后，接连发生了蒋冯、蒋桂、蒋与阎冯桂之间的大战。连年的军阀混战，给人民带来了深重的灾难。

第三，以蒋介石为首的国民党新军阀依靠庞大的军事力量消灭异己，又通过建立和运用各种反动法律条文、特务组织和保甲制度，残酷地镇压中国共产党人和革命群众，不断强化其法西斯专制统治。

在国民党统治区，中国共产党被宣布为"非法"组织，加入共产党是最大的犯罪。大批共产党员、共青团员、进步人士和革命群众，惨遭逮捕、监禁和杀害。许多优秀的党的领导干部和活动家也先后英勇牺牲。中国共产党的组织遭到严重的破坏，不得不转入地下。

在大革命失败以后的一个时期内，革命的力量只剩下了无产阶级、农民和其他小资产阶级。反革命的力量大大超过了有组织的革命力量。以上种种情况说明，革命已由高潮转入了低潮。

在革命新时期，中国共产党继续坚持资产阶级民主革命，这是毫无疑义的。中共中央在明确宣告：中国共产党将继续绝不妥协的反对帝国主义的斗争，反对军阀和一切封建余孽的斗争，力求革命之完全胜利。中共八七会议告全党党员书中再次指出："中国革命尚在资产阶级民权革命的阶段，它反对帝国主义之压迫及封建制度之一切社会经济政治的遗毒。"

在这样复杂的政治状况之下，无产阶级革命文学呼之欲出。

三、创造社、太阳社的倡导

1925年，郭沫若和后期创造社再次倡导革命文学。1928年1月，由中国共产党党员作家组成的太阳社创办了《太阳》月刊，由蒋光赤、钱杏邨主持，同时，刚从日本回国的创造社新成员李初梨、冯乃超、彭康等主持的《文化批判》创刊。同月出版的创造社另一刊物《创造月刊》第1卷第8号也显示了突变。这些刊物在上海共同倡导无产阶级革命文学。郭沫若在一篇文章中宣称："个人主义的文艺老早过去了"，代替它们而起的必定是"无产阶级文艺"[①]。无产阶级革命文学作为一种规模浩大的文学运动，在1928年崛起，主要是由当时国内政治形势所推动，倡导者们认为虽然革命处于低潮，但无产阶级文艺运动的提倡能推动政治上的持续革命。此外，他们的文学观点深受当时苏联和日本无产阶级文学运动中"左倾"机械论的影响，特别是苏联的无产阶级文化派及其后的文学组织拉普的影响，理论家波格丹诺夫的"文艺组织生活论"也直接成为革命文学的理论基础。

四、关于革命文学的论争

由于"左"的思想和宗派情绪，革命文学倡导者们便向"五四"时期成名的作家开刀，重点批判了鲁迅、茅盾、郁达夫、叶圣陶等作家，引发了一场关于革命文学的论争。他们以当时的革命文学理论全盘否定"五四"新文学传统，以此来构建无产阶级革命文学的理论。他们批判鲁迅的创作大都没有现代意识，只能代表清末义和团时

---

① 钱理群，温儒敏，吴福辉. 中国现代文学三十年. 北京：北京大学出版社，2007.

代的思想,"阿Q的时代早已死去",甚至说鲁迅是"封建余孽""二重反革命人物"。鲁迅发表了《"醉眼"中的朦胧》《革命时代的文学》,茅盾发表了《从牯岭到东京》等文章,对革命派进行了批评。他们批判了革命文学中的概念化、公式化倾向,对文学本质不重视,走上了文学标语口号化的道路。

1928年,后期创造社、太阳社的成员与鲁迅、茅盾之间的这场革命文学论争,进一步提出和探讨了革命文学与无产阶级文学的作家队伍建设、世界观与创作等一系列问题。郭沫若、冯乃超等根据马克思主义关于经济基础与上层建筑关系的原理,认为中国的社会经济结构和阶级结构已发生变化。随着被压迫阶级反抗压迫阶级的革命运动的兴起,表同情于无产阶级的革命文学也会随之兴起。结合中国现阶段社会阶级关系的实际变动来说明无产阶级文学运动的兴起,自然是合理的,但单纯地把无产阶级文学作为无产阶级革命斗争的一个组成部分,则使创造社、太阳社的文艺家在文学与政治的关系上走向片面。他们认为文学"应当作为政治运动的补助——我们给它一个'副次的工作'的名词"①。文学既然要服务于政治革命斗争,而政治表现为具体的政治任务与政策,因此革命文学"创作的内容是必然的要适应政治的宣传的口号和鼓动的口号的"。在无产阶级文学作家队伍建设和世界观与创作的关系问题上,他们更是流露出鲁迅所批评的"唯我是无产阶级"的宗派主义倾向,否定"五四"以来的优秀文学传统,割断无产阶级革命文学与"五四"新文学的联系,并对鲁迅、茅盾等进行错误的批判。他们一方面认识到作家立场转变的重要性,另一方面又对作家世界观改造过程的长期性、艰巨性估计不足,以为只要从书本上获得一些马克思主义的常识,便会成为革命文学作家。

革命文学倡导者们理论认识上的片面性招致了鲁迅、茅盾等作家的批评。鲁迅在《文艺与革命》一文中强调,在考虑文学的宣传作用时必须充分尊重艺术创作的规律,革命文学应"先求内容的充实和技巧的上达"。茅盾在《从牯岭到东京》一文中认为,如果只有革命热情而忽略文艺的本质,或把文艺也视为宣传工具,或虽无此忽略与成见,而缺乏文艺素养,那么最有革命性的作品,却要被并不反对革命文艺的人们所叹息,摇头。鲁迅在《革命文学》一文中进一步肯定了"五四"新文学的优秀传统,认为无产阶级文学的阵营应该扩大。他反复强调世界观改造的长期性与艰巨性,认为必须掌握革命的理论,"根本问题是在作者可是一个革命人,倘是的,则无论写的是什么事件,用的是什么材料,即都是革命文学。从喷泉里喷出来的都是水,从血管里

---

① 沈起予.艺术运动的根本概念.创造月刊,1928年第2卷第3期.

出来的都是血"。但是鲁迅、茅盾的见解在当时没有受到应有的重视，在这种情况下出现了一批公式化、概念化的革命文学作品是很自然的。

革命文学论争虽然涉及不少革命文学发生发展的问题，但由于当时处于无产阶级文学的草创阶段，总的来说，仍属于革命文学的宣传倡导时期，一方面是因为缺乏相应的革命文学创作实践经验，另一方面是因为受"论争"这种争鸣形式的局限，所论及的问题多属于无产阶级革命文学的外围问题，而且对这些问题的论述多停留于一般的倡导，缺乏严密的系统的理论分析。

这场论争，不仅响亮地喊出了革命文学的口号，提出了创造无产阶级文学的历史任务，扩大了革命文学的影响，而且在20世纪中国文学史上，第一次大规模地探讨了有关建设无产阶级革命文学的一系列理论问题，对无产阶级文学思想的深入发展具有重大意义。无论是论争中所取得的成就，还是所暴露的问题，都对中国无产阶级文学的发展及其理论建设产生了深远影响。

思考练习

1. 提倡革命文学是否意味着"五四"文学革命已经过时了？
2. 如何评价这场关于革命文学的论争？

第二节　中国左翼作家联盟及左翼文艺运动

一、左联的成立

太阳社、后期创造社成员与鲁迅、茅盾等作家的论争引起了国共两党的注意。国民党趁机进行文化围剿，共产党则直接指示太阳社、创造社成员停止攻击鲁迅、茅盾等人，让他们联合起来，成立统一的革命文学组织，对抗国民党的文化围剿。在党组织的影响下，创造社、太阳社和鲁迅的论争在1929年初基本停止。1930年2月16日，在党组织的建议下，论争双方坐在一起，召开了以"清算过去""确定目前文学运动的任务"为题的讨论会。会上，推举冯乃超、钱杏邨、冯雪峰等组成委员会，筹备成立中国左翼作家联盟。中国左翼作家联盟于1929年底开始筹备，1930年3月2日在上海召开了成立大会，简称"左联"，初期加入者达五十多人，与会的四十多位作家选举了冯乃超、郑伯奇、沈端先、钱杏邨、鲁迅、田汉、洪灵菲等担任常委。会上通过的理论纲领宣告："我们的艺术是反封建的，反资产阶级的，又反对失掉了社会地位的小资产阶级的倾向"，并且表明要"援助而且从事无产阶级艺术的产生"。在成立大会上，鲁迅总结了革命文学倡导过程中的经验教训。此后回国的茅盾被选为左联的执行书记，鲁迅则被视为左联的精神领袖。

"左联"成立后，先后出版的刊物有《拓荒者》《萌芽月刊》《北斗》《文学周报》《文学导报》《文学》半月刊等，此后又接办和改组了《大众文艺》《现代小说》和《文艺新闻》等期刊。此外，左联在各地设有小组，在日本东京设立分社，吸引了大量追求革命的文学青年。左联作为国际革命作家联盟的一个支部，很多活动都和国际无产阶级文学运动同步。许多左联作家既是作家，又是革命者，从事实际的革命活动，因而也遭到国民党当局的压迫，刊物和书籍被查禁，成员也被通缉、逮捕甚至杀害。

1936年，为响应抗日民族统一战线的号召，左联自动解散。从建立到解散，左联虽然只存在了6年时间，但在整个30年代，在鲁迅、茅盾的领导下，左翼文学为中国的无产阶级革命运动做出了巨大的贡献，对30年代乃至后来的文学发展起到了非常重要的作用。

二、反对国民党反动派的反革命文化围剿

1928年的革命文学论争，让国民党试图趁机占领文坛。1929年底，国民党召开所谓的"全国宣传会议"，提出以"三民主义的文艺政策"来统一文坛，扼杀革命文学、无产阶级文学。1930年6月，国民党纠集由政客、军官、特务、流氓和反动文人组成的文学团体，掀起了反革命文化围剿，鼓吹"文艺的最高使命，是发挥它所属的民族精神和意识"，"文艺的最高意义，就是民族主义"。他们妄图用"民族意识""民族主义"来抹杀和代替阶级意识和阶级斗争，用民族主义文艺来抵制和取代无产阶级文艺。他们还发表文章称颂希特勒和墨索里尼，称赞"法西斯主义是20世纪的骄子，是政治上的一种新倾向"，散布反苏媚日言论，攻击普罗文化是亡国文化。他们妄图以"民族主义"的旗号达到国民党专制文化一统天下的目的，出版了《前锋月刊》，创作了《陇海线上》《黄人之血》等反动政治宣传品。

瞿秋白、鲁迅、茅盾等人对其进行了批判和斗争，斥责民族主义文艺"是鼓吹杀人放火的文学"，揭露了他们的麻痹欺骗手段和法西斯面目。民族主义文学实际上是

为国民党反动统治效力的"宠犬文学""屠夫文学""杀人放火的文学",该运动是国民党变相的文化围剿,是国民党走卒破坏无产阶级文学运动的把戏。经过左翼文学阵营的层层剖析和揭露,在全国人民抗日反蒋高潮的大背景下,"民族主义文艺运动"不久便宣告破产。

三、马克思主义文艺理论的新建设

左联成立以后,专门成立了马克思主义文艺理论研究会,大规模地开展了对马克思文艺理论的研究、翻译介绍和传播工作。除了全文翻译发表列宁的《党的组织与党的出版物》和马克思、恩格斯关于文艺理论的经典论述外,还大量翻译介绍苏联马克思主义文学理论著作,为广大文学工作者提供了新的思想武器,保证了左翼文学运动的无产阶级革命方向。

瞿秋白对传播马克思主义文艺理论的贡献比较大。他翻译了两篇列宁论托尔斯泰的论文,此外,1933年4月他署名"静华"的文章《马克思、恩格斯和文学上的现实主义》发表,通过对巴尔扎克创作的分析,阐发了马克思主义的经典理论。他关于大众文艺的多篇论文,相当深刻地论述了大众文艺问题,并探索中国共产党人如何建立对文化特别是大众文艺的领导权。他还对革命的大众文艺的内容与形式、语言等问题进行了富有成效的研究。他高度评价鲁迅在左翼文坛的伟大价值,在《鲁迅杂感选集序言》中,他指出:"鲁迅从进化论到阶级论,从绅士阶级的逆子贰臣进到无产阶级和劳动群众的真正的友人,以至于战士,他是经历了辛亥革命以前直到现在的四分之一世纪的战斗,从痛苦的经验和深刻的观察之中,带着宝贵的革命传统到新的阵营里来的",他提醒左翼作家应该珍惜和学习这些革命传统,即:第一,是最清醒的现实主义;第二,是韧的战斗;第三,是反自由主义;第四,是反虚伪的精神。这种评价对于左翼作家内部关系的调整起到了积极的作用,鲁迅也以"人生得一知己足矣"回赠之。

在左翼文学家中,鲁迅对文学的劳动起源论,对艺术属于人民、应该走向人民,对文艺的真实性和典型性,对文艺的大众化和民族化,对文艺的欣赏和批评等问题,都有深刻阐述。此外,冯雪峰、胡风和周扬等在20世纪30年代也为传播马克思主义文艺观写了不少文章。

作为30年代的文学主潮,左翼文学首先以马克思主义文学理论的探索、开拓和创建,去震撼文坛、影响文坛和推动文坛。应该说,中国左翼革命文学的产生,不是先有丰厚的创作实绩，然后加以理论上的概括，而是先从国外输入马克思主义理论，然后才逐渐确定文学创作实践的方向的。因此，思想家和理论家在左联中起了指导者和组织者的巨大作用。他们比那些正在成长中的作家更具有影响力和号召力。鲁迅以其深刻犀利的社会观察眼光，瞿秋白以其高屋建瓴的对文学运动的把握力，茅盾以其深知创作甘苦的作家作品评论，周扬以其善于思辨的逻辑力量，冯雪峰以其诚实稳健的耕耘者作风，胡风以其对文学本质和作家主观热情的独特把握，探索着和完成着左翼文学的理论主题，为马克思主义在中国的广泛传播打下了坚实的理论基础，也为中国革命的发展奠定了深厚的理论根基。

四、开展文艺大众化问题的讨论

1934年5月，汪懋祖、许梦因发动"文言复兴运动"，进步作家陈望道、赵元任、茅盾等掀起反对文言文、保卫白话文的运动，展开文艺大众化的讨论，批评了欧化和半文半白的倾向，探讨了现代文学语言的特点及其发展方向，对现代文学语言的发展具有较深远的影响。

鲁迅的《门外文谈》以深邃的眼光阐明文艺大众化问题的历史根据，是一部充满智慧而又妙趣横生的文字与文学发生史。当他的眼光转向现实时，他认为，应该多有为大众设想的作家，竭力来做浅显易解的作品，能大家都懂，爱看，以挤掉一些陈腐的劳什子。至于大规模的大众化的文艺，"就必须政治之力的帮助，一条腿是走不成路的"①。如果说鲁迅的态度充满着凝视今天的现实主义，那么周扬的主张就散发着仰望明天的理想主义。周扬认为大众文学的"首要任务应该是描写革命的普罗列特丽亚特的斗争生活"，"我们虽然可以一时的，批评的采用旧式大众文学的体裁，如小调，唱本，说书等，但是我们不要忽略了形式的国际性质的重要，我们要尽量地采用国际普罗文学的新的大众形式，如上面所举的报告文学、群众朗读剧等。" 他引用苏联、德国工人通讯运动产生了许多伟大的普罗作家的例子，认为"文艺大众化不仅不降低文学，而且是提高文学，即提高文学的斗争性，阶级性的"②。这种理论是开放性的，丰富了文艺大众化的路径，但有以阶级性代替艺术性、以国际性淹没民族性之嫌了。

---

① 鲁迅.文艺的大众化.大众文艺，1930年第2卷第3期.
② 周扬.关于文学大众化.北斗，1932年第2卷第3、4期合刊.

> **思考练习**
> 1. 如何看待左联的文艺观？
> 2. 如何正确理解文学与政治的关系
> 3. 左联的贡献与不足有哪些？
> 4. 如何看待左联的成立与解散？

第三节　无产阶级与资产阶级文艺派别的论争

自提倡无产阶级革命文学到左联成立以来，左翼文艺与资产阶级文艺派别因为对社会、对人、对文学的看法不一样而产生了一些分歧，30年代以来，发生了一些文艺论争。

一、左翼文艺与"新月派"的论争

1928年3月，徐志摩、梁实秋等人创办《新月》，他们提倡自由主义的政治思想和文艺观点。在政治上，他们宣传西方的民主自由思想，反对暴力革命；在文艺上，他们主张文艺自由，反对普罗文学。这和左翼文学的文艺观完全不同，所以，"新月派"受到左翼作家的批判，这是必然的结果。从20年代末到30年代初，"新月派"与左翼作家针对革命文学与文艺自由等问题进行了激烈的论争。

1928年3月10日，徐志摩在《新月》创刊号上发表《〈新月〉的态度》一文，提出健康与尊严两个原则，主张要用理性来约束不纯正的思想，使文学能独立发展，摆脱政治和商业的干涉。他的批判对象不仅指向不健康的文学以及国民党政府，还对无产阶级文学也表示不满。彭康对此进行了反驳，在《什么是"健康"与"尊严"？》中，他认为徐志摩标榜的健康与尊严是为旧的意识形态服务的，它阻挠了新兴势力的发展，在历史进展中必将被消灭。他认为运用辩证法的唯物论来认识社会的方向，才能创造革命的文艺。

1928年6月，梁实秋发表《文学与革命》一文，宣传天才论和人性论，否定革命文学的存在。他认为，人性是测量文学的唯一标准，一切的文明都归于天才的创造，所以文学只是天才的产物，文学没有阶级性。因此，他认为革命文学只是没有意义的一句空话，对此要保持冷静的头脑。他的说法遭到了冯乃超的批判。冯乃超在《冷静的头脑——评驳梁实秋的〈文学与革命〉》中，指出梁实秋对革命的认识是错误的，天才也是由环境决定的，所以，文学是有阶级性的，革命文学是必然的。对此，梁实秋于1929年9月发表《文学是有阶级性的吗？》，认为无产阶级文学理论是错误的，文学是表现基本人性的艺术，不应当被当作阶级斗争的工具。在该文中，他对无产阶级文学的挖苦讽刺与否定文学的阶级性，引起了左翼作家的反驳。冯乃超在《阶级社会的艺术》中指出，梁实秋错把人性普遍化、永远化，因此认为表现人性的文学也是超时代、超阶级的。他还指出，阶级和艺术有着密切的关系，认为梁实秋是替资本家服务的说教者，是资本家的走狗。双方由正常的学术争论演变为人身攻击甚至争吵。

鲁迅与梁实秋在论争之前，关系还是不错的。梁实秋很欣赏鲁迅的杂文艺术。两人第一次正面交锋是在1927年底。鲁迅写了《卢梭与胃口》，对梁实秋的《卢梭论女子教育》片面解读卢梭提出批评，指出梁实秋对于他人学说只把适合自己胃口的进行宣扬，这样必然会产生偏见。当实秋宣扬他的人性论时，鲁迅在1928年初发表《文学与出汗》，从进化论的角度论证人性不是永久不变的。梁实秋在1929年9月10日发表《论鲁迅先生的"硬译"》，指出曲译和死译都不应该存在，鲁迅的翻译离死译也不远了，还举例说明鲁迅的硬译多么晦涩难懂。对此，鲁迅撰写长文《"硬译"与"文学的阶级性"》予以驳斥，坚持他在革命文学中所阐发的一贯主张，承认文学的宣传作用，但强调并非一切宣传都是文艺。此外，梁实秋还分别发表了《答鲁迅先生》《"无产阶级文学"》《"普罗文学"一斑》《所谓"文艺政策者"》等文章，否认左翼文学的价值。

除了阶级性和翻译问题，鲁迅还在"好政府问题"上与新月派展开论争。新月社成员梁实秋、胡适、罗隆基等人曾在《新月》上发表批评国民党专制、要求言论自由的文章，但是他们不可能具有鲁迅那种革命的彻底性，自然遭到鲁迅的批评。1930年1月1日，鲁迅在《萌芽月刊》第1卷第1期上发表《新月社批评家的任务》，指出新月社是挥泪维持治安，他们想要的自由只是想想而已，是不可能实现的。

1931年，徐志摩空难去世；1933年6月，《新月》停刊；1933年9月，新月书店因亏空转让给商务印书馆，"新月"派随之解体。这场论争，使左翼文学得到较大的发展，但也助长了革命文学阵营的极"左"思想和做法。

二、左翼文艺与"自由人""第三种人"的论争

当"新月"派作家与左翼作家论争并被批判之后,胡秋原、苏汶等人便以另外一种面目出现,引用马克思主义的词句来宣传资产阶级自由派的文艺主张,从而挑起了一场新的激烈的论争。

1931年底,《文化评论》创刊号的社评《真理之檄》表示:"文化界之混沌与乌烟瘴气,再也没有如今日之甚了。"因此,他们这群"自由的智识阶级"决心担负起思想批判的天职。他们还标榜自己是"完全站在客观的立场……没有一定的党见,如果有,那便是爱护真理和信心"。这些话已经向左翼文化运动放了几支暗箭了。胡秋原发表《阿狗文艺论》声称:"文学与艺术,至死也是自由的,民主的","将文艺堕落到一种政治的留声机,那是艺术的叛徒……以不三不四的理论,来强奸文学,是对于艺术尊严不可恕的冒渎"。不久,他又写了《勿侵略文艺》,扬言艺术只能表现生活,不能对生活发生任何作用,"艺术不是宣传",让政治主张"破坏"艺术是"使人烦厌的",并反对"只准某一种文学把持文坛"。这些话表面上是对"民族主义文艺运动"和国民党文人的"民族文艺"而发,但也分明对着无产阶级革命文学运动。紧接着,胡秋原又写了《钱杏邨理论之清算与民族文学理论之批评》,扯下原先的面具,借清算钱杏邨理论为名,肆意谩骂无产阶级革命文学运动。左联以《文艺新闻》为阵地,连续发表多篇文章给予回击。由瞿秋白执笔的《"自由人"的文化运动》,揭露他们企图以"自由的智识阶级"的名义和无产阶级争夺文化运动的领导权。文章着重批评胡秋原的艺术至上主义的实质,指出他们所谓"勿侵略文艺",反对文艺成为阶级斗争的武器,"是帮助统治阶级……来实行攻击无产阶级的阶级文艺","文艺自由"论调所真正反对的,是文艺为无产阶级的革命政治服务。洛扬(冯雪峰)在《致〈文艺新闻〉的一封信》里,揭露胡秋原"以'清算再批判'的取消派的立场,公开地向普洛文学运动进攻"的真面目,指出当时胡秋原的"反对普洛革命文学已经比民族主义文学者站在更'前锋'了。对于他及其一派,现在非加紧暴露和斗争不可"。

当革命作家开始反击"自由人"胡秋原的论点时,苏汶以代表"作者之群"的"第三种人"自居,出来为胡秋原声援。他在《现代》上发表《关于〈文新〉与胡秋原的文艺论辩》,称辩证法就是"变卦",马克思列宁主义者"只看目前的需要",不要真理;左翼文坛根本不要文学,在他们的"霸占"下,"文学不再是文学了,变为连环图画之类;而作者也不再是作者了,变为煽动家之类。死抱住文学不放的作者们是终于只能放手了"。当这些攻击遭到驳斥,他又写下了《"第三种人"的出路》《论

文学上的干涉主义》，把革命的政治和艺术的真实对立起来，认为"以纯政治的立场来指导文学，是会损坏了文学的对真实的把握的"，"艺术家是宁愿为着真实而牺牲正确的"，以此反对政治对于文学的"干涉"。他还危言耸听地硬说革命作家把"所有和他们自己不大相同的人都错认为资产阶级的辩护人"，剥夺了他们"创造即使不能严格地站在无产阶级的立场上，但至少也不是为资产阶级服务的那一种作品的自由"。他恶意地断言，"这种拒人千里之外的态度，我觉得是认友为敌"，硬给革命作家栽上迫使一小部分资产阶级作家"不敢动笔"的罪名。他和胡秋原一唱一和，证明所谓"自由人"和"第三种人"确实是一派的。

针对胡秋原的观点，瞿秋白在《文艺的自由和文学家的不自由》一文中，批评了胡秋原，对苏汶也进行了批评。他指出，作家作为意识形态的生产者，"不论他们有意的，无意的，不论他是在动笔，或者是沉默着，他始终是某一阶级的意识形态的代表。在这天罗地网的阶级社会里，你逃不到什么地方去，也就做不成什么'第三种人'"。所以，所谓"第三种人"，完全是一种虚伪的提法。他们根本不是什么"第三种人"，他们的作品也不是什么"第三种文学"。周起应在《到底是谁不要真理？不要文艺？》中指出苏汶所谓马克思列宁主义者不要真理，是一种极其恶毒的歪曲。他着重说明了由于"无产阶级是站在历史的发展的最前线，它的主观的利益和历史的发展的客观的行程是一致的。所以，我们对于现实愈取无产阶级的、党派的态度，则我们愈接近客观的真理"。无产阶级的政治不但不会去破坏文学反映生活的真实，而且会帮助作家正确地认识生活。何丹仁（冯雪峰）在《关于"第三种文学"的倾向和理论》一文中也指出："文艺作品不仅单是反映着某一阶级的意识形态，它还反映着客观的现实，客观的世界。然而这种反映是根据着作者的意识形态，阶级的世界观的，到底要受着阶级的限制的（到目前为止，只有无产阶级的世界观——辩证法的唯物论，才能够最接近客观的真理）。"这些意见，将论争推进到作家的世界观和创作实践的关系上。

鲁迅主要将笔锋指向苏汶。他在《论"第三种人"》中指出："生在有阶级的社会里而要做超阶级的作家，生在战斗的时代而要离开战斗而独立……这样的人实在也是一个心造的幻影，在现实世界上是没有的。要做这样的人，恰如用自己的手拔着头发，要离开地球一样，他离不开，焦躁着，然而并非因为有人摇了摇头，使他不敢拔了的缘故。"在《又论"第三种人"》中，他还以人体有胖有瘦为喻，指出那些看上去似乎是不胖不瘦的人，"一加比较，非近于胖，就近于瘦"，不可能有"不胖不瘦的第三种人"，以说明文艺界也绝不会有"不偏不倚"的"第三种人"的存在。他再一次用生动的比喻，确切地阐发了文艺的阶级性，使人们从形象的联想中领悟到这一重要的真理。

革命作家在批评胡秋原、苏汶的同时,明确表示了自己团结广大小资产阶级作家的态度。鲁迅在《论"第三种人"》一文中说:"左翼作家并不是天上掉下来的神兵,或外国杀进来的仇敌,他不但要那同走几步路的'同路人',还要招致那站在路旁看看的看客也一同前进。"冯雪峰在《关于"第三种文学"的倾向与理论》一文中批判"第三种文学"的同时,也肯定了进步小资产阶级文学的作用,并且指出"第三种文学"真正的出路,是要创造一种"革命的,多少有些革命的意义的,多少能够反映现在社会的真实的现实的文学。他们不需要和普罗革命文学对立起来,而应当和普罗革命文学联合起来的"。这次论争,也帮助许多小资产阶级作家明辨是非,提高了思想认识,摆脱了幻想和苦闷。

三、左翼文艺与论语派的论争

论语派是一个现代文学流派,因《论语》半月刊而得名,主要代表人物为林语堂。主要刊物有《论语》《人间世》《宇宙风》,以刊登小品文为主,提倡幽默、闲适、性灵,主张"以自我为中心,以闲适为笔调",采取与政治保持距离的自由主义立场。《论语》前期文章尚能触及时弊、幽默中含讽刺。1934年后,讽刺锋芒日益减弱,幽默也流于说笑话、寻开心,由此引发了左翼作家与其的论争。

1932年,林语堂在《生活的艺术》里指出,论语派是一个自我表现的学派,"性"指的是一个人之"性","灵"指的是一个人的灵魂或者精神。林语堂的自我表现理论大抵有两个特色:一是强调对人的内部灵魂的封闭性的自我审视与表现;二是强调人的性灵也就是自然本性的自然流露,要求文艺脱离社会尤其是阶级斗争的束缚,回归自然到"本能的人"那里去,重在表现个人生命的本能的、无意识的内在。这种封闭性的自然本性的"自我表现"理论,表现了在大动荡时代,一部分知识分子不能掌握自己的命运,因此产生了对外部世界的幻灭感。所谓"自我表现",所谓"闲适",所谓"趣味",作为一种正常的文学追求,本来也无可厚非,但在30年代严酷的社会现实中,这些主张和创作实践容易被误认为是对黑暗现实的逃避,对作家社会责任的推卸。左翼作家们对此持批评、指责的态度,他们认为林语堂等的"性灵文学"究其本质,是他们在"风沙扑面、狼虎成群的时候""靠着低诉或微吟,将粗犷的人心,磨得渐渐地平滑",并且进一步指出他们的作品是十足的"抚慰劳人的圣药","麻痹"民族灵魂的"麻醉性的作品"。

> **思考练习**
>
> 1. 如何看待人性论?
> 2. 文学的阶级性怎么来定位?
> 3. 性灵文学的本质是什么?
> 4. 左翼文学家们与其他作家的论争有什么积极作用?

第四节　抗日救亡新形势和两个口号的论争

一、抗日救亡新形势

1933年5月《塘沽协定》签订后,主持北平军分会的何应钦对日交涉所持的原则是妥协退让。不久,日本军部重提"分离华北",确定了使华北"特殊化"的侵略扩张政策。1934年4月17日,日本外务省情报部部长天羽英二在记者招待会上发表谈话,其后被称为"天羽声明"。这个"声明"拒绝国际社会对日本制造"九一八"事变的谴责,公开宣布中国为日本的势力范围,反对各国对中国的援助。1935年1月4日,关东军在大连召开会议,决定要在华北扶植能够"忠实贯彻日本要求的诚实的政权"。此后,日本军队便在华北地区不断制造事端,加紧了侵略步伐。1935年1月,关东军制造察东事件,迫使国民党军第二十九撤出察哈尔东部。

华北事变之后,中日民族矛盾进一步激化。在中国共产党救亡图存、全民抗战的号召和中共地下党组织的领导下,1935年12月9日,北平学生举行了声势浩大的抗日游行,喊出"反对华北自治""打倒日本帝国主义""停止内战,一致对外"等口号,遭到国民党军警武装镇压。12月16日,北平学生和市民一万多人自发在天桥召开市民大会,会后,举行了更大规模的示威游行,这就是著名的"一二·九"运动,它促进了中华民族的觉醒,标志着中国人民抗日救亡运动新形势的到来。

全国抗日救亡运动高涨之际,中国共产党及时提出了抗日民族统一战线的新政策。1935年8月1日,中共驻共产国际代表团以中华苏维埃共和国临时中央政府和中共中央的名义发表《为抗日救国告全国同胞书》,呼吁全国各党派、各界同胞、各军队都应有"兄弟阋墙,外御其侮"的觉悟,摒弃前嫌停止内战,集中一切国力,为抗日救亡而奋斗。12月，中共中央在陕北瓦窑堡召开政治局扩大会议，提出在抗日的条件下与民族资产阶级重建统一战线的新政策。

为配合抗日民族统一战线，1936年左联自动解散。

二、两个口号的论争（国防文学、民族革命战争的大众文学）

两个口号的论争是国防文学和民族革命战争的大众文学两个口号之间论争的简称，是左翼作家内部就如何建立文艺界的抗日民族统一战线展开的一场论争。

鉴于民族危机日益严重，1935年8月1日，中共中央在长征路上发表《为抗日救国告全体同胞书》，号召全国人民团结起来一致抗日，组织国防政府和抗日联军。同年8月，共产国际召开七大，季米特洛夫和王明都在会上做了报告，要求建立国际统一战线，反对法西斯主义。根据这种新的形式和新的任务，从1935年冬天开始，左翼文艺界提出了"国防文学""国难文学""民族自卫文学"等口号。1936年春，各左翼文艺团体相继自动解散，"国防文学"口号逐渐为多数人所接受，同时又相应地产生了"国防戏剧""国防音乐""国防电影"等口号。徐行不同意"国防文学"口号，他在《我们现在需要什么文学》一文中认为"国防文学"的"'理论家'已经陷在爱国主义的污池里面"。6月1日，胡风发表《人民大众向文学要求什么？》，提出"民族革命战争的大众文学"口号。实际上这个口号是鲁迅和冯雪峰、茅盾、胡风等人商议之后提出来的。接着，周扬、鲁迅、茅盾等也陆续发表文章，展开"两个口号"的激烈论争。在上海，几乎所有的进步报刊都卷入了，北平以及东京等地的进步作家亦纷纷表态。10月19日，鲁迅逝世之后，大规模的论争基本上平息。

论争的原因首先是政治形势之下中国共产党的策略的转变，即由国共分裂到争取建立联合战线的转变。当时上海的左翼文艺界因为与中共中央失去联系，不可能及时地全面地领会到这个重大决策的变化，即使知道，也因为各人的理解不同，行动上有所差别。30年代左翼文艺界内部本来就有宗派主义，而形势的变化和解散中国左翼作家联盟等团体引起的隔阂，进一步激化了这种矛盾，扩大了这种分歧。

论争双方在要不要实行策略转变，要不要在文艺界建立抗日民族统一战线上，基本没有什么分歧，分歧是发生在如何建立统一战线问题上。

关于"两个口号"的关系，周扬、郭沫若、徐懋庸等认为，"国防文学"口号提出最早，理论正确，在群众中已经有广泛影响，它应该成为抗日民族统一战线的口号，在它之外再提什么口号，是不正确、不妥当的，是有悖于抗日民族统一战线的。同意这种观点的人还认为,即便"民族革命战争的大众文学"口号可以成立,它也不能作为统一战线的口号,不能对所有人都这么要求,它只能是左翼作家的口号。鲁迅认为"两个口号"可以并存,以便相互补充。他在《答徐懋庸并关于抗日统一战线问题》一文中说道:"我以为在抗日战线上是任何抗日力量都应当欢迎的,同时在文学上也应当容许各人提出新的意见来讨论";"民族革命战争的大众文学"比"国防文学""意义更明确,更深刻,更有内容"。它是一个总口号,适合各派,"国防文学"可以作为我们目前文学运动的具体口号之一,因为它"颇通俗,已经有很多人听惯,它能扩大我们政治的和文学的影响"。

关于如何坚持统一战线,即无产阶级在统一战线中的地位和作用的问题,一种意见认为,在新形势下,不管提出什么口号,绝对不能放弃无产阶级的阶级领导的责任。"而是将它的责任更加重,更放大,重到和大到要使全民族,不分阶级和党派,一致去对外"。意思就是说,作家们在抗日问题上的联合是无条件的,但对左翼作家来说,却不能放弃革命的传统,忘了无产阶级的领导责任,放弃独立自主是错误的。另外一种意见则认为,无产阶级在统一战线中当主体是必要的,但是不必在口头上争,应当以实际工作去获得。文化界还有人认为,谁是主体并不是特定的,领导权不应为谁所专有,应该各派共同负责,谁工作努力谁就可以争取到领导权,就自然成为主体。

关于写什么、以什么为旗帜的问题,一种意见认为,"国防的主题应当成为汉奸以外的一切作家的作品之最中心的主题"[①]。在讨论这个论点时,有人甚至降到不是国防文学就是汉奸文学。鲁迅、郭沫若等则认为,"国防文学"应该作为作家关系问题的旗帜,不要作为写什么的创作口号。要让一切不愿意当汉奸的作家都在抗日救亡的旗帜之下联合起来,不管原先是什么人,只要不愿意当汉奸,就团结到一条战线上;至于创作,写什么都可以。最好与国防有关,不写直接与国防有关的人事也无妨。不过,应该互相批评,无产阶级保留批评的权利。

思考练习

1. 抗日救亡新形势前后的文艺论争有何本质区别?
2. 左联成立的价值何在?
3. 如何看待30年代文坛的整体全貌?

---

① 周扬. 周扬文集(第1卷). 北京:人民文学出版社,1984.

第二章
文学运动的发展

【章目要览】

　　30年代初期是中国左翼文学发展的黄金时代，左联的成立一方面促进了无产阶级文学理论的发展，另一方面也促进了文学创作实践的巨大进步。在小说方面，出现了柔石、蒋光慈、胡也频、叶紫等年轻的左翼作家；诗歌方面成立了中国诗歌会，殷夫、臧克家等的诗歌创作也为左翼文坛增色不少。小说流派众彩纷呈，社会剖析派小说、新感觉派、东北作家群等体现了不同思想类型、不同的审美追求。长篇小说的发展获得了极大成功，话剧在艺术上也达到了成熟。

【重点提示】

　　"左翼"文学的兴起；社会剖析派；新感觉派；东北作家群；小说大家茅盾、老舍、巴金、沈从文等的涌现；《子夜》《骆驼祥子》《家》《边城》的问世；曹禺的创作标志着中国现代话剧的成熟。

【拓展阅读】

　　1. 严家炎. 中国现代小说流派史. 北京：人民文学出版社，1989.

　　2. 孙玉石. 中国现代主义诗潮史论. 北京：人民文学出版社，1999.

　　3. 龙泉明. 中国新诗流变论. 北京：人民文学出版社，1999.

　　4. 查振科. 京派小说风格论. 文学评论，1996（4）.

　　5. 李今. 海派小说与现代都市文化. 合肥：安徽教育出版社，2000.

　　6. 王爱松. 论三十年代散文三派. 中国现代文学研究丛刊，1996（2）.

第一节　左翼文学的应运而生

一、左翼小说的突起

在经历了二十年代革命文学的论争和文学实践之后,三十年代的无产阶级文学创作获得了长足的发展,其中小说成就尤为突出,涌现了柔石、蒋光慈、胡也频、叶紫等一批优秀的左翼小说家。

柔石(1902—1931),浙江宁海人,原名赵平福,后改为平复,中国共产党员,左联五烈士之一。柔石早期作品多以青年爱情婚恋为题材,有短篇集《疯人》,中篇《三姊妹》、长篇小说《旧时代之死》等。长篇小说《旧时代之死》分为《未成功的破坏》和《冰冷冷的接吻》两部,前部写主人公朱胜瑀家贫失学,谋得一个书记员的职务又不愿仰人鼻息而辞职。正当他借酒浇愁之际,家中又来信催他与一个女子完婚,他痛苦至极,自杀未遂。下部写朱胜瑀为逃婚,躲进尼姑庵,正当他在佛门净地寻找灵魂上的安慰之时,未婚妻自杀的噩耗又把他拉回尘世。他为她的死深感内疚,在与她做了冷冰冰的接吻后自杀了。作品真实反映了当时部分青年所患的时代病,显示了作者擅长心理描写的特长。

中篇《三姊妹》通过上层知识分子章先生与家境贫寒的三姐妹间的爱情悲剧,表现了作者对爱情、人生的道德思考。章先生曾当过中学校长和军阀的师参谋长,为实现他"美人名誉"的"英雄"事业,先后与大姐莲姑、二姐蕙姑相爱,但为了追求名誉地位又将她们先后遗忘。后来,当上师参谋长的章先生又回到旧地向三妹貌姑求爱时遭到痛斥和拒绝,碰壁后又想与大姐二姐恢复关系,均遭拒绝。作品通过对章先生利己主义恋爱观的批判,指出,纯洁的爱情是与高尚的人生追求紧密相连的。作品深刻揭示了人物的矛盾心理,人物性格刻画得复杂而丰满。

1928 年到上海后,他投身革命与鲁迅交往,思想与创作发生了转变,能纯熟地表现青年知识分子的追求,表现下层劳动人民悲苦的命运。代表作《二月》描写了从"五四"退潮下来的萧涧秋在芙蓉镇的经历。萧涧秋应老朋友陶慕侃的请求,到芙蓉镇任教,希望借此可以找到新的出路。在芙蓉镇,萧涧秋遇到了去世的同学的妻子文嫂和其女儿采莲,因为同情心与她们接近。但是小地方封建保守的思想和世俗的眼光给他带来了非议,最终萧涧秋在伤心失望之下离开了芙蓉镇。作品通过萧涧秋与文嫂、采莲、朋友之妹陶岚的交往反映了萧涧秋复杂的情感与精神状态。他是一个懦弱的小资产阶级知识分子，厌倦了外界的纷争，把芙蓉镇当成实现自己理想的世外桃源，结果却陷进了无聊的是非漩涡中，最终因尴尬得无法立足而出走。《为奴隶的母亲》刻画了一个被压迫、被摧残、被蹂躏的贫苦妇女——春宝娘的形象。因生活所迫，她被丈夫典到邻村一个地主秀才家当生儿子的工具，不得不忍痛撇下5岁的儿子春宝。在生下儿子秋宝不久后，她又被迫和儿子秋宝生离死别。而家里一样揭不开锅，更让她痛苦的是分离了3年的儿子春宝陌生得不认识她了。这个悲惨的典妻故事，深刻地揭示了旧中国妇女深受肉体与灵魂的双重摧残。小说反映了残酷黑暗的旧社会下层人民的苦难生活，下层妇女的苦难更甚，不但毫无尊严可言，沦为买卖的商品，连做母亲的最基本的权利也被剥夺。

柔石的小说注重对黑暗社会现实的揭露，他善于通过对现实生活进行真实细腻的描绘来揭示主题；他重视人物形象的刻画，人物描写细腻深刻，作品抒情色彩浓烈，具有诗的韵味。他的作品和当时左翼文坛一度流行的革命的浪漫蒂克作品完全不同。

蒋光慈（1901—1931），原名蒋如恒，又名蒋光赤、蒋侠生，字号侠僧，安徽霍邱人。1921年赴苏联莫斯科东方大学学习。1922年加入中国共产党，回国后从事文学活动，曾任上海大学教授。1928年与阿英、孟超等人组织成立无产阶级文学社团太阳社。1925年1月，出版第一部诗集《新梦》。1926年，发表中篇小说《少年漂泊者》。1927年11月，反映上海工人武装起义的中篇小说《短裤党》出版，成为革命浪漫蒂克派的开山之作，影响非常大。1929年4月，出版长篇小说《丽莎的哀怨》，因书中流露出同情白俄贵族妇女，渲染不健康的情绪，曾受到左翼文艺界的尖锐批评。1930年11月，长篇小说《咆哮了的土地》完稿，作品反映了1927年大革命前后农村中尖锐的阶级斗争，被认为是他最成熟的一部作品。

蒋光慈前期的小说创作带有鲜明的革命浪漫蒂克色彩，其核心主题就在于革命和恋爱。《短裤党》是第一次直接表现党领导的工农革命的作品，塑造了杨直夫、史兆炎等现代文学史上最早的共产党人形象。但是革命加恋爱的叙事模式在之后的创作中被进一步强化，在思想意识上流露出小资产阶级的狂热性和感伤情绪，暴露出艺术方法上的公式化、概念化的弱点。"革命与恋爱"的组合大致分为两种：一种为恋爱促进革命成功，如《短裤党》中杨直夫在妻子秋华的支持下领导起义取得胜利；一种为主人公纠结于革命与恋爱中挣扎，如《冲出云围的月亮》中主人公王曼英在曾经的恋人与现在的同事之间纠结，最终在得知曾经的恋人已经叛变革命后拒绝了他的追求，而与同事产生了好感。这样一种模式化的创作中狂热与感伤并存，与广大小资产阶级知识分子有一种共鸣，但对于真正的革命工作是一种妨害，如《短裤党》中邢翠英为了给丈夫报仇，独闯警局杀死了两个警察后，自己也牺牲了。《最后的微笑》中张应生放任王阿贵偷自己的枪去搞暗杀。蒋光慈后来修正了自己的创作路线，在长篇小说《咆哮了的土地》（后改名《田野的风》）中，他不再以带有小资产阶级气质的人物作为主人公，而是选择了下层人民的代表矿工张进德作为小说的主人公。小说描写了大革命时期和大革命失败后农村的阶级矛盾和南方的农民运动。矿工张进德和大地主的儿子李杰，携手合作发动农民起来组织农会，实行抗租。小说注意人物性格刻画与心理描绘，较以前的作品来得细腻真切，是蒋光慈创作道路上的一次自我超越。

胡也频（1903—1931），福建福州人。1930年加入中国共产党，妻子为著名女作家丁玲。1930年参加中国左翼作家联盟，后当选为"左联"执行委员，并任工农兵文学委员会主席。1931年2月7日与"左联"成员柔石、殷夫、冯铿、李伟森同被秘密杀害于上海龙华淞沪警备司令部。代表作品有：短篇小说集《圣徒》《活珠子》《往何处去》《牧场上》等以及中篇小说《一幕悲剧的写实》《到莫斯科去》和长篇小说《光明在我们的前面》。胡也频的创作思想分为前、中、后三个时期。前期创作再现了底层民众生活，批判了国民的愚昧；中期创作侧重表现贫穷知识分子的生活和乡土气息的双重变奏；后期则转变为坚定的社会主义支持者。

叶紫（1910—1939），中国现代剧作家、小说家。原名余鹤林，又名余昭明、汤宠。湖南益阳人。出身于革命家庭，父亲与姐姐在大革命中被杀害，1930年叶紫也加入中国共产党。1933年6月在《无名文艺》月刊创刊号上第一次以叶紫为笔名发表短篇小说《丰收》，引起文坛注目，同年加入中国左翼作家联盟。1934年，叶紫任《中华日报》副刊《动向》的助理编辑，开始与鲁迅相识。1935年1月，叶紫的第一部短篇小说集《丰收》出版。鲁迅为《丰收》作序。1939年10月5日，叶紫终因穷困潦倒，疾病缠身，不治而终，年仅29岁。主要代表作品有：短篇小说集《丰收》《山村一夜》，中篇小说《星》。

叶紫的小说带有鲜明的社会剖析小说的特色，注重从阶级和阶层的角度塑造人物，构思矛盾冲突，并且具有较高的乡土小说审美品位，有着乡土小说浓郁的艺术气息与氛围。在短篇小说《丰收》及其姊妹篇《火》中，叶紫反映了那个年代中国农村"丰收成灾"的独特社会现象，揭露了在国民党的苛捐杂税、地主和高利贷的盘剥以及帝国主义的经济侵略下，中国农村走向破产的悲惨现实。作品中塑造了具有传统农民美德的忠厚老实的老一代农民云普叔，以及具有初步阶级意识的新一代农民立秋的形象，象征中国农民的初步觉醒。

二、左翼诗歌的成就

左翼诗歌在经历了二十年代蒋光慈与郭沫若等的努力和探索之后，也逐渐走上了发展的道路，殷夫、臧克家等左翼诗人的出现以及中国诗歌会的成立，标志着无产阶级革命诗歌的创作已经取得了不小的进步。

殷夫（1910—1931），原名徐白，笔名有殷夫、白莽、任夫等，浙江象山人。1926 年加入共产主义青年团。"四一二"反革命政变中，他被捕关押 3 个月。后加入太阳社并成为中国共产党党员。1930 年中国左翼作家联盟成立，他是发起人之一。期间发表了大量的革命诗歌，被鲁迅誉为"这是东方的微光，是林中的响箭，又是冬末的萌芽，是进军的第一步，是对于前驱者的爱的大纛，也是对摧残者的憎的丰碑"。1931 年 2 月 7 日，殷夫、柔石、胡也频、冯铿、李伟森等五名"左联"作家，与林育南等其他革命同志共 24 人，被秘密杀害于上海龙华淞沪警备司令部。殷夫遇害时年仅 22 岁。其主要代表诗歌有：《别了，哥哥》《血字》《孩儿塔》《伏尔加的黑浪》《一百零七个》等，中华人民共和国成立后被整理成诗集《孩儿塔》《殷夫选集》《殷夫集》。

殷夫早期诗作大多歌咏爱情和故土，对于黑暗现实的谴责和对于光明未来的呼喊交织在一起，他写的爱情诗，情深意切、格调委婉。他写的小诗，言简意赅，诗意含蕴。他后期的革命诗歌则以粗犷的音色和高昂的节奏，从正面讴歌了工人阶级的斗争事业，倾诉着自己对理想的执着追求和与旧世界彻底决裂的信念；境界开阔，气概雄浑，具有鲜明的政治倾向和强烈的时代感。

臧克家（1905—2004），山东诸城人，曾用名臧瑗望，笔名少全、何嘉。出生在一个中小地主家庭，1923 年夏考入济南省立第一师范学校。受当时席卷全国的"五四"运动影响，开始习作新诗。1925 年，首次在全国性刊物《语丝》上发表处女作《别十与天罡》，署名少全。后曾参加过北伐战争，失败后一度流亡东北。1930 年，入读国立青岛大学，在校期间，新诗创作上得到闻一多、王统照的鼓励与帮助。其后相继出版诗集《烙印》《罪恶的黑手》《运河》《从军行》《淮上吟》《泥土的歌》等。

在长期的创作中，臧克家的诗歌确立了两个方针：一是"尽力揭破现实社会黑暗的一面"，1933 年出版的诗集《烙印》就是代表，这部诗集真挚朴实地表现了中国农村的破落、农民的苦难。二是"写人生永久性的真理"，其实也就是诗人自己对现实生活的体味，对生活的态度：挣扎、苦斗与坚忍，诗人自称为"坚忍主义"。他不肯粉饰现实的清醒的现实主义即与这样的生活态度有关。这方面的诗作有《老哥哥》

《生活》等。在《生活》的最后有这样一段体现他生活态度的诗句："你既胆敢闯进这人间，/有多大本领，不愁没处施展，/当前的磨难就是你的对手，/运尽气力去和它苦斗，/累得你周身的汗毛都擎着汗珠，/但你须咬紧牙关不敢轻忽；/同时你又怕克服了它，/来一阵失却对手的空虚。/这样，你活着带一点倔强，/尽多苦涩，苦涩中有你独到的真味。"而《老马》这首诗则更具代表性："总得叫大车装个够，/它横竖不说一句话，/背上的压力往肉里扣，/它把头沉重地垂下！/这刻不知道下刻的命，/它有泪只往心里咽，/眼前飘来一道鞭影，/它抬起头望望前面。"这首诗以老马自况，采用暗喻和象征的手法，表达诗人对于人生的坚忍态度，用老马的境遇来象征人生；同时也在写农民的艰苦，老马的境遇象征了农民难以摆脱的深重灾难。

农村题材是臧克家关注的重点，《烙印》《泥土的歌》是其中最具代表性的诗歌。对于农村和农民生活的关注，为臧克家赢得了农民诗人的称号。40年代后期创作政治讽刺诗《宝贝儿》《生命的零度》《冬天》等。中华人民共和国成立后出版了诗集《一颗新星》《春水集》《欢呼集》等。他的诗歌深受国学影响，本土化色彩强，常常采用暗示的手法，营造含蓄蕴藉的意境。注重词句的锤炼，朴实而意味深长。注重诗歌的韵律，推崇音乐性，节奏明快和谐。

左翼诗歌发展的另一个体现就是中国诗歌会1932年9月于上海成立，是左联领导下的一个群众性诗歌团体，发起人有穆木天、杨骚、任钧（卢森堡）、蒲风（黄浦芳）等，以《新诗歌》作为机关刊物。中国诗歌会的任务是："研究诗歌理论，制作诗歌作品，介绍和努力于诗歌的大众化"。其诗歌观包含两个方面的要求，一是要求诗人站在"（无产）阶级的意识形态"的立场上去把握与反映现实，也即实现"诗的意识形态化"；其二是要求"诗与诗人的大众化"。中国诗歌会除上海总会外，北平、广州、青岛以及日本的东京等地也都建立了分会。他们坚持革命现实主义的创作方法，紧紧"捉住现实"，以诗歌为武器，向帝国主义、封建主义进行坚决斗争。在艺术形式上，大力提倡和实践诗歌大众化，"要使我们的诗歌成为大众歌调"。他们企求"藉着普遍的歌谣、时调诸类的形态，接受它们普及通俗朗读、讽诵的长处，引渡到未来的诗歌"。《新诗歌》还出版过"歌谣专号"，刊登大量采用民歌、民谣、小调、鼓词、儿歌形式写作的新诗。中国诗歌会建设新诗的主张和行动，得到鲁迅、郭沫若、茅盾等的关心和支持。1935年，当"国防诗歌"被作为"国防文学"的一部分提出来的时候，中国诗歌会的同仁们热情投身到抗日救亡运动的洪流中，并在1937年出版了"国防诗歌丛书"。全面抗战爆发前夕，该团体停止了活动。

> **思考练习**
> 1. 概括柔石小说在不同题材上的不同特点。
> 2. 如何看待蒋光慈在小说创作上的成就？
> 3. 叶紫小说的阶级性体现在什么地方？
> 4. 臧克家的诗歌在左翼诗歌中的独特性体现在哪里？

第二节　文学流派的成熟

经过新文化运动最初几年和 20 年代文学理论和实践的探索，现实主义、浪漫主义、现代主义以及无产阶级文学思想等各种文学思潮在中国相继出现，到了 30 年代，各种文学思潮所代表的流派及文体已大致走向成熟。

一、社会剖析派小说

社会剖析派小说主要是由茅盾在"五四"时期文学研究会的"人生派"小说基础上开展起来的，从原来的以张扬个性为主改变为以全景式地反映正在发生的社会现实为主，侧重于表现时代斗争的重大题材，在创作一开始就运用一定的社会科学思想对社会生活进行理性分析，特别是运用阶级观点，从社会的政治经济层面去观察和分析社会现象，以期能从本质上解释生活的真实并正确预示社会发展的方向。其作家大多为左翼作家，如茅盾、吴组缃、李劼人、沙汀等。社会剖析派小说在文体上有以下特点：（1）鲜明的理性色彩，小说多从政治、经济的角度出发，强调时代性、政治性；（2）擅长运用阶级的观点来塑造人物形象，刻画典型环境中的典型人物形象；（3）故事的情节发展与当时社会的矛盾直接相关；（4）具有浓郁的生活气息。社会剖析派小说在三十年代开创了一种新的文学范式，产生了一批具有广阔背景并贴近生活的优秀作品。

茅盾是社会剖析派里影响最大的作家，其代表作有：中篇小说"农村三部曲"（《春蚕》《秋收》《残冬》）《林家铺子》以及长篇小说《子夜》等。《春蚕》最初发表于 1932 年 11 月《现代》第 2 卷第 1 期，写的是清明节后所发生的事情。故事主人公老通宝在这一个月时间里，经过"大紧张，大决心，大奋斗，同时又是大希望"，把今年的希望放在了养殖春蚕上，为此全家人废寝忘食，并不惜借债。在提心吊胆中好不容易获得了蚕茧大丰收，可是因为战争茧厂关闭，虽然最后老通宝到外地卖掉了蚕茧，但是卖茧所得却还"不够偿还买青叶所借的债"，结果气得生了病。《秋收》发表于1933年4月、5月的《申报月刊》第2卷第4期、第5期，主要写到六月底，"春蚕时期的幻想，又在老通宝的头脑里蓬勃发长"；他设法赊来豆饼施肥，全家没日没夜地车水灌溉。又经历了许多紧张和奋斗，到秋天，终于见到稻下垂，又获得了一个好收成，结果米价暴跌，又白辛苦了一阵子，背了一身债，老通宝也病死了。《残冬》发表于1933年《文学》（上海，1933）第1卷第1期。在《春蚕》中已出场的老通宝的儿子多多头成为主要人物，他早知道父辈们想靠苦干来改善处境只不过是幻想，在那个社会里"规规矩矩做人就活不了命"，面对饥饿，他带领村民反抗抢粮。之后他和六宝的哥哥陆福庆等人，在一个夜晚摸进反动武装保卫团"三甲联合队"的驻地，缴了他们的枪，走上了武装革命斗争的道路。《林家铺子》是茅盾1932年7月创作的短篇小说，原名《倒闭》，载《申报月刊》第1卷第1期，讲述的是当时江南杭嘉湖地区一个小店铺的主人林老板，在时局动荡、经济萧条的社会背景下，虽再三苦苦挣扎，但在黑暗势力的盘剥下终于破产的故事。林老板是一个有些自私、没有国家民族意识的小老板，日本人占领东三省，他的店里还在卖日货；对于社会上抵制日货的浪潮，感到恐惧和不满；精打细算，长于人情，虽在"一二八"事变上海人大量逃入江浙的乱局中靠兜售脸盆、毛巾等小商品而小赚一笔，但同行倾轧、农村的破产、国民党的敲诈和苛捐杂税压得林老板喘不过气来，而另一面卜局长又看上了林老板的女儿阿秀。万般无奈之下，林老板只好带了女儿卷款携逃，害苦了像朱三阿太那些在林老板杂货铺里入股的街坊邻里。

　　吴组缃（1908—1994），原名吴祖襄，字仲华，安徽泾县人。1921年起先后在宣城安徽省立八中、芜湖省立五中和上海求学。1929年秋进入清华大学经济系，一年后转入中文系，他曾与林庚、李长之、季羡林并称"清华四剑客"。 1933年升入清华研究院，专攻中国文学。他的小说创作受茅盾的社会剖析派作品影响比较大，比较有代表性的作品有：短篇小说《一千八百担》《樊家铺》以及长篇小说《鸭嘴涝》等。《一千八百担》是吴组缃1939年发表的短篇小说，小说通过描写某乡镇宋氏祠堂的一个开会场面，以对一千八百担积谷的处理为核心，描写了义庄管事和区长以及商会会长等之间的钩心斗角，多方争持终无着落，农民却濒临饿死，最终饥饿的农民冲进祠堂，抢走了积谷。小说暴露了封建大家族内部明争暗斗的一幕，展现了农村经济的破败，阶级对立日趋激化的政治斗争形势。小说显示了作者极为高超的描写与结构技巧以，及对宗法社会的认识与剖析能力。《樊家铺》中通过线子嫂和其母亲矛盾的悲剧，展现了商业经济和农业经济的对立，以及经济困顿导致人性扭曲的农村悲惨现实。长篇小说《鸭嘴涝》则描写了贫苦农民章三官不堪压迫走上了反抗之路，在抗日烽火中不断觉醒、成长，参加了新四军领导的抗日游击队，和侵略者英勇战斗的故事。小说前半部生活气息浓郁，后半部则较多说教性、概念化的内容，影响了作品的整体水平。

李劼人（1891—1962），原名李家祥，常用笔名劼人、老懒、懒心、吐鲁、云云、抄公、菱乐等，生于四川成都。1919年赴法国留学，曾任《群报》主笔、编辑，《川报》总编辑，成都市副市长。1912年发表处女作《游园会》，1923年3月发表中篇小说《同情》，1935年发表长篇小说《死水微澜》，1936年发表长篇小说《暴风雨前》，1937年发表长篇小说《大波》。其中《死水微澜》《暴风雨前》《大波》被称为李劼人的"大波三部曲"。1946年出版短篇小说集《好人家》。1947年春开始在成都《新民报》上连载长篇小说《天魔舞》。

李劼人的小说带有很强的巴蜀地域文化色彩，对四川的社会人生有非常深入的了解和清醒的认识。他的小说熔政治、经济、军事、文化、风俗于一炉，兼文化史、风俗史、社会史的特性于一身。小说中对于四川社会各个阶层、三教九流的生活都有涉及，方言土语随处可见，并且大篇幅地描写婚丧嫁娶、饮食菜肴、庙会灯会等，可以称之为四川社会的风俗画。

《死水微澜》是李劼人最为著名的作品，小说描写了农家少女邓幺姑从小爱慕虚荣，在邻居韩二奶奶的影响下立志嫁到成都去，反而耽搁了终身大事，无奈嫁给了人称蔡大傻子的蔡兴顺而改称蔡大嫂。丈夫蔡兴顺愚钝老实，不解风情，蔡兴顺的表哥罗歪嘴是袍哥，为人豪爽，擅长与女人调情。蔡大嫂对他动了心，在妓女刘三金的撮合下公然与罗歪嘴在一起。蔡兴顺个性懦弱，默认了二人的关系，使得铺中出现"二夫一妻"的局面。后因罗歪嘴串通刘三金骗走了地主顾天成的钱财，并在元宵节当晚因蔡大嫂的原因教训了顾天成一顿，导致顾天成女儿走丢。顾天成后来加入了基督教，正赶上义和团运动，得势后的顾天成受陆茂林的唆使密告罗歪嘴勾结义和团反洋人。罗歪嘴逃亡，蔡兴顺被抓入大牢。顾天成怀着复仇心理来到乡坝打探罗歪嘴行踪时，被落难的蔡大嫂所吸引，蔡大嫂察言观色主动提出嫁给顾天成，但是提出了三条不平等婚约，顾天成满口答应。蔡大嫂摇身一变成了顾大奶奶。小说中的蔡大嫂敢爱敢恨，无视世俗礼法，贪慕虚荣，但又光彩十足，反映了巴蜀地区女性大胆泼辣的性格，是现代文学史上一个极具个性色彩和魅力的人物形象。

二、新感觉派小说

20 年代末 30 年代初出现的新感觉派小说是中国现代主义文学的一个组成部分。它的发端受日本新感觉派的影响非常大。日本新感觉派崛起于 20 世纪 20 年代，当时的一些青年作家如横光利一、片冈铁兵、川端康成等，不愿再单纯地描写外部现实，而力图把主观的感觉投注到客体中去，以新奇的感觉来创造由智力构成的"新现实"。传入中国以后，又吸收了法国都市主义文学部分内容，形成了具有中国背景的新感觉派小说。主要代表作家有：刘呐鸥、穆时英、施蛰存，此外还有叶灵凤、黑婴、禾金等。因为主要成员多生活在上海，所以又被称为上海新感觉派。1928 年刘呐鸥创办《无轨列车》半月刊，开始了对日本新感觉主义文学的介绍。1932 年施蛰存主编大型文学期刊《现代》，是新感觉派小说形成的标志，1935 年走向解体。新感觉派主张追求新的感觉和对事物的新的感受方法，受都市主义和弗洛伊德精神分析理论影响非常大。同时，新感觉派小说也是中国第一个具有完整意义的现代主义小说流派。

刘呐鸥（1905—1940），台湾台南人，原名刘灿波。从小生长在日本，入东京青山学院读书，后毕业于庆应大学文科，精通日语、英语。回国后曾就读于上海震旦大学，与杜衡、戴望舒、施蛰存是同学。20 年代末倾向进步，但在 30 年代末加入汪伪政权，被暗杀。1928 年开始创作，主要作品有短篇小说集《都市风景线》和《赤道下》等。刘呐鸥是中国新感觉派小说的开山作家，介绍和引入了不少新感觉派的理论和作品。

《都市风景线》描写的是上海这个大都市的现代"风景"，借鉴电影蒙太奇的手法，文笔跳跃飘忽，带有意识流小说的特点。《两个时间的不感症者》《游戏》等作品以男女两性关系为题材，描写了现代都市中逢场作戏式的情欲泛滥，反映了都市人物化的生存状态，成为感官和欲望的动物，成为没有精神和灵魂的躯壳。刘呐鸥的小说一方面像一把解剖刀，暴露了都市生活的病态与糜烂，但另一方面又对这种生活流露出欣赏与迷恋。

穆时英（1912—1940），浙江慈溪人，笔名伐扬、匿名子等。1929 年考入光华大学西洋文学系并开始小说创作，30 年代随新感觉派成名。全面抗战爆发后，穆时英赴香港，应大鹏影片公司之邀执导电影《夜明珠》。1939 年，穆时英应他的朋友刘呐鸥相邀，回到上海加入汪伪政府，1940 年 6 月 28 日被军统特务暗杀。主要代表作有小说集：《南北极》《公墓》《白金的女体塑像》《圣处女的感情》等。

穆时英年少时家道中落，让他很早就体会到了上流社会的黑暗和下层人民的温暖，所以早期的作品以《南北极》为代表，大多描写下层人民的苦难和高贵品质，反映阶级压迫与反抗，带有进步色彩。成名后生活日益堕落起来，咖啡馆、跳舞厅、电影院、高尔夫球场是穆时英经常涉足的地方，所写作品都是典型的新感觉派小说，大多采用感觉主义、印象主义的方法描写上海社会纸醉金迷的都市生活。《公墓》以第一人称讲述了一个带有淡淡悲伤的初恋故事，是穆时英小说中风格比较清新的一部作品。小说中的"我"是一个孤独的少年，经常在公墓边陪伴死去的母亲，后来遇到同样来看母亲的女孩欧阳玲，两人渐渐走近并产生了爱恋，"我"也经常到她家做客。但是欧阳玲的肺病转而严重，后来不得不去香港治病，最终因病去世。"我"只能到公墓看望她。在穆时英的作品中，这类纯情、干净的作品比较少，更多的是上海"十里洋场"的畸形风景。《夜总会里的五个人》写了出现在夜总会里的五个人，展示了他们的不同命运和相似的精神状态：因破产而绝望的金子大王胡均益，红颜老去的交际花黄黛茜，因失恋而受打击的大学生郑萍，因失业而灰心的前市政府一等秘书缪宗旦，自我迷失的研究《哈姆雷特》的学者季洁。五个跌入生活谷底的人在舞厅相遇，他们心死成灰，毫无生气。第二天黎明出门时，胡均益开枪自杀，过了几日，另外几人去参加他的葬礼。小说体现了穆时英新感觉派小说的鲜明特征：（1）快节奏地剪辑生活片段，采用"空间并置"结构方式；（2）印象式的描述，把光怪陆离的都市夜晚，用简单的色彩表现出来，赋予读者极大的想象空间；（3）重复的句式，以一种呆滞的笔法，表现出都市人的麻木空虚；（4）注重对人物的意识和无意识进行精神分析。《上海的狐步舞》一开篇就把上海形容为"造在地狱上的天堂"，小说没有连贯的情节，而是以快节奏的剪辑来展示上海这个都市病态的疯狂：黑社会的暗杀、建筑工人的惨死、后母与儿子的乱伦、富豪的嫖娼、舞厅里男女的调情、失恋的青年在江边呆立……勾勒出了五光十色的上海夜景。

施蛰存（1905—2003），名德普，常用笔名施青萍、安华等。原籍浙江杭州。8岁时随家迁居江苏松江（现属上海市）；1922年考进杭州之江大学，次年入上海大学，开始文学创作。1926年转入震旦大学法文特别班，与同学戴望舒、刘呐鸥等创办《璎珞》旬刊。1928年后任上海第一线书店和水沫书店编辑，参加《无轨列车》《新文艺》杂志的编辑工作。1930年，他主编的《现代》杂志引进现代主义思潮，推崇现代意识的文学创作，在当时影响广泛。早期创作以短篇小说集《上元灯》为代表，艺术上比较稚嫩，多是回忆少年时期生活，写少男少女纯洁的恋情。1929年，施蛰存在中国第一次运用心理分析创作小说《鸠摩罗什》《将军底头》，使其成为中国现代小说的奠基人之一，从此他在小说中自觉地运用弗洛伊德精神分析学说来进行创作。代表作品有《上元灯》《将军底头》《李师师》《梅雨之夕》《善女人行品》《小珍集》等。

《梅雨之夕》是施蛰存心理分析小说的代表作之一，文笔舒展，格调清新，艳而不俗。小说几乎没有故事情节，仅仅是记叙了一个下班回家的男子在途中邂逅美丽女性的心灵历程：怦然心动——跃跃欲试——想入非非——恋恋不舍——怅然若失。小说将精神分析学说与中国传统道德文化融合在一起，既写出了"我"面对美女时的跃跃欲试，但是又"发乎情，止乎礼"，体现出"好色而不淫"的中庸之道。《春阳》写婵阿姨年轻时为了钱财与未婚夫的牌位拜堂成亲，牺牲了自己的青春与幸福。一次因为到银行办事时遇到了一位年轻帅气的职员，婵阿姨压在心底的情欲复苏。小说生动地描写了婵阿姨从心动到向往再到懊恼的情绪转变，对封建道德压抑人性以及金钱对人与人关系的异化都有所批判。

《将军底头》写唐代的将军花惊定奉命与吐蕃作战，但吐蕃却是他的故乡。军队抵达边境后，花惊定遇到一位美丽的姑娘，两人一见钟情，遂陷入种族与情欲、国法军纪与情欲的矛盾冲突中。花惊定的一位部下意图对姑娘不轨，花惊定将其斩首示众，夜里却梦到那颗头变成了自己的头。精神恍惚的花惊定在战场上被敌方将军砍掉了头，但是也把敌方的将军的头砍了下来，之后花惊定骑着马离开了战场去寻找自己的心上人。小说充满了奇幻色彩，这种奇幻色彩来自对弗洛伊德精神分析学的运用，即本我与自我的矛盾冲突。本我体现为花惊定对姑娘的爱欲，自我则是种族、军纪国法，而将军的头就是自我（理性）的体现，在头被砍掉后，将军只剩下了本能的爱欲，去寻找心上人。施蛰存的这类历史小说并不遵循历史的真实，更大程度上是运用弗洛伊德的理论对历史人物和事迹进行演义，比如在《石秀》中把梁山好汉石秀写成了一个性变态者，在《鸠摩罗什》中把南北朝时期的高僧鸠摩罗什描写成了一个与普通人无异的饱受情欲折磨的可怜人。

三、通俗小说派

通俗小说是中国现代小说的一大分支，与高雅相对应，但实际上通俗与高雅之间的界限并不是很明显。中国现代通俗小说的发展在很大程度上得益于民初鸳鸯蝴蝶派的出现。鸳鸯蝴蝶派得名于清之狭邪小说《花月痕》中的诗句"卅六鸳鸯同命鸟，一双蝴蝶可怜虫"。又因鸳蝴派刊物中以《礼拜六》影响最大，故又称"礼拜六派"。其内容多写才子佳人的情爱，主要作家有包天笑、徐枕亚、周瘦鹃、李涵秋、李定夷等，主要刊物有《礼拜六》《小说时报》《眉语》等。论其小说门类，大致包括言情、社会、黑幕、娼门、家庭、武侠、神怪、军事、侦探、滑稽、历史、宫闱、民间、公案等各种类型。其中最杰出的是"五虎将"与"四大说部"：前者为徐枕亚、包天笑、周瘦鹃、李涵秋、张恨水，后者为《玉梨魂》《广陵潮》《江湖奇侠传》《啼笑姻缘》。鸳鸯蝴蝶派改变了晚清以来梁启超所倡导的启蒙倾向，商业化气息浓厚，注重的是小说的消遣娱乐功能，带有媚俗的写作倾向，对于社会也缺乏批判精神。鸳鸯蝴蝶派的代表作家之一包天笑曾谈及他的创作宗旨是"提倡新政制，保守旧道德"。这十个字极凝练地概括了这一流派大多数作家的思想实况。这与"五四"前后兴起的新文学运动极力提倡科学、反封建的宗旨是相违背的。新文化运动以来，文学研究会、创造社、左联先后发起过对鸳鸯蝴蝶派的批判，认为鸳鸯蝴蝶派文学滋生于半殖民地的"十里洋场"，风行于辛亥革命失败后的几年间，是人民开始觉醒的道路上的麻醉药和迷魂汤。其总的倾向不外乎"卅六鸳鸯同命鸟，一双蝴蝶可怜虫"，"相悦相恋，分拆不开，柳荫花下，像一对蝴蝶、一双鸳鸯一样"，"言爱情不出才子佳人偷香窃玉的旧套，言政治言社会，不外慨叹人心日非世道沦夷的老调"。

鸳鸯蝴蝶派总体格调不高，又缺乏启蒙和批判精神，但以今天后来者的眼光看，鸳鸯蝴蝶派在对世俗人情的描写以及满足人民群众多方面的精神需求方面功不可没，这也是这一流派能够长期存在的原因。徐枕亚的《玉梨魂》以骈文写成，叙述了接受过新式教育的才子何梦霞在无锡乡村任小学老师，恋上了学生的母亲——守寡的白梨娘。梨娘虽然也对何梦霞有情，但碍于礼教，只好自荐小姑代嫁。结果自然是个悲剧：梨娘情郁而亡，小姑心伤而死，何梦霞在打击之下投军，战死沙场。小说虽然体现了封建礼教对人性的压抑，但却少了批判精神，只有哀怨缠绵。李涵秋的《广陵潮》以中法战争到"五四"运动时期的扬州为背景，以云、伍、田、柳四家盛衰荣辱、悲欢离合经历为框架，以秀才云麟与表妹淑仪、妻子柳氏、情人红珠的爱情婚姻纠葛为中心线索，反映了扬州、南京、武汉、上海等地几十年间社会人生的大变化；辛亥革命、洪宪丑剧、张勋复辟以及白话文运动等这些清末民初的大事，在书中都有反映，展示了不同阶层在历史变动中的人生百态。这部小说的贡献还在于描写现实人生的规模宏大，开创了社会言情长篇的体例，对后来者影响非常大。在鸳鸯蝴蝶派的众多作家中，影响最大的是张恨水。

张恨水（1895—1967），原名张心远，出生在江西广信一个小官吏家庭。原籍安徽潜山，其父是江西景德镇的一个税务官。1901年，张恨水入景德镇一家私塾，念的是《三字经》《百家姓》《千字文》，还念过四书五经、《左传》。而能吸引他的是《红楼梦》《三国演义》之类的书。《千家诗》也使他念得"莫名其妙的有味"。

十三四岁时，张恨水就跌进小说圈"着了魔"。这时的张恨水，用他日后的话来说，就是"专爱风流才子高人隐士的行为"。15岁时进了学堂，接受了一些新式教育。校长是个维新人物，教书时常讥笑守旧分子，抨击清朝政府的腐败。张恨水受到了很大的刺激。于是，他也"极力向新的路上走"。而这新的倾向，无非就是"除了小说，也买些新书看"，《经世文编》《新议论策选》之类而已。上海新出版的报纸也给了他思想上的触动，但没带来根本性的改观。他嗜好依旧，读小说，把玩那风花雪月式的辞章，难怪他日后自称是个"礼拜六的胚子"。1912年，年仅17岁的张恨水想到英国留学，而他的父亲恰在此时去世。他母亲带着子女回到安徽潜山老家，靠数亩薄田过活。他自称这是他的"终身大悲剧"。

随后，生活的贫困使得在苏州蒙藏垦殖学校就读的张恨水不得不想办法自找出路。1913年《小说月报》的征稿启事上，注明每千字3元。于是，18岁的张恨水在三天里，赶写了《旧新娘》《桃花劫》两篇通俗小说，寄到商务印书馆《小说月报》编辑部，这是他第一次投稿。虽然后来并没有刊载出来，但却得到编者恽铁樵的赞扬和鼓励。这年，他还模仿《花月痕》的套子开始创作第一部章回体长篇白话小说《青衫泪》，共写了17回。但最终"觉得这小说太不够水准，自己加以放弃了"。

1914年，张恨水实习英文不成，就去汉口为某小报补白，入文明剧团演戏。然而，贫病交加的他适应不了漂泊流浪的生活，不得不重返故里，钻进自己营构的"黄土书屋"自学起来，成果是文言中篇小说《紫玉成烟》，在芜湖《皖江日报》上刊载。1918年，张恨水经人推荐到《皖江日报）任总编辑。长篇小说《南园相思谱》随后在该报副刊上连载。1924年，张恨水接编《世界晚报》副刊《夜光》。在这前后，张恨水的第一部有影响的长篇小说《春明外史》在该副刊上连载。他开始真正踏上通俗文学的创作之路。随后，一发不可收，一生创作了一百多部中长篇通俗小说，发表的文字超过两千万。其代表作有《春明外史》《金粉世家》《啼笑因缘》《八十一梦》等。

《春明外史》1924年4月12日起在《世界晚报》上连载，直到1929年1月24日才收尾。1930年由上海世界书局出版单行本。小说以才子佳人的爱情故事为线索，将20年代北京社会上自总理、大帅，下至嫖客、妓女各色人等串在一起，形成了一个松散的单珠联结的结构方式。中心情节是才子杨杏园与雏妓梨云一见倾心，但一场好姻缘随美人的香消玉殒而化为一缕烟尘。日后，杨杏园又爱上虽出身大家庭却因非正出而流落的李冬青，柳荫花下，一双蝴蝶，一对鸳鸯，才子佳人心心相印。但李冬青因先天的疾病不能和杨杏园结合，就荐史科蒂代己，想促成杨史婚姻。这无疑是套用徐枕亚《玉梨魂》中的情节。结局是杨杏园始终恋着李冬青，史科蒂只得怅然离开北京。从此，杨杏园心灰意冷，一心学佛；等到李冬青来看望时，杨杏园早已圆寂了。《春明外史》以报人的眼光，揭示了20年代中国社会政界、军界、学界以至娱乐圈等社会阶层的种种丑恶污浊的"怪现状"。小说在言情的同时，也渗透着讽刺，有人认为，"大体上，这是以《二十年目睹之怪现状》为蓝本的一部谴责性小说"。但实际上，《春明外史》充其量也不过是社会言情小说。张恨水走的是鸳鸯蝴蝶派的创作路子，而非晚清谴责小说的途径。

《金粉世家》连载于1927年2月至1932年5月的《世界日报》副刊《明珠》，1933年由上海世界书局出版单行本。小说以巨宦之子金燕西与平民之女冷清秋的相爱——结婚——离异的人生悲剧为主线，展现了一个"香消了六朝金粉"的豪门贵族的盛衰史。小说写了国务总理金铨及其四子四女的配偶外遇，下及男仆使女凡三四十人的显赫华贵的庞大家庭，外及他们的姻亲女友、政客军阀、坤角妓女，形成一个枝叶婆娑、盘根错节的社会伦理关系网络，并提示他们在树倒猢狲散之后的凄凉景象。在《金粉世家》中，张恨水把豪门贵族的成员划为两类。一类是以金铨为代表的创业者，一类是以金氏四兄弟（金凤举、金鹤荪、金鹏振、金燕西）为代表的败家子。对前者作者也有揭露和讽刺，但主要还是宽容、袒护甚至美化；对后者则一律视为纨绔子弟，对他们腐朽没落的生活予以尖锐的讽刺和批判。在这里，豪门贵族的兴衰被理解成是由"败家子"的品德和行为所致。因而，《金粉世家》虽然多少揭示了宗法家族亲子承续荫蔽所造成的子辈依赖性的危机，揭示了由"大树底下好乘凉"到"树倒猢狲散"的家庭衰落过程，揭示了"君子之泽，五世而斩"的严峻法则，但缺少时代的深刻性。冷清秋是《金粉世家》着力刻画的一个主要人物。她美丽清高，才学出众，忍辱负重，洁身自好。她虽然多少有点虚荣心，但随后就清醒地认识到了这点。在金燕西准备抛弃她另娶军阀之妹白秀珠时，冷清秋显示了人格的坚强："我为尊重我自己的人格起见，我也不能再向他求妥协，成一个寄生虫。我自信凭我的能耐，还可以找碗饭，纵然找不到饭吃，饿死我也愿意。"冷清秋多次谈到自己悲剧的教训："归根结底，还是齐大非偶那四个字，是自己最近这大半年来的错误。"一个带有很深刻的社会内涵的个人命运的悲剧，作者仅仅在"齐大非偶"的层面上作了理解，这是通俗小说的常情常理。

《啼笑因缘》连载于1930年3月至11月上海《新闻报》副刊《快活林》，1931年12月由上海三友书社出版单行本。"在《啼笑因缘》刊登在《快活林》之第一日起，便引起了无数读者的欢迎了：至今虽登完，这种欢迎的热度，始终没有减退，一时文坛中竟有'《啼笑因缘》迷'的口号，一部小说，能使阅读者对于它发生迷恋，这在近人著作中，实在可以说是创造小说界的新纪录。"《啼笑因缘》的故事情节大致如下：在北京游学的青年樊家树，先后结识了侠客关寿峰父女和艺女沈凤喜。樊家树对沈凤喜一见倾心，关寿峰的女儿秀姑爱上了樊家树，而樊家树的表兄嫂却一心想撮合他与财政部长何廉的独女何丽娜的婚事。于是，樊家树陷入了与沈凤喜、关秀姑、何丽娜三人之间的多角恋爱网中。樊家树南下探母回京后，沈凤喜经不住军阀刘国柱的诱骗，成了刘府的太太。秀姑为了成全樊家树能见上沈凤喜一面的心愿，去刘府做帮工，促成樊沈相会。樊沈两人虽再度寻盟旧地，但情感的裂痕却再也无法弥合。刘将军得知樊沈约会，便愤怒地将沈凤喜毒打致疯。刘见秀姑青春貌美，一心想占有她。秀姑将计就计，洞房花烛夜，刺杀了刘将军后逃之夭夭。刘被刺，北京城风声鹤唳，樊家树为暂避风声，去天津探望叔父，巧遇何丽娜。叔父力劝樊何婚事，樊家树不答应，何丽娜负气出走，不知去向。樊家树想重新回到学校生活，途中遇暴徒绑票，关寿峰、秀姑及时赶到，解救了他。在关氏父女的精心策划下，樊家树与何丽娜终结百年之好。《啼笑因缘》的故事核心还是张恨水所擅长的言情，但它不仅糅合了社会内容，同时也带上了武侠的色彩。因而，《啼笑因缘》几乎囊括了通俗小说所有的套路，使它成为一个兼容并包的小说锦团。按照张恨水的理解，在他创作《啼笑因缘》前后，"上海洋场章回小说，走着两条路子，一条是肉感的，一条是武侠而神怪的"。而他自以为"《啼笑因缘》完全和这两种不同"。实际上，《啼笑因缘》与当时流行的通俗小说的区别，只不过在于它不同于某一特定通俗小说样式，而是社会—言情—武侠小说。《啼笑因缘》富于社会批判的色彩。小说对军阀的强横霸道、穷奢极欲的丑恶面目的展示，对沈凤喜这个社会底层小人物悲剧命运的描写，对豪门小姐何丽娜时髦生活的展现，都多少显示出社会批判的意味。《啼笑因缘》对老北京的天坛、农坛、什刹海、北海、西山等地的风俗景观有许多描绘，具有较高的民俗学价值。《啼笑因缘》在艺术上还比较注重对人物心理的细致分析和对白描手法的运用，这是张恨水最为得心应手的地方。《啼笑因缘》的结构布局也特别讲究，严独鹤曾这样评价："全书廿二回，一气呵成，没一处松懈，没一处散乱，更没有一处自相矛盾，这就是在结构布局方面很费了一番心力，也可以说，著作方法特别精彩。此外，还有两种特殊的优点：（一）暗示，如凤喜之爱羡虚荣，在第五回上学以后要樊家树购买自来水笔、眼镜，已有了暗示；（二）虚写，第十二回凤喜还珠却惠以后，沈三玄分明与刘将军方面协谋坑陷凤喜，而书中却不着一语，只有警察调查户口时，沈三玄抢着报明是唱大鼓的，这一点略露其意，而读者自然明白。第廿二回关寿峰对樊家树说：'可惜我对你两分心力只尽了一分。'只此一语，便知关氏父女不仅欲使樊家树与何丽娜结合，并欲使凤喜与家树亦重圆旧好。"

《八十一梦》连载于1939年12月至1941年4月重庆《新民报》副刊《最后关头》，1943年9月由重庆新民报社出版单行本。小说虽然号称"八十一梦"，但实际上除了《楔子》《尾声》外，作者只写了14个梦。作者在楔子中有所交代，小说原稿因沾了点油星，"刺激了老鼠的特殊嗅觉器官"，乘着天黑，老鼠钻进故纸堆"磨勘"一番，书稿大遭蹂躏。作者随后感慨："耗子大王虽有始皇之威，而我也就是伏生之未死，还能拿出《尚书》于余烬呢。好在所记的八十一梦是梦梦自告段落，纵然失落了中间许多篇，于各个梦里的故事无碍。"这是"小说家言"，却也暗示着小说触犯了时忌，为当局者所不容。《八十一梦》以犀利的锋芒批判了社会的黑暗，以梦的形式来建构小说。其实，以梦境的方式来建构小说，也非张恨水首创，唐人传奇《枕中记》《南柯太守传》和近代小说《镜花缘》等作品都以梦的形式展开故事情节。张恨水显然从这些作品中吸取了艺术的营养。《八十一梦》曾被当时人誉为"一切杰作中的杰作"。有研究者也认为："这是继张天翼《鬼土日记》、老舍《猫城记》、王任叔《证章》之后，现代文学史上的一部奇书。它表明作家已同一批优秀的新文学家一道，对民族命运、社会阴影进行慧眼独具的省察和沉思。"这些评价显然过誉。其实，《八十一梦》的创作无非显示出张恨水的通俗小说又重新回到了20年代的创作老路。在技巧华丽的外表下，故事与人物的排列组合简单，浮光掠影，缺少精心的结构布局，《啼笑因缘》式的严谨紧凑精巧不见了，它舍弃了"言情"，增强了"谴责"，是对《春明外史》的延续。

张恨水的小说大致有以下几个特点：第一，鲜明的平民视角。他的小说都是站在平民的立场上反映现实、塑造人物，主人公如《啼笑因缘》中的樊家树、《春明外史》中的杨杏园等都是具有平民气息的年轻人，体现的是平民的正义感和道德选择。第二，行文兼具现实主义与浪漫主义。第三，小说背后"中庸"的文化特征。张恨水的小说中西合璧，古今合璧。他笔下的男主人公们对待现实的态度既不保守，也不激进；一方面受过现代教育，另一方面又深谙传统的文化和为人之道。第四，故事情节设计巧妙，人物个性鲜明。

四、东北作家群

东北作家群的兴起是与30年代左翼文学联系在一起的，"九一八"事变以后，一群从东北流亡到关内的文学青年萧军、萧红、端木蕻良等在左翼文学运动推动下，自发地形成了一个文学创作群体。他们的作品风格各异,但都反映了处于日寇铁蹄下的东北人民的悲惨遭遇,表达了对侵略者的仇恨、对父老乡亲的怀念及早日收回国土的强烈愿望。作品展示了东北独特的风俗民情,带有浓郁的地方色彩。

萧军(1907—1988),出生于辽宁义县,原名刘鸿霖,笔名三郎、田军等。少年时由于家境贫困,他只上过小学。1925年他开始军旅生涯,担任过见习官、军事及武术助教等职务。他的写作生涯是在军队中开始的。1929年,萧军以"酡颜三郎"为笔名,写出了他的第一篇白话小说《懦……》,小说愤怒地揭发了军阀残害士兵的暴行。离开军队后,萧军在哈尔滨正式开始文学创作,并和中共地下党员、进步青年一起开展文学艺术活动。1932年,他与落难中的萧红结识并在一起,两人在1933年共同出版了小说、散文合集《跋涉》。1934年与萧红流亡上海,见到鲁迅先生,并得到鲁迅先生精神上和物质上的诸多帮助。1935年,萧军的长篇小说《八月的乡村》出版,他的文学创作也进入高产期,成为"左翼"文化运动的一名"主将"。

《八月的乡村》是萧军的成名作。鲁迅在此书的序言中说,此书"显示着中国的一份和全部,现在和未来,死路与活路"。小说描写了在党领导下的一支抗日游击队——中华人民革命军第九支队,在转移过程中与敌伪军队、汉奸地主武装进行激烈战斗,以及队伍内部的各种思想矛盾与斗争,表现了东北人民不甘当亡国奴、誓死保卫家乡、争取民族解放自由的思想和不屈不挠的斗争精神。小说成功地塑造了一系列不同经历、不同思想素质、不同觉悟水平的抗日战士形象,其中有以司令员陈柱、队长铁鹰为代表的一批坚强的无产阶级革命战士,还有在革命斗争中迅速成长起来的农民出身的战士陈三弟、小资产阶级知识分子出身的肖明、朝鲜族女战士安娜,还有在敌人的凌辱下终于觉悟而参加革命队伍的李七嫂等等。这些人物形象都有自己独特的经历、独特的思想发展过程、独特的性格特征,都具有强烈的艺术个性。小说中对于陈三弟、李七嫂这些普通战士的描写更具有典型意义,李七嫂因为日本人失去了儿子,失去了情人,所以走上了抗日的道路。而在陈三弟身上,我们看到了东北普通民众的憨厚朴实和对于家以及土地的深厚感情。

中华人民共和国成立后,萧军坚持完成了长篇小说《五月的矿山》和《第三代》的创作。《第三代》是萧军长篇小说创作的高峰,小说从1936年开始创作,经历了近20年时间才完成,共8部80余万字。小说在构思上分三部分:"过去的年代",从清末到民初;"战斗的年代",从中国共产党成立到夺取全国政权;"胜利的年代",建设新中国。小说在城乡生活的交错描写中,展现了农村统治者和城市控制者的荒淫无耻和糜烂生活以及人民的苦难,揭示了官逼民反的历史真理。小说带有鲜明的东北地域色彩，特别是对"胡子"这一独特群体和文化的描写，展示了东北人民坚忍、豪迈的性格。小说中对于林青、井泉龙、刘元、翠萍等人物的塑造也是形象生动、各有特点。《五月的矿山》中，萧军开始专注于描写新社会下的新生活。小说描写了1949年东北解放以后乌金矿区以鲁东山、杨平为代表的工人群众努力恢复和发展生产，与国民党反动派的破坏活动作斗争，支援全国解放的故事。小说写出了普通矿工的牺牲和伟大，对于干部中的官僚主义作风也有批判，但在艺术上并没有多少超越。

萧红（1911—1942），出生于黑龙江省哈尔滨市呼兰区一个封建地主家庭，乳名荣华，学名张秀环，后由外祖父改名为张廼莹。笔名萧红、悄吟、玲玲、田娣等。有"民国四大才女"之称，被誉为"20世纪30年代的文学洛神"。萧红是在萧军的影响下开始文学创作的，1931年萧红落难向报社求助，因此结识萧军，两人在一起后共同走上了文学道路。1933年，萧红、萧军合著的小说，散文集《跋涉》在哈尔滨出版，收录萧红小说5篇，这是萧红最初创作成绩的体现。1934年到达上海后，萧红在鲁迅的支持下与萧军、叶紫等结成"奴隶社"，并在1935年出版了中篇小说《生死场》。1938年，萧红与萧军感情破裂而分手。1940年，萧红到香港后创作出版了长篇小说《呼兰河传》和《马伯乐》，1942年因病去世。

故乡情结与女性意识是萧红创作里的两大主题。故乡是萧红小说的永恒主题，她在小说中怀念故乡的人、事、物，故乡人的淳朴让她感到亲切，故乡人的愚昧落后又让她痛心。《生死场》是萧红的成名作，全书共17个章节，讲述20世纪20年代至30年代哈尔滨近郊一个村庄的乡民"生"与"死"，描写了东北农民贫苦无告的日常生活和日本人来了之后在日本人的压迫下觉醒反抗的故事。小说前半部分主要描写村民的日常生活，这里的男人和女人像牛马一样生活着，糊糊涂涂地生，乱七八糟地死，虽然压迫很重，但缺少反抗精神，赵三唯一一次的反抗也轻易失败了。后半部分写日本来了之后，村民们在活不下去之后被迫起来反抗，他们仿佛一夜之间明白了自己原来是中国人，不愿做亡国奴。但是反抗的道路也是曲折的，失败一次接一次，但东北人民一次又一次起来反抗。在这时代主旋律之外，萧红在慨叹的是女性的不幸，王婆、麻面婆、金枝、月英等不同的女性各有各的不幸。王婆嫁过三个男人，一生悲苦让她早已麻木，但是得知儿子因反抗官府被杀，她还是痛不欲生，选择自杀。生命力的顽强让她在进坟墓之前爬了起来，之后走上了反抗的道路。金枝因为少不更事与成业偷尝禁果而怀孕，被母亲毒打，嫁给成业后又因为不是父母之命、媒妁之言结亲而被丈夫和夫家欺负，生下的女儿小金枝也被丈夫摔死。村里最美的女人月英，因为生病被丈夫舍弃而生活不能自理。当邻人们去看她时，发现她下半身已经腐烂生蛆，但是又求死不能，丈夫连杯水都懒得给她倒。

《呼兰河传》中，萧红以一个大水坑象征东北人深层的愚昧和麻木：这个水坑不知道什么时候开始存在的，给大家生活带来了各种不便，甚至是危险，但是从来没有人想要把它填了。小说中小团圆媳妇的悲剧更是发人深省：这是一个因为街坊邻里几句闲言碎语引发的悲剧，所有人都充当了悲剧的帮手，但是没有人觉得自己有罪。小说更是说明了在封建愚昧的社会里，女性的悲剧经常都是由女性造成的：小团圆媳妇的婆婆把打儿媳当作理所当然，甚至认为是好心；邻居若无其事的闲言碎语全不知它的危害有多大；小团圆媳妇生病后，她们怀着看热闹心态的关心和小团圆媳妇被扔进锅里驱鬼时她们的旁观与起哄，都是小团圆媳妇悲剧的原因。但是这样的悲剧却一再上演，没有人察觉。

在风格上，萧红女性的身份所带来的女性敏感细腻的一面使她在东北作家群里显得与众不同，她的小说多以抒情笔调写自我主观感受，采用散文化的小说结构，无完整的故事情节，然而韵味悠长。小说重文化风俗和自然景物的描写，不重人物性格的刻画。

端木蕻良（1912—1996），原名曹汉文（曹京平），辽宁昌图人。1932年考入清华大学历史系，成为"左联"成员，是东北作家群的代表作家之一。其代表作有：短篇小说《鹭鹭湖的忧郁》，长篇小说《科尔沁旗草原》《大地的海》《大江》等。《鹭鹭湖的忧郁》是端木蕻良最为人称道的短篇小说，用诗情的笔法以简短的对话和场面描写来表现下层人民难以想象的贫穷困苦。小说将悲愤之情隐藏在平静的叙述中，表达了对压迫欺凌者的控诉。他的作品呈现出强烈的流亡意识和英雄情绪，擅长描写东北生活场景和风土人情，并与抗日等大的时代主题联系在一起，作品场面宏伟，笔调细致。另外，他的小说还注重方言土语的运用，同时自觉吸收电影剪接手法来结构小说，叙述带跳跃性。用笔讲究力度，举重若轻。端木蕻良也是富于变化的小说家。前期小说充满激情，偏重于描写下层人民的淳朴与苦难生活，表现手法简练而含蓄，富有抒情色彩。40年代以后，他的小说更注重从思想文化的角度来构思，文笔典雅，构思精巧。但部分作品过多地追求场景宏大，开掘不深，多少显得庞杂。

五、现代派

和新感觉派小说作家一样，戴望舒（1905—1950）也是不合理的社会与时代所孕育的畸形儿。他们不满现实，又苦于找不到出路，苦闷、感伤，容易受到西方资产阶级文艺思想和西方现代派艺术手法的影响。戴望舒就受到西方象征主义的影响，认为诗歌创作应当力求感情抒发的"亲切与含蓄"，"用巧妙的笔触，追求微妙的情境"。因此，他的诗作往往是在捕捉"意境"与"想象"，显得"朦胧"与"晦涩"。

戴望舒出生在浙江省杭州市的西子湖畔，父亲是银行职员。小时候，他一直在家乡读书，并爱好文学。与张天翼、杜衡、施蛰存等办过文学小团体"兰社"，他主编过《兰友》半月刊。1923年夏，他和施蛰存一起考入上海大学文学系。在这所中国共产党创办的大学里，他积极投身于进步的社会斗争和文化活动，加入了共青团。但1925年"五卅"运动中，上海大学被查封，他只好转入震旦大学法文班学习。施蛰存、杜衡也先后转入该校。他们与刘呐鸥都是同学。

1928年9月起，戴望舒与刘呐鸥、施蛰存、冯雪峰等一起办"水沫书店"，出版《无轨列车》《新文艺》和《现代》杂志。"左联"成立时，他经冯雪峰介绍，成为"左联"第一批成员。但是，他不满无产阶级文学创作题材的狭窄和艺术的贫弱，开始转向表现自己的另一种艺术潮流。

1932年11月，他赴法国留学，在收费较低的里昂中法大学学习。中途，他曾经到过西班牙做短暂的旅行。1935年春，他由巴黎返回祖国。1936年，他和孙大雨、梁宗岱、冯至、卞之琳等创办《新诗》杂志，努力追求新诗现代化和纯诗的建设。后因战争爆发而停办。

全面抗战爆发后，戴望舒迁居香港。1938年，他主编《星岛日报》副刊《星座》，该刊成了当时文化界以文艺为武器、为民族危亡尽力的一个重要阵地。1939年5月起，他先后创办了《星岛周报》（与张光宇合作）、诗刊《顶点》（与艾青合作）、《中国作家》（与冯亦代、叶君健、徐迟合作）、《耕耘》（与郁风、冯亦代、叶灵凤合作），成了活跃的香港文坛的核心。1939年元旦作的《元旦祝福》即是对人民斗争的坚定信念和乐观的礼赞。

1941年11月太平洋战争爆发，日本占据了香港。戴望舒因为"舍不得这一屋子多年来收集起来的好书"去过"颠沛流离的生活"而留在香港。结果，1942年春，日寇将他逮捕入狱。在狱中，他受尽严刑拷打，仍坚强不屈，表现了一个正直的知识分子的高尚民族气节。他在狱中写下了《狱中题壁》《我用残损的手掌》等光辉诗篇。后来经友人营救出狱，但身体已遭严重摧残。

抗日战争胜利，1946年春，他带着铁窗生活留下的严重病痛，回到上海。由于从事民主运动，不久遭到国民党法院通缉。他再度到了香港。直到1949年，他满怀喜悦，乘船经天津到了北京，参加了第一次文代会，当选为作家协会诗歌工作者联谊会的理事，并在国家新闻出版总署担任法语编辑。

因为旧病复发，他一卧不起，于1950年逝世。

戴望舒出版过四部诗集：《我的记忆》（1929年4月上海水沫书店出版）、《望舒草》（1933年8月上海现代书局出版）、《望舒诗稿》（1937年1月上海杂志公司出版）、《灾难的岁月》（1948年2月上海星群出版社出版）。[①]戴望舒的诗歌创作风格，正如他自己所表白的："诗是经过想象而出来的，不单是真实，亦不单是想象。"杜衡在解释他这一主张时说："这句话倒的确是望舒诗底唯一的真实了。它包含着望舒底整个作诗的态度，以及对于诗的见解。……我们差不多把诗当作另外一种人生，一种不敢轻易公开于俗世的人生。……一个人梦里泄露自己底潜意识，在诗作里泄露隐秘的灵魂，然而也只是像梦一般地朦胧的。从这种情境，我们体味到诗是一种吞吞吐吐的东西，术语地来说，它底动机是在于表现自己与隐藏自己之间。"

介乎真实与想象之间，带着梦一般的色彩与情调，在读者面前吞吞吐吐泄露自己"隐秘的灵魂"和"一种不敢轻易公开于俗世的人生"，这就是戴望舒及现代派的诗人们对于诗的共同理解和态度。

戴望舒的早期创作不但继承了我国旧诗（特别是晚唐诗词）的艺术传统，而且借鉴了西方诗歌的艺术特点，显然还受到当时"新月派"的影响。他非常注重诗歌中回荡的旋律和流畅的节奏，代表作是《雨巷》。

《雨巷》写于1927年初，隔了一年左右才寄给《小说月报》，受到叶圣陶的称赞。叶圣陶赞许戴望舒的诗作"替新诗的音节开了一个新的纪元"，创造了一种区别于"五四"自由诗体的新的现代白话诗。这就引起了文坛的注意，戴望舒也就有了"雨巷诗人"的美称。《雨巷》由中国传统诗词中"丁香空结雨中愁"的意境生发而成（南唐中主李璟《摊破浣溪沙》："手卷真珠上玉钩，依前春恨锁重楼。风里落花谁是主？思悠悠。　青鸟不传云外信，丁香空结雨中愁。回首绿波三楚暮，接天流。"晚唐诗人李商隐《代赠二首（其一）》："楼上黄昏欲望休，玉梯横绝月如钩。芭蕉不展丁香结，同向春风各自愁。"）

但同时，诗人又受到象征主义的影响。诗中有许多的意象：雨巷、丁香、带着愁怨的姑娘等，都有一定的象征意味。诗作反映的是自身的孤独、苦闷、烦恼，有所追求但又不确定，朦胧而晦涩。整个情境介乎真实与想象之间。

---

① 其中《望舒诗稿》是《我的记忆》和《望舒草》的合编。因此，实际上是三个诗集。他另有一些诗作与诗论合集为《诗论零札》。

在诗体的自由、诗句的排列上，是"用现代的辞藻排列的现代的诗形"。诗句的断句无视传统的整体，按照内在的节奏韵律自由分行，反复。这时期诗人主要是抒发个人情感，表现了对生活的厌倦，有感伤、孤寂、苦闷、彷徨的色彩。它们抽象地、曲折地反映了诗人与旧社会的矛盾。

后来，戴望舒的诗风发生了改变，他不断探索表达自己思想感情的最佳形式，竭力主张写"去了音乐成分"的自由诗。也就是说，他摒弃了带有青铜斑斓的辞藻，采用口语，甚至散文的句法，句式灵活自由，朴实贴切，不事雕饰，看来松散，实际则结构严谨，内在的节奏自然流畅。代表作如《断指》《狱中题壁》《我用残损的手掌》等。

这时期他的诗作有着充实的社会内容，饱含炽热的爱国主义情感。它们表现了诗人在激烈的阶级斗争和民族解放运动中思想的长足进步、乐观坚定的生活态度，以及在艺术上不受任何拘囿的创新精神。他要求诗的形式适应诗情的变异，他努力寻找最适宜表现自己诗情的艺术形式，提出要用淳朴的心灵写诗，要在日常生活中汲取诗情，并个性地加以表现，给人以美感。

在评价他和他的创作时，就曾经有人说过："愚劣的人们削足适履，聪明人选择合脚的鞋子。戴望舒是为自己制最合自己的脚的鞋子。"

思考练习

1. 李劼人小说的独特价值体现在哪里？
2. 概括新感觉派小说在审美上的独特性。
3. 如何理解张恨水小说的时代性与局限性？
4. 萧红小说在东北作家群小说中地位？
5. 试析李金发《弃妇》的思想内容与艺术特色。
6. 结合《雨巷》解读戴望舒诗歌的创作特色。
7. 举例说明戴望舒后期诗歌创作艺术追求的变化。

第三节　长篇小说、大型话剧的崛起及其他

一、茅盾的《子夜》

茅盾（1896—1981），原名沈德鸿，字雁冰。茅盾是他 1927 年发表第一篇小说《幻灭》时使用的笔名，另有笔名玄珠、郎损、德洪、东方未明等，生于浙江桐乡乌镇一个开明的封建地主家庭。1914 年进入北京大学预科，1916 年辍学入商务印书馆工作，1920 年曾主持《小说月报》"小说新潮"编务，后主编《小说月报》，1921 年与郑振铎等发起成立文学研究会。他是中共第一批党员，是新文学运动的积极拥护者和参与者，提倡"文学为人生"的艺术主张。20 年代后期，茅盾在"经验了动乱中国的最复杂的人生一幕"后，通过小说创作来调整心态，以便从低谷中走出来，完成了从文艺理论家、批评家到作家的身份转换，是现代文学第二个十年（30 年代）最具代表性的作家。中华人民共和国成立后，茅盾曾任文化部长、文联名誉主席、作协主席、《人民文学》主编等职务，致力于撰写文学评论，奖掖扶持文学新人。1981 年 3 月 27 日在北京逝世。按照他的遗嘱捐出 25 万元设立"茅盾文学基金会"，每三年评一次茅盾文学奖，鼓励长篇小说的创作。由于在文学上的杰出贡献，茅盾被誉为"二十世纪的巴尔扎克"和"二十世纪的别林斯基"。文学史界近年来公认茅盾是中国社会剖析派的泰斗。这一派小说来源于 19 世纪法国、俄国的现实主义小说，又同中国古典世态小说相结合。

茅盾的创作可以分为以下几个阶段：

1916—1926 年是理论探索时期，作为初期新文学运动的重要倡导者和推动者，他主要从事理论批评和译介外国文学作品。革命民主主义和现实主义是他的政治思想和文学思想的基本方面，还受到左拉、托尔斯泰的影响，在"五四"新文化运动和新文学主张的感召下，参加革命活动，思想逐步走向成熟。

1927—1937 年是他文学创作取得重要成就的十年，在大革命失败后的孤独、苦闷、彷徨、寂寞下开始写小说。作品主要有：《蚀》三部曲（《幻灭》《动摇》《追求》）《虹》《野蔷薇》《子夜》《路》《三人行》《林家铺子》等。主要写大革命前后的社会人生，写大革命后的幻灭，写中国民族资产阶级的命运。《幻灭》写追求光明的青年在革命前的亢奋、革命失败后的幻灭以及在大革命中的沉浮。《动摇》写一个小

县城革命的动摇过程,以小见大地写了大革命失败的原因。《追求》写动摇之后的堕落、毁灭,痛苦的挣扎。《蚀》是大革命时期知识分子的心理史,折射出现实社会的迷乱、晦涩,揭示了在特定历史时代知识分子的尴尬处境和复杂心理,揭示了知识分子在特殊历史阶段的生存状态。

1937—1949年,是文艺性、政治性紧密结合时期,创作的又一个丰收期,作品有:《腐蚀》《霜叶红于二月花》《走上岗位》,剧本《清明前后》,散文《风景谈》《白杨礼赞》等,题材不断扩大。《腐蚀》用日记体写国民党特务机关的特务生活,揭露国民党法西斯特务统治的黑暗。

中华人民共和国成立以后,茅盾担任文化部长。他停止了文学创作,主要文学活动是撰写大量的文学评论,奖掖和扶持文学新人。1979年11月在全国第四次文代会上,茅盾当选为中国文联名誉主席,中国作家协会主席。

1933年1月,《子夜》由开明书店出版,它标志着茅盾创作的一个高峰,也显示了左翼文学的实绩。瞿秋白曾经说过:《子夜》是"应用真正的社会科学,在文艺上表现中国的社会关系和阶级关系"的扛鼎之作,"一九三三年在将来的文学史上,没有疑问的要记录《子夜》的出版。"[①] 而以一部作品来标记一个年份,这在文学史上还没有过。

《子夜》原名《夕阳》,1931年10月开始动笔,于1932年12月5日完稿。有些章节于1932年分别在《小说月报》和《文学月报》上发表过。

在1930年的中国社会性质的大论战中,托派认为"中国已经走上资本主义道路,反帝、反封建的任务应由中国资产阶级来担任"。作者决定用作品来参加这次论战,有了"大规模地描写中国社会现象的企图"[②]。此时的茅盾,从日本回国不久,因为身体原因不能像以前一样投身于革命事业,却有了更多的时间和精力来了解、思考和观察社会。1930年夏秋之交,他走访于企业家、金融家、商人、公务员、经纪人之间,整天奔忙于交易所、交际场之中,搜集材料。茅盾试图在这部结构宏大的作品中反映出中国社会的三个方面:第一,民族工业在帝国主义经济侵略的压迫下,在世界经济危机的影响下,在农村破产的环境下,为要自保,使用更加残酷的手段加紧对工人的剥削;第二,因此引发的工人阶级关于经济的政治的一系列斗争;第三,当时的南北大战、农村经济破产以及农民暴动又加深了民族工业的恐慌。从整个作品来看,茅盾

---

① 瞿秋白.瞿秋白选集.北京:人民文学出版社,1955.
② 茅盾.茅盾论创作.上海:上海文艺出版社,1980.

集中笔力描写了一二两点,而第三点的农村线索写得稍嫌薄弱一些(后来的短篇"农村三部曲"弥补了这条线索的不足,此外《林家铺子》也是差不多的背景,因此可以视为同是描写 30 年代社会大图景的系列作品)。作品在展现 30 年代初中国社会生活(尤其是都市生活)的广阔画卷时,为我们提供的民族资产阶级衰败史,具有特定的历史意义;在表现民族和社会的矛盾以及各阶级各阶层之间错综复杂的社会关系时,为真实地反映出那个时代的危机,突出地描写了中国民族资产阶级在帝国主义、买办资产阶级和统治阶级几重压迫下的必然的悲剧命运。

《子夜》的人物众多,中心人物是民族资本家吴荪甫。他是中国现代文学史人物画廊中一个不可多得的民族资本家的典型形象。他在几重压迫的环境下为求生存而形成的性格多重性,使得形象有多侧面的立体感。

吴荪甫是半殖民地半封建社会这一特定历史环境中的中国民族资产阶级的一个战败了的英雄形象。他游历过欧美,学会了一套现代资本主义的管理方法,有着 18 世纪法国资产阶级的性格和气魄,他的理想是发展民族工业,摆脱帝国主义及买办阶级的束缚,最终在中国实现资本主义。因此,在与帝国主义经济侵略的斗争中,他表现出果敢、冒险、刚强、自信的性格。从他兼并八个小厂、成立益中信托公司、接办一个丝厂的过程中,在整顿工厂的措施中,可以看到他的气魄和能力。为了实现他的宏大计划,在与赵伯韬的斗法中,显示了他法兰西资产阶级式的性格。他的沉着干练、刚愎自用,似乎为民族资产阶级的振兴带来了希望。然而吴荪甫虽有魄力,有铁的手腕和管理才能,却也无法摆脱世界性资本主义经济危机的影响。在帝国主义、买办阶级、国民党政府的联合压迫下,吴荪甫感到心有余而力不足。茅盾把他的个人能力写得越强大,后面他无力与赵伯韬抗衡就显得越悲壮。这不是他一个人的悲剧,而是整个民族资产阶级的悲剧。在公债市场上,他与赵伯韬拼死一搏而遭惨败,虚弱、颓废甚至企图自杀,充分暴露了民族资产阶级的软弱性与矛盾性。

吴荪甫既有被压迫的一面,又有压迫者的一面。将经济危机转嫁给工人时,他采取的是残酷的手段:减工资,加工时,裁减工人,分化瓦解,直至镇压工人的反抗运动。他收买工头屠维岳,破坏工人罢工斗争,依靠军警和流氓用武力镇压工人运动。但当工人包围了他的汽车挡住了他的去路时,他在车里吓得脸色铁青,充满了恐惧。在对待双桥镇农民暴动的态度上也充分暴露了他的另一面,他大骂国民党不开杀戒,红军是土匪。在家庭生活中,他实行的是独断专横的封建家长作风。

吴荪甫的性格充分显示出民族资产阶级的两重性:一方面是对帝国主义及买办资产阶级、封建主义的不满,另一方面又对工农运动和革命武装充满恐惧与仇视;一方面对统治阶级的腐败制度与军阀混战的局面不满，另一方面又依靠当局势力镇压工人运动。这种两重性使得他处在一个非常微妙的夹缝中，同时也决定了其必然的悲剧结局。

吴荪甫不仅在事业上孤军奋战，在家庭中同样也是孤独的。他的悲剧命运固然与其矛盾性格有关，但是更重要的是客观原因。他的失败不是因为能力不足，也不是因为自身条件不够，更不是因为自己不想。他是真正想振兴民族工业，并为之努力过，然而时代和社会却不允许他成功。他的悲剧是典型的生不逢时的悲剧。这一形象艺术地表现了中国并没有走上资本主义道路，而是更加殖民地化了。从这一意义上来讲，吴荪甫的形象塑造，精确地概括出了中国民族资产阶级必然的历史命运，回击了"中国已经走上资本主义道路"的谬论。

作为吴荪甫的对立面，赵伯韬这个买办资产阶级的形象也塑造得较为成功。他是帝国主义、垄断资产阶级的走狗，并且与反动统治势力有着千丝万缕的联系，凭借着这些后台撑腰，他主宰着上海滩金融市场。他设下了一场螳螂捕蝉、黄雀在后的诡计：先让吴荪甫去吃掉一些中小民族资本家，然后再吃掉吴荪甫这条大鱼。他说"吴荪甫会打算，就可惜还有我赵伯韬要故意同他开玩笑，等他爬到半路就扯住他的腿"，"一直逼到吴老三坍台，益中公司倒闭"。他的逻辑就是："中国人办工业没有外国人帮助都是虎头蛇尾。"因此，作为帝国主义的鹰犬，他不遗余力地要把民族工业置于死地。作者还用他淫荡腐朽的生活方式来揭示他骄奢的性格特征，像做公债一样，他也玩弄各式各样的女人，并以此为荣耀。从他的各种声色表演中，可以看出作者对这个资本家毫不客气，把这个带有流氓习气的洋奴精神世界的卑鄙肮脏，强烈的私欲渴求的剥削阶级本性暴露无遗。

屠维岳这个资本家的走狗形象塑造得相当成功。作为走狗，他竭尽全力，死心塌地地为吴荪甫效力；但他又自诩有着刚强、沉着、干练和不屈于压迫的性格。当吴荪甫一开始要开除他时，他表现出一种反抗的情绪，体现了自己做人的价值观，而当吴荪甫"慧眼识英雄"重用他时，他又表现出一种为主子效命的奴才相。在破坏工潮中，他的"机智才干"，使其性格中阴险狡诈的一面得到充分的表现。他利用黄色工会分化瓦解工人的斗志，试图以小恩小惠收买人心，这一切做得很体面而又不动声色。作者丝毫没有把他脸谱化，而是使他的性格内涵呈现出二重性。从这个形象的描绘中，可以看到民族资产阶级及其走狗压迫工人阶级时的伪善和凶残的本性。

从封建土地关系中爬到灯红酒绿的资本主义世界里的地主冯云卿，为了适应新的环境（他没有像吴老太爷那样的封建地主一样，一接触资本主义的空气便"风化"了），他企图重整旗鼓，立足于上海滩。为达到其目的，他甚至不惜让自己亲生女儿出卖色相，以美人计套取赵伯韬的公债秘密行情。由于他的投机带有很大的盲目性，最终必然导致倾家荡产的悲惨结局。从他身上可以看到中国的封建地主阶级在新的经济危机面前苟延残喘的面目，他们为了生存下去，甚至顾不得传统封建伦理，进一步揭示出资本主义赤裸裸的金钱关系。

《子夜》结构恢宏、严谨。纷繁的社会生活与历史进程的展示以及日常生活的描写，形成了《子夜》内容的诸多头绪，而各条线索合成一个庞大而复杂的艺术构架便成为作品首要的艺术特征。作品以吴荪甫为矛盾冲突的轴心，辐射出各种人物和事件。整个作品的情节发展十分紧凑，时间跨度小（三个月），而人物众多，但作者采用了开门见山和盘托出的手法，一开始就在吴老太爷的吊唁仪式上把几乎全部的重要人物都推上前台，组成复杂的人物关系网络，设下情节因果关系的伏笔，从而经纬交汇地建成了《子夜》这部作品的"网状结构"。这种艺术胆识与气魄，具有大家的风范。因此，这部小说的开头就打破了一般小说描写的常规，显示出作品宏大严谨的结构特征。

茅盾是一个擅长于心理描写的作家，在描写人物形象的时候特别注重刻画人物的心理，而在刻画人物的心理性格时，声音和色彩又占比较重的比例。受托尔斯泰心理分析的影响，《子夜》的心理描写占了很大的比重，比如吴荪甫召见屠维岳的场面，茅盾写吴荪甫的内心就经历了复杂的变化。其他如吴少奶奶林佩瑶的内心失落，四小姐的心理变化，尤其是对人物的下意识和幻觉的描写增强了整个作品心理分析的色彩，这种心理分析的艺术效果并不仅仅驻足在传统的写实主义手法的应用上，而且明显地运用了象征主义的手法。这在《蚀》《虹》《野蔷薇》中都有出色的运用。《子夜》中，这种象征主义的手法或隐或现地从作品的开头贯穿至小说终结。小说第一章吴老太爷的一切言行总是围绕着一个总体象征展开。我们可以通过许多象征性细节描写窥见这个封建"僵尸"的内心世界。如作为象征道具的《太上感应篇》就发挥了奇妙的作用；又如吴老太爷刚到上海见到汽车、高楼大厦而闭起双眼、全身发抖的细节；丰满的乳房、赤裸裸的白腿刺激老太爷神经时的描写……都强烈地表现出人物此时此刻的心理。这一切，作者并没有用旁白的手法来叙述，而是通过张素素、李玉亭、范博文等人的言行去"点化"出这具"古老社会的僵尸"的象征内涵和特殊的心理特征。此类带有象征主义色彩的心理描写在《子夜》中屡屡出现，它无疑增强了作品的表现力和感染力。

《子夜》在描写工人与革命者的形象时显得比较单薄与概念化。这是因为整个作品的笔力侧重所致，当然也是由于作者擅长描写资产阶级和小资产阶级知识分子，对工人生活相对不熟悉。

《子夜》在中国现代长篇小说发展史上具有重要意义。《子夜》与老舍的《骆驼祥子》、巴金的"激流三部曲"、李劼人的《死水微澜》《暴风雨前》《大波》在30年代问世，标志着中国现代长篇小说及现实主义的成熟。

二、老舍的《骆驼祥子》

老舍（1899—1966），原名舒庆春，字舍予，笔名有絜青、鸿来、非我等。北京满族正红旗人。生于贫民家庭，1918年于北京师范学校毕业后任小学校长和中学教员。1922年，受礼加入基督教。1923年在《南开季刊》发表第一篇短篇小说《小铃儿》。1924年赴英国任伦敦大学东方学院汉语讲师，阅读了大量英文作品，并从事小说创作，1926年加入文学研究会。1930年回国后任齐鲁大学、山东大学教授。1946年，受美国国务院邀请赴美讲学一年，期满后旅居美国从事创作。中华人民共和国成立后回国，曾任中国文联副主席、中国作家协会副主席、中国民间文艺研究会副主席等职，被授予"人民艺术家"称号。"文化大革命"初期因被迫害自沉于北京太平湖。

老舍一生著述颇丰，代表作有：长篇小说《老张的哲学》《赵子曰》《二马》《猫城记》《离婚》《牛天赐传》《骆驼祥子》《火葬》《四世同堂》《鼓书艺人》《正红旗下》（未完），中篇小说《月牙儿》《我这一辈子》，短篇小说集《赶集》《樱海集》《蛤藻集》《火车集》《贫血集》等，剧本有《龙须沟》《茶馆》等。老舍的长篇小说大都取材于市民生活，展示的是旧中国儿女的不幸，为中国现代文学开拓了重要的题材领域。他所描写的自然风光、世态人情、习俗口语等都呈现出浓郁的"京味"色彩。

《骆驼祥子》是老舍在1936年创作的长篇小说，1937年1月小说在《宇宙风》杂志上连载，描写了洋车夫祥子的个人奋斗及其失败的经历，真实再现了都市洋车夫的悲剧人生，控诉了把人变成鬼的罪恶的旧社会。祥子是一个在农村失去土地到城里来讨生活的农民，他有一个简单的梦想：有自己的一辆人力车，然后用这辆车来养活自己，但是这样一个简单的梦想却最终不能实现。祥子的不幸体现在两个方面：

一个方面是祥子买车丢车的三起三落。祥子通过自己的勤劳苦干买了一辆自己的车，却被军阀的士兵抢去，祥子自己也被抓做兵伕，这是第一次失败；后来祥子把从兵营里带走的三匹骆驼卖掉，又通过辛苦拉车攒了八十块大洋，但被孙侦探敲诈走了，这是第二次失败；祥子与虎妞结婚后，虎妞为祥子买了一辆车，但是后来虎妞死于难产，为给虎妞办丧事，祥子被迫卖掉了车。就这样，祥子人生奋斗的理想破灭了。

另一个方面是祥子的爱情婚姻的不幸，想要的无法在一起，不想要的却被强加。祥子婚姻上的理想比较简单，就是想找个清白的姑娘一起生活。人和车厂主刘四的女儿看上了他，祥子被虎妞引诱发生了关系，最终摆脱不了娶了虎妞。祥子和虎妞之间没有爱情，虎妞又老又丑，说话像个男人，而且不是个清白的女人。但是当虎妞骗他说怀孕了之后，老实忠厚的祥子只好认了。同住一个院子的小福子是个不幸的女人，祥子与她两情相悦，在虎妞死后祥子想与她在一起，但是小福子有个酒鬼父亲和一个未成年的弟弟，祥子养不起他们只好作罢。后来曹先生愿意帮助他们，祥子回去找小福子，小福子却已经被卖进了白房子，当祥子找到白房子去的时候却，得知小福子已经自杀了。

祥子的遭遇折射出了农村与都市两种文明之间的复杂关系。祥子是一个来自农村的纯朴农民，但是城市改变了他的人生。作为农民的祥子身上有传统农民的很多优点：勤劳、纯朴、诚实、善良，拉车从来不偷奸耍滑，车又快又稳，他身上具有中国传统的"劳力者得其食"的观念，不让他拉车他浑身不自在。与一般农民不同的是祥子还是一个有理想的农民，而与他相对的是城市里的其他洋车夫抽烟喝酒赌钱，毫无志气。但祥子又有农民的一些弱点，小生产者思想浓厚，把钱看得太紧，毫无现代经济观念，对于金钱的处理也只能想到把钱放到罐子里，然后塞床底下，最终被孙侦探敲诈走。过于看重个人奋斗使他没了朋友，既没有可以排解烦恼的对象，遇到困难时也没有人帮助他。最后在命运的捉弄和现实的打击之下，祥子滑向了另一面，他被城市所改变，偷奸耍滑，不再靠劳动吃饭，染上了各种坏习惯，破罐子破摔，为了钱可以去出卖人命。他从一个好人变成了个人主义的末路鬼。在祥子与虎妞的婚姻关系中，祥子是代表农村的一面，而虎妞是代表城市的一面。祥子软弱屈从，虎妞强势控制。祥子想要自食其力，虎妞梦想着继承车厂，好吃好喝。祥子并不爱虎妞，虎妞让祥子感受到的是生活的重负，精神上的矛盾和重压。祥子是被虎妞诱骗进而改变的，在情节上祥子与虎妞的婚姻为祥子的堕落埋下了伏笔。

在小说的艺术特色上，第一，结构上以写人为中心，围绕人物的命运来展开情节，平淡而又有波澜。第二，细致动人的心理描写，多采用叙述和白描的手法来反映祥子憨厚口讷、不善言谈的个性特点。第三，京味浓郁的文学化的北京方言，朴素、简洁、活泼生动。第四，独特的幽默和讽刺手法的运用，带有鲜明的人道主义色彩。

三、巴金的《家》

巴金（1904—2005），四川成都人，原名李尧棠，字芾甘，另有笔名佩竿、极乐、黑浪、春风等。出生在四川成都一个封建官僚家庭里，祖父和父亲都曾经任过知县。"五四"运动中接受民主主义和无政府主义思想的影响。1920年，考入成都外语专门学校。读书期间，在"五四"新潮思想影响下，加入进步青年组织"均社"。1922年在《时事新报·文学旬刊》发表《被虐者的哭声》等新诗。1923年巴金离家赴上海、南京等地求学，1927年1月，赴法国巴黎求学。1928年在巴黎完成第一部中篇小说《灭亡》，1929年在《小说月报》发表后引起强烈反响。1928年，回国后开始走向专业创作道路，代表作有长篇小说"爱情三部曲"（《雾》《雨》《电》），"激流三部曲"（《家》《春》《秋》）以及《寒夜》等，中篇小说有《憩园》《第四病室》等，短篇小说有《神》《鬼》等。

1949年出席第一次全国文代会，当选文联常委。1950年担任上海市文联副主席。曾两次赴朝鲜前线访问，著有《生活在英雄们中间》《保卫和平的人们》两本散文通讯集。"文革"中，遭到了残酷的迫害。1972年，妻子萧珊病逝。1978年起，在香港《大公报》连载散文《随想录》，因敢于直面"文革"与人性的弱点为巴金赢得了非常高的声誉。在他倡议下，1985年中国现代文学馆建立。2005年，巴金在上海逝世。

《家》"激流三部曲"中的第一部，1931年在《时报》开始连载，原名为《激流》，1933年5月单行本的《家》由上海开明书局出版。小说以高公馆为中心，以几对年轻人（觉慧和鸣凤、觉民与琴以及觉新与瑞珏、梅芬）的爱情故事为情节发展的主线，通过他们的遭遇控诉了封建家族制度的罪恶，揭露了封建家族制度走向崩溃的历史命运。小说借用了"家即社会"的情节典型化原则，通过一个家族的矛盾与兴衰反映一个时期的中国社会，里面的人物形象既具有典型性，又鲜活而各具特色。

高老太爷作为一家之长，他的身上有封建大家长的特点：专制专横，凭纲常和家规专横地统治着整个家庭，一句话就可以决定高公馆里所有人的命运。高公馆里几个悲剧都与他有直接或间接的关系，鸣凤因为要被他送给冯乐山做小妾而自杀，瑞珏因为血光之灾而被送出城外结果难产而死，他还要干涉和包办觉民的婚事。在小说中，高老太爷是封建礼教和旧道德的化身和代表，他虚伪，年轻时候在外面胡闹，成了家长后学会了板起脸孔教训人，但改变不了儿子们败家堕落，他的死预示着整个封建大家庭的没落和崩溃，预示着封建王朝的覆灭。但高老太爷又有人性的一面，只是被礼教和旧道德异化了，在他生命弥留之际人性在他身上有所复苏，在觉慧面前展现出了作为祖父慈祥的一面。从某种程度上讲，高老太爷也是封建家族制度的受害者，他的人性被封建家族制度异化。

高觉慧是封建家庭大胆而幼稚的叛逆者，是家中新生力量的代表。他的身上体现了"五四"时期觉醒的年轻人的很多特点：具有平等和平民意识，从来不坐轿子，爱上了家里的一个丫环。具有叛逆精神，公然声称"我要做一个叛徒"。对封建宗法思想蔑视和不信奉，帮助二哥逃婚，对大哥作揖主义和犬儒哲学进行批评，总是站在被损害、被侮辱的一方。但他又是幼稚的和不成熟的，他反对封建思想，却从来不与高老太爷正面冲突；性格叛逆，却在事实上总处于大哥觉新的保护之下。在与鸣凤的爱情上，他性格的复杂体现得尤其明显：一方面他与鸣凤的爱情是真诚的，也是平等的，他承诺要娶鸣凤做高公馆的三太太；但另一方面，他又不禁想如果鸣凤跟琴一样也是小姐就好了。在鸣凤要被送去做冯乐山的小妾后，他的反应也是不成熟的。虽然他试图去找过鸣凤，但没有任何解决问题的主意。对于鸣凤，他想得过于简单了。鸣凤的死更增加了觉慧对旧家庭的恨，高老太爷死后，觉慧毅然决然地选择了离开。觉慧虽然还有不成熟的地方，亲情和长辈的权威让他的反抗有其局限性，但是觉慧也是在成长中的，他的出走寄托着作者对青春的赞美和生活的希望。

高觉新是《家》中塑造得最成功、最丰满的一个形象，也是一个处于新旧过渡中的人物形象。他受到"五四"新思想的影响，并且认同新的生活方式。但在行为方式上却遵循着旧的伦理道德，奉行不抵抗和作揖主义，是封建礼教和家长制度的受害者和旧礼教毒害下人格分裂、病态灵魂的典型。他本来有着美好的理想、美好的爱情，但因为父亲的一句话放弃了自己的理想；因为大人牌桌上的一次口角失去了自己的爱情；因为一次抓阄决定了自己的终身大事。他是一个认识到了自己的悲剧命运却怯于行动的"多余人"。他明白夺去了他的幸福和前途、夺去了他所最爱的梅和瑞珏的是"全个礼教，全个传统，全个迷信"，但他无力挣扎，只能伤心地痛哭，忍受着精神上的痛苦。究其原因，在于他长房长孙的地位，在他身上寄托着祖父、父母和家族的希望，这压力使他变得循规蹈矩，不惜委曲求全，也使他参与制造了自己以及他人的悲剧。家对于他来说既是痛苦的地狱，又是一种神圣的血缘关系和不可割舍的情感。但同时觉新通过自己的委屈牺牲，无形中保护了自己的弟弟妹妹，"自己肩住了黑暗的闸门放他们到光明的地方去"。

在艺术成就上，首先，《家》在构思上以小见大，通过一个家庭的矛盾冲突反映整个社会的冲突与革新。其次，高度典型化的人物形象塑造，兼顾人情美与人性美。

再次，结构上构思精巧，以爱情为线索，情节安排有条不紊。

四、曹禺的《雷雨》《日出》《北京人》

曹禺（1910—1996），原名万家宝，祖籍湖北潜江，生于天津。我国著名戏剧大师，中国现代话剧的奠基人之一，戏剧教育家。

曹禺生于一个没落的封建官僚家庭，父亲是军人，曾留学日本，任过黎元洪秘书等职，善诗书。曹禺幼年丧母。1923年入南开中学，1925年加入南开新剧团，开始了他的戏剧生涯。在导师张彭村指导下，在易卜生戏剧《娜拉》《国民公敌》中扮演娜拉等角色而崭露戏剧才华。1928年中学毕业后保送南开大学政治系，1930年转入清华大学西洋文学系，1933年毕业进入清华研究院。1934年在《文学季刊》上发表《雷雨》，同年9月回天津在河北女子师范学院外文系任教。1936年发表《日出》，同年8月到南京国立戏剧专科学校任教。1937年发表《原野》。

从《雷雨》到《日出》、《原野》，是曹禺创作道路的第一个阶段。反封建与个性解放的主题在这三部剧作中不断发展与深化。《雷雨》描写现代社会中一个封建家庭的悲剧，《日出》进一步抨击金钱化社会的罪恶，《原野》反映的是中国封建宗法社会统治下农民的遭遇和反抗。这三部剧作显示出曹禺独特的戏剧风格与悲剧艺术才华，以及深入刻画人物内心世界、善于组织戏剧冲突的卓越艺术技巧。《雷雨》《日出》被公认为是中国现代话剧成熟的标志，《原野》也因戏剧中表现主义的出色运用而在戏剧史上成为不朽的经典之作。

1936年，曹禺应聘到南京的国立戏剧专科学校任教。1937年后，他随剧专辗转到重庆，后又到四川江安。他创作道路的第二个阶段由此开始。1938年他与宋之的合作改编抗战剧《黑字二十八》（又名《全民总动员》），1939年创作《蜕变》，1941年发表《北京人》。1942年，他离开国立剧专到重庆，任中央青年剧社、中国电影制片厂编导，根据巴金小说改编了话剧《家》。此外，他还翻译了《柔蜜欧与幽丽叶》，先后改编了《正在想》（据尼格里的《红丝绒的山羊》）与《镀金》（据法国拉比什的《迷眼的砂子》）两个独幕剧。1946年，曹禺与老舍应美国国务院邀请，赴美讲学。次年归国后，他在上海任文华影业公司编导。1948年发表电影剧本《艳阳天》。

中华人民共和国成立之后，曹禺的主要创作有《明朗的天》《胆剑篇》《王昭君》等剧本，致力于文化事业推广与发展。历任中央戏剧学院副院长、北京人民艺术剧院院长、中国戏剧家协会主席、中国文联主席等职。

曹禺的戏剧创作受到莎士比亚性格悲剧、古希腊命运悲剧和奥尼尔心灵悲剧的影响。他以卓越的艺术才华描绘出旧制度即将崩溃的生活图景，对于走向没落和死亡的社会力量予以揭露和抨击，对被侮辱与被损害的灵魂倾注了深沉的人道主义关怀。灵魂冲突的生动揭示、悲剧品格的深刻把握、戏剧文体的发展创造，这一切都造就了杰出的曹禺，奠定了他在文学史上的地位。

家的"梦魇"的戏剧化，是曹禺创作的突出之点。作家自己就说过："我出生在一个封建家庭里，看到过许多高级恶棍、高级流氓；《雷雨》《日出》《北京人》里出现的那些人物，我看得太多了，有一个时期甚至可以说是和他们朝夕相处。"[①] 正是基于这样的生活积累与艺术观照，曹禺总是从揭露没落家庭的深层罪恶这个角度，切入到反对封建主义、争取民主的时代主题中来。

四幕剧《雷雨》以一天的时间，两个家庭和它们的成员之间30年前后错综复杂的纠葛构成冲突，揭示出血缘的、人伦的、情感的、阶级的种种关系在家长制的制约之下所必然产生的罪恶。周朴园是《雷雨》的中心人物。剧本里揭露了他封建专制的一面，但不是只有这一面，他是一个丰满立体的形象。他年轻时爱上了女佣梅妈的女儿侍萍，就30年前的情况而言，侍萍的年轻美丽确能牵动这位青年的心。但是为了娶一位有钱有门第的小姐，周家人逼使侍萍投河自尽。尽管此事主要是封建家长做主，但周朴园本人并没有反抗的表示，而是默认了。因此，他后来的内疚、忏悔是必然的。但活着的侍萍再次出现在他面前时，他立即声色俱厉地逼问："你来干什么？"这暴露出他的本性。对待妻子繁漪等人的态度，支配着周朴园在剧中的主要动作。他运用不近人情的手段将其他人纳入自己的家庭统治轨道。戏剧通过周朴园威逼繁漪"喝药"这个典型的戏剧动作，让人们看到他的封建家长做派。封建统治不仅表现为政治上、经济上的控制，更表现为精神方面对人、对人的精神意志的压迫、扼杀、毒害与控制。周朴园在"仁义道德"的观念下施行着残酷的封建专制手段。周朴园本人的主观意愿还是为妻儿、家庭着想。值得注意的是，曹禺在透析周朴园灵魂时，始终把他作为一个"人"来写，写他与侍萍年轻时的真情，写他深深的内疚与沉痛的回忆。剧终，当侍萍再次出现在周家客厅里，经历了一天人世沧桑的周朴园以沉痛的口吻命令周萍去认生母，并向侍萍忏悔。作者的这一笔曾受到不断的批评和指责，实际上这一描写正体现出剧作者深入人物心灵深处的真实性。这是周朴园形象塑造成功的奥秘。

---

① 王育生.曹禺谈《雷雨》.人民戏剧，1979（3）.

繁漪的悲剧灵魂中响彻着受到"五四"个性解放思想影响的一代妇女的抗议与追求的呼声。在这个悲剧女性身上，闪烁出曹禺艺术才华的独特光辉。剧作家对繁漪倾注了深厚的同情，怀着满腔的激情塑造这个形象。剧中，繁漪在双重的悲剧冲突中走完她心灵的全部历程。作为一个追求自由的女性，繁漪在家庭生活中陷入了周朴园封建专制主义精神折磨与压迫的悲剧；周萍背弃爱情的行径，又使这位要求摆脱封建压迫的女性在爱情追求中遭到抛弃，再一次陷入绝望的悲剧。若问繁漪为什么会爱上周萍这个卑怯、不负责任的人，"这只好问她的运命，为什么她会落在周朴园这样的家庭中"，这是时代的不幸。而周萍的卑怯灵魂又是由周朴园直接造成。双重的打击与痛苦，使繁漪成为一个性格忧郁阴鸷的女性，终于从她那颗受尽蹂躏的心灵中升腾起不可遏制的力量。在第一幕喝药时，她痛苦地忍受了周朴园的威压，想到的是她与周萍的特殊关系；随着她与周萍关系的渐趋紧张，她对周朴园的专制始而顶撞，继而嘲弄，最后爆发为反抗与报复。繁漪精神上的主要对立面是周朴园。她与周萍的冲突反映了她与周朴园的深刻矛盾。但是，剧作者独特的构思在于，将繁漪与周萍的戏剧冲突作为结构全剧冲突的主线。剧中着力写她不顾一切地追求周萍的爱情，不顾一切地反抗与报复，对生活与爱情热切渴望。正是这个女性的精神觉醒所爆发出来的力量，使得她因爱生恨，而这种恨始终夹杂着对周萍的爱的渴望，注定不会太刻骨，在爱与恨的交织中，她最终像雷电一样，劈向了身边所有的人，造就了所有人的悲剧。

她绝望中的反抗，充满一个被压迫女性的血泪控诉，表现出对封建势力及其道德观念的勇敢蔑视与反叛。她反驳周萍："我不反悔""我的良心不叫我这样看"，可见作者要肯定的，不是乱伦，而是繁漪反叛封建道德的勇气。她的"雷雨"式的激情摧毁了封建家庭秩序，也毁灭了自己。繁漪这一悲剧形象，是曹禺对现代戏剧的一大贡献，深刻地传达出反封建与个性解放的"五四"主题。

在繁漪悲剧的形成中，周萍是重要因素。但造成他人悲剧的周萍，自己也是个悲剧，尽管他的悲剧不同于繁漪。封建家长总是按照自己的意志用软硬兼施的手段控制与铸造子弟的灵魂。周萍空虚、忧郁、卑怯、矛盾的灵魂始终笼罩在周朴园精神统治威压的阴影中。这是一个在封建专制主义环境里，人的灵魂被压抑、毒化、吞噬的悲剧。剧中年轻的周冲的追求，寄寓着作者的憧憬。他的死亡，既是对封建势力的控诉，也流露出曹禺这位探索社会问题、追求出路的艺术家面对人生现实的苦闷、悲愤之情。

在剧作中，命运把鲁侍萍引回周公馆，重提三十年前旧事，而四凤又在重演母亲的悲剧，这就从历史的角度揭露了妇女所受的欺凌。曹禺运用他刻画悲剧女性形象的卓越才能，描写侍萍这个善良妇女精神上所遭受的不堪忍受的沉重打击。周朴园的遗弃给她带来了一生的不幸，她唯一的希望是千方百计避开过去悲剧的重演，带女儿离开周家。可是她最后的一线人生希望仍然受到毁灭性打击。她受着宿命思想的影响，被逼上人生尽头。这是《雷雨》反封建主题的深化。而写鲁大海出现在周朴园面前，父子之间展开一场对立阶级的斗争，将中国20年代劳资斗争的风云席卷进周朴园家庭的内部。在剧本初版中，鲁大海的结局是走向渺茫。曹禺在中华人民共和国成立后的修改本中，改为鲁大海决心回到矿上重新发动工人斗争。

曹禺在《雷雨》的序言里曾经说过，"《雷雨》对我是个诱惑。与《雷雨》俱来的情绪蕴成我对宇宙间许多神秘的事物一种不可言喻的憧憬"。这种全剧始终闪现的"隐秘"，就是"宇宙里斗争的'残忍'和'冷酷'"。"在这斗争的背后或有一个主宰来管辖，这主宰，希伯来的先知们赞它为'上帝'，希腊的戏剧家称它为'命运'，近代的人撇弃了这些迷离恍惚的观念，直截了当地叫它为'自然的法则'。我始终不能给它以适当的命名，也没有能力来形容它的真实相貌。因为它太大，太复杂。我的情感想要我表现的，只是对宇宙这一方面的憧憬。"年轻时的曹禺，受到易卜生等西方个性主义、人道主义思想影响，也受到基督教思想影响。《雷雨》在艺术精神上受到古希腊悲剧与美国剧作家奥尼尔的现代悲剧的影响。戏剧情节的展开借助于血缘伦常纠葛，悲剧的结局染上神秘的命运色彩。曹禺运用现实主义的创作方法提炼戏剧形象，善于深入到现实世界的错综复杂的人生中，运用戏剧艺术表现出自己对人生的某些深刻的感受与理解。因此，人物的血缘纠葛与命运巧合更真实、更典型地反映了人性的复杂性与人生的残酷性，悲剧的结局引人思索，在思索中探究酿成悲剧的根源。

如果说《雷雨》反映的是专制主义对人的压迫与虐杀，《日出》则揭露了金钱化社会对人的毒化、吞噬与残杀。曹禺对那个腐烂社会抱着极端憎恶的感情与抨击态度。

《日出》以陈白露的休息室与翠喜的卧房为舞台场景，分别连接两类社会生活。通过方达生寻找小东西，来展示社会最底层人们的苦难遭遇。翠喜为生活所迫，操着皮肉生涯。小东西终于逃不出金八的魔爪，只能悬梁自尽。曹禺为了刻画这类人的生活，曾冒着危险深入其中观察、了解，并发现像翠喜一样的人也不乏金子似的心。第三幕浸透着剧作家的辛酸血泪与愤怒的抗议，是全剧有机统一体的一部分，是深化戏剧主题的必需。剧作展示出喧嚣嘈杂的地狱充满着骚动不安，揭示出这个社会从上层到下层全部腐烂、解体了。剧本还安排了一个不出场的人物金八作为这个社会恶势力统治的代表，探索种种罪恶的社会根源。

《日出》表现的是现代大都市的众生相，对"不足者"和"有余者"两个对立世界的表现，是对人挣扎困境的描写。人处于一种被捉弄和自然的淘汰之中，进入大都市的人们将自己的灵魂卖给了大都市。戏剧在高等大旅馆和下等妓院展开，作者对"不足者"是同情多于嘲讽，对"有余者"是嘲讽多于同情。

虽说《日出》没有主角，但陈白露毕竟处于舞台中心，她的悲剧形象是剧本的灵魂。她也是连接两种社会生活的纽带，通过她，展示了"有余者"们骄奢淫逸的生活，也通过她，把看似毫无关系的小东西、翠喜等"不足者"的命运联系起来，她在本质上和她们是一类人。

《日出》的主题诗是陈白露呼喊出来的，她的内心悲剧性冲突搭起了《日出》戏剧冲突的基本骨架。陈白露曾是"天真可喜的女孩子"，但是资产阶级生活的刺激，锈蚀了她纯洁的灵魂，以致她与诗人的遇合以分手而告终，她再次投入金丝笼而无力飞翔。陈白露拒绝方达生的挽救，似乎玩世不恭、傲慢自负，但她又不由自主地泄露了心灵的颤抖。她为出卖自己的美丽与青春，断送了人生希望而痛苦。在方达生面前，她发现了自己的"孩子时代"，也发现了自己的悲剧。人生道路与命运的抉择又一次摆在她面前，她产生了"竹均"与"白露"的激烈内心冲突。在第一幕中，她与方达生谈话，赞美洁白的霜，呼唤自己少女时代的名字；她挺身而出，怒斥黑三，救下小东西；她欢呼太阳，欢呼春天，读起心爱的"日出"诗。"旧我"——她内心中人的要求、意志，要突破"新我"顽强地表现。第三幕，陈白露尽管没有出场，但翠喜、小东西的遭遇同陈白露的命运遥相呼应，并且这一幕的结果导致陈白露的希望与追求落空。因此第四幕一开始，陈白露已是泪流满面，陷入了深深的绝望与痛苦。她从小东西的遭遇终于明白无法掌握自己的命运，她痛苦地回忆着昔日的悲剧，诗人的形象又一次出现在她的眼前，唤醒她的"竹均"意识。而历史的隐痛同时也被血淋淋地挑出来，她明白寄生的腐朽生活使她陷入深渊无力自拔，而她又不愿再过这种出卖心灵与肉体的生活。她终于断然结束了个人的生命。她的悲剧是黑暗社会对人的精神追求的毁灭。陈白露怀着向往"日出"之心而死，反映了她内心对人的自身价值的追求。曹禺描写陈白露的悲剧，对金钱社会的揭露与控诉是深刻、有力的。这是剧作家继繁漪形象之后，为中国现代戏剧创造的又一杰出艺术形象。从繁漪、侍萍、四凤到陈白露、翠喜、小东西，都体现了曹禺对中国妇女命运的深切关注。

《北京人》是以30年代北平城中一个处于解体过程中的封建士大夫家庭为背景，充分展示了处于新旧交替历史时代的各种人物之间表面和内在的矛盾冲突，是对日常生活表面形态的关注，也是对人的日常生活和内在神韵与诗意的开掘，关注普通人精神世界的升华。戏剧重点表现了封建家庭背后强大的伦理力量对人的控制，以及心理、情感上对家庭的依附性。

　　曹禺选取一个典型的没落士大夫家庭，写了曾家三代人。老一代"北京人"曾皓是封建家庭权势与精神统治的代表。他心中似乎装满了各种忧虑与烦恼、委屈与同情，但实际上，在"仁义道德"的面孔下是一颗自私虚伪的心，用苦难哀怜遮掩了自私与虚弱。作者通过他与愫方的关系，将这种心灵刻画得入木三分。曹禺塑造这个形象，揭示了封建阶级的衰亡。在经济与权势的没落中，曾家赖以生存的精神支柱——封建礼教也正在丧失其统治威力。家庭矛盾丛生，翁媳钩心斗角，夫妻性情不和，姑嫂相互倾轧，儿子离家出走，第三代人对家庭深怀不满。封建家长再也不能维持传统的宗法家庭秩序。当曾皓半夜里跪下来哀求儿子不要再抽鸦片，他本人心灵中的支柱也倾塌了。比起封建家庭最终的分崩离析，曾皓精神上的幻灭来得更早。曾家的管家奶奶曾思懿虽然干练泼辣、能说会道，但她的精力却放在控制丈夫或与家人的倾轧上，对曾家实际上是败事有余，促使了整个家庭的四分五裂，以至于最后丈夫自杀，媳妇出走，儿子曾霆也怀有反感。剧本围绕曾皓、曾思懿的形象，给这个家庭走向死亡路上的种种挣扎以无情的揭示。

　　曾文清与愫方是曹禺倾心塑造的两个艺术形象。他们的内心悲剧冲突与不同命运构成了戏剧冲突的主线。曾文清是剧中曾家第二代"北京人"。他聪颖清俊，善良温厚，不乏士大夫阶级所欣赏的潇洒飘逸。他的悲剧在于，他长期生活其间、受多年熏陶的封建文化思想和教养腐蚀了他的灵魂。他身上理应得到健全发展的真正的人的因素、人的意气被消耗、吞噬了。对生活的重重厌倦和失望甚至使他懒于宣泄心中的苦痛，懒到他不想感觉自己还有感觉，懒到能使一个有眼的人看得穿，这只是一个生命的空壳。不说话的曾文清的悲剧在剧中似乎悄无声息，却惊心动魄。他爱上一枝空谷的幽兰，却只敢于相对无言中获取慰藉，爱不能爱，恨不能恨。他出走后又沮丧地归来，以至吞食鸦片自杀，都是必然的。当然，曾文清最后的举动，说明他已认识了"自我"，对自己、对封建家庭生活已经厌弃与绝望。曾文清的悲剧有他个人不可推卸的责任，更有深刻的社会原因，后者正显示出剧本思想的深刻性。

五、沈从文的《边城》

　　沈从文（1902—1988），原名沈岳焕，笔名休芸芸、懋琳、璇若、若琳等，苗族，湖南凤凰人。当过士兵，在川、湘、鄂、黔交界地带沅水流域随土著部队转战多年，当过上士司书。他没有经历过正统的封建伦理文化的熏陶，也没有得到"五四"

时代精神的充分洗礼。1922年，在军队中流浪了近6年，经历了"不易设想的痛苦怕人生活"的沈从文只身到了北京，受过高小教育的他因为文凭不够进不了大学。在生活的逼迫下，在郁达夫、徐志摩等人的帮助和鼓励下，"标点符号不太熟悉"的他开始了艰难的文学创作历程。1924年以后，陆续在《晨报副刊》《现代评论》等刊物上发表作品，1926年出版了第一部作品集《鸭子》，后来出版《蜜柑》等小说集。所描写的湘西淳朴乡风民俗和奇异生活，引起人们的注目，显示了他早期小说较成功的乡土抒写和历史文化思考。1928年，沈从文已经成为当时著名的作家了。

1928年，与胡也频、丁玲相继到上海，曾共同创办《红黑》杂志。1929年在上海公学教书。1930年后赴青岛大学执教，创作日丰，逐渐走向成熟，完成了他从叙写自己的人生经历到观照现实人生的转变，成为京派作家中的代表人物。到抗战前，出版了20多个作品集。全面抗战爆发后，经武汉、长沙取道湘西去云南，途经沅陵时，写了散文《湘西》，长篇小说《长河》（第1卷），后至昆明西南联大任教。他以自己的创作视角，关注乡村、民族的命运与人性、传统文化，在城乡的比照中建立自己的文化保守主义和思想上的自由主义立场。他在三四十年代创作了大量的小说、散文、随笔，赢得了"文体作家"的称誉。

沈从文创作的目的是以文学"治疗人性"，"相信文学能够修正这个社会制度的错误，能够修正人的生活观念的错误"，"为了使原先那个社会重新安排"。他的创作受到契诃夫、屠格涅夫的影响。"人性丧失的忧患意识和民族品德的理想追求"是他创作的动力源和思想内核，他一直坚信和实践着"文学新宗教"的观念。1945年回到北京，在北京大学教书，编《大公报》《益世报》文艺副刊。

沈从文的创作远离时代的喧嚣，独树一帜，田园牧歌的抒情风格和对现实的逃离为革命和左翼文人不容。最初被称为"文丐"，左翼称之为"无思想、无灵魂的作家"，50年代认为他是"一个反动作家"80年代后对沈从文进行了重新评价，有人称他为"中国短篇小说之王"，"中国现代小说之父"，"一个仅仅次于鲁迅的大家"。

中华人民共和国成立后沈从文停止文学创作，长期从事文物研究工作。他先后在中国历史博物馆、故宫博物院研究中国古代服饰和物质文化史。1960年，发表《龙凤艺术》等文。1978年调中国社科院历史研究所。他以作家的身份被邀请参加第三次文代会，增补为全国文联委员。1980年赴美讲学。1981年出版了历时15年写成的《中国古代服饰研究》一书。

沈从文是中国现代小说家中的多产作家之一，创作题材非常广泛，反映的社会生活面相当广阔，在湘西题材的小说中塑造人物形象三教九流无所不包，农民、士兵、水手、渔民、猎户、船工、木工、官吏、乡绅、商人、娼妓、巫师、刽子手等大凡湘西所有，他都悉收笔底。另一个视角是对都市丑恶人性的无情批判和嘲讽。与其他作家不同的是，沈从文创作靠的是他独特的生命体验和生活经验，而非学养和知识。

沈从文现代部分的文学创作主要分为三个时期：

创作前期：1924年—1927年，主要写到北京后的碰壁、遭遇，受到的冷眼，主要是对生活的回忆，重在叙述人生经历。喜悦的、甜蜜的和厌恶的、憎恨的两种感情倾向都有。

创作中期：1927年—1931年。由不成熟到成熟的文学创作自觉期的转折期。题材范围广，个人经历，乡村、都市都写。作品有《柏子》《萧萧》《烟斗》《绅士的太太》等。

成熟期：1931年—1947年。所关注的是整个社会人生，但以湘西世界为主。《边城》《长河》等代表作问世。

《边城》是沈从文最负盛名的代表作，原载于1934年《国闻周报》第11卷，1934年9月由上海生活书店出版单行本。它是沈从文创作的一首美好的抒情诗、一幅秀丽的风景画，也是支撑他所构筑的湘西世界的坚实柱石。关于这篇小说的创作动机，沈从文说得很明白："我要表现的本是一种人生的形式，一种优美，健康，自然而又不悖乎人性的人生形式。"①贯串作品的是湘西一个古朴的爱情故事，它构成了小说的情节线索。

在小说中，地处湘、川、黔三省交界的边城茶峒，有山有水，美不胜收。秀丽的自然风光长养着茶峒白塔下两个相依为命的摆渡人。爷爷年逾古稀，却精神矍铄，翠翠情窦初开，善良而清纯。他们相依为命，靠渡船为生，向来往船客展示着边城乡民的古道热肠。小说在古朴而又绚丽的风俗画卷中，描绘了一个美丽而又凄凉的爱情故事，但是，作者无意开掘这一爱情故事的悲剧内涵，刻画悲剧性格，而是意在创造出一支理想化的田园牧歌。因此，作者以诗情洋溢的语言和灵气飘逸的画面勾画出的这新奇独特的"边城"，是一个极度净化、理想化的世界。这里最引人注目的是理想的人生形式和古拙的湘西风情的有机结合和自然交融。在端午节赛龙舟的盛会上，翠翠与爷爷失散，好在青年水手、人称"岳云"的当地船总的小儿子傩送帮助，顺利地返回渡口。从此翠翠心里便有了他。而傩送的哥哥天保也爱上了翠翠而虔诚地派人说媒。此时，傩送也被王团总看上，提出以碾坊为女儿的陪嫁与之结为亲家。在这样的情况下，

---

① 沈从文.沈从文文集（第11卷）.广州：花城出版社，1984.

傩送不要碾坊要渡船，与哥哥天保相约唱歌让翠翠选择。天保自知唱歌不是弟弟的对手，也为了成全弟弟，遂外出闯滩，不幸遇难。傩送因哥哥的死悲痛不已，他无心留恋儿女之情外出寻找哥哥。疼爱着翠翠并为她的未来担忧的爷爷终于经不住如此打击，在一个暴风雨之夜溘然长逝，留下了孤独的翠翠。翠翠守着渡船深情地等待着那个用歌声把她的灵魂载浮起来的年轻人，"这个人也许永远不回来了，也许明天回来！"

在边城明净的底色中，作者把自我饱满的情绪投注到边城子民身上，重点描绘了乡村世界中的人性美和人情美，塑造了作为"爱"与"美"化身的翠翠形象。翠翠在茶峒的青山绿水中长大，大自然既赋予她清明如水晶的眸子，也养育了她清澈纯净的性格。她天真善良，温柔恬静，在情窦初开之后，便矢志不移，执着地追求爱情，痴情地等待着情人，不管他何时回来，也不管他能不能回来。翠翠人性的光华，在对爱情理想的探寻中显得分外娇艳灿烂。结尾处白塔下绿水旁翠翠伫立远望的身影，是具有熠熠动人的人格力量的。作品中其他人物如老船工的古朴厚道，天保的豁达大度，傩送的笃情专情，顺顺的豪爽慷慨，杨马兵的热诚质朴，作为美好道德品性的象征，都从某一方面展现了理想人生形式的内涵。作为这些人物的活动背景，作者还浓墨重彩地渲染了茶峒民性的淳厚：这里的人们无不轻利重义、守信自约；酒家屠户，来往渡客，人人均有君子之风；"即便是娼妓，也常常较之讲道德知羞耻的城市中绅士还更可信任"。总之，这里的"一切莫不极有秩序，人民也莫不安分乐生"，俨然是一派桃源仙境。沈从文之所以对边城人性美和人情美作理想化的表现，其意就在于从道德视角出发，为湘西和整个中华民族的文化精神注入美德和新的活力，并观照民族品德重造的未来走向。他在谈到《边城》的创作时说："拟将'过去'和'当前'对照，所谓民族品德的消失与重造，可能从什么方面着手。"[1]他期待着将这种理想化的生命形式保留些本质在年轻人的血里或梦里，去重造我们民族的品德。

然而这么美好的人们，却基本上都是以悲剧命运收尾，比如爷爷的中年失孤，到老了还操心唯一的外孙女翠翠的婚事，临死前翠翠的婚事也没有定下来；比如翠翠，生下来没有父母的疼爱，所幸有爷爷，长大了爱情上也是波折不断，虽与傩送相爱却只能孤单地等待着爱人；比如天保傩送两兄弟，本是镇上有名的大好青年，却一死一出走；比如他们的父亲顺顺，作为船总并非一方恶霸，还养了两个好儿子，结果两个儿子却一死一下落不明；比如杨马兵，年轻时候爱着翠翠的妈妈，一直孤独终老……可以看到，边城里面没有一个恶人，但是他们的结局都如此不幸，可见沈从文对湘西

---

[1] 沈从文.沈从文文集（第7卷）.广州：花城出版社，1984.

儿女们命运的担忧。然而《边城》总体上却看不到过度的悲剧感，充斥其间的是茶峒人对于未来命运的泰然接受，乐天知命的人生态度。这样的情节安排也充满了原始人类阴差阳错的神秘感和命运感，自然安排了人的命运，人无怨无艾地顺乎自然，融于自然，组成一种化外之境的生命形式，组成一首曲终奏雅的人性抒情诗。

六、洪深的话剧

洪深（1894—1955），名洪达，字浅哉，江苏武进人，曾用笔名庄正平、乐水、肖振声等。1912年，考入清华大学，1916年到美国哈佛大学学习戏剧，是中国到国外专攻戏剧的第一人。回国后从事戏剧工作，他创立了中国话剧的正规表演、导演体制，使正处于由文明戏向现代话剧过渡的中国话剧完成了历史性转化。1923年上演第一部剧作《赵阎王》，自饰主角。1928年4月，洪深提议用"话剧"一词统一当时戏剧的称谓，是中国现代话剧运动的开拓者和奠基人之一。全面抗战爆发后洪深积极倡导"国防戏剧"，创作有剧本《走私》《咸鱼》《飞将军》《鸡鸣早看天》等作品。1938年4月，国民政府军事委员会政治部第三厅成立，洪深任戏剧科科长，和田汉一起组建了十个抗敌演剧队，投入抗战的洪流中。洪深自1922年起从事电影工作，曾于1925—1937年任明星影片公司编导，写出了中国第一部较完整的电影文学剧本《申屠氏》，并引进了有声电影技术。其后又创作了《冯大少爷》《早生贵子》《爱情与黄金》《歌女红牡丹》《旧时京华》《劫后桃花》《新旧上海》《女权》《社会之花》《夜长梦多》《乱世美人》《风雨同舟》等30余部电影剧本，为中国电影文学的发展开拓了道路。

洪深的作品大都取材于现实生活，时代特色鲜明，如《卖梨人》《贫民惨剧》《赵阎王》《五奎桥》《香稻米》《包得行》《鸡鸣早看天》等。他重视戏剧的社会效果，并能对不同的剧本采用不同的创作方法。但其戏剧创作思维侧重理性化，具有概念化的倾向。同时他还是个深谙表演艺术的导演，善于用多种方法启发诱导演员。他导演手法多样，且富于创造性，30年间先后导演了《少奶奶的扇子》《李秀成之死》《法西斯细菌》《草莽英雄》《鸡鸣早看天》等大小剧目约40个。他还著有大量理论批评著作，介绍西方话剧知识。理论著作有《电影戏剧表演术》《电影戏剧的编剧方法》《戏剧导演的初步知识》等。

《赵阎王》是洪深创作的一部九幕话剧，作品的主人公赵大本是忠厚农民，但洋人和土豪害得他家破人亡，未婚妻小金子也被逼死，不得已在军阀部队里当了兵。在上级的胁迫和环境的熏染下，他逐渐堕落，以至放火、抢劫、杀人，无恶不作。在一次战役中，为了窃取一袋银子，竟活埋了自己负重伤的战友。后来他打伤私贪饷银的营长，携款出逃，被追兵所杀。该剧第一幕冲突集中，对话简洁，极富个性。从第二场起，作者吸收了美国剧作家奥尼尔《琼斯皇帝》的表现手法，通过森林中种种幻象将赵大心中的矛盾、恐惧等情绪外化，使人物形象更生动具体，情节的内涵更丰富。剧中，洪深以他对人生、对社会的深入观察，深刻地揭示了罪恶社会是逼人为恶的社会根源，表现了洪深强烈的反战反封建思想。

"农村三部曲"（《五奎桥》《香稻米》《青龙潭》）是洪深的话剧代表作，其中《五奎桥》发表于 1930 年，作品写大旱之年村民租来打水的龙船抗旱保苗，但周乡绅家私建的五奎桥太矮无法通过，周乡绅以风水为由拒绝拆桥，还派法院和警察威胁镇压村民。主人公李全生是个坚定勇敢而警觉的青年农民，他不信求雨的迷信作法，更反对风水保运的妄说，旗帜鲜明地带领村民同周乡绅斗争。在他的带领下，桂生、珠凤等村民也起来反抗，最终拆除了象征封建地主阶级统治的五奎桥。作品以 20 世纪 30 年代江南农村抗旱为背景，反映了农民与地主和官府之间不可调和的矛盾，揭露了封建剥削者的凶恶面目，歌颂了农民不畏强暴的反抗精神。该剧结构完整紧凑，情节环环相扣，矛盾冲突逐步发展升级。语言质朴自然、富有地方色彩，人物个性鲜明，如李全生的勇敢果断，周乡绅的狡猾奸诈，谢先生的胆小怕事等都非常形象生动。

七、夏衍的话剧

夏衍（1900—1994），原名沈乃熙，字端先，浙江杭县人。早年参加"五四"运动，编辑进步刊物《浙江新潮》。从浙江省立甲重工业学校毕业后公费留学日本。入明治专门学校学电工技术。1927 年，因其参加进步活动被日本驱逐回国，加入中国共产党，投身于党领导的革命文艺运动，成为革命者。1929 年，夏衍同鲁迅筹建中国左翼作家联盟。"左联"成立后任执行委员，后发起组织中国左翼戏剧家联盟。主要剧本有：《赛金花》《上海屋檐下》《一年间》《心防》《水乡吟》《法西斯细菌》《芳草天涯》《秋瑾传》等。另外还创作改编了电影剧本《狂流》《春蚕》《祝福》《林家铺子》等。

《上海屋檐下》是夏衍 1937 年创作的三幕悲喜剧。剧本描写了被捕入狱 8 年的匡复被释放了，他到好友林志成家探询妻子彩玉和女儿葆珍的下落，却得知妻子已与志成同居，因为他们早就听说匡复已死。于是三个人都陷入难以解脱的内心矛盾和痛苦之中。最终匡复理解、原谅了他们，在孩子们向上精神的启发下，克服了自己一时的软弱与伤感，留言出走。剧本还塑造了沦落风尘的弃妇施小宝、孤苦无依精神错乱的老报贩李陵碑、失业的洋行职员黄家楣等小人物，通过这一群生活在上海弄堂石库门中的小人物的悲惨遭遇和他们的喜怒哀乐，揭露了国民党统治下的黑暗现实，暗示雷雨将至的前景。《法西斯细菌》是夏衍1942年完成的五幕话剧。故事描写一位潜心于细菌学研究的科学家俞实夫，在日本侵略军烧杀抢掠的残酷事实面前，终于从不问政治到走入反法西斯斗争行列的觉醒过程。作品突出了俞实夫这个人物身上所表现出来的建设现代化国家的爱国主义理想，以及为实现理想的献身精神，坚忍、执着的性格，实事求是、脚踏实地的科学作风，宽容、谦和的气度。夏衍作于1945年的话剧剧本《芳草天涯》描写了教授尚志恢与妻子石咏芬感情不和，后在老友孟文秀家，与孟的侄女小云产生感情。咏芬发现他们的关系后，恳求小云帮助；孟文秀也规劝志恢。于是两人中断关系，小云加入了战地服务队。《芳草天涯》是作者专门描写爱情生活的唯一剧作，它描写的爱情纠葛，写出了特定时代背景之下中国现代知识分子内心深处的苦恼、矛盾、挣扎与追求。剧本发表后因其非政治的创作倾向、政治性不够强而引起了非常大的争论。

　　夏衍的戏剧在艺术上有以下特点：首先，夏衍戏剧遵循现实主义原则，善于选取平凡的人物和普通人的日常生活来展示时代风貌、大时代里普通知识分子和市民阶层的精神悲欢，来揭示社会政治和革命的主题。其次，夏衍戏剧注重人物的心理活动和环境的象征性。再次，在戏剧的结构方面呈现出散文化的特征。

思考练习

1. 如何理解《子夜》回答了当时关于社会性质的大讨论？
2. 《雷雨》中最富雷雨性格的角色是谁？怎么理解？
3. 如何看待《边城》里所有人的悲剧？

第四节　多彩的散文

一、何其芳的独语体

何其芳（1912—1977）追求的是散文的精致之美。现代散文多是言志的散文，但在具体的文体表现上，不同派别的作家各有不同。冰心、朱自清的散文是以一种"闲话体"来"言志"，即通过叙述日常生活的平凡小事来抒写自我的情感，与读者进行交流。也有作家直接抒写个体内心的独特感受，人们把这种文体称为独语体。这类散文成就最高的应该是鲁迅的散文诗集《野草》。何其芳前期的散文也是以独语体为主。

何其芳的散文创作以1936年他奔赴延安前后为界，可分为两个时期。早期散文《画梦录》《刻意集》耽于幻想，刻意画梦，以独语体的形式抒写了青年知识分子找不到现实出路的寂寞、孤独之情和有所期待而又无从追求的苦闷心理。他自称"一片风涛把我送到这荒岛上"，"喜欢想象着一些辽远的东西"[①]，并立意把自己的玄想之梦描画下来。《画梦录》就是他画梦的"温柔的独语""悲哀的独语"（《独语》）。《梦后》低吟青春的寂寞和迟暮；《岩》玩味的是人生的孤独与荒凉。当然，他的独语还有"狂暴"的一面。《雨前》在对大雨来临前自然景物的浓墨渲染中，表现了对甘霖的期待，但结果"雨还是没有来"，失落之情态宛然可见。以《画梦录》为代表的这些独语体散文，一方面写出了处在边缘状态的青年知识分子孤独灵魂的独语，另一方面又表现了现代散文向诗、向纯文学的逼近，向散文艺术本体的回归。他的"文艺什么也不为，只为了抒写自己"[②]的文艺观加深了他对内心世界的开掘，增强了作品的主观抒情性。在艺术表现上，他善于运用绚丽精致的语言、繁复优美的意象和轻灵玄妙的笔调，委婉地传达内心的复杂情愫，从而创造出瑰丽飘逸的艺术境界。这时期，他在北京大学哲学系求学，倾心于法国象征主义艺术，主要借助梁宗岱的译介，"对于法国象征主义派的作品入迷"[③]。《画梦录》《刻意集》的艺术追求是与其诗歌《预言》一致的。象征的旨趣，意象的组合，音乐的和谐，色彩的浓丽，都是象征主义与

---

① 何其芳.何其芳文集（第2卷）.北京：人民文学出版社，1982.
② 何其芳.何其芳文集（第2卷）.北京：人民文学出版社，1982.
③ 何其芳.何其芳文集（第2卷）.北京：人民文学出版社，1982.

唯美主义的。正因为《画梦录》"是一种独立的艺术制作，有它超达深渊的情趣"[①]，所以与曹禺的《日出》、芦焚（师陀）的《谷》一起，于1937年获得《大公报》的文艺奖金。30年代崛起的李广田、丽尼、陆蠡等一批作家，大都醉心于表现内心苦闷、忧郁，并致力于对散文艺术美的追求。何其芳是他们的杰出代表。1936年以后，何其芳所作《还乡杂记》《星火集》等，以朴实的笔触和高昂的格调书写现实人生，风格发生了从诗意画梦到质朴写实的巨大变化。

二、李广田的叙事体

李广田（1906—1968），出生于山东邹平的一个农民家庭。在北京大学求学时与何其芳、卞之琳结为诗友，合出过诗集《汉园集》，为"汉园三诗人"之一。但其文名盖过诗名。其30年代所作散文收为《画廊集》《银狐集》《雀蓑集》三集。作者在《〈画廊集〉题记》中自称"我是一个乡下人，我爱乡间，并爱住在乡间的人们"。这种深厚的"乡间"情结使他的散文创作在注意抒写个人际遇和心境时，更着意展示其乡土"画廊"；而那败落乡村中的人生画影和清峻奇丽的山水风光又把那"画廊"装点得琳琅满目。那来自泰山的同学问渠君因谈过"关于革命的意见"，在国民党军队北移后忧郁地死在了故乡（《记问渠君》）；在山崖采花出卖以养家的哑巴，在父兄亡命山涧后仍然"不得不拾起这以生命为孤注的生涯"（《山之子》）。李广田叙写乡土人生，多写这些在旧社会受折磨的人，叙述亲切，人物个性鲜明，其中蕴含着对小人物的同情和对旧世界的愤懑，感情真挚而略带忧郁。李广田深受英国作家玛尔廷的影响，在其写景散文中追求的是"素朴的诗的静美"。写景佳作《扇子崖》多侧面、多角度描绘了泰山这一名胜的"却扇一顾，倾城无色"的奇丽风光。文中穿插了风俗人情、神话故事，更浓化了静美的文化氛围。李广田散文善于把抒情与叙事、写景结合起来，风格平实浑厚，感情沉郁而略带悲凉，具有较明显的柔美格调。他抗战后的散文进一步贴近现实人生，拓宽了题材领域，感情由沉郁转为泼辣，在柔美中融进了阳刚之气。

---

① 1937年5月12日《大公报》关于得奖作品的评语。

三、陆蠡的抒情体

陆蠡（1908—1942），原名陆考原，天台平镇岩头下村人。少时资质聪颖，有"神童"之称。1921年转入浙江之江大学附中，开始阅读文学作品并尝试写作。1931年秋，陆蠡南下福建任泉州平民中学理化教员，课余从事创作和翻译。1936年出版第一部散文集《海星》。1938年3月，第二本散文集《竹刀》（曾名《溪名集》）出版。1940年8月，又出版了第三本散文集《囚绿记》。1942年陆蠡被日本宪兵逮捕，死于狱中。

陆蠡的散文善于从琐细的生活情节中挖掘出某种耐人寻味的人生哲理，作品大都关注现实社会和下层人民的贫穷疾苦，通过对劳动人民的勤劳、勇敢、淳朴的优良品质和不屈不挠的斗争精神的赞颂，表现出作家爱国忧民的高尚情怀和真诚、淳朴的性情。在艺术上，他的散文风格华美，意境飘逸清空；语言平淡、舒缓、简洁雅致，遣词造句不露斧凿痕迹；善用联想的手法，想象力丰富。其代表作《囚绿记》发表于1940年，文章的开篇从"去年夏间的事"娓娓道来，逐层展开。先写"我"何以一下子就选定着简陋、炎热的房间，接着补叙理由：能见到一片绿影。进而写"我留恋于这片绿色"。其间穿插"我"对在乡间草屋床下的嫩绿被友人剪除的惋惜。至此，作者才借写"绿友"点出"文眼"：它是个"永不屈服于黑暗的囚人"。于是决定开释这位绿友。最后卢沟桥事变发生了，自己不得不离开北平，以怀念这圆窗和绿友为结。作者含蓄地点出因为日本人的侵略，自己被迫与"绿"分开，渴望日本人被赶走以后再与"绿"相见。"绿"是全文描写的客观对象，作者围绕"绿"展开思路，铺设线索。文章思路大致可以分为五个阶段，即"择绿""恋绿""囚绿""释绿"和"念绿"。全文详略得当，对于"囚绿"写得详细，而略写"怀绿"，同时富有变化，虚实相生，平中见奇。本文表达了作者对于自由的渴望，同时也表达了自己对于美的理解：美只有在一个特定的时间、地点、角度、心境下才能完美呈现。

思考练习

1. 闲话体和独语体有什么本质区别？
2. 李广田的散文和诗歌相比，你更喜欢哪种？

第三章 作家论

【章目要览】

　　茅盾的作品《子夜》是典型的社会分析小说范式，运用阶级的观点，用吴荪甫这个民族资本家在30年代大上海的打拼，来展现当时的民族资产阶级最终失败的命运。老舍的作品聚焦于市民这一独特的阶层，描写那个时代中国儿女们的悲欢离合，体现老舍对文化转型期古老中国文化的眷恋与批判。巴金则更关注家庭情感题材，受到民粹主义的影响。在"家即社会"的原则影响下，巴金重在反映家庭尤其是封建家庭的溃败史。曹禺的《雷雨》《日出》被视为现代话剧成熟的标志，《原野》也因其首次在戏剧上使用表现主义而有其特殊的地位。京派小说家们也算是独特的存在，其中，沈从文是典型代表。他是边地湘西忠实的歌者，他笔下的湘西世界有别于当时其他现实主义作家的农村世界。

【重点提示】

　　茅盾代表作《子夜》《春蚕》《林家铺子》；老舍代表作《骆驼祥子》《月牙儿》《四世同堂》；巴金代表作《家》《寒夜》；曹禺代表作《原野》《雷雨》《日出》《北京人》；沈从文代表作《边城》。

【拓展阅读】

1. 庄钟庆.茅盾的创作历程.北京：人民文学出版社，1982.
2. 关纪新.老舍评传.重庆：重庆出版社，1998.
3. 陈丹晨.巴金评传.石家庄：河北人民出版社，1981.
4. 凌宇.从边城走向世界.北京：生活·读书·新知三联书店，1985.
5. 田本相.曹禺剧作论.北京：中国戏剧出版社，1981.

第一节　茅盾的社会分析范式

　　30年代初，以茅盾为首的一些左翼作家，开始尝试用阶级观点，运用科学的世界观剖析社会现实，从社会的政治经济层面来观察和分析社会现象，期待其创作能从本质上解释生活的真实并正确地预示社会发展的方向。从这个目的出发，茅盾、吴组缃、沙汀、艾芜等作家，创作出了一批对社会人生世相加以冷峻剖析的作品，他们被称为社会剖析派。在意识形态话语之下，他们对具有浓郁的地方色彩和明显的异域情调的风景画、风俗画的描写，既是20年代"乡土写实小说"在30年代新的社会阶级关系下的延续，同时也开创了新的乡土小说范式，为40年代乃至中华人民共和国成立之后的乡土小说创作提供了有益的资源和发展路径的启发。茅盾是社会剖析派的主要代表人物，其《子夜》是典型的社会剖析小说。

　　《子夜》运用阶级的观点，主要展示上海的经济政治阶级层面，以吴荪甫为主人公，用网状结构把与之相关的所有人物一一展现出来。作家并没有截取一个人物的一个点或者一个面来描写，而是把人物放置在30年代初期的大上海这么一个复杂的社会背景下，从居高俯视的视角，通过吴荪甫整体展示上海这座现代都市的方方面面：资本家的豪奢客厅、夜总会的光怪陆离、工厂里的明争暗斗、证券市场上的火拼，以及诗人教授们的高谈阔论、太太小姐们的伤心爱情和学生工人农民们的反抗等等，都被组合到《子夜》的情节中来。同时，作家又通过一些细节描写，侧面点染了农村的情景和正在发生的军阀混战，扩大了作品的生活容量，实现了作家自己所设定的意图，即要大规模地描写中国社会现象，使1930年动荡的中国得到全面的表现。当然，茅盾的全面描写，并不是把各个生活片段随意拼接在一起，而是通过精密的布局，以主人公吴荪甫的事业兴衰史和性格发展史为主线，牵动其他多重线索，组成看似复杂但始终有中心的网状结构，使全文展示了丰富多彩的场景之外，又沿着一个意义向纵深方向发展，最终以吴荪甫的悲剧，回答了当时作家对中国社会性质的理性认识，即："中国没有走向资本主义发展的道路，中国在帝国主义的压迫下，是更加殖民地化了。"（《〈子夜〉是怎样写成的》）此外，《子夜》所描述的一些情景，比如公债交易、中原战争等，都是有据可查的史实，比较贴近生活，同时又有作家的主观创造，比如细腻的心理描写，比如对吴荪甫充满感情的刻画，看上去是客观冷静地在描写社会现实，实际上在描写人物时又满怀深情，称得上社会剖析方面的典范。

　　除了《子夜》，茅盾的"农村三部曲"、《林家铺子》也算是有效的补充。三者从都市到农村、从民族资本家到小手工业者的全方位展示和描绘,共同构成了30年代社会的全景图。

茅盾的小说被称为社会剖析小说的典型范,其特征是:作品中人物形象阶级特征鲜明,情节的冲突、发展,往往是由当时各种社会矛盾所决定的,与更广阔的社会背景相联系。人们很容易看出这类作品的感性形象,是经过马列主义理论透视的,具有鲜明的理论色彩,同时,结构严谨,组织细密,在写作前经过精心设计。茅盾之后,虽有沙汀、吴组缃等也写作了众多的作品,但无论人物、情节、构思等方面,都不及茅盾。首先,这是30年代特有的社会反映。30年代是中国阶级矛盾、民族矛盾突出的年代,茅盾小说反映的一人一事,透露出时代风云激荡的社会变动,显示出作家的深沉观察和忧虑。其次,自"五四"以来马列主义就在中国文学中有所显现,但主要作为参照系,从来没有像茅盾那样作为分析小说情节的重要原理,起着普遍的指导作用,表现了马列主义的威力。其三,与茅盾本人的革命经历与个人艺术特质分不开。他常用马列主义的原理,具体而细密地透视经济问题,因此他的分析呈现出一种高屋建瓴的气势;他思维缜密,构思严谨,这与现实主义的特征结合,使他的创作和同时代的创作区分开来,成为特有的社会剖析小说。

思考练习

1. 名词解释:社会剖析小说
2. 茅盾的社会分析范式在文学史上的意义何在?

第二节 老舍的文化批评视野

在整个现代作家群体中,老舍是一个有着自己独特风格和视野的作家,他的作品总是聚焦于市民这一独特的阶层,描写那个时代人们的悲欢离合,其中体现着老舍对文化转型期中国传统文化的眷恋与批判,致力于理想民族性格的改造与建设。但是老舍的文化批判与鲁迅的国民性批判与改造是不同的。鲁迅专注于国民劣根性,并对其追根溯源,通过批判进行改造。而老舍更多地站在文化的角度,把中国文化放在世界的背景下,用发展的眼光打量它:它与世界其他国家的文化一样,有优点,有缺点,缺点需要改正,优点需要发扬继承。在英国生活的经历,使老舍对于文化有着不同于一般人的解读。在老舍的小说《二马》中，他刻意设置了两个颇令人玩味的主人公——马则仁和马威这样一对从中国来到英国的父子。在文化差异中，小说描写了发生在他们身上各种啼笑皆非的遭遇与父子两人的分歧和矛盾。在两个民族的文化比较中，凸显了老马身上的种种缺点：浓重的官本位思想、封建迷信思想，缺乏平等的思想和国家观念，爱面子、轻实际，懒散、缺少时间观念。通过老马的遭遇，他也反映了英国人的妄自尊大性格缺点。

老舍是中国市民阶层的主要表现者与批评者，在善与恶、新与旧的二元对立中表现中国小市民的悲喜剧，这是老舍小说叙事的基础和基本方式。

一、市民与老派市民

在老舍的笔下，老派市民是传统中国文化的代表，他们讲人情、讲道德，有侠义精神，但不可否认的是他们也有很多缺点：迷信，中庸，懒散，官本位思想，缺少国家民族意识，好面子、轻实际。面对社会的变化，他们没有切实有效的应对之法，只是一味地逃避变化。《离婚》里的张大哥保守而中庸，他一生致力于给人说媒和反对离婚。因为在张大哥看来，年轻人之所以到社会上参加运动，不安心过日子，都是因为没有一门好的亲事。张大哥虽然喜欢做媒，却反对自由恋爱，这也是因为张大哥站在传统的一边，因为从来都是父母之命媒妁之言。张大哥反对离婚，是因为离婚代表了现有秩序的一种改变，一种不确定，而张大哥这种老派市民害怕变化和不确定。张大哥劝人不要离婚的话总结起来其实只有一句，那就是凑合着过日子就行了。《四世同堂》里的一家之长祁老人面对日本人打到北平城里的现实，所能想出的办法也只是把家里大门用一口破缸顶住，准备两个月的粮食咸菜。

在老舍笔下，新派市民有其优点：有国民观念，时间观念强，重视实际，有进取心，有平等意识，但缺少人情味。《二马》中的李子荣就是一个典型，他到英国留学，本来是公费的，但因为发现所学的政治专业对国家和自己来说并没有多大用，所以自己改学经济学，导致官费被取消。但是他自立自强，靠到古董店打工以及做翻译工作赚取学费和生活费，为人不卑不亢，是新派市民的典型，但是又过于实际，甚至对于感情婚姻的考量也是如此。在老舍笔下，更多的新派市民只是新在表面，接受的只是西式的生活，而没有学到西方文化精神的精髓，对中国文化也不甚了了。《离婚》中张大哥的儿子张天真只知道吃喝享受，在外面大谈共产主义，实际上只想共老子的产；因为乱说话被当成共产党抓进监狱，后来被放出来也懵懵懂懂的，不知道自己为什么被抓，又为什么被放。很多人甚至丧失道德，如《离婚》里老张的同事小赵，平时衣着光鲜地勾引小姑娘，用来孝敬上司，道德败坏。张大哥的儿子出事，他不但不帮忙，反而落井下石逼张大哥把家里的钱和房契送给自己，更逼张大哥把女儿嫁给自己，无情无义。还有的新派市民沦为汉奸，如《四世同堂》里的祁瑞丰因羡慕做官的威风和奢侈生活，不顾大哥祁瑞宣的反对出任伪职，最终身败名裂。

老舍在理性上认可新派市民的进取，在充满竞争和变化的时代里他们更能适应社会的发展，他们的优点也是国家和民族发展所需要的。但在精神上，老舍更欣赏老派市民的人情味，那是中国传统精神和文化的延续，甚至于在老舍的小说里，遇到危难的时候出来解决问题的经常都是这样一种老派市民，如《离婚》里为张大哥解决麻烦的就是一个平时毫不起眼的老派市民丁二爷。丁二爷没有什么文化，胆子还很小，但是关键时刻他杀死了小赵，就因为张大哥平时照顾他，他要保护张大哥和其家人。

二、市民中的善与恶

老舍是基督教徒，在他笔下对人评价也比较简单：善和恶。无论新派市民还是老派市民都是有善有恶的，老派市民如《骆驼祥子》里的刘四自私自利，为了自己经营车厂轻松点，牺牲了女儿虎妞的幸福，使虎妞成了个老姑娘。虎妞要跟祥子在一起，他嫌弃祥子出身低给他丢脸，跟女儿翻脸，后来把车厂卖了卷款潜逃去天津逍遥快活了。二强子是个酒鬼，也是个不负责任的父亲，为了钱把女儿小福子卖给了一个军官，女儿被抛弃回家后他又逼女儿卖淫养家，后来干脆把女儿卖进了白房子，导致小福子自杀。新派市民如《离婚》里的小赵、《老张的哲学》里的老张、《四世同堂》里的祁瑞丰和冠招弟等都是代表。

在老舍的《四世同堂》里，很多人物已经没有简单的老派或者新派市民的标签了。钱默吟老先生虽然是个老派市民，为人淡泊重礼节，但国家民族意识非常强，北平城被日本人占了，他难过得流泪；二儿子与日本人同归于尽，他为之自豪。冠晓荷与大赤包这两个人也不能简单地归属到老派或者新派市民里，他们官本位思想重，有奶就是娘，甚至投靠日本人。讲究生活情调，一切以利益为先，为了做官甚至牺牲自己的女儿。老舍以正义之心为这些败类安排了适合他们的结局，大赤包为日本人张罗慰安妇，结果死在了日本人的监狱里；冠晓荷、祁瑞丰想做日本人的走狗，结果被日本兵活埋。在否定了新派市民和老派市民的缺点后，老舍更注重的是探讨怎样的民族文化和性格才是理想的。《四世同堂》中的大哥瑞宣和三弟瑞全身上多多少少体现了老舍思考的结果。祁瑞宣既是传统的继承者，又是新文化的追求者。他受过新式的教育，有现代精神，但是又有传统的思想底蕴，接受了旧式的包办婚姻，妻子是一个没有文化和趣味的平常女人。他有强烈的爱国心，在沦陷的古都受尽了心灵的煎熬，但又背负着传统家庭长子的责任不能前去抗日，于是只能鼓励三弟瑞全去为国尽忠。三弟瑞全刚直而有决断，投身民族解放事业，也是作者肯定的对象。

老舍作为"北京市民社会的表现者与批判者"，他的小说从文化的角度多层面地描绘出中国市民生活的方方面面，从文化风格（节日、饮食、风俗、服饰等）、文化意识（爱面子、封闭保守、自我炫耀等）、文化心理（追求中庸哲学、平和、静穆、和谐等）多层面地表现市民的文化本性。他的小说反映了下层市民的艰难生活，控诉了旧社会的罪恶，对处于变革和灾难中的中国的民族文化和民族性格进行了反思。在对传统文化的批判以及对西方文化的关注中，也流露出了对传统文化的颂扬与眷念，显示了老舍文化价值的正义与保守的两面性。

思考练习

1. 论述老舍小说中文化批判视野下的市民形象。
2. 分析老舍小说中的京味儿。

第三节　　巴金的家庭情感题材

巴金的整个小说创作生涯中，有几个重要的题材：家庭题材、情感题材、革命题材，其中最引人注目的是他的家庭题材小说。他的家庭题材小说以"激流三部曲"、《憩园》《寒夜》为代表，都是现代文学史上的经典作品。巴金的家庭题材小说是对中国现代小说题材的开拓，艺术上也取得了很高的成就。

写于1931年的长篇小说《家》标志着巴金小说创作的重大突破，它以家庭题材的形式开创了巴金小说独特的现实主义道路，成为巴金创作中影响最大的作品，也成为现代文学史上最有影响力的作品之一。《家》作为巴金家庭问题小说的第一部代表作，其最突出的特点就是通过一个家庭日常生活的缩影再现一个时代的社会现实，透过一个家庭的兴衰变迁映照出整个社会的矛盾冲突及其发展趋势。作品通过对高公馆内叩头、请安、祝节、庆寿、敬神、祭祖、婚丧嫁娶等家庭日常生活的描写，同时以高公馆外的情节作为背景，将家庭的兴衰与社会的变迁联系在一起，大大增强了作品的真实性和典型性，使作品描写的一个家庭成为那个时代整个社会的缩影。巴金1938年创作的小说《春》延续了《家》的主题，作品围绕蕙表姐的悲剧与淑英的抗婚展开，在描写封建家庭制度进一步崩溃的同时，主要展现了封建家庭内部的罪恶、迂腐、丑陋和对年轻男女的迫害，并号召年轻人勇敢走出封建制度的囚笼。1940年的《秋》是三部曲的最后一部作品，小说描写了腐朽的家族制度虽然已经走向崩溃，但是仍然在制造年轻人的悲剧——枚表弟的死，而越来越多的年轻人投入到反对封建家族制度的斗争中，作为封建家族制度象征的高公馆最终也以分家的结局揭示了其历史命运。

"激流三部曲"中，个人与家庭的关系体现了巴金对社会发展中新与旧两种力量的斗争的看法，人物是高度典型化的，高老太爷代表封建大家长，克明代表的是守旧势力，觉新代表的是新旧过渡中的人物。而《憩园》和《寒夜》则不同，它们与"激流三部曲"一脉相承，同属于家庭题材小说，但风格和思考的关注点发生了明显的变化。这突出表现在：其一，家庭不再是简单的黑暗的象征物，带有更多的现实意义；其二，主人公不再是作家理想中的热情的年轻人，而多是在社会重压下的卑微的小人物，作品描写的也不是重大的社会事件，而是小人物的日常生活琐事；其三，作品的情调也由早期的热情奔放转变为内敛、冷峻、深沉。

《憩园》写成于1944年7月，作品通过一所大公馆"憩园"的变迁和作者的所见、所闻、所感，展示了公馆新旧两代主人共同的悲剧命运。旧主人杨梦痴外号杨老三，从小受父亲的娇惯，养成许多恶习，将父亲留下的家产败光，最后被妻子和大儿子赶出家门，沦为乞丐。新主人姚国栋又重蹈覆辙，靠父辈的遗产过着懒散奢侈的生活，对儿子更是百般溺爱。外祖母的溺爱更是变本加厉。姚国栋和万昭华虽有心管教，但力不从心。《憩园》与"激流三部曲"有共通之处，那就是揭露封建制度对人的摧残，杨梦痴就如同高公馆里的克安、克定，他们都被封建家庭的教育所败坏。不同的是《憩园》中的封建家庭已经不是高公馆式的封建大家族，其家长也不同，姚国栋没有高老太爷身上的专横，更多的是懒散和对儿子的溺爱。他有心改变，但积重难返，妻子万昭华又是继母，也无能为力。对于姚家将来的命运，作品带有明显的同情。

《寒夜》写于抗战时期，小说通过下层知识分子汪文宣的悲剧，真实地再现了抗战后期国统区人民的悲惨生活。主人公汪文宣和妻子曾树生都是某大学教育系的毕业生，事业爱情都很美满。但是日寇的入侵击碎了他们的梦，他们被迫回到汪文宣的老家四川。两人被迫放弃了教育救国的理想，汪文宣成了一个小文员，曾树生则到银行里上班。艰难的生活压得人喘不过气来，但更令人深受折磨的是家庭里无时无刻不存在的矛盾纠葛。汪文宣有一个定下婚约的表妹，因为曾树生而解除，而汪母是一个旧式女性，曾树生是新女性，汪母自始至终不承认曾树生是自己的儿媳，即使后来曾树生生下儿子小宣，汪母气愤之下仍称她为儿子的姘头。曾树生无法忍受这种地狱般的生活，她不想回家，银行里的陈主任又追求她，丈夫又怀疑她。汪文宣也痛苦不堪，两个都是他所爱的人，却不共戴天。这种家庭矛盾不仅未缓解，反而日益激化，最终促成了曾树生的出走，汪文宣因为疾病而失业。他期盼着抗战的胜利，但是在人们庆祝抗战胜利的鞭炮声中，他却悲惨地死去。《寒夜》中的悲剧既有大的时代原因，又有每个时代共有的现实的因素——人与人之间的矛盾纠葛造就的痛苦局面。同时，对三个主要人物性格和关系的细致入微的刻画，使人感慨人性的复杂与无奈。《寒夜》的悲剧不是善与恶的矛盾斗争的结果，汪母、汪文宣、曾树生都是本性善良的小人物，但他们之间的关系就如同曹禺《原野》中焦母、焦大星与花金子之间的关系：母亲因为对儿子的爱憎恨儿媳，儿媳又憎恨婆婆，儿子夹在中间也痛苦不堪。这种家庭关系的描写是非常典型的，只是现实中没有这么极端。在艺术上，《寒夜》突出的成就是现实主义创作方法的运用更加成熟，它改变了前期作品中常见的主观情绪的直接宣泄而以冷静的客观描写为主，在小说整体结构上也不再刻意地布局和人为安排紧张的情节，而主要通过对个人小事的细腻描绘和不知不觉的推进中去发掘现实生活的本质。

巴金的家庭题材小说在现代文学史上独树一帜，成就非凡，个性鲜明。首先，巴金的家庭题材描写了一定时期内中国家庭中复杂的人际关系："激流三部曲"中重点描写的是新旧两种思想的矛盾冲突，《憩园》则主要从子女教育的角度思考长辈与子女的关系，《寒夜》突出的则是人与人之间无法沟通所导致的"他人即地狱"式的困境。其次，巴金家庭题材的小说风格上富有感情，前期热情外露，后期内敛深沉。再次，塑造了既具有典型性又丰满的人物形象，如《家》中的觉醒者觉慧和新旧过渡的典型觉新，《寒夜》中的知识分子汪文宣。

思考练习

1. 为什么说"巴金的家庭题材小说是对中国现代小说题材的开拓"？
2. 说说巴金是怎样从家庭角度切入反映时代风貌的

第四节　曹禺的现代话剧艺术

从《雷雨》的紧张热烈、激荡郁愤，到《北京人》的平淡而深沉、忧郁而明朗，曹禺一方面保持个人戏剧风格，一方面又发展了自己的戏剧艺术与特色。曹禺是一位拥有炽热激情的作家，决定了他创作的艺术风貌："雷雨"式的沉闷压抑，"雷雨"式的汹涌激荡。这种独特而炽热的审美情感，决定了他戏剧创作的形象思维过程具有情感与形象的直觉性特点。他笔下最成功的人物，是心灵受到压抑的悲剧女性，如繁漪、侍萍、陈白露、愫方和梅、瑞珏；是内心忧郁矛盾的悲剧性男子，如周萍、曾文清、觉新。他们都具有浓郁的抒情性，各是某种复杂情感的化身，从人物性格出发来选用戏剧语言，包括无声台词的运用，曹禺为剧坛提供了范例。

曹禺的影响是深远的，夏衍就公开承认，他原先并不怎么懂得戏剧必须是艺术，到后来"特别是看了曹禺同志的戏之后"，才真正懂得"戏要感人，要使演员和导演能有所发挥，必须写人物、性格、环境"[①]。曹禺的戏剧对中国现代戏剧的发展做出了巨大的贡献。

首先，曹禺的戏剧深刻地表现了反封建与个性解放的"人"的主题，这是"五四"主题的发展。他出色地描写了封建没落家庭，有力地冲击了封建主义与黑暗社会，并以《雷雨》《日出》《北京人》为代表，在中国现代戏剧史上树起了一座丰碑。《雷雨》《日出》标志着中国现代话剧的成熟。

其次，曹禺的戏剧发展了我国的悲剧艺术，进一步开拓了悲剧文学的表现领域与精神刻画的深度，为悲剧艺术提供了典范。在现代戏剧史上，主要致力于悲剧创作并取得独特成就，推动了我国悲剧艺术发展的，除郭沫若外，当推曹禺。曹禺塑造了繁漪、陈白露、愫方这样卓越的悲剧女性，刻画了鲁侍萍和周萍、曾文清等优秀的艺术典型，为现代戏剧的人物画廊贡献了一系列光彩夺目的悲剧形象。曹禺式悲剧人物在我国悲剧艺术发展上的意义，还在于他们显示了悲剧人物和悲剧样式的发展。古代悲剧历来以表现英雄、伟人为主，而曹禺则是从现实生活中提炼出悲剧冲突，描写平凡生活中受压迫与摧残的悲剧人物，反映出悲剧丰富深刻的社会意义。作家描写灰色人物、小人物的悲剧，总是致力于反映人物精神追求方面的深刻痛苦，深入探索悲剧人物的内心世界，运用艺术手段把这种精神痛苦的深度传达得淋漓尽致。他的悲剧主要

[①] 夏衍.谈《上海屋檐下》的创作.剧本，1957（4）.

不是呈现为悲壮崇高，而是写出一种忧愤深沉、缠绵抑郁的美。

最后，曹禺戏剧的高度艺术成就对我国现代话剧的成熟起了决定性作用，奠定了"五四"以来这一新生艺术样式在我国现代文学中的地位。一种外来的新兴艺术样式要在一个民族的艺术领域发展成熟并扎下根来，需要经历一个过程与许多人的努力。早期话剧"文明戏"演出不用剧本。"五四"新文化运动高潮中，随着易卜生等外国戏剧文学的介绍，我国最早的话剧文学创作出现了。此后，田汉、洪深、欧阳予倩、丁西林、熊佛西、汪仲贤、陈大悲等人，都以自己的创作对话剧文学的发展做出了各自的努力，但话剧作为一种新的样式仍处于徘徊状态，尚未发展为成熟的民族范式。1934、1936年，曹禺接连发表《雷雨》《日出》，标志着我国话剧文学样式的成熟。同时，1934年李健吾发表《这不过是春天》，1935年田汉创作《回春之曲》，1937年夏衍创作《上海屋檐下》，这些剧作的成功问世表明，30年代的优秀剧作家群体把我国的现代话剧推向了成熟的阶段。《雷雨》《日出》《北京人》以卓越、独特的艺术成就，满足了话剧作为舞台艺术所提出的关于人物、冲突、结构、语言等方面的艺术要求，成为我国话剧创作的典范。曹禺戏剧在吸收外来艺术形成个人风格的同时，能从剧本的精神风貌与艺术表现方面体现出深厚的民族特色，奠定了现代话剧这一新生文学样式在我国现代文学史、现代戏剧史上的地位。

思考练习

1. 曹禺对中国现代话剧的贡献是什么？
2. 以几部代表性话剧作品为例分析剧作家的话剧艺术特色。

第五节 沈从文的边地湘西世界

沈从文的湘西小说展现的是两种不同的人生形式,即现实的人生形式和理想的人生形式。他在《柏子》《萧萧》《丈夫》《贵生》《会明》《灯》等作品中以独特的视角展示了湘西底层人民古朴和谐、乐天安命的生存状态和自在无为的人生形式。

他所要表现的是湘西山民的纯朴善良和蛮悍粗野,关注的不是人物性格的完整与丰满,而是"今古相同,不分彼此",变与不变中的小市民对于生活的"忠实庄严",普通人坚韧顽强的求生努力,写的是下层民众世代相传的命运与人生形式。这种生活既是庄严的,又是悲凉的,作者笔端既洋溢着热情,又不时传达出淡淡的悲凉与惆怅。湘西人的生命是自在的,然而更高层次的生命应该是自觉演进的,湘西人生命的简单与世代相因是民族命运的悲剧。

他在《边城》《长河》里展现的就是一种理想的人生形式。而无论现实的还是理想的人生形式,都寄寓了作者对湘西人民的深切关怀以及深刻的怀乡情怀。他的文学成就是建筑在其怀乡情结上的。无论现实还是理想的人生形式,真正的情感都是一体的,与沈从文的城市题材形成鲜明的对比。

此外,沈从文的湘西小说还有一类是从民间传说、佛经故事等脱胎而来的"用幻想重新安排世界一次"的小说。《龙朱》主人公的热情、勇敢、诚实,实际"包含着赞美苗族还保存的自然和纯粹的人性来从精神上拯救被烂熟、末梢文化给损害的汉族的强烈、悲痛的热情"。同类还有《媚金·豹子·与那羊》《神巫之爱》等小说。《月下小景》集的主体部分是改写佛经故事《法苑珠林》,或揭示人生哲理,如《寻觅》《医生》《慷慨的王子》;或写爱欲与清规戒律相互冲突,如《女人》《扇陀》《爱欲》等;或勾勒社会众生相,如《猎人的故事》等,都是作者自谓"注入我生命中属于情绪散步的种种纤细感觉和荒唐想象"之作,是作者"藉着一种非现实的或甚至是非人类的故事,安插了对于现实的作者独特的嘲讽"。

沈从文作品对 20 世纪中国文学发展的价值可以概括为以下几点。一是作为湘西世界的描绘者和湘西情绪的表现者,他用古朴醇厚、自由自然的人生形式去观照人欲横流的虚伪丑陋,重塑民族精神,展现人类进步理想。这正是其将湘西题材作为创作的核心内容的原因。二是对文学的真诚执着,他不断尝试和创新文体,契诃夫小说的简约冷静，屠格涅夫把人物和景物交织在一起的技巧，废名作品的素朴恬淡，郁达夫小说的真诚和自戕，许地山小说平静从容的叙述语风，以及新月派唯美主义的追求，都被沈从文接纳与实验，而象征主义、弗洛伊德的精神分析和潜意识理论，也在沈从文的作品中有明显痕迹。这种转益多师的态度使他最终成为大家。三是在文学语言上，他追求一种散文小品式的凝练、传神和诗化，在白话中杂糅少许文言，力求简约而准确，选用恰当的方言和口语以增强生活表现力和地方色彩，叙述流畅自然又清新活泼，遣词用语新奇而不落俗套。这些艺术特色，不仅影响着40年代的汪曾祺、孙犁等，也遗泽于80年代的"湘军"作家群。

沈从文是一个有文化自觉意识的作家，对巫楚文化的迷恋，对楚人浪漫热情品格的推崇，对老庄虚静哲学尤其是对中国传统文人画和工艺品那种线条和神韵关系的注重，使他的文学创作体现着20世纪中国文学逐渐摆脱欧化，向着民族本土文化回归的趋势，这也正是一代文学大师的成长前提。

思考练习

1. 简述沈从文的"湘西世界"。
2. 沈从文在小说题材处理上，把都市和边地湘西世界相互观照，有什么深刻含义？

第三编

全面抗战和解放战争时期的文学

(1937—1949)

第一章 文学史概况

【章目要览】

抗日战争爆发后，文学出现了显著的变化，"抗日救亡"成为压倒一切的文学主题，一切文学形式都围绕抗战而发展。抗日战争时期的文学显著地出现了以地区为特色的现象。其一，以陕甘宁、延安等地共产党领导的广大农村为代表的根据地文学，主要描写对象是农民、农村土改；其二，以国民党统治下大中城市为代表的国统区文学，突出描写对象是知识分子的命运和广大市民的命运；其三，是日寇占领和蹂躏下广大地区的沦陷区文学。这个阶段的文学经历了抗日战争和解放战争，到第一次全国文代会（1949年7月在北平召开），现代文学历史阶段结束。

【重点提示】

中华全国文艺界抗敌协会；不同政治地域的文学分割；《在延安文艺座谈会上的讲话》。

【拓展阅读】

1. 毛泽东.毛泽东论文学和艺术.北京：人民文学出版社，1964.
2. 苏光文.大后方文学论稿.重庆：西南师范大学出版社，1994.
3. 黄修己.赵树理评传.南京：江苏人民出版社，1981.
4. 郝明工.抗战时期中国文学的区域划分与主导特征.中国现代文学研究丛刊，2009（3）.
5. 李怡.七月派作家评传.重庆：重庆出版社，2000.

第一节　文化界抗日民族统一战线的建立

全面抗战爆发后，中国文化界的抗日民族统一战线也迅速建立起来。具有代表性的重要战线一是国民政府军事委员会政治部第三厅（简称"第三厅"），一是1938年3月27日在武汉成立的"中华全国文艺界抗敌协会"（简称"文协"）。

第三厅的成立，源于国民党在抗战初期想要借助宣传抗战来笼络人心。在中国共产党的支持和领导下，第三厅的抗日宣传活动发挥了巨大作用，这是国民党始料未及的。

1937年"七七事变"爆发，日本悍然发动全面侵华战争，国共两党在抗日民族统一战线的旗帜下共同抗日。鉴于第一次国共合作中军队政治处发挥的重要作用，国民党与共产党协商设立政治部，以期达到团结合作、宣传抗日之目的。1938年2月6日，国民政府军事委员会政治部成立。中国共产党为了维护抗日民族统一战线，经周恩来耐心说服，郭沫若出任第三厅厅长。

宣传抗日是第三厅的根本任务。郭沫若带领第三厅的人员，联合社会上的其他无党派人士、爱国志士，借用文化战线的优势，对抗战进行全方位的宣传，激发民众的抗日热情。成立宣传队，组织人员在各大城市进行宣传，并派人员到偏远的乡村去做群众工作。在一些知名报纸如《大公报》《武汉日报》等发表抗日文章，进行文字宣传。采取民众喜闻乐见的宣传方式，如电影、戏剧、话剧表演等，让民众能够真实地感受到日本侵略者的残暴。组织音乐家编写抗战歌曲，在民众中进行教唱，激发民众的抗日热情。安排一些政府要员进行公开演讲和播音讲话，还在马路、道边进行壁报、布画等宣传。开展"七七"抗战周年纪念活动，大力宣传抗日将士的英雄事迹，收到了很好的宣传效果，受到民众的广泛好评。此外，第三厅还协助一些军官训练团开展宣传工作，均取得了显著成效。在周恩来和中共长江局的领导下，第三厅出色地完成了任务，在抗日宣传和发动组织群众工作中取得了巨大成绩，这对推动抗战起到了重要作用。

文协成立于1938年3月27日，是抗战时期规模最大的全国性文化团体。文协汇聚了当时中国数以万计的文化人士，有完整的固定的领导机构，有成都、桂林、延安、贵阳、昆明、香港等几十个外围分会。它规模大、成员多、范围广，是抗战中的一面文化界精神抗战的主要旗帜，为抗日做出了巨大的贡献。

文协成立大会通过了《中华全国文艺界抗敌协会宣言》，选出郭沫若、茅盾、冯乃超、夏衍、胡风、田汉、丁玲、吴组缃、许地山、老舍、巴金、郑振铎、朱自清、郁达夫、朱光潜、张道藩、姚蓬子、陈西滢、王平陵等45人为理事，周恩来、孙科、陈立夫为名誉理事。理事会推选老舍为总务部主任，主持文协日常工作。

文协成立会上，提出了"文章下乡，文章入伍"的口号，鼓励作家深入现实斗争。文协曾组织作家战地访问团，多次访问慰劳各地战场，推动了文艺工作者的下乡和入伍。文协成立后，文艺各部门的统一战线团体也相继出现。作家、艺术家空前广泛地团结对敌，使抗战初期的文艺活动呈现出生气蓬勃的新气象。

文协会刊《抗战文艺》自1938年5月4日创办，至1946年5月终刊，先后出版71期，是抗日战争时期的重要文艺刊物，对于开展抗日文艺活动、繁荣创作、培养青年作家等，都发挥了作用。

文协自1938年3月成立，至1945年8月日本投降结束，历时约7年半。在这漫长的时间里，它为团结全国作家从事抗战文艺创作、宣传抗日救亡、争取抗战胜利做了大量工作。

（1）初期为实现"文章下乡，文章入伍"的目标，开展了对通俗文艺的讨论和实践，让文艺发挥"团结抗日"的作用。中期，组织广大作家利用各种形式创作了大量战斗性强的文艺作品，对打击日寇，揭露敌人罪行，鼓舞士气，唤起人民群众抗战激情起了很大作用。后期开展了民族形式与民族化问题、大众化问题、"与抗战无关论"的讨论，还对"战国策派"进行了批判。

（2）组织作家战地访问团赴前线慰问和献旗，举办多起讲座、青年辅导会、文艺讲习班、学术报告会。文协组织了各种形式的战地访问团或慰劳团，帮助大家深入民众和军队，深入前线与后方，极大地促进了文艺与抗战的结合，作家与人民的结合。其中表现最为突出的是"作家战地访问团"。1939年6月18日，这支由王礼锡、宋之的等14位作家组成的"笔游击队"从重庆出发，经内江、成都、绵阳、剑门、广元、褒城、宝鸡、西安、华阴，直抵中条山和晋东南前线。他们一方面将前线战士的英勇事迹以及侵略者的残酷暴行报告给全国人民，另一方面也将民族战争中生长起来的抗战文化带到了广袤的敌后与疆场。

（3）组织纪念鲁迅、高尔基、罗曼·罗兰等著名作家的纪念会、追悼会。举办对郭沫若、茅盾、洪深、欧阳予倩的祝寿会以及老舍创作研讨会等。

（4）文协会刊《抗战文艺》自1938年5月4日创刊至1946年5月终刊，从武汉到重庆，发表抗战文艺作品，撰稿人遍布全国，作品形式多种多样，对推动文艺界抗战起到引领作用，实现了发刊词的许诺："首先强固团结，扫清纠纷摩擦和小集团观念和门户之见，把大家视线集中于当前民族的大敌……肩负起这个巨大的责任，反映这一运动，推动这一运动，沟通这一运动，发扬这一运动，使之成为全国文艺工作进行中的道标。"

文协于1945年8月15日决定更名为"中华全国文艺协会"，整整坚持了七年零五个月，功不可没。文协，抗战时期最广泛的统一战线组织，在中国现代文学史和抗战史上留下了光辉的一章。

思考练习

1. 名词解释："文协"
2. 如何看待"文协"的历史作用？

第二节　沦陷区和解放区、国统区及孤岛文学的形成

1937—1949年长达十余年的战争状态，不仅极大地改变了国人的生存境遇，也使包括文学在内的中国现代文化的发展呈现出诸多新的景观。一方面，抗日救亡的现实直接推动了时代文化发展中民族意识的强化，形成了以凸显民族意识为特征的抗战文化；另一方面，民族矛盾的突出与深化，并未从根本上改变国内长期以来所形成的政治力量对立的格局。民族矛盾与政治对立在新的时代条件下形成更为复杂的局面，40年代文学思潮也形成了自身的复杂性。在抗战中，中国国土实际上被分割为国民政府统治区、共产党领导的以延安为中心的抗日民主根据地（40年代末称为解放区）、日伪统治下的沦陷区和上海英、法等国租界形成的"孤岛"四大部分，文学也因此形成国统区文学、解放区文学、沦陷区文学和孤岛文学四个相对独立的发展区域。

一、沦陷区的文学

沦陷区是指从1931年"九一八"事变起到1945年抗日战争结束这段时间先后被日军占领的地区。沦陷区是一个不断扩大的范围，最大时包括东北、华北、华东、华南、华中及台湾等各个地区，其地域之广达大半个中国，当时的政治、经济、文化中心城市南京、北京、上海、武汉、广州等都在这一区域内。

各个沦陷区被占领的时间和社会形态各不相同。1931年"九一八"事变后，东

北三省沦陷。1932年成立"伪满洲国",日方在政治、军事、经济方面采取了一系列措施,目的是要将东北永远从中国国土分离出去。1937年,日本发动全面侵华战争,华北、华东、华中、华南的大片土地相继沦陷。

沦陷区的政治文化背景极为特殊。中国人民在日本法西斯军国主义的统治下,生存环境异常严峻,文化在铁蹄下苦苦挣扎,其情形相当艰难。在这样一种严酷的政治环境下,作家处处受到压抑和限制。东北沦陷区作家李季风于1940年在杂文《言与不言》中意味深长地说:"一个人,应该说的话,一定要说,能够说的话,一定要说;可是应该说的话,有时却不能够说,这其中的甘苦,决非无言之士所能领略其万一!"在深入把握人性和人的生存环境的基础上,设身处地地分析沦陷区人们的生存境况,就会准确地把握处在两难境地中的沦陷区作家所面临的双重压力:除了少数汉奸文人外,各个沦陷区的作家在"言"与"不言"两方面都处于不自由的状态:既不能说自己想说的话,又要被迫说不想说的话。

东北沦陷区文学大体是在1939年后进入中兴期,1941年华北沦陷区文学开始崛起,1944年以后两个沦陷区文坛都逐渐显露出萎缩的态势。东北、华北沦陷区文学的发展时间是极其短暂的,但承担了极其艰巨的民族重任。置身于法西斯专制之下,新文学作家们在"不聋而哑"的时代无畏地"不言而言",成为延续和发展中华文学的中坚。

在骤然而至的国难家仇面前,沦陷区文学与现实间出现了空前巨大的张力,它促使沦陷区作家直面文学与人生的问题,而文学的性质、价值、功用等一系列问题也得以重新思考。这从更深层面推进了文学的全面发展和对社会生活的介入,这是前一阶段肩负着启蒙重任的新文学所无暇顾及的。

沦陷区的抗日文学,大多是曲折的、深沉的、内在的,如程造之的长篇小说《地下》、谷斯范的长篇小说《新水浒》等,致力于"心理抵抗"的开掘,其中潜行着民族正气。"隐忍"和"深藏"成为相当多作品的特色,体现出对日本帝国主义的不满、反抗,对现实的愤懑不平。沦陷区的文学理论也表现出一种深藏和内在的特点,主要通过提倡民族性、现实性、国民性来抵抗异族统治和异族文化的渗透与侵略。例如,倡导乡土文学的创作,强调坚持"五四"新文学传统和保持传统民族文学的血脉,强调现实主义的创作原则等都可以看作这种特征的表现。

乡土文学是沦陷区在特定环境下的重要成果之一。沦陷区的乡土文学于20世纪30年代末40年代初在东北、华北盛行,形成一股创作潮流。沦陷区的乡土文学以乡土作为描写对象,其中的乡风民俗有着鲜明的反抗日本帝国主义侵略的政治色彩。例如萧红、萧军与舒群、白朗、罗烽、骆宾基等人,他们是东北三省乡土文学的创造者,被人们称为"东北作家群"。他们的作品,反映了"九一八"事变前后东北三省人民生与死的挣扎与斗争。萧红的《生死场》直接再现了东北人民的苦难生活,在日伪铁蹄下辗转哀鸣的惨状;萧军的《八月的乡村》则讴歌了东北人民血与火的抗战,他们浴血奋战抗击日本侵略者。用鲁迅的话来说,那就是:"作者的心血和失去的天空、土地、受难的人民,以至失去的茂草、高粱、蝈蝈、蚊子,搅成一团,鲜红地在读者面前展开,显示着中国的一部和全部,现在和未来,死路和活路。"

更重要的是,在特定的历史背景下,沦陷区的乡土文学表现出的对民族与乡土的强烈关注,表明的是一种对现实政治、文化处境的反抗意识,隐含着民族主义气质。

洋场都市文学、幽默和讽刺文学也是极具特色的沦陷区文学,尤其在南方的上海等大都市,取得了较高成就。钱锺书、张爱玲、师陀、苏青、张秀亚、杨绛、李健吾、梅娘等都在中国现代文学史上占有引人注目的地位,他们的作品为中国现代文学史增加了别样的风采。在当时特殊的社会历史背景和文化语境中,这类沦陷区文学的书写规避了战争与宏大叙事,表现出"琐细"和"诗意"的特征。这类作品多回避敏感的政治问题,在爱情、婚姻、家庭等日常生活中深入挖掘人性,例如,张爱玲、苏青的创作追求日常生活的情趣,表现人生的哲理;杨绛的创作于轻松幽默之中深刻地揭示世态炎凉、人情冷暖;钱锺书以博学的姿态调侃着知识分子的灰色人生,画出一幅新《儒林外史》图。在艺术上,这些作品主要表现为个人主义、唯美主义。

二、解放区的文学

解放区文学(40年代后的"根据地文学"习惯称为"解放区文学")的背景,与解放区的创建、巩固、发展紧密相关,也与延安文艺座谈会的召开有关。

抗日战争爆发后,奔向延安的知识分子、作家络绎不绝。延安文艺界热情高涨,在延安根据地及周边地区迅速成立了一批文学社团,创办了宣传抗战主张与表现抗日根据地生活的报刊。比如,1936年,初到延安的丁玲创办了根据地第一个文学团体——中国文艺协会,以《红色中华·红中副刊》为会刊;1937年11月14日,成立了陕甘宁特区文化救亡协会(又称边区文化救亡协会),先后出版《边区文艺》《文艺突击》等刊物;此外还有1939年2月15日成立的晋察冀边区文化界抗日救国会;1940年5月成立的中华全国文艺界抗敌协会晋西分会,编辑文艺刊物《西北文艺》;1940年7月成立的中华全国文艺界抗敌协会晋察冀边区分会,编辑文艺刊物《晋察冀文艺》。

1938年4月10日成立了延安鲁迅艺术学院,简称鲁艺,副院长周扬主持日常工作,有何其芳、周立波、陈荒煤、沙可夫、沙汀、刘白羽、林默涵、贺敬之等一批文化人,编辑文艺刊物《草叶》。

根据地作家队伍的构成大致可分为四类:一是从中央苏区和南方各根据地随红军长征到达陕北的苏区作家和文艺人才,如成仿吾、李伯钊、危拱之、徐梦秋、洪水、陆定一、肖华、莫休等人,他们在长期的苏区革命实践中形成的革命艺术理念,以各种方式对后来的解放区文学发生着影响;二是来自国统区或沦陷区的作家,如丁玲、何其芳、周扬、艾思奇、李初梨、萧军、王实味、周立波、徐懋庸、陈学昭等,他们是解放区作家的主体力量,在一定意义上代表着解放区文学的艺术水准;三是从苏联归来的作家,如萧三等人;四是鲁艺等艺术院校培养的年轻人,以及这里土生土长的作家,如赵树理、孙犁、西虹、孙谦、西戎、孔厥、贺敬之、黄钢、李卜、韩起祥等人,他们是解放区的新生力量和代表性方向。

1942年5月延安文艺座谈会的召开和《在延安文艺座谈会上的讲话》的发表,确立了毛泽东文艺思想对文学艺术的领导地位,开创了中国文艺发展的新时代。

《在延安文艺座谈会上的讲话》鲜明地指出了革命文艺的工农兵方向,在它的指引下,陕北根据地掀起了群众性的轰轰烈烈的新秧歌剧运动。1943年2月春节期间,由一百多人组成的鲁艺秧歌队,在延安城乡广泛演出,深受欢迎。一时间,延安及各解放区迅速掀起了秧歌剧演出的热潮。仅延安地区从1943年春节到1944年上半年,就创作和演出了三百多个新秧歌剧。代表性的作品有《兄妹开荒》(王大化、李波、路由)、《夫妻识字》(马可)、《牛永贵挂彩》(周而复、苏一平)等。这些新秧歌剧既有对新生活的歌颂,也有对旧社会的控诉。新秧歌剧运动的热潮,孕育与催生了民族新歌剧《白毛女》(贺敬之、丁毅执笔)的诞生。《白毛女》的素材来源于1940年在河北西北部流传的白毛仙姑的民间传说,鲁艺的师生对这个既包含着顽强求生的传奇色彩,又体现了破除迷信的进步思想,还蕴藏着反剥削压迫和阶级仇恨的生活素材进行了深入的挖掘,根据参加农村斗争的生活感受,提炼出"旧社会把人逼成鬼,新社会把鬼变成人"的主题。这出戏成功地把阶级斗争、翻身解放的政治主题与善恶报应、爱情大团圆、性格脸谱化的民间艺术趣味和传奇色彩等熔铸在一起,在西洋歌剧的齐唱、重唱、合唱、伴唱等表演形式中,回荡着经过改造的河北梆子、河北花鼓、山西秧歌、山西梆子等地方戏曲曲调和北方民歌、小调的旋律。它极大地迎合了解放区农民的欣赏习惯,使政治宣传功能和审美功能达到了统一,在解放战争和中华人民共和国成立之初的民主改革中发挥了巨大的政治宣传作用。此后还出现了一批具有强烈时代精神和地道民间情调的新歌剧:《王秀鸾》(傅铎)、《刘胡兰》(魏风、刘莲池、朱丹执笔)、《赤叶河》(阮章竞)等。

新秧歌剧运动的热潮,也推动与促进了传统戏曲的改革,新编了平剧(京剧)《逼上梁山》(杨绍萱、齐燕铭执笔)、《三打祝家庄》(李纶、任桂林、魏晨旭)等。马健翎在地方戏曲改革中做出了成绩,其代表作为秦腔《血泪仇》。

话剧运动也获得了发展。1943年上演的独幕剧《把眼光放远点》(胡丹沸执笔)、《粮食》(洛丁、张凡、朱星南)、《抓壮丁》(丁洪、陈戈、戴碧湘、吴雪,吴雪执笔),1944年上演的《同志,你走错了路》(姚仲明、陈波儿)和之后的《战斗里成长》(胡可执笔)等,以其贴近现实生活、乡土气息浓郁、为革命政治服务、塑造工农兵形象、形式灵活多样等特点,使话剧从剧场走向广场,受到广大群众的欢迎。

李季的民歌体叙事长诗《王贵与李香香》,运用陕北民歌信天游的形式,将民间爱情故事与政治革命故事相糅合,使"革命翻身"借助民间形式达到新的叙事效果。这首诗连缀短小民谣形式,构筑长篇叙事巨制,运用比兴手法,形式圆熟,自然健美,吸纳丰富的民间语汇,塑造了栩栩如生的形象,从而强化了艺术的宣传、鼓动和教育功能。阮章竞1949年创作的《漳河水》把长篇民歌体叙事诗推向成熟。长诗将妇女解放的时代主题与太行山区的民谣完美地结合在一起,选取漳河地区流行的多种民歌、小曲如《开花》《四大娘》《割青菜》等,加以改造、打磨运用。全诗设置了三条叙事线索交错叙述,塑造了荷荷、苓苓、紫金英这三位性格、经历各不相同的女性形象,控诉了旧社会,歌颂了新生活。此外,张志民的《死不着》与《王九诉苦》、李冰的《赵巧儿》、田间的《戎冠秀》、艾青的《吴满有》等民歌体叙事长诗,都具有内容上的控诉与歌颂、形式上的歌谣化倾向等特点。

以赵树理为代表的解放区小说创作,坚持现实主义原则,从生活实际出发,深刻而充分地反映了农村社会生活的变革,塑造了新时代新农民的崭新形象,并且在艺术的民族化、群众化方面做出了重大贡献,从一定意义上说,标志着解放区革命文学的成熟。正如周扬曾经总结的:"赵树理的特出的成功,一方面固然是得力于他对于农村的深刻了解,他了解农村的阶级关系、阶级斗争的复杂微妙,以及这些关系和斗争如何反映在干部身上,这就使他的作品具有了高度的思想价值;另一方面也是得力于他的语言,他的语言是真正从群众中来的,而又是经过加工、洗练的,那么平易自然,没有一点矫揉造作的痕迹。"

三、国统区的文学

国统区文学思潮可以划分为抗日民族斗争和民主解放运动两个发展阶段。从反对日本帝国主义侵略到揭露国民党反动统治，表现出国统区文学在发展过程中，其对象主体由民族范畴向阶级范畴转换的历史轨迹。

1937年"七七"事变以后，中华全国文艺界抗敌协会（简称文协）在武汉成立，抗日民族统一战线形成。许多文艺家纷纷投入抗日救亡的洪流，抗日救亡成为这一时期文学的基本指向。例如，1937年8月，由中国剧作者协会组织、集体创作的抗战话剧《保卫卢沟桥》在上海公演，之后的街头剧《放下你的鞭子》在各地演出，激起人们抗战的热情，产生了广泛的影响。

国统区文学进一步继承了"五四"以来新文学反帝反封建的战斗传统，集中揭露国民党反动统治的黑暗，真实地反映人民大众的苦难、觉醒和反抗，涌现了一批出色的讽刺性、暴露性和批判性作品，在艺术形式上也呈现出一种力求向民族化、大众化方向发展的新倾向。政治讽刺诗蓬勃发展是国统区文学一个引人注目的现象，袁水拍的《马凡陀的山歌》《马凡陀的山歌续集》，臧克家的《宝贝儿》《生命的零度》等用通俗易懂的艺术形式讽刺和揭露国统区的黑暗现实，在当时反饥饿、反内战、争民主、争自由的革命运动中起到了极大的鼓动宣传作用。此外，"七月"诗派和"九叶"诗派也在反映时代和现实、创造新的诗歌艺术形式等方面做出了积极的贡献。这一时期还出现了力扬的《射虎者及其家族》和玉杲的《大渡河支流》等长篇叙事诗。

40年代中后期，国统区出现了一批有分量的话剧作品，如曹禺的《蜕变》，夏衍的《法西斯细菌》《芳草天涯》，陈白尘的《岁寒图》《升官图》，茅盾的《清明前后》，田汉的《丽人行》，丁西林的《等太太回来的时候》《妙峰山》和独幕剧《三块钱国币》，吴祖光的《风雪夜归人》等，这些剧作深刻揭露了国民党统治下的政治腐败、经济衰落，描写了国统区民不聊生的苦难现实，展现了人民的觉醒和斗争，以其讽刺性和揭露性的基调显示了明快犀利的战斗特色。当时还出现过一个历史剧创作的高潮，郭沫若的《屈原》《虎符》等六部历史剧，阳翰笙的《天国春秋》，欧阳予倩的《忠王李自成》，阿英的《碧血花》等，这些历史剧借古喻今，表达了反对侵略、反对投降、反对独裁、颂扬民族气节、颂扬团结御侮、诅咒黑暗、追求光明的共同主题，有力地鞭挞了国民党反动当局。

国统区的小说创作以题材多样、风格成熟的长篇小说见长，如茅盾的《第一阶段的故事》《腐蚀》《锻炼》，巴金的《憩园》《第四病室》《寒夜》，沙汀的"三记"

(《淘金记》《困兽记》《还乡记》），艾芜的《丰饶阳原野》《山野》《故乡》，姚雪垠的《长夜》，老舍的《火葬》《四世同堂》，张恨水的《八十一梦》《五子登科》，骆宾基的《混沌》，端木蕻良的《科尔沁旗草原》，萧红的《呼兰河传》，吴组缃的《山洪》，黄谷柳的《虾球传》，路翎的《财主底儿女们》，钱锺书的《围城》等，这些作品总体上表现了积极进步的思想倾向，展示了各个历史时期人民的抗争和命运，批判了反动统治的腐朽和黑暗，对推动民众走向团结和斗争，迎接新中国的建立发挥了积极的作用。

国统区的散文创作同样显示了战斗、呐喊的时代风貌，在重庆出版的《新华日报》《抗战文艺》《文哨》，在桂林出版的《文艺生活》《文艺杂志》，在香港出版的《野草》《大众文艺丛刊》，以及在上海出版的《文汇报副刊》等，登载了大量揭露和批判旧制度、旧势力的杂文和散文。郭沫若的《沸羹集》《天地玄黄》，茅盾的《时代的书录》，朱自清的《标准与尺度》，何其芳的《星火集续编》等，都以坚实的内容、犀利的笔锋表达了对法西斯独裁统治的愤怒之情，抒发了黎明即将到来的胜利信心。

总之，国统区的进步文艺工作者在艰难的环境和严峻的形势下，坚持开展革命文艺活动，坚持进行积极的思想斗争，创作了大量具有强烈政治意义和新颖艺术风格的作品，取得了显著的成绩。国统区进步文艺对于抗日民族解放战争，对于在反动统治下的民主运动，对于人民解放战争，都起到了积极的推动或配合的作用。国统区进步文学与解放区文学一样，都是整个现代文学史上光辉的篇章。

四、孤岛文学

1937年11月12日，中国军队撤离上海，上海沦陷。但在这片沦陷区中间，还有属于英美势力范围的公共租界和属于法国势力范围的法租界未被日本侵略者控制，这两个租界由于和日本侵略者有利益冲突，在一些问题上采取中立政策。留在上海的中国作家利用这种微妙局势，坚持抗日爱国的文学运动。这块土地被称为孤岛，发生在这里的文学运动被称为孤岛文学。这种局面持续了4年又1个月，1941年12月8日，日军于发动太平洋战争的同时进占上海租界，"孤岛"也不复存在，孤岛文学运动也被迫终止。

孤岛的特殊政治形势使孤岛文学具有自己的特色。它紧逼日本侵略者和汉奸卖国政权的活动中心南京，这里的文学反映形势迅速，揭露敌人的阴谋及时，战斗性强，表现的形式巧妙多变，同时群众文艺也蓬勃开展。《鲁迅全集》过去遭到国民党阻挠而无法出版，这时却在这里出版了。最早系统地报道中国红军真实情况的《西行漫记》

和《续西行漫记》，也在这里出版。南社的柳亚子，文学研究会的郑振铎、王统照、耿济之、夏丏尊，中国左翼作家联盟的骨干阿英、王任叔、梅益、于伶，以及鲁迅夫人许广平等，都继续从事文学创作，并参加各种爱国活动。巴金有一段时期也在孤岛从事写作。

在这里先后出版的各种文学丛刊、期刊和副刊不下百种。这段时期最活跃的文学品种是戏剧和杂文。于伶、阿英、许幸之、李健吾、顾仲是戏剧创作的活跃分子。于伶的《夜上海》《花溅泪》，及时反映"孤岛"现实，阿英的《碧血花》（又名《葛嫩娘》）《洪宣娇》，借历史激励爱国热情，思想性和艺术性结合得较好。群众性业余戏剧活动的盛行，以及业余话剧向专业话剧演出发展，都是孤岛戏剧运动的重要特征。孤岛杂文是孤岛政治和社会的一面镜子，这里乃至全国发生的重大事件，在杂文里几乎都有反映。巴人（王任叔）、周木斋、应服群（林淡秋）、柯灵等，成为这一时期杂文作家的中坚，《边鼓集》《横眉集》以及收在北社主编的《杂文丛书》里的一些杂文集，代表着当时的杂文艺术水平。群众性文学活动蓬勃开展的另一领域是报告文学。1939年，中国共产党地下组织曾经有计划地发动过一次大规模的文艺通讯运动，从而涌现出一批群众性的报告文学，并一度出版了文艺通讯的专门刊物《野火》和《春风》。孤岛时期群众性报告文学的第一批成果，反映在由梅益、林淡秋等人主编的《上海一日》里。

这时期，文学的其他领域也有不少新成就。小说作家师陀（芦焚，也兼写剧本）、林淡秋、钟望阳（兼写儿童文学作品）、罗洪；儿童文学作家贺宜、包蕾；诗人朱维基、锡金、关露；散文作家王统照（兼写诗歌）、陆蠡；翻译家董秋斯、胡仲持、姜椿芳、傅雷、满涛等，都做出了贡献。通俗文学方面，赵景深的大鼓词《平型关》曾受到称道。鸳鸯蝴蝶派作家中，包天笑为《文林月刊》撰写的连载长篇小说，周瘦鹃的短篇小说《南京之国》，以及秦瘦鸥反映军阀统治的《秋海棠》，都有一定的影响。郑振铎、王任叔、孔另境主编的《大时代文艺丛书》是孤岛上少有的一套有质量的文艺丛书。巴金主编的《文学丛刊》，继续在这里编辑出版。文艺理论和鲁迅研究方面，巴人的《文学读本》（后改名《文学初步》和《文学论稿》），是中国试图用马克思主义文学基本原理和毛泽东的《新民主主义论》的思想阐述文艺问题的最早著述之一；平心的《论鲁迅的思想》（后改名《人民文豪鲁迅》），以及巴人的《论鲁迅的杂文》，都是影响比较大的鲁迅研究著作。

恶劣的政治环境，并没能阻止文艺新兵的不断涌现。文艺理论家王元化（洛蚀文、方典、何典），小说散文家谷斯范、程造之、吴岩、束纫秋（越薪）、黄裳（宛宛）、何为、徐开垒、刘以鬯、董鼎山，文学翻译家草婴、辛未艾、任溶溶、董乐山，诗人华铃等，都是在此时此地先后开始文学创作和翻译活动的。孤岛文学虽然地理环境特殊，但孤岛不孤，它和延安、皖南、苏北抗日根据地，和"大后方""小后方"，和香港乃至海外爱国华侨经常保持着联系。这些地方常有关于孤岛文学的介绍和评述，而孤岛的报刊经常刊登来自上述各地的通讯报道和作家作品。上海孤岛文学是中国抗战时期文学的重要组成部分。

> **思考练习**
> 1. 如何看待沦陷区作家"言与不言"的痛苦？
> 2. 分析解放区文学的历史背景与取得的成绩。
> 3. 梳理国统区文学的基本脉络，并说明国统区文学的基本特点。
> 4. 如何理解"孤岛不孤"？

第三节 延安文艺座谈会的召开和《讲话》的发表

1942年5月，中国共产党在延安召开文艺座谈会，毛泽东主持会议并发表讲话（即《在延安文艺座谈会上的讲话》）。此后，由中国共产党领导的各抗日根据地遵照这次座谈会制定的文艺方针，全面展开了文艺整风运动。这次座谈会对新文学的发展产生了重大而深远的影响。

一、延安文艺座谈会的召开

1940年之后的延安，文艺界出现了许多的波折。例如，延安的许多剧团由于不考虑边区的现实条件，演出了许多的国外戏剧和古装戏剧，由于这些剧目同边区人民群众的生活之间距离太大，很多老百姓都不喜欢看。延安鲁艺搞所谓"正规化""专门化"，大讲托尔斯泰，有的女学生把衣服染黑，以安娜·卡列尼娜自况；音乐会上，有人从头至尾、不顾对象地唱美声。

作家内部不同流派之间的纠纷、作家与社会其他方面的矛盾和纠纷也层出不穷。关于中国文化与中国共产党之间的关系问题，身为党员的作家与中共之间的关系问题，作家如何与工农兵相结合的问题，如何提高同时如何普及的问题，都发生了严重的争论。

1942年初春，毛泽东在中央党校作了"整顿党的作风"的报告，明确提出了要整顿学风、党风、文风等三风，纠正主观主义、宗派主义和党八股。几日后，毛泽东在延安干部会议上发表"反对党八股"的演说，标志着延安整风进入了普遍整风的时期。正当中央各机关单位普遍传达毛泽东《整顿党的作风》和《反对党八股》的报告，并对党员干部进行思想动员、制订学习计划之时，热情而又敏感的延安文艺界就躁动起来了。

《解放日报》在其《文艺副刊》上连续发表了一系列充满浓烈火药味的文章。

3月9日，丁玲发表了《"三八"节有感》，透彻地分析了生活在延安革命队伍中的知识女性的尴尬与痛苦；3月11日，艾青发表了《了解作家，尊重作家》一文，指出作家不是百灵鸟，不是专门唱歌娱人的歌妓，因而作家不应该而且不能"把癣疥写成花朵，把脓包写成蓓蕾"；3月13日和23日，王实味发表《野百合花》，批评边区存在"歌啭玉堂春，舞回金莲步"的"升平气象"，存在"衣分三色、食分五等"的不合理的等级制度现象。这些文章，尤其以王实味的《野百合花》为代表，在延安引起了轩然大波。

面对延安文艺界出现的复杂问题，3月31日，解放日报社召开了改版座谈会，会上毛泽东作了讲话：对于整顿三风，党内各部门已开展了热烈的讨论，这是很好的现象。但同时也有人从错误的立场站出来说话，这就是绝对平均主义的观念，他们这种想法是一种幻想，是根本不可能实现的。我们工作中是存在不少的缺点，必须加以改革，但如果倡导绝对平均主义，则不仅是现在，就是将来也是不可能的。小资产阶级的空想社会主义思想，我们应该拒绝。同时，毛泽东对王实味等人不点名地进行了批评。

4月初，毛泽东在中央高级学习组的讨论会上又说，我们的整风发动阶段中存在广大干部思想不一致、青年不满和不安情绪、文艺界需要一个正确方针等问题。为了尽快结束文艺界思想无序的现象，毛泽东准备进行一场以纠正文人自由主义作风和军队平均主义观念为主的整顿。延安文艺座谈会的召开迫在眉睫。

5月2日至26日，延安文艺座谈会在杨家岭召开，会上毛泽东发表了《在延安文艺座谈会上的讲话》，全面总结了"五四"以来革命文艺运动的经验，精辟地阐述了革命文艺为无产阶级事业服务、为广大工农兵服务等一系列基本理论问题和方针政策，是马列主义普遍真理和中国革命实践相结合的典范，成为毛泽东文艺思想的核心。

二、《在延安文艺座谈会上的讲话》的发表

《在延安文艺座谈会上的讲话》（以下简称《讲话》），第一次系统地阐述了党的文艺观，明确了党的文艺工作的基本创作方针、创作方向以及创作标准，科学地回答了文艺创作与批评的重大问题。总体来说，《讲话》的主要内容有以下几方面：

（一）文艺创作的方向问题

在《讲话》中，毛泽东首先提出，我们的文艺为什么人的问题是一个根本问题，更是文艺创作的方向性问题。他明确指出："我们的文学艺术都是为人民大众的，首先是为工农兵的，为工农兵而创作，为工农兵所利用的。"如何才能做到为人民大众？毛泽东又指出："中国的革命的文学家艺术家，有出息的文学家艺术家，必须到群众中去，必须长期地无条件地全心全意地到工农兵群众中去，到火热的斗争中去，到唯一的最广大最丰富的源泉中去，观察、体验、研究、分析一切人，一切阶级，一切群众，一切生动的生活形式和斗争形式，一切文学和艺术的原始材料。"

（二）文艺创作的本质问题

毛泽东运用马克思主义理论，深刻地阐明了文艺的本质，文艺与生活、文艺与政治的辩证关系，解决了现实生活中不少人思想观念的问题。

1. 文艺与生活的关系

毛泽东指出："作为观念形态的文艺作品，都是一定的社会生活在人类头脑中的反映的产物。革命的文艺，则是人民生活在革命作家头脑中的反映的产物。"人民生活是"一切文学艺术的取之不尽、用之不竭的唯一的源泉"，但它又反作用于生活，"能使人民群众惊醒起来，感奋起来，推动人民群众走向团结和斗争。"

他又谈到文艺创作的"源"和"流"的关系，说："过去的文艺作品，是古人根据他们在彼时彼地所得到的人民生活中的文艺原料创作出来的，是流而不是源。因此，对于一切优秀的文学艺术遗产，我们必须继承，批判地吸收其中一些有益的东西。但它只能作为我们创作时的借鉴。"

2. 文艺与政治的关系

他在《讲话》中明确指出："文艺是从属于政治的，但又反转来给予伟大的影响于政治"，"我们所说的文艺服从于政治，这政治是指阶级的政治、群众的政治，不是少数政治家的政治。""政治并不等于艺术，一般的宇宙观也并不等于艺术创作和艺术批评的方法"，"马克思主义只能包括而不能代替文艺创作中的现实主义。"

（三）文艺创作的相关问题

1. 文艺批评的标准

毛泽东在《讲话》中把文艺批评的标准分为两个，一个是政治标准，一个是艺术标准。

他指出："任何阶级社会中的任何阶级，总是以政治标准放在第一位，以艺术标准放在第二位的。"无产阶级的要求"则是政治和艺术的统一，内容和形式的统一，革命的政治内容和尽可能完美的艺术形式的统一。缺乏艺术性的艺术品，无论政治上怎样进步，也是没有力量的。因此，我们既反对政治观点错误的艺术品，也反对只有正确的政治观点而没有艺术力量的所谓'标语口号式'的倾向"。

他说："一切利于抗日和团结的，鼓励群众同心同德的，反对倒退，促成进步的东西便都是好的；而不利于抗日和团结的，鼓动群众离心离德的，反对进步，拉着人们倒退的东西，便都是坏的。"

2. 普及与提高

毛泽东在《讲话》中指出："我们的文艺既然基本上是为工农兵，那么所谓普及，也就是向工农兵普及，所谓提高，也就是从工农兵提高。只有从工农兵出发，我们对于普及和提高才能有正确的了解，也才能找到普及与提高的正确关系。"在文艺工作者的创作过程中，普及与提高是不能分开的，提高是在普及基础上的提高，而普及是在提高指导下的普及。普及的东西应该为广大人民群众容易接受，这样的普及才能使文艺为人民群众服务真正落到实处，并取得好的效果，才是有价值的普及。

3. 批判吸收与继承借鉴

他在《讲话》中指出："我们必须继承一切优秀的文学艺术遗产，批判地吸收其中一切有益的东西，作为我们从此时此地的人民生活中的文学艺术原料创造作品时候的借鉴。"他鼓励文艺工作者批判地吸收借鉴一切有益的东西，不分古代的和外国的，只要是有益的，值得吸收借鉴的都要汲取，这在我国文艺发展的道路上发挥了巨大的作用。

4. 动机和效果的关系

动机指的是主观愿望，而效果则是指社会实践。他指出："我们是辩证唯物主义的动机和效果的统一论者。为人民大众的动机和被人民大众欢迎的效果，是分不开的，必须使二者统一起来。检验一个作家主观愿望，即其动机是否正确，是否善良，不是看他的宣言，而是看他的行为在社会大众中产生的效果。社会实践及其效果是检验主观愿望或动机的标准。"这不仅要求文艺工作者要有良好的动机，而且还要创造出具有最佳社会效果的作品。

5. 歌颂与暴露的关系

他指出："对于敌人，对于日本帝国主义和一切人民的敌人，革命文艺工作者的任务是在暴露他们的残暴和欺骗，并指出其必然要失败的趋势，鼓励抗日军民同心同德，坚决地打倒他们。对于统一战线中各种不同的同盟者，我们的态度应该是有联合，有批评，有各种不同的联合，有各种不同的批评。对于人民群众，对于人民的劳动和斗争，对于人民的军队，人民的政党，我们当然应该赞扬。"他把文艺的两大职能"歌颂与暴露"列为革命文艺家的基本任务，针对具体情况强调对敌人的暴露和对自己人的歌颂。

《讲话》还涉及党的文艺工作和党的整体工作的关系、与统一战线工作的关系、学习马克思主义和学习社会的问题。毛泽东提出，党的文艺工作是党的整体工作的组成部分，无产阶级的文学艺术是整体无产阶级革命事业的组成部分，如列宁说过的，是整个革命机器中的"齿轮和螺丝钉"。他对当时历史环境下的文艺工作者提出了三点要求："首先，党的文艺工作者应该在抗日这一点上和党外的一切文学艺术家团结起来；其次，应该在民主这一点上团结起来；最后，应该在文艺界的特殊问题——艺术方法艺术作风这一点上团结起来。"文艺工作者除了应该学习文艺创作的基本知识以外，必须学习马克思列宁主义。他说："一个自命为马克思主义的革命作家，尤其是党员作家，必须有马克思列宁主义的知识。"[①] 广大文艺工作者要用历史唯物论和辩证唯物论的观点去观察社会、观察世界，自觉地运用马克思主义观点和方法指导文艺创作，提高文艺作品的文化思想质量。

《在延安文艺座谈会上的讲话》是一个划时代的里程碑式的历史文献。它是马克思主义和中国革命文艺运动相结合的典范，也是马克思主义文艺理论的发展；它是毛泽东文艺思想的具体体现，是中国革命文艺运动的战斗纲领和指导方针；它把中国文艺运动推进到一个新的发展阶段。

思考练习

1. 延安文艺座谈会召开之前，延安的文化环境是怎样的？
2. 如何理解《讲话》中的文艺创作方针？

[①] 毛泽东.毛泽东选集（第3卷）.人民出版社，1991.

第二章
文学运动的发展

【章目要览】

　　抗战时期，中国的政治区域被强制性地划分为国统区、沦陷区和解放区。表面看来，这三个政治区域分别有着独立的政治环境和意识形态，也有着各自的文学艺术表征。但事实却是，三个政治区域的文学生产是在各种政治和文学成分综合作用下完成的，因此，这三个政治区域间的文学形成了同中有异的历史存在。随着战争的推进，三个政治区域的范围在不断地变化，在不同的政治区域，抗战文学的繁荣程度和表现形式也有着不同的特征，呈现出发展的不平衡状态。

【重点提示】

　　工农兵方向；解放区、国统区、沦陷区、孤岛；山药蛋派；荷花淀派；七月派小说；七月派诗歌；九叶诗派；西南联大诗人群；丁玲、周立波、田间、李季、路翎、钱锺书、张爱玲、穆旦等的代表作。

【拓展阅读】

　　1. 夏志清. 中国现代小说史. 刘绍铭编译，香港：传记文学出版社，1985.

　　2. 钱理群. 中国沦陷区文学大系. 桂林：广西教育出版社，1998.

　　3. 赵园. 论小说十家. 杭州：浙江文艺出版社，1987.

　　4. 杨匡汉、杨匡满. 艾青传论. 上海：上海文艺出版社，1984.

　　5. 温儒敏.《围城》的三重意蕴. 中国现代文学研究丛刊，1989（2）.

第一节 解放区：民族化大众化的文学追求

一、文学流派

1. 山药蛋派

山药蛋派是中国现代小说流派之一，形成于40年代至50年代，是以赵树理为代表的一个当代文学流派。主要作家还有马烽、西戎、李束为、孙谦、胡正等，他们都是山西农村土生土长的作家，有比较深厚的农村生活基础。山药蛋派继承和发展了我国古典小说和说唱文学的传统，以叙述故事为主，人物、情景的描写融在故事叙述之中，结构顺当，层次分明，人物性格主要通过语言和行动来展示，善于选择和运用内涵丰富的细节描写，语言朴素、凝练，作品通俗易懂，具有浓厚的民族风格和地方色彩。

赵树理的出现，为太行根据地的一些土生土长的爱好文艺的青年知识分子指出了创作的道路。不少人就地取材，运用自己的家乡语言写出了不少富有泥土气息的大众化的作品，但这时尚未形成一个流派。1945年，马烽、西戎写出了《吕梁英雄传》，这两位生活与战斗在吕梁边区的青年作家，在毛泽东的《讲话》精神指引下，通过他们深入农村生活的亲身体验，走上了和赵树理一样的创作道路。这一流派的形成，是在中华人民共和国成立后，在50年代末，他们又陆续由北京等地回到了山西，以《火花》（山西省文联机关刊物）为阵地，赵树理发表了《锻炼锻炼》，马烽写出了《饲养员赵大叔》《"自古道"》《韩梅梅》《三年早知道》，西戎写出了《宋老大进城》《赖大嫂》，李束为写出了《老长工》《好人田木瓜》，孙谦发表了《伤疤的故事》，胡正写出了《两个巧媳妇》《三月古庙会》等短篇小说。这些小说都取材于农村，充满山西的乡音土调，被文艺界称为"火花派"或"山西派"，又谐谑呼之曰"山药蛋派"，由此正式形成一个独立的流派。

这个流派作家的主要特点是：（1）继承"五四"新文学的优良传统，借鉴外国进步文学，突出吸收民间文学的养料，以农民群众所喜闻乐见的中国作风和中国气派，描写中国农民的生活和斗争；（2）他们的创作主张基本相同：深入农村生活，获得写作材料；写农村生活和工作中的实际问题；以农民为主要对象，用农民熟悉的语言及农民喜欢的形式写作；（3）创作风格相近，题材新颖，思想深沉，故事完整，情节生动，个性鲜明，细节逼真，具有山西地方色彩。以叙述为主，人物性格通过人物自身的语言行动来刻画；（4）个人经历相仿。他们大多是农村出身，在农村长大，而且都参加了革命工作；他们都熟悉和热爱民间文艺；以写小说为主。

2. 荷花淀派

荷花淀派是以孙犁为代表的一个当代文学流派。孙犁的小说大多没有离奇的故事情节，没有紧张的矛盾冲突，没有惊险的战斗场面，所描写的都是一些日常生活的真实场景，而这些场景又都是一些充满诗情画意的画面。也如人们所说，孙犁的小说写的是抗日战争的艰苦卓绝的斗争，却并不见血与火的残酷，他是以"谈笑从容"的态度去描摹"风云变幻"的。他的小说就如一幅幅清新朴素的水墨画，但画中又饱含着时代气氛和浓郁的乡土气息。人们称誉他的小说是情景交融的"诗体小说"，表现了一种"美的极致"，是作家对于生活的美的发掘与升华。

孙犁的独特风格受到人们的喜爱，很多青年作家学习他的这种写法，因此，在文学创作领域曾经出现过一些与他风格相似的作家与作品。在孙犁的传、帮、带之下，在天津、保定、北京一带形成过可观的文学创作局面。这些作家有韩映山、刘绍棠、从维熙、房树民、冉淮舟等。人们称他们为"荷花淀"派或"白洋淀"派。

这一流派的得名，不但源于白洋淀这个地方，也源于孙犁的短篇小说《荷花淀》。

该流派的特点是：（1）以描写农村生活见长，他们热爱农村，热爱农民，从农村的日常生活中汲取和提炼题材；（2）以挖掘和表现生活中的美见长，他们致力于表现生活之美，追求美的形象、美的境界；（3）现实主义的真情实景的深刻描写和浪漫主义的诗情画意的浓郁气息水乳交融。他们认为美是和人们的感情、气质、思想境界紧密联系在一起的，在创作中最重要的是观察生活的深度和思想的高度；（4）真切的革命性和深厚的人民性的自然流露，他们把政治倾向整合在艺术的感染力量之中，创造出饱含政治内容的艺术形象和意境，而不是图解概念、交代政策。

二、文学创作

1. 赵树理的小说

山药蛋派的开创者赵树理，以其文学成就被称为山药蛋派的"铁笔""圣手"。他取得成功的原因是多方面的，其中一个重要的原因，就是他植根于晋东南这片土壤，熟悉农村，热爱人民，大量描写了晋东南独特的区域民俗事象。它们或作为作品深厚的民俗文化背景，或作为塑造人物形象、揭示人物心理、推进人物性格发展的手段，表现出了鲜明的民族特色。赵树理小说的可贵之处就在于：具体深刻地反映了30年代到60年代太行地区的农村生活，为我们展示出了一幅生动的农村风俗画卷。

赵树理小说涉及晋东南民俗的各个方面，举凡生产劳动、饮食起居、婚丧嫁娶、宗教信仰、民间文艺都有描写，最突出的有三个方面：家庭、家族和乡里社会的民俗。

赵树理的小说中有大量恋爱婚姻习俗描写，借以反映农民思想面貌和时代精神。《小二黑结婚》里的三仙姑，30年代嫁给于福时，刚刚15岁，是前后庄第一个俊俏的媳妇。但是在落后愚昧的迷信思想影响下，渐渐成了一个装神弄鬼、争艳卖俏的女人。作者活画出了一个病态心理和性格被扭曲了的女性形象，揭露了封建买卖婚姻带来的恶果。《登记》里的小飞蛾的婚姻悲剧，也是由封建礼教造成的。《邪不压正》则表现了妇女对以势压人的不合理婚姻的反抗，反映了当时错综复杂的阶级矛盾和时代的变迁。《登记》中的"罗汉钱"，是小飞蛾和艾艾母女两代人都曾用过的爱情信物，也是晋东南特有的习俗，有着深刻的象征意义。

赵树理成功地借鉴民间文艺里"讲故事"的手法，以故事套故事，巧设环扣，引人入胜，使情节既一气贯通，又起伏多变。语言运用上，大量提炼晋东南地区的群众口语，通俗浅近而又极富表现力，使小说表现出一种"本色美"。

2. 孙犁的小说

孙犁，1913年生，河北安平人，中学毕业后无力升学，流浪北平（今北京），曾用笔名"芸夫"在大公报上发表文章。1936年，到安新县同口镇小学教书，初步了解了白洋淀一带人民群众的生活。1937年冬参加抗日，主要在冀中区从事革命文化工作。1939年，调阜平晋察冀通讯社工作，编印出版了《论通讯员及通讯写作诸问题》。1941年回冀中区参加编辑《冀中一日》。1944年去延安，在鲁迅艺术学院工作和学习，并在这里发表了他的名作《荷花淀》等短篇。1945年日本投降后，仍回冀中乡下从事写作。中华人民共和国成立后，长期从事编辑工作。他在中华人民共和国成立后写的作品有：长篇小说《风云初记》，中篇小说《村歌》《铁木前传》，散文集《津门小集》等。《白洋淀纪事》是孙犁最负盛名和最能代表他的创作风格的一部小说与散文合集。其中的大多数篇什并没有紧张的戏剧性冲突和曲折的故事情节，像白洋淀里的荷花和冀中平原上的庄稼那样，以它们的清香、美丽的花实和新鲜、活脱的气息吸引着读者，并给我们提供了很好的艺术经验。

首先，作者一般不怎么讲究故事情节的引人入胜，而是十分看重作品的生活内容，使作品尽可能多地蕴含着生活的诗意，给人以强烈的新鲜感和历史感。例如《山地回忆》《正月》等篇，都是通过看来很平常的事件，反映了根据地人民生活的健康脉搏和时代的深刻变化。作者善于对生活的矿藏进行深入开掘，从中提炼和描写那些真正可以构成文学作品的语言、情节和场面。正因为这样，《山地回忆》通篇写的虽是家常闲话，却表现了军民关系的团结融洽和根据地人民淳朴、愉快的生活气氛；《正月》所写的，虽是"大娘"三个女儿的婚嫁，却可以从中窥见人民的苦难和祖国的新生。由于作者阅世之深和行文之力，他往往着墨不多而使作品意境深远、韵味无穷。如《正月》中"大娘"一家围坐在炕上给多儿提亲的描写，就具有这种特色："娘给她说着个富裕中农，家底厚，一辈子有吃的有做的就行了。大姐不赞成，嫌那一家人顽固，不进步。她说有一家新升的中农，二姐又不赞成，她说谁谁在大地方做买卖，很发财，寻了人家，可以带到外边，吃好的穿好的，还可以开眼。没等她说完，娘就说：'我的孩子不上敌占区！'"母女三人对多儿婚事的不同主张，准确地揭示出三个人的性格特点和觉悟水平，显示着她们各自的生活烙印。像这类朴素而寓意丰富的描写，在《白洋淀纪事》里是很多的。这样，作品所给予读者的，才不单单是故事的曲折，还有现实生活中人物的丰满印象。

其次，作者很注意表现人物的时代气质。作者曾说："战争和革命，改变了人民的生活，也改变了民族的精神气质。"他的《白洋淀纪事》，正是要努力反映出这种变化来，反映出那个时代的人民的生活方式、思想情绪乃至行止状貌上所铸成的最明显的特点。如《投宿》中那位在抗日干部面前显得腼腆而又端庄的农村少妇；《走出以后》中那位在短期内洗刷了脸上的"阴暗"，而在抗日中学里焕发出革命青春的王振中；《邢兰》中身材瘦弱、在抗日工作中却像"拼命三郎"的"怪物"邢兰等等，无一不在精神上和外貌上反映着那个时代的色彩和个性。作者在一个短篇里不可能对人物做面面俱到的刻画，但由于他紧紧把握住了表现人物的时代气质这个重心，就使得他所描绘的人物在历史的长河里站立起来了。《白洋淀纪事》是对抗日战争和解放战争时期冀中人民斗争风貌描绘得最好的画幅之一，它里面那些人物明显地反映着时代的风云变幻，反映着新旧时代相互斗争和交替的影子。那些栩栩如生的人物形象，往往和冀中一带的风土人情、山川景物等一起，长久地活跃在读者的记忆里。

第三，《白洋淀纪事》在描写和语言上也有十分值得注意的经验。由于作者有着丰富的农村生活经历，又十分重视作品的生活蕴涵，他的许多描写是充满诗情画意的，是做到了精确和传神的。如《"藏"》这样描写一个巧媳妇："她纺线，纺车像疯了似的转；她织布，挺拍乱响，梭飞得像流星；她做饭，切菜刀案板一齐响，走起路来，两只手甩起，像扫过平原的一股小旋风。"这段描写，不仅写出了这个类似民间传说里的人物的动作特点，还通过响亮的字眼和明快的节奏感，传达出人物那充满自信的神态和精力充沛的青春气息。有些景物描写，作者处理得也是干净、利索的，往往几笔就做到了"象""意"并茂，情景交融。一般来说，不在描写对象的外形上精雕细刻，而力求其传神，这是孙犁在描写上的一个特点。在当代作家中，孙犁是很擅长白描的一位，也可以这样说，孙犁是利用白描手法来达到现实主义所要求的精确描写的。这是他的作品既富有生活气息又具有民族特色的一个重要原因。

3. 丁玲的小说

丁玲（1904—1986），女，原名蒋伟，字冰之，又名蒋炜、蒋玮、丁冰之，笔名彬芷、从喧等，湖南临澧人，毕业于上海大学中国文学系，中共党员，著名作家、社会活动家。30年代初期，丁玲就完成了从小资产阶级民主主义文学向无产阶级革命文学的转变。

丁玲发表小说的时间要晚一些，《梦珂》和《莎菲女士的日记》发表于1927年和1928年，冰心、庐隐、冯沅君诸人早已名声闻达于世，但是后来者异军突起，以表现"五四"落潮时期时代的苦闷和刻画青年女性的"叛逆的绝叫者"的复杂性格而言，丁玲的《莎菲女士的日记》是别人没有能够写出且新文学史上也无可替代的作品。《莎菲女士的日记》，还有《梦珂》《暑假中》等一批作品，好似在死寂的文坛上抛下一颗炸弹一样，大家都不免为她的天才所震惊了。一举成名的丁玲写作十分勤奋，短短两年间她就有了《在黑暗中》《自杀日记》《一个女人》三个小说集出版。这些作品题材内容不尽相同，思想艺术水平有高有低，但都从不同角度，不同程度地表现出一种在黑暗中寻找光明、在苦难中寻求出路的社会反叛情绪和社会批判意识。尤其是那些表现青年知识女性生活的作品，透过"五四"以后到"五卅"前夜凝重的时代氛围的描写，从主人公心灵的深处开掘出一种深深的时代的失望和痛苦。

丁玲没有辜负时代的厚望。她从描写知识女性的苦闷和痛苦的狭隘天地里挣脱出来，开始正面描写社会革命斗争，表现共产党人的革命活动。1930年初发表了长篇小说《韦护》，接着又以《1930年春上海（之一）》和《1930年春上海（之二）》作为参加左联后向读者的献礼。这些作品诚然未能摆脱早期革命文学"革命加恋爱"的公式，但是，放在左联时期许多同类作品中作比较，小说对革命者心理的描写和性格的刻画却是比较真实自然、具有生活气息的。作家对于自己笔下的生活和人物，并非仅有理性的认识而没有生活的真实体验。这说明作者陷入恋爱与革命的冲突里去了，同时又在一定程度上以自己的现实主义的艺术描写超越和突破了既有的创作模式。对于丁玲来说，这种创作上的转变，无疑是宣告了她的创作将和时代一同前进的可喜信息，宣告了丁玲对于创作危机的超越。丁玲从此跨进革命文学作家的行列。

4. 周立波的小说

周立波（1908—1979），原名周绍仪，字凤翔，又名奉悟，湖南益阳人，中国共产党优秀党员，中国现代著名作家、编译家。早年在上海劳动大学读过书，1928年开始写作，1934年参加"左联"，同年加入中国共产党。全面抗战爆发后作为战地记者走遍华北前线，1939年到延安，任教于鲁迅艺术学院，后主编《解放日报》文艺副刊。1942年参加延安文艺座谈会，1946年去东北参加土改工作。中华人民共和国成立后创作了大量描写农村新人新貌的小说和散文。1979年9月25日因病去世。他的小说清新秀丽，别具一格，擅长描写农村中的生活，乡土气息浓厚，为读者所喜爱。

《暴风骤雨》是与丁玲的《太阳照在桑干河上》并驾齐驱的反映土地改革的经典著作。故事以东北地区松花江畔一个叫元茂屯的村子为背景，描绘出土地改革这场波澜壮阔的革命斗争的画卷，把中国农村冲破几千年封建生产关系的束缚发生的翻天覆地的变化展现在读者的面前，热情地歌颂了农民群众在共产党领导下冲破封建罗网、朝着解放的大道前进的革命精神。这篇作品曾荣获1951年斯大林文学奖三等奖。作品主要人物有赵玉林、郭全海、老孙头。小说描写了东北地区一个名叫元茂屯的村子从1946年到1947年土地改革的全过程。全书分两部分，第一部分以赵玉林为中心人物，展现了元茂屯农民对恶霸地主韩老六的斗争，以赵玉林在剿匪中英勇牺牲结束。第二部分写一年后萧队长带领工作队再进元茂屯，扭转反复出现的不利形势。主人公是郭全海，他带领农民继续赵玉林等人的未竟事业，进行锄奸反特和对地主杜善人的斗争，最后巩固了胜利果实，并带头参加人民解放军，南下作战。小说在广阔的背景下，深刻地表现了解放战争时期广大解放区农村土地改革运动的真实面貌，热情地歌颂了在党的领导下农民奋起推翻封建主义的疾风暴雨式的革命斗争，从而告诉读者：土地改革不仅铲除了几千年的封建制度，推翻了地主阶级的统治，消灭了封建土地所有制，改变了农村的阶级关系和社会风貌，而且有力地启发了各阶层农民的阶级觉悟，改变了农民的精神面貌，其中一些先进分子还成了无产阶级的革命战士。

《山乡巨变》可以说是《暴风骤雨》的续篇，虽然一个写的是东北地区的土地改革，一个写的却是湖南山乡的农业合作化运动，它们是中国农村的两次"暴风骤雨"。小说深入地描写了一个僻静的山乡在农业合作化运动中发生的异常深广的变化：相沿几千年的私有制经济基础，古旧的社会习俗、家庭生活以及人和人的关系等，在一个短时期内被连根掀翻。作者用细腻的自我批评，带着亲切的乡土气息，刻画了几个革命干部和农民的形象，其中邓秀梅、李月辉、陈在春、盛佑亭等，各有自己鲜明的性格和特征，给人留下了深刻的印象。著名连环画家贺友直根据这部小说创作的同名连环画也堪称经典之作。

5. 艾青的诗

综观艾青的诗歌创作，现代阶段大致可以分成这样两个时期：自由诗前期（1928—1941）和后期（1942—1948）。总的来说，艾青诗歌的主要成就在自由诗上。他的创作形式多样，无论从诗体、诗节、诗行来看，还是从语言、音韵、风格来看，都表现出极大的丰富性和延展性。

1928年，艾青还在杭州国立艺术院读书的时候，就偶尔写过诗，但这时他喜爱的是绘画，还未到写诗的自觉时期。艾青以写诗表现自己的生命冲动，写诗成了他自觉的生命活动的时期应从1932年写出《透明的夜》开始。1933年的《大堰河——我的保姆》无可争议地奠定了他在诗坛上的地位，也成了艾青自由体诗歌的代表作。之后，艾青一发而不可收，1938年的抒情长诗《向太阳》和1940年的叙事长诗《火把》将自由诗推向了一个辉煌的顶点。1941年，艾青的《村庄》和《我的父亲》极大地巩固了自由诗在形式上的地位，使自由诗具有更加成熟的表现技巧。这种诗从诗体、诗节、诗行看，整个诗体的结构没有任何限制。整首诗没有固定的诗节，诗节没有固定的诗行，诗行没有固定的字数。譬如《大堰河——我的保姆》一诗，全诗以诗人不可阻遏的情感为中心，语言质朴、散漫，收卷自如而又厚重沉实。整首诗不讲究押韵，而以诗人内在情感形成自然节奏。

艾青的诗作歌颂光明与火，既反映了战斗的现实生活，又塑造了完美的艺术形象。"诗言志"，本来诗歌最便于直抒胸臆，艾青却很少用这样的方式来表现，他总是让生活自身、让形象来说话，人们称其为"意象艺术"。

他的诗歌具有"太阳""土地"两大意象群，前者如《大堰河——我的保姆》和《向太阳》《火把》等，后者以《我爱这土地》和《雪落在中国的土地上》《手推车》为代表作。

6. 田间的诗

田间（1916—1985），原名童天鉴，安徽无为人。自幼生长在农村，爱好新文学作品。1934年考入上海光华大学，并加入"左联"；主编《每月诗歌》，写作并出版了《未明集》《中国牧歌》和《中国农村的故事》，都表现了农村的苦难。1937年春，因遭到国民党搜捕，曾东渡日本避难。全面抗战爆发后，回国在上海、武汉等地参加抗日救亡运动。1937年12月，他发表了长诗《给战斗者》，这是他最优秀的政治抒情诗，富于战斗性和现实性是他这部长诗的思想特色。这部诗的艺术特色是：诗句短促、节奏强劲、语言质朴、铿锵有力，全诗跌宕有致。1938年，他参加了八路军西北战地服务团，到了延安。在延安，他和其他同志一道发起了街头诗运动，写下了《义勇军》《假使我们不去打仗》等短小精悍、富于鼓动性的街头诗。他的诗歌充分反映了中国人民抗日斗争的激情，起了积极的战斗鼓舞作用，被人们称为"时代的鼓手"。

延安文艺座谈会以后，田间响应党的号召，深入生活，在学习民歌的基础上，改变了诗风，由短诗向长诗发展。写出了表现农民在党的领导下翻身求解放的叙事诗《赶车传》《戎冠秀》《一杆红旗》等。长篇叙事诗《赶车传》是田间这一时期的代表作，通过贫农石不烂寻找乐园的过程，描绘了中国农民在中国共产党领导下进行革命斗争的艰苦历程。

田间的诗歌充满朝气蓬勃的战斗气息，富于现实性和战斗性，洋溢着革命英雄主义和乐观主义精神。他的诗歌形式多样，信天游、新格律体、自由体都有尝试。在新诗的民族化、大众化方面，他做过一些有益的探索，以平朴的描述和激昂的呼唤形成了明快质朴的风格。

7. 李季的诗

李季（1922—1980），1946年以长篇叙事诗《王贵与李香香》一举成名。这篇作品描写了第二次国内革命战争时期，一对青年男女的悲欢离合。诗人描写王贵和李香香这对贫苦青年的爱情历程时，是与农民乃至整个社会的解放斗争结合起来的，因而从某种程度上说，它带有史诗的色彩。

全诗采用陕北民歌信天游的形式，可说是开诗歌新风气之先。比兴手法的大量运用是信天游的特点。信天游一节两句，上句以物比喻，引发兴趣，下句直接说事，抒情或说理，如"山丹丹花开红姣姣"是兴中有比，为后一句赞香香人才好作铺垫，"冬雪大来冬麦好"，是为说王贵人才好作铺垫。诗中的比喻精彩贴切，富于生活化，增加了语言的形象性、表现力和地方色彩。

中华人民共和国成立后，李季对诗的题材进行了开拓，对形式进行了成功的探索，相继创作了长诗《生活之歌》《菊花石》《杨高传》《三边一少年》等。《生活之歌》是他这一时期的代表作之一，是我国第一部反映石油工人生活的叙事诗。

《杨高传》是他在长篇叙事诗方面的新突破，同时也是当代长篇叙事诗的重要收获之一。《杨高传》分为三部：《五月端阳》《当红军的哥哥回来了》《玉门儿女出征记》。长诗通过杨高的成长之路，展现了从民主革命时期到社会主义革命和建设时期共产党人的斗争画卷。艺术表现方法上，这部诗运用了传统评书的一些手法，并与七言体民歌结合起来，使故事情节紧凑，曲折多变。

> **思考练习**
> 1. 试述孙犁短篇小说的创作特色。
> 2. 试述丁玲小说的女性意识。
> 3. 试述艾青诗歌的特色。

第二节　国统区：多元的文学流向

一、文学流派

1. 七月派小说

七月派因《七月》杂志而得名。《七月》于1937年9月在上海创刊，由胡风主持，1941年终刊。由于撰稿人在创作倾向上大体一致，因此形成了一个具有明显特征的创作流派——七月派。胡风是这个流派的理论核心，他以诗人的激情重新阐释了"五四"启蒙精神，提出"精神底奴役的创伤"和"主观战斗精神"等命题，并以《七月》《希望》等刊和编辑丛书的方法团结和吸引了大批"同道者"和"同感者"。七月派小说体现了胡风的文艺思想，它将作者的主体精神交织进时代的氛围、社会的苦难和灵魂的创伤，从而形成一种沉雄、激越、悲壮的美感。

在抗战初期，他们用欢乐的心来迎接这个持久而艰苦的流血斗争，他们认为这个斗争可以冲洗掉百年的耻辱，所以不论小说还是诗歌、报告文学，都充满亢奋和乐观的情绪。随着战争的深入发展，抗战进入更为艰苦的阶段，人民的情绪由兴奋转入沉重的状态，这种状况对作家及创作产生了很大的影响。在小说创作上，作家把热情融入作品里的具体对象，通过人物活动，挖掘"精神奴役底创伤"，呼唤人们的觉醒。在七月派的小说家中，路翎是其中首屈一指的人物。他的《财主底儿女们》被胡风称为"不但是自战争以来，而且是自新文学运动以来的，规模最宏大的，可以堂皇地冠以史诗的名称的长篇小说"。这部小说实践着七月派的文艺主张，着力再现一代人的心理动态，既写出了封建大家庭的溃败，又写出了知识分子的心灵历程。胡风说："路翎所要的并不是历史事变底记录，而是历史事变下面的精神世界底汹涌的波澜和它们底来跟去向，是那些火辣辣的心灵在历史运命这个无情的审判者前面搏斗的经验。"①

七月派也有其失误的地方。在40年代，七月派属于以唯物论指导创作的文学流派。他们在理论和创作上，都对机械反映论提出过挑战。但是，由于理论掌握得不纯熟，他们本身的运用也还留有机械反映论的印痕。如在人物描写上，特别是在描写人物的转变过程中，他们常用机械矛盾法则来展示其性格的复杂性，从而使人物的心理转换和精神危机表现得呆板和生硬，常常使人物痛苦到了极点后变为快乐。一旦这种心理转换方式变成一种常见的模式，它的生命力就有可能在无形中减弱乃至退化。②

七月派在美学追求上也留下了缺憾。首先，从总体上说，他们提倡社会学批评与美学批评的统一，但实际上有时还是冷落了美学批评。其次，小说语言往往晦涩，长篇的说教和心理描写固然可以表达流派的文艺理论，但是减弱了小说的可读性及其普及性。

2. 七月诗派

七月诗派的历史，以《七月》停刊、《希望》创刊为界，大体上可划分为三个时期。第一，《七月》时期。七月诗派业已形成，且呈兴旺发达之势。主要创作抒情诗，尤其是政治抒情诗，主题多为鞭挞日寇暴行，歌领人民的反抗斗争，虽有抑郁，但以乐观、明朗为主要色调，调子也激越高昂。第二，《七月》停刊，进入"《七月诗丛》第一辑"时期。七月诗派在困难中艰苦斗争，作品是上一时期的延续，而且有新的拓展，以"主观战斗精神"来"突进"人生，把主客体结合起来，渗透于诗人的创作，诗歌相对减弱了乐观明朗的色彩，显示出沉重感。第三，《希望》创刊，七月诗派步入变异期。诗作以暴露国统区的黑暗与人民的苦难为主，表现出对现实的控诉与愤慨，诗风也变得沉郁、冷峭。

20世纪40年代末期，政治讽刺诗成为诗歌的主流。尽管七月诗人也写有政治讽刺诗，有的还十分出色，如绿原的《给天真的乐观主义者们》，但这毕竟非其所长，而40年代兴起的"九叶"诗派则愈显出其活力与价值。随着1945—1948年那场批判"主观论"斗争的开展，胡风及其理论受到了误解，七月诗派的创作逐渐冷落。《希望》仅在1945—1946年出版8期，《七月诗丛》第二辑出版延至中华人民共和国成立初，七月诗人所办的刊物也相继停办。

七月诗派的组织形式与结构形态有突出的特征。（1）人数众多。除艾青、田间、

---

① 胡风. 财主底儿女们. 北京：人民文学出版社，2000.
② 刘增杰. 战火中的缪斯. 郑州：河南大学出版社，1992.

胡风外，还有阿垅、绿原、牛汉、曾卓、杜谷、彭燕郊、鲁藜、孙钿、方然、郑思、胡征、芦甸、徐放、鲁煤、冀汸、化铁、朱健、朱谷怀、罗洛等数十人。（2）活动的时间长，前后达十二年之久，经历了抗日战争和解放战争两个历史时期，诗派自身经历了三个时期的发展、变化。（3）覆盖的地域宽广，从国统区到解放区都留下他们辛勤笔耕的痕迹。（4）诗作与诗论并重。诗作的数量很多，除《七月》《希望》等刊物发表的作品外，出版的诗集有《七月诗丛》第一辑，包含合集《我是初来者》，胡风的《为祖国而歌》、阿垅的《无弦琴》，鲁藜的《醒来的时候》，天蓝的《预言》，绿原的《童话》，杜谷的《泥土的梦》；《七月诗丛》第二辑有牛汉的《彩色的生活》、绿原的《集合》、冀汸的《有翅膀的》、化铁的《暴雷雨岸然轰轰而至》、孙钿的《架远镜》、贺敬之的《并没有冬天》；"七月文丛"诗集部分，有绿原的《又一个起点》、田间的《她也要杀人》、鲁藜的《锻炼》。除创作外，胡风倡导革命现实主义理论，艾青发表《诗论》，阿垅以诗评阐述诗歌创作的普遍性问题，都说明这个诗派存在一种理性的自觉。（5）有艾青、田间这样成熟的诗人，也有一大批青年诗人。虽然没有一个共同的组织和统一的纲领，但松散中仍显出"金字塔形"的结构形态。这五点集中体现了七月诗派的外部形态特征。

　　作为一个具有强烈时代激情的现实主义诗歌流派，七月诗派普遍注重主观感情的直接宣泄和抒发，同时也十分重视抒情的形象化，例如绿原的《复仇的哲学》"烧吧，中国！只留下暴君底那本高利贷的账簿，让我们给他清算！"字里行间传达的是诗人烧毁旧的统治秩序的激情和建设新的秩序的豪情，充满了鼓动性与反叛性。"七月"诗人致力于呼唤国统区人民团结起来，并鼓动他们对旧的统治进行反叛抗争，因此他们的诗充满了愤怒和反抗，体现了向残酷的现实生活突进的倾向。

　　3. "九叶"诗派

　　"九叶"诗派是40年代后期出现的一个诗艺比较成熟的现代主义诗歌流派。他们"借鉴了西方现代诗歌的艺术技巧，用现代人的思想意识和西方现代派诗人的思维方式观察现实，思索人生，探究宇宙哲理，自成一种含蓄、冷峻、深沉的诗风"[①]。尽管它具有明显的现代诗风，但由于这个流派的大多数诗人没有经历过30年代现代派诗人所走过的曲折历程，一开始从事新诗创作便站在人民的立场上，向往民主自由，写出了一些忧时伤世，反映多方面生活和斗争的诗篇，所以被人称为新现代派。"九叶"诗派的得名，是由1981年出版的《九叶集》而来的。《九叶集》收入辛笛、陈敬容、

---

① 陈维松. 论九叶诗派与现代派诗歌. 文学评论，1989（05）.

杜运燮、杭约赫、郑敏、唐祈、唐湜、袁可嘉、穆旦这九位诗人的诗作。这个诗派存在的时间极其短暂，总共不到两年时间，但却以其精湛的诗艺探索和实践，为新诗历史增添了光彩的一页。

在诗艺探索中，"九叶"诗派的诗人们走的是一条"以艺术的方式走进现实、走进人生"的道路。他们反叛了诗"只是激情流露"的传统观念，强化理性思考。他们不满足于现象描摹，力求智性与感性融合：他们忠诚于自己对时代的观察和感受，也忠诚于各自心目中的诗艺，以锐敏的触角去感应时代情绪，并将这种情绪升华为心灵与外物对话的感性哲理。他们提出"新诗戏剧化"的主张，以尽量避免直截了当的正面陈述，而选用外界的相当事物寄托作者的意志或情思，他们强调诗的感性显现，着力于意象的营造。他们创造了凝练与蕴藉的自由诗形，避免了过度散文化的通病。在语言的运用上，又采用了虚实嵌合和陌生化的手法，使诗歌语言具有奇峭与简隽的特点。这一切都鲜明地体现出"九叶"诗派艺术上的独创精神。

在思想内容上，"九叶"诗派从正视现实生活和表现真情实感出发，注重书写40年代人民的苦难、斗争以及对光明自由的渴望。这是他们创作的基调或主旋律。他们真切地反映了动乱的现实与人生，也委婉地倾诉他们深邃复杂的心曲。他们动人地唱出了对祖国和人民的挚爱，对黑暗反动势力则加以冷峻的无情的鞭挞和讽刺，具有历史感和忧患意识相结合的现实主义精神。"九叶"诗派有其独特而稳定的群体风格，但各个诗人的创作个性又都有其独特性。穆旦、郑敏、杜运燮、袁可嘉四位诗人都是学外国文学的，直接受外国现代派诗歌的熏染较深，抽象的哲理沉思或理性的机智的火花较多，有多层次的构思，新诗传统的感性形象的描绘较少，而辛笛、陈敬容、唐祈、杭约赫、唐湜则接受较多新诗的艺术传统或现实主义精神，较多感性形象的思维与语言，但也从国外现代派的艺术风格与手法里汲取了不少艺术营养，大大加深并丰富了自己的现实主义。具体地说，穆旦凝重冷峻，郑敏沉思精警，杜运燮机智幽默，袁可嘉庄重含蓄，辛笛深沉飘逸，陈敬容灵秀柔婉，唐祈清新阔达，杭约赫明快恢宏，唐湜严谨奔放。这些独特的创作风貌，显示出这个诗派的肌体活力与绚烂多姿的审美特征。

"九叶"诗人绝大多数是高等学校的毕业生，学的又是文史哲和外文专业，比较全面、系统地受到了中国民族文化、文学传统和古代诗词的熏陶。他们从闻一多、朱自清和艾青等诗人那里受到新诗诗艺、诗风的影响；同时，他们又借鉴了艾略特、里尔克、奥登诗歌的表现方法。他们精通中外诗艺，具有沟通中外诗艺的优越条件。从新诗流派发展来看，"九叶"诗派是现代诗派的继承和发展。

二、文学创作

1. 沙汀的小说

沙汀早年接近并参加革命，流落上海时与成都省立第一师范学校的同学艾芜相遇，并一起研究与练习写作，曾经共同给鲁迅先生写信请教写作题材的问题。鲁迅先生教导他们"选材要严，开掘要深"，这成为沙汀以后创作的座右铭。1932年，沙汀参加"左联"，作为一名"左联"新人而登上文学舞台。30年代，沙汀短篇小说的创作反映了"左翼"文学的深化过程。他的创作以1935年为界，分为两个阶段，前一阶段是创作符合"革命文学"标准的概念化的小说，后一阶段题材转到沙汀极为熟悉的四川农村生活上去，且显露出讽刺的色彩。

30年代初的"左联"作家大多是以革命家兼作家的身份进行写作的，他们自觉地运用文学来为革命呐喊。在急剧变革的年代里，以特殊的热情写出"思想大于艺术"的具有重大社会效果的作品，是他们共同的特点。这时期作为"左联"新人的沙汀，他的创作不由自主地接受了这种"革命文学"样式。他虔诚地响应"左联"对文学题材的要求，在写于1935年前的二十多个短篇小说中，将近一半都在反映当时震撼全国的土地革命运动。尤其是1932年夏天，上海"三一八"事变结束后才两个月，他已经接二连三地写起了描述这一事变的抗日小说。但他不熟悉苏区和战地生活，不少作品都缺乏鲜明突出的人物。《码头上》写的是三个流浪儿童在码头上的悲惨生活，题材当然是非常具有革命性的，而作者在写作中却先入为主地想象流浪儿应具有的革命性，并让他们在言谈举止中表现出来，这无异于"硬扎上去的'尾巴'"，让读者觉得"前后不接气"，也就达不到作者所要达到的感染效果。《法律外的航线》剪辑了长江航线上的一艘外国商船上的一连串镜头，既写出帝国主义对中国人民的欺凌，又从侧面展示了两岸农村燎原的烈火。全篇只有六千多字，作者却写了二十几个人物，仿佛靠他们七嘴八舌，作品主题就能更好地表现，但我们还是一眼就能看出作品中概念化的影子。沙汀在后来谈到30年代前期的创作时也认为，《法律外的航线》那一类作品严格来说不能算小说。

自创作第一篇小说开始，沙汀就一直处于一种困惑之中，这是一种对于功利主义写作的反抗。他早期创办辛垦书店时曾经有两年半的时间埋头苦读，鲁迅、普希金、果戈理、托尔斯泰、契诃夫、芥川龙之介、显克微支等一大批国内外现实主义大师给他留下了深刻印象。他的小说越写越多，他对自己的不满也越来越强烈，这让他的笔越来越滞涩，没有几年他就被朋友们称为"难产作家"了。1935年，因母亲去世，沙汀又回到了家乡。再次接触自己所熟知的川西北的农村和小城镇生活，这激发了他新的创作灵感。他果断地接受了茅盾的建议，放弃了之前"印象式的写法"，采用接近茅盾的叙述体式，把笔锋转到极为熟悉的四川农村社会上去，初步展现出讽刺的锋芒。这阶段写出的《丁跛公》《凶手》等，已经表现出沙汀是一个最能表现旧中国农村黑暗生活，有着农民幽默气质的小说家。这些作品散发出泥土的气味，不是一抹清淡凄婉的田园色彩，而是从四川农民饱受军阀暴政里浓缩出来的黑色基调。这时期沙汀的作品中塑造了一大批性格鲜明而又非常具有代表性的人物。在《代理县长》中，灾后的县城一片废墟，代理县长也只能自提米、肉，借锅灶做饭吃，但丝毫不影响他压榨人民的"雄心壮志"，"瘦狗也要炼它三斤油"。《断腿天兵》中的主人公连自己的不幸也不了解。他在家里只知道干活，倘有空闲，不是蒙头大睡，就是在田坎上一坐半天，不说话，也不笑一笑。这种除了干活睡觉似乎就没有其他意义的生活铸成了他浑浑噩噩的性格。他本能地害怕那些他无法理解的强大力量，在家里害怕暴戾的父亲，被抓去当兵后又害怕凶狠的长官，兄弟逃跑被抓回来，他竟被逼着执行了兄弟的死刑，对命运的无知甚至引起极端的忍受。《在祠堂里》中，一位连长活埋了自己的太太，因为她爱上了邻家的年轻人，而且不肯认错。但这种暴行一点也不影响邻居们的勃勃兴致，他们像苍蝇一样围在连长门前窥看，一位布客大嫂还愤然宣称，"要是我么，她早就没有好日子过了！"《土饼》中那个被灾荒夺取一切的年轻母亲，竟用黄泥捏成的饼哄骗饥饿的孩子。《轮下》中的知识分子穆平是当年闹学潮时的学联代表，却为救济款不惜写控告信告县长。每一个形象都体现着真正的没落，像阿Q、祥林嫂证实了旧中国不可救药一样，代理县长和布客大嫂证实了川西北社会的不可救药。

　　与抗战时期最富喜剧色彩、讽刺最泼辣的小说相比，沙汀这时的暴露小说的特色之一是颇有诗意。这是指那种不露声色的文韵，感情内涵凝重，以及精选艺术细节、擅长气氛和场景的渲染等等。同时，这时期沙汀的小说又以浓厚的地方色彩闻名，他从人物和环境的复杂关联中，处处描摹四川的世态人情。应该说30年代后期的短篇小说创作为他积累了极为可贵的写作经验，为他以后的讽刺艺术和创作更为成熟的具有鲜明民族风格的长篇小说奠定了基础。

　　2. 艾芜的小说

　　艾芜（1904—1992），曾怀着"劳工神圣"的信仰，孑然一身，流浪在我国西南边境，以及缅甸、马来西亚、新加坡等地，当过杂役、马店伙计、僧人伙伕、报馆校对、小学教师等各式职业，亲身获得了《南行记》里那些特异的生活素材，体验了社会下层人民的思想感情。他因为参加革命活动，被缅甸当局驱逐出境后回国，不久成为"左联"青年作家之一。《南行记》是艾芜最突出的短篇集，以一个知识分子的眼光观察并叙述边疆的下层生活，刻画出各式各样具有特殊命运的流民形象，包括偷马贼、烟贩子、滑竿夫、强盗、流浪汉等等。这些人被社会抛出了正常的生活轨道，被迫采取各种奇特的手段谋生，表现出性格上的特异色彩。艾芜笔下很少写反面人物，但他也不回避劳动人民身上被苦难生活扭曲和被统治者的思想毒化了的那一部分污垢，并没有为赞美他的人物而人为地"净化"其灵魂。他总是能在乖戾的言行中挖掘出下层人民的灵魂美，在渣滓堆里发现闪光的金子。成名作《人生哲学的一课》，描写流浪知识青年"我"在昆明走投无路的窘困生活，读来并不觉得低沉，字里行间充溢着一股对生活执着的力量。他还有一些小说暴露帝国主义对殖民地人民尤其是妇女的任意所为，感情色彩颇强烈。《山峡中》被公认为艾芜早期的代表作品，写一群被生活逼迫而铤而走险的流浪者的生活。他们走私、行窃，甚至杀人越货，以恶对恶，但不乏爱憎分明与憧憬美好生活之情。外号叫"野猫子"的姑娘，生活使她变得强悍不羁，她的机灵、泼辣与正直，给人很深的印象。而小黑牛由懦弱走向死亡的不幸命运，正是作者对旧世界的愤怒控诉。这篇小说很能体现艾芜这时期的特色：用特异的边地人民传奇生活为题材，开拓了现代文学反映现实的新领域。并且，在左翼革命现实主义流派之内，发展起一种充满明丽清新的浪漫主义色调与感情的、主观抒情因素很强的小说。艾芜40年代的创作向纯写实回归，影响却降低了许多。

以小说闻名的艾芜，同样善于写散文。他的《漂泊杂记》《山中牧歌》，和其小说集《南行记》一样，多描写西南边陲的浪漫风情，但更朴素清新。在反映抗战生活的小说中，艾芜表现出一个文学家对民族解放战争形势下社会所发生的新变动的敏感性。《秋收》细致地写出姜老太婆一家对帮助农民收割的国民党伤兵由疑惧到欣喜的思想变化，这是抗日高潮骤起时人们关系发生变化的一个侧面。《纺车复活的时候》迅速反映了抗战初期农村手工业复苏的景象。帝国主义洋货对民族市场压力的减轻，给中国的农村带来新的经济活力，也给农村少女带来新的憧憬。艾芜朴实地写出了这些光明的气象，他的缺点在于观察得比较平面，等到抗战热潮一过，艾芜也就转而去暴露国统区农村充斥的黑暗和污秽了。

艾芜在抗战环境中改变了自己以往的浪漫风格，明显地转向暴露压迫和苦难。这时期他的主要作品是三个长篇。《丰饶的原野》的第一部《春天》单独出版过数次，直到1945年才有了续篇《落花时节》。作者第一次取材于自己的故乡，试图通过三个农民形象来解剖我们的民族性格，探索"以农立国"的祖国命运。由于情节发展的迟缓，人物性格的定型化，整部小说显得沉闷；而描写的琐屑，成为作者难以摆脱的毛病。《山野》是他重要的抗日长篇小说，结构紧凑，在一日一夜的时空里，容纳下广西吉丁村山寨面临日寇入侵所发生的全部事件。作品显然把吉丁村当作全国抗战的一个缩影来写，在民族矛盾外，加上阶级、宗族、爱情的各种关系，反映抗日阵线的各类斗争，以暴露我们内部的各种精神痼疾为主要特色，过分明晰的理念分析反而使作品对生活的描写与人物的刻画失去了文学所应有的模糊性与丰富性。此后又有五十万字的《故乡》。这部比较成熟的长篇，写大学生余峻庭满怀抗日热情返回家乡，在二十天里所见的灰暗现实。小说在写出众多的两面性人物，揭示战乱时期形成的腐败、病态的心理世界方面，达到一定的深度。场面是错综的，笔调是悲怆的。艾芜这时已改用一种冷峻的批判态度来解剖自己的人物，并获得了一定的成功。在暴露性很强的中篇小说《一个女人的悲剧》和《芭蕉谷》中，作者又把视线投向各式各样在贫苦无告中挣扎的农村妇女。1947 年写出短篇《石青嫂子》，表现内战给一个劳动妇女带来的不幸，她的韧性使她对生活仍抱有信心。这个人物为艾芜创造的妇女形象做了一个最好的小结，而且，为他的作品增加了力度。

3. 张天翼的小说

张天翼（1906—1985），原名元定，字汉弟，号一之，笔名张无诤、铁池翰等。祖籍湖南湘乡，出生于南京。著名作家。主要作品为小说与儿童文学。小说以幽默和讽刺见长。曾任中国中央文学研究所副主任，中国作协理事、书记处书记、《人民文学》主编、《儿童文学》编委等职。主要作品包括《华威先生》《帝国主义的故事》《大林和小林》《宝葫芦的秘密》《秃秃大王》等。

张天翼的自觉意识之一，即他对于结构与叙述方式（包括叙事角度）的强烈兴趣。他在叙事方式上，熟练地采用人物的个人角度，简化了情节，使作者有效地隐藏了自己，表现出现代小说家对于小说功能的新理解，读者不再是直接的道德训诫的对象。张天翼遍试了包括"剧体小说"在内的当时可供利用的结构样式。他善于省略，留空白。他以情绪为主要元素结构他的小说，无关乎情绪的一般过程全部略去。他注重情绪、气氛、心理内容、性格内容，等等，他常常直接用动作叙述，时空观念即体现在人物的动作流程中。除极端戏剧化的倾向外，他也有散文化、非情节化的倾向。他的小说缺少了深厚与博大，只见篇篇精彩，却少有那种足以震撼人心的"大作品"。

部分张天翼小说是群像式的，表现的是一种集团行动的动势，有意识地追求粗放。紧张感是当时与革命运动联系密切的作家们共同的心理标记。他的小说有局部表现的艺术光彩，却没有如契诃夫的富于个性的世界图景。

张天翼反庸俗，憎恶"市侩性"。与老舍不同，他是较为狭窄意义上的现实主义者，注意当前，无暇前瞻也无暇反顾，因而也难得有"理想主义"，也难得有"感伤的浪漫主义"。而当他的人物的市侩性格面临国家民族生存攸关的重大场合，他的讽刺才是最为深刻的。张天翼的艺术世界稍嫌芜杂，但却生机蓬勃。"讽刺小说家"不足以概括张天翼，他的优秀之作所显示的，正是悲剧才能与喜剧才能、讽刺才能的互相调节和制约。

4. 钱锺书的小说

钱锺书（1910—1998），字默存，号槐聚，出生于江苏无锡的一个诗书世家，自幼受到传统经史方面的教育，其父钱基博是我国著名的文学史家。1933年，他于清华大学外文系毕业，1935年赴牛津大学攻读，后又至巴黎大学研究法国文学。归国后，曾任昆明西南联大外文系教授、国立师范学院英语系主任、上海暨南大学外语系教授，中央图书馆外文部总编纂等。中华人民共和国成立后，任清华大学外文系教授。钱锺书博学多能，兼通数国外语，学贯中西，在文学创作和学术研究两方面均做出了卓越成绩。1949年前出版的著作有散文集《写在人生边上》，用英文撰写的《十六、十七、十八世纪英国文学里的中国》，短篇小说集《人·兽·鬼》，长篇小说《围城》，文论及诗文评论《谈艺录》。其中《围城》有独特成就，被译成多国文字在国外出版。《谈艺录》融中西学于一体，见解精辟独到。中华人民共和国成立后，钱锺书出版有《宋诗选注》、《管锥编》五卷、《七缀集》、《槐聚诗存》等。钱锺书还参与《毛泽东选集》的外文翻译工作，主持过《中国文学史》唐宋部分的编写工作。他的《宋诗选注》在诗选与注释上都卓有高明识见，对中外诗学中带规律性的一些问题进行了精当的阐述。《管锥编》则是学术巨著，体大思精，旁征博引，是其数十年学术积累的力作。

钱锺书贯通中西、古今互见的方法，融汇多种学科知识，探幽入微，钩玄提要，在当代学术界自成一家。因多方面的成就，他被誉为文化大家。60年来，钱锺书致力于人文社会科学研究，淡泊名利，甘于寂寞，辛勤研究，饮誉海内外，为国家和民族做出了卓越贡献，培养了几代学人，是中国的宝贵财富。钱锺书先生在文学研究和文学创作方面的卓越成就，对于我们建设中国新文化，特别是在科学地扬弃中国传统文化和有选择地借鉴外来文化方面，具有重要的意义。钱锺书是一个学者型的作家，长篇小说《围城》是他的代表作。这部写于1941—1946年的"忧患之作"，在1947年出版之后，在国内流传不久就销声匿迹了，受了几十年的冷落。它在国内受到的批判大致有两方面：其一，认为《围城》漠视现实，没有直接宣传抗战，没有紧密地为现实斗争服务；其二，认为《围城》将人生、爱情、教育、事业讽刺得一丝不挂，太过尖刻冷峻。直到美籍华人文学批评家夏志清教授在《中国现代小说史》中说："《围城》是中国近代文学中最有趣最用心经营的小说，可能亦是最伟大的一部。"他的评价引发了许多西方译本的出现，钱锺书作为作家才渐渐为世界所瞩目。

《围城》是一部反映20世纪40年代中国社会状况和知识分子生活情态的讽刺小说，被称为"新儒林外史"。小说主要写主人公方鸿渐海外"游学"数年，花了40美金弄得一纸假文凭后回国。他最初经不住鲍小姐的肉欲引诱，堕入了"肉的相爱"。到上海后，他被动地卷入了与留法博士苏文纨的恋爱游戏，而他主动追求的是政治系大学生唐晓芙。后来方鸿渐等人去三闾大学的途中遭受了种种磨难。方鸿渐在三闾大学期间，不知不觉中落入孙柔嘉的情网，各色伪文化人逐渐露出了真面目。方鸿渐与孙柔嘉一起返回上海，谋生的困厄和夫妻琐屑的矛盾最终导致了"不离而散"的结局。《围城》的主题和象征是多层次的。"围城"源自书中人物对话中引用的外国俗语："结婚仿佛金漆的鸟笼，笼子外面的鸟想住进去，笼内的鸟想飞出来：所以结而离、离而结，没有了局。"又说像"被围困的城堡，城外的人想冲进去，城里的人想逃出来"。仅仅局限于婚姻来谈"围城"困境，显然不是钱锺书的本意。《围城》从"围城"这个比喻开始，淋漓尽致地表现了人类的"围城"困境；不断地追求和对随之而来的成功的不满足两者之间的矛盾和转换，其间交织着希望与失望、欢乐与痛苦、执着与动摇。作家揭穿了追求终极理想、终极目的的虚妄，这就有可能使追求的过程不再仅仅被当作一种手段，而使它本身的重要意义得到承认。从更广阔的文化意义上来体认，《围城》更主要的是写"围城"困境，其艺术概括和思想意蕴超出了狭隘的个人经验、民族的界限和时代的分野，体现了作者对整个现代文明、现代人生的深入思考，也凝结着作者对整个人类存在的基本状况和人类基本特性的历史反思。

20世纪40年代，能够代表讽刺文学最高成就的作家就是钱锺书。《围城》作为中国现代文学史上的一朵奇葩，给我们提供了超越时代的审美和文化意义。一方面，它独特的讽刺风格给我们提供了审美经验和社会心理需要；另一方面，它的讽刺不仅揭穿了现实中的丑恶本质，而且其所触及的人性缺陷是人类认识自身和完善自身的恒久启示。钱锺书以社会伦理、世态风俗作为背景，进而上升到文化、人生、人性、人类的大命题。在《围城》中，钱锺书以我国传统的讽刺艺术手法为基础，汲取西方文学中讽刺艺术的长处，对现代知识分子的文化意识、道德观念、复杂心理，尤其是阴暗心理方面进行了深刻的文化反省和文化批判。作家宛若一个全知全能的智者，既有对人类本能无助的戏谑与无奈，更有对人性本质的调侃和宽容。作为学贯中西的大学问家，钱锺书在《围城》中大量引用中外文化、文学的典故，结合多种表现手法，形成了别具一格的讽刺艺术。从中国先秦的《诗经》、兵法到清代的同光体诗，从古希腊的《伊索寓言》、阿拉伯的《天方夜谭》到美国的逸事、法国的名句，典故的内容除文学之外，还涉及哲学、宗教、兵法、医学、生物等知识。如第八章写机关里的上司驾驭下属的技巧，尽学西洋人赶驴子，在驴子眼前、唇吻之上挂一串胡萝卜，引诱驴子拼命向前，这是来自法国的《列那狐传奇》中的生花妙笔。方鸿渐买假文凭时引柏拉图《理想国》、孔子和孟子之事为自己辩护，认为买文凭哄骗父母，"也是孝子贤婿应有的承欢养志"，这里连用几个中西典故，细腻逼真地写出了方鸿渐自我解嘲、自欺欺人的心理，增加了讽刺的力量和批判的力度。

《围城》的讽刺艺术，给我们展示了一个丰厚独特的新天地。钱锺书首先是一个学者，其次才是一个作家。夏志清教授说他是"（中国）当代第一博学鸿儒"。在《围城》里，钱锺书的博学多才的确发挥得淋漓尽致。这种浓烈的气息非但没有给人掉书袋的嫌疑，反倒形成了他个人特有的，也是中国文学史上独一无二的艺术风格，使这部小说放射出耀眼的智慧之光。在小说对社会不留情面的奚落、挖苦的背后，又蕴含着作家对人生的热望，更重要的是想唤醒在"围城中徘徊、挣扎的人冲破围城，去走自己的新路"。因此，钱锺书独特的讽刺艺术，在中国现代文学史上占有一席重要的位置。

5. 路翎的小说

路翎（1923—1994），祖籍安徽无为，生于江苏南京。原名徐嗣兴。中国现当代著名作家。少年亡父，故改随母姓，寄居于舅父的封建大家庭中，抗战逃难中接触到苏联著作，开始尝试写作，因写作宣传抗日的《实战日记》而被学校开除，17岁时以短篇小说《"要塞"退出以后》《一个青年经纪人底遭遇》受胡风赏识而于文坛初露头角，自此成为30年代七月派的主力作家。1940年之后曾在矿区生活工作，因此创作了一些以此为题材的作品，其中《卸煤台下》颇有成就。1942年后，未满20岁的路翎进入创作高峰，创作了被邵荃麟评价为"在中国的新现实主义文学中放射出一道鲜明的光彩"的中篇小说《饥饿的郭素娥》及当时篇幅最长的长篇小说《财主底儿女们》，表现封建家庭出身的知识分子的心路。中华人民共和国成立后，因受胡风牵连，路翎中断写作20多年。路翎是七月派中作品最多、成就最高的作家。他的创作，善于揭示社会的复杂内涵，描写人物心理的多层性，在整个现代文学史上也是不可多得的。批评家唐湜这样称赞路翎："路翎无疑的是目前最有才能的，想象力最丰富而又全心充满着火焰似的热情的小说家之一。虽然他的热情像是到处喷射着的，还不够凝练。但也正因为有这一点生涩与未成熟，他的前途也就更不可限量。"

《"要塞"退出以后》写的是抗日战争的故事，江南前敌要塞在撤退中，军事长官张皇失措，溃不成阵。年轻的沈三宝在战争初期也是非常怯懦，但在与敌人遭遇时反而激发了战斗的意志,两次打死日本骑兵,又枪杀了有汉奸嫌疑的金主任,但最后他却被本连执行军纪的人无罪诛杀。这篇作品自然还没有达到应有的力度,但是它在略嫌浮躁紊乱的描写中,已经初步透露出路翎善于刻画动荡环境中人物起伏不定的内心世界的艺术才华。

这篇小说使路翎结识了胡风。胡风曾回忆他和路翎见面时的情景:"约来见面以后,简直有点吃惊:还是一个不到二十岁的小青年,很腼腆地站在我的面前。""他年轻、纯朴、对生活极敏感,能深入地理解生活中的人物,所以谈起来很生动。这是一个有着文学天赋的难得的青年,如果多读一些好书,接受好的教育,是能够成为一个大作家的。"

1940年,路翎由继父介绍,到国民党政府经济部设在重庆北碚区的天府煤矿矿冶研究所会计室当办事员,干一些记账、填表的杂务。路翎由此接触到矿工的生活,写了一系列反映矿工生活的小说。看见矿工们住破工棚、衣衫褴褛或赤身露体地下矿井,耳闻目睹了矿井塌方、涌水和瓦斯爆炸等惨状,"看见了它底轰闹的,紊乱的,拼命求生的景状,和坐在办公室里的老爷们底悠闲和漠不关心",他以悲悯情怀注视着这些"把人弄得比畜生还不如"的矿区社会,创作了《家》《祖父的职业》《何绍德被捕了》《卸煤台下》等反映矿区生活的作品。这些创作是如此逼真,以至于有人认为路翎"学生出身,当过矿工"。

在矿区人物的描写中,路翎发现了两类人物:农民型工人和流浪汉型工人。前者性格于诚实中带点卑怯,做着一种无可奈何的失落了的乡土和家庭的梦。后者性格于强悍中带点野性,有时甚至带点无法无天的邪恶感,在放荡不羁的行为中散发着生命的强力。路翎同情前者,却更倾心后者。

1942年,丰厚的矿区生活经验积累使路翎开始进入创作高潮。4月,他写成了著名的中篇小说《饥饿的郭素娥》,此时他还不到20岁。

《饥饿的郭素娥》描写的是一个美丽而强悍的妇女郭素娥的悲剧命运。郭素娥因逃荒遇匪被一个衰老的鸦片鬼收容为妻,在矿区摆香烟摊位。她渴求幸福,疯狂地爱上了凶猛、冷酷的机器工人张振山。张振山是一个乖戾的流浪汉,对恶浊的社会投以恶毒的藐视和严冷的憎恨。他对郭素娥的爱也是毒辣的,他声称不能"被一个女人缠在裤带上",又严防拘谨、怯懦的农民式工人魏海清染指于她。他对郭素娥说:"像我这样的男人是一个不顶简单的东西,我从里面坏起,从小就坏起,现在不能变好,以后怕当然也不能。"郭素娥在阴沉的鸦片鬼家中,绝望地叫出:"有哪一个能救出一个我这样的女人呀!"矿区的上层社会也把她视为堕落的女人,最后当她反抗被贩卖、要求主宰自己的命运时，被丈夫伙同流氓迫害而死。张振山则远走高飞，魏海清与流氓恶斗，并在酒馆和新年舞龙赛会上，发泄着满腔的屈辱和悲伤。

这是一部充满心理性格之力度的作品。它通过一个受着肉体的饥饿和精神的饥饿的煎熬，而又始终固执并且绝望地追求生命价值的女人，牵连着一个流浪汉型的工人和一个农民型的工人，在他们的性格碰撞中，几乎不知节制地迸射出原始强力的生命火花。在强度性格碰撞中，作家以主观的热情突入人物心灵搏斗之间，完成了一个既是性格和心灵的，又是社会和命运的，浓重得令人窒息的悲剧，从而控诉了那个"把人烧死、奸死、打死、卖掉"的野蛮社会。

关于这篇小说的创作意图，路翎曾经有过这样的说明："我企图'浪漫'地寻求的，是人民底原始的强力，个性底积极解放。但我也许迷惑于强悍，蒙住了古国底根本的一面，像在鲁迅先生的作品里所显现的。"胡风对这篇小说非常欣赏，他说："在路翎君这里，新文学里面原已存在了的某些人物得到了不同的面貌，而现实人生早已向新文学要求分配座位的另一些人物，终于带着活的意欲登场了，向时代的步调前进，路翎君替新文学的主题开拓了疆土。"批评家邵荃麟为一个二十岁的作家能写出如此有力的作品而惊诧，他这样称赞这篇小说："艺术上的现实主义并不仅仅是对于客观现象的描写和分析，或者单纯地用科学方法去剖析和指示社会的现实发展，而必须从社会的人（作为社会关系的总和的人）底内心的矛盾和灵魂的搏斗过程中间，去发掘和展露社会的矛盾和具体的关系，而从这种具体的社会环境来确证这真实人物的存在，并且因为这样，这些人物的一切必须融合在作家的自身底感觉和思想感情里，才能赋予他们以真实的生命，那末我以为路翎的这本《饥饿的郭素娥》，可以说是达到了这样的境界，可以说在中国的新现实主义文学中已经放出一道鲜明的光彩。当我初读了几章过后，非常吃惊。路翎的名字在读者中间还是比较陌生的。我所知道的，他是一个二十几岁，连中学都不曾读完的青年，但是这本书里却充满着一种那么强烈的生命力！一种人类灵魂里的呼声，这种呼声似乎是深沉而微弱的，然而却叫出了多世纪来在旧传统磨难下底中国人的痛苦、苦闷与原始的反抗，而且也暗示了新的觉醒的最初过程。"

1942年，经朋友舒芜介绍，路翎到国民党中央政治学校图书馆当助理员。1943年，又辞去图书馆职务，经继父介绍，到北碚经济部燃料管委会工作，当办事员。1944年8月15日与电台报务员余明英结婚。据路翎后来的学生说："他的夫人苗条，大方，漂亮。同学们见了，窃窃耳语，说作家的妻子这么美。"两人后来相濡以沫度过一生。

从踏足文坛起，路翎就开始断断续续创作《财主底儿女们》。写完后交给了胡风，但是稿子在战争中丢失。路翎并不气馁，而是以惊人的毅力重写。1945年7月，当重新写成的长篇小说《财主底儿女们》即将出版时，胡风极其郑重地宣布："时间将会证明，《财主底儿女们》的出版是中国新文学史上一个重大的事件。"

小说上半部写苏州巨富蒋捷三家族的崩溃。这个封建大家庭出了叛逆子弟蒋少祖、蒋纯祖，而出身于大讼师之家的长媳金素痕，阴险毒辣地掠走了蒋家的财富，一面与蒋家兴讼，一面过着淫荡的生活，以致气死蒋捷三，逼疯蒋蔚祖。

小说的下半部，写蒋家儿女们在抗战期间聚散无常的生活道路和心灵轨迹。主要描写蒋纯祖逃离南京，沿长江漂泊到重庆和四川农村所经历的四处碰壁、鲜血淋漓的心灵搏斗历程。他很像蒋少祖，但他又超越了蒋少祖。当蒋少祖追逐权力，当了参议员，在旧诗和宋明版本中寻找灵魂的静穆的时候，他却宣称青春是壮阔的，苦闷才能爆发革命与艺术，始终不苟同于污浊的流俗和僵硬的教条，而企图"在自己内心里找到一条雄壮的出路"。他在"五四"过后近二十年，重提"五四"时代的历史命题，强调"我们中国也许到了现在，更需要个性解放吧，但是压死了，压死了！一直到现在，在中国没有人底觉醒，至少我是找不到。"在武汉到重庆的演剧队中，他以这种苦闷的个性，与"左倾"教条主义进行暴躁的争辩。在四川穷乡僻壤的小镇，他又以这种孤傲的个性，向宗法制农村的冷酷和愚昧挑战。蒋纯祖始终处在"独战多数"和"困兽犹斗"的激昂而狼狈的处境之中，最终病死。

路翎和他笔下的人物一道，"举起整个生命在呼唤"，从而创造了一批异常复杂的在痛苦中打滚和行进的生灵，创造了一种大起大落、瞬息之间发生激烈的情绪转折的心理描写艺术，创造了一首激越而浑浊、痛苦而悲怆的心灵交响曲。

6. 袁水拍的诗

袁水拍（1916—1982），本名袁光楣，又名马凡陀。袁光楣在家是长子，取"光楣"为名寓有重振门庭的意思。在他开笔写抒情诗的时候，他取"水拍"做笔名，是因为有一句"五月长江水拍天"描绘江南水乡的诗句。到40年代，他开始大量写讽刺诗时，又取"马凡陀"做笔名，是用了苏州话"麻烦多"的谐音，有着丰富的社会内涵。可以这样说，袁光楣一生是用两个名字写诗：当写抒情诗时，他是"袁水拍"；当写讽刺诗时，他却是"马凡陀"。因为本书主要讲述他的讽刺诗，所以用马凡陀这个名字来指称他。

马凡陀，一米八二的个子，长方形的脸型，中间略凸，架着一副金丝边眼镜，文质彬彬，颇具英国绅士风度，言谈与写诗，都显示出"雅谑与机智之妙才"。正是这样一个人，在不到半个世纪的时间里，写作、出版了诗集十五本（另有一本取名为《云水集》的诗集，他生前已编好，但至今未出版），诗论集两本，译诗集四本，以及其他著述四种，计二十五种之多。这些作品曾在社会上引起过强烈的反响。尤其是《马凡陀的山歌》的出版，不但成为香港、上海等地当年游行队伍的"旗帜""炸弹"，而且在文学界还引发过一场诗学论争，形成了"五四"以后诗坛少有的热闹景象。

　　40年代中后期的国统区，广大人民群众刚刚对日本投降感到短暂的喜悦，便又陷入更为沉重的政治和经济压迫之中了"。国民党在经济上对人民实行敲骨吸髓的勒索，在文化上扼杀民主进步文化，造成了民生凋敝、民怨沸腾的严重危机。这在马凡陀的抒情诗里早已有了写照。如："疾病布满城中，没有医药"（《水齐到颈根的人们》）；"大家给这可恶的日子，/这种横暴的日子，不要脸的日子，/弄得半白痴了"（《可恶的陌生地方呀!》）；"我真不明白，为什么一切都这样破碎，/样样不完全，眼前的事物，心里的花蕾?/我真不明白，为什么一切都这样丑陋?/被损伤的脸，被压坏、扭曲的身子!"（《或人的问》），等等。而这种时代的凋敝、危机，又与30年代"密云期"不同：国民党反动统治虽严酷，但已濒临崩溃；黎明前的黑暗虽浓重，但天边已初露曙光。国统区广大民众虽有压抑与痛楚，但他们并不困惑与迷茫。中国历史发展的方向日益明确；中国民主革命胜利在望。这时，"只要你耳不聋，或不装聋；只要你眼不瞎，或不装瞎；只要你心不死，或不装死，总不愁这些已死的、现存的、新生的、死而复活的事件，不来碰你、刺你、鼓动你起来"。马凡陀曾用"沸腾"来描述这种事态。他说："把这五六个年头（1942—1946年）称为沸腾的岁月，我想谁都有同感吧，国内国外的大事件，像火一样燃烧我们，谁能够不沸腾呢?更有因心的腾沸而投身于事件中的许许多多的人。时常他们本身就成为事件的一部分，火的部分。"中国人民在国际反法西斯战争波澜壮阔的画卷中看到了苦难中国的光明前景。沸腾的生活，沸腾的事件，沸腾的心，要求诗人写作像刀、像箭、像炸弹、像火一样的诗篇。只有讽刺诗才能锋芒毕现、一针见血地刺向黑暗的"黑心"。

　　1944年以后，马凡陀猛写讽刺诗，又与他自小就具有强烈的正义感和朴素的阶级感情有关。据他弟弟袁光斗回忆："他青年时，思想就比较进步。至今清楚记得他和父亲辩论'不劳而获'的情景。他引证《诗经》中的话：'不稼不穑，胡取禾三百廛兮。''不狩不猎，胡瞻尔庭有县貆兮？彼君子兮，不素餐兮！'振振有词，严肃认真的样子。"此外，马凡陀创作的转向，还与他在少年时代就特别喜好评弹有关。他对民谣、山歌有着特别的感情，按他自己的说法叫"偏心"。最后还有一点，就是与毛泽东的《讲话》号召分不开。对此，马凡陀的长子有一段诗学背景的交代。他说："我父亲性格内向、谨慎。我父亲之所以写'山歌'的原因，我曾问过。他说他之所以能在白色恐怖下敢于对国民党反动派极尽嬉笑怒骂之能事，就是一个'恨'字，对国民党的腐败、反动政治太愤恨了。……后来风格一变而为'山歌'，完全是因为在重庆时，通过地下党，他学习了毛泽东的《在延安文艺座谈会上的讲话》。在《讲话》中，毛泽东提倡文艺要为老百姓喜闻乐见。我父亲说，身为共产党员，当然要按党的文艺方针的要求去做。从此，写了大量优质的'山歌'。"马凡陀也作为中国现代讽刺诗的第一人而走进了20世纪中国文学史。

7. 陈白尘的话剧

陈白尘（1908—1994），原名陈征鸿、陈曾鸿，又名陈斐，曾用名墨沙、江浩等。1908年3月2日出生于江苏省清河县城（今江苏淮阴）一商人家庭。中学时代就接受"五四"新文学影响，写新诗和白话小说。青年时代在上海求学。1930年参加左翼戏剧家联盟，从事戏剧活动，曾参加南国、摩登等剧社。后回家乡从事革命活动，1932年7月任共青团淮盐特委秘书，后因叛徒出卖而被捕。在狱中创作了一些短篇小说和独幕剧。1935年出狱后在上海从事文学创作。全面抗战开始后，在各地坚持进步的戏剧活动，创作了大量剧本，代表作有《乱世男女》《结婚进行曲》《岁寒图》《升官图》等。中华人民共和国成立后，他参加创作了电影剧本《宋景诗》和《鲁迅传》等。

抗战胜利前后，国统区民主运动潮流汹涌澎湃，而国民党的政治却越发黑暗腐败，贪污成风。陈白尘认为："为了迎接光明的新中国，必须清除官僚政治这块绊脚石。"他在成都《华西晚报》主编副刊时，发现一位作者写了十几首竹枝词，内容是揭露国民党统治下四川某个县的一群贪官污吏的罪行，其中列述了县长和各位局长的升官发财之道，写得淋漓尽致，堪称国民党统治下的《官场现形记》。很快他就把它们发表在《华西晚报》副刊上，而且成为他创作《升官图》的动因和素材。陈白尘曾说："果戈理的作品，是我酷爱的，他的《钦差大臣》1935年在上海演出给了我巨大影响。这影响表现在我许多喜剧，特别是《升官图》那个剧本里。"尽管《升官图》受到《钦差大臣》的影响，但是《升官图》却是一部具有中国特色以及作家个性特色的独创之作。如张健所评价的："《钦差大臣》无疑是世界喜剧史上最为优秀的珍品之一，但我认为，它并不是一出政治讽刺喜剧，而《升官图》却是。在这一点上，我们不仅可以找到两者的区别，同时也可以发现后者的独创性的所在。"在这里，作者没有一丝温情，也没有做什么道德批判，而是以自觉的政治意识和鲜明的政治立场对一个反动腐朽政权做出了坚决而彻底的否定。为了迎接新中国，必须清除官僚政治，这就是它的政治主题。作者的构思极具特色。全部故事都是在两个强盗的梦境中演绎的：百姓造反了，冲进了县衙门，一举打死了秘书长，打翻了知县大人。于是两个强盗顺手取而代之。强盗甲做了秘书长，乙做了县长大人。由此演出一场又一场的丑剧和闹剧。前来弹压百姓的警察来了。于是甲就对他们历数县长大人、秘书长的贪赃枉法的罪恶，不但使各位局长信以为真，而且互相揭发起来。此刻，在艾局长那里玩够了回来的知县夫人，看到如此情景，也情愿做了假知县的夫人。在这里，假的就是真的，真的也是假的。真中有假，假中有真，其艺术效果并非令人真假莫辨，而是达到了高度的真实、高度的讽刺和高度的笑声。如果作家停留在这里，那不过是一般的政治性讽刺。紧接着，假知县大人以及原来的贪官污吏结合在一起，议决对百姓罚款两万元。于是一场瓜分这一笔巨款的闹剧又开演了。局长们极尽捞钱之能事，展现了一幅幅"贪污成风，廉耻扫地"的污秽图画。

《升官图》所展现的就是这些贪污腐化之徒，正如剧中所说："第一，是苛征暴敛，滥收捐税；第二，是敲诈勒索，诬良为盗；第三，是包庇走私，贩运烟土；第四，是克扣津贴，以饱私囊；第五，是浮报冒领，营私舞弊；第六，是假公济私，囤积居奇；第七，是挪用公款，经商图利；第八，是贩卖壮丁，得钱买放；第九，是征粮借谷，多收少报；第十，是私通乱党，交结匪类。"所有这些罪恶，都在《升官图》中展现出来，对腐朽黑暗的官僚体制作了极为深刻的暴露与批判。对事物本质的揭露是最深刻的揭露，《升官图》对"权钱交易"的揭露就达到了这样的效果。此剧的喜剧性特点，就是善于"以假当真，认假作真"，在看似极为荒诞的真假颠倒中，令人大笑不止。这痛快淋漓的笑声，将"权钱交易"的实质展现出来。知县夫人为什么甘愿屈从于"冒牌"知县大人做一个假太太?这是因为不但可以为她的艾局长保留一席官位，也可以继续坐她知县夫人的宝座，更可以与强盗"分成拆账"。还有更为深刻的地方，后来视察的省长大人明明知道这些县长、秘书长都是假的，但还要认假作真，因为他们已经接受了那些"强盗们"的贿赂。而最为可笑的是，已经做了假太太的原知县夫人，如今又要与省长大人结婚。当艾局长把原县长找来，企图揭穿这个秘密，不料所有在场的局长们，也就是原县长的部下，都异口同声地说她不是知县大人的太太，在这里真的反而变成假的了。这背后依然是权钱交易的结果。这样一种权钱交易的关系，不但是官僚政治的表征，也是官僚体制的本质。如果说金钱是一种腐蚀剂，那么权钱交易的普遍化则是导致官僚政治必然崩溃的定时炸弹。此剧活生生地描绘出一幅群丑图。剧中刻画的假秘书长是一个关键人物，他是个大玩主，把那些官僚们都"玩"了："老子有个百儿八十万，省长不说，道尹、知县什么的，总买它个把来玩一玩!"他又是一个集官僚腐败之大成的人物，官僚政治的所有贪婪性、欺骗性都在他身上得以体现；而极善于玩弄权钱交易、诡计多端的人物是省长大人，他有"仪表非凡，严肃端庄"的外貌和口口声声的"廉洁""简朴"，俨然一位"青天大老爷"，而实际上却是一个男盗女娼、寡廉鲜耻、疯狂贪污纳贿的人物。他演出的"金条治病"的丑剧，把他的麒麟皮剥了个精光；其他如财政局长是一个赌徒，工务局长是个嫖客，警察局长是个买卖壮丁、包庇烟赌的恶棍，教育局长是个榨取教师学生血汗，甚至开枪杀死学生毁灭教育的能手……

1946年，《升官图》演出时，正值国民党"接收大员"们大搞"劫收"之时，故演出激起广大人民的强烈共鸣。在重庆连演40场，被迫停止；随后在上海连演10多场，光华戏院门口"拥挤了四个月之久，轰动的情况在上海话剧演出记录上是空前的"。之后，《升官图》几乎演遍全国各地，观众们纵情欢笑，享受着陈白尘喜剧带来的狂欢。《升官图》在全国引起极大反响，对于推动民主运动起到了巨大的战斗作用。同时，剧作泼辣、犀利、挥洒纵横的风格也把"五四"以来的讽刺戏剧推进到一个新的水平。

思考练习

1. "九叶"诗人对新诗的贡献是什么？
2. 比较沙汀的讽刺小说和鲁迅的小说在讽刺风格上的异同。
3. 结合《升官图》分析陈白尘讽刺喜剧的主题和艺术风格。
4. 结合作品分析路翎小说的叙事特点。

第三节 沦陷区：个性各异的文学构成

一、文学概貌

我们所说的"沦陷区文学"是指第二次世界大战期间，日本占领地区的中国文学，主要由以下几部分组成：1931年"九一八"事变后东北沦陷区文学，1937年"七七"事变后以北平为中心的华北沦陷区文学，1941年12月太平洋战争爆发后上海沦陷区文学。此外，南京、武汉、香港等沦陷区的文学活动也有所涉及。

沦陷区的文学创作比较有积极意义的是一些进步和爱国的作家在沦陷区坚持文艺创作活动，忠于现实主义精神，对现实社会或个人内心世界作比较真实的反映及有所针砭的一些作品。

1. 小说

在小说创作方面，华北出现了一批青年作家，他们的作品主要收入"新进作家丛书"（共10种，北平新民印书馆出版）和"华北文艺丛书"（共8种，华北作家协会出版）。其中虽有思想倾向反动的作家作品，但像梅娘（短篇小说集《鱼》《蟹》等）、袁犀（长篇《贝壳》等）对男女知识青年矛盾苦闷心理的刻画，在艺术上有一定特色；萧艾（短篇小说集《萍絮集》等）描绘的北平市民阶层的生活及关承吉（短篇小说集《风偎船》等）笔下的乡土文学，在题材表现上也具有积极意义。上海新起作家张爱玲《金锁记》《倾城之恋》及苏青《结婚十年》等小说，以对女性心理的细腻刻画而名噪一时，然而，她们所喊出的"就在个人也仅是偏方向的苦闷"（谭正璧语），在一定程度上限制了这些作品的社会意义。抗战前就驰名文坛的作家师陀、罗洪等在为数不多的小说创作中，仍保持着一贯的、严峻的现实主义创作特点。

2. 散文

相对活跃的是散文创作。比较有影响的散文刊物除《艺文杂志》（北平）、《古今》（上海）外，还有《天地》（上海）等。题材范围较多涉及文献掌故、读书札记、回忆录及游记等。周佛海、陈公博等以个人回忆为自己涂脂抹粉；樊仲云的读史随笔借历史来为汉奸行径辩护，都是明显的汉奸文学之作。也有一些作家如林榕（《远人集》）、秦佩珩（《椰子集》）等，他们的散文则忠实地抒发了小资产阶级的空虚、苦闷的内心情感。王韦的报告文学以金融工商业及其他社会生活为表现对象，描绘出

40年代沦陷区都市的萧条景象，这类作品在当时比较少见。

3. 戏剧

在戏剧创作方面，孔另境主编的"剧本丛刊"（内收剧本30个）代表了沦陷区戏剧创作的主要收获。像杨绛的《称心如意》、王文显的《梦里京华》（中译本）、姚克的《清宫怨》、袁俊的《富贵浮云》及鲁思的《十字街头》等都是其中的优秀之作。

为反抗日本侵略者的统治，进步文艺界人士在沦陷区极其危险、艰难的条件下，进行了长期的英勇斗争。为此，许广平被捕入狱，陆蠡光荣牺牲。恽逸群、关露等还打入日本占领者内部，从事地下工作。上海《万象》《春秋》《文艺春秋》等杂志，冒着风险，登载或转载了郭沫若、茅盾、巴金、何其芳等大后方作家的作品。如在抗战胜利前夕《春秋》刊登巴金的散文《灯》和《长夜》，充满着"灯光是不会灭的""漫漫的长夜逼近它的尽头了"的坚定信念。类似作品似黑暗王国的一线光明，给沦陷区文学带来了新的生机。

二、文学创作

1. 张爱玲的小说

张爱玲（1920—1995），原名张瑛，笔名梁京，生于上海，原籍河北丰润，"海派"著名作家。她的祖母是晚清洋务派领袖、朝廷重臣李鸿章的女儿，祖父是清末名臣张佩伦。她那奇丽而又精美的佳作，敏感于都市生活的大雅大俗，一份独特的见解，在风云流转中流露出一份历久弥新的丰厚魅力。父亲是蓄妓吸毒的纨绔子弟，与西洋化的母亲不和而离异，这使敏感的张爱玲自小过着孤独而凄凉的生活。张爱玲6岁入私塾，在读诗背经的同时，就开始小说创作。张爱玲对色彩、音符和文字都极为敏感。1931年秋，11岁的张爱玲入上海圣玛利亚女子中学，因住校而很少回家。她时有中英文习作刊载于校刊《凤藻》上，并不时有读书评论等文章见于校外的《国光》等报纸杂志。1934年，她14岁时曾以现代社会为背景写过小说《摩登红楼梦》。1937年，父亲将张爱玲禁闭在家中，她病在床上几乎丧命，姑姑来劝也被打伤，后来逃到母亲家。1938年，她18岁时考取英国伦敦大学，因战事未能前往。1939年秋，张爱玲改入香港大学文学系。1942年香港沦陷，她未毕业即回上海，给英文《泰晤士报》写剧评、影评，也替德国人办的英文杂志《二十世纪》写"中国的生活与服装"一类的文章。同年，她应《西风》杂志《我的生活》征文写散文《我的天才梦》，得名誉奖。

张爱玲从20世纪40年代初开始文学创作生涯，1943—1945年是其创作的辉煌时期。1943年，张爱玲在周瘦鹃主编的《紫罗兰》上发表了《沉香屑——第一炉香》后一鸣惊人。从此，她在两年的时间里，在《紫罗兰》《万象》《杂志》《天地》《古今》等各种类型的刊物上发表了她一生中最重要的小说和散文，包括小说《沉香屑——第二炉香》《茉莉香片》《心经》《封锁》《倾城之恋》《金锁记》《琉璃瓦》《年青的时候》《花凋》《鸿鸾禧》《红玫瑰与白玫瑰》《桂花蒸阿小悲秋》《等》以及散文《到底是上海人》《洋人看京戏及其他》《更衣记》《公寓生活记趣》《烬余录》《谈女人》《论写作》《有女同车》《自己的文章》《私语》《谈画》《谈音乐》等。1944年5月，著名翻译家傅雷以"迅雨"的笔名发表了当时最重要的评论文章《论张爱玲的小说》。同年8月，张爱玲出版了小说集《传奇》；同年11月，她又出版了散文集《流言》。1949年上海解放后，张爱玲以"梁京"为笔名在上海《亦报》上发表小说，1950年参加上海第一届文代会。1952年移居香港，在美国新闻处工作，曾发表小说《赤地之恋》和《秧歌》。1955年旅居美国，与作家赖雅结婚，后在加州大学中文研究中心从事翻译和小说考证，过着隐居生活。从此，张爱玲在中国内地文坛消失。

　　张爱玲在20世纪50年代已完成她最主要的创作，包括《倾城之恋》《金锁记》《半生缘》等。她的作品，主要以上海、南京和香港为故事场景，在荒凉和颓废的大城市中铺张痴男怨女，演义着堕落及繁华。《倾城之恋》是写白流苏和范柳原，一个破落世家的离婚女儿和一个饱经世故的老留学生，两个来自不同文明、有着不同身世和欲求的原本毫不相干的人被命运的巨手撮合在一起，靠一场惊心动魄的倾城战火结成了婚姻，在那兵荒马乱的时代里做了一对平凡的夫妻。这是一部香港式的传奇故事，却深刻地反映出乱世中的人情全然没有些许纯真，使人性得到稳定和规范的竟是险而又险的"传奇"力量。这部小说对人性冷漠的描写令人震慑，仿佛出自一个饱经沧桑的大家之手，其艺术之圆熟、语言之精美堪称中国现代爱情小说中的经典之作。《金锁记》是张爱玲最重要的代表作之一，曾得到许多批评家的赞誉，傅雷先生誉之为"文坛最美的收获"，夏志清教授则称之为"中国从古以来最伟大的中篇小说"。小说主人公曹七巧是麻油店人家出身的女子，可是她的大哥为了攀附权贵，把她嫁入了没落大族姜家。她丈夫是个自小就卧病在床的废人，七巧欲爱而不能爱，几乎像疯子一样在姜家过了30年。她处处遭到排斥和冷眼，在别人眼中，她恶名昭著。后来丈夫和老爷相继死后，姜家分了家产，七巧终于分得财产带着一双儿女搬到外头住。在财欲与情欲的压迫下，她的性格终于被扭曲，行为变得乖戾，不但破坏儿子的婚姻，致使儿媳被折磨而死，还拆散女儿的爱情。"30年来她戴着黄金的枷。她用那沉重的枷角劈杀了几个人，没死的也送了半条命。"曹七巧最终在苦痛中寂然逝去，小说结尾的话却意味深长："三十年前的月亮早已沉下去，三十年前的人已死了，然而三十年前的事还没完——完不了。"

张爱玲笔下"没有一样感情不是千疮百孔的"，男女间无真情，在玩着"爱情"的游戏。她的小说弥漫着一种梦魇般挥之难去的悲凉氛围，虽然其中也有着人生的种种繁华热闹，但最终都难逃一个苍凉破败的结局。张爱玲小说中的悲剧意识，很大程度上源自她对女性可悲生存处境的感知与体认。《十八春》中的姐姐顾曼璐利用色相去获取物质和情感，使她失去了原有的被尊重的权利。她虽然受过"五四"时期启蒙思想的浸润，但却没能脱离虚荣的卑弱心态。务实青年张慕瑾的真情并没能唤起她自主生活的念头，相反，她却卑劣到与丈夫共谋强奸自己的妹妹，并以丈夫与妹妹的孩子维持她残喘的婚姻。在《沉香屑——第一炉香》中，葛薇龙本可以凭借自己的学识和能力自谋职业，却因为卑微的女性意识和虚荣心走向了自我堕落和浮萍般的婚姻。她成了为婚姻而不择手段掘取金钱的贪婪女人。《金锁记》中的曹七巧用尽一生执着于对姜季泽的爱，但她人生中这唯一的亮色却被金钱大大扭曲了，最后她戴着黄金的枷锁不断地劈杀着周围的人。《倾城之恋》中的白流苏离婚后回到娘家寄居，不久丈夫去世，她三哥劝她堂堂正正地去披麻戴孝，以后挑前夫的一两个侄子过继，守好家业度过余生。年华正好的白流苏不愿意如此，但是她没有经济实力独立生活，所以唯一的出路就是重新嫁人。她把自己所有的赌注都押在了花花公子范柳原的身上，对她而言，"婚姻是一种比其他许多职业都更有利的职业"。张爱玲曾说"现代人多是疲倦的，现代婚姻又多是不合理的"，婚姻非感情的产物，是某种目的的实现。女人视婚姻为改变现状的唯一途径，婚姻对女人而言成了一个金色的鸟笼，也成了她们永远的归宿。张爱玲的笔下最具有觉醒意识的女性是《十八春》中的女主人公顾曼桢。她在一家工厂上班，有自立的能力和独立的经济实力，努力上班以照顾好家里是她现实的生活目标。曼桢和世钧情投意合，世钧几次向她求婚，但都遭到她的暂时拒绝。她不想过早地拖累世钧，想依靠自己的努力多帮助家里几年。可是，这段真情实感却毁于一场强暴和世俗的偏见。

考察最近30年的"张爱玲热"，固然有媒体炒作的成分，但也与张爱玲所取得的艺术成就不可分割。在张爱玲身上，融合着一个传统贵族女性和一个现代都市女郎的双重质素。这构成了张爱玲现象的基本倾向，即一方面有着对中国传统手法的继承和发扬，另一方面又带着西方文化的特征，无论是情调趣味还是技巧手法，都在其创作中被有效地调动起来。例如，《金锁记》深受《红楼梦》的影响。写曹七巧，小说一开端并不直接就写，而是通过两个下人的床头闲话点出，把这个家族的人物关系和大致情况都交代清楚，这和《红楼梦》借冷子兴、贾雨村之口道出荣宁二府的兴衰故事异曲同工。张爱玲也注重借鉴西方现代文学的思想方法和艺术技巧。她的小说明显受到了弗洛伊德心理分析学说的影响，并将日本新感觉派小说的某些手法吸收进以写实为主的描写中，使之具有了独特的风采。总之，张爱玲的家庭背景、教育爱好和文学修养，汇集了西方与东方、历史与现代、文明与野蛮、善与恶、新与旧、雅与俗等诸多相对的因素，而洋场才女的禀赋和悲观主义的生命体验，使她更多地从沪港现实生活中丑陋的方面审视女性的命运和人性。因此，张爱玲小说的体式是民族的、通俗的，可所包孕的思想却是现代的；她的叙事方式多采用传统小说的全知视角，却自然融入了新文学的先锋技巧（如意识流、蒙太奇等）；她的故事属于饮食男女的日常生活，却写出了永恒的人性。这诸多矛盾的有机融合，构成了张爱玲的雅俗并存的"传奇"艺术世界，为中国现代小说增添了一种与众不同的类型。

2. 徐訏的小说

徐訏（1908—1980），浙江慈溪人。1933年北大哲学系毕业，转该校心理学系读研究生。在北大读书时发表短篇小说《烟圈》。1934年在上海任《人间世》月刊编辑。1936年发表了短篇小说《郭庆记》。1936年赴法国巴黎大学修哲学，获博士学位。全面抗战爆发后回国，居上海。先后任《天地人》等刊物主编。1937年以中篇小说《鬼恋》成名。"孤岛时期"滞留上海办报及创作，其间完成《吉布赛的诱惑》《荒谬的英法海峡》《精神病患者的悲歌》及《一家》四部长篇小说，成为上海最多产的畅销作家。1942年赴重庆执教于中央大学。1943年他的作品居大后方畅销书榜首，这一年被出版界誉为"徐訏年"。徐訏是一位主观想象型的作家，其早期作品往往以爱情为经，心理分析为纬，将浪漫传奇的幻境与哲学理念结合起来，构成了先锋与通俗的怪异组合。1944年出版长篇小说《风萧萧》。1948年出版《进香集》等5部诗集，总称《四十诗综》，收1932年以来的诗作。1950年赴香港，以写作为生，曾与曹聚仁等创办创垦出版社，合办《热风》半月刊。1960年出版描写抗战时期中国社会百态的长篇《江湖行》。1966年起先后任中文大学教授，香港浸会学院文学院院长兼中文系主任。

徐訏是中国现代文学史上的"鬼才作家"，他一方面吸收了中国传统文化的精华，另一方面又吸收了西方众多的文艺思潮，博采众长、兼收并蓄，因而他的小说创作形成了极具个性的风格特征。严家炎认为徐訏小说的个性风格主要表现在人物和故事有夸张理想成分，异国情调和神秘色彩，哲理、象征、诗情的追求等三方面，并把他和无名氏在40年代的小说称为"后期浪漫派"，与以创造社为主的早期浪漫派相呼应。

在严家炎看来,"后期浪漫派小说的出现,打破了艺术上的一统天下,开创了小说创作的一种新的境界"[①]。朱德发在《二十世纪中国文学流派论纲》"形态论"一章中把徐訏、无名氏小说称为"新浪漫派"小说。显然,研究者们认为徐訏的小说在题材的择取、手法的运用、语言的表达上,都呈现出浓郁的浪漫风格,然而他小说的浪漫风格又被冠以"后""新",其独特性不言而喻。徐訏40年代的浪漫小说继承了早期浪漫派的风格传统,又在此基础上实现了创造性突围。

  徐訏在文艺思想上处于开放的状态,他博采众长、兼收并蓄,一方面吸收中国传统文化的精华,一方面又吸收中国现代的文艺思想和西方众多的文艺思潮。传统与现代、东方与西方文艺的诸多元素,在他的精神世界中以互补的方式散发出无限的活力。所以,他的浪漫小说创作既与传统文化心态、文学模式有一定的渊源,又在西方文艺思潮的影响下形成了对传统浪漫小说的现代性突围。在中国传统文学中,浪漫主义应该算作一种"主情说",一种"言志缘情"的美。它由"言志"的功利性和现实性而发端,由"本于心"的主导来表现人的主观精神和内在情感。在表现过程中,以"志"和"心"两者的融合为原则,使诗人或作家的主观因素与气、才、情、性等情感的、性灵的特质共处,逐渐形成一种"情胜于理"的倾向,一种"发乎情""止乎礼义"的文学风格,一种"乐而不淫,哀而不伤"、"忿而不戾,怨而不怒"的中和之美。至"五四"以后的新文学,浪漫主义也不过是一种"释愤抒情"的创作精神,浪漫主义的概念也被解释为"一种摧陷廓清的神情",一种"要求解放,追求真理,要求自由"的志向。从"五四"时代起,中国现代文人中很少有人能像西方浪漫主义者那样,借助时代的罡风超越现实而放飞自己。这几乎是一种历史的宿命:"中国新文化人士在向传统作反抗的过程中付出不多,然而这剩余的精力恰恰不能用来做憧憬中放飞自己的燃料,而须用来作人生探求的思想资源和心力资本;他们被轻易地剥夺了传统的缧绁,却同时被现实的苦难和前路的迷惘缠住了起飞的翅膀"。以郁达夫为代表的浪漫主义小说,在创作中表现出强烈的主观性和自我性。就创作主题和题材的取向而言,他们紧密地贴近现实人生,热切地表现自己所体验到的社会生活;就创作的审美倾向和表现方法而言,他们作品中强烈的情感表现又都与鲜明的真、善、美的标准融汇在一起。所以,他们热切地表白:"表现上似与人生直接最没有关系的新旧浪漫派艺术,实际上对人世社会的痴愤,反而最深。"由此看来,以郁达夫为代表的"五四"浪漫主义所呈现出来的那些极度膨胀的自我性和过分夸大的主观性,依然是在关注现实人

[①] 严家炎.中国现代小说流派史.北京:人民文学出版社,1989.

生和社会价值的生存之理，传达浓郁的功利观、强烈的人道主义倾向和民族使命感。那些生之悲哀和爱之苦闷、狂飙突进式的激情，仍然是在吐露一种现实的情绪和真实的感情，表现植根于人生土壤上的心灵悲剧。纵观中国现代文学史，真正称得上浪漫主义的作家，实在是少之又少。被誉为浪漫主义大师的郭沫若，虽然有过短暂的充满"幻美的追寻，异国的情趣，怀古的幽思"的"狂飙"时期，但他很快就进行了自我否定，他甚至公开宣称要"在精神上是彻底同情无产阶级的社会主义的文艺，在形式上是彻底反对浪漫主义的写实主义的文艺"，以致后来是否放弃浪漫主义，都成了事关重大的"政治问题"，有很多人在浪漫主义面前望而却步了。以浪漫派著称的创造社作家，真正名副其实的浪漫著作微乎其微。甚至冰心、沈从文、废名等的浪漫主义，虽然也各自独具魅力，但都具有根深蒂固的现实性和真实性。因此，中国传统意义上的浪漫主义从来没有也永远不可能像西方浪漫主义那样，实现彻底的超越，走向彻底的浪漫。

徐訏的出现，可以说是中国现代浪漫主义文学史上的一个奇葩。在中国新文学史上，徐訏是绝无仅有的一位从哲学观到思维方式、从审美情趣到表现方法都十分西化的作家。他主张中国应该"全盘接受西洋文明"，认为它的"科学观"和"时代精神"可以把人的狂妄"鞭醒"。而中国文化落后的原因，就是因为不肯去了解比较那些理论的抽象的时代精神。徐訏尊崇西方哲学认识论的"客观""精密""有序"，认为这正是中国人所缺乏的，中国传统思维方式的"劣性"导致了"流氓性国民性"的形成，导致了中国人"不会创造，不会模信，没有主张，没有是非，不会革命。"徐訏像西方浪漫主义一样迷恋自然，在他看来，"大自然就是上帝"。此外，他还非常蔑视现实世界的轻薄和庸俗，他渴望"依赖一点钟声佛号的启示"，去"参悟到生死的平常，参悟到光阴的永生与万物的无常。"在他眼里，中国的诗人多是戴方巾的儒生，从小读书求功名，脑袋里没有冒险的故事，灵魂里没有生命的波澜，没有浪漫的流浪和空灵的幻想，所以，"西洋艺术超乎人生，为艺术而艺术，中国则永远为人生而艺术，……缺少崇高理想作品。"这种西式的价值取向和文学品格，也就决定了徐訏的小说必然走向西式的浪漫建构。

首先，在徐訏的浪漫小说中，哲学、心理学和宗教精神是小说格外突出的背景色调。徐訏是个典型的学者型作家，在大学期间就专攻哲学和心理学，虽然在早期受马克思主义哲学影响，但是对于康德、柏格森的唯心主义哲学，一直到行为主义心理学、弗洛伊德精神分析学都有浓厚的兴趣。此外，无论是中国传统佛教的菩提圆觉和寂灭空无境界，道教的虚静恬淡和飘逸超脱观念，还是西方基督教克己奉献、平等仁爱的精神都在徐訏身上投下了光芒，在一定的环境条件下，闪耀在其创作的不同层面。

其次，围绕小说的整体氛围则是一种浓郁的神秘色彩和异国情调。浪漫主义的作品往往"醉心于奇人、奇事、奇境"。徐訏也对这类题材充满兴趣，并创作了许多富有哥特式气息的恐怖场景，塑造了许多美丽的女鬼幽魂。其成名作《鬼恋》就是以"鬼"闻名。人鬼奇情、奇人异事、奇异框架下的人生……徐訏的成功很大程度上得益于他的这些离奇神秘的浪漫传奇。另外，"凡属光怪陆离、异国情调的东西就产生浪漫的印象"。徐訏小说中主人公的活动背景，大多在西方欧洲国家的领土或领海以内。其中《吉布赛的诱惑》不仅描绘了"世界罪恶的渊源"马赛的喧嚣与繁华，还写到叙述者"我"随着心爱的吉布赛女郎一起周游欧洲和美洲，从马赛到中国，从中国到维也纳，又从维也纳抵达美国的旅行。于是读者也随着这一帮"浪迹天涯"的人们，充分领略了世界各地的奇特风情与美丽风光。《犹太的彗星》里的叙述者"我"也同样带着读者在法国与意大利之间穿梭；《荒谬的英法海峡》里的"乌托邦"小岛，被作者设置在英法海峡之间；至于《精神病患者的悲歌》中的"我"与两位女主人公，更是一刻也没有离开过法国巴黎；《英伦的雾》里主人公的活动背景也在英国与西班牙之间。实际上，徐訏笔下的主人公无论身在巴黎还是马赛，无论是在英国伦敦还是西班牙的哪一个城市，都是无关紧要的，因为在它们都是清一色的浪漫奇特。

尼采曾说，浪漫主义的艺术和哲学就是指"一种宁愿相信空无，也就是宁愿相信虚无缥缈的东西也不相信此时此地的艺术哲学"。这也许就是中、西浪漫主义的主要区别。徐訏把现代主义的思想主题和浪漫传奇的爱情故事结合起来，把形而上的思索融化在离奇的故事情节里，在浪漫传奇中大量掺入现实主义和现代主义的成分，从故事的变幻曲折中透视、折射出现代主义的思想和情绪。尤其是那些梦幻的异国情调、神秘的鬼怪传奇、对于生命的超越态度等等，都显示了其格外浓郁的西洋风味，令人耳目一新，构成了中国现代浪漫文学史上一道独特亮丽的风景线。

思考练习

1. 试叙张爱玲小说的艺术特色。
2. 试叙徐訏小说的艺术风格。

第三章 作家论

【章目要览】

赵树理在民族化、大众化方面取得了最大的成功，他的小说多以华北农村为背景，反映农村社会的变迁和存在其间的矛盾斗争，塑造农村各式人物形象，开创了"山药蛋派"，成为新中国文学史上最重要、最有影响的文学流派之一。孙犁的短篇小说体现了独到的美学理想。沙汀、路翎、张爱玲都以自己的独特风格成为本时期主要的小说作家。艾青是继郭沫若后推动一代诗风的重要诗人。田间的诗充满时代精神和战斗气息。

【重点提示】

赵树理对文学的贡献及局限；评书体小说；艾青诗歌的意象派艺术；"太阳""土地"意象群；赵树理代表作《小二黑结婚》《李有才板话》《李家庄的变迁》；艾青代表作《大堰河——我的保姆》《向太阳》《雪落在中国的土地上》。

【拓展阅读】

1. 戴光中. 关于"赵树理方向"的再认识. 上海文艺，1988（4）.

2. 赵勇. 可说性文本的成败得失——对赵树理的小说叙事模式、传播方式和接受图式的思考. 通俗文学评论，1996（4）.

3. 程光炜等. 中国现代文学史. 北京：中国人民大学出版社，2000.

4. 骆寒超. 艾青论. 杭州：浙江人民出版社，1982.

5. 钱理群，温儒敏，吴福辉. 中国现代文学三十年. 北京：北京大学出版社，1998.

6. 叶君. 参与、守持与怀乡——孙犁论. 北京：中国社会科学出版社，2006.

第一节　赵树理：农村现实问题的持续关注

赵树理（1906—1970），山西沁水县人，原名赵树礼，从小深受民间文艺的熏陶。1925年考入山西长治第四师范学校，求学期间受到"五四"新文学的影响，开始了新诗和小说的创作。但当他将一些新文学作品念给他的父亲和农民朋友们听时，却受到了冷落，他从中悟出农民喜欢的还是民间那些传统的文艺形式和通俗的语言文字。因此，他"以后即使向他们介绍知识分子的话，也要设法把知识分子的话译成他们的话来说，时间久了就变成了习惯"。这促使他"在后来的长期生活和写作生涯中，注重改造'学生腔'和'欧化句法'，努力运用农民群众的语言进行写作"[1]。自觉从事新通俗文艺实践的赵树理，于1943年5月写出短篇小说《小二黑结婚》，时任八路军副总司令的彭德怀阅读了这篇作品，给予高度评价："像这种从群众调查研究中写出来的通俗故事还不多见"[2]，旋即交新华书店出版。这个作品一出版，就受到根据地广大群众的热烈欢迎，很快被改编成各种戏曲上演。同年10月《李有才板话》写成出版，此后，赵树理佳作不断：《来来往往》《孟祥英翻身》《地板》《李家庄的变迁》《催粮差》《福贵》《刘二和与王继圣》《小经理》《邪不压正》《传家宝》《田寡妇看瓜》等。这些作品在解放区和国统区都产生了广泛的影响。周扬高度评价赵树理是"一位在成名之前已经相当成熟的作家，一位具有新颖独创的大众风格的人民艺术家"，并且对赵树理作品在人物塑造、语言运用等方面的基本特点做了总结。郭沫若热情赞扬赵树理的小说："我是完全被陶醉了，被那新颖、健康、朴素的内容与手法。这儿有新的天地、新的人物、新的文化。"认为赵树理"创出了新的通俗文体"。茅盾认为赵树理的小说是"大众化的作品"，"是走向民族形式的一个里程碑，解放区以外的作者们足资借镜"。1947年七八月间，晋冀鲁豫边区文联召开文艺工作座谈会，文联负责人陈荒煤正式提出了把"赵树理方向"，"作为边区文艺界开展创作运动的一个号召"[3]。

赵树理小说多来自他熟悉的农村和农民生活。他是继鲁迅之后最了解农民的一位作家。与鲁迅一样，赵树理深切地懂得旧中国农民的痛苦，不仅政治上受压迫、经济

---

[1] 董大中.赵树理评传.天津：百花文艺出版社，1990.
[2] 董大中.赵树理评传.天津：百花文艺出版社，1990.
[3] 陈荒煤.向赵树理方向迈进.人民日报，1947-8-10.

上受剥削，而且精神上被奴役。他懂得农民摆脱旧的文化制度、风俗习惯的艰巨性，这样，他在观察和表现中国农村社会时，就有了与鲁迅大体相同的角度，即从农民的思想、心理状态以及人与人之间的关系角度去进行历史的考察。但赵树理的时代毕竟不同于鲁迅的时代，农民在解放区的政治文化环境下，已经获得了初步的经济和政治上的翻身。因此，赵树理作品的主题就是表现中国农民在政治、经济上翻身的过程中，精神、心理状态的变化，人的地位、家庭内部关系（长幼关系、婚姻关系、婆媳关系等）的变化，通过这个变化过程，来显示农民改造的长期性与艰巨性。

《小二黑结婚》是赵树理的成名作，也是中国现代文学中著名的短篇小说之一。作品通过边区青年农民小二黑和小芹争取婚姻自主的故事，描写了农村中新生的进步力量同落后愚昧的迷信思想及封建反动势力之间的尖锐斗争，以主人公在新政权的支持下突破阻碍获得幸福婚姻，显示出民主政权的力量和新思想的胜利。小说在人物形象刻画上取得了较高的艺术成就。作品所着力刻画的小二黑和小芹，是解放区农村的新人形象，在他们身上体现了在新的历史时期，农村新人在成长过程最初阶段的精神面貌。小二黑与小芹的恋爱，既要面对金旺、兴旺兄弟这样的农村封建恶势力的破坏，还要面对来自家人基于封建迷信和旧婚姻观念而产生的阻挠，这的确是对新一代农民进步意识的双重考验。在他们身上所表现出来的敢爱、敢恨、敢于斗争的坚强性格和情感力量，正是对新生力量、对爱情的赞扬。作品中的二诸葛、三仙姑是作为陪衬出现的，但在人物形象的塑造上却更为出色。二诸葛老实、善良、胆小怕事，然而封建思想、家长作风严重，他因为迷信，认为小二黑和小芹"命相不合"，坚决反对他俩的婚事，还给小二黑收了一个八九岁的小姑娘作童养媳，并求区长"恩典恩典"，别让小二黑和小芹成婚。这是一个在封建思想统治、封建势力压迫下软弱、迂腐的农民形象。三仙姑同样是落后人物，但与二诸葛不同的是，她身上更多地体现出被封建糟粕腐蚀并沾染了一些陋习的特征。她游手好闲、作风轻浮，竟和女儿争风吃醋；她的变态性格使之为小二黑、小芹的自由恋爱设置了重重阻碍。二诸葛和三仙姑都是农村封建落后意识的代表人物，但作品并没有将他们作为"坏人"来加以表现，而是突出刻画他们性格中的迷信、愚昧和落后，揭示他们心态与行为的荒唐和不合时宜，从而在善意的调侃、嘲弄中实现对封建落后思想的批判。二诸葛和三仙姑的形象，是中国现代文学上不可多得的艺术典型。

同年，赵树理还创作了《李有才板话》，这部作品也是赵树理早期的代表作之一。作品相当集中、凝练、生动地写出了解放区的农村斗争。阎家山农民长期受到地主阎恒元的压迫，抗战时阎家山成为抗日根据地，阎恒元表面上失去了权力，但暗地里仍通过打击、分化农民干部，收买落后干部和农民，达到继续操纵村政权的目的。造成这种状况的原因之一，是村里的章工作员虽有工作热情，但缺少工作经验，犯了主观主义和官僚主义错误。直到县农救会主任老杨来到这里才发现了问题，并通过走群众路线，改造了村政权，清算了阎恒元一伙。这篇作品有很强的现实针对性，作者曾这样说过："我写《李有才板话》时，那时我们的工作有些地方不深入，特别对狡猾的地主还发现不够，章工作员式的人多，老杨式的人少，应该提倡老杨式的做法，于是我写了这篇小说。"《李有才板话》塑造了不同类型的农民形象。小顺、小保、小元、小明等小字辈人物是成长中的青年农民形象，他们接受新思想比较快，在与地主的斗争中往往站在前列，但有其社会阅历和思想认识的局限。老秦是不觉悟的老一代农民的形象，他胆小怕事、思想保守，自己受尽欺压，但内心却鄙视穷人。在老杨领导阎家山人民斗倒阎恒元之后，他又感激地在老杨面前下跪。李有才是作品中塑造得最好的人物形象。这是一个对敌斗争坚决而又富有经验、讲究策略的老贫农的形象，他无家无业，一贫如洗，性格开朗，机智幽默。他对地主有较深的恨，故有较强的革命要求。他生活阅历丰富，故较有城府，懂得保护自己，讲究机智应变，他以快板为武器团结了群众，揭露了敌人的阴谋诡计。这些农民形象，真实地反映了当时解放区农村的基本现实状况。《李家庄的变迁》是赵树理抗战时期创作的长篇小说。这部小说反映的社会内容比较丰富，历史跨度大，通过农民铁锁的经历，写了20年间一个村庄的历史变迁，反映了中国农村在抗战时期的变革。作品在当时也产生了一定的影响，但作者更擅长短篇小说，驾驭长篇的力量似有不足，故这部长篇小说不如他那些短篇脍炙人口。

赵树理的小说可以称为"问题小说"。赵树理曾反复说起过自己创作小说的动机："我写的小说，都是我下乡工作时在工作中所碰到的问题，感到不解决会妨碍我们工作的进展，应该把它提出来"；"在做群众工作的过程中，遇到了非解决不可而又不是轻易能解决的问题"，"如有些很热心的青年同事，不了解农村中的实际情况，为表面上的工作成绩所迷惑，我便写《李有才板话》。农村习惯上误以为出租土地不纯是剥削，我便写《地板》"。抗战胜利后，赵树理的小说主要表现农村的民主改革，如《福贵》写解放区农村改造二流子的问题，《小经理》写农村合作化中对文化人才的需求，《传家宝》通过婆媳关系写农村人际关系的变化和人们价值观念的转换。引人注目的是写土改的小说《邪不压正》。这篇作品与当时一般表现土改斗争的作品不同，突出反映了土改斗争中的"左"倾错误，即土改中扩大打击面，损害了中农利益。作品涉及对小生产者根深蒂固的私有观念和自利意识的揭示和批评：一些党员干部和农民积极分子在土改斗争中一旦掌了权，便以权谋私；当地主的财产分光后，为了继续获取经济利益，便把打击目标扩大至中农。作品及时抓住土改中出现的问题加以揭示，对当时正轰轰烈烈开展的全国土改运动具有警示作用。总之，赵树理的小说抓住了当时现实斗争中的一些重要问题，例如如何识别地主，发现真正的基本群众，如何支持农民的民主改革要求，如何正确处理敌我和人民内部矛盾，如何帮助在政治上获得新生的农民在伦理、思想、意识、观念等方面获得真正的解放等等。

赵树理对中国传统的评书体形式加以改造，创造了一种新的评书体小说形式，推进了中国现代小说的民族化。在小说结构上，赵树理的小说借鉴了中国传统评书、章回体小说中注重故事连贯性和完整性的写法，抛弃呆板的套式，适应了中国农民的欣赏习惯。"五四"以来的中国现代小说，尤其是短篇小说在较大程度上借鉴了西方短篇小说"截取横断面"的结构形式，这对中国小说形式的创新起了积极的推动作用，但由于不注重情节的完整性和连贯性，与中国农民的欣赏习惯不相适应，因而很难占领广大乡村的文化阵地。正是在这个意义上，赵树理小说对中国现代小说的多样性发展做出了独特的贡献。在人物塑造上，赵树理既注重在叙述故事中介绍人物，又注意以人物的行动来揭示其心理和性格，尤其注重将人物放到具体的情境中去加以表现，用人物自己的语言、行为动态地展现人物的性格；这也正是中国传统小说表现手法的重要特点。赵树理的小说无论是形象体系还是情节结构，都具有明显的对称性。以《小二黑结婚》为例，从人物设置来说，人物之间不仅存在着对应关系（小二黑与小芹、二诸葛与三仙姑、小二黑不管事的娘与小芹管不了事的爹、村长与区长、金旺与兴旺等等），而且对每一方描写的笔墨也大致相等，这使人物性格在相互映照、彼此衬托中更加鲜明突出，给读者留下难忘的印象；从情节结构看，作者在小二黑结婚的中心事件中设置了小二黑、小芹与二诸葛、三仙姑，以及小二黑、小芹与金旺、兴旺之间的两组矛盾冲突，各自形成矛盾线索，时而交替，时而合流，在大故事之中又有许多小故事。各个小故事之间既相对独立又彼此相连，成为大故事不可分割的组成部分，使情节发展前因后果、来龙去脉十分清楚。在小说语言方面，赵树理注重使用经过提炼、纯化了的北方农民口语，加入必要的现代语汇，偶尔融入说书的语调，创造出一种既质朴通俗、简洁有力，又生动活泼、幽默有趣的语言。这种小说语言既成就了赵树理小说独特的艺术风格，也为中国现代小说语言的民族化做出了重要的贡献。

赵树理的小说创作为解放区文坛带来了新的活力，在解决新文学与农民沟通问题上提供了一些成功的经验。这些经验给许多作家以启示，40年代及50年代有一些山西作家如马烽、西戎、胡正、孙谦、束为等，在赵树理小说经验的影响下从事创作，形成了文学史上被称为"山药蛋派"的文学流派。

第二节 艾青：土地与太阳的深情歌手

艾青（1910—1996），浙江金华人，原名蒋海澄，另有笔名莪伽、克阿等。幼时被父亲送到村里最贫苦的农妇大叶荷家寄养，这段经历使得艾青在童年时就对劳动人民勤劳善良的品质和悲苦的命运留下了不可磨灭的印象。他同情这些不幸者，也感染了中国农民的忧郁。艾青1925年进金华浙江省立第七中学读初中，1928年初中毕业后考入杭州国立西湖艺术院绘画系。翌年春天，赴法国勤工俭学。他在巴黎三年，接触了大量西方哲学、政治、文学、艺术书籍，扩大了视野。在绘画上，他爱上了后期印象派；在文学上，19世纪俄罗斯旧现实主义的大师们揭开了他"对现实社会认识的帷幕"。他爱读马雅可夫斯基、叶赛宁、勃洛克、惠特曼、凡尔哈仑等"比较接近我们自己时代的诗人们"的诗，也对法国象征派诗人波特莱尔、兰波，超现实派诗人阿波里内尔等有浓厚的兴趣，所以艾青在巴黎度过的是"物质上贫困，精神上自由的三年"[①]。他还在那里切身感受到一个殖民地人民的耻辱与仇恨，曾参加由巴比塞领导的反帝大同盟东方部的一次集会，写下一生第一首诗《会合》。"一·二八事变"发生的那一天，他从马赛乘船回国。

回国后，艾青在上海加入中国左翼美术家联盟。在一次活动中，他和力扬、江丰等被法租界巡捕房逮捕，并以"危害民国"罪，投入国民党监狱，整整3年又3个月。在狱中他正式开始写诗，最早写的是《透明的夜》。1933年1月14日写出成名作《大堰河——我的保姆》。"大堰河"是他乳娘大叶荷的上海话谐音。该诗于1934年5月在《春光》第1卷第5号上用"艾青"的笔名发表后，茅盾曾加以推荐："新近我读了青年诗人艾青的《大堰河——我的保姆》。这是一首长诗，用沉郁的笔调细腻地写出乳娘兼女佣'大堰河'的生活痛苦……我不能不喜欢《大堰河》。"该诗很快走出国境，"传到日本，轰动一时，有人读了落泪，有人译成日文"。艾青在此前后还写了《聆听》《芦笛》《一个拿撒勒人的死》《巴黎》《马赛》《画者的行吟》《九百个》《铁窗里》等狱中诗。他终于戴着脚镣跨上了诗坛。1935年10月艾青出狱，先是在常州女子师范学校教书，1936年秋又去上海，担任《天下日报》副刊编辑。这年11月，他的第一本诗集《大堰河》自费在上海群众杂志公司出版，收有包括《大堰河——我的保姆》在内的9首狱中诗。诗集出版后，文坛一致肯定艾青的诗歌才能，胡风认为

[①] 艾青.艾青全集（第3卷）.石家庄：花山文艺出版社，1994.

"他提出了对于'这不公道的世界'的诅咒,告白了他和被侮辱的兄弟们比以前'更要亲密'";"他礼赞了牺牲底伟大,在礼赞里他确信了理想底胜利";"他用着明朗的调子唱出了新鲜的力量,充溢着乐观空气的野生的人生";他"已经显示了健旺的心",而"他底歌总是"我底歌'"[①]。

全面抗战爆发后,艾青奔向抗日的中心地武汉。他阅遍了人民流离失所、四散逃亡的景象,"以悲哀浸融在那些冰凉的碎片一起,写下了《雪落在中国的土地上》",并很快在1938年1月16日汉口出版的《七月》第3集第1期上发表。随即他受山西民族革命大学之聘,会同萧军、萧红、田间、塞克等作家、艺术家奔向山西前线。当火车越过长江,奔驰在北方的原野上时,一幅幅触目惊心的苦难情景进入了艾青的灵魂深处,但"每天列车走着无数的士兵与辎重与马匹驰向前线"的镜头,又使他"看见了中国的深厚的力量",写下了一组以《北方》为代表的诗《北方诗草》。不久他会同作家高阳、画家张仃等组成"抗日艺术队",由他任团长,出没于战地宣传抗日,"看见了民族的力量在无限止地生长,扩大到任何一个角落",并切身感受到唯有民众才是"新的中国的基本的构成",因此情绪昂扬,抗战必胜的信心倍增。4月下旬返回武汉,"在这种新的信心里,写了《向太阳》,以最高的热度赞美着光明,赞美着民主"。这首规模宏大,表现中国人民团结一心、同仇敌忾反抗日本侵略的抒情长诗,很快在《七月》上发表,轰动了文坛。武汉即将失守时,他写下一首表达自己爱国心迹的短诗《我爱这土地》,吟唱着"为什么我的眼里常含泪水?/因为我对这土地爱得深沉"的诗句,后来来到桂林。

艾青在桂林编《广西日报》的文艺副刊《南方》。当年桂林爱国文化人云集,《南方》办刊方针又得到许多作家、诗人的支持,因此一开始就办得轰轰烈烈。1939年1月,他的诗集《北方》出版,收入《他起来了》《雪落在中国的土地上》《北方》《手推车》《补衣妇》《乞丐》等8首诗,又一次引起巨大的社会反响,不少评论文章认为这本诗集有一种忧郁的情调,这是由民族的灾祸与人民的苦难激发出来的,并且这忧郁内蕴着一股力,能把民族复兴、人民解放的战斗信念激发出来。他旋又一连写出两篇叙事长诗《吹号者》和《他死在第二次》。《吹号者》标志着艾青40年代创作的最高成就,随着这首诗在《文艺阵地》第3卷第3期上的发表,艾青在抗战前期以表现反侵略战争为主的抒情时代也结束了。

1939年8月,艾青辞去《广西日报》副刊《南方》的编辑工作,到湖南新宁一

---

① 胡风.吹芦笛的诗人.文学,1937年第8卷第2期.

所乡村师范学校教书，开始了抗战中后期以民主主义为核心主题的抒情时代。在栖居于西南山岳地带的日子里，艾青的生活相对平静。他除了完成一部诗学论著《诗论》外，又因"久久沉于莽原的粗犷与无羁，不自禁而有所歌唱"，写下了《旷野》《冬天的池沼》《船夫与船》等田园诗，多数写的是"中国农村的亘古的阴郁与农民的没有终止的劳顿"，且"深深地染上了土地的忧郁"，特别是《旷野》抒写旷野的荒芜萧条、农家的贫穷寂寞，意象迭出、意境深远，最为成功，"还有一点'社会'的东西"，这就是"合理地解决土地问题"，而"这是抗战建国的基本问题"——民主主义的一个方面。这是艾青对民主主义这个主题探索的开始。到 1940 年春天，他又踏上漂泊之路，离开新宁到了重庆。途中，他以四天时间写成一部长篇叙事诗《火把》，"它的思想内容就是民主主义"。艾青是拿着这部诗稿到达重庆的，它很快在《中苏文化》第 6 卷第 5 期"高尔基纪念号"上发表出来，在山城重庆以及根据地的各种集会上被争相朗诵，《新华日报》等发表了高度评价的文章。不久艾青投奔延安。

在延安，艾青多年漂泊的生活终于安顿下来。他被安排在文艺界抗敌协会延安分会工作。他和丁玲一起参加了 1942 年的延安文艺工作座谈会，听了毛泽东的讲话。会后，他按《讲话》精神深入工农兵群众，体验生活，改造自己的世界观，积极调查、研究民间文艺，改造自己的艺术风格，进行创作，写了像叙事长诗《雪里钻》这样的正面表现抗战、讴歌战士的爱国主义诗篇，显得明朗、健康和充满力感，但更多的诗人是面对新世界做全新的民主主义探索。他写了《献给乡村的诗》等表现旧的乡村，也写了《吴满有》《秋天的早晨》等表现新的农村。他还写了《黎明的通知》《向世界宣布吧》《野火》等诗篇，其中象征光明策源地延安的《野火》一诗，为艾青民主主义主题的诗性探求画了一个完美的句号。

艾青是个具有独创性的诗人。他在《我爱这土地》里说自己要"用嘶哑的喉咙歌唱"，他所要歌唱的对象是如下三类："被暴风雨所打击着的土地"，表现出来的是随灾祸与苦难而来的生存忧患感；"汹涌着我们的悲愤的河流"和"无止息地吹刮着的激怒的风"，表现出来的是随反叛抗争而来的奋起拼搏感；"那来自林间的无比温柔的黎明"，表现出来的是随自由解放而来的社会光明感。这表明艾青的情感世界是由忧患感、拼搏感和光明感组成的，而寄寓这三类感受的分别是土地、波浪和太阳这三类意象体系。由对土地意象的表现所完成的忧患型诗篇，以《大堰河——我的保姆》《雪落在中国的土地上》《北方》《旷野》等为代表。诗的抒情主人公都是与土地相依为命的"土地垦殖者"，艾青以悲哀浸溶着土地系列中的一个个意象，并按照现实主义的创作原则描写它们，生存忧患感十分深沉。由对河流意象的表现所完成的抗争型诗篇，《浪》《风陵渡》《河（一）》《解冻》等是代表。这些诗中由波浪意象所兴发出来的是对动与力的张扬，它们是按照浪漫主义的创作原则写成的，抗争感十分强烈，显示出艾青作为精神型诗人的特色。由对太阳意象的表现所完成的光明型诗篇，《太阳（"从远古的墓茔"）》《向太阳》《火把》《野火》等是代表。《太阳》里太阳意象系列表现很奇特，这些象征含意深远，令人遐思无限。《野火》里的野火是太阳意象的派生物，让灵与物所意指的精神生活与物质生活和谐相融于野火这个意象，凸现出丰富的象征内涵。它们基本上是按现代主义的创作思路写成的，社会光明感能给人以真实的信赖。这些都说明，艾青是一个能把现实主义、浪漫主义与现代主义融汇于自己的创作个性而讴歌时代的诗人。《吹号者》集中地反映着这位诗人从现实主义精神出发，把这三大创作原则交融成一体的抒情风格。艾青自己也说过，这首诗"以最真挚的歌献给了战斗，献给牺牲"，同时，"这好像是对于'诗人'的一个暗喻，一个对于'诗人'的太理想化了的注解"。

　　艾青在《诗论》中说："一首诗的胜利，不仅是那诗所表现的思想的胜利，同时也是那诗的美学的胜利——而后者常被理论家们所忽视。"这种诗歌观念决定了艾青这位始终致力于为时代而歌唱的诗人又是一个极重诗歌艺术的诗人。他有敏锐地捕捉和用语言来营造意象进行抒情的艺术才能，"无论是梦是幻想，必须是固体"。当然，这句话同他的画家出身有密切关系，他的诗歌技巧也同绘画有着密切关系。如《雪落在中国的土地上》中这样表现"土地的垦殖者"苦难的生涯："失去了他们肥沃的田地／拥挤在／生活的绝望的污巷里。／饥馑的大地／朝向阴暗的天／伸出乞援的／颤抖着的两臂。"战乱中人们四处逃亡的苦难情状，艾青采用这种以理性联想营构成的拟喻化意象动人地传达出来。这种借意象抒情的艺术追求，还因其意象构成的繁复而膨胀，导致传统诗歌语言或一般书面语言难以承载，只有散文结构的口语才能胜任，因此艾青提倡口语美："口语是美的，它存在于人的日常生活里。它富有人间味。它使我们感到无比的亲切。"而"口语是最散文的"，艾青提倡诗的散文美就是指口语美。他又说"散文的自由性给文学的形象以表现的便利"，而这自由性所指的是摧毁形式的韵律化，因此艾青还进一步主张用自由体写诗，即根据情绪内在波动而生的自然语调来分行、分节写成自由体的诗。这使得艾青成了中国自由体诗歌传统发展到40年代的集大成者，并影响了一代诗人。七月诗派的绿原为《白色花》写的序中就说："本集的作者们作为这个传统的自觉的追随者，始终欣然承认，他们大多数人是在艾青的影响下成长起来的。"

思考练习

1. 简述赵树理小说的语言特色。
2. 从《小二黑结婚》看赵树理小说的创作特色。
3. 简述艾青诗歌的两大意象。
4. 简述艾青诗歌的情感美。

第四编

现实主义为主潮的社会主义文学

(1949—1976)

第一章
文学史概况

【章目要览】

　　中华人民共和国成立以后,一种有别于旧时代的文学体制也在逐步探索和建立。中华全国文学艺术工作者代表大会(简称第一次文代会)的召开是新中国文学全面建设的起点。随着社会主义革命和社会主义建设进程的展开,文学紧跟时代,为建设社会主义服务被提到前所未有的地位。这样,文学秩序的不断规范与文学政策的逐步调整就成了这一时期文学发展的重要特点。

【重点提示】

　　第一次文代会对于新中国文学发展方向的重要意义;文学政策的调整和文学秩序的规范过程中几次大的文学运动;"双百方针"的提出与实施;社会主义现实主义、"两结合"的创作方法等对新中国文学发展的影响。

【拓展阅读】

　　1. 朱寨.中国当代文学思潮史.北京:人民文学出版社,1987.

　　2. 洪子诚.问题与方法——中国当代文学史研究讲稿.北京:三联书店,2002.

第一节　文学体制的建立

1949年中华人民共和国成立，标志着社会主义制度在中国大陆确立。中国共产党领导的人民民主专政的社会主义国家体制，深刻地影响着中国文学的现代化历史进程。1949年至1976年，中国现代文学出现整体转型，20世纪二三十年代"左翼文学"和40年代解放区"工农兵文学"文艺传统在全国范围内延续和发展，同时文学又在不断趋向纯粹的革命文学规范，以高度体制化形态呈现出新中国文学的基本特征。

1949年之后的中国文学，约定俗成被称为当代文学。总体来看，当代文学仍是现代文学嬗变过程中的一个组成部分。这是一个具有复杂意识形态性与知识性的概念，尤其是在50至70年代的中国大陆地区，意味着与"新时代""新社会"相应的文学"新"方向和"新"预期，体现中国共产党领导的社会政治力量建设社会主义文学的想象与规划。这种想象与规划的实施，是以对20世纪上半叶中国新文学的现代传统的清理为起点，并通过一系列文学运动即持续性的文学规范化行为展开的。

一、第一次文代会

20世纪40年代后期到50年代初，因国内政局的巨大变化，有的作家离开大陆去了台湾、香港，有的则干脆去了国外。也有许多文学艺术家怀着对新政权的信任和新社会的期待，从香港或国外返回，纷纷到达北京这座文化古城，这样就形成了全国文艺大军的第一次大会师。

1949年3月，华北文化艺术工作委员会和华北文协在北京举行茶话会，郭沫若提出召开大会以成立全国性文艺界组织的建议，得到与会者的一致赞同。接着，由当时的全国"文协"和华北文协理事联席会议，选出了郭沫若、茅盾、周扬等42人组成的筹委会，负责召开中华全国文学艺术工作者代表大会（即第一次文代会）的一切准备工作。

经过3个月的筹备，这次文学艺术界的盛会于1949年7月2日在北京正式开幕。出席会议的代表有824人，分平津（一、二团）、华北、西北、东北、华东、华中、部队和南方（一、二团）等10个代表团。大会选出了99人组成的主席团，由郭沫若任总主席，茅盾和周扬任副总主席。

朱德同志代表党中央致祝辞，毛泽东同志亲临会场，向全体代表表示亲切的关怀，并作了即兴讲话。周恩来同志作了政治报告。郭沫若致了开幕辞并作了"为建设新中国的人民文艺而奋斗"的报告,茅盾和周扬代表国统区和解放区先后作了题为"在反动派压迫下斗争和发展的革命文艺"和"新的人民的文艺"的报告,介绍和总结了两大区域文艺创作和文艺运动的基本情况。

大会历时 18 天,于 7 月 19 日胜利闭幕,成立了郭沫若为主席,茅盾、周扬为副主席的中华全国文学艺术界联合会(1953 年改名为中国文学艺术界联合会)来实现对文学艺术界的组织和领导。会后,"文联"下属的各种协会也相继成立,最重要的是选举并成立了茅盾为主席,丁玲、柯仲平为副主席的中华全国文学工作者协会(1953 年 9 月改名为中国作家协会)。全国文联和中国作家协会对文学进行思想领导的重要机关刊物《文艺报》和《人民文学》也在文代会后创刊。

第一次文代会是新中国文学艺术的新起点,具有深远的现实意义和历史意义。

第一,标志着我国文艺界两支队伍的大会师。周恩来等人在报告中强调,这次会议的召开,意味着来自不同方面的文艺界人士的"大团结,大会师"。这个大集合、大团结是经过三十年来的艰苦斗争取得的,具有广泛的群众性和坚实的政治基础,包括各个民族的、各种艺术风格的、党与非党的、新文艺界与旧文艺界的、部队与地方的文艺工作者。这次团结"是在新民主主义旗帜下,在毛主席新文艺方向之下的胜利的大团结,大会师[①]"。

第二,这次大会确立了以毛泽东的《在延安文艺座谈会上的讲话》作为全国文艺工作的总方向,确立文艺为人民大众首先是为工农兵服务的总方针。这次会议上,延安文学所代表的方向被确立为当代文学的方向。延安文学的创作、理论批评以及解放区文学工作、文学运动开展方式和方针政策都被作为主要经验继承下来。这样的基本方针明确之后,关于文艺工作者的深入生活、文艺的普及与提高、旧文艺的改造以及文艺创作与文艺批评方面的政策都有了具体的规定。

在文学史叙述中,这次大会常常被当成"当代文学"的起点。

二、"社会主义现实主义"与"两结合"

在三年国民经济恢复工作之后,党提出了过渡时期的总路线,我国开始了第一个五年建设计划。为了适应新的历史时期国家建设和人民文化生活的需要,总结中华人

[①] 周恩来.在中华全国文学艺术工作者代表大会上的政治报告.见中华全国文学艺术工作者代表大会宣传组.中华全国文学艺术工作者代表大会纪念文集.北京:新华书店,1950.

民共和国成立后文艺工作的经验,进一步发展文艺事业,1953年9月23日至10月6日,第二次文代会在北京召开。开会之前,毛泽东曾对大会的内容、议程作了具体指示,并提出殷切的希望。周恩来同志亲临大会作了题为"为总路线而奋斗的文艺工作者的任务"的政治报告。周扬作了题为"为创造更多的优秀的文学艺术作品而奋斗"的报告。

第二次文代会总结了中华人民共和国成立以来文艺发展情况,指出了文艺创作中的公式化、概念化倾向和文艺批评中的简单化、庸俗化倾向。把文艺工作者必须以抓创作为主、鼓励他们创作出更好更多的作品确定为社会主义改造时期文艺的新任务;把塑造新英雄人物形象确定为社会主义文艺的基本要求。这次大会围绕发展文艺创作这个中心议题,比较系统地阐述了发展社会主义文艺的一些基本问题,其中之一就是关于社会主义现实主义创作方法问题。邵荃麟指出:我们的文学艺术基本上是现实主义的,"五四"以来,中国革命的文艺就是在无产阶级领导下,沿着社会主义现实主义的方向发展过来的。中华人民共和国成立以后,社会主义现实主义的文学艺术的发展有了更广泛的现实基础,这就要求我们在社会主义文学实践中,进一步学习和掌握社会主义现实主义的创作方法,"创造出更多更好的,各种样式的,适合人民各种不同文化水平的作品",用社会主义精神去教育人民,提高人民的思想觉悟和道德情操。他还指出:社会主义现实主义文学"具有最广阔的内容,和最多样的风格与形式"[①]。我们提倡作家学习和掌握社会主义现实主义创作方法,绝不是排斥一切还不是社会主义现实主义的文学,如果"把社会主义现实主义方法变成艺术创作的死的格式,用它自己主观的尺寸来随便地硬套一切作品,那就是和社会主义现实主义的精神正相违背了"[②]。这次会议,把社会主义现实主义创作方法确立为中国文学创作的方法和批评应遵循的准则。

1958年,中国开始了"共产主义文学艺术"的构想。华夫撰写了《文艺报》专论《文艺放出卫星来》。同年3月22日,毛泽东在酝酿"大跃进"的成都会议上,正式号召搜集和创作新民歌。郭沫若为此发表了《关于大规模搜集民歌答〈民间文学〉编辑部问》。4月26日,周扬主持文联、作协、民间文艺研究会的民歌座谈会,发出了"采风大军总动员"。写诗被当作一个革命的政治运动,下任务、定计划、创长篇,出现了遍及城乡的"新民歌运动"。按照周扬的说法,"我们的祖国简直要成为一个

[①] 邵荃麟.沿着社会主义现实主义的方向前进.人民文学,1953(1).
[②] 周扬.为创造更多的优秀的文学艺术作品而奋斗.文艺报,1953(19).

诗国"①。在"人有多大胆，地有多大产"的时代，只要敢想，什么都有，因此他们极度夸张地唱到："一个谷穗不算长/黄河上面架桥梁/十辆卡车并排过/火车来往不晃荡//一粒麦子三天粮/秸当柱/芒当梁/麦壳当瓦盖楼房//。""天上没有玉皇/地下没有龙王/我就是玉皇/我就是龙王/喝令三山五岳开道/我来了"，诗人们凭借出人意料的想象力和前所未有的豪迈气概参与了新民歌创作。

就在"新民歌运动"开展的同时，毛泽东在成都会议上对中国新诗提出了"内容应是现实主义和浪漫主义的对立统一"的要求，经过不断的理论化、系统化，逐步被明确为全体文艺工作者的努力方向和"应该掌握"的"艺术方法"②。1958年5月，毛泽东在中共八届二中全会上更是明确提出"无产阶级文学艺术应采用革命现实主义和革命浪漫主义相结合的方法"。6月，周扬又在《红旗》上发文指出，毛泽东对"两结合"的提倡，"是对全部的文学历史的经验的科学概括"，"应当成为我们全体文艺工作者共同奋斗的方向"，毛泽东的诗词便是"两结合"的"最好的范本"，新民歌也"表现了这个特色，所以值得我们珍贵"③。这样，"两结合"便成了文学艺术工作者唯一应该遵循的创作方法。

思考练习

1. 名词解释：第一次文代会　社会主义现实主义　两结合
2. 简述第一次文代会对中国当代文学产生的影响。

---

① 周扬.新民歌开拓了诗歌的新道路.红旗，1958（1）.
② 郭沫若.为争取我国社会主义文艺事业的更大跃进而奋斗.文艺报，1960（13、14）.
③ 周扬.新民歌开拓了诗歌的新道路.红旗，1958（1）.

第二节　文学秩序的规范

从20世纪20年代初到40年代后期，革命文艺、左翼文学、延安文艺的展开，体现了左翼文艺界长期的、持续不断的建立新文学范式的努力。以重大事件或重要政策为标志，20世纪50—70年代的新中国文学秩序建立与规范大体上也呈现出较为清晰的脉络：1949—1955年间的文艺批判运动以及对萧也牧等人小说的批评；1957年开始的文艺界反右运动；1962年9月，党的八届十中全会上"千万不要忘记阶级斗争"的提出到1965年《评新编历史剧〈海瑞罢官〉》的发表；1966—1976年"文化大革命"。

一、对电影《武训传》的批判

中华人民共和国成立前夕召开的七届二中全会明确规定了党在全国胜利以后由新民主主义社会转变为社会主义社会的任务和途径，提出国内的矛盾将是无产阶级与资产阶级之间的矛盾。基于这一理论，大会号召要反对那些否定被压迫人民的思想倾向，批判向反动的封建统治投降的资产阶级改良主义、唯心主义思想。这样，政治上的阶级斗争，便首先在思想文化战线尤其是文艺领域揭开序幕。对电影《武训传》的批判便是中华人民共和国成立以后第一次大规模的文艺运动和文艺思想斗争。

《武训传》是孙瑜编写的一部电影文学剧本。1948年由昆仑影片公司摄制，完成三分之一即中断。中华人民共和国成立后，这部影片于1950年重新开拍，花了将近一年时间才拍完，1950年12月起在全国上映。当时各地报刊纷纷发表文章介绍推荐，肯定这部影片。1951年3月，报刊上开始出现了一些不同的意见。《文艺报》重新发表了鲁迅谈武训的短文《难答的问题》，同时陆续发表了诸如《不足为训的武训》和《陶行知先生表扬"武训精神"有积极意义吗？》，由此开始了关于电影《武训传》的讨论。

5月20日，《人民日报》发表了毛泽东同志亲自撰写的社论《应当重视电影〈武训传〉的讨论》，认为《武训传》的出现，特别是对于武训和《武训传》的歌颂竟如此之多，反映了我国思想文化界严重的思想"混乱"。社论一发表，舆论界立即以此为定论，纷纷批评影片《武训传》宣扬了唯心主义、改良主义、个人主义，歌颂了阶级投降和奴才思想，歪曲历史，污蔑农民阶级和地主阶级的矛盾，美化封建统治者。这样，起初仅限于文化艺术领域的正常学术讨论就被升级为规模宏大的政治批判运动。

随着运动的开展，文化部和《人民日报》社联合组成二十多人的"武训历史调查团"，到武训家乡山东调查，然后《武训历史调查记》发表于《人民日报》。这场批判，表明了历史题材在当代中国严肃的政治意义，严正警告了"资产阶级反动思想"，同时也确立了将文学概念、艺术倾向、创作方法上的差别和分歧放在对立阶级、政治力量冲突的层面处理的文艺评价思维方式，开启了以政治运动代替学术论争的文艺运动方式。

二、对资产阶级、小资产阶级创作倾向的批判

就在批判电影《武训传》的斗争刚刚发动不久，对萧也牧的创作倾向批判又拉开了序幕。批评者认为《我们夫妇之间》这部小说首先是"歪曲嘲弄了工农兵"，"迎合了一群小市民的低级趣味"，它正被一些人用来当作旗帜，反对毛泽东的工农兵方向[①]；其次是认为作者"根据小资产阶级的观点、趣味来观察生活，表现生活"，是"小资产阶级倾向"[②]。两年以后，又开展了对路翎《洼地上的"战役"》中的"小资产阶级情调""歪曲人民和英雄战士"的批判。在此前后受批判的还有长篇小说《战斗到明天》（白刃）、《我们的力量是无敌的》（碧野），电影《关连长》（原著朱定）等。这些针对具体作品的批判向文艺界表明，革命文艺的传统是不容更改的，为工农兵服务的方向不可动摇，同时也建立了一种文艺批评从作品的思想艺术表达出发，上升为特定政治意图与倾向的思维方式。

三、对俞平伯《红楼梦研究》中资产阶级唯心主义思想的批判

中华人民共和国成立后，人民政府整理出版了一批古旧书籍，接着又出版了一些书评。当时从事《红楼梦》研究已有三十多年历史的俞平伯，把他在1923年出版的《红楼梦辨》略加修改，易名为《红楼梦研究》，于1952年出版。《红楼梦研究》中，是以自然主义的唯心观点分析和评价文学作品，把一部《红楼梦》看成"情场忏悔""作者自传""感叹自己身世"。另一方面，又把《红楼梦》的基本主题概括为"色"和"空"二字，认为作品的艺术风格是"怨而不怒"。对于俞平伯的观点和研究方法，大学毕业不久的李希凡、蓝翎投稿并附信给《文艺报》，对俞的文章提出商榷，未得到发表和答复。后来他们的文章在山东大学的《文史哲》上刊出，批评俞平伯研究中的"主观唯心论"思想以及对《红楼梦》的"歪曲"。

---

① 丁玲.作为一种倾向来看——给萧也牧同志的一封信.文艺报，1951年第4卷第8期.
② 见1951年6月10日《人民日报》.

文章很快受到毛泽东的重视，1954年10月16日，毛泽东亲自给中央政治局成员及有关人士写了一封信，称李、蓝的文章是三十多年来向所谓红楼梦研究权威作家的错误观点的第一次认真的开火。信中将俞平伯的"红学"研究明确定位为"错误观点"，并纳入"胡适派资产阶级唯心论"的思想体系加以批判。于是，全国便展开了对《红楼梦》研究中的某些立场、观点、方法的批判。这场运动，显示了文学秩序建立和规范正在逐步深化：在思想层面，要进一步加强革命文学阵营的集中和纯粹，对自身队伍的清理和净化将成为今后文艺界的一项重要工作。

四、对胡风文艺思想的批判

胡风与左翼文学内部主流派别的矛盾由来已久。1955年的批判，是这一冲突的继续和发展。胡风文艺思想的核心在于强调作家的"主观战斗精神"，提倡主体的"自我扩张"与"自我斗争"，用主观拥入客观，表现描写对象的"精神奴役的创伤"，主张创作方法大于世界观，认为它们是现实主义的关键所在。

从1952年起，文艺界就曾多次举行座谈会"帮助"胡风清算他理论上的错误。1953年初，林默涵、何其芳又在《文艺报》上发表文章，认定胡风文艺思想是"反马列主义的"。1954年6月，胡风向中央政治局写了一封《关于解放以来的文艺实践情况的报告》的"三十万言书"，批评文艺界在共产主义世界观、工农兵生活、思想改造、民族形式、文艺题材五个方面存在的问题，并称之为"五把刀子"，系统阐述他的文艺思想，反驳了部分人对他的批评，提出了改进文艺组织领导方式的意见和改革文艺工作的建议，受到了毛泽东的首肯。然而1955年1月，中共中央批转了《中央宣传部关于开展批判胡风文艺思想的指示》，进行了批判胡风的全国性动员，《人民日报》开始刊载批判胡风观点的文章。随着有关胡风的一、二、三批材料的公布，胡风等人被正式定性为"反革命集团"，在全国掀起了粉碎胡风"反革命集团"的斗争高潮。

五、文艺界的反右斗争

1957年下半年，全党开展整风运动和反右斗争。很快，声势浩大的政治领域的反右斗争，最终指向包括文艺领域在内的知识分子队伍。文艺界的反右运动，主要从两个方面展开：首先展开的是对"丁（玲）、陈（企霞）反党集团"的批判。这次批判，先后把冯雪峰、艾青、罗烽和萧军等人牵涉了进去。对他们的批判主要集中在历史问题上。1958年第二期《文艺报》还特辟"再批判"专辑，重新发表王实味、丁玲、艾青等在延安时期写的《野百合花》《三八节有感》《在医院中》《还是杂文时代》等作品，进行再批判，以追溯所谓"右"的、"修正主义"的历史根源。文艺组织、文艺刊物也遭到重创。其次，就是把在贯彻"双百方针"时涌现出来的一些文艺作品、文艺观点，定性为"反党反社会主义的大毒草"，"修正主义的文艺理论纲领"。巴人、王淑明、钱谷融被批判为宣扬"资产阶级人性论"。

六、"文革"文艺理论出台

1966年2月，江青与林彪合谋，炮制了《林彪同志委托江青同志召开的部队文艺工作座谈会纪要》，"文艺黑线专政论"是"纪要"的核心。它首先把中华人民共和国成立以来的文艺理论方面的代表性论点归纳为"黑八论"，即"写真实"论、"现实主义——广阔的道路"论、"现实主义深化"论、反"题材决定"论、"中间人物"论、反"火药味"论、"时代精神汇合"论和"离经叛道"论。其次，指责中华人民共和国成立以来的文艺作品"黑"，诬蔑新文艺队伍"黑"。他们在否定十七年文学的同时，攫取了《红灯记》《沙家浜》《智取威虎山》《奇袭白虎团》《海港》等京剧改革成果，连同芭蕾舞剧《红色娘子军》《白毛女》以及交响音乐《沙家浜》等八个剧目，封为"革命样板戏"，授意炮制了小说《初春的早晨》、《虹南作战史》《第一课》，电影《欢腾的小凉河》《反击》《春苗》《决裂》，话剧《盛大的节日》等，图解政治纲领，煽动造反派和走资派斗争，露骨地美化江青之流。

为了给"阴谋文艺"提供理论根据，江青一伙又以总结经验为名，提出"根本任务论"、"三突出"创作原则、"主题先行论"等一整套创作理论。"在所有人物中突出正面人物；在正面人物中突出英雄人物；在英雄人物中突出主要英雄人物"，被规定为"无产阶级文艺必须遵守的一条原则"[①]，完全违背创作规律，无视生活与文学错综复杂的人物关系，将原本丰富多彩的社会生活和人际关系变成简单庸俗的工具。文学为政治服务、为阶级斗争服务被推到了极端。

思考练习

1. 简评50年代三次重要的文艺批判运动。
2. 评述50年代三次文艺批评运动的特征及影响。

---

① 姚文元.努力塑造无产阶级英雄人物的光辉形象.红旗，1969（11）.

第三节　文艺政策的调整

文学界的文学批判运动与中华人民共和国成立之初尖锐复杂的社会政治因素有关，也与作家思想意识、创作现状有关。持续不断的运动之间，也有短暂的间歇，如：1956—1957年，1961—1962年。在这间歇期中，文学观念、政策会有所调整，会给在运动中受批判的主张、创作倾向、艺术方法以有限的生存空间，试图建立一种有所包容的秩序，这种文艺政策的思路为不断探索中的文学发展提供了较为丰富的经验和教训。

一、双百方针

1956年，随着对农业、手工业和资本主义工商业改造的基本完成，以及社会主义制度的基本确立，全国工作的重心开始由群众性的阶级斗争转向经济建设。在这个背景下，1956年4月28日，毛泽东在中共中央政治局扩大会议上的总结讲话中，明确指出："艺术问题上的百花齐放，学术问题上的百家争鸣，我看应该成为我们的方针。"5月2日，毛泽东在有党外人士参加的最高国务会议上又一次提出"百花齐放，百家争鸣"的方针，其具体内容是："艺术上不同的形式和风格可以自由发展，科学上不同的学派可以自由争论。利用行政力量，强制推行一种风格，一种学派，禁止另一种风格，另一种学派，我们认为会有害于艺术和科学的发展。艺术和科学中的是非问题，应当通过艺术界科学界的自由讨论去解决，而不应当采取简单的方法去解决。"[①]5月26日，中共中央宣传部部长陆定一向文艺界、科学家人士，作了题为"百花齐放，百家争鸣"的报告，对这一方针作了较为系统的阐述。"双百方针"的提出，其目的是为了调动一切积极因素，促进科学的进步和艺术的发展，促进我国社会主义文化艺术的繁荣。"双百方针"提出之后，大多数知识分子都以观望和疑惧的态度沉默着。为了消除顾虑，打破沉默，1957年2月27日，毛泽东在最高国务会议上所作的"关于正确处理人民内部矛盾问题"的讲话，再一次强调了"双百"方针。《文汇报》《人民日报》也相继撰文阐述文艺界的"双百方针"问题。正是这种对"双百方针"的竭力倡导和紧锣密鼓的推动，形成了中国当代文学史上的"百花"时期。

在文学创作上，产生了一批大胆涉足当时被视为"禁区"的反映人情、人性、人道主义的作品，像宗璞的《红豆》、邓友梅的《在悬崖上》、陆文夫的《小巷深处》

[①] 毛泽东.毛泽东选集（第5卷）.北京：人民出版社，1977.

等,这些作品涉足爱情上的道德情操与丰富复杂的内心世界的题材,既给人以思想的冲击,又给人以美的享受;同时也出现了一批年轻作家如王蒙、刘宾雁、李国文和诗人流沙河、邵燕祥、公刘等揭示社会主义社会内部矛盾的创作。他们以"写真实""干预生活"的作品,尖锐地揭露与抨击社会生活中的消极落后的现象与庸俗的思想作风,高扬现实主义文学的批判精神,产生了振聋发聩的作用。"双百方针"的提出,还鼓舞了一大批来自"五四"新文学传统下的老作家的创作。沈从文、汪静之、饶孟侃、孙大雨、徐玉诺、陈梦家、穆旦、梁宗岱等都相继发表文章或作品。

在理论方面,集中表现在现实主义的争鸣上。针对教条主义的危害与创作上的公式化、概念化的顽症,出现了一批切中时弊、具有探索精神的文章。他们提出反对教条主义,提倡现实主义,提倡文学写人性,恢复人道主义传统。其中秦兆阳(何直)的《现实主义——广阔的道路》、周勃的《论社会主义时代的现实主义》、陈涌的《为文学艺术的现实主义而斗争的鲁迅》、钱谷融的《论"文学是人学"》、巴人的《论人情》等,理论联系实际,对许多年来争论不休的问题,进行了重新认识,表现出积极探索的精神。

二、1961—1962年间的三次会议

1960年冬,中央对国民经济提出"调整、巩固、充实、提高"的方针。在一些领导人的支持下,文艺界召开了检讨"左"倾的会议,批判文学对政治的简单依附。1961年第3期《文艺报》发表了张光年执笔的《题材问题》,在肯定"描写重大题材"的同时,主张"题材的多样化",破除题材上的清规戒律,这是调整文学政策的最初迹象。随后,接连召开的几次会议及相关文件的颁布,都是政策调整的重要步骤。

1961年6月,中共中央宣传部在北京召开全国文艺工作座谈会(即"新侨会议"),提出文艺政策的问题。与此同时,全国故事片创作座谈会也在北京召开。周恩来发表了"在文艺工作座谈会和故事片创作会议上的讲话",总结了中华人民共和国成立以来的经验教训,着重论述了发扬艺术民主、尊重艺术规律、物质生产与精神生产等问题。不久,中央根据这个讲话精神,制定了《关于当前文学艺术工作的意见》(即"文艺八条"),集中体现了党对文艺政策进行调整的精神。1962年3月,文化部和中国剧协在广州召开话剧、歌剧、儿童剧创作座谈会(即"广州会议"),周恩来和陈毅在讲话中宣布为大部分知识分子摘掉"资产阶级知识分子"的帽子,并且承认大部分知识分子已经"是人民的知识分子"。同年5月23日,为纪念《讲话》发表20周年,《人民日报》发表了《为最广大的人民群众服务》的社论。根据社会主义时期阶级关

系的新变化，社论指出文艺服务的对象，应由为工农兵服务，扩展到"为以工农兵为主体的全体人民服务"。同年8月，中国作协在大连召开"农村题材短篇小说创作座谈会"（即"大连会议"），讨论文艺如何反映人民内部矛盾、更好地为社会主义服务的问题。会议提出"现实主义深化"和写好"中间人物"的理论思想。邵荃麟提出"现实主义是我们创作的基础，没有现实主义就没有浪漫主义"，肯定了在写英雄人物的大前提下写中间人物，肯定能够"反映人民内部矛盾"，"粉饰、回避是写不好的"。①

60年代初期，党对文艺政策的调整，还体现在为曾经受到错误批判的剧作家及作品《洞箫横吹》《布谷鸟又叫了》《同甘共苦》等的重新肯定。这些举措在文艺界产生了较强烈的反响，一定程度上调动了一些文学艺术家的创作积极性。

1972年以后，针对"四人帮"极"左"思想统治下的文艺荒芜，周恩来进行了多次批评和直接干预，毛泽东也对此发表了重要谈话，处于肃杀冬天里的文艺园地才萌发了一点生机。有一部分文艺工作者在严酷的环境下，抵制"主题先行论""三突出"等"文革"文艺理论，遵循文学特点和规律从事创作，取得可喜的成绩。如姚雪垠的小说《李自成》第二卷、黎汝清的《万山红遍》、孟伟哉的《昨天的战争》第一部、曲波的《山呼海啸》、张扬的《第二次握手》以及一些地方戏剧、电影等，但很快遭到"四人帮"以各种罪名的扼杀。

思考练习

1. 名词解释：双百方针　新桥会议　广州会议　大连会议
2. 简述"双百方针"带来的文学解冻体现在哪些方面？
3. 论述"十七年"文学的"文学体制化"包含哪些方面的内容？怎样评价？

---

① 邵荃麟.邵荃麟评论选集（上册）.北京：人民出版社，1981.

第二章

文学运动的发展

【章目要览】

从1949年开始的当代文学创作,主要继承并发展了40年代解放区文艺的规范和模式,形成了以革命现实主义为基本美学形态的发展面貌。贺敬之、郭小川等诗人将政治抒情诗打造成文学经典。小说创作在"二为"方针的指导下,革命历史题材的史诗性创作和现实题材的宏大叙事成为此时的最大收获,书写工农兵中的英雄人物被特别强调,题材价值得到彰显。散文与戏剧都有不同程度的发展。由于文艺政策的不断调整和规范,文学创作的自由度、多样性受到一定程度的限制。

【重点提示】

颂歌时代的开创特别是政治抒情诗的成就;农村题材和革命历史题材成为这一时期小说反复书写且取得一定成就的领域;"散文三大家"的创作代表这一时期散文的整体艺术水平;话剧艺术以老舍的创作独领风骚。

【拓展阅读】

1. 洪子诚,刘登翰.中国当代新诗史.北京:北京大学出版社,2005.

2. 丁帆,王世城.十七年文学:"人"与"自我"的失落.开封:河南大学出版社,1999.

3. 陈思和.重新审视50年代初中国文学的几种倾向.山东社会科学,2000(2).

第一节　诗歌的当代形态

一、"时间开始了"：开创颂歌时代

中国当代诗歌是以颂诗为开端的。胡风创作了"英雄史诗五部曲"，这部数千行的长诗《时间开始了》，颇有点文学史的象征意味：中国当代诗歌史的"时间开始了"。新的时代、新的社会、新的生活中，诗人们写下了新的开篇，即如艾青所说："我们告别了苦难的岁月／我们走上了新的路程／新的时代需要新的歌声／过去唱着悲愤与抗议的诗人们，／迸发出了新的热情，／歌颂新的国家，新的生活，／歌颂胜利了的人民。"像艾青一样，50年代到60年代的诗坛，繁花似锦、赞歌如潮。这是当代诗歌史上的颂诗时代。

颂诗题材几乎遍及生活各个领域，从政治性的领袖、政党、国家、人民，到日常性的劳作、休憩、风物、人情，无论居庙堂之高还是处江湖之远，颂诗给出的是普天同庆的和谐笙歌和举国咸乐的盛世太平，尽管这其中不乏颂诗特有的夸饰和浮泛，但也足以反映社会变革的深度和广度。

颂诗诗体也几乎包容了从古代到现代的诸般诗艺，自由体、半自由体、标语口号体、辞赋体、民歌体、长篇叙事体、楼梯体等，显示了本时期诗歌形式的变化、发展和丰富。

当代诗歌也由此继承和创造了诸多新的情感形式。题材的广泛性和诗体的多样性营造出颂诗时代异彩纷呈的局面，拓展了诗歌表现的社会空间和艺术空间，明朗、高亢、单纯、清新的颂诗风格逐渐成为诗歌创作的一种新的美学规范，加上被限定了的诗歌主旨和追求"诗人的自我'跟阶级、跟人民的大我'相结合"①的抒情主体，一起构成诗歌创作主潮。郭沫若的《新华颂》、冯至的《我的感谢》、何其芳的《我们最伟大的节日》、石方禹的《和平的最强音》、卞之琳的《天安门四重奏》、胡风的《时间开始了》、艾青的《国旗》、田间的《天安门》等，情绪热烈豪迈、音调铿锵激昂、用语铺排直白、意象宏大崇高，诗人们用自己的创作实践，确立了颂诗的基本风范，其意义并不在于艺术的精湛，而在于给一个新的时代打造出一种情感模式。

从广义上说，这一时期的诗歌绝大多数是颂歌或带有颂歌倾向，而50年代后半期到"文革"之前，收获最大的类型当数政治抒情诗。这是一种以鲜明的政治倾向性、

---

① 贺敬之.战士的心永远跳动——《郭小川诗选》英文本序.光明日报，1976年6月19日.

强烈的政治鼓动性和迅捷的时事政论性为特征的自由抒情诗体。时事政论和社会动员作为主要功能得到强调，抒情方式和审美特性也因为政治功利而受到制约。从延安走出来的诗人贺敬之和郭小川，以高度的政治热情和敏感性得风气之先。他们在颂诗的基调中注入浓烈的战斗气息，抒情的底色上增添了激切的雄辩色彩，意象营构愈加宏大抽象，语言组织愈加铺张凌厉，创造出颂诗和战歌合一的抒情经典样式。

中华人民共和国成立之后的诗坛进入一个"众声合唱"的时代。这里的合唱，不仅指诗歌题材、内容、艺术手法上的趋同性，也指这个时期诗人的构成。曾活跃在40年代诗坛的九叶诗人、"七月派"以及其他诗人经历了分化组合，在新旧转换中奉献了第一批颂诗。当然，构成五六十年代诗坛中坚的还是来自解放区的郭小川、贺敬之、闻捷、李季、蔡其矫、严辰等，他们的诗歌代表着这一时期诗歌的最大成就。这一时期又是一个作家群体更新换代的时期，新的时代风尚与新的文化经验催生出一大批新作家，在诗歌领域也涌现出不少的年轻诗人。李瑛、雁翼、顾工、公刘、白桦、梁上泉、张永枚、傅仇等，他们来自沸腾的工矿农村，或是来自硝烟弥漫的朝鲜战场，或是来自绚丽多彩的西南边疆，都以自己的生活经历和情感倾向，表达对新生活的深切热爱，从不同的方面歌唱着新时代，呈现出与前述诗人不同的特点。

二、"放声歌唱"：政治抒情诗盛行

郭小川（1919—1976），河北丰宁人，出身于知识分子家庭，从小受到较好的文化教育。1937年到延安参加革命，中华人民共和国成立以后在宣传和文艺部门担任各种领导工作。曾与陈笑雨、张铁夫合作以"马铁丁"为名发表一些关于"思想杂谈"的杂文，产生过较大影响。郭小川是这一时期少数有着比较鲜明创作风格的诗人，其创作大致可以分为三个阶段。

20世纪50年代中前期，郭小川以"致青年公民"为题，发表了一组"楼梯体"的政治鼓动诗，《投入火热的斗争》和《向困难进军》等篇如同炽烈的青春旋律，广为流传，深受好评。但不久诗人自己则认为这一类诗歌在艺术上还不够成熟，思想大于形象，议论多于描绘："我情不自禁地以一个宣传鼓动员的身份"，写下"一行行政治性的句子"，而且"粗制滥造"。为了做一个"自觉的诗人，郭小川在自己观察生活的方法""自己的独到的见解"和"自己的风格自己的特色"[①]方面格外用力。

50年代后期到60年代，诗人有意识地在诗歌创作的思想和艺术上进行了一些探

[①] 郭小川.月下集.北京：人民文学出版社，1959.

索。这时期的诗歌既有和前期创作无本质区别的配合政治、政策的抒情诗，如《保卫我们的党》《县委书记的浪漫主义》等，也有表现诗人个人情感和思考的抒情诗，如《致大海》《望星空》等，还有以严峻的革命战争为背景的长篇叙事诗，如《白雪的赞歌》《深深的山谷》《严厉的爱》《一个和八个》《将军三部曲》。这些作品中倾注了诗人对现实、历史、人生的某些独特观察和思考，表现出生活的矛盾和人的丰富的情感世界，同时在艺术上也力求摆脱堆砌政治口号的缺点，注意诗歌形象的塑造和诗意描写，体现了那个时代难得的诗人主体意识的觉醒，却受到激烈的批判。

60年代以后是郭小川诗歌的定型期。这个时期，郭小川的诗作内容上更加贴近现实政治运动，艺术形式上进行了"新辞赋体"的可贵尝试。《甘蔗林——青纱帐》《厦门风姿》《林区三唱》《祝酒歌》《昆仑行》等诗歌，切合其时的政治语境，加上表现形式的创新，受到当时评论界的一致推崇。特别是写于1975年的《团泊洼的秋天》《秋歌》等作品，将诗人对政治形势的思考和认识全部倾泻其中，总结了自己"战士兼诗人"的一生。

郭小川首先是一个朝气蓬勃的年轻战斗者，其次才是一个热情洋溢的诗人。他的诗歌在抒情内容和艺术表现形式上的特征相当明显，歌唱时代的生活和战斗的人生是他诗歌的首要特征。

作为一个曾经为创建新中国而战斗过的战士，郭小川总是以一个战士的眼光来观察现实，对新的时代怀有一种强烈的情感，努力地表现社会生活中的重大问题，包括一代人的社会使命、革命理想和精神气质，因此，他的诗体现出那个时代社会生活的主旋律。50年代，他满怀激情地呼唤人们"投入火热的斗争"，"向困难进军"，"让我们／以百倍的勇气和毅力／向困难进军"；继这些政治鼓动诗之后，他又写了叙事诗《白雪的赞歌》、《深深的山谷》，通过战争对人的意志、爱情的考验，对革命者的人生之路作了思考。60年代前期，面临国民经济困难的严峻考验，他呼唤人们发扬革命传统，艰苦奋斗。如在《甘蔗林——青纱帐》中，诗人呼唤当年的战友永葆战斗的青春："何必这样问呢——到底更爱甘蔗林，还是青纱帐？／我只能回答：生活永远使人感到新鲜明朗／。"70年代，面对"四人帮"的淫威，他仍牢记战士的职责："战士的歌声，可以休止一时，却永远不会沙哑；／战士的明眼，可以关闭一时，却永远不会昏瞎。"

在诗歌艺术实践中，郭小川一直在探求人生真谛。50年代中期开始，他以一个"自觉诗人"的姿态做了四年的探索。他力图深入挖掘人的丰富的感情世界，努力表现自己对人生的独特观察、思考和发现。写于1959年的抒情诗《望星空》就是这样一部代表作品。诗人漫步北京街头,遥望群星灿烂的夜空,回观灯火辉煌的人民大会堂,在天上人间神秘的交相辉映中获得了独特感受"我爱人间,/我在人间生长,但比起你来,/人间还远不辉煌。"因此"望星空,/我不禁感到惆怅"。

重视诗歌形式的创造和革新是郭小川创作的又一特征。有人赞誉他是"技术革新的能手"①。他尝试过楼梯式、民歌体、新格律体、半自由体等多种诗体形式。50年代前期的《致青年公民》借鉴和学习"楼梯式";其后的诗歌使用"半自由体",节奏流畅舒缓。《祝酒歌》融新民歌、古代歌谣于一体,句子短小,节奏明快。60年代,他又吸收古代赋体抒情诗的特点,集短句为长句的句式特征,创作了像《甘蔗林——青纱帐》这样的新诗形式建设中颇为独特的新辞赋体诗。不仅这样,郭小川还十分重视对政治抒情诗这种诗体外在形式的革新。他努力寻求激情渗透到感性形象中的最佳表现方法,除了通过诗行押韵、节奏等音乐性来创造"雄浑而壮丽的气势"外,还充分运用民歌的渲染、铺陈以及复沓回环的手法,体现了郭小川在继承民歌和古典诗词传统的基础上为新诗发展所做的自觉的努力。

贺敬之(1924—),山东峄县人(今枣庄市)。中学时代即开始诗歌写作。1940年到延安,并进鲁迅艺术学院学习。中华人民共和国成立后主要从事文艺行政领导工作。50年代以后,贺敬之的诗歌创作进入成熟期,并形成激情汹涌、雄浑豪放的诗风。

贺敬之的诗歌主要有两大类。一类是抒情短章,另一类是长篇政治抒情诗。

前一类从现实生活的某些具体情景出发,抒发诗人的真情实感。如《回延安》《三门峡歌》《桂林山水歌》《西去列车的窗口》《又回南泥湾》等。这类诗大都意境高远,情真意切,音律生动,留有民歌风味和古典诗歌的韵味。

《回延安》即是这样一首激情澎湃的诗歌。阔别十年,重返延安,激情难以抑制,诗人巧妙地运用陕北民歌"信天游"形式,大量采用比兴、夸张、对偶、排比等民歌手法,淋漓尽致地歌颂了延安对中国革命做出的伟大贡献,倾吐了诗人对母亲延安的赤子深情。不可泯灭的真情、陕北风土人情的意象组合与信天游情歌的调子融合在一起,给诗作增添了浓郁的乡土色彩和无穷的韵味。

显示贺敬之诗风与成就的是那些政治抒情长诗。如《放声歌唱》《东风万里》《十年颂歌》《雷锋之歌》等。这类诗作均体制庞大,结构宏伟,形式上多采用马雅可夫斯基的"楼梯式",诗人充分调动各种艺术手段,将中国古典诗歌的韵律与对仗以及

---

① 宋垒.甘蔗林——青纱帐.诗刊,1960(5).

民歌中某些形式融入其中，将政治抒情诗打造成足以铭刻一个时代精神、一个国家形象的文学经典。

从总体上看，贺敬之的政治抒情诗具有以下三个鲜明特点：

一是强烈的政治性和鲜明的时代色彩。作为中华人民共和国成立之初主流诗学观念的集中体现者，他总是密切关注着当代社会的重大问题，以高度的热情、敏锐的感觉，及时把握时代脉搏，从现实中提炼出重大的政治性命题，并迅速用诗的方式加以表现。他常常以长卷的方式，对社会生活的时代特征及其历史巨变进行宏观概括和整体把握，希望创作视野开阔、胸怀博大的"时代史诗"。

二是浓厚的革命浪漫主义激情和想象。贺敬之诗的艺术力量主要来源于它的激情、气势和由此产生的壮阔意境。他把革命理想、艺术激情以及奇特夸张的想象结合在一起，以鸟瞰式的宏观图景来传达其浪漫主义的壮志豪情。如《放声歌唱》中对现实与理想的描绘，《三门峡——梳妆台》将黄河拟人化并与之对话，诗人凭借想象的翅膀翱翔于天上地下与过去未来，为诗增添了艺术光彩。

三是诗艺上的融合与借鉴。贺敬之的诗既有浓郁的民歌风味，又有古典与外国诗艺的借鉴与汲取。如《回延安》《桂林山水歌》等采用民歌形式，《西去列车的窗口》又是对这种形式的改造和创新。而他的大部分政治抒情诗都采用"楼梯式"，在具体运用过程中，诗人汲取中国古典诗词的优点对其进行改造，使之成为具有对称美的中国化的楼梯式，如《放声歌唱》《雷锋之歌》等就是这种形式的成功尝试。

三、"到远方去"：共和国畅想曲

闻捷（1923—1971），江苏丹徒人。1944年开始文学创作活动，1949年任新华社新疆分社社长。在此期间，边疆少数民族的新生活触发了他的诗情，写下了一些表现新疆各族人民生活风情的诗歌，主要诗集有《天山牧歌》《祖国，光辉的十月》《河西走廊行》《生活的赞歌》以及叙事长诗《东风催动黄河浪》《复仇的火焰》等。最能显示闻捷诗歌艺术成就的是抒情诗集《天山牧歌》和叙事长诗《复仇的火焰》。

《天山牧歌》是闻捷最具代表性的一部抒情诗集。这些诗歌以清新的格调、优美的语言、动人的形象，创造了柔和、轻快、明朗的牧歌风格，通过单纯而明朗的艺术形象和生活情节，描绘了新疆各少数民族的地方风情和创造新生活的精神风貌。其中最为人称道的是《吐鲁番情歌》和《果子沟山谣》两组爱情诗。

像《苹果树下》《葡萄成熟了》《舞会结束以后》等诗篇，紧扣新疆地区各民族特有的风土人情来描绘青年男女间的爱慕、追求、等待、表白等爱情生活情趣,把爱情与创造新生活的劳动相结合,谱写了一曲曲赏心悦目的"劳动和爱情的赞歌"。其实,闻捷的这些作品并不单纯是爱情诗,在诗人笔下受到赞美的爱情是与劳动、社会主义建设、高尚的政治品质联系在一起的,如《种瓜姑娘》中那位姑娘要等情人的衣襟挂上一枚劳动奖章时才嫁给他;巴拉尔汗姑娘和青年牧民相约的婚期是:"等我成了共青团员,/等你成了生产队长"(《金色的麦田》),但由于诗人善于捕捉、描写青年男女微妙的心理,其情感内涵和人性色彩在当时的背景下是相当难得的,而且在艺术手法上,诗人把叙事、描写、抒情巧妙地融合在一起,创造了属于自己的独特的"爱情诗体",令人耳目一新。

闻捷在长篇叙事诗的创作上也很有成就,他未完成的长篇叙事诗《复仇的火焰》共由三部组成,计划写一万五千行。前两部《动荡的年代》《叛乱的草原》已出版,第三部《觉醒的人们》在"文革"当中散失。这部长篇叙事诗描写了解放军挺进新疆后,平定了新疆巴里坤草原上发生的乌斯满叛乱事件。诗歌构思严谨,风格清新,格调高亢,色彩鲜明,显示了闻捷驾驭长诗的非凡才华。

20世纪40年代,以一首《王贵与李香香》闻名诗坛的李季,确立自己的诗人角色是从出版《玉门诗抄》《玉门诗抄二集》开始的。1952年,李季到玉门油田体验生活,萌发出新的创作激情,写出了一系列反映石油工人及其生活的诗歌,成为诗坛上独一无二的"石油诗人"。与李季情况有些相似的阮章竞,20世纪40年代以一首长篇叙事诗《漳河水》闻名于世,中华人民共和国成立以后,在叙事诗上不断探索,1959年发表了长篇童话诗《金色的海螺》,后来还被搬上了银幕,产生了一定的影响。

五六十年代的很多青年诗人都是"战士诗人",这些曾被称为"西南边疆诗群"的战士诗人,诗歌中的边疆风情和少数民族诗歌传统的养分,使得他们的诗歌中多了一些鲜活的个性色彩。

公刘(1927—2003),江西南昌人。1949年参加中国人民解放军,随部队赴大西南。西南边疆的生活体验给了他创作的灵感,他前期的作品大多以西南边疆部队的生活为表现内容,出版诗集《边地短歌》《神圣的岗位》《黎明的城》等。公刘从边疆独特的自然风光与生活细节着笔,再现了浓郁的边疆风情、色彩、气氛和情调。其中较优秀的是《母亲的心》《给哈尼族》《西盟的早晨》《山间小路》。1955年,《人民文学》连续发表了他表现边疆战士生活的三个组诗:《佤山组诗》《西双版纳组诗》《西盟的早晨》,这些作品,使他成为西南边疆诗人中最早获得较高评价的诗人。

1956年,公刘从南方到北方,他的创作基调发生了变化。那些轻灵奇幻的"带着难以捉摸的旭日的光彩",不能够满足他表达自己更为复杂的思想感情的需要。在思想和题材上,诗人试图将人性、人情引入诗歌创作当中,组诗《禽兽篇》以及《迟开的蔷薇》即可以看到诗人的努力。诗集《在北方》中的《夜半车过黄河》《五月一日的夜晚》《上海夜歌(一)》等是这时期的代表作品。

公刘前期的创作诗意奇特,想象奇丽,语言清新,后期又融入了雄浑粗犷的音调,情感激越,意境壮美,有着鲜明的个性特色。

邵燕祥(1933—),浙江绍兴人,是50年代写建设题材的代表性诗人。《歌唱北京城》这部诗集形式新鲜、文笔优美,引人注目。诗集《到远方去》《给同志们》是他的重要作品,诗中大量采用排比句的形式抒发胸中炽热的感情,歌唱祖国的建设新貌和用自己的双手描绘壮丽美景的建设者。《到远方去》《五月的夜》《中国的道路呼唤着汽车》《我们架设了这条超高压送电线》等诗歌,题材广泛,遒劲刚健,诗风豪放。尤其是1956年8月的《地球对着火星说》这首诗,借助地球与火星这一对形象表达爱的忧伤、惆怅,构思精巧,别出心裁,爱情得到了一种独立的表达,在当时是难能可贵的。

思考练习

1. 名词解释:政治抒情诗 《天山牧歌》 新辞赋体
2. 简述"颂歌"的整体特色。
3. 论郭小川与贺敬之颂歌的情感与艺术个性的异同。
4. 试论"边塞诗群"的诗歌对当时诗坛的意义。

第二节　革命现实主义小说的曲折发展

一、概述

中国现代小说发展到20世纪40年代已进入一个相对成熟的时期，为此后小说的发展奠定了坚实的基础，开辟了广阔的道路。然而，由于40年代末中国历史发生了翻天覆地的变化，文学赖以生存的社会文化语境也发生了巨大变化，当代小说并没有沿着"五四"新文学开辟的道路前行，而是按照当代政治的需要选择了40年代解放区文艺的规范和模式。由于中华人民共和国成立最初三十年国际冷战格局的存在，国内阶级斗争不断被强化，这种文艺规范也不断被强化并一步步推向极端。在此影响下，当代小说在中华人民共和国成立之初的三十年走过了一条极为坎坷曲折的道路，形成了以革命现实主义为基本美学形态的小说发展面貌。

中华人民共和国成立之初，由于刚刚从旧社会转变到新社会，当时小说界的三部分作家，即来自解放区、国统区以及正在成长的青年作家，还分别坚持着不同形态的现实主义创作：一是以茅盾、巴金等为代表的基本上按照生活本来面目来描写生活的现实主义，二是以胡风、路翎等为代表的张扬"主观战斗精神"的现实主义，三是以来自解放区的大批作家为代表的歌颂新的人物和新的世界、但对人民内部的缺点也适当进行批评的现实主义。由于中华人民共和国成立初期在文艺战线上大力提倡的主要是解放区的现实主义传统，再现型的审美形态，前两种流派的创作如碧野的长篇小说《我们的力量是无敌的》、白刃的长篇小说《战斗到明天》、路翎的短篇小说《洼地上的"战役"》等作品先后受到批判，而以歌颂为主的现实主义得到发展。

1949年第一次文代会把毛泽东《在延安文艺座谈会上的讲话》提出的工农兵方向规定为具有普遍性与长期时效性的"新中国文艺的方向"；1953年的第二次文代会，进一步把社会主义现实主义规定为创作与批评的最高准则，而社会主义现实主义的核心，又在于要求文艺能在真实地反映生活的同时用社会主义精神教育人民。因此，这一阶段的小说突出的是歌颂与教育功能，在真实性与倾向性的对立中强调的是作品的政治倾向性，在主题取向上则把"新华颂、英雄颂、劳动（建设）颂"作为基本主题。在题材选择上，有两类题材成为当时创作的热点，一是写革命斗争历史，一是写社会主义新人新事。这一时期具有代表性的作品是：赵树理的《三里湾》、马烽的《一架弹花机》、西戎的《宋老大进城》、谷峪的《新事新办》、李准的《不能走那条路》、秦兆阳的《农村散记》等反映农村社会主义变革和新生活图景的小说；杜鹏程的《保卫延安》、孙犁的《风云初记》、刘知侠的《铁道游击队》、峻青的《黎明的河边》、柳青的《铜墙铁壁》等反映革命斗争历史的小说；周立波的《铁水奔流》、艾芜的《百炼成钢》等反映工业恢复和发展以及工业战线上的矛盾冲突的小说。由于上述作品强调的是歌颂与教育功能，未能从有典型意义的矛盾冲突中来揭示社会现实、塑造人物形象，不少作品存在着公式化、概念化的倾向，很少有称得上艺术经典的作品。

1956年下半年至1957年上半年被称为中国当代文学的早春时期。"双百方针"的提出以及苏联"解冻文学"的影响，使文艺界受到极大的鼓舞，文艺创作呈现出一派繁荣的景象。小说作品的题材和主题的范围扩大了，艺术风格和创作手法多样了，现实主义精神高扬了。当时，除了以歌颂为主的现实主义之外，按照生活本来面目来描写生活的现实主义重回小说界，出现了一批真实、深刻反映现实生活中矛盾和问题，批判官僚主义、教条主义的作品。如王蒙的《组织部新来的年轻人》、李准的《灰色的篷帆》、李易的《办公厅主任》、刘绍棠的《田野落霞》、李国文的《改选》等。同时，也涌现了一批描写家庭生活和爱情生活的小说，突破了把人仅仅看成阶级人、政治人的局限，深入到爱情的禁区，大胆描写人性、人情，如宗璞的《红豆》、陆文夫的《小巷深处》、邓友梅的《在悬崖上》、李威伦的《爱情》、丰村的《美丽》等。这一时期的小说，试图恢复传统的现实主义特别是批判现实主义的精神，强调文学的写实性及批判功能，信奉"文学就是人学"的文学观，努力表现人性的丰富性和复杂性。可惜的是，随着1957年反右运动的开展，这股新的创作浪潮很快被抑制了。值得庆幸的是，它所确立的以"写真实"为标志的现实主义原则，却成为后来现实主义文学创作的重要参照，这时期产生的一批小说作品也成为当代文学史上开创新的审美规范的重要范本，这些作家后来也都成了80年代文学的中坚力量。

现实主义遭受巨大挫折是在1957年反右扩大化之后，当时的"左倾"思想不仅使文艺界的右派分子直接受到严厉的打击，而且直接影响到其他作家的创作心态。毛泽东于1958年提出了"两结合"的创作原则，1960年第三次文代会的召开正式将"两结合"定为文学创作的最高原则，而且进一步确定了文学为政治服务，甚至是为具体的政策服务的原则。现在看来，"两结合"实际上强调的是浪漫主义，由于"大跃进"期间对共产主义缺乏正确的理解，所以它的提倡和推行客观上助长了文学创作上的浮夸风，使现实主义精神被削弱。在这样的政治环境下，小说创作进入了一个颂歌与战歌交响的阶段。在这一时期，虽有"左"的政策干扰，但当时整个国家政治比较稳定，艺术民主还比较正常，因此并未影响全局，加上他种种原因，小说创作出现了一个比较繁荣的局面。首先是中长篇小说的大量涌现。既有反映革命斗争历史的史诗性作品，如吴强的《红日》、曲波的《林海雪原》、梁斌的《红旗谱》、杨沫的《青春之歌》、欧阳山的《三家巷》、罗广斌和杨益言的《红岩》、冯德英的《苦菜花》、李劼人的《大波》、李六如的《六十年的变迁》等，又有反映社会主义农村生活变革的力作，如周立波的《山乡巨变》、柳青的《创业史》、孙犁的《铁木前传》、浩然的《艳阳天》等，同时还有反映社会主义工业建设和建设兵团生活的优秀作品，如杜鹏程的《在和平的日子里》、周而复的《上海的早晨》、碧野的《美丽的地方》、徐怀中的《我们播种爱情》等。其次，短篇小说也涌现了不少优秀篇章。描写革命斗争的，有茹志鹃的《百合花》、王愿坚的《七根火柴》、刘真的《长长的流水》等；描写农村生活的，如赵树理的《"锻炼锻炼"》、周立波的《山那边人家》、王汶石的《新结识的伙伴》、李准的《李双双小传》等；描写工业建设的，有杜鹏程的《夜走灵官峡》、陆文夫的《葛师傅》《二遇周泰》等。这个时期小说创作的繁荣，还表现在塑造了一批成功的艺术形象。其中，有血肉丰满、意义深刻的无产阶级英雄形象，如朱老忠、江姐、杨子荣、林道静、梁生宝等；有正在成长中的新人，如李双双、肖淑英、张腊月、吴淑兰、石东根等；有传统观念较深，背负着思想上的因袭重负，步履艰辛但终于跟上时代步伐的梁三老汉、盛佑亭、周泰等；在反面人物塑造上也有所突破，如张灵甫、余永泽、徐鹏飞、陈文雄、徐义德等。

1966年5月至1976年10月是"文化大革命"的十年，"四人帮"在文艺理论上推行"三突出"，在创作上出现了大量的"瞒"和"骗"的反现实主义的文学。小说创作也被纳入为"极左"政治路线摇旗呐喊的轨道。完全按江青等人的"极左"文艺法典创作的"样板小说"有《虹南作战史》和《牛田洋》。有些作家受"四人帮"的文艺思想影响较深，但由于对所描写的生活比较熟悉，因此作品中还有些真切的感受，在内容和艺术上也还有可取之处，如浩然的《金光大道》《西沙儿女》等。这些小说，主题政治化，人物类型化、脸谱化，结构模式化，严重歪曲历史与现实，起到了为"极左"政治路线推波助澜的作用，无论内容上还是形式上都没有多少价值可言。不过，有些作家仍坚持现实主义创作，如姚雪垠的《李自成》（第二卷）、李心田的《闪闪的红星》、黎汝清的《万山红遍》、蒋子龙的《机电局长的一天》等，表现出与当时的政治要求、主流意识并不完全一致的追求。由于"四人帮"的高压政策和严密控制，"文革"后期出现了一些在民间流传的手抄本小说，如张扬的《第二次握手》、靳凡的《公开的情书》、赵振开的《波动》等，这些作品事实上已经以地下活动的方式实践了对"文革"文艺的背叛,以新的精神特征开始了一个新的文学时代。

1976年10月至1978年底是现实主义文学传统的复归期。粉碎"四人帮"之后,文艺界首要的任务是肃清流毒,小说创作中的现实主义精神逐渐恢复。1977年11月刘心武的《班主任》发表,标志着现实主义传统的回归,此后卢新华的《伤痕》、王亚平的《神圣的使命》等作品相继发表,引发了一股敢于正视血泪和苦难的"伤痕文学"大潮。这些作品呼唤启蒙精神,呼唤人的价值和尊严,呼唤人道主义,以其鲜明的思想特征宣布自己承继"五四"文学的血脉,开始走向一片新的更为宽广的道路。

二、农村题材小说创作

在中华人民共和国成立之初三十年文学创作中,农村题材小说在整体格局中占有主流地位,产生了广泛影响。这有两方面的原因,一是当时文坛上的大多数作家都来自农村,与农村生活有天然的情感联系,且在创作上还没有获得城市生活的写作经验,对萧也牧的《我们夫妇之间》的批判,也在一定程度上造成了作家对城市题材处理的为难心理;另一方面,中华人民共和国成立后,中国社会发生了一系列重大变革,而农村变革尤其巨大(主要表现在农村经济体制的变革上,如土改、互助组、初级社、高级社、人民公社,后来还有分田到户、联产承包、农工商联合体等)。丰富多彩的农村现实生活和随社会变化而不断变化发展的农民心理和精神风貌,为作家创作提供了取之不尽、用之不竭的创作素材。同时,农村题材小说创作在中华人民共和国成立前就有良好的传统和深厚的基础,鲁迅、茅盾等大师以及叶圣陶、沙汀等老一辈作家都曾致力于农村题材的创作,且有卓越的建树,为当代农村题材写作奠定了坚实的文学传统。

赵树理(1906—1970),山西沁水人,是一位"具有新颖独创的大众风格的人民艺术家",是将自己的毕生精力致力于大众通俗文艺的人民艺术家。中华人民共和国成立以后,赵树理的创作进入了一个新的发展阶段,从题材上看仍以写农村、农民生活为主,长篇小说《三里湾》、短篇小说《登记》《"锻炼锻炼"》《套不住的手》以及长篇评书《灵泉洞》等等是这一时期的代表作。赵树理的创作是写给农民看的,以农民喜爱的形式写农民、农村发生的事情。他的作品描写了新中国农村的深刻变化,通过对当代农村先进人物和光明面的赞颂、对后进人物和阴暗面的鞭笞、对农民内部矛盾的揭示等,深刻地反映了作为小生产者的农民走上集体化道路以后,克服封建残余意识和旧有习惯势力影响的长期性和艰巨性。因此他的创作具有很强的针对性和"指导现实的意义"。

赵树理对民间文艺有着执着的追求,他的创作较多从民间文艺中汲取营养,创作具有鲜明的通俗性和民族特色。在结构布局上,讲究故事的顺序性、连贯性,脉络清晰,首尾呼应。在人物塑造上,运用传统叙事文学的白描手法,以语言行动来展示人物的心理状态,刻画人物性格。在语言运用方面,主要吸收群众的口头语和说唱文学语言的精华,平易自然,朴实流畅,甚至连作者的叙述、描写语言也十分口语化,娓娓道来,通俗易懂。

赵树理这种独特的艺术风格,对后来的山西作家产生了深远影响,涌现出许多响应者、追随者,在50年代中期以后形成一个以赵树理为代表的"山药蛋派"。这些作家是马烽、西戎、孙谦、胡正等。代表作有马烽的《三年早知道》、西戎的《赖大嫂》等。"山药蛋派"多次受到"左"倾思潮的冲击,未能得到充分的发展。但是,他们所提倡和坚持的熔小说、评书、故事于一炉,用人物自己的言行来展示性格、重视地方色彩和泥土气息等,在新文学发展史上起着重要作用。

《三里湾》是我国第一部反映合作化运动的长篇小说。作品围绕三里湾合作社秋收、扩社、整社、开渠等工作,通过对村里四户人家两种思想、两条道路和两种生活方式的矛盾和变化的具体描写,揭示出合作化运动的发展趋势和这场变革的历史意义,以及它对农村经济、政治和人的思想精神诸方面的巨大影响。《三里湾》揭示出了合作化运动的激烈矛盾和斗争。这里不仅有资本主义与社会主义两条道路的斗争,而且有家庭内部思想的斗争,有党内的矛盾斗争,也有伦理道德领域的斗争。这些斗争相互交织,构成了农村矛盾的复杂态势,从而反映出合作化运动的艰难性、曲折性。老中农马多寿,一心想做富农,走个人发家致富的道路,他以"刀把地"为要挟,抵制扩社和开渠;村长范登高利用职权谋私利,被称为"翻得高",拒不入社;老党员袁天成脚踏两只船,在外听从党的领导,在家接受老婆"能不够"的指挥,变相多留自留地,竭力维护个人利益。这三户成为三里湾村合作化运动的阻力。而支部书记王金生带领全村人坚决走合作化道路,经过不懈的艰苦劝说和斗争,最后使三户入社,三里湾完成了扩社、开渠的任务,从而说明了合作化运动的历史必然性。

《"锻炼锻炼"》是赵树理影响较大的小说。赵树理曾说写这篇小说是"想批评中农干部中的和事佬的思想问题。中农领导干部,不解决他这种是非不明的思想问题,就会对有落后思想的人进行庇护,对新生力量进行压制"。(《当前创作中的几个问题》)作品通过描写"争先农业社"年青的副主任杨小四等人想办法整治好吃懒做、损人利己的妇女小腿疼、吃不饱等人,顺利完成生产任务的故事,揭露了农村干部中存在的和事佬式的思想、工作作风和农村某些群众存在的自私自利、损人利己的旧思想、旧习惯。

马烽（1922—2004），原名马书铭，山西孝义人，1938年参加革命，40年代中期与西戎合作了长篇章回体小说《吕梁英雄传》，从此蜚声文坛。中华人民共和国成立后主要从事农村题材的短篇小说创作，代表作有《饲养员赵大叔》《韩梅梅》《三年早知道》《我的第一个上级》等。这些作品或歌颂农村中的先进人物，或通过落后人物的转变显示社会主义改造人的精神面貌的威力，塑造了一批性格鲜明的人物形象。

《三年早知道》是一篇比较有代表性的体现了"山药蛋"派风格的作品，其中的赵满囤是五六十年代著名的人物形象。赵满囤，外号"三年早知道"，是一个自私自利、贪图便宜、旧思想旧意识根深蒂固的落后中农的典型形象。他遇事工于算计，怎么对自己有利怎么干。比如，他本不想入社，可他兄弟要入社，自己不入就要面临分家，他算计着入社比不入社合算，于是"咬了咬牙狠了狠心"入了社。入社后由于自私自利，处处损公利己，干出一系列令人啼笑皆非的事，人称"奸猾鬼"。就是这样一个人，硬是在新社会，在集体的帮助下，转变了思想作风，成了合作社的主人。马烽与赵树理等其他"山药蛋"派作家一样，都是把创作锁定在"问题小说"的位置上，善于通过中间落后人物的转变，从反面印证社会主义革命的巨大威力。《三年早知道》有自己的特色：它把深刻严肃的主题、幽默欢畅的调子、饶有趣味的笔触、起伏曲折的情节，细针密线、有机而和谐地组织成一个统一整体，使整篇小说显得严谨而完美。

从文化价值来看，"赵满囤"这样的形象并不是一个"落后农民"的概念所能概括得了的，而是一种在农业文明和现代文明的矛盾冲突中艰难前进的复杂形象，作者以时代需求为尺度，对农民文化属性中劣性积淀的批判，是"五四"以来鲁迅对国民劣根性批判的继续。但是，马烽在创作中还缺乏自觉的理性批判精神和高瞻远瞩的现代意识。对此，马烽80年代也有了清醒的认识，他说："我的作品大部分是一些'头痛医头，脚痛医脚'的东西。……从创作思想上来说，实质上是一种狭隘的农民观点。"

李准（1928—2000），编剧、小说家，本姓木华梨，后简化成李，原名李铁生，河南洛阳人，蒙古族。1953年因为短篇小说《不能走那条路》触及防止翻身后的农民两极分化这一尖锐问题，受到高度重视，有三十多种报纸、十多家刊物加以转载，从此一举成名。代表作品有《李双双小传》《两匹瘦马》《农忙五月天》等小说集，长篇小说《黄河东流去》获首届茅盾文学奖。

李准早期的短篇小说创作，大都自觉地同当时的政治运动、经济变革紧密配合，迅速地反映农村现实的变化和生活中出现的新人新事。与当时大多数表现农村生活的作家一样,其创作保持了强烈的时代色彩和鲜明的政治倾向,即无条件地拥护农村的社会主义改造,严格按照党的政策、文件进行构思、创作,对生活现象和社会矛盾缺乏主体的认知标准和判断尺度,这就使其作品在某种程度上带有政治宣传的意图和"运动文学"的痕迹。

李准的作品虽然都是按照时代要求和政策文件来解释生活的,但由于他对农村生活非常熟悉并怀有深厚的感情,作品中大都包含着一些民间文化形态的东西,且充满了生活乐趣,因此,他的作品还是受到当时读者的普遍欢迎。

李准善于从日常生活中截取富有典型意义的情节,在矛盾的发展中描写人物的性格;注意故事性,情节结构单纯,线索分明;语言畅达,富有清新的生活情趣和浓郁的泥土气息,不少作品还带有风趣盎然的喜剧色彩,人物形象也颇逗人喜爱。茅盾这样评论李准的风格:"洗练鲜明,平易流畅,有行云流水之势,无描头面角之态。"

《李双双小传》以1958年的"大跃进"和"公社化"为背景,通过农村青年妇女李双双带头办公共食堂的故事,既歌颂了"大跃进"、"人民公社"运动,也歌颂了运动中农村妇女的解放。李准说他写《李双双小传》是"想在农村新人的精神面貌上,新的性格形成上,进行一些探索"。这说明,虽然作品是以"大跃进"为背景,写的是"办食堂",不可避免地烙着当时"左"倾错误思潮的印痕,但作品描写的中心和重点是李双双这个人。集中力量写人,展现人的精神面貌是《李双双小传》成功的主要原因。作品开头的叙述,看上去只是介绍李双双名字的来历,实际上包含着很深刻的妇女权利的历史内容。这正暗合了整篇作品的题旨:"大跃进"中妇女权利、地位和精神的解放。但是,作为小说,这个主题的实现不能仅仅依靠简单的叙述和介绍,它必须塑造出具有鲜明性格特征的活生生的人物形象。于是作家笔锋一转,详细叙说了李双双写大字报的过程,并从这张大字报引出了李双双为争取学文化、开会、参加社里劳动的权利而与丈夫孙喜旺所发生的一连串充满生活情趣和喜剧色彩的家庭纠纷。这两段充满生活情趣和喜剧色彩的家庭叙事,由于采用了多种写人的方法(如通过细节写人,在矛盾冲突中写人,在对比烘托中写人等),虽然只有五六千字,却已经把李双双和喜旺这两个人物的性格特征和形象本身的典型意义基本揭示了出来。李双双的形象融合了民族传统美德和社会主义的时代精神,凸显了其勤劳善良、豪爽泼辣的个性。她身上既有现实性的成分,又有理想化的色彩,是一个在社会变革过程中争得了平等地位和独立人格的农村青年女性的典型,在一定程度上表现了中国劳动妇女的解放历程。

王汶石(1921—1999),原名王礼曾,山西万荣人。他一生只有一部短篇小说集《风雪之夜》，收入了经过自己筛选的十七篇作品。尽管他的作品数量不多，却一直享有较高的地位，被公认为五六十年代最优秀的短篇小说作家之一。这主要是因为他的作品不但讲究思想质量，尤其讲究艺术质量。即使在五六十年代那样的时代背景下，不能完全摆脱时代和政治的影响，他也能基本做到坚持现实主义的创作原则，使作品既有强烈的时代气息，又较少浮夸虚饰的毛病。特别是他那独特的美学追求和别具一格的小说写法，不但在当时独树一帜，即使在今天也仍有借鉴意义。

从艺术审美上看，王汶石的小说有两个显著的特点：一个是他认为小说之本，就是要写好、写活人物，坚持"文学就是人学"的思想；一个是他采用了一种新的小说写法，摆脱了传统小说的故事情节模式，而致力于场景化、戏剧化小说的写作。

《新结识的伙伴》是王汶石的代表作，也是五六十年代最优秀的短篇小说之一。这篇小说虽然写于"大跃进"年代，并以"大跃进"为背景，而且是写劳动竞赛的，却没有当时这类作品几乎都难避免的浮夸、虚饰的毛病。主要原因在于，作者采取了一种与众不同的"新的艺术技巧"。第一，他有意识地避开正面展现"大跃进"和劳动竞赛的场面，而集中全部笔力、调动一切手段写人，在通篇对比中，对两个主要人物从语言、行为、神态等各个方面进行动态的、白描式的传神描绘，终于成功地创造了两个个性迥然不同的农村新型妇女的典型。第二，《新结识的伙伴》艺术上的另一独特之处是，它不像五六十年代其他农村题材小说那样，重视和依赖故事情节，靠故事取胜，没了故事，也就没了小说。而《新结识的伙伴》几乎没有什么故事情节，或者说，王汶石写的根本就不是情节化小说，而是一种场景化、戏剧化小说。作品不是线性的情节结构，而是块状的场景结构或戏剧结构。整篇小说转换了几个场景，把不同人物放在同一个场景上，让人物通过语言、神态、行为、动作发生碰撞，从而激发出人物个性的光芒。很明显，王汶石小说艺术上的这一显著特征，是受了西方小说的影响，特别是契诃夫的影响。在五六十年代，王汶石的小说艺术观念还是比较开放的。

周立波（1908—1979），原名周绍仪，湖南益阳人。30年代投身左翼文艺运动，1948年写成了我国最早反映土改斗争的长篇小说《暴风骤雨》。中华人民共和国成立后，他深入北京石景山钢铁厂，1954年出版了长篇小说《铁水奔流》。1954年底，他回故乡湖南益阳农村安家落户，在合作化运动中积累了丰富的创作素材，1959年创作了反映农业合作化运动的长篇小说《山乡巨变》续篇。从1953年起，先后出版了短篇小说集《铁门里》《禾场上》《卜春秀》等。

《山乡巨变》是周立波的代表作之一。作品分正篇和续篇。正篇从县委干部邓秀梅入乡开始，到常青农业生产合作社成立为止，较完整地表现了初级农业社的建设过程。续篇描写了常青社转为高级社以后的生产、生活面貌,反映了这一历史过程中的种种矛盾斗争,最后以欢庆建社后的头季大丰收结束全书。整部作品描写了从1955年初冬到1956年上半年间,湖南一个僻静的山村清溪乡农在业合作化过程中所发生的巨大变化。

在50年代的"合作化"小说中,按中央文件图解生活的公式化、概念化之作占了相当大的比例。《山乡巨变》也不可能完全免俗,但作者凭着对乡村世界的真切关注和特殊感情,对这一特定时代的政治性题材作了极富个性的艺术化处理。同《创业史》相比,它没有那种高屋建瓴、豪迈宏阔的史诗气魄,却用优美的笔触描摹了自然朴素的民间生活,展现了湖南乡村醇美和谐的风土人情,并细腻地揭示了农民的文化心理、伦理风俗的深层变化,使时代风云蕴含在一派诗情画意之中,从而创造了一个乡土风俗画式的艺术审美空间。

这种鲜明的艺术个性首先体现在人物形象的塑造上。小说中的一些农村基层干部形象,既不同于赵树理笔下一味迎合上级的干部,也不同于"高大全"式的当代英雄。作家塑造的两个基层干部形象李月辉和刘雨生,朴实、本色,没有人为拔高的英雄气,这是周立波在了解和尊重农村实际情况的基础上塑造出来的,富有浓厚的生活气息,血肉丰满,真切感人。《山乡巨变》还塑造了一系列朴实、本真、亲切可爱的普通农民形象,如盛佑亭、陈先晋、王菊生等,其中最使人不能忘怀的是老贫农盛佑亭(亭面糊)。这个形象身上几乎集中了中国普通农民的全部特点。这是一个经历了新旧两个时代的人物,"面糊"是他的绰号,也是他的性格符号:既心地善良又有些世故,好吹牛又胆小怕事,喜欢占小便宜却也无害人之心。他没有主见,随风倒,土改中的既得利益使他有信心跟党走,但当合作化对他的利益有损害时,他又由土改的促进派变成了合作化的拦路石。这些个性色彩概括了农民在合作化中的两重性,既有新思想,又有旧意识;既有积极性,又有摇摆性。这些相互对立的性格因素,构成了一个在社会主义改造面前经受思想斗争的普通农民典型。作者虽然嘲讽了他的落后,但没有丑化他,反而把笔触深入到他的灵魂深处,写出了他身上淳朴的人情美,给予他善良的同情。后来评论界把这类人物形象称为"中间人物",在那个以阶级斗争为纲的时代里,恐怕在这类人物身上才更深刻地传达出民间真实的声音。

《山乡巨变》具有鲜明的艺术特点。它尽情展示了湖南山村的乡情美和自然美。作者把热烈的建设场面寓于日常生活的铺叙中,在作家笔下,洞庭湖边的清溪竹林,清澈的资江水,翡青的小山,散发出清香的茶子花,都充满了浓郁的乡土气息。作品虽以两条道路的斗争为主线,但这根主线连缀的又多是日常生活事件,如刘雨生夫妻吵架、王菊生的拼命竞赛等，展现了多姿多彩的人间世相和乡村风俗，从而开阔了小说的意境。

三、革命历史题材小说

表现革命斗争历史的文学热潮兴起有着多种因素。中华人民共和国的建立，经历了以武装斗争为主的漫长时期，付出过沉重的牺牲，令人无法忘却，而大陆的解放和革命的胜利，又是那样强烈地激动着战争亲历者的心灵。人生的体验和历史的激情交融在一起，激发了他们创作的欲望，一旦从战争中的紧迫急促转向和平时代的舒缓平和，有了相应的写作条件，他们的创作热情就不可遏制地爆发出来。写《保卫延安》的杜鹏程，写《铁道游击队》的刘知侠、写《红日》的吴强，都是以记者和宣传工作者的身份，沐浴过战争硝烟，去记叙和宣传这英勇奋战的事迹。他们由文化宣传工作转为文学创作，可说是水到渠成。写《红岩》的罗广斌、杨益言等，参加过重庆地下党领导的中华人民共和国成立前夕的革命斗争，并因此被投入白公馆、渣滓洞牢狱，是吃人魔窟的幸存者。写《青春之歌》的杨沫与其笔下的女主人公林道静的经历有很多重合之处。写《林海雪原》的曲波的经历，也很容易让人联想到作品中年轻英俊的小分队指挥员少剑波。

杜鹏程的《保卫延安》写于1949年到1953年底，作者经过四年多的艰苦劳动，九易其稿，才最终完成。这是我国第一部大规模正面描写解放战争的长篇小说，被誉为当代战争文学的开山作和里程碑。作品取材于1947年3月胡宗南指挥23万国民党军队进攻延安，而我延安军民在党中央领导下奋起反抗进行"延安保卫战"并最终取得全面胜利的史实，采用了以局部窥全局的手法，以高亢豪迈的气势全景式地描绘了这场战争，歌颂了广大军民赴汤蹈火、浴血奋战的革命英雄主义精神，充分展现了波澜壮阔的历史画面，揭示了人民战争必然胜利的规律。《保卫延安》作为第一部大规模正面描写并讴歌人民战争的长篇小说，在当代战争文学史上具有开拓意义。

《保卫延安》的艺术成就首先表现在它的艺术概括力上。整部作品是以解放战争第一仗——延安保卫战为中心展开情节的。1947年3月，蒋介石、胡宗南以十倍于我的兵力进攻陕北，妄图一举歼灭我中央首脑机关。只有3万余人的西北野战军，在彭德怀将军的指挥下，坚决贯彻党中央毛主席的战略思想，集中优势兵力，诱敌深入，各个击破，先后经过艰苦卓绝的五大战役——青化砭伏击战、蟠龙镇攻坚战、长城线运动战、沙家店歼灭战、九里山追击战，在兄弟兵团的战略配合下终于以少胜多，于1947年6月取得延安保卫战的全面胜利，从而把解放战争从战略防御阶段推向战略进攻阶段，为解放全中国奠定了基础，开辟了道路。《保卫延安》的作者吸收借鉴了苏联战争小说如《铁流》《钢铁是怎样炼成的》《日日夜夜》等的创作经验，坚持了艺术中的现实主义创作原则，在较大的规模上真实地再现了延安保卫战的历史进程，反映了这一伟大战争的雄伟气魄和我军将士的革命英雄主义精神。我们说《保卫延安》有着极大的艺术概括力还表现在，作者没有把目光局限于眼前的西北战场，而是放眼全国，在重点写延安保卫战的同时，抽出笔墨以侧笔写了陈赓兵团渡黄河、刘邓大军挺进大别山，从而既在整个解放战争全局上突出了延安保卫战的重大意义，又以延安保卫战为中心观照了整个解放战场，极有层次地写出整个解放战争从战略防御到战略进攻的伟大转折和历史进程，使全书构成了一幅极其宏伟浩大的战争艺术画卷，其规模之宏大、视野之宽广，题旨之深厚，意义之重大，影响之深远，在中华人民共和国成立之初长篇小说中首屈一指。

《保卫延安》的艺术成就还体现在作品中人物形象的塑造上。作者一方面以巨大的艺术腕力高度概括地描绘了整个解放战场雄伟壮丽的画卷，一方面以更多的笔墨和精力、更高的热情塑造了从炊事员、战士、连长、团政委、旅长直至彭德怀司令员等我军各级指挥员的光辉英雄群像。这些人物形象的成功塑造，是杜鹏程对中国当代文学的重大贡献。尤其是对彭德怀和周大勇这两个艺术形象的成功塑造，可以看作中国当代文学史上有重大意义的艺术成果。

比起其他战争小说，《保卫延安》艺术上还有一个突出特色，即无论是写激烈的战斗，还是写严峻的考验；不论是写陕北风光，还是刻画英雄人物，无不充满着作家热烈的感情，全书自始至终洋溢着强烈的革命激情。颇为难得的是，在一部以写战争为主要内容的军事小说中，作者摆脱了当时同类小说那种平铺直叙的描写手法，透过硝烟炮火，时有感情的诗意抒发和深刻精辟的议论。艳艳阳光下的宝塔山，青山绿水间的窑洞，山坡上追逐的羊群，朴实优美的信天游，延河边成群的流萤……一草一木，一山一水，都浸透了作家的爱恋之情，使全书显得张弛有序、疏密得当，刚柔相济，诗意盎然。这就大大提高了《保卫延安》的文学色彩。无论情节叙述、形象塑造或是场景描绘，杜鹏程的笔调总是那么强烈明快，黑白分明，犹如刀锋遒劲的木刻画。正如茅盾所说的："他的作品中的人物，好像是用巨斧砍削出来的，粗犷而雄壮。"这就构成了他作品的雄浑磅礴的气势和高昂的格调。

吴强的《红日》是继《保卫延安》之后又一部正面描写解放战争中两军对垒大兵团作战的优秀长篇小说。两部作品反映的是发生在同一历史时期内的一东、一西两次不同的战役，《保卫延安》写的是以延安保卫战为中心的西北战场，《红日》写的是从涟水战役中经莱芜战役到孟良崮战役的山东战场。题材虽不相同，主题是一致的：通过对两次战役的具体描写，热情地歌颂毛泽东人民战争军事思想的伟大胜利，歌颂伟大的人民军队和人民。

1954年出版的《保卫延安》奠定了我国当代军事长篇小说创作的基础，代表着中华人民共和国成立之初我国长篇战争小说所达到的新高度、新水平。而1957年出版的《红日》对长篇战争小说的艺术新发展，可以从与《保卫延安》的比较中看出来。

首先，同样描写大兵团作战，《保卫延安》把目光和笔墨集中在一个基层连队，以这个连队的活动为视点，让它贯串整部作品的始终；而《红日》虽然也有写到基层连队甚至班、排的笔墨，但整部作品是以一个军的活动为中心展开情节进行描写的。其次，《保卫延安》是把一个基层指战员连长周大勇作为全书主人公来刻画的，而《红日》则以高级指挥员军长沈振新作为全书的中心人物进行精心塑造。反映生活的视点和描绘生活的侧重点的不同，体现了两部作品在构思和立意上的区别：《保卫延安》之所以取低视角，把目光集中于连队、战士，是因为它主要是想反映战士的无产阶级大无畏的革命英雄主义精神，而《红日》取高视角，把目光放在军一级，是为了通过对高级指挥员运筹帷幄的描写，从俯瞰战争全局的高度，再现山东解放战场从战略防御到战略进攻直至最后胜利的全过程。因此，比起《保卫延安》来，《红日》就带有更明显的战争史诗的格局和气度。尽管《红日》从军一级着眼，所用笔墨较多，但它同时也兼顾到师、团、营、连、排、班的描写，同时又不局限于军队本身，既写前沿哨所，又写后方医院；既写军队，又写地方；既写我军一方，又写敌军一方。因此，《红日》比《保卫延安》有更为开阔的视野、更广阔的生活画面和更大的生活容量，气势上显得更雄伟壮阔。

从人物形象塑造上看，《红日》对我国军事文学的一个很大贡献就是成功地塑造了军一级高级指挥员形象，尤其是对军长沈振新和副军长梁波这两个有着不同个性特征的高级指挥员形象的塑造极为成功。作者一反过去作品中对于高级干部描写一般化、概念化的毛病，以真实的笔触着重写了他们的思想、情感、欢悦、烦恼、胜利、失误，甚至写了他们的婚姻爱情生活，这就使人物显得血肉丰满，富有生活气息，产生真实感人的艺术效果。

曲波的《林海雪原》对我国长篇军事文学和革命传奇小说的艺术贡献首先就在于它以奇特新颖的题材内容，曲折离奇、惊心动魄的情节，大大强化了革命战争小说的传奇性，并且作为一种美学追求，运用各种艺术手段，把小说的传奇色彩推进到一种极致的地步，极大地提高了通俗传奇小说的艺术品位。《林海雪原》以动人心弦、引人入胜的艺术笔触，描绘了我军一支三十六人的剿匪小分队，深入林海雪原与十倍于我的土匪巧为周旋；并派孤胆英雄化装成土匪，打入匪巢、深入虎穴，"突破险中险、历经难上难、发挥智上智、战胜魔中魔"，终于内外夹攻、全歼匪徒的奇曲惊险的故事。题材的奇特、惊险，是以往的战争文学传奇小说中从未表现过的，无疑是对我国军事文学题材领域的新开拓。值得称道的是，作者在这一奇特的题材之下，围绕着四次大的战役（奇袭虎狼窝、智取威虎山、绥芬草甸大周旋、大战四方台）又穿插了一系列曲折惊险的小故事，大故事里套小故事，环环紧扣、纵横交错，突然事件、意外变故，一波未平、一波又起，山重水复疑无路、柳暗花明又一村，整部作品被编织得跌宕曲折，波澜起伏，那浓烈的传奇色彩具有极强的吸引力，读来令人惊心动魄。仅就题材的新颖奇特、富于传奇性这一点来说，《林海雪原》也大大超出了其他同类作品。

《林海雪原》更重要的艺术贡献在于，在奇特新颖的题材、惊险传奇的情节中，作者集中笔力塑造了一批具有独特个性特征的传奇式的英雄人物形象，如少剑波、杨子荣、刘勋苍、孙达得、栾超家、高波等。尤其是孤胆英雄杨子荣的形象，已成为我国当代文学英雄人物画廊中不可多得的艺术典型。中华人民共和国成立之初，反映革命斗争历史题材的通俗传奇小说最大的艺术缺陷恰恰是忽略了人物形象的塑造，往往见事不见人。而小说创作只有从单纯的情节小说上升到人物小说，从文学上升到人学之后，才算进入一个较高的艺术层次。《林海雪原》虽然还不是完全从人物出发，以人物为中心的写人小说，它仍然非常重视故事情节的编造，但是它做到了在故事情节中塑造人物、刻画性格这一点，就是一个很大的艺术进步。

罗广斌、杨益言的《红岩》出版于1961年12月，在不到两年的时间里，发行了400多万册，80年代先后印刷20多次，发行量达到800多万册，创下了当代小说的发行纪录。还有一个值得注意的现象是，同时代的长篇小说几乎都经历了颇有争议的讨论，而《红岩》除了在艺术上的不足稍有争议之外，对其思想内容的肯定和赞誉是众口一词的。《红岩》可以说在最大程度上满足了时代的需要。小说出版后，还被改编成电影《烈火中永生》、歌剧《江姐》和其他艺术形式。《红岩》这部作品影响了当代中国几代人的心理，它是当代中国有关信仰的启示录般的作品。作为"革命的圣经"，它至今仍然是我们最重要的精神资源之一。

《红岩》塑造了众多的革命者形象，他们的地下斗争和被捕后的表现，体现了共产党人的意志和信仰，在敌我两个阵营的对垒中，贯穿了作者的人生观和价值观。《红岩》在两个政治集团和两种精神意志的较量中，让革命者的坚忍、毅力与敌人的狡诈、残忍，都得到了表达。江姐、许云峰格言式的陈情或独白，使共产党人的高风亮节和坚定信仰，在"舞台化"和"戏剧化"的同时，也被本质化。因此，《红岩》被视为具有"教科书"意义的红色经典作品。

在革命历史题材创作潮流中，擅长短篇小说创作的茹志鹃以其独特的艺术风格著称于十七年文坛。茹志鹃（1925—1998），曾用笔名阿如、初旭。祖籍浙江杭州，生于上海。1950年，她发表了第一篇短篇小说《何栋梁与金凤》。1958年发表了《百合花》，受到茅盾等前辈作家的热烈赞扬，引起人们的注意。此后又陆续发表了《高高的白杨树》《如愿》《春暖时节》《静静的产院》等二十多个短篇。这些作品分别收在《高高的白杨树》《静静的产院》和《百合花》等三个短篇小说集中。在"文革"时期，她被打成"黑线人物"。在那种恶劣的环境下，她搁笔了，一直沉默。粉碎"四人帮"后，文艺界的新气象使她焕发了创作的青春。她毅然执笔，写下了《冰灯》《剪辑错了的故事》《草原上的小路》《儿女情》《家务事》《着暖色的雪地》等新作。这些作品收入短篇小说集《草原上的小路》里，其中《剪辑错了的故事》获1979年全国优秀短篇小说奖。

茹志鹃小说创作的艺术风格在"文革"前已形成。《百合花》是茹志鹃的成名之作，也是她的代表作。这篇作品取材于解放战争的生活，但作品没有去正面描写战争的宏伟场面，只是描写了革命战争中的一个小小的横断面。作品通过通讯员护送"我"到前沿包扎所以及向一位新媳妇借被子等情节的描写，塑造了通讯员和新媳妇这两个平凡而又感人的人物形象，歌颂了人民战士为革命、为人民英勇献身的崇高品质和人民群众热爱子弟兵的真挚感情，深刻地表现了拥军爱民的主题。

茹志鹃在"文革"前创作的小说，不正面描写生活的巨流大波，而是从中截取一朵浪花、一片微澜，加以精心描绘和探入开掘，以小见大地反映时代生活的风貌。这是茹志鹃小说选材立意上的显著特点。例如《百合花》《黎明前的故事》《三走严庄》《澄河边上》等描写战争年代生活的作品，都不正面展现千军万马的厮杀场面和惊心动魄的战斗过程，而是将这些置于幕后，着力抒写我们的战士和人民在血与火、生与死的考验中显露的手足之情和心灵美。即使是描写现实生活的作品，也不正面去描写两个阶段、两条道路的激烈搏斗，而是把笔触伸入到夫妻之间、母子之间、妯娌之间、婆媳之间、同志之间，描写人们在生活激流中所产生的矛盾冲突，思想感情变化，从而反映出时代生活的变化和时代步伐的前进。如《春暖时节》《如愿》《在果树园里》《妯娌》《静静的产院》等作品都体现了这样的特点。

在人物塑造上，茹志鹃的小说精心刻画的人物形象，多数是普通的人物，诸如通讯员、新媳妇、童养媳、老大娘、伤病员、医务工作者等等。这些人物都是作者歌颂的对象。作者对这些人物倾注了满腔热忱，极力挖掘出这些普通人物的心灵美和情操美，给读者以美感教育。如《三走严庄》中的收黎子、《高高的白杨树》中的大姐、《静静的产院》里的谭婶婶、《春暖时节》中的静兰等人物都塑造得很成功，给人留下深刻的印象。

在艺术表现手法上，茹志鹃的小说也显示了鲜明的特色。在人物刻画上，茹志鹃善于通过细腻深入的心理描写，来充分展示人物的内心世界。她还善于提炼富有典型意义的细节去刻画人物性格。在结构布局上，茹志鹃的作品一般都是按照时间和空间的顺序、事件的发展顺序来结构的。作品的故事比较简单，没有曲折离奇的情节，也没有惊心动魄的冲突，结构严谨，富有节奏感。小说的语言朴素清新，凝练流畅，优美生动，富于抒情色彩。

四、逸出"主流"之外的小说创作

1956年至1957年上半年，是当代文学发展的一个重要时期，也是小说创作有所突破和有所开拓的关键时期。"双百"方针的提出，大大解放了作家们的思想。许多作家从固有的创作模式中走出来，发现原先的小说创作对生活的理解是如此的狭窄和片面，因而重新焕发热情，将小说创作的视点对准客观现实生活中丑陋和阴暗的一面，并以鲜明的写实风格，在表现生活的丰富性的同时，也充分展示出生活的复杂性，从而将所表现的内容直接诉诸人们的理性认识，引起人们对现实生活的热切关注和严峻思考。在这个时期，出现了一个引人瞩目的史称"干预生活、暴露阴暗"的现实主义小说创作潮流。

从小说表现的内容上来说，这种倾向的小说创作基于对客观现实生活的严峻思索和审视，主要将创作的视野聚集在这样两个方面：一是客观现实生活中的阴暗与腐朽的一面，以揭露和批判形形色色的官僚主义、保守主义、思想僵化的现象为主；二是突破爱情描写的禁区，深入到人们情感世界的深处，表现丰富多彩的爱情生活。前者的代表作家作品有王蒙的《组织部新来的年轻人》、耿龙祥的《入党》、耿简的《爬在旗杆上的人》、白危的《被围困的农庄主席》、李国文的《改选》、南丁的《科长》等；后者的代表作家作品有宗璞的《红豆》、邓友梅的《在悬崖上》、陆文夫的《小巷深处》、阿章的《寒夜的别离》、丰村的《美丽》等。

王蒙的《组织部新来的年轻人》通过一位新调入区委组织部工作的年轻人林震的所见所闻，描写了一个党的重要机构中竟还存在着许多与时代不合拍的东西，进而通过对区委组织部第一副部长刘世吾的刻画，揭示出官僚主义的思想根源。刘世吾是一位参加革命多年的干部，在共和国诞生之前，他曾经是热情地献身于人民解放事业的青年。但是，在革命进入新的历史时期时，在共和国处于建设和发展的历史时期里，他却对革命的事业、对火热的生活失去了原有的热情，产生了一种令人可怕的冷漠感。小说在令人信服地描绘出这种现象时，也更深一层地探寻出导致这种官僚主义作风的思想根源在于领导干部的思想僵化。刘世吾的口头禅"就那么回事"，十分形象地表现了官僚主义者全部的人生哲学和思想根基。与此同时，小说还刻画出另一种类型的官僚主义者——韩常新，其特点是洋洋自得、装腔作势、对上谄媚、对下骄横，满身沽名钓誉的市侩习气。韩常新与刘世吾这两个形象组合在一起，就构成了一幅官僚主义者的形象图。其他的同类小说，如耿简的《爬在旗杆上的人》，揭露和批判的是搞形式主义哗众取宠的官僚主义，白危的《被围困的农庄主席》揭露的是一股侵犯农民利益的不正之风，它们都试图从不同的角度，真实地反映现实生活的种种不合理的现象，并给予这种现象以鲜明的批评和讽刺。

宗璞的《红豆》，写的是在北京解放前夕，大学生江玫与齐虹之间爱情破裂的故事。江玫尽管一度因与齐虹有共同的爱好，如文学和音乐等，产生了爱情，但终于在风起云涌的学生运动的感召下，在地下党的帮助下，逐渐认清了当时的政治形势，并做出了正确的人生道路选择。正因为如此，她与齐虹的性格、感情及人生观、爱情观出现一系列分歧，致使他们之间的爱情最终破裂。整个小说虽然是描写爱情生活的，然而在作品当中，爱情与当时的政治形势以及每个社会成员的人生道路选择有机结合。这样，爱情就不只是作为一个纯粹的表现对象加以展示，而是同社会的政治形势、同人生观的确立紧密地联系在一起，着重的是爱情本质（主要是指爱情的社会本质和时代特征）的探讨，使爱情生活的描绘和刻画处在理性精神的制约中，一切情欲的感性因素都自然被完全剔除。

"干预生活，暴露阴暗"的现实主义小说创作，对于当代小说的影响是深远的，虽然它只是昙花一现，稍纵即逝。它对当代小说创作的启迪在于：扩大了小说创作的视野和表现内容，改变了创作题材单一的状况，尤其是突破了创作上的一些禁区和清规戒律的束缚，使小说表现的主题得到了深化。在人物形象的塑造上，也改变了以往一些小说人物性格单一、类型化的倾向，而力图将人物置于多种社会关系中加以表现，使人物的性格鲜明，个性突出，形象逼真，从而增强了小说的艺术审美效应。总之，这种倾向的小说创作，对当代小说的发展具有重要的意义，在当代小说史以至在整个当代文学史上，都占有重要的地位。

> **思考练习**
> 1. 从题材分类的角度，简述五六十年代小说创作的主要成就。
> 2. 比较评价赵树理建国前后农村题材小说创作的变化。
> 3. 对比分析《保卫延安》与《红日》的艺术特色异同。
> 4. 从主题和艺术价值的角度，简要评析"百花文学"时期小说创作的成就。

第三节 散文的复兴与戏剧的繁荣

一、散文的复兴和戏剧的繁荣

（一）散文的复兴

在中国现代文学史上，"五四"新文化运动确定了散文追求个性自由和批判性的精神品格，其后，"文明批评"与"社会批评"的杂文以其更尖锐的特质成为30年代散文的时代标志。随着时代更激烈的演变，散文呈现出文体追求日益多元、概念范围不断扩大的发展趋势。到了40年代，散文的实践性、人民性和对现实的回应性继续增强。如在40年代的解放区，纪实性的通讯特写、报告文学这类更有利于回应大事件的散文形式的地位日益凸显。50年代到70年代，在社会主义现实主义和革命浪漫主义文学精神的感召下，散文不仅进一步升华了其抒情特质，而且在叙事性的、具有文学色彩的通讯特写、报告文学和以议论为主的杂感以及文学性较强的回忆录、人物传记等文体实践中，由于对现实事件进行了更宏大深广的书写和更直接的情感应和，散文再次实现了繁荣。

1. 报告文学的勃兴

50年代初，纪实性的通讯特写、报告文学在散文中占有很高的比例。纵观二十七年的通讯特写、报告文学的发展，大致经历了四个阶段。

第一个阶段是从1949到1955年，这是报告文学的崛起阶段。此时期的通讯特写、报告文学主要有两大主题：一是反映经济恢复时期和第一个五年计划期间的建设热潮，以歌颂社会主义新时代。如柳青的《王家斌》、秦兆阳的《王永淮》、沙汀的《卢家秀》，描绘社会主义变革后的农村新气象，以及合作化运动中农村干部群众的精神面貌，在读者中引起很大反响。二是反映当时的抗美援朝战争。很多作家如巴金、刘白羽、杨朔、菡子、黄钢等奔赴朝鲜战场，实地进行考察、采访和慰问，发表了大量的战地通讯。如巴金的《生活在英雄们中间》、魏巍的《谁是最可爱的人》、刘白羽的《朝鲜在战火中前进》、杨朔的《鸭绿江南北》等等。此外，还有如《朝鲜通讯报告选》（三集）、《志愿军一日》（四集）、《志愿军英雄传》（三集）等战地通讯报告的大型选集。这些报告文学真实生动地描写了中国人民志愿军英勇抗击美国侵略者的战争场面，讴歌无数像黄继光、杨根思式的战斗英雄及他们的英雄事迹，表现了中朝人民唇齿相依、血肉相连的革命情谊。其中，魏巍的通讯报告影响最大。魏巍曾两次奔赴朝鲜前线，先后发表了《汉江南岸的日日夜夜》《谁是最可爱的人》《战士和祖国》《挤垮它》等作品，它们以"谁是最可爱的人"为名结集出版。此后"最可爱的人"成为赴朝鲜作战的志愿军战士的代称。魏巍的通讯、报告文学选材严、开掘深，情感深刻真挚，格调激越豪放。他的写作提高了通讯报告在当代文学中的地位。

第二个阶段是从1956年至1962年，这是报告文学的过渡期。1956年，在"双百"方针和苏联"批评特写"的双重影响下，一批青年作家为了揭露现实生活中的矛盾和问题，创作了一批干预生活的报告文学。如刘宾雁的《在桥梁工地上》《本报内部消息》、耿简的《爬在旗杆上的人》等，打破了颂歌文学一统天下的局面，揭示了现实生活的阴暗面。1958年，《文艺报》开辟了"大家来写报告文学"专栏，并发表专论《大搞报告文学》，从理论上为报告文学发展理清了道路。作家们也深入生活，发表了大量的报告文学作品。如华山的《山中海路》、闻捷的《海燕》、中国青年报记者的《为了六十一个阶级弟兄》、李准的《马小翠的故事》等。此时的报告文学显示出与时代事件紧密同步的特征，有虚假浮夸的不良倾向，艺术上较为粗糙。

第三个阶段是从1963年到1966年，是当代报告文学的繁荣期。1963年，《人民日报》、中国作家协会联合召开了中华人民共和国成立以来的全国第一次报告文学座谈会，从理论与实践的角度对报告文学大力予以倡导，极大地繁荣了报告文学的创作。如崔家俊、陈广生的《毛主席的好战士——雷锋》、郭小川等的《无产阶级战士的高尚品格》、穆青的《县委书记的好榜样——焦裕禄》、黄宗英的《小丫扛大旗》、魏钢焰的《红桃是怎么开的？》、玛拉沁夫的《最鲜艳的花朵》等。这些作品反映了我国工业、农业战线上的新人、新事、新思想和新风尚，着重表现了我国人民战胜天灾人祸、实现共产主义理想的决心和高尚情操，鲜明的时代感、强烈的共产主义理想教育的鼓动性、明显的政治色彩成为这一时期报告文学的总体特征。

第四个阶段是从 1966 年至"文革"结束，此时期有《一不怕苦、二不怕死的共产主义战士》《他们来自好八连》《来自坦赞铁路的报告》《人民的好医生李月华》等作品出现，这些作品大多描写工农兵的事迹或反映祖国建设的新成就，在思想内容上具有明显的时代性特征。

2. 抒情散文的两次高潮

中华人民共和国成立之后的十七年，抒情散文有两次创作高潮。第一次是在 1956 年到 1957 年期间。在"双百"方针的影响之下，作家有了一定的创作自由度，文学写作的题材也有所扩大，抒情散文因此出现了最初的复兴现象，产生了大量的优秀作品，如老舍的《养花》、秦牧的《社稷坛抒情》、杨朔的《香山红叶》、魏巍的《我的老师》、姚雪垠的《惠泉吃茶记》、叶圣陶的《游了三个湖》、丰子恺的《南颖访问记》《庐山面目》、钦文的《鉴湖风景如画》、方令孺的《在山阴道上》、万全的《搪瓷茶缸》、徐开垒的《竞赛》、端木蕻良的《传说》等。在这次高潮中，抒情散文不仅在数量上超过了中华人民共和国成立六年以来的总和，而且在质量上也趋于成熟，显示出抒情散文回归个人性情、生命体验的努力，作家也形成了个性化的表达方式和语言风格。如杨朔《香山红叶》一文的出现，标志着他由通讯特写转向抒情散文的尝试；秦牧发表的《社稷坛抒情》则标志着他由杂文向抒情散文的转变；魏巍发表的《我的老师》也少了过去的报告文学味，更多抒情散文味。此外，何为的《第二次考试》、白桦的《洛阳灯火》、筱石的《入学》都显示出散文小说化的个性化方向。不过，散文的复兴并没有坚持下去。到了 1957 年下半年，抒情散文复兴的进程便遭遇严重挫折。

抒情散文的第二次复兴发生在 1961 年，并延续至 1962 年上半年。1961 年初，《人民日报》开设了"笔谈散文"专栏，对散文进行探讨。随后，《文汇报》《光明日报》《长江文艺》等也纷纷响应，老舍、冰心、秦牧等作家热情地参加了此次笔谈，这是中华人民共和国成立后第一次对散文理论和创作问题进行的全面讨论。同时，很多报纸上也刊登了一批不同题材、风格的作品。如杨朔的《海市》《东风第一枝》，秦牧的《花城》《潮汐和船》，刘白羽的《红玛瑙集》，巴金的《倾吐不尽的感情》，冰心的《樱花赞》，吴伯箫的《北极星》，碧野的《情满青山》，郭风的《叶笛集》，柯蓝的《早霞短笛》，何为的《织锦集》，陈残云的《珠江岸边》，魏钢焰的《船夫曲》，袁鹰的《风帆》，方纪的《挥手之间》，峻青的《秋色赋》，菡子的《初晴集》，杨石的《岭南春》等散文以及散文集。由于散文理论和创作上的大丰收，1961 年被称为"散文年"。与第一个时期相比，作家们普遍借鉴中国古代散文和"五四"以来散文、小品文的艺术经验，不仅题材更加多种多样、艺术更为圆融精湛，而且作品的数量也多，出现了杨朔、刘白羽、秦牧三大散文家。但是，此时的抒情散文在表面的繁荣之下，也存在着作家隐藏自我、淡化个人真实性情的弊端，使得散文的发展道路出现了一定程度的偏差。

"文革"时期的抒情散文创作陷入萧条之中，除了谢璞的散文集《珍珠赋》之外，鲜有精品。

3. 杂文的兴衰

在中国现代文学史上，鲁迅所开创的杂文文体和创作风格，一直影响着现代杂文的发展。中华人民共和国成立后，由于政治形势的变化，以及杂文文体的批判性和讽刺性等因素的影响，此时期的杂文发展走过了一条艰难曲折的道路。

中华人民共和国成立初期是当代杂文发展的第一个时期。聂绀弩、夏衍、马铁丁、谢觉哉、徐懋庸、巴人等的杂文率先拉开了当代杂文的序幕，很多报纸也大力支持杂文的创作，如《新民晚报》的杂文专栏"灯下闲话"，《长江日报》副刊的"思想杂谈"专栏，《人民日报》副刊，《中国青年》"辣椒"专栏、《文汇报》等，刊登了极具特色的杂文。徐懋庸的《武器、刑具和道具》和《质的规定性》，巴人的《况钟的笔》和《"敲草榔头"之类》等作品最具特色。此时期影响最大的是陈笑雨、郭小川、张铁夫的杂文，他们三人合用笔名"马铁丁"在《长江日报》主持的杂文专栏"思想杂谈"发表文章，说理形象，分析精辟，体现出强烈的社会责任感和一定的社会批判性。

1956年，杂文创作蓬勃发展。《人民日报》《文汇报》《解放日报》《新民日报》等先后开辟了杂文专栏，茅盾、巴金、叶圣陶、唐弢、邓拓、舒芜、邵燕祥等人都加入杂文的写作队伍。夏衍的《"废名论"存疑》、唐弢的《"言论先生"》、叶圣陶的《老爷说的没错》等都堪称精品。这些作品以尖锐的文笔形象生动地批评了官僚主义、保守主义、教条主义等错误思想和不良作风。徐懋庸是此次杂文中兴的代表作家，他的《真理归于谁家》《不要怕民主》等100多篇杂文，对各种社会现象进行了针砭和讽刺。但是，随着1957年反右运动的到来，杂文又逐渐沉寂下来。

60年代初，杂文再度活跃。邓拓以"马南邨"为笔名，从1961年3月起在《北京晚报》上开设"燕山夜话"专栏。同年10月，邓拓、吴晗、廖沫沙以"吴南星"为名在《前线》杂志开设"三家村札记"专栏。1962年，《人民日报》副刊又开辟了"长短录"专栏，由陈笑雨主持，邀约夏衍、吴晗、廖沫沙、孟超、唐弢等为专栏写稿。全国许多报纸纷纷仿效，也办起了杂文专栏，促进了杂文的复苏，大批杂文佳作脱颖而出，其中以邓拓的《燕山夜话》、吴南星的《三家村札记》最为著名。《燕山夜话》里的杂文敢于正视现实，大胆评论时政，尖锐讽刺各种不正之风，道人所不敢道，言人所不敢言，熔思想性、知识性、文学性于一炉，文风犀利明快、机智幽默。《三家村札记》介绍古人读书治学、做事做人、从政打仗等方面的历史知识，以针砭现实生活中的弊病，具有很强的针对性。文章短小精悍，深入浅出，富于启迪性，对当时一些"左"的错误和不良作风有所批评和讽刺，深受读者欢迎。

4. 史传散文的发展

在五六十年代，史传散文（人物传记、革命回忆录）得到很大发展。其中革命回忆录兴起于50年代，是中国当代散文的特殊品种，也是中国当代散文的一大贡献。而人物传记则在我国有着悠久的历史。50年代前期，史传散文侧重于叙写英雄人物，出现了如柯蓝、赵自的《不死的王孝和》、黄钢的《革命母亲夏娘娘》、韩希梁的《黄继光》、高玉宝的《高玉宝》等文学传记作品。这些作品以真实的史料为依据，在对个人革命经历的叙写中反映了历史的风云变幻，有一定的艺术性。

1956年到1965年，史传文学逐渐走向繁荣。1956年由人民文学出版社出版的《志愿军英雄传》（三集）是中华人民共和国成立之后第一部集体创作的作品，也是当代史传文学中第一部重要作品。全书共收录了64位英雄模范的生平事迹，作者大多为部队里的军事或政工人员。《红旗飘飘》是中国青年出版社1957年出版的革命回忆录系列，到1966年共出版了16集。丛刊反映了历次革命战争的史实，塑造了大批栩栩如生的革命英雄人物。《星火燎原》由中国人民解放军总政治部组织编写，作者都是老一辈革命家和身经百战的老战士，他们回忆了中国人民解放军建军以来的星火燎原的历史和革命英雄的光辉业绩。此外，还有一些单行本的革命回忆录，如陶承的《我的一家》、陈昌奉的《跟随毛主席长征》、廖承志的《方志敏战斗的一生》、杨植霖的《王若飞在狱中》等。1958年，为了配合爱国主义和阶级斗争教育，在群众文艺运动中兴起了"三史"（即家史、厂史、社史）的创作，出现了如《北方的红星》《武钢建设史话》《麦田人民公社史》等作品。这些作品是人民的苦难史、翻身史、幸福史、巨变史，一度成为政治教育的教材。

进入60年代，中国人民政治协商会议文史资料研究委员会组织众多人员撰写回忆录和自传，后大多编辑成《文史资料选辑》出版。这些作品历史跨度长，包括从晚清至中华人民共和国成立约半个世纪的时间，涉及政治、经济、文化、教育等领域的众多历史事件，甚至包括宫廷秘闻、政治内幕、名人逸事等，大多具有一定的史料价值和文学价值。其中，溥仪的《我的前半生》最为有名。

（二）戏剧的繁荣

如果说散文是一种更有利于作家自由表达的文体样式，有助于作家更灵活敏捷地回应时代事件、抒发情绪以及表达观点，那戏剧（包括戏曲、话剧、歌剧）则因其艺术呈现形式的具象性和群体性，其作品表达和观众、读者的同一时空的共振性，以及其表演活动的实践性和功利性，从而具有天然的直接交流、宣传功能，也就最符合新中国社会主义建设的实践需求，必然会受到时代的重视。

1949年以后，戏剧被大规模推广：戏剧文学传统的扬弃、各种全国性的戏剧汇演观摩及其制度化建设、众多戏剧创作组织的建立、对戏剧进一步的制度规范和理论引导，这些都使戏剧获得了巨大的全面发展。从1949年到1976年，戏剧的发展可以分为两个时期：1949年至1957年是中国当代社会主义戏剧的建构时期，1958年至1976年是中国当代社会主义戏剧的深化和裂变时期。

1. 戏曲的变革

戏曲一直是传统底层人民最直接的文学消费和参与形式，对底层人民一直具有最深刻的影响力。戏曲剧本的文人性隐藏于幕后，以浅显易懂、易于观赏和理解的具象形式呈现于台前，再加上深入民间的舞台表演和现场观看方式，使得戏曲在群众性、人民性和实践性的现代化再造运动中，具有天然的优势。

早在1942年，毛泽东便提出了戏曲的"推陈出新"问题。1944年在看了《逼上梁山》之后，他更进一步提出了"旧剧革命"的问题。中华人民共和国成立后，毛泽东不仅立即掀起了一场轰轰烈烈的戏曲变革运动，还在这场运动中逐渐将他的"旧剧革命"思想完善为"百花齐放、推陈出新"的戏曲改革方针，要求继承传统戏曲中鲜活的通俗易懂、活泼直切的人民性和实践性基因，扬弃文人精英们的孤芳自赏以及中上层圈子的所谓人性拷问的戏剧题材，并跟现实的社会主义改造实践结合起来，凸显了戏剧的新时代需求。

第一次戏曲变革发生在1949年至1957年间，这是社会主义新戏剧的建构阶段。其主要任务和成就，是在对传统剧目"推陈出新"的过程中，从戏曲题材和人员组织制度等各个层面，进行了全面的社会主义新戏曲建构，并取得了令人鼓舞的成果。首先，初步净化了传统戏曲剧目和戏曲内容，将一些宣传封建迷信思想和封建伦理道德观念，或者渲染低俗凶杀色情的戏曲清理出去。其次，对传统戏曲从业人员进行了改造。除梅兰芳京剧团外，全国各地的私营戏曲班、社团逐步转变为全民所有制或集体所有制。此外，大批理论水平较高的话剧工作者加入戏曲界，传播现代戏剧理论，也给戏曲的发展注入了新的活力。京剧《白蛇传》、越剧《梁山伯与祝英台》、昆曲《十五贯》等精品戏剧都是典范之作。已经衰落的一些优秀戏曲如传统昆曲《墙头马上》《李慧娘》，越剧《红楼梦》《西厢记》，川剧《拉郎配》等戏曲也受到了群众的欢迎。这些戏曲作品，改变了传统戏曲的脸谱化、类型化、理念化以及情节结构松散拖沓等问题，是中国戏曲史上第一次对传统戏曲的全面推陈出新，对中国戏剧的发展走向有着现实和历史的影响。

中国戏曲的第二次重大变革发生在1958年至1976年间的深化和裂变阶段，戏曲的题材选择、思想指向、组织形式和表现风格进一步深化。京剧的现代戏改革是其深化的主要标志，而革命现代京剧的诞生是其裂变的最高形式。在新的时代条件下，传统戏曲在思想内容和演艺形式等方面的固定化和程式化等弊端日益凸显，革命现代京剧应运而生。它更好地适应了现代生活的需要，不仅塑造了一系列具有时代特征的工农兵英雄形象，增强了京剧内容的革命性，同时也革新了传统的京剧形式。革命现代京剧对传统戏曲形式的变革主要表现在以下几个方面：第一，打破了传统戏曲以"随意赋形"为基本观念的舞美体制，吸收了话剧的写实观念，采用写实的舞台布景，拉近了戏曲舞台与现实生活之间的距离；第二，打破了传统戏曲以分场及空间不固定为主要原则的文学体制，采用话剧的分场分幕制，增强了戏曲情节的集中性；第三，打破了传统戏曲以生、旦、净、末、丑为基本行当的表演体制，依照生活的本来面貌来真实地塑造人物形象，并突出了人物各自不同的鲜明个性；第四，打破了传统戏曲"千部一腔"的音乐体制，引进了歌剧和交响乐的经验，创造出更具表现力的新唱腔、新板式和人物主题音乐，更好地表现了现代人的生活体验和情绪个性。革命现代京剧内容与形式上的突破创新，不仅使中国戏曲发生了一次重大变革，也使中国人传统的戏曲审美观念发生了一场革命，而这正是革命现代京剧能在中国戏曲舞台上长盛不衰的独特魅力所在。其中，《红灯记》《沙家浜》《智取威虎山》《奇袭白虎团》等便是京剧现代戏的精品。

1964年6月，全国京剧现代戏观摩演出大会在北京举行。来自9个省、市、自治区的28个京剧团演出了38台现代戏。1967年，这场京剧现代戏的演出被称为"京剧革命""无产阶级文化大革命的伟大开端"。《红旗》杂志在第6期上，把江青1964年7月在京剧现代戏观摩演出人员座谈会上的讲话，以"谈京剧革命"为题目发表，并同期刊出社论《欢呼京剧革命的伟大胜利》。社论首次正式使用了"样板戏"的说法，说《智取威虎山》等京剧样板戏，"不仅是京剧的优秀样板，而且是无产阶级文艺的优秀样板"。1967年5月，北京、上海的纪念《讲话》发表二十五周年的活动中，"中央文化革命小组"成员陈伯达、姚文元，对"京剧革命""样板戏"的意义以及江青在"京剧革命"中的地位和作用，做出极高评价，认为江青"创造了一批崭新的革命京剧、革命芭蕾舞剧、革命交响音乐，为文艺革命树立了光辉的样板"。随后，《人民日报》社论《革命文艺的优秀样板》第一次开列了"八个革命样板戏"的名单：京剧《智取威虎山》《海港》《沙家浜》《奇袭白虎团》《红灯记》，芭蕾舞剧《红色娘子军》《白毛女》，交响音乐《沙家浜》。"京剧革命"和"样板戏"的权威地位和阐释权力由国家政治权力机构保证，其创作经验还被要求推广到包括小说、诗歌、歌曲、绘画等各种文艺样式的创作中去。

2. 话剧创作

在十七年戏剧中，无论从作品的数量还是从剧团数及从业人员来看，话剧都占据着戏曲和歌剧无法比拟的绝对优势。这是因为歌剧和戏曲往往更容易形成程式化和专业化的艺术模式，而话剧相对而言更灵活多变，反映现实社会生活更迅速快捷、尖锐真实，也更容易受到现实的政治经济运动的影响，体现出强烈的功利性色彩，因此也导致了当代话剧的发展道路曲折。

在1949年到1956年的戏剧舞台上，多幕剧和独幕剧的发展最引人注目。在中华人民共和国成立初期，多幕剧得到了较快的发展，出现了许多有影响的作品，如：刘沧浪等的《红旗歌》、胡可的《战斗里成长》、老舍的《方珍珠》和《龙须沟》、杜印的《在新事物面前》、傅铎的《冲破黎明前的黑暗》、魏连珍的《不是蝉》、天津码头工人集体创作的《六号门》、沈西蒙的《杨根思》、陈其通的《万水千山》、黄悌的《钢铁运输兵》、安波的《春风吹到诺敏河》、曹禺的《明朗的天》、夏衍的《考验》等。

而在1953年至1957年间，独幕剧因其能更灵活敏捷地反映生活、表达观点以及个人情感等特点，快速进入了繁荣期。田汉在为《建国十年文学创作选·戏剧》写的《序言》中说："这十年来，全国各地所创作的独幕剧本，数以万计。仅据《剧本》月刊统计，平均每年收到的小型剧本就有五六千之多；各地……自己创作并演出的小戏，更是无法统计。"当时具有代表性的独幕剧有：《妇女代表》（孙芋）、《赵小兰》（金剑）、《人往高处走》（栾凤桐）、《夫妻之间》（北京人艺）、《开会》（邢野）、《百年大计》（丛深）、《姐妹俩》（蓝光）、《刘莲英》（崔德志）、《黄花岭》（舒慧）、《葡萄烂了》（王少燕）、《新局长到来之前》（何求）、《两个心眼》（赵羽翔）、《归来》（鲁彦周）、《家务事》（陈桂珍）等。

无论是多幕剧还是独幕剧，此时期的话剧主要刻画了在社会主义革命和建设中涌现出来的社会主义新人形象，抒发了各族人民在新社会里翻身得解放、当家做主人的民族自豪感和主人翁精神，反映了中华人民共和国成立初期的社会风貌，具有明显的时代特征。独幕剧和多幕剧的大量出现，形成了当代话剧新的历史起点。但随着接连不断出现的文艺批判运动，以及意识形态对话剧的政治宣传功能的强调，话剧不可避免地陷入公式化、概念化的弊端之中，数量虽多，但佳作较少。

1956年，第一届全国话剧观摩大会召开，集中暴露了中华人民共和国成立以来话剧存在的公式化、概念化的严重问题。中国作协举行的第二次理事扩大会议对此问题有了一个明确的认识。在"双百"方针影响之下，出现了"第四种剧本"的浪潮。"第四种剧本"的名称来自黎宏（即刘川）的评论文章《第四种剧本——评〈布谷鸟〉又叫了》。黎宏在文章中对当时戏剧创作中存在的公式化和概念化弊端进行了尖锐的批评。所谓"第四种剧本"，就是指那些忠实于生活的剧本，是公式化、概念化的工、农、兵三种剧本（工人剧本：先进思想和保守思想的斗争；农民剧本：入社和不入社的斗争；部队剧本：我军与敌人的军事斗争）之外，涌现出来的"不属于上面三个框子的"、按照生活本来面目描写工农兵的现实主义剧本。"第四种剧本"的主要成就表现在：第一，敢于突破"人性"和"人道主义"的禁区，大胆描写人的道德情操和爱情生活，剖析人的丰富复杂的内心世界，塑造出一批真实典型的人物形象；第二，敢于突破只准"歌颂"不准"暴露"的禁区，大胆地干预生活，揭露现实生活中存在的严重矛盾和冲突。杨履方的《布谷鸟又叫了》是"第四种剧本"的代表作品。剧本通过讲述活泼开朗、爱笑爱唱爱说、人称"布谷鸟"的农村姑娘童亚男和农村青年王必好与申小甲的恋爱婚姻故事，真实地表现了农村青年大胆追求恋爱自由、婚姻自主的新思想和新风貌，反映了社会主义新农村的美好幸福生活，洋溢着青春激昂的生活气息。此外，《同甘共苦》（岳野）、《洞箫横吹》（海默）、《还乡记》（赵寻）等也都属于"第四种剧本"，而老舍的《茶馆》则被公认为"第四种剧本"的巅峰之作。"第四种剧本"的出现代表着当代话剧的第一次高潮，对当代话剧的发展产生了重要的影响。但是，随着1957年反右斗争的开展，"第四种剧本"的艺术探索被迫停止。

1958年到1962年间，话剧出现了一个历史剧的创作高潮。历史剧繁荣的原因主要有二：第一，有些剧作家"既不屑于歌颂那些浮夸不实的东西，又不能去批评和揭露这些错误的东西。面对这样一种特殊的历史状况，他们在创作时避开现实，而把触角伸到了历史领域中去，以古鉴今，达到古为今用的目的。"第二，是国家领导人和文化部门的提倡。邓小平要求剧作家和历史学家合作，推出一套自古至今历朝历代的历史剧。周扬也在历史剧座谈会上主张大力挖掘历史题材，丰富文学创作。郭沫若的

《蔡文姬》《武则天》，田汉的《关汉卿》《文成公主》，老舍的《神拳》，曹禺的《胆剑篇》，朱祖贻等的《甲午海战》等历史剧都创作于这个时期。这些历史剧从主要内容来看，大致可以分为四类：一是重新评价历史人物、为历史人物翻案的作品，如郭沫若的《蔡文姬》和《武则天》；二是歌颂历史上某些有影响的人物和事件的，如田汉的《关汉卿》；三是挖掘历史精神以鼓舞今人的，如曹禺的《胆剑篇》；四是总结历史经验教训以警示后人的，如朱祖贻等的《甲午海战》。

随着历史剧的繁荣，关于历史剧的评论也异常活跃。讨论的范围涉及历史真实与艺术真实的统一问题，历史剧"古为今用"的问题，如何表现人民群众在历史上的作用问题，历史剧的时代精神等。讨论的不断深入，进一步刺激了历史剧创作的繁荣。但到1960年后期，随着对《谢瑶环》和《海瑞罢官》等新编历史剧的批判，历史剧的创作迅速沉寂。

1962年，随着"千万不要忘记阶级斗争"口号的提出，全国发起了轰轰烈烈的社会主义教育运动，促进了社会主义教育剧的繁荣。社会主义教育剧主要针对全体国民尤其是年轻的一代，宣传和强化阶级斗争理论和革命传统教育，发扬自力更生、艰苦奋斗的作风，巩固无产阶级专政。社会主义教育剧主要分为三类：一是完全不顾生活真实，一味图解阶级斗争理论、宣传错误路线的剧作，如扬剧《夺印》（马彦祥等）等；二是剧中的人物行动、矛盾冲突有一定的生活基础，但由于错误思潮的影响，作家自觉或被迫拔高主题以符合阶级斗争理论，损害作品本质真实的作品，如《千万不要忘记》（丛深）、《青松岭》（张仲明等）、《丰收之后》（蓝澄）等；三是能从生活实际出发，既不人为拔高也不迎合阶级斗争和政治运动，认真按照艺术规律描写生活、塑造人物、提炼主题的作品，如《霓虹灯下的哨兵》（沈西蒙等）、《第二个春天》（刘川）等。社会主义教育剧普遍带有鲜明的时代印记，艺术表现良莠不齐，总体成就不高。

"文革"时期，充斥舞台的唯有诸如《盛大的节日》等为"四人帮"唱赞歌的帮派戏剧，话剧的发展陷入低谷。

3. 歌剧的创作

从20年代音乐家黎锦晖开始中国歌剧的最初实验，到1945年在秧歌剧基础上形成的中国歌剧的第一个里程碑式作品《白毛女》的诞生，是中国歌剧从萌芽到形成的时期。从1949年到1976年，中国歌剧经历了一个从发展到高潮再到凋零的过程。

1949年到1957年是当代歌剧的发展期。第一次文代会召开后，原解放区和原国统区的歌剧团体会合，形成360多个文工团，活跃在解放区的大小城镇上。新歌剧从农村走向城市，其面临的政治形势和社会环境以及服务对象都发生了极大的变化，新的时代使命要求歌剧及时地进行队伍调整和自身建设。从1953年起，全国360多个文工团整编成11个专业歌剧团，歌剧从此开启了专业化、正规化和建立剧场艺术的历史。

歌剧的整编促使歌剧创作异常活跃，出现了许多优秀的剧作，如《王贵与李香香》（于村编剧，梁寒光作曲）、《星星之火》（塞克、侣朋等编剧，李劫夫作曲）、《打击侵略者》（宋之的等编剧，沈亚威等作曲）、《长征》（李伯钊编剧，梁寒光作曲）、《草原之歌》（任萍编剧，罗宗贤作曲）、《小二黑结婚》（田川、杨兰春编剧，马可、乔谷、贺飞、张佩衡作曲）。以上歌剧总体存在着两种不同的艺术倾向：一种是《白毛女》式的，其特点是在戏剧结构上倾向于话剧，歌唱、说白交替出现，而音乐结构则采用西洋歌剧手法与中国戏曲手法的结合，这是主流；另一种是《草原之歌》式的，它们在戏剧结构和音乐结构两方面都比较接近西洋歌剧，说白极少而力求音乐的完整性、形象性和戏剧性。两种不同的艺术倾向和实践，反映了两种不同的歌剧观念和对中国歌剧未来走向的不同选择，这种分歧必然引发一系列的矛盾冲突，最终导致1957年全国新歌剧讨论会的召开。此次会议就中国歌剧的一些重要理论问题进行了热烈的讨论，包括什么是中国歌剧、它和西洋歌剧以及中国戏曲的关系如何、中国歌剧建立在什么发展基础之上、中国歌剧如何建立社会主义新歌剧等问题都一一涉及。新歌剧讨论会对于中国歌剧历史经验的总结以及未来发展走向都具有重要意义。

从1957年夏到1966年夏，中国歌剧进入了高潮期。虽然此时期的歌剧并未逃脱意识形态的干扰，但依然奇迹般地呈现出繁荣局面。到1960年，全国的歌剧团体已增至24个，新剧目更是数量众多，当代歌剧史上的精品全部产生在这个时期，如《洪湖赤卫队》（朱本和、张敬安、欧阳谦叔、杨会召、杨少山编剧，张敬安、欧阳谦叔作曲）、《红霞》（石汉编剧，张锐作曲）、《刘三姐》（广西柳州市《刘三姐》剧本创作组编剧，陈良、宋德祥等音乐设计）、《江姐》（阎肃编剧，羊鸣、姜春阳、金砂作曲）、《红珊瑚》（赵忠、钟艺兵、林荫梧、单文编剧，王锡仁、胡士平作曲）、《两个红军》（陈其通编剧，时乐濛作曲）、《春雷》（海啸编剧，陈紫、杜宇作曲）、《窦娥冤》（集体改编，陈紫、杜宇作曲）、《义和团》（高介云等编剧，王莘等作曲）、《阿诗玛》（李坚、郦子柏编剧，刘炽作曲）等歌剧都产生于这一时期。其中，《红霞》是高潮时期的代表作之一。剧作讲述了在第五次反围剿斗争中，红军撤离苏区北上抗日后，为了解救苏区无力自保的村里的父老乡亲和不幸被捕的情人赵志刚，农村姑娘红霞将计就计，将强迫她带队追击红军和赤卫队的原地主大少爷、县保安团大队长白武德带上悬崖绝壁,导致他们彻底覆灭,自己却光荣牺牲的革命故事。《红霞》一经演出就取得了巨大成功,其原因不仅在于作者为红霞安排了一系列传奇性的戏剧动作,更在于在一个危险而两难的境地中,揭示了人物丰富复杂的内心冲突,刻画了一个深情机智、勇敢坚定的英雄人物形象。此外,《红霞》在音乐上,吸收了传统戏曲(特别是昆曲)和江南民歌的音调及表现手法,并运用西洋歌剧来刻画人物。《红霞》公演后产生很大反响,曾被移植为多种戏曲,并改编成电影,被誉为"一部有民族风格的新歌剧"。革命新传奇《洪湖赤卫队》也是此时期的代表作之一。剧本通过描写第二次国内革命战争时期,一支乡赤卫队同反动武装保安团"白极会"的斗争,展现了湘鄂西根据地革命斗争的残酷与激烈,歌颂了贺龙领导洪湖人民坚持游击战争,建立革命根据地的丰功伟绩。该剧在戏剧结构上具有传奇性,在音乐上具有抒情性和地方性,在人物形象上具有时代性和典型性,多种因素的糅合使得《洪湖赤卫队》成为当代歌剧民族化的最高典范。

新歌剧在高潮时期取得了很大的成就,为中国民族歌剧的发展做出了历史性的贡献,但也存在着一些问题,比如某些歌剧的过度戏曲化,模糊了两种艺术形式之间的界限;又如歌剧内容的革命性和斗争性的进一步增强,绝大部分歌剧都是描写严酷阶级斗争的英雄剧,使得此时期的歌剧阳刚有余而抒情色彩不足。此外,在题材方面,也存在革命历史或神话传说题材过多、现实题材过少等弱点。

1966年"文化大革命"开始到1976年是中国当代歌剧的凋零期。"文革"的政治动乱使中国歌剧从黄金时代走向没落,包括《洪湖赤卫队》《江姐》《红霞》等在内的所有歌剧在"文革"中都被打成"毒草"而遭到批判。直到1975年,才有一些不甘寂寞的歌剧工作者创作出《草原红鹰》《狂飙曲》等少数几部影响不大的歌剧。歌剧的发展总体陷入停滞。

二、杨朔、秦牧等主要散文家的创作

在十七年的散文创作中,杨朔、秦牧和刘白羽被公认为成就最突出,并且对当代散文影响最大的作家。

杨朔(1913—1968),原名杨毓瑨,山东蓬莱人。从1956年发表《香山红叶》起,杨朔就转向抒情散文的创作。他的《雪浪花》《荔枝蜜》《茶花赋》等作品,在五六十年代到80年代,都被看作当代散文名作,被选入各种选本和中学语文课本。从思想内容来看,杨朔的散文大致包括三个方面:一是全面反映抗美援朝战争的生活,如《鸭绿江南北》《万古青春》等通讯报告、传记特写类作品；二是描写异域风光，赞美中外人民深情厚谊的作品，如《樱花雨》《印度情思》等；三是通过平凡的小人物如向导、渔夫、船工、园丁、侍女、养蜂人、看门人等的生平经历，在今昔美丑的对比中，用血泪笔墨勾画旧时代旧生活的苦难，描绘新时代劳动人民美好幸福的生活，赞美普通劳动者真诚朴素的美好品格，以及他们献身于祖国建设事业的执着精神和高尚情操，体现出昂扬的时代情绪和风貌，如《茶花赋》《雪浪花》《香山红叶》《荔枝蜜》等作品。

杨朔以"诗化"为其散文的最高艺术追求，诗化散文就是他对当代文坛的独特贡献。他说："好的散文就是一首诗。""我在写每篇文章时，总是拿着当诗一样写。"杨朔的诗化散文有其独到的审美内涵，包括独具匠心的结构设计、苦心孤诣的炼字炼句，以及对于"诗的意境"的极力营造，最终形成了其清新俊朗、婉转蕴藉的抒情风格。其中最重要的是，杨朔力图通过这种诗意的形式来传达时代的本质内涵：用香山红叶暗喻饱受风霜却越来越浓烈的革命精神，由遍山的茶花联想到祖国欣欣向荣的美好风貌，用蜜蜂来比喻既渺小又高尚的普通劳动人民等等。在杨朔的笔下，日常生活的人、事、物已不具备独立的审美价值，它们必须赋予具有某种象征性的含义，才具有书写的价值和意义。这种日常题材思想内涵上的普遍提升以及诗意化的表达方式给杨朔带来了普遍的赞誉，但也因此形成了"开头设悬念，卒章显其志"的创作模式，在80年代更具有开放性的话语空间中，杨朔的散文受到了广泛的质疑和批判。

秦牧（1919—1992），原名林觉夫，广东澄海人。1919年生于香港，三岁时随父母去新加坡，1932年回国。抗战胜利后他开始从事文学创作。秦牧一生致力于散文创作，共写了近六百篇散文，出版有《贝壳集》《花城》《长河浪花集》《潮汐与船》等四本散文集，还有散论集《艺海拾贝》。其中《花城》《土地》《社稷坛抒情》《古战场春晓》最为有名。

在十七年的散文作家中，秦牧素以博学广闻、多才多艺而著称于世。他在青少年时期曾旅居海外，各种自然科学知识见闻较广，加上早年曾写作过杂文，这使得秦牧的散文不是严格意义上的抒情散文，而是以议论为主，又辅之以叙事，因而其散文是带有抒情色彩的夹叙夹议的文艺随笔和小品，具有漫谈风格。秦牧与杨朔南北呼应，在理论和创作上给沉寂的散文界鼓荡起清新活泼的气息。

秦牧的散文以融知识性、思想性和趣味性于一炉见长。秦牧认为，"丰富的知识，有助于思想的敏捷，想象的翱翔，以及作品内容的深厚和境界的开拓"。他的散文题材广泛，所涉及的知识十分丰富，古今中外，天上地下，大至宇宙，微至豆芥，鬼怪神仙，飞禽走兽，花卉虫鱼，山川胜景，轶闻趣谈，传说故事等无一不可以入文，被读者称作知识的"花城"，认为可以作为百科知识的教科书来读。秦牧还讲究结构布局，他把散文的"形散"与"神聚"结合起来，在谈笑风生中收放自如。他说："散文虽'散'而不乱，全靠思想把一切材料统一起来……这才成为整齐的珠串。"他常常凭借渊博的知识展开丰富的联想，其作品虽然材料繁多，但总有一条思想线索凝聚始终，使得其散文真正做到了"形散而神不散"。其文笔虽然大开大合，但是紧扣中心，使得文章结构放纵自如、跌宕多姿，呈现出一种洋洋洒洒、纵横开阖的独特美感。秦牧散文还富有趣味性。他的散文，大多为一些传说、故事、轶闻和知识趣谈，这些题材本身就有一定的趣味性和幽默感。此外，秦牧也重视散文的语言，他喜欢采用一种"林中散步"和"灯下谈心"的语言风格，以简洁凝练、亲切友好的文笔来叙述、议论和抒情。在这些作品中，他以流畅的口语为基础，又吸收中外文学名著中的语言特色，注意运用成语、谚语、比喻、格言以及对偶句、排比句来构成声情并茂的语言气势，增强了散文语言表达的色调与效果，使其语言新鲜活泼，自然而不落俗套。

在五六十年代文学中，秦牧的散文突破了狭隘的题材限制，扩大了散文的表现领域，形成了融知识性、思想性和趣味性于一体的散文风格。但其散文亦有美中不足，如一些知识性材料在不同的散文中反复使用；一篇散文中围绕一个说理中心，过多地罗列材料，流露出某种说教气，以至于其所表现的哲理也失之肤浅。

刘白羽（1916—2005），山东潍坊人。1936年毕业于北平民国大学中文系。1936年在《文学》月刊上发表短篇小说《冰天》，开始走上文学道路。1937年出版第一本短篇小说集《草原上》。翌年春奔赴延安。抗战期间投身敌后战场，写出《五台山下》《太阳》《幸福》等小说。解放战争时期转战东北，写有小说《无敌三勇士》、《政治委员》，报告文学《光明照耀着沈阳》等。中华人民共和国成立后，在担任文化领导工作的同时，发表了《日出》《长江三日》等大量散文通讯。晚年笔耕不辍，写有四部长篇：报告文学《大海》（朱德的前半生），小说《第二个太阳》（获第四届茅盾文学奖），回忆录《心灵的历程》（获中国传记文学奖），小说《风风雨雨太平洋》等。

刘白羽的散文创作大致经历了三个阶段。1948年到1958年是第一个阶段。此时期的刘白羽以战士般的姿态写出了不少通讯特写，如《北京的春天》《火炬映红了长江》等。从1959年到1965年，是刘白羽散文创作的第二个阶段。此时期的刘白羽已经对散文的文体特征有了一定的自觉意识，他说："经过从30年代到60年代漫长的散文创作道路，我还是爱美的，不过我已经有了新的审美观。"如《日出》《青春的闪光》《红玛瑙》《长江三日》《樱花漫记》《冬日草》、《平明小札》等作品在取材构思以及语言等方面，都强化了抒情散文的特征，也是传诵一时的佳作。1979年10月以后，是刘白羽散文创作的第三个阶段。此时期的散文样式丰富，有叙事、抒情、游记、小品、传记文学等，如《红色的十月》《芳草集》等。其中有些作品不仅具有一定的文学价值，更具有重要的史料价值。

和杨朔的以诗为文不同，也与秦牧追求散文的知识性、思想性和趣味性相异，刘白羽是一个战士型的作家，他的作品注重对革命激情与体验的直接倾诉。他说："我爱写散文，但只在延安文艺座谈会之后，才自觉地把散文当作武器为当前政治斗争服务的。"他的散文，总是站在时代的高度，以革命战士的思想和激情，及时地反映革命斗争形势的发展，反映变革中的社会主义新生活，充满强烈的时代感和革命精神。其作品几乎都呈现出大致相同的革命时代的激情书写模式：选择那些壮观的战斗场景、英雄战士的丰功伟绩以及最富有象征意义的晨曦、黎明、日出、大海、灯光、火炬、红旗等为表现对象，把新事物的产生与战斗的历史和革命传统联系起来，展开在特定时代的历史条件下如何进行无产阶级革命的积极探索。

在艺术表现手法上，刘白羽擅长融情于景，借以抒发壮怀激烈的诗情。他通过书写清晨、绿叶、激流、夜月、歌声等，托物言志，状物取神，显示出其借景抒情手法的又一种别致风格。他的语言壮美绚烂、气势磅礴。他还善于运用排比、比喻、拟人和夸张等修辞手法，强化语言的生动性和形象性。

刘白羽的散文政论色彩鲜明，情感充沛，风格雄浑豪放，体现了轰轰烈烈的时代情绪。但其散文也有着明显的缺陷。政论色彩过于明显，难脱政治宣传的思维模式；情感充沛豪放，但失之于直白浅露，言过其实。到了80年代，刘白羽的散文风格遭到了批评与质疑。

在十七年的散文创作中，曹靖华、吴伯箫、菡子、袁鹰、郭风、柯蓝、碧野、陈残云等，也取得若干成果。曹靖华的代表作《往事漫议·小米加步枪》中，回忆了旧日的生活，如写孩提时代自己在贫瘠的砂石地上种谷的往事，写30年代送给鲁迅一袋小米的故事，写重庆"下江人"怀念故乡国土，到"老乡亲"饭店吃小米稀饭的情景，写抗战时期周总理从延安捎来珍贵的小米分给同志们吃的事迹等等，文章叙事跳跃跌宕，情感深沉热烈，语言秀美隽永。另外，他还写有记叙他在云南、广西、福建旅行见闻的《点苍山下金花娇》《洱海一枝春》等。吴伯箫早期的散文收在30年代出版的集子《羽书》中。60年代的作品有《记一辆纺车》《窑洞风景》《菜园小记》《歌声》等。吴伯箫善于从"一枝一叶"等普通事物中深入挖掘，以小见大，从平凡中引申出深刻的内涵。如《记一辆纺车》中，从"农村用的手摇纺车"引申出"与困难斗争，其乐无穷"的延安精神，由于是追忆过去生活，情感表达尤为深厚浓烈，具有鲜明的个性色彩。郭风突出的文学成就在散文诗方面。其60年代的散文集有《叶笛集》《山溪和海岛》等，多表现闽南乡间风光和具有乡土特色的生活情景，抒发作者对乡土和祖国的挚情，在艺术上讲究意象、情调、语感的有机结合。

三、老舍、田汉等主要戏剧家的创作

老舍（1899—1966），中国现代作家、语言大师，也是新中国第一位获得"人民艺术家"称号的作家。在中华人民共和国成立之前，虽然在40年代就写作了诸如《残雾》《国家至上》等话剧，但老舍创作的主要成就还是《骆驼祥子》《四世同堂》等小说。1949年以后，出于"以一部分劳动人民现有的文化水平来讲，阅读小说也许多少还有困难"，"而看戏就不那么麻烦"的创作动机，老舍选择了以戏剧的形式来反映生活。从1950年的《方珍珠》开始，到1965年，老舍总共有23部戏剧发表。这些作品体现了老舍的创作热情，更表达了他对戏剧的人民性、实践性功能的强调，体现出他戏剧创作的功利目的："我从题材本身考虑是否政治性强，而没想到自己对题材的适应程度，因此当自己的生活准备不够，而又想写这个题材的时候，就只好东拼西凑。"这体现了作家对自己的创作动机和生活储备以及文学提炼上的矛盾的清醒认识。正因如此，中华人民共和国成立之后老舍戏剧创作水平高低互现，成为众多学者研究的兴趣所在。

在50年代前期，《龙须沟》是老舍最重要的代表性作品。《龙须沟》的写作来自1950年北京都市建设计划，龙须沟是北京天桥附近一条街道的名字，当时"北京市委决定翻修龙须沟，这是一件大事，请老舍先生就此写个剧本"。老舍通过一个小杂院内三个家庭和一个孤老头在解放前后生活、命运的变化，用对比的艺术手法表现了旧社会的黑暗与腐朽：国民党统治当局对危及民众生命安全的肮脏臭沟，不仅不加整治，反而借着整治臭沟的名目摊派各种捐税，对老百姓敲诈勒索；而新中国成立后，人民政府立即开始了整治工程，臭沟换了新颜，首都人民欢欣鼓舞感谢中国共产党，在新旧社会的对照中表现了"人民政府为人民"的时代主题。这部三幕话剧，显示出作者一贯的对社会底层小人物的关注和同情，"表现了一个艺术家的最可宝贵的政治热情"，也为老舍赢得了北京市政府授予的"人民艺术家"的称号。

田汉（1898—1968），中国现代戏剧的奠基人，剧作家、诗人。中华人民共和

国成立后田汉的创作不多,话剧、戏曲共 10 部。其中一些作品因为作家对现实生活事件的文学提炼不足而成了应景之作(如《十三陵水库畅想曲》),但《关汉卿》的出现,却代表了田汉戏剧创作的最高成就,也是当代戏剧的经典之作。

　　1958 年,世界和平理事会决定举行纪念关汉卿诞辰七百周年活动,《关汉卿》是为了配合这个纪念活动而创作的。在收集资料的过程中,虽然关汉卿是元代的大剧作家,但由于元代统治者轻视戏剧艺人,因而文献中留下的关于关汉卿的史料非常少。田汉只能凭借有限的史料和关汉卿的全部著作,再结合元代的经济、政治和人民的生活状况和阶级状况,力求准确地塑造关汉卿形象。《关汉卿》以元杂剧《窦娥冤》的创作和演出为中心线索,既展示了元代社会血雨腥风的生活面貌,更演绎了以关汉卿为代表的进步艺术家不畏强暴、为民请命的崇高品格,凸显了他"铜豌豆精神"这一性格特征。

　　关汉卿这一人物形象是在斗争中逐步成长起来的。关汉卿有着自己的软弱与无奈:面对世道不公,他生气愤怒,却无能为力;想写剧本揭露社会黑暗,又怕写出来没有人敢演;面对朋友,他识人不明,并没有完全认清无耻文人叶合甫的真面目;在写作过程中,感觉压力极大。作为一个地位低下的文人,关汉卿的性格在当时的时代条件下,是可以理解的。但在好朋友朱帘秀的鼓励与帮助下,关汉卿的性格弱点逐步得到克服。这样写,并没有削弱关汉卿这一人物,反倒因为符合生活真实,写出了关汉卿性格的丰富感和层次感。

　　朱帘秀是一个豪爽勇敢的女性形象。她是著名的行院歌妓,关汉卿的红颜知己,可以说,没有朱帘秀就没有《窦娥冤》的诞生和演出。当关汉卿面对朱小兰的冤案义愤填膺却又无能为力时,她大胆地鼓励他以笔为刀,为民请命;当关汉卿忧虑剧本无人敢演时,她坚定表示:"你敢写,我就敢演";在第一次演出后,面对阿合马"不改不演,要你们的脑袋"的恐吓时,她将生死置之度外,坚持按照原剧本演出;在狱中,她受尽酷刑而毫不屈服;在与关汉卿诀别时,一曲《蝶双飞》表现出她忠贞不渝的爱情。这是一个豪爽勇敢的热血女性。

　　在情节结构上,该剧采用了戏中戏的结构手法。关汉卿一生共写了 18 部戏剧,《窦娥冤》被公认为成就最高,是关汉卿的代表作。田汉没有叙述关汉卿的一生,而是将元杂剧《窦娥冤》的创作和演出过程作为《关汉卿》的中心情节线索来结构全剧。故事一开始就将关汉卿置身于激烈的矛盾冲突中,按照《窦娥冤》这出戏写不写、演不演、改不改、降不降以及悔不悔这条主线来塑造人物形象。戏中戏的精巧构思,不仅使得故事情节曲折多变,更富传奇意味,同时也展示了人物性格的不同侧面,使人物形象更加丰满。

《关汉卿》一剧还具有浓厚的抒情色彩。"他从《南归》开始，直到《关汉卿》，经常运用诗歌和音乐作为抒情的艺术手段；在话剧创作中，他开辟了颇受观众欢迎的'话剧加唱'的新风气。"在剧作中，田汉按照故事情节的展开，安排了不少极富诗情画意的歌唱性曲词，如第八场朱帘秀半朗诵、半歌唱地吟出的《蝶双飞》；在第十一场里，朱帘秀又唱了支《沉醉东风》。这些曲词不仅有利于展示人物的内心世界，同时也增强了戏剧的抒情色彩。这种"话剧加唱"的做法，是田汉将话剧和戏曲这两种戏剧形式糅合在一起的尝试，也是话剧民族化的一种探索方向。

需要指出的是，该剧有悲喜两个不同的结局。在最初的喜剧结局中，按照一贯的浪漫主义精神，田汉写到关汉卿被流放时，朱帘秀在贵妇人的帮助下脱去乐籍，与关汉卿一起浪迹天涯。但在周总理等人的建议下，田汉修改了故事的结局，让关、朱二人劳燕分飞。虽然喜剧结尾有着一定的历史事实基础（据记载，朱帘秀后来是在南方生活），也符合观众对理想爱情圆满成功的期待。但在现实生活中，无论是剧中的刽子手伯颜丞相，还是和礼霍孙这个帮凶，"从历史上看，从压迫者对待压迫人民看，后者只能以悲剧结束了"。所以田汉下定决心将故事改为悲剧结局。从艺术效果来看，悲剧结尾比喜剧结尾更加符合历史真实，也增强了戏剧的艺术感染力。

1960年，田汉又写了历史剧《文成公主》，剧本通过歌颂历史上的民族友好关系，促进当时中央平息西藏上层反动分子发动的武装叛乱，实行民主改革，实现汉藏民族团结。全剧共十场，讲述了文成公主远嫁入藏的中心故事，戏剧的主要矛盾冲突是和亲与反和亲。前三场写请婚正使禄东赞不辱使命，机智聪明地通过了唐太宗的几次考试，促成文成公主入藏联姻。后七场写文成公主入藏遇到的种种阻拦。以首领俄梅勒赞为主的西藏主战派使尽各种手段破坏和亲，但文成公主深明大义、百折不回，终于迎来松赞干布，实现了汉藏和睦。该剧融合了历史记载和民间传说，充满着诗情画意和浪漫主义色彩。

《谢瑶环》（13场京剧）是田汉生前的最后一部剧作。该剧描写唐初武则天时期，江南地区的皇亲国戚、豪门贵族恃强凌弱，霸占民田，逼得江南人民揭竿而起。武三思、来俊臣等人主张派兵剿灭，而谢瑶环则主张抑制豪门，招民归田。在武则天的支持下，谢瑶环女扮男装，以"右御史台"衔，授尚方宝剑巡按江南。谢瑶环到苏州不畏强权，坚持正义，斩来俊臣异父兄弟蔡文炳，杖责武三思之子武宏。武三思、来俊臣为报私仇，联合江南豪门贵族，诬告她私通叛匪，并假传圣旨将谢瑶环重刑致死。后来武则天亲幸江南，斩武宏、诛来俊臣、贬武三思，追赠谢瑶环为定国侯，礼葬吴江东岸,安抚了江南百姓。

该戏是田汉在陕西地方戏碗碗腔《女巡按》和清代剧作家李十三的《万福莲》基础之上改编而来的。1961年《谢瑶环》上演后获得好评,但后来却被打成"大毒草"。1966年2月,"四人帮"以《谢瑶环》发难,批判田汉,最终导致"文革"中田汉含冤而死。

思考练习

1. 试比较杨朔、秦牧、刘白羽散文创作的异同。
2. 简述十七年抒情散文的发展状况并作出评价。
3. 谈谈对京剧现代戏的认识。
4. 谈谈对十七年话剧、歌剧的看法。
5. 以《关汉卿》为例,分析田汉的话剧艺术特色。

第三章 作家论

【章目要览】

在20世纪五六十年代的文学成就中，柳青的《创业史》、梁斌的《红旗谱》、杨沫的《青春之歌》等革命历史题材的书写和现实生活（尤以农村生活为甚）的典型叙事成就最显著。它们不仅具有强烈的政治功利性，同时也因较高的艺术价值和史诗性追求成为时代的经典。在话剧领域，老舍的《茶馆》也因丰富的思想倾向、巨大的美学成就和艺术创新登上话剧艺术的高峰。

【重点提示】

这个时期的小说创作成就主要表现为题材上对革命斗争历史的书写和社会主义新农村的想象上，知识分子题材的小说成就显得格外突出。其他成就主要表现在话剧领域，老舍话剧以其艺术的精湛与创新登上了话剧艺术的高峰。

【拓展阅读】

1. 黄子平.革命·历史·小说.当代作家评论，2001（2）.
2. 程光炜.关于五十至七十年代文学中的知识分子形象.文学评论，2001（6）.
3. 刘克宽.阐释与重构：当代十七年文学沉思.西安：陕西教育出版社，2002.

第一节　当代农村的写实与想象——柳青

柳青（1916—1978），原名刘蕴华，陕西吴堡人。青少年时期即参加革命活动。1936年加入中国共产党并发表处女作《待车》。1938年赴延安，在陕甘宁边区文化协会工作。1943年至1946年，在陕北米脂县担任乡政府文书，1947年创作了第一部长篇小说《种谷记》。1951年完成第二部长篇小说《铜墙铁壁》。1952年，到陕西省长安县皇甫村安家落户，其间曾任长安县委副书记，直到1966年"文革"开始被打成文艺黑线被迫离开。在此期间，除了1956年出版散文集《皇甫村的三年》和1958年发表中篇《狠透铁》等之外，柳青一直在为第三部长篇小说《创业史》做准备工作。《创业史》原计划写四部：第一部写互助组阶段；第二部写农业生产合作社的巩固和发展；第三部写合作化运动高潮；第四部写全民整风和"大跃进"，至农村人民公社建立。1959年，《创业史》（第一部）在《延河》上连载，1960年出版单行本，树起了柳青文学道路的里程碑。"文革"发生后，写作计划中断。"文革"结束后，改定了第二部上卷和下卷的前四章，但整个计划未能完成，柳青便离开了人世。

《创业史》是一部描写中国农村社会主义革命的史诗性巨著。柳青说："这部小说要向读者回答的是：中国农村为什么会发生社会主义革命和这次革命是怎样进行的。回答要通过一个村庄的各阶级人物在合作化运动中的行动、思想和心理的变化过程表现出来。"按照这样的叙事逻辑，柳青对新时代农村的阶级关系进行了写实与想象。蛤蟆滩虽然经历过土改，但社会主义改造远未完成，这里交织着新旧两种习惯、两个阶级，以及社会主义与资本主义两条道路的斗争。作家将这场斗争的对立力量设置成三方势力：一种是以梁生宝、高增福等为代表的具有社会主义新道德、一心为公的新农民；一种是他们的反对势力，包括对新社会饱含仇恨的富农姚士杰，他背地里施展阴谋诡计，妄图扼杀互助组，实行阶级报复；富裕中农郭世富凭借自己优厚的经济实力，公开与互助组较量，顽固维护私有制；而党员、村代表主任郭振山则热衷于个人发家致富，私底下支持互助组的反对势力，试图抵制互助合作运动。此外，还有梁三老汉、王二直杠等贫苦农民，他们迷恋旧时代的创业道路，想靠传统的生产方式发家致富。这些不同阶级、阶层人物对这场社会主义革命的不同态度、思想和行动，以及由此引发的错综复杂的矛盾斗争，真实地表现了我国农村社会主义改造的历史风貌和农民的复杂情感，最终得出共产党领导的农业互助合作道路才是农民摆脱贫困的必由之路这一真理。

合作化运动的带头人梁生宝，是作者精心塑造的社会主义新人形象。柳青说："我要把梁生宝描写为党的忠实儿子。我以为这是当代英雄最基本、最有普遍性的性格特征。在这部小说里，是因为有了党的正确领导，不是因为有个梁生宝，村里掀起了社会主义革命浪潮。……小说的字里行间徘徊着一个巨大的形象——党。"在小说中，年轻的梁生宝也曾与梁三老汉一样，想走个人创业之路。但是父辈和个人相继创业失败的生活经历，以及共产党的到来，使梁生宝经历了意识形态的觉醒，开始一步步向党靠拢。坚定的社会主义信仰使梁生宝抛弃了个人的一切，把肉体与灵魂毫无保留地奉献给集体事业。作为党的儿子，他要带领农民走共同富裕的道路，创社会主义大业。所以，这是一个受党教育成长起来的新型农民：买稻种、分稻种、进山割竹、推广新法育秧、整顿互助组等行动展现了梁生宝勤劳真诚、聪明能干、坚毅勇敢的领袖气质；说服白占魁、耐心帮助继父梁三老汉，正确处理与郭振山的矛盾等事情又表明了他胸怀广阔、坦荡正直的高尚品质；与改霞的爱情悲剧又体现了他具有公而忘私的牺牲精神。总之，这是一个完全摆脱了小生产者私有观念的新人形象，在他身上沉淀了作家的社会政治理想和美学观念，其身上的英雄化、理想化倾向具有明显的时代特征。

梁三老汉是一个生活在新中国的旧式农民典型，在他身上既具有勤劳善良等传统美德，又有自私落后、保守狭隘等小生产者观念。在旧社会，这个老贫农经历了三起三落的创家立业的辛酸史，因而衷心拥护土改。中华人民共和国成立后，他最大的梦想是利用新社会分给他的土地，和儿子一起真正地创立起个人的家业，做个郭世富式的"三合头瓦房院的长者"。作为一个老式农民，私有制观念和小农经济使他因循守旧，倾向于个人发家致富。所以，当梁生宝不愿听从他的安排，走互助合作的集体共同富裕道路时，他难以接受，通过同妻子大吵来发泄对儿子的不满，暴露了其自私落后、狭隘保守的小生产者意识。但是，他又是个勤劳善良、朴实的劳动者。旧社会创业惨败的生活经历，对新时代的印象以及父子亲情，使他在本能上与党和梁生宝更为接近。他尽管怀疑、反对儿子办互助组，但又时刻关注着互助合作的命运。如他担心进山割竹子的梁生宝，偷偷摸摸关心新法育秧，对梁大老汉和王瞎子退出互助组没有好感等等，这些都反映了梁三老汉性格中的矛盾性。所以，这是一位动摇于集体致富与个人发家致富两条道路的中间人物。其典型意义在于，他概括了中国几千年来个体农民的精神负担，真实地传达了普通农民告别私有制、接受公有制的犹豫、彷徨甚至反对变革的矛盾心路历程，显示了广大农民最终走上社会主义道路的必然性。

此外，蛤蟆滩的"三大能人"郭世富、姚士杰、郭振山也刻画得十分成功。他们都维护私有制，坚持个人发家致富，反对互助合作，是梁生宝领导的共同富裕道路的反对力量。但这三人在手段和方式上又各不相同：中农郭世富外善内奸，精明谨慎，他搞合法斗争，公开反对互助合作；姚士杰表面老实积极，内心却诡计多端，他暗地里施展阴谋诡计，表现出阶级仇恨；村代表主任郭振山身为共产党员，头脑灵活、精明能干，却热衷于个人发家致富，他对互助组冷眼旁观，打击它的威信，处处干扰互助合作化运动，同党的要求背道而驰，成为一块绊脚石。这些形象的成功塑造，也是小说的独特之处。

将宏大的叙事结构与具体的精细描写相结合，是《创业史》显著的艺术特色。小说艺术架构深广宏伟，围绕梁生宝与梁三老汉，梁生宝与郭世富、姚士杰、郭振山等两条矛盾线索，生动地展现了我国农村社会主义革命初期的生活面貌，又通过改霞进工厂、梁秀兰与杨明山的爱情，把蛤蟆滩的农业合作化与当时全国的社会主义革命和建设联系起来，使作品具有史诗般的宏大叙事结构。而在具体的描写中，作家又能做到精细入微地用心理、细节、场景描写等手法去刻画人物形象。如梁三老汉对合作化道路既抗拒又期待的矛盾心理描写；在郭世富新房上梁时，梁三老汉训子的细节描写等处理也十分细腻。

其次，柳青还善于将客观叙述和抒情议论相结合。小说发挥了现实主义客观叙述的特长，用逼真的细节描写，如实地再现了中国农村发生的社会主义革命在普通农民心灵中引起的震撼。同时，在客观描写中又夹带着抒情议论。如对梁生宝换稻种的赞美，面对事业与爱情时的选择，对郭振山"害病"的谴责，对郭世富卖粮的揭露等方面，作家既有浓烈的忘情赞美，又有睿智的议论剖析，表现出鲜明的倾向性。

最后，柳青还运用对比手法突出人物的不同性格。他首先对比了两大阵营人物的不同道路选择，不同阵营内部不同性格的人物又有对比。同时，每个人物性格的前后变化又形成对比。通过对比，增强了人物的立体感和丰满感，反映出50年代中国农村社会主义革命的复杂性和艰巨性。

小说的不足之处在于作家对农村的写实与想象之间的差异。在反映中国农村的社会主义革命时，按照党的政策，简单机械地用阶级分析的理论和方法配置人物，过分夸大农村中两个阶级、两条道路的斗争；在处理农业合作化运动中的矛盾冲突时，把中华人民共和国成立初期一般贫苦农民劳动致富的要求，一概当作资本主义倾向加以批判；对富裕中农的描写，过分强调他们自私、落后的一面；对富农的描写，在批判的同时忽视了他们可能改造的另一面。这些既是《创业史》不可逾越的历史局限，又是时代所留下的印记。

第二节　农民革命斗争的史诗追求——梁斌

梁斌（1914—1996），原名梁维周，河北蠡县人。1927年加入共青团，1929年参加"反割头税"运动，1930年考入保定二师，参加了护校斗争，1932年参加高蠡武装暴动。"九一八"事变后，积极参加抗日救亡运动。1933年到北平，开始文学创作，并加入"左联'。1937年加入中国共产党后，长期在冀中平原一带从事文艺宣传和地方工作。1949年随军南下。主要有短篇小说《夜之交流》《三个布尔什维克的爸爸》，中篇小说《父亲》，长篇小说《红旗谱》《播火记》《烽烟图》（又名《抗日图》《战寇图》）《翻身纪事》以及回忆录《一个小说家的自述》等。

《红旗谱》是梁斌的代表作，是作者几十年的生活经历和艺术沉淀的结晶。小说的故事发生在清末民初某年秋天的冀中锁井镇。大地主冯兰池要砸掉作为四十八村公产凭证的古钟，农民朱老巩和伙伴严老祥奋力保护古钟，却中冯兰池调虎离山之计，古钟被砸。朱老巩悲愤交加之下，吐血而亡。冯兰池斩草除根，逼死朱的女儿，逼走朱的幼子小虎子，由此拉开朱冯两家家族血仇的序幕。25年后，当年的小虎子朱老忠带着妻儿怀着复仇的决心回到故乡，继续与冯家抗争。冯兰池惊恐万分，指使人将大贵抓去当兵。朱老忠将计就计，让儿子大贵当兵，资助严志和次子江涛读书，寄希望于"一文一武"报仇雪恨。但报仇的希望依然渺茫。后来，运涛出外做工，遇到共产党员贾湘农，懂得了革命的道理。通过运涛，朱老忠找到了党，在党的领导下，组织了反割头税和保定二师学潮等集体斗争，才真正改变了与冯家乃至两个阶级之间的斗争形势，结束了他们的悲剧命运。

《红旗谱》是一部具有民族风格的描绘中国农民革命斗争的壮丽史诗。小说以清末民初到"九一八"事变前后三十多年的历史为背景，以朱老巩大闹柳树林、反割头税斗争和保定二师学潮为中心事件，以朱、严两家三代人和冯家地主两代人之间的阶级矛盾和斗争过程为主要线索，再现了农民在革命浪潮中寻找自身解放途径的曲折心理历程，概括了大革命前后中国北方乡村的阶级斗争和革命运动面貌，揭示了中国农民革命只有在共产党的领导下，才能由自发反抗到自觉地有组织地展开斗争并取得胜利的历史必然性。

朱老忠是一个横跨旧民主主义革命和新民主主义革命两个历史阶段的农民英雄形象。在他身上，拥有旧时代豪侠和新时代英雄的独特气质。首先，朱老忠具有强烈的反抗性。他生长在燕赵之地，父辈的英雄壮举，家破人亡的悲惨遭遇，在他的心灵里埋下了仇恨的种子，本能地对地主阶级滋生了反抗性，形成了他疾恶如仇、刚正不阿的宝贵品格。其次，朱老忠还具有"为朋友两肋插刀"的侠义性。他掏出血汗钱给朱老明治病，卖掉心爱的牛犊资助江涛上学，帮助严志和主持严奶奶的丧事，冒险和江涛去监狱看运涛，无私地处理春兰与运涛、大贵的婚事等等，都显示出他粗犷豪爽、慷慨侠义的性格。最后，朱老忠还具有"出水才看两腿泥"的坚韧性。长期闯荡江湖的经历，从小背负的家族血仇，养成了他深谋远虑、有胆有识、顽强坚韧的性格特征。如面对冯兰池强抓大贵当兵，朱老忠并没有一味地去提刀反抗，反而制定了培养后代成为"一文一武"的长远计划；面对运涛被捕，严家丧失宝地，他认为报仇要拉长线，不能逞一时之勇，这些都显示了他的坚韧和智谋。自从找到共产党，参加了党所领导的革命斗争，朱老忠就树立了革命理想，他的反抗就由自发变为自觉；他的侠义就由对少数穷苦人的患难救助变为谋求整个无产阶级的解放；他的坚韧就由仅仅依靠朱严两家的孤军奋斗发展到盼望星星之火可以燎原，最终成长为一名农民革命斗争的英雄。朱老忠形象的典型意义在于，他的人生经历、斗争过程和性格特征，集中概括了20世纪新旧两个时代交替时期的中国农民，由草莽好汉成长为农民革命英雄的历史轨迹。朱老忠走过的人生道路，既是旧时代农民自发反抗道路的终结，又是新时代农民自觉革命的起点。

《红旗谱》在艺术上的最大特点就是对于民族风格的追求。第一，在人物形象的塑造上，朱老巩大闹柳树林、朱老明告状、反割头税运动等一系列事件，表现了燕赵之地人民粗犷豪放、慷慨侠义的民族品格。第二，在生活内容的描写上，小说中绘制的风俗画、风景画，如赶集市、走庙会、架锅杀猪、安机织布、捕鸟、说媒等都具有独特的民族气息和地方色彩。第三，在情节结构上，小说有意地借鉴了中国古典章回体小说的结构技巧，每部分六七千字，各部分之间既相对独立又环环相扣。第四，在创作手法上，主要采用我国古典小说常用的艺术手法，多用尖锐激烈的矛盾冲突，用人物的行动特别是人物的对话，以粗线条勾勒人物的性格。第五，在语言运用上，以北方农民的语言为主，适当运用古典文学和现代白话文学语言，追求语言的民族化、群众化，既朴素生动，又通俗易懂。

《红旗谱》的不足之处在于：革命领导者贾湘农的形象较为单薄；朱老忠入党以后的性格没有发展变化；保定二师学潮与反割头税斗争之间缺乏内在的必然联系。

第三节 知识分子题材的言说方式——杨沫

杨沫(1914—1995),原名杨成业,又名杨默、杨君默,抗日战争后期开始使用"杨沫"之名。祖籍湖南湘阴,出生于北京。1928年入北京温泉女子中学。为了逃避包办婚姻,她被迫辍学,离家出走。曾先后做过小学教员、家庭教师和书店店员,并在北京大学旁听。在此期间,她开始接触共产党人,并在他们的影响下,逐渐参加革命活动。1936年加入中国共产党。全面抗战爆发后,她在晋察冀边区做妇女工作和宣传工作。中华人民共和国成立后,曾任《人民日报》编辑、北京市妇联宣传部长等职,后来成为专业作家。出版了短篇小说集《红红的山丹丹花》,中篇小说《苇塘纪事》,长篇小说《青春之歌》《芳菲之歌》《英华之歌》等。

1958年出版的《青春之歌》是一部知识分子革命青春的成长史。小说的成功之处在于,作家融入自身的人生经历和成长体验,讲述了知识分子如何走向革命的曲折却又必然的过程。在这个过程中,小说采用了"革命+恋爱"的小说模式,把林道静的爱情生活和革命成长过程缝合起来,通过她与余永泽、共产党人卢嘉川与江华之间的爱情抉择,形象地展示了中国现代知识分子应该选择的革命道路。

林道静最早出现在一列从北平向东运行的列车上,当时的她身穿"白洋布短旗袍、白线袜、白运动鞋,手里捏着一条素白的手绢"。浑身上下全是白色的服饰,隐喻了此时的林道静正处于一种混沌未开、没有主体性的原始状态之中,环绕着这位纯洁美丽的少女周围的各色男性的眼光不仅凸显出女主人公的孤单无助,也暗示着主人公成长道路中的艰难。而林道静的出身无疑使得她的处境更加复杂。其父亲林伯唐是住在北平城里的大地主,生母秀妮是贫农的女儿。去乡下收租的林伯唐看上了秀妮,强娶为姨太太。秀妮生下林道静后被赶出林家投河自尽,林道静就在继母的虐待下孤独成长。这种地主和佃农结合的出身,赋予了林道静并不纯粹的双重阶级血统。因此,反抗包办婚姻离家出走后的迷茫无助,以及复杂的阶级身份构成了林道静青春成长的历史起点,也预示着她必须经历一系列的考验,才能走上正确的人生道路。

林道静成长的第一次考验来自北大学生余永泽的爱情。为了反抗封建家庭的包办婚姻,离家出走的林道静在独立谋生的幻想破灭后,投海自杀,被北大学生余永泽所救。余永泽向这位天真美丽的少女谈托尔斯泰的《战争与和平》,谈雨果的《悲惨世界》,谈小仲马的《茶花女》,"他那薄薄的嘴唇,不慌不忙地滔滔说着,简直使得林道静像着迷似的听下来"。林道静爱上了她"理想中的骑士兼诗人"。但是同居之后的无聊家庭生活，逐渐使不甘平庸的林道静感到苦闷和压抑，这段美丽的梦终于在单调的生活中慢慢褪去了它的颜色。余永泽家里的老佃户在除夕之夜的到来，终于使两人之间的关系彻底撕开了那层温情脉脉的面纱。站在穷人这一方的林道静在阶级情感上完全无法认同余永泽的做法，她不无失望地发现了余永泽的自私和凉薄，由此在感情上对余永泽进行了道德上的审判，他沦为林道静眼中"自私的、平庸的、只注重琐碎生活的男子"。而政治上的选择也成了两人关系恶化的催化剂，余永泽崇拜胡适之，醉心于故纸堆，追求个人功名，而这也与已经开始对共产主义理想感兴趣的林道静背道而驰。

在爱情和政治的双重失望下，林道静进一步努力地学习马克思主义，接受共产主义理想的教育，而这一过程是由另一位北大学生、共产党员卢嘉川来完成的。在卢嘉川的教育下，林道静逐渐摆脱了以前那种不见光明的悲观绝望的情绪，心里升腾起一种渴望前进的、澎湃的革命热情，在如饥似渴地阅读马列理论的过程中，她也悄悄地爱上了卢嘉川。由于余永泽拒绝为被追捕的卢嘉川提供庇护，导致卢嘉川被捕，林道静彻底与余永泽决裂。

从一开始的群狼环伺、迷茫混沌的处境中，林道静经受了来自余永泽的爱情和政治的双重考验，身上的阶级本能逐渐觉醒，再加上共产党人的教育、引导和示范，林道静找到了新的人生方向和精神目标，于是在精神上完成了革命青春的第一次成长。革命理想觉醒了的林道静需要在实践中去磨炼自己的革命意志、提高自己的阶级觉悟。由于卢嘉川此时已经牺牲，另一位北大学生、共产党人江华进入了林道静的生活中。作为定县中心县委书记，江华指导林道静参加农村的革命斗争，而她后来也经受住了监狱的考验，在狱中接受了女共产党员林红的教育。出狱之后的林道静终于告别了青春期的青涩与迷茫，成长为一个坚定稳重的革命者，在北大学生的示威游行活动中走在革命的前列。在这个革命理论实践化的过程中，林道静在爱情上也接受了成熟的江华。

在林道静革命青春的成长历史中，她始终是一个被启蒙的对象。余永泽、卢嘉川和江华三个人都是北大的学生，而北大是"五四"新文化运动的中心，是现代知识分子的精神家园。他们三人的分歧，其实质是暗示了"五四"以后知识分子的分化，即以胡适为代表的自由主义知识分子与左翼革命知识分子两个阵营。余永泽选择了"五四"时期的人道主义，对林道静用个人主义、爱情至上的观点进行思想启蒙；卢嘉川选择了马克思主义理论，江华选择了马克思主义实践。余永泽在爱情追逐中败北，是因为他所奉行的"五四"时期盛行的资产阶级人道主义没能与时俱进，而林道静却发现更令她激动的马克思主义理论,也发现了带领她走进马克思主义理论的卢嘉川。对于余永泽而言,他的失败在于个人主义、人道主义的爱与温情永远无法与革命、民族国家、阶级斗争等宏大主题相抗衡。卢嘉川只是林道静的理论启蒙者,理论并不能救中国,马克思主义只有同中国革命具体实践相结合,才是符合中国革命实践的正确道路。小说由此达到了爱情叙事和政治叙事的高度统一。

在艺术上,小说的情节结构严谨而完整。小说虽人物、场景较多,但始终以林道静的成长为主线,设计人物,安排情节,其所涉及的内容虽广泛,却线索明晰、层次清楚。小说的故事背景发生在从"九一八"到"一二·九"这一历史时间,既展示了30年代中国尖锐激烈的民族矛盾、阶级矛盾以及复杂的社会关系,又再现了抗日救亡运动的历史事件,涵盖了复杂的生活场景和历史内容。

在人物形象的塑造上,作者善于用对比手法凸显人物的性格特征,展示人物的心路历程。在这一历史过程中,不同的人物展现出不同的性格特征,有曾幼稚狂热后来坚毅果敢的林道静;有作为党的引路人的卢嘉川、江华、林红;有曾经徘徊犹疑终究觉醒的王晓燕、许宁;有追名逐利、庸俗猥琐的余永泽;有纵欲虚荣、沉沦堕落的白莉萍、陈蔚如;有丧失脊梁、背叛革命的戴瑜等等,他们个个都活脱生动,性格鲜明,分别代表了当时各种类型的知识分子。

此外,小说还具有浓郁的抒情色彩。作为一个女性作家,杨沫善于运用婉约细腻的抒情笔调,来描写社会环境和自然环境,叙写社会事件和历史内容。尤其是在表现人物的心理活动和情感世界上,如对林道静与余永泽、卢嘉川、江华的爱情心理的描写,对林红在狱中倾吐与李伟的夫妻之情,对卢嘉川、林红慷慨就义的革命情感描写,她的笔锋更为温柔多情,从而使小说具有浓郁的抒情色彩。

小说问世后受到了读者的普遍欢迎,也引发了一场声势浩大的讨论。讨论集中在如下几个方面:第一,书中充满了小资产阶级情调。作者是站在小资产阶级的立场上,把作品当作小资产阶级的自我表现来进行创作。第二,没有很好地描写工农群众,没有描写知识分子和工农的结合。第三,没有认真实际地描写知识分子改造的过程,没有揭示人物灵魂深处的变化。杨沫接受了讨论中一些中肯可行的意见,对《青春之歌》作了修改。为了突出知识分子与工农相结合,强化共产党人的高大形象,主要增加了林道静赴深泽县接受农村工作锻炼,进行思想改造的七章,以及组织北大学生运动的三章。1960年,修改本由人民文学出版社出版。

第四节　旧时代生活的浮世绘——老舍

三幕话剧《茶馆》是老舍在中华人民共和国成立后戏剧创作的高峰，也是中国当代话剧的经典之作。1958年，北京人民艺术剧院第一次将由著名导演焦菊隐指导、于是之主演的《茶馆》搬上舞台，引起轰动。文艺界以及首都各界赞不绝口，却由于"三大罪状"的政治理由而停演。1963年，经过老舍"改良"之后的《茶馆》二度在首都公演，又由于其浓厚的艺术基调与当时激进的政治气候不符而再度落幕。1979年，在思想解放的浪潮下，在纪念老舍诞辰80周年的呼声中，北京和全国其他地方出现了一股"老舍热"，《茶馆》三度公演，终于被公认为中国话剧史上的"扛鼎之作"。

《茶馆》以"葬送三个时代"为主题，通过描写老北京一个名叫裕泰的大茶馆的兴衰变迁和掌柜王利发的人生遭际，以及与茶馆相关的各色人物的命运沉浮，在旧时代人民生活的浮世绘中，展示了从清末到北洋军阀时期再到抗战胜利以后的近50年间，统治者的腐朽无能给中国人民带来的日益深重的生活苦难，揭示了半殖民地半封建社会的旧中国的动荡、黑暗与罪恶，暗示了"旧中国必然灭亡，只有社会主义才能救中国"的真理。

王利发是裕泰茶馆的掌柜，也是贯穿全剧的主要人物。他20多岁从父亲手里继承了裕泰茶馆，继承了他"多说好话，多请安"的人生哲学，形成了圆滑世故、善于应酬、精明能干、老实本分、谨小慎微、自私冷漠的性格特征。首先，王利发是圆滑世故、善于应酬的。他对不同人有不同的态度：对难民，他口气强硬；对巡警大兵、暗探流氓，他奉承讨好，明知是敲诈勒索，却不得不委曲求全赔笑脸，以财开路；对唐铁嘴、刘麻子，他满心轻蔑厌恶，却不得罪；对常四爷、松二爷，他亲切随和、好意提醒；对秦二爷，他装小装孙子，甚至还有"耍赖""撒娇"的成分。以上种种都体现了王利发善于应酬、圆滑世故的处世能力。其次，王利发精明能干，有着顽强的生存能力。为了应对局势变化，他审时度势，努力改良：有针对性地把茶馆的后半部分改成公寓出租给学生，因为没钱的就上不了大学；用小桌和藤椅代替了原来的茶座（或"铺上了桌布""用美国香烟公司广告画替代醉八仙大画"；用唱戏招揽客人；打算增添女招待；语言也改良，偶尔飘出"yes""all right"等英文单词。但是不管他如何努力，茶馆的生意还是越来越差。最终茶馆被霸占，家人出逃，他自己上吊自杀。再次，王利发是老实本分、谨小慎微的。他是个本分的生意人，竭力地维护着祖宗留下来的老字号茶馆，维护着自己的饭碗，他没有过多要求，只想有口饭吃，只想能把茶馆开下去。他每天满脸堆笑逢迎来自官僚权贵、外国势力、恶霸、地痞、特务、警察多方面的敲诈滋扰，谨小慎微地常劝茶客们"莫谈国事"。最后，王利发性格中也有冷漠自私的成分。他苦心经营茶馆，却20年没涨工人李三的工钱；他同情难民，却不施舍一碗烂肉面；他可怜康顺子的悲惨遭遇，却不收留康顺子。就是这样一个精明能干的小商人，最终依然没有逃脱破产上吊自杀的凄惨命运。他的悲剧，是旧中国广大市民生活命运的真实写照，是社会悲剧的典型。

常四爷是一个勤劳善良、自食其力，慷慨大方、乐于助人，敢作敢为、富于正义感和爱国心的旗人。首先，常四爷是一个勤劳善良、自食其力的人。他在清朝时吃皇粮，出狱后他凭借自己的力气担筐贩菜、挎篮子卖花生米，自己养活自己，绝不叫苦嫌累，反而觉得自己身上更有干劲儿。其次，常四爷也是一个乐于助人、慷慨大方的人。他的好朋友松二爷在清朝灭亡后，无法适应时代的变化，因不愿意亲自干活种地养活自己而穷困潦倒，常四爷不仅经常接济他，而且还在松二爷贫苦地死去后，为松二爷化缘买棺材；在王利发公寓开业后，他给王利发送菜送鸡，并慷慨地表示该给多少给多少，给正在发愁的王利发雪中送炭。最后，常四爷还是一个具有正义感和爱国心、敢作敢为的人。正义感和爱国心使他对腐败的清王朝不满，对洋人更加痛恨。他瞧不上"吃洋饭"的马五爷，瞧不上崇洋媚外的国人。对国家的衰败痛心疾首，使他喊出一句"大清国要完"而被抓捕。出狱后他参加义和团，为护卫国权，他跟洋人刀枪相对地打了几仗。后来大清国到底亡了，他也并不意外，认准了这是历史的惩罚："该亡！我是旗人，可是我得说句公道话！"他一生保持着满族人耿直倔强的脾气，敢作敢为，不向恶人低头，不向命运让步，对抓过他的特务仍然态度强硬。可就是这样一个人，最后也穷困潦倒，绝望地喊出："我爱咱们的中国呀，可是谁爱我呢？"常四爷代表了不甘受奴役的一部分中国人形象，反映出旧中国人民的反抗情绪。他的悲剧不仅在于那个黑暗腐朽的社会，也在于他的人生哲学已经不合时宜。

秦仲义是一位立志搞实业救国的民族资本家。戊戌变法失败后国势衰落，只有二十几岁的秦二爷主张实业救国。凭着一颗报国之心，他变卖祖业创办工厂、开银号，耗尽心血惨淡经营起不小的企业，觉得这样就可以"富国裕民"。但没想到抗战刚结束，他的"逆产"就被政府没收，当局不但没有接着好好办厂，还把机器当成碎铜烂铁给卖掉。眼看着工厂的废墟，秦二爷痛心疾首、怨气冲天："全世界，全世界找得到这样的政府找不到？"他的人生结论比王利发的还荒谬凄凉："应当劝告大家，有钱哪，就该吃喝嫖赌，胡作非为，可千万别干好事！"秦仲义有经国救世的宏愿，立志变革中国现实，也拥有比王利发等人强大很多的个人能力。可是，在半殖民地半封建社会中，帝国主义、封建主义、官僚资本主义这三座大山的压迫让自视甚高的秦二爷遭遇必然失败的命运，他的形象标志着中国民族资本主义工业的破产和旧民主主义"实业救国"理想的失败。

《茶馆》具有精巧独特的艺术构思。这首先表现在"反描法"的使用上。作者精心选择了三个时代、三个社会：戊戌政变后的清末社会、辛亥革命失败后军阀混战派系林立的民国社会、抗战后国民党统治下的国统区。作者之所以选择这样三个社会自有其缘由。清代社会曾经有过辉煌繁盛时期，但作者却选择了戊戌政变后中国最为黑暗的日子：七十多岁的太监要买十五岁的大姑娘当老婆，农民无法生存只能卖儿卖女，在乡下五斤白面就换个孩子，十五岁的大姑娘就值十两银子，流氓暗探横行不法，有钱人家为了一只鸽子大动干戈，正直的人因为说了一句实话就被抓去坐牢等等，这些事例的选择说明了清末社会不仅黑暗而且腐朽不堪。这样的社会还有继续延续下去的理由吗？观众不免展开怀疑和思考。所以，常四爷说出的"大清国完了"，正是作者想要告诉观众的话。从戏剧的效果来看，作者显然达到了这一目的。对于民国社会和国民党统治时期的选择，作者显然同样出于这一艺术构思。三个时代的统治者虽然不停变化，军阀取代了皇帝，国民党又取代了军阀，但是社会不但没有前进，反而越来越黑暗腐朽；人民的生活没有变得更好，命运遭际却越来越悲惨无状。到第三幕剧的结束，连王利发、秦仲义、常四爷这些当年尚且可以苟活的人也活不下去了，居然提前给自己烧纸钱送葬。大清国完了，军阀统治也完了，那么国民党的统治呢？答案不言而喻。这就是作者想要告诉观众的答案，这一答案并没有正面给出，只在反面大做文章，让观众在否定中得出"只有社会主义才能救中国"的正面主题。

其次，《茶馆》的独特艺术构思还表现在"侧面透露法"的使用上。老舍在介绍他如何构思《茶馆》一剧时曾说："我不熟悉政治舞台上的高官大人，没法描写他们的促进与促退。我也不十分懂政治。我只认识一些小人物。这些人物是经常下茶馆的。那么，我要是把他们集合到一个茶馆里，用他们生活上的变迁反映社会的变迁，不就侧面地透露出一些政治消息吗？"如果说"反描法"是以反促正，处理的是题材与主题之间的关系，那么"侧面透露法"则是以小见大，以个别表现一般，其成败的关键之处在于主题与典型环境的关系。在《茶馆》中，老舍可谓匠心独运，以最简省的场景讲述最丰富的故事，其成功之处，就在于选择了北京一个普普通通的茶馆。茶馆在剧作中的作用如下：

第一，茶馆极富地方特色和民族特色。中国是茶的故乡，中国人饮茶，据说始于神农时代。中国最早的茶摊出现于晋代，在唐朝茶馆就已经兴起，在清朝茶馆最为兴盛。老舍描写的是几十年前北京的一个名叫裕泰的大茶馆，这种地道的中国北京的茶馆，使得剧作一开幕就富有浓郁的地方特色和民族特色。

第二，茶馆是开放性的公众空间，上至上流社会的达官显贵，下至底层社会的流民乞丐，还有打手暗探等各色人物都可以在此自由出入。老舍说："茶馆是三教九流会面之处，可以容纳各色人物。一个小茶馆就是一个大社会。"茶馆虽小，却是各种人物聚集之地，联系着四面八方。这里有曾经的国会议员，有宪兵司令部里的处长，有清朝遗老，有地方恶势力的头头，也有说评书的艺人、看相算命及农民村妇等，形形色色的人物，构成了一个完整的社会层次。老舍将这些人物按照他的意愿各自在茶馆亮相，他们背后所代表的各阶层政治力量之间的矛盾和冲突也必然会在这里显现出来，如剧作中以庞太监为代表的封建统治阶级和以康六为代表的农民阶级之间的阶级矛盾，以秦仲义为代表的资产阶级民主派和以庞太监为代表的封建顽固派的矛盾冲突。所以，小茶馆除了真实的典型环境功能之外，还具有了某种象征意味，它既是旧中国社会的一个缩影，也是展示民族历史的一个窗口。正是茶馆这个地方的选择，使得老舍的"侧面透露法"的艺术构思成为可能。

最后，《茶馆》的独特艺术构思还表现在他有意识地舍弃中外戏剧传统的"一人一事"的结构方法，而采用"人像展览法"来结构全剧。《茶馆》发表之后不久，李健吾就委婉批评剧作"没有一个统一的感情，事件，只有重复的情境"，因而有人建议他"用康顺子的遭遇和康大力的参加革命为主去发展剧情"。面对质疑，老舍认为："那么一来我的葬送三个时代的目的就难达到了。抱住一件事去发展，恐怕茶馆不等被人霸占就已垮台了。"既然《茶馆》的创作动机是以"葬送三个时代"来歌颂新时代，那么剧作的关键之处就在于体现出三个时代被埋葬的必然性。老舍采用"人像展览法"把三个时代的各色人物都搬上历史舞台，通过这些人物的行动将各种荒谬的社会乱象都呈现在观众面前，使观众自己从三个时代的黑暗腐朽中，自然得出这三个时代必然消亡的主题。这种艺术构思和创作动机，传统的"一人一事"的结构方法显然难以完成。

《茶馆》在艺术结构方面也别有奥妙。这首先表现在纵横交错的"坐标式"结构的采用。这种"坐标式"的艺术结构以清末至国民党统治崩溃前的近现代历史作为纵线，以精选出来的三个时代的社会场面作为横线，在纵横交叉点上凸显剧作的主题。横断面的选择是这个戏在结构方面最具有独创性的特征。老舍生动地描绘了清末、民初、国民党统治之下的中国社会生活，并以这三个时代的社会越来越动乱、越来越腐朽不堪的历史变迁，来总体概括中国近现代历史的发展趋势，这体现出老舍卓越的艺术才华。此外，在场面结构的描写上，老舍还独创了串珠式结构方法。这种方法使得每一幕每一场看似毫无干系的每一个事件呈现出十分巧妙而灵活的关系，从而使整个戏剧情节的展开显得跌宕起伏和多姿多彩。

《茶馆》的艺术结构还有一个特点，那就是剧中每一幕都要穿插一件让人倍感荒诞的事件。如第一幕中，七十多岁老太监要娶十五岁的大姑娘做老婆；第二幕中，两个逃兵准备合买一个老婆；第三幕中，三个尚且活着的老人自悲自悼，为自己撒纸钱，提前为自己送葬。这些事件，违背了普通人的正常生活逻辑，不仅增加了戏剧的矛盾冲突，也更加凸显了那三个时代、三种社会的怪异与荒诞，最终完成了作品"葬送三个时代"的主题。

在人物形象的塑造上，《茶馆》也颇具特色。剧作在三万多字的篇幅里，出场人物多达七十九人，而有名有姓的就有五十多人。在这之中，又刻画了王利发、秦仲义、常四爷、刘麻子、庞太监、马五爷、唐铁嘴等大批个性鲜明的人物形象。老舍主要采用了如下几种方法来刻画人物形象：

首先，人物处理手法灵活多变。第一，主要人物自壮到老，贯穿全剧。王利发、常四爷、秦二爷，这三个主要人物从壮年到老年的人生际遇串联起了整个看起来松散的故事结构，也为读者展示了三个时代背景之下不同阶级立场的人物的心路历程。第二，次要人物父子相承。如二德子、小二德子；刘麻子、小刘麻子；宋恩子、吴祥子的后代小宋恩子、小吴祥子。这种父子相承的手法既加强了作品人物的连贯性，也表明时代变化本身的延续性特征，反映出中国社会由封建到半封建半殖民地的逐步深化过程。第三，每个角色都说他自己的事。因为每个人物的故事都与时代有密切联系。如吃洋教饭的马五爷，国民党官僚沈处长等。这样处理既可以使观众看到各色各样的人物，又顺带看到了当时社会的面貌。第四，无关人物一律招之即来、挥之即去。或无名无姓，或只露脸不说话。如第一幕中出现的村妇、小妞、众茶客；第二幕中的崔九峰、报童；第三幕中的庞四奶奶等，他们在每幕剧中像是走过场一样，却缺一不可，使得整部剧更加紧凑、完整，更利于展示整个时代全貌。这四种方法的综合运用，既重点突出，使每个人物性格鲜明，又能多而有序，从人物的身世遭遇和继承关系方面，揭示出时代的全貌。

其次，老舍还注意选取能体现人物思想性格的闪光点来刻画人物。如对秦仲义的刻画，老舍选取他一生中的三个闪光点，即在王利发面前的财大气粗，在庞太监面前的狂傲不羁及败落以后的自伤自悼。秦仲义这些着墨不多的"闪光点"，清晰地勾勒出他的主要性格特征。作为另外两个贯穿全剧的主要人物，老舍也没有详细描写王利发和常四爷的一生，只是选取了他们的职业身份来刻画人物的性格命运，并没有涉及其他方面。刘麻子的性格则在两个闪光点（为太监买媳妇及在为两个逃兵买老婆中被杀）中被老舍勾画得入木三分。

最后，《茶馆》在语言方面也极具特色。第一，人物语言的个性化。老舍善于根据人物的身份和性格，选取符合他们心理的个性化语言。如王利发的语言谦恭周到，与各种人物的应酬反应机敏、圆滑老练，符合茶馆掌柜的身份。常四爷的语言则豪爽耿直，带有闯荡多年的侠气和饱经沧桑的沉重感。宋恩子、吴祥子的语言则狡猾奸诈、傲慢无理，具有老牌特务的特点。第二，人物语言的幽默风格。在剧中，老舍把对旧社会的讽刺批判和对劳动人民的同情以及强烈的爱国热情联系起来，在微笑中蕴藏着严肃和悲哀，形成了自己特有的寓庄于谐的幽默风格。如当唐铁嘴夸耀自己如何抽白面儿时，看起来滑稽可笑，但实际上激起了人们对帝国主义侵略的仇恨；王利发问报童"有不打仗的新闻没有"，也像一句玩笑话，表现出的是人民对动荡时局的不满；松二爷看见宋恩子和吴祥子仍穿着灰色大衫、外罩青布马褂说："我看见您二位的灰大褂呀，就想起了前清的事儿！"既表现了松二爷的怀旧情绪，也讽刺了辛亥革命的不彻底。第三，浓郁的北京地方色彩。作为一个地道的北京人，老舍笔下的人物语言可谓京味十足。如第一幕中儿化音的使用，常四爷说刘麻子："一个人身上得有多少洋玩意儿呀"，表现了对崇洋的刘麻子的鄙夷；第二幕中，王掌柜抱怨茶馆生意不好做："我要是会干别的，可是还开茶馆，我是孙子"，"孙子"一词作为北京方言，既是自嘲，更是对于社会的咒骂；第三幕中，小刘麻子和王掌柜的对话："你看，小丁宝，我不乱吹吧？绑出去，就在马路中间，磕喳一刀！是吧，老掌柜？""听得真真的！""磕喳""真真的"都是北京方言，京味儿特别浓郁，读来有一种亲切感。此外，话外之音也是《茶馆》中的语言特色。如第一幕结尾处写到茶客甲与乙下象棋，那句"将！你完啦！"，这句台词具有深意，与"大清国要完啦"相互呼应，暗示了这个时代即将终结的命运；第二幕与第三幕分别以刘麻子被当作逃兵以及沈处长认同小刘麻子的话结尾，此处留白，为读者留下丰富的想象空间；"莫谈国事"纸条在三幕中重复出现，渲染了恐怖悲凉的时代氛围，也暗示了连国事都不能谈论的普通人物的悲惨命运。

思考练习

1. 为什么说梁三老汉是《创业史》中最为成功的艺术形象?
2. 《红旗谱》的民族风格体现在哪些方面?
3. 以《青春之歌》为例,简述"成长小说"的叙事特征。
4. 简述《茶馆》在艺术上的创新。
5. 请谈谈你对王利发这一悲剧人物形象的看法。

第五编

美学形态多样化的新时期文学

（1976—2000）

第一章

文学史概况

【章目要览】

　　20世纪70年代末，随着政治上的拨乱反正，思想上的不断解放，特别是第四次文代会的召开，"文艺民主""创作自由"得到了充分的表达和肯定。文学创作方法逐步回归现实主义轨道。1980年前后，朦胧诗以及稍后的第三代诗歌艺术的追求，以及80年代中期以后，小说、戏剧文体的先锋试验，都显示出这个时期文学的现代化探索与追求。到了90年代，随着社会的转型，文学一体化解体，众声喧哗的多元化时代到来。

【重点提示】

　　第四次文代会拨乱反正，为新时期文学发展奠定了坚实的基础；接着，现实主义创作方法逐步回归、演变；然后，现代主义创作方法广泛应用；到了90年代文坛逐步分化，形成了多元的文学格局。

【拓展阅读】

1. 张清华.中国当代先锋文学思潮论.南京：江苏文艺出版社，1997.
2. 刘再复.论文学的主体性.文学评论，1985（6）.
3. 吴秀明.转型时期的中国当代文学思潮.杭州：浙江大学出版社，2001.

第一节　文学的"新时期"

以1976年粉碎"四人帮"，"文化大革命"结束为标志，我国文学发展进入一个新的发展时期。人们习惯于把1976年10月以后的文学称为"新时期文学"。"五四"以来"人"的文学的回归，市场化消费时代的逐步到来，构成了新时期文学发展的两大动力。"人"的观念的现代思考、文学观念的多元并存、文学思潮与文学论争的频繁发生、文学创作的丰富多彩与文学实践的快速变化，使这一时期成为20世纪中国文学史上独特而重要的时期。

新时期文学的发端可以追溯到1976年4月5日清明节，人民群众冲破"四人帮"的禁令，自发地聚集在天安门广场，掀起了一场祭奠、悼念周恩来总理，用诗歌抒发对"四人帮"祸国殃民的愤怒和诅咒，对周总理的无限热爱和深切怀念的天安门诗歌运动。

天安门诗歌运动的意义超越了一般的诗歌事件，是诗歌参与社会现实斗争的传统精神的回归，具有强烈的爱憎和鲜明的政治批判意识。作为在特定历史语境中大众自发的产物，天安门诗歌在艺术上保留着原初的写作状貌，真实地反映了那个年代人们迫切关心的社会政治问题和忧国忧民的深沉思考，这就使得天安门诗歌获得了一种久违的真实美，这种可贵的真实在很大程度上影响了之后的文学思考与讨论。比如，新时期之初，就有一系列新作品引发了文坛上的现实主义真实性等问题的广泛论争。围绕《班主任》《伤痕》《我该怎么办》《假如我是真的》《人啊人》《人到中年》《公开的情书》等小说和朦胧诗中涉及的题材、主题、人情人性以及人道主义等方面的论争中，都涉及现实主义的核心问题——真实性的诸方面。论争廓清了长期以来关于现实主义的一些似是而非的观念，开启了新时期文艺向现实主义回归的道路。

新时期文学思潮的变化，首先是从时代政治倡导的拨乱反正、思想解放开始的。结合全国开展的揭发、批判、清算"四人帮"的罪行的政治生活，在文学艺术界，广大作家艺术家也积极展开了批判"文革"中危害极大的极"左"文艺观念，并对其间推行的文化专制主义理论体系进行彻底的否定。1978年5月11日，《光明日报》发表了《实践是检验真理的唯一标准》，引发了真理标准问题的大讨论，标志着思想解放运动的全面深入。1978年12月，党的十一届三中全会召开，废除了"以阶级斗争为纲"的路线，把全国工作的重心转移到社会主义经济建设上来。随后纠正冤假错案的活动全面展开，历次政治运动当中罹难的文学艺术家得到平反，曾被视为毒草的一大批作品以《重放的鲜花》①结集出版。1978年5月,在"文革"中被解散或者陷入瘫痪的文艺领域的全国性组织,在中断活动十年之久之后重新恢复工作。到1980年,包括《收获》《当代》《十月》《花城》在内的十几个大型文学刊物纷纷创刊或复刊,从此,文学界开始显现出勃勃生机。王蒙、刘绍棠、邓友梅、汪曾祺、艾青等一大批老作家纷纷亮相,张洁、刘心武、张贤亮、王安忆等一大批新锐作家登上文坛,文学题材不断突破原有的禁区而且逐步拓展新的领域,艺术表现形式和风格日益多样化。

其次,1979年10月30日至11月16日,第四次全国文艺工作者代表大会在北京召开,无疑是新时期文学发展过程中的一件大事,"文艺民主"成为与会者的共同追求。国家在文艺方针、政策上做出了相应的调整。文艺的政治功能,文艺的领导、控制与作家自主性的关系,是调整的中心。邓小平提出:"艺术创作上提倡不同形式和风格的自由发展,在艺术理论上提倡不同观点和学派的自由讨论","党对文艺工作的领导,不是发号施令,不是要求文学艺术从属于临时的、具体的、直接的政治任务,而是根据文学艺术的特征和发展规律,帮助文艺工作者获得条件来不断繁荣文学艺术事业"。②祝辞阐明了文艺民主、文艺与政治的关系以及党如何领导文艺的问题,代表党中央、政府正式肯定了文艺的独立自主地位。

大会的召开,是中国文学艺术界的历史性转折,为新时期文学艺术的繁荣奠定了坚实的基础。"文革"时期被迫停止活动的中国文联及包括中国作协在内的全国性各专业文艺协会全面恢复活动,并为新时期文学做出了有益的工作。在随后的1980年7月,《人民日报》又发表了题为《文艺为人民服务,为社会主义服务》的社论,社论中的新"二为"与"双百方针"取代了"文艺为工农兵服务""文艺为政治服务"的方针,然后作为新时期文艺的基本方向和政策固定下来。

思考练习

1. 名词解释:天安门诗歌运动 第四次文代会
2. 评述第四次文代会在当代文学史上的意义。

---

① 上海文艺出版社1979年5月将一批当年被批判的"右派"作品,以《重放的鲜花》为名结集出版。
② 中共中央整党工作指导委员会编.十一届三中全会以来重要文献简编.北京:人民出版社,1983.

第二节　现实主义的回归和演变

　　现实主义作为文学创作方法之一被介绍到中国以后,在20世纪五六十年代,逐渐从一种真实地反映人生的创作理念,演变为一种要求艺术描写的真实性和历史具体性应与社会主义精神从思想上改造和教育劳动人民的任务结合起来的"社会主义现实主义",以至于到了"文革",现实主义走向了它的反面。"文革"结束以后,文学创作方法的现实主义问题,就是批判"文革"文学的虚假的、绝对的理念,开始向真正的现实主义回归。

　　新时期以现实主义为主潮的文学创作,从一开始就突破了"十七年文学"创作题材、方法的藩篱,摆脱了"社会主义现实主义"的束缚,开始了文学真实、全面地反思和批判历史、反映社会现实的时代。与全国揭批"四人帮"运动同步的"伤痕文学""反思文学"等文学思潮迅速兴起,文学切入现实更加深刻。在改革开放的号角吹响之后,文学创作随即出现了"改革文学"创作潮流,表明在现实主义创作方法引导下的新时期文学,实现了由反思历史到关注现实的转变。从某种意义上说,这时期的文学取得了和现实生活发展的同步性。

　　这样的创作实践自然会引起观念的激烈争论,这种争论一直持续到1982年。这是继文艺与政治关系讨论之后,又一次深入且产生了重要成果的争鸣活动。由不同作品引发了悲剧问题、题材问题、歌颂与暴露、人情与人性以及人道主义如何表现的争鸣,最终实现文学观念的突破,就是破除"本质论",确立"真实性的原则"。这种观念打破了过去单一性题材和主题的限制,承认文学社会批判的合法性,而且向生活全面敞开,文学创作的现实主义笔触开始向多方面延伸。

　　比如,创作上书写普通人生的定位,将高尚的情愫、美好的心灵、坚韧的性格寄寓在普通人物的身上,既是对"文革"文学中高大全人物的背离,又是对传统的文学理想主义的执着追求和对现实中的各种丑恶现象的反叛。王安忆的《雨,沙沙沙》、王蒙的《温暖》、冯骥才的《雕花烟斗》、刘心武的《我爱每一片绿叶》、张洁的《从森林里来的孩子》、陈建功的《丹凤眼》、谌容的《人到中年》、孔捷生的《普通女工》等,即是展现普通人的真善美,赞美他们在困难的生活环境中,憧憬美好的未来的作品。

　　"文革"的"极左"文学观念得以纠正,文学的真实性原则重新确立之后,从题材、主旨到手法、方法、风格都开始了全方位的变化。到20世纪70年代末80年代初,现代主义再度进入中国,文学在发展中自觉地、大规模地把西方20世纪以来的各种文学思潮作为革新文艺的主要参照。日益复杂的中国现实和外来文化、文学的影响，使得作家们不再局限于原有的现实主义角度去看待人生、看待社会。随着开放的窗口越来越大，尼采、叔本华的悲剧哲学，萨特的存在主义哲学，卡夫卡对人之荒谬、虚无存在的展示，还有一批被80年代的人们解读为表现人的异化存在的现代主义文本，都成为当代中国作家吸收和模仿的对象。很快，在80年代中期之后出现了书写不可预知的荒诞人生的主题；充满怀疑、变形、颓废、放弃道义、放弃崇高的叙事，由此形成了现实主义悲剧创作的另一种形态，折射出中国当代作家观察人生、表现社会的新视野。很显然，中国当代文学到了80年代中期，已与传统的现实主义隔得很远了。

由于先锋或实验小说与读者不合作的态度，导致了它逐渐衰落的命运。1987年到1988年9月，《当代》《收获》《钟山》等九十七家刊物联合发起"中国潮"报告文学征文活动，涉及社会生活的各个领域的1000篇作品，在社会上引起了强烈的反响，文坛再次扛起写实的大旗。

始于80年代末，在90年代初引起文坛普遍关注，与现实主义相关的另一文学热点是"新写实"。"所谓新写实小说，简单地说，就是不同于历史上已有的现实主义，也不同于现代主义先锋派文学"，"以写实为主要特征，但特别注意观察生活原生形态的还原，真诚直面现实，直面人生"。"新写实"恢复了现实的可辨认性，但他们不再是与时代、特定思想、特定政治运动相关的历史性的现实，它试图追求"一种更为丰厚更为博大的文学境界"。"新写实"思潮中的真实观，与以往的现实主义真实观不同，它不再展示一种历史的必然趋向，而试图用生活的庸常性来呈现当代人的生命存在状态：逼仄龌龊的环境中的苦难生活（方方《风景》），无所遁逃的尴尬、卑琐人生（刘震云的《一地鸡毛》），欲望与伦理挤压中的凡俗生命（刘恒《伏羲伏羲》）……其中令人窒息的原生态展示可看作对过去现实主义的虚假、局限的超越，但从本质上讲，其理论仍然扎根在现实主义的土壤之中。

1994年春，《文艺争鸣》和《钟山》还联袂打出"新状态文学"的旗号，以书写90年代中国经济和文化变迁所导致的人的生存和情感的当下状态；《北京文学》《上海文学》相继推出"新体验小说""文化关怀小说"，此后，不断涌现的"新都市""新市民""新历史""新表现""60年代出生作家作品"等名号，一方面表现出一种超越过去的趋向和企图，一方面也说明文学日益边缘化带给人们的困惑，以及由此试图冲出重围、另辟蹊径的努力。

1996年左右，文坛上出现了以刘醒龙、关仁山、谈歌等为代表创作的一批关注当前现实社会问题的小说，被称为"现实主义冲击波"。这些小说把视点移向普通工人、农民以及城镇居民等的日常生活，以较为可贵的"平民意识"和"民间立场"融入社会的普通生活当中，虽然其创作仍有一些不足，但体现出的是一种文学精神的进步。

总之，20世纪八九十年代，现实主义创作方法的继承与发展、突围和变异，其思潮及探索，丰富了我国新时期文学的现实主义理论探讨。

思考练习

1. 现实主义和新写实主义的区别。
2. 怎样理解70年代末80年代初现实主义的"回归"？
3. 怎样认识90年代的"新历史""新都市""新市民"等文学现象？

第三节　文学现代化的追求与探索

20世纪70年代末80年代初，中国在政治、经济、文化等各方面均发生了巨大的变化，文艺领域也开始走上了自身的探索和重建之路。中国文学开始坦然地面对世界，积极在对西方文艺的评介中寻求新的发展路径。如何利用西方现代派文艺理论和实践，推动中国新时期文学的现代化进程，逐渐成为文艺界的一个热点。

新时期最初突破现代派禁区的是中国社科院外国文学研究所从事西方现代文学研究的一群学者。他们集中发表了一些重新评价现代派文学的文章。随后，西方现代派文学的各种理论与作品相继得到译介和引进。《西方文论选》和《现代西方文论选》（伍蠡甫等编，上海译文出版社出版）基本上集中了当时最具代表性的现代派文论；1980年到1985年，袁可嘉等人编选的八卷本《外国现代派作品选》（上海文艺出版社出）；1981年开始，上海译文出版社和外国文学出版社两家联合推出"二十世纪外国文学名著丛书"；1983年，外国文学出版社还出版了一套"荒诞派戏剧选"。波特莱尔、卡夫卡、加缪、贝克特、福克纳、海明威、马尔克斯、博尔赫斯、金斯堡、乔伊斯等外国现代派作家的名字，逐渐被中国文艺家所熟悉。到1982年，西方现代派文艺由关注热点上升为讨论焦点，聚焦在西方现代派产生的原因、西方现代派的价值重估等问题上，为80年代后半期文艺思潮的更替提供了许多话题。

80年代后期，中国的改革进入全方位化、深入化和快速化的发展阶段。这种背景，也给新时期文学发展提供了机遇和动力。

这一时期，文学要求回到自身的呼声日渐高涨，怎样在文学反映社会的同时更好地表现出作家自己的独特性，几乎成了所有作家的创作追求。纪实文学、寻根文学、市井风俗小说、探索性戏剧、感觉派小说、具有魔幻意味的小说等，一大批作家的作品都以鲜明的个性特色，从题材、主题、手法、审美风格等方面，显示了文坛的新气象。除了创作实践之外，文艺理论家也试图建立新时期文艺的理论体系。从1984年开始，当代西方的文艺批评理论被迅速地、大规模介绍到中国，而且被迅速运用到当代文学的批评实践之中。"三论"（系统论、信息论、控制论）广泛应用，原型批评、精神分析、形式分析、结构主义、表现主义、接受美学批评、阐释学批评等方法的实践，极大地促进了文艺观念的变革，以至于人们把1985和1986年称为"方法年"、"观念年"。

"方法论"热方兴未艾，"文学主体性"讨论又开始兴起。1984年前后，刘再复发表了一系列围绕"人的主体性"而展开的论著[①]，激起了全国性的对"文学主体性"问题的批评及反批评。总体上看，"文学主体性"争论的焦点是对"人"的"主体性"的认识，以及人的主体性和社会的关系问题[②]，它是新时期文学一开始就关注的诸如人性论、人道主义、异化论等关于人的问题思考的深化，对以后的文学发展产生了积极的推动作用。

从文学创作来看，1978年，伴随着《今天》杂志的刊行，以朦胧诗突入人们视野的北岛、顾城、舒婷、江河、杨炼，张扬精神理性和美好人性，批判非理性和反人性历史、社会秩序，拉开了新时期现代主义文学探索的序幕。1980年代中期，第三代诗人崛起，他们打出"pass北岛"的旗帜，消解朦胧诗人张扬的精神理性、英雄品质和美好人生，他们嘲弄传统、颠覆、反拨神圣，刻意追求审丑，政治反叛性大大弱化，而文化反叛色彩更加强烈了。

小说创作上，王蒙、茹志鹃和宗璞在1980年前后的一些带有荒诞色彩和意识流的小说也在进行现代主义文学的探索。以1985年为标志，当代小说的内容、艺术观念、叙述方式等各个方面都发生了裂变。刘索拉的《你别无选择》、徐星的《无主题变奏》等小说中弥漫着痛苦、迷惘、冷漠甚至玩世不恭的精神状态。残雪、莫言的小说中，或充满变态、丑陋和荒诞造成的恐怖、神经质等精神病态；或以语言狂欢式的宣泄颠覆传统的价值体系；马原、格非、余华、孙甘露等为代表的先锋小说，则以文体实验

---

① 这些论著有：《文学研究应当以人为中心》《文汇报》1985年7月8日；《论文学的主体性》《文学评论》1985年6期和1986年1期；《性格组合论》，上海文艺出版社1986年版。

② 何火任. 当前文学主体性问题论争. 福州：海峡文艺出版社, 1986.

为依托，对命运之偶然、生命之神秘、人性之丑恶等非理性因素做了有价值的思考和探索。

这个时期，文学的本体性备受关注。作家们在"写什么"和"怎样写"两大命题中，更关注后者。"形式"的意义、价值和作用，在作家们的创作观念中日益强化起来。从这一时期的创作整体来看，"表现生活"已完全代替了"反映生活"，艺术观念已发生整体性位移，文学从观念到创作开始了全方位突破。

当代文学现代主义探索之路除了上述的向西方学习以外，还有另外一种呼声，就是在现代与传统之间，探索出一条振兴中国文学的新路来。很多人在80年代前期就意识到西方现代派文学整体性文学观念与中国国情不相适应，从文化的角度尤其是对传统文化反思的基础上为中国文学发展寻找出路，成了80年代中期寻根文学思潮生发的背景。

寻根文学的倡导者韩少功在《文学的"根"》一文中说道："文学有根，文学之根应深植于民族传统文化土壤里，根不深则叶难茂。"郑万隆认为"寻根"是"力求揭示整个民族在历史生活积淀的深层结构上的心理素质，以寻找推动历史前进和文化更新的内在力量"。李杭育、阿城、郑义也纷纷撰写了较重要的理论文章，《文艺报》等报刊还专门开辟专栏进行讨论，一时间，"寻根"二字被炒得沸沸扬扬。对此，有些批评家一开始就表现出怀疑的态度，他们指出，"文化寻根"的观点，"表现出与社会发展相悖的生活观念与文化观念"，"与我们社会中落后、愚昧的反现代化思潮暗合了，汇入了对抗社会进步的文化逆流之中"。"寻根"并不能提高新时期文学的时代品格，也难以促进其深化。[①] 而"寻根文学"的倡导者们，则试图通过对民族生存观念和行为方式的"还原"，展示出民族意识、心态的形成过程，重建民族文化的现在形态。他们以理论探讨与创作实践的齐头并进，构成文学发展的新阶段。

思考练习

1. 怎样理解"文学的主体性"和"文学的本体性"？
2. 从诗歌和小说两个方面谈谈新时期文学现代化的探索的基本情况。

---

① 陈晋.关于文学中的文化问题的讨论.文艺理论与批评，1987（1）.

第四节　文学界的分化与多元文化格局的形成

20世纪90年代，中国进入全面推行社会主义市场经济的阶段。随着现代化进程的逐步加快，商品经济观念开始深入社会的多个领域，中国的文化、价值观念步入了一个复杂的转型期。

中国社会、政治、经济的转型，深刻地影响了90年代的文化格局，并呈现出多元的态势。80年代不断发展的文学在新的形势下，在不断变换中表现出主流文化、大众文化、精英文化互渗互动、共同呈现的面貌。

多元化、个人化、边缘化话语取代了以往的启蒙指向，日益膨胀的消费文化市场以及商品意识，使知识分子整体的同一性不复存在。知识分子群体价值立场的分化，以及由此引发的一系列文化之争，成了这个时期文化界显著的特征。"人文精神"的论争即是其中涉及面广、影响最深远的一次。分歧来自对现代商品经济大潮中信仰坍塌、精神贬值、价值失范等负面现象的态度。张承志、张炜等作家的作品与言论表现了对历史和时代的一种深切的人文关怀和对精神文化的坚定信仰，呼吁人文精神者坚持对现实进行批判的精神向度；而对立的一方认为这表现出一种文化保守主义思想倾向，对人文话语和知识分子的启蒙立场进行根本性质疑。

人文精神的讨论，也触动了部分学者对传统国学的关注。在全球化语境下，西方的后现代文化理论从后现代、后结构、解构主义到后殖民理论等源源不断地涌入中国。一些学者期望通过弘扬传统文化精神，重建中国价值，从而削弱西方价值观念在当今世界的中心地位，随即形成了以儒学为核心的带有浓厚意识形态色彩的"国学热"。"国学热"希望重返传统文化，重建文化价值认同。

在文学思潮上，除了显现出创作与理论齐头并进，中国当代文艺理论探求与世界文艺思潮深入碰撞、融合，西方涌进的各种"后"理论与中国土生土长的各种"后"新时期理论轮番登场的态势之外，文学市场化已经形成了鲜明的趋势。具体表现是一部分遭到市场经济淘汰的作家，出于生存利益的考虑，开始步入市场。另外，一些作家开始改变叙事策略和价值理念，"新写实小说""以纯粹的客观对生活原始发生状态进行完满的还原"在小说领域蔚为大观，"新历史主义小说"致力于以民间视角还原历史真相，解构所谓的宏大历史叙事，表现主导历史流向的核心因素，如"权利""性欲望""人性恶"。日常生活和世俗利益在小说中得到空前的重视。

另一部分作家面对文学市场化背景下的精神低迷、人文话语遭受重创的格局，以其作品强力介入文学价值的重建和审美理想的坚守之中，张炜、张承志、史铁生、李锐等作家的作品，对民族命运的关注以及对人性价值的守护，构成90年代文学的重要方面。

由于市场经济和社会商业化程度的加剧，90年代作家队伍中更年轻的一批，由于选择了自由的体制外的职业空间，他们的写作与文学史既定的传统和价值体系逐渐分离，进入了一个更加"个人化"的时代。韩东、朱文、毕飞宇、邱华栋、张旻、何顿、刘继明、鬼子等，这群出生在60年代的作家，评论界以"新生代""晚生代""60年代出生作家群"来指称他们。他们一方面写当下生活的平面化、欲望化体验，一方面解构相对宏大的主题，"他们的写作直接面对当下中国变动的社会现实，特别是90年代中国经济高速发展、全面市场化引起的现实变动。因而他们的写作面对'现在'说话，而不是面对'历史'或文学说话"[1]。在写作上，他们乐于使用表象拼贴式的叙事，表现个人的现在体验和转瞬即逝的存在感受，他们再也不能也没有必要从整体上书写这个时代，内在地把握这个时代。

女性写作是90年代一个突出的现象，一批大多出生于60年代的女作家表现得尤为突出。陈染、林白、徐小斌、徐坤、海男、卫慧等的作品，与80年代的女性主题往往与别的社会主题构成复合叙事、社会主题掩盖女性主题的倾向不同，她们的女性写作体现出自觉的性别意识，隐秘的女性欲望、女性躯体等"私人"经验摆脱了对社会主题的依附而作为唯一主题呈现。

在新生代小说之后，卫慧、棉棉等70年代出生的作家的写作，将之前的时尚化、消费化、个人化、欲望化等趋势进行得更彻底和极端，并且具有更强的商业特征。此时的文坛，一元化价值体系已经面临危机，无论是理论和创作，都触及了许多新领域、新问题，文学思潮上的自由化、多元化趋势基本形成。

思考练习

1. 简述90年代多元文化的格局。
2. 简述女性写作的概况。
3. 评述20世纪90年代中国文学界多元格局形成的社会文化基础。

---

[1] 陈晓明.表意的焦虑：历史祛魅与当代文学变革.北京：中央编译出版社，2003.

第二章
文学运动的发展

【章目要览】

"文革"结束之后，随着社会政治和经济环境的变化，当代文学迎来了恢复生机和蓬勃发展的新时期。随着文艺规范的调整，文艺创作实现了由现实主义回归和深化发展到文学现代化追求与探索的复杂衍变，经由80年代文艺发生一系列重大变革，不仅带动整个80年代文学创作潮流诸如"伤痕文学""反思文学""改革文学""朦胧诗""寻根文学""先锋文学""新写实小说"等不断涌现，更为90年代文艺创作和发展的多元化格局的形成奠定了基础。

【重点提示】

本时期的文学成就主要体现在诗歌的现代性变革，现实主义小说的演变与现代小说的先锋实验，散文观念的多元和创作的繁荣以及话剧艺术的沉浮与探索上。

【拓展阅读】

1. 谢冕.在新的崛起面前.光明日报，1980-05-07.
2. 孙绍振.新的美学原则在崛起.诗刊，1981（3）.
3. 徐敬亚.崛起的诗群——评我国诗歌的现代倾向.当代文艺思潮，1983（1）.
4. 陈晓明.无边的挑战：中国先锋文学的后现代性.桂林：广西师范大学出版社，2004.
5. 王晓明.在新意识形态的笼罩下：90年代的文化和文学分析.南京：江苏人民出版社，2002.

第一节　诗歌创作的变革与创新

一、新时期的诗歌形态

20世纪70年代末，特别是80年代之后，中国当代诗歌创作进入一个新的时期。新时期诗歌的觉醒，至少应该上推到1976年的天安门诗歌运动。天安门诗歌运动以久违的真情实感，表达了广大人民群众的意志和愿望，使诗歌重新获得迥异于"文革"的社会文化价值和文学价值。

随着思想解放运动的逐步深入，诗歌领域的写作转向了对历史的反思和对现实社会生活的关注。最初出现的主要是五六十年代活跃在诗坛的贺敬之、李瑛、严辰、邹荻帆、顾工、雁翼等诗人，他们的诗歌基本上是之前的延续。随着一批冤假错案的平反，诗坛出现了一个庞大的诗人群体。这个群体包括鲁黎、曾卓、牛汉、绿原等"归来"之后创作较为活跃的"七月诗派"诗人；"九叶诗派"诗人如辛笛、杜运燮、袁可嘉、郑敏等；还有在反右斗争中被打倒的诗人艾青、公刘、邵燕祥、流沙河、梁南等，这个群体被称为"归来诗人"群。他们的诗歌富有强烈的时代感和现实生活感，关注社会现实，关注祖国的前程与人民的命运，但已不再是盲目的乐观，也不再是千篇一律的应景之作和歌颂，而更多地融入了忧患与沉思，诗情变得凝重起来。在诗艺上，他们取开放姿态，在坚持现实主义原则的同时，破除了闭关自守、故步自封的"排外"观点，吸取一些现代主义艺术技巧，为当代诗歌艺术的进一步发展做出了重要贡献。

20世纪70年代末80年代初，北岛、舒婷、顾城、江河、杨炼、梁小斌等为代表的朦胧诗派，以多义性的主题、现代性的手法、挑战传统的态度备受争议，反对者认为这是艺术怪胎、畸形文学，是"资产阶级自由化"，后经谢冕《在新的崛起面前》、孙绍振的《新的美学原则在崛起》以及徐敬亚的《崛起的诗群》等的客观分析概括，从形式到内容系统化了朦胧诗的艺术主张，肯定了它的审美价值，使得朦胧诗由异端走向正统，形成一股探索性的新诗潮。这股新诗潮一开始就呈现出与传统诗歌不同的审美特征。对人道主义和人情人性的呼唤、对人的自我价值的重新确认、对历史的质疑和反思是其思想核心。在艺术上，大量地使用意象、隐喻、夸张、变形、直觉、通感等手法，实现了对传统诗歌艺术的反叛和革新，显示出朦胧诗的重要特征。

与此同时，以昌耀、杨牧、周涛的诗歌为代表的新边塞诗或西部诗歌颇受评论界的关注。80年代中期以后，还出现了以翟永明、伊蕾等为代表的一批张扬女性意识的诗作，很快形成女性诗歌浪潮。

朦胧诗上承"五四"以来中国诗歌现代化的传统，下启"第三代"（或曰"新生代"、"后新诗潮"）诗风。1986年，《深圳青年报》与安徽《诗歌报》联合举办现代主义诗歌大展，把那些反叛朦胧诗的历史责任感以及艺术上的优美品质，试图重建一种日常生活和世俗人生中个体感性生存体验诗歌精神的"第三代"诗人推向前台。南京的"他们"，上海的"海上诗群"，四川的"非非主义""莽汉主义""整体主义""新传统主义"，北方的"圆明园诗群"，成为其中最具代表性的诗歌社团。第三代诗总体上呈现出反文化、反英雄、反崇高的平民化倾向，而且在语言实验上，反意象、反修辞、口语化的追求，解构了传统的语言规范，是后新诗潮在语言实验方面的重要特征。

经过约十年的实验与探索，90年代许多诗人完成艺术上的转型，创作进入一个相对成熟、平稳的时期，诗歌日趋多元化。

二、归来者的诗

艾青无疑是归来诗人中最引人注目且最具成就的诗人。1978年4月30日，艾青在《文汇报》上发表《红旗》一诗，预示诗人艾青创作生涯在时隔21年之后又一个新时期的开始。从此他的创作一发而不可收，先后出版了《归来的歌》《彩色的诗》《雪莲》三部诗集和一部诗论集《艾青谈诗》，登上他一生的又一个创作高峰。这些诗继承了他30年代的诗风，然而情感更为深沉，思想更为深刻，对光明的追求更为执着。

从内容上看，艾青的诗歌大致分为三种。一是取材于社会现实，具有鲜明思想倾向性的作品，如《在浪尖上》《迎接一个迷人的春天》等。这类诗歌重视诗的社会干预作用，以强烈的政治参与意识、独特的情绪节奏与旋律奏出了时代的最强音，显示出对人类社会历史的深刻探求。二是传达创作主体浓厚艺术激情与深刻哲理沉思的诗作，如《光的赞歌》《古罗马的大斗技场》《鱼化石》等。这类诗歌视野开阔，富有启示性、象征性的意象与人生哲理浑然融合，有了极深沉的人生感情与寄托，具有很高的审美价值。三是一些国际题材的诗歌，如《慕尼黑》《芝加哥》《维也纳的鸽子》等。这些诗虽然是一些记游随感短章，但无论从都市意识、感觉，还是从艺术感知方式和整合都市的能力诸方面看，都达到了新时期都市题材诗歌创作的较高水准。

与艾青一起"归来"的老一辈诗人还有苏金伞、公木、邹荻帆等和50年代崭露头角后又遭遇"流放"的改造诗人，像公刘、梁南、邵燕祥、流沙河等。公刘的诗歌具有强烈的政治性和理性思辨色彩,如《哀诗魂》《哦,大森林》《为灵魂辩护》等,《读罗中立的油画〈父亲〉》更是以中国农民苦难命运象征的"父亲"形象直击人的心灵。

七月诗派的诗人曾卓以《悬崖边的树》宣告他的"归来",诗集《老水手的歌》是经历复杂人生之后所发出的生命颂歌,在淡淡的怅然、苍凉的背景上,显示出对生命的执着、坦然、乐观的态度;牛汉"归来"之后以《华南虎》《悼念一棵树》等诗显示了更加健旺的创作生命力,在之后发表的大量作品中,往往把对历史、社会、人生的思考投射到具体的物象上,将坎坷人生体验进行哲理升华后体现出对整个生命世界更深刻的透视。

40年代曾不同程度地受艾略特、里尔克、奥登等西方现代主义影响的"九叶"派诗人,归来以后都有不少致力于中国式的现代主义诗歌探索的作品发表。

西部诗人昌耀重返诗坛以后,以《慈航》《雪、土伯特女人和她的男人及三个孩子之歌》等诗,汇成一股来自青藏高原的诗的旋风,他以粗犷而沉郁的歌声向拯救他灵魂的那片净土表达了感恩的深情。

三、朦胧诗

北岛(1949—),祖籍浙江湖州,生于北京,原名赵振开。有诗集《太阳城札记》《北岛诗选》《陌生的海滩》等,是《今天》的主要创办者之一。

北岛在"文革"中即开始写诗,后来成为朦胧诗群最具代表性的诗人。他的诗歌突出的特征首先是从自己的生存境遇和精神历练出发,以强烈的批判意识和历史责任感,突出地表达一个孤独的觉醒者对混乱、迷惘年代的怀疑和否定。"卑鄙是卑鄙者的通行证,/高尚是高尚者的墓志铭",《回答》以惊世骇俗的警句高度概括了一个特定时代被扭曲、颠倒和异化的本质特征。面对是非颠倒的世界,诗人以悲愤、决绝的姿态喊出了"告诉你吧,世界/我……不……相……信",这是觉醒者的宣言,叛逆者的抗争。

其次,北岛的诗歌对正义的坚守,对人的尊严、权利、价值的重新确定,对理想人性焦灼、热切的期待,在"文革"之后的许多读者中产生了强烈的共鸣。如《宣告——献给遇罗克》:"也许最后的时刻到了/我没有留下遗嘱/只留下笔,给我的母亲/我并不是英雄/在没有英雄的年代/我只想做一个人……","我只能选择天空/决不跪在地上/以显示刽子手们的高大/好阻挡自由的风。"

北岛对当代诗歌的陈旧规范也进行了反叛式解构。他受西方超现实主义和直觉主义的美学影响，多运用隐喻、象征、通感以及电影蒙太奇的手法，与自己的思辨意识结合，有了更多的现代主义特征。常使用预言、宣告和判断的语言方式，价值取向差异或对立的象征性意象密集并置所产生的对比、撞击，在诗中形成"悖谬性情境"，是北岛诗歌艺术十分重要的特征。总体来说，北岛早期的诗歌风格冷峻孤傲，锐利坚硬，后期则逐渐趋向平缓与反讽。

舒婷（1952— ），女，原名龚佩瑜，福建泉州人，中学毕业后曾到闽西山村插队，70年代结识北岛等人，成为《今天》的主要撰稿人之一。著有诗集《双桅船》《会唱歌的鸢尾花》《始祖鸟》等，另有散文结集出版。

作为一个女性诗人，舒婷的艺术个性也是很独特的。低声漫语的抒情方式，形成了她诗歌中极具感染力的细腻、温情的风格。"我为你扼腕可惜／在月光流荡的舷边／在那细雨霏霏的路上／你拱着肩，袖着手／怕冷似地／深藏着你的思想／你没有觉察到／我在你身边的步子／放得多么慢"（《赠》），"你苍白的指尖理着我的双鬓／我禁不住像儿时一样／紧紧拉住你的衣襟／啊，母亲／为了留住你渐渐隐去的身影／虽然晨曦已把梦剪成烟缕／我还是久久不敢睁开眼睛"（《啊，母亲》）。舒婷以爱为核心，充沛的情感抒发和以情寓理的观照世界的方式，使她的诗歌充满了真、善、美的力量。

在朦胧诗人中，舒婷的诗歌中曲折而复杂的内心世界的展示，独立个体的女性意识的觉醒也构成其独特之处。对女性的自我价值与尊严的确认，对女性人格独立和人性理想的追求，构成了20世纪80年代的女性宣言。《致橡树》以强烈的女性意识向世界宣示了她的爱情观："我如果爱你，／绝不像攀缘的凌霄花，／借你的高枝炫耀自己"，更为重要的是借此表达了一种对女性人格独立与尊严的肯定。"我必须是你近旁的一株木棉，／作为树的形象和你站在一起。"诗人以"木棉"和"橡树"作为象征，既是对男权话语遮蔽下的女性独立精神的张扬，又表达了一个更为深广的主题。在《神女峰》中，诗人面对妇女命运化身的神女峰，发出了对人性复苏和女性人格尊严的深情呼唤："与其站在悬崖上展览千年、不如伏在爱人肩头痛哭一晚"，让我们看到了一位人性觉醒者全新的价值标准和生命的独立意识。

舒婷的诗歌建构了一个全新的抒情主人公形象，强烈的历史使命感和忧患意识，使这个以"自我"为中心建构起来的形象，在国家和民族的历史发展中，不断寻求或超越自我的定位和价值。在其后的《祖国啊，我亲爱的祖国》中，从"迷惘的我""深思的我"到"沸腾的我"的情感变化，再到"那就从我的血肉之躯上去取得／你的富饶、你的荣光、你的自由"甘愿献身的表达，已经完全超越了诗人"自我"，成为一个具有普遍意义的一代人形象。

舒婷诗歌的情感细腻典雅，追求崇高和优美的风格。早期的诗歌曾受浪漫主义诗人的深刻影响，但同时她又是一个用现代主义尤其是象征主义手法写诗的人，艺术手法上多用感觉、意象、暗示。

独特的观照方式赋予她诗歌单纯外观下丰富的情感层次，温婉典雅的倾诉和独白传达出淡淡的忧伤而唯美的诗情，打动了80年代初期人们的心绪与情怀。

顾城（1956—1993），北京人。10岁开始写诗，1977年正式发表作品。有诗集《舒婷、顾城抒情诗选》《顾城童话寓言诗选》《黑睛》《顾城诗集》《墓床》以及长篇小说《英儿》。

顾城的诗歌很多是梦幻型的，他以自然和童话为核心，构筑自己纯美的精神王国。他认为，"诗就是理想之树上，闪耀的雨滴"，他"要用心中的纯银，铸一把钥匙，去开启那天国的门"，去表现"纯净的美"①。舒婷称他为"童话诗人"。他用"纯银"的歌声唱道："用金黄的麦秸/编成摇篮/把我的灵感和心/放在里边/装好纽扣的车轮/让时间拖着/去问候世界"（《生命幻想曲》）。1981年，他写下《我是一个任性的孩子》："我是一个任性的孩子/我想涂去一切不幸/我想在大地上/画满窗子/让所有习惯黑暗的眼睛/都习惯光明。"顾城自己编织了一个新奇、晶莹、绚丽、洁净的世外桃源般的天国世界，他用诗歌精心守护着自己的园地。顾城的梦是极容易在现实的环境面前破碎的，因此他在观照历史人生、对时代进行反思的时候，常常流露出一种成年的苦闷、寂寞和忧伤。《远和近》以物理距离和心理距离的强烈对比，揭示了人性异化年代戒备而隔膜的人际关系。同时，痛苦的经历和心酸的体验又在理性的透视中充满理想主义光辉。在他的名作《一代人》中："黑夜给了我黑色的眼睛，我却用它来寻找光明"，这首诗以"黑夜—黑眼睛—寻找光明"的意象结构，在高度概括和理性思辨中，曲折的情致获得了艺术的表达。

顾城诗歌中，还有一类是最具探索性、争议也最多的作品，如《感觉》《弧线》《眨眼》等。诗人用一些没有确定性意义的意象来表达自己的直觉感受、瞬间印象，给读者以极大的想象空间。

杨炼（1955— ），生于瑞士，其诗歌创作一开始就表现出史诗的倾向。同时，杨炼还提出了"智力空间"的理论。诗人以东方的历史文化为背景，从自己独特的主观体验和对历史的理性直觉中，展开具有现代文化精神的抒情与思考，显示出一种沉

---

① 顾城.请听听我们的声音.诗探索，1980（1）.

郁悲怆的英雄气质以及厚重的历史感，以密集繁复的意象和意象群演绎理念，以若干独立又有内在联系的单元建立组诗系统，构成了杨炼诗歌"历史-文化"的广大复杂的空间结构特点，如：《礼魂》由《半坡》《敦煌》《诺日朗》组成，《半坡》表现人类生存，《敦煌》探索人类精神，《诺日朗》揭示人类与自然的关系。每一组诗又由若干章节、意象组成互相联系的不同层次。除此之外，《西藏》《逝者》《自在者说》《与死亡对称》等，都试图在"自然、历史、现实、文化"的四度空间建构现代东方史诗，强烈的生命哲学意识构成他诗歌的重要审美特征。

四、第三代诗人

于坚（1954—　），云南昆明人。整个80年代，于坚都是以先锋诗活跃于诗坛。

于坚的诗歌创作是对"英雄式"的、"史诗性"的诗歌精种的偏离，是向着日常经验、生存现场和常识的返回。他的诗作正是对平淡无奇的日常生活场景的展示，对一些日常生活碎片的任意组接："尚义街六号／法国式的黄房子／老吴的裤子晾在二楼／喊一声　胯下就钻出戴眼镜的脑袋／隔壁的大厕所／天天清早排着长队／我们往往在黄昏光临……老卡的衬衣，揉成一团抹布／我们用它拭手上的果汁……"（《尚义街六号》）。一组组日常生活场景，随着生活的流程自然而客观地呈现，凡俗、琐碎而亲切、随意。

于坚的诗又是对诗歌隐喻传统的偏离，是向着语言本身、事物本身、日常生命本真状态的返回。他疾呼："拒绝隐喻"，"回到隐喻之前"。《对一只乌鸦的命名》写道："当一只乌鸦／栖留在我内心的旷野／我要说的　不是它的象征　它的隐喻或神话／我要说的／只是一只乌鸦"，就是一次剥离象征比喻后，对一只真实"乌鸦"的还原。在拒绝隐喻之后，于坚主张以一种同时代人最熟悉、最亲切的语言和读者交谈，大巧若拙、平淡无奇而韵味深远，这种语言就是褪去了精英色彩的、带有浓厚市民白话色彩的口语式语言。这种审美旨趣在韩东那里就更为明显。

韩东（1961—　）生于南京。1985年与于坚、丁当等创办《他们》。韩东的诗歌特别强调诗人本身的感觉和体验，而有一些诗则表现诗人对主题、历史庄严崇高、英雄色彩的放逐。原来附加在大雁塔上的种种文化内涵都被拆除掉，大雁塔被还原为一种单纯平常的建筑物。人们借大雁塔而凭吊历史的举动，被还原为一次简单的游玩："我们爬上去／看看四周的风景／然后再下来"，人们面对历史文物不再感慨，而是"我们又能知道什么"（《有关大雁塔》）暗中张扬着一种人生的无奈感和反崇高、反英雄的平民气质。同样地，"大海"这一充满诗意的象征载体，在韩东笔下也如此：

"你见过大海／你也想象过大海／你不情愿／让海水给淹死／就是这样／人人都这样。"（《你见过大海》），传统诗歌里抒情对象的精神特质或诗性被韩东调侃似地解构成"就是这样""不情愿淹死"的大实话。"诗到语言为止"，这些诗歌包含了韩东以日常口语对历史文化传统进行"悬置"的诗学命题。

翟永明（1955— ），四川成都人。1981年开始写诗。代表作有组诗《女人》《静安庄》《人生在世》等。

翟永明以一种平静而深邃的忧伤，以丰富而深切的生命体验，洞穿了女性长期受男性秩序压抑和遮蔽的生存真实。其诗歌中的"黑夜"意象，逐渐成为后来女性诗歌创作的核心象征。她早期的诗歌，呈现出大胆、直露的独白式特色和撕心裂肺的疼痛感，明显受60年代欧美"自白派"女性诗人，尤其是西尔维亚·普拉斯的影响。例如："我，一个狂想，充满深渊的魅力／偶然被你诞生。泥土和天空／二者合一，你把我叫着女人／并强化了我的身体／……当你走时，我的痛苦／要把我的心从口中呕出"（《独白》），男女两性对照格局中的"自白"，凸显了失去自主性的女性生存的感性内容。90年代以后，翟永明的诗歌语言转向较为冷静的叙述，一种相对平缓的、客观和"戏剧化"处理的风格逐渐生成。《落水山庄》《咖啡馆之歌》《小酒馆的现场主题》即为此类作品。

海子（1964—1989），原名查海生，安徽人。大学期间开始诗歌创作，其主要作品有长诗《土地》《弥赛亚》《遗址》，诗剧《太阳》以及约200首抒情短诗等。

海子的短诗简洁、流畅，他将透明的留恋和纯净的梦想，植入泥土和麦子、河流和野花、粮食和马群这些乡村物象之上，在反复歌咏中追寻生存的本质和精神的故乡。"看麦时我睡在地里／月亮照我如照一口井／家乡的风／家乡的云／收聚翅膀／／睡在我的双肩／麦浪——／天堂的桌子／摆在田野上／一块麦地／"（《麦地》）。海子以梦和直觉的形式，在对一切自然之相，生命、爱、生殖等基本母题的表现中，呈现出高远、深邃、独特的神性天空。"王""祭司""魔法""女神""神殿""天国""众仙"等词语在他的诗中高频率出现，形成一种反世俗经验的神性语境。

海子后期的诗歌，以长诗、诗剧、诗体小说为主，艰辛的个人乡村生活经验和中国农村贫穷苦难的历史和现实，以及从神启里既感受到永恒又悟出某种空洞，使海子承受了痛苦与绝望的体验。面对神性世界的毁灭和人类世界的无望救赎，海子选择以自身献祭的方式结束了他的诗歌实践。

> **思考练习**
> 1. 名词解释：归来诗歌　朦胧诗　第三代诗歌
> 2. "朦胧诗"与"第三代诗"在内容和艺术审美上的特征。
> 3. 各以一首诗为例，分析舒婷、北岛、顾城的诗歌的特点。
> 4. 试述海子抒情诗独特的浪漫主义风格。

第二节　反思历史与介入现实

70年代末到80年代初期的文学，可以看成"文革"后文学走向复苏的第一个阶段，评论界通常用"伤痕文学""反思文学"和"改革文学"来概括这段时期内出现的几个文学创作潮流。在具体的创作中，则表现为与这期间的社会生活完全同步，并以其所产生的强烈的社会效应积极作用于这期间的社会生活。这期间的社会生活经历了从揭批"四人帮"、清算"文革"错误，到拨乱反正、解放思想，进而到实行改革开放的发展过程，与之同步发展的小说创作也存在一个内在的演进逻辑，即由揭露"文革"的"伤痕小说"，到反思造成这些"伤痕"的社会历史原因的"反思小说"，再到为根治这些历史的"伤痕"，建设一个文明富强的现代化国家而呼唤改革的"改革小说"。这些小说类型，构成了从70年代后期到80年代中期小说创作的主要潮流。

一、历史的记忆与反思

"文革"结束以后，小说创作在经历了由写与"走资派"作斗争到写与"四人帮"作斗争的题材和主题转换之后，很快便转向了揭批"四人帮"、清算"文革"错误的创作阶段。1977年11月，刘心武的短篇小说《班主任》发表，引起社会广泛的关注，继而兴起一股集中揭露"文化大革命"给人们的精神和肉体造成创伤的创作热潮，这股创作潮流因翌年8月卢新华的短篇小说《伤痕》发表而被命名为"伤痕文学"。紧接着，随着思想解放运动和政治层面对于中华人民共和国成立以来的历史问题开展重新评价，强化了本来就存在于"伤痕"书写之中的"反思"历史的因素，在"伤痕小说"的创作潮流之中逐渐形成了一股特殊的"反思小说"的创作潮流。

事实上，由"伤痕"到"反思"，在具体的创作上并不构成清晰的线性时间脉络。

从作品主题、叙述内容及创作意图来看，都是对50年代以来国家和民族苦难记忆的叙述。所不同的是，被确认为具有明确"反思"性质的作品，较之早期的"伤痕"，少了些主观色彩，多了些理性沉思，部分作品对历史的"反思"还由一般社会问题深入到普通人性的层面，达到了相当的思想深度。值得重视的是，以"反思"历史为主的小说创作，为了满足更为复杂的艺术表现的需要，开始借鉴西方现代主义的小说技巧，以丰富和加强现实主义小说的艺术表现力，在回归现实主义传统的同时，又使现实主义的小说艺术得到了更新和发展。这对于新时期小说艺术革新，有着重要的意义。

在讲述苦难记忆的创作潮流中，主要有这样两个作家群体：被称为"归来者"的中老年作家群和"知青"一代作家群。但是，对历史苦难记忆的讲述几乎涉及社会各个阶层，尤其是这样几个社会群体：知识分子、"知青"、蒙受冤屈的老干部以及挣扎在贫困生活中的广大农民。所以，这一时期涌现出一大批具有较大社会影响的作品，如王亚平的《神圣的使命》、陈国凯的《我该怎么办》、郑义的《枫》、韩少功的《西望茅草地》、叶辛的《蹉跎岁月》、陈世旭的《小镇上的将军》等，以及王蒙、张贤亮、高晓声等中老年作家的大量创作。

对民族苦难的普泛性讲述，极大地声援了新意识形态否定"文革"、揭批"四人帮"、平反冤假错案的战略部署。这一创作潮流因为敢于触及重大的社会政治问题，敢于暴露生活中的矛盾和阴暗面，敢讲真话，敢吐真情，对特定时期的社会生活表现出了一种积极干预的态度和大胆批判的精神，因而在群众中引起了广泛而持久的轰动效应，迅速营造了"文革"后文学第一个繁荣的创作局面，成为70年代末到80年代初期文学的主流。同时，它也标志着，随着思想解放运动的深入，知识分子的主体意识和对现实的激情在一段时间内与日俱增，文学进一步挣脱"文革"文学"瞒与骗"的叙述模式，恢复"五四"现实主义文学写真实和社会批判性的品格，"文革"甚至1949年以来知识分子的遭遇等被长期遮蔽的历史，在某种程度上首次被敞开、拨亮。

刘心武（1942— ），四川成都人，1961年毕业于北京师范专科学校，做过中学语文教师，曾任《人民文学》杂志主编。代表作有中篇小说《如意》《立体交叉桥》等，长篇小说《钟鼓楼》（获全国第二届茅盾文学奖）《四牌楼》《栖凤楼》《风过耳》等；后又专注于"红学"研究，出版有多部专著。他在1977年《人民文学》11月号发表的《班主任》，被看成"伤痕文学"的开山之作。这篇作品的意义在于开启了一个以书写创伤性记忆为开端的文学与文化的话语空间。小说以张俊石老师接受小流氓宋宝琦插班的过程为线索展开情节，虽旨在歌颂一位忠诚于党的教育事业的班主任，却因为其中塑造了两个品质完全不同的青年谢惠敏和宋宝琦的形象，向人们展示了"文化大革命"给青年一代的灵魂所造成的不同形式的伤害，尤其是谢惠敏式的以革命的外衣包裹着的无知和愚昧，更令人震惊，向社会发出了"救救被'四人帮'坑害了的孩子"的呼声，具有一种振聋发聩的艺术效果。这篇作品在艺术上虽然稍显粗糙，但敢于敏锐地提出和揭示青年一代受"文化大革命"伤害的问题，具有强烈的开风气的意义。

卢新华（1954— ），江苏如皋人，曾当过工人，1978年考入复旦大学，后任《文汇报》编辑，1986年赴美国。他的《伤痕》在对摧残人性的政治势力悲愤指控的同时，不经意间抵达了对人性苦难的深切关怀。主人公王晓华的母亲在"文革"期间被诬为叛徒，16岁的王晓华和当时所有的激进青年一样与母亲决裂，到边远的山区插队。一去八年，她坚决拒绝与母亲的任何联系，但仍然不能摆脱家庭出身的阴影，甚至个人的爱情也受到影响。粉碎"四人帮"后，母亲的冤案终得平反，但当她悲喜交加赶回上海见母亲时，母亲却因身体受尽摧残刚刚溘然长逝。文本的叙事弥漫着一种透彻肺腑的伤痛，王晓华与母亲之间的隔膜、痛苦、伤害，都因母亲的离世而造成永难愈合的伤痕。《伤痕》一经发表，立即引发整个社会被压抑已久的对创伤进行倾诉的欲望，一时间，讲述苦难记忆成了文学的一种潮流，作家成了苦难倾诉的代言人。

《伤痕》巨大的社会反响，还来自文本对政治生活之外的人的日常生活空间的明确展现。《班主任》中极其有限的个人生活空间在这里得到进一步拓展。母亲对分别八年的女儿的思念之情，王晓华与恋人之间的爱情描写，甚至在含蓄的笔致中传达出女主人公青春身体的气息，亲情、爱情、普通人的悲欢离合这些内容经过长久的封冻之后终于再次抵达文学视域。在对摧残人性的罪恶势力的激烈指控与否定中，文学恢复了对人性、人情、人的价值尊严的正面书写，这成了《伤痕》之后讲述历史苦难记忆文本的基本叙事立场，有力地促进"人"的意识摆脱"极左"思潮长久的覆盖走向觉醒，引起了社会的强烈共鸣，形成了普泛性的人道主义社会思潮。

丛维熙（1933— ），河北玉田人，1953年大学毕业，曾任教师、记者、编辑，1957年被打成右派，历经二十年磨难。代表作品有中篇小说《大墙下的红玉兰》《远去的白帆》《风泪眼》等，长篇小说《南河春晓》《北国草》《断桥》，以及回顾右派劳改生活的长篇纪实文学《走向混沌》等。新时期初的历史苦难书写中，创作影响较大、创作成就比较突出的首先是一批反映革命干部和知识分子在"文化大革命"期间遭受迫害的作品。以"大墙文学"著称的丛维熙的中篇小说《大墙下的红玉兰》描写了一位公安战线的老干部在"文革"期间被关进监狱，被迫接受囚犯的管制和改造，最后惨遭枪杀的故事，真实地再现了一段人妖颠倒、是非混淆的悲剧历史。这部作品首次涉足监狱大墙内的生活，揭露了各种流氓刑事犯以及旧社会的还乡团、是如何与

"极左"路线的执行者纠合一气,对蒙冤受难者进行非人的肉体折磨和精神摧残,令人触目惊心。

但暴露与批判的目的是为了总结历史教训,暴露黑暗是为了寻找光明,所以作品精心塑造了虽身陷囹圄但仍然心系党的事业、心系人民,不屈不挠的优秀干部葛翎的形象,这个形象所承载的意识形态意味是不言自明的。这也表明了,以丛维熙为代表的"归来者"作家们在对国家和民族苦难记忆的讲述中,一方面基于强烈的忧患意识与使命感,对一定历史时期的批判与揭露达到相当尖锐的程度,而另一方面则往往自觉地站在执政党或其诤友的立场上,以鲜明的意识形态定位进行政策反思,带有某种修复意识形态的意图,这种意图夹杂了传统知识分子的资鉴意识、民本思想与现代知识分子的忧患意识。这一类创作突出的代表作品还有茹志鹃的《剪辑错了的故事》、张一弓的《犯人李铜钟的故事》、王蒙的《蝴蝶》、方之的《内奸》、刘真的《黑旗》、李国文的《月蚀》等。

张贤亮(1936—2014),生于江苏南京,50年代读中学时开始创作,1957年因发表诗歌《大风歌》被划为右派分子,"文革"后重返文坛,创作小说、散文、评论、电影剧本。主要代表作有短篇小说《灵与肉》《邢老汉和狗的故事》等,中篇小说《河的子孙》《绿化树》《土牢情话》等;长篇小说《男人的风格》《男人的一半是女人》《我的菩提树》等,多部作品被改编成影视剧。张贤亮的创作在"归来者"对历史苦难记忆的叙述中颇具代表性,他的此类作品以知识分子自身的惨痛经历与精神历程构成了本时期历史反思叙述的另一重要内容。特别是他的《土牢情话》《灵与肉》《绿化树》等,与鲁彦周的《天云山传奇》,王蒙的《布礼》《杂色》,宗璞的《我是谁》等作品,将个人的苦难置于民族国家大叙事的框架下加以理性思考,从而超越了对个人苦难的感性倾诉,具有较深远的历史感。

张贤亮的历史反思叙述,主要不在于总结历史的教训,而是集中于对知识分子自我灵魂的严峻拷问,从道德、历史和哲学的高度审视自我既往的人生历史,从充满苦难的人生中体悟经过艰难的熬炼和痛苦的洗礼之后而获得的新的人生境界。他最早产生重要影响的短篇小说《灵与肉》即带有这种肉体受难而灵魂得救的悟道性质,随后则以一组标明为"唯物论者的启示录"为总题的计划写作9部的中篇小说,来完成这一从苦难中升华的"反思"主题。其中特别是《绿化树》和《男人的一半是女人》这两部情节具有直接关联的中篇小说,以主人公章永璘的政治"落难"及其以后的一段人生经历为线索,完整地展示了主人公在坠入生活底层之后,从最卑微的本能需求,经过马克思主义的理性启悟和众多劳动者特别是一些劳动妇女的人性感召,逐步升华到超越自我的人生境界的蜕变过程，把"反思"主题发挥到了一个相当的哲理高度。张贤亮的这类作品在艺术上具有极强的思辨色彩，普遍具有相当的思想深度，但另一方面，也不免因此而陷入说教和概念化的弊病。

梁晓声（1949—　），原名梁绍生，出生于哈尔滨，1968—1975年参加知识青年"上山下乡"运动，是当代以知青文学成名的重要作家。代表作品有《这是一片神奇的土地》《今夜有暴风雪》《雪城》《年轮》等。在以知青身份创作知青题材的作家中，梁晓声、韩少功、张承志、史铁生、王安忆、孔捷生等，都有各自的代表性。知青题材的小说创作在经历了一个短暂的揭示"伤痕"的阶段之后，很快便因为强化了思考的成分而发生了许多新的变化。知青题材的创作也因为这种思考成分的介入而达到了一个新的高度，格外引人注目。在对于知青岁月的历史反思中，梁晓声的创作最早表现出了对于"上山下乡"运动的历史评价的一种辩证态度。他的短篇《这是一片神奇的土地》和中篇《今夜有暴风雪》，以北大荒"知青"开垦荒原的进军和大返城为背景，虽然也描写了这场运动给一代"知青"带来的痛苦和牺牲，但同时也十分珍惜他们为此而付的热情、理想和青春，对这一代人在荒谬的历史中所表现出来的开拓奋进的精神及其所收获的精神果实，表示了极大的赞赏和崇敬。这些作品因而在悲壮的牺牲中也显示了一种崇高的美学特征，是这类作品中最具震撼力量的篇章。梁晓声此后的创作特别是长篇《雪城》继续了这一主题和审美追求，使这一创作的余脉一直延伸到20世纪80年代中期以后。

二、立足现实的多重书写

80年代初，由于改革开放时代浪潮的推动，以蒋子龙在1979年7月发表的短篇小说《乔厂长上任记》为滥觞的反映社会改革为主的小说逐渐形成了一股新的"改革小说"创作潮流。这股以反映改革为主的小说创作潮流，其主要的题材领域是正在进行的工厂和农村的经济改革，同时也涉及其他物质生活领域和人们的精神世界的复杂变化，因而大多有比较强烈的时代感和现实感。同时，又因为作家所关注的现实问题与人民群众的意志和愿望是完全一致的，因而对现实的变革产生了极大的鼓舞和推动力量。

改革小说在艺术上大多富于浪漫主义的激情和理想主义的色彩，是小说回归现实主义传统的又一重要表现形态。这股小说创作潮流虽然从根本上改变了小说创作自70年代后期以来从"文革"历史中取材的状况，完成了一次题材和主题的重大转移，但由于作家过于拘泥于现实问题本身和艺术表现上不同程度的概念化，因而在80年代中期面临着重大的艺术危机，小说创作因此又出现了一次重大的艺术转换，开始进入现代主义艺术实验与现实主义的融合期。

这股文学创作潮流大致有这样两类作品：一类是以蒋子龙的创作为代表的直接关注改革事件本身，正面描写改革的作品；另一类以高晓声、何士光等人这一时期的创作为代表，更注重改革对普通人生活的影响，尤其是对普通人精神生活的影响，这类作品被认为是侧面描写改革的作品。

蒋子龙（1941— ），河北沧县人，参加过海军，当过工人、厂长、秘书、车间主任，有着丰富的工厂生活经验。60年代中期发表小说处女作《新站长》。从1976年初发表小说《机电局长的一天》开始，致力于工业整顿和改革题材的创作。1979年初发表的小说《乔厂长上任记》使他一举成名，主人公乔光朴成为家喻户晓的大胆冲破阻力的改革者的代名词。此后，他又连续发表了《一个工厂秘书的日记》《开拓者》《赤橙黄绿青蓝紫》《燕赵悲歌》《锅碗瓢盆交响曲》等一系列作品，创作的视野不再局限于工厂的改革，而是延伸至政治体制改革、农村经济体制改革等诸多领域，产生了广泛的社会影响。其作品的主人公构成了一个具有乔厂长血统的"开拓者家族"人物形象系列。

《乔厂长上任记》被称为"改革文学"的发轫之作。作品描写重型电机厂厂长乔光朴在粉碎"四人帮"后重新上台，为改变该厂的落后面貌而进行大刀阔斧的改革，热情地歌颂了干部群众在"四化"建设中不屈不挠的斗争精神和强烈的改革意识，批判了阻碍"四化"建设的人和事，具有鲜明的时代精神。这篇作品因为满足了广大人民群众恢复生产、发展经济的现实要求和实现"四化"、振兴中华的美好理想，产生了强烈的社会反响。

除蒋子龙的作品外，直接描写改革事件、在当时具有较大社会影响的作品还有：柯云路的《三千万》《新星》《夜与昼》，水运宪的《祸起萧墙》，张洁的《沉重的翅膀》，李国文的《花园街五号》，张贤亮的《男人的风格》等。这些作品全方位地描写发生在社会生活各个领域的改革，表达改革的迫切性、必要性，探讨改革中存在的种种问题，反映改革的艰难曲折，具有强烈的问题小说色彩和一定的社会批判品格。有的作品并不局限于反映改革事件本身，而涉及人们的文化伦理观念、情感世界等更深层的领域，呈现出更广阔更丰富的社会生活内容，比如《沉重的翅膀》《花园街五号》等。

何士光（1942— ），贵州贵阳人。1964年毕业于贵州大学中文系。代表作品有长篇小说《似水流年》，中篇小说《青砖的楼房》《草青青》，短篇小说《乡场上》《种包谷的老人》《远行》等，另有长篇小说《今生》。1980年发表《乡场上》而引人注目。《乡场上》通过对偏僻的山村梨花屯乡场一个极具寓言意味的短暂场景的描绘，折射出农民在农村经济体制改革前后漫长的精神历程，表现了改革使被饥饿扭曲了的灵魂得到伸展，使被贫穷抑制了的人生愿望得到满足，表达了经济翻身带来了农民精神的独立、人的尊严与价值的恢复这样的主题，包含了一个新的时代开始时知识分子对未来一厢情愿的美好愿望，这在当时的历史语境中具有相当的普泛性。

高晓声（1928—1999），江苏武进人，曾就读于上海法学院经济系、无锡苏甫新闻专科学校。先后在苏南文联、江苏省文化局、《新华日报》文艺副刊工作。1954年发表处女作短篇小说《解约》，1957年因与方之、陆文夫等江苏青年作家成立"探求者"文学社团而被打成右派，遣送回乡务农。复出后的作品主要表现对普通农民命运的关注。重要作品有短篇小说《"漏斗户"主》《李顺大造屋》《陈奂生上城》等。

高晓声继《李顺大造屋》之后，创作了以短篇《陈奂生上城》为代表的"陈奂生系列"短篇作品，深入地揭示了改革给中国农民的命运带来的转机和他们的心理性格所发生的变化。《陈奂生上城》通过陈奂生一次上城卖油绳、买帽子、住招待所等小事的描写，淋漓尽致地刻画了陈奂生勤劳朴实的品质和阿Q式的精神状态，表达了对农民"哀其不幸，怒其不争"的情怀。陈奂生的形象具有社会群体的文化审视价值，从塑造陈奂生这一形象开始，文化批判成了高晓声现实主义创作基本的表现形态。在揭示陈奂生的精神特征、塑造陈奂生这个具有高度典型性的人物形象时，高晓声有效地运用了几种方法，比如写陈奂生对数字的敏感，小说中多次写了陈奂生的算账，较为准确细致地把握了人物的精神面貌和形象特征，也显示了高晓声对农民的深切了解。另外，作品中对陈奂生在招待所房间的前后态度的描写，也十分深刻地表现了陈奂生这类人物"精神上的病苦"，表现了他们"精神奴役的创伤"。特别是小说结尾写到，因为坐过吴书记的车，"从此，陈奂生一直很神气，做起事来，更比以前有劲得多了"。作家用轻松、幽默而又节俭的笔墨，写出了陈奂生精神深处的奴性。

思考练习

1. 简述"伤痕""反思"小说创作的基本情况。
2. 试析改革小说创作的价值及时代局限性。
3. 分析陈奂生的人物形象内涵。

第三节 "人"的探索与小说艺术实验

  正如"五四"文学发端于人性解放的主题,"文革"后的文学一定程度上可以说是"人"的回归。经过十年"文革"乃至更长一段历史时期对"人"的轻视甚至虚化,人们深刻地感受到文学中"人"的失落与异化。新时期后文学最初对"非人"岁月的控诉,某种意义上也是对正常人情、人性的呼唤。70年代末到80年代初期,一批短篇小说,包括郑义的《枫》、刘真的《黑旗》、方之的《内奸》等,是较早对"人"的失落与异化进行反思的作品。而随着反思的日趋深入,作家们对人情、人性、人道主义的理解也更充分和细致。如果说在"伤痕"和"反思"文学创作阶段,人们还仅仅满足于对"非人化"关系的揭露和控诉,那么到80年代中期,相当一部分作家已经开始逐渐转入对人性的丰富、细微之处的触摸和刻画。这突出地表现在,文学开始摆脱政治话语的藩篱,回到艺术本体的视界中对"人"包括普遍的人性展开探寻。作家们不仅开始关注人性的深层,也热切地追求审美个性,文学在试图找回人性的同时,也试图找回久已失落的艺术个性。

  理论倡导、创作实绩和相关争鸣掀起了一股艺术创新的热潮,使得80年代中期成为中国文艺发展的重要变革期,一时间各种新观念、新主张、新实验、新形态的艺术作品纷纷出场,呈现出众声喧哗而又活力四射的文艺新局面。一般而言,人们习惯于用"寻根文学"和"先锋文学"来概括这一阶段文学创作的主潮,但就具体的创作而言,又会感到这种概括方法似乎难以完整而又区别化地适用于所有的作品。但我们似乎可以发现,无论是文化寻根还是先锋文学的艺术实验,都是以对"人"的深入追寻和表现而做出的不同艺术道路的选择。总而言之,"人"的书写既是出发点也是归宿,可以视为整体把握这一时期小说创作的一条颇为明确的线索。

一、地域文化视域和生命美学的多维探寻

  文化意识渗透于小说创作,80年代初就在一些作家的作品中或显或隐地存在了。如汪曾祺以苏北文化为对象写作的《受戒》《大淖记事》,贾平凹对"商州文化"的发掘,郑义对晋文化的描写,李杭育对越文化的反思,等等。但作为有意识、有理论主张的群体性思潮则是出现在1985年。这一年,"寻根"小说一些主将们或撰写文章,张扬"寻根"旗帜,如韩少功《文学的根》,阿城《文化制约人类》,李杭育《理一理我们的"根"》

《文化的尴尬》，郑万隆《我的根》等等；或以创作实绩践行这一文学主张，一时间声势如潮，猛烈冲撞着新时期的文坛，在1985年以后的两三年中形成了不懂文化毋论当代小说的风尚。在诸多文学研究者那里，"文化寻根"成为文学考察的巨大容器，强行纳入了许多"寻根"概念无法涵盖的作家作品，"文化寻根"小说也成为一个庞杂的家族。不过，纵观被称为"寻根"小说的作品里，实际上可以概括出两条文化探寻的维度，即地域文化书写和民间文化书写，而这两种维度又都贯穿着80年代小说对"人"的深入追寻这条思想经线。

80年代有许多重要的以地域命名的系列小说，表现出作家们对地域文化中集体无意识的探究热情，也是这一时期小说对"人"的深入追寻的突出表现。大体梳理如下：阿城的"三王"系列，包括《棋王》《树王》《孩子王》，以及"遍地风流"系列，以散文化、随笔化的手法，在时代氛围中抽象出独特的文化性格，注重从传统文化和人文精神的思想资料中寻找现代人的精神支撑。李杭育的"葛川江"系列，主要作品有《葛川江上人家》《最后一个渔佬儿》《沙灶遗风》等，描写古老的葛川江见证了吴越人家的生活变化，剽悍顽强、顽固愚钝的葛川江性格在历史沧桑中呈现出人格化的悲剧审美意蕴。郑万隆的"异乡异闻"系列，主要作品有《老棒子酒馆》《老马》《黄烟》《空山》等，"异乡"是一个汉族淘金者和鄂伦春猎人杂居的山村，作家企图借这个世界表现"一种生与死、人性与非人性、欲望与机会、爱与性、痛苦与期待以及一种来自自然的神秘力量"。李锐的"厚土"系列，主要作品有《眼石》《看山》《合坟》等，大都在日常生活瞬间的描摹中触及深层民族文化心理。此外，重要的系列小说还有贾平凹的"商州"系列、莫言的"红高粱"系列、冯骥才的"怪世奇谈"系列、林斤澜的"矮凳桥"系列、朱晓平的"桑树坪"系列等等。

在高涨的"文化热"浪潮中，虽然被称为"寻根"的作家们高举着对民族的历史文化重新发现和铸造的旗帜，但实际上他们的文化态度和艺术态度并不一致，有的认同民族文化，有的批判，或是对民族文化中某个层面的认同或批判；有的在叙述模式和语言上都向传统回归，有的则更多地以现代派手法表达对文化的态度。因为作家的创作旨趣和艺术取向的不同，地域文化书写大致可分为如下几种类型：其一是注重从民族历史和个体生命的原始状态中发掘民族精神的心理积淀，如韩少功的《爸爸爸》等作品；其二是注重从传统文化和人文精神的思想资料中寻找现代社会的精神支撑，如阿城的《棋王》、王安忆的《小鲍庄》等作品；其三是注重从民间文化和风俗习惯的历史遗传中发现生存活动的文化秘密，从而寄托某种民间审美理想、对凡俗生活的诗意追寻，或者表达个性化的生命沉思，如史铁生、张承志、汪曾祺、路遥等人的创作。

韩少功（1953—　），湖南长沙人。笔名少功、艄公等。60年代末曾下放汨罗县农村插队。早期代表作有《月兰》《风吹唢呐声》《西望茅草地》等，基本上采用写实的手法描写中国当代农村生活。1985年以后风格骤变，发表了《爸爸爸》《女女女》《归去来》《火宅》等，尤其是《爸爸爸》的发表奠定了他在"寻根"作家中的地位，同时也确立了他在整个新时期文学创作中的地位。

《爸爸爸》写的是一个叫乌的部落里的鸡头寨历史性的变迁。这是一个与现代文明绝对隔绝的"化外之地"，山寨里的村民们在极度自我封闭的环境中浑浑噩噩地苟活着，被一种原始而病态的思维把持着，弃绝外界的文明，因而愚昧地维护着祖宗的规矩。作者通过对一个山寨的象征性描写，对传统的畸形病态的思维方式和文化意识进行激烈的反思和批判。而这种反思和批判主要是通过丙崽这个形象达到的。丙崽是这个寨子里总是长不大的小老头，出生之后只会反复说两句话"爸爸爸"和"×妈妈"，这个畸形儿对外界的所有认识和判断都是用这两句话来表达。于是在丙崽的眼里，人们简单地分为两个类别：善与恶。而畸形的丙崽又恰好背离正常人的思维方式，于是小说出现了强烈的反讽色彩，鸡头寨里充满颠倒是非、混淆黑白的事。在丙崽及寨民身上弥漫着浓厚的愚昧、病态的精神意识和思维方式，容不得现代文明，甚至容不得异己，只有狭隘而卑琐的自我。

具有象征意义的丙崽显然暗示着我们民族文化中根深蒂固的劣根性，而鸡头寨里发生的故事无疑是富有现实意义的神话。小说基本上摒弃了作者早年熟练运用的写实手法，而以象征隐喻手法叙述。后来的诸如《女女女》《火宅》等没有超越《爸爸爸》，无论是思想深度还是艺术功力都有相当的差距。长篇小说《马桥词典》是韩少功90年代的重要作品。小说收集湖南汨罗马桥人日常用语作为词条，索引出一个村寨历史的文化变迁以及人的生存情状。

尽管有人将韩少功划为楚骚文化的后继者，但其实他鲜有楚骚文化中那般狂放不羁、奇思诡想的浪漫风采，这一点只要和沈从文一比较就可以明白。韩少功小说中也有奇幻感，但那是基于一种现代人强烈的理性意识。如丙崽，如云姑，如鸡头寨等等，都贯注了作者浓烈的理性意识，他主要是用文化理性把握世界而艺术悟性相对较少。

王安忆（1954—　），女，福建同安人，生于南京。1955年随母茹志鹃到上海。初中毕业后到安徽五河县插队，两年后考入江苏徐州地区文工团，在乐队拉大提琴，1978年调回上海。1976年开始发表作品。在20多年间，王安忆一直多产而活跃，已出版中短篇小说集多种和长篇小说多部。其早期创作以"雯雯"系列为代表，《雨，沙沙沙》等一系列作品以纯净、优美而引人注目。《流逝》《命运交响曲》等作品则显示着王安忆创作天地的拓展。"三恋"（《小城之恋》《荒山之恋》《锦绣谷之恋》）和《岗上的世纪》，表达了王安忆这时期对男女之情的探索和思考。

王安忆的创作，某种意义是对母亲茹志鹃创作特色的继承和发扬，善写"家务事""儿女情"，关注普通人的命运，以同情、体贴的心态把握普通人的内心律动，通过细节刻画表现人物的灵魂。在王安忆的创作中，"上海书写"是不容忽视的一个重要现象，在她的笔下，上海总是或虚或实地构成故事叙述的重要背景，她对"上海"这座城市的文化、历史、城市景观的深耕细作，挖掘并塑造了一种与文本本身交织互映的特殊气质。因而，常有人把王安忆与现代文学史上的张爱玲作比较，也有人把王安忆称为当代海派文学的继承者。

中篇小说《流逝》是最能体现王安忆80年代创作特色的作品之一。《流逝》写一个资本家家庭在"文革"中和"文革"后的命运遭际，精心刻画了长房儿媳欧阳端丽的形象。张家本是上海的资本家，"文革"前还能靠"定息"过优越的生活。作为张家"少奶奶"的欧阳端丽，虽大学毕业却拒绝到外地工作，在家过着晚睡晏起、养尊处优的日子。"文革"开始后，欧阳端丽担负起了支撑全家生计的重担。在整整十年的时间里，欧阳端丽从一个逍遥自在的少奶奶变成了一个精打细算、克勤克俭的小市民，备尝生活的艰辛。"文革"结束后，十年停发的"定息"和工资得以补发，张家一夜间又富有起来，十年前的生活又恢复了。然而，欧阳端丽却无法恢复十年前的感觉，对朝朝寒食、夜夜元宵的生活甚至颇不适应，并怀念起"文革"十年间的苦中之乐，怀念起那艰辛中的充实。小说用一系列精彩的细节把欧阳端丽微妙的心理活动表现得意味深长，同时也把一个典型的上海女人世俗与精致并存的复杂面貌刻画得栩栩如生。

进入90年代以后，王安忆除发表了《叔叔的故事》《我爱比尔》《乌托邦诗篇》等中篇小说外，还创作了《纪实与虚构》《长恨歌》《富萍》《上种红菱下种藕》等长篇小说，其中《长恨歌》产生了较大的影响。

张承志（1948— ），原籍山东济南，生于北京，回族。1968年高中毕业后到内蒙古东乌珠穆沁旗插队。1972年入北京大学历史系考古专业学习，1975年毕业，到中国历史博物馆考古组工作。1978年考入中国社会科学院研究生院，1981年毕业，获历史学硕士学位，分配到中国社会科学院民族研究所从事北方民族史和蒙古文研究。1981—1982年在日本东京大学进修。1978年发表小说处女作《骑手为什么歌唱母亲》，引起文坛注意。80年代主要作品有中篇小说《黑骏马》《北方的河》《黄泥小屋》和长篇小说《金牧场》等。

张承志曾以知青身份在内蒙古草原当过四年牧民。草原生活是张承志80年代基本的创作题材。在回首草原生活时，张承志满腔怀念、依恋和感激，因为正是在草原上，在马背上，在那些母亲般的蒙古额吉的怀抱里，作者完成了自己的"精神成人"。《黑骏马》是这方面的代表性作品之一。小说有一个爱情故事的框架，但主旨则"描写的是在北国，在底层，一些伟大的女性的人生"。小说的结构别具匠心，它以内蒙古草原古朴的民歌《黑骏马》结构全篇，每节歌词与一节小说相呼应，并控制其内容和节奏。古老民歌的旋律与小说的叙述融为一体，使小说别具韵味。张承志的小说被称作"诗化小说"，不过，张承志的小说不是那种以空灵淡远为特征的、绝句式的"诗化小说"。强烈的风情、音乐般的旋律、油画般的意象，是张承志小说的基本特征。所以，也可以说张承志的小说是"音乐化小说"或"油画化小说"。例如，《北方的河》写主人公大学毕业时决心报考人文地理专业研究生，他在从新疆返家途中，考察了无定河、黄河、湟水、永定河等多条北方的河。小说激越、昂扬，对北方河流的描写形神兼备，被称为"大地和青春的礼赞"。1987年，张承志发表长篇小说《金牧场》，某种意义上是作者此前中短篇小说的集大成之作。

路遥（1949—1992），陕西清涧人，出身于贫困的农民家庭。1973年进入延安大学中文系学习，开始文学创作。代表作品有《惊心动魄的一幕》《人生》《在困难的日子里》《平凡的世界》等。《人生》和《平凡的世界》引起较大反响，曾被广大青年读者视为精神和心灵启示录般的读物。

路遥的小说多写"城乡交叉地带"的生活。作家本人经历了从农村到城市的身心位移，并将这些深刻的人生体验融入两部重要作品——《人生》和《平凡的世界》中。中篇小说《人生》中，农村青年高加林从巧珍姑娘的爱情中走出，渴望能够成为彼岸世界的一员；最终又不得不断绝了与城市姑娘黄亚萍的爱恋，回到自己的黄土地，匍匐在德顺爷爷的脚下，手抓黄土，发出一声"我的亲人哪……"的呼喊。尽管对高加林悲剧性的人生道路倾注了极大同情，作家依然清醒地刻画出了他内在的矛盾，在揭示人生悲剧的社会因素时探及人物的性格因素。新与旧、自卑与自尊、追求与退缩、驯良与愤怒……种种行为和个性矛盾地统一在高加林的身上，塑造了80年代城乡文化交错地带的"这一个"。在真正以生命铸就的长篇巨制《平凡的世界》里，通过孙少平的形象，作家尝试给高加林们指出一条出路。孙少平、孙少安兄弟的奋斗史表现了作家的思辨过程。今天再来看这部小说，孙氏兄弟两种奋斗道路的时代局限已经十分明晰。然而，作家以整个身心体察的生命与爱、苦难与意志流淌在诗意的叙写中，作品也由此成为中国当代文学的重要收获。

值得注意的是，路遥身后，90年代后半期，城乡接合部的生活状况再次进入了作家们的表现视野，这就是所谓"现实主义冲击波"。但是，相对于路遥对人性与诗性探察相结合的努力，后继者的创作已经失去了许多宝贵的东西。

史铁生（1951—　），生于北京。1967年毕业于清华附中初中，1969年到陕北延安地区插队。1972年因双腿瘫痪回到北京，曾在街道工厂工作，后因又患他病，回家休养。早期有《法学教授和他的夫人》《午餐半小时》《阳光照不到的角落》等作品发表在当时的民间刊物《今天》，后有《我的遥远的清平湾》《奶奶的星星》《命若琴弦》《一个谜语的几种简单的猜法》《在一个冬天的晚上》《我与地坛》（散文）《务虚笔记》等作品备受瞩目。

史铁生的前期作品以发掘自我记忆为基础，描述出他所体验的独特的"爱"与"美"支撑的世界。短篇小说《我的遥远的清平湾》是返城知青"我"对插队生活的深情回忆，作品以散文笔法、抒情语调描绘了清平湾的三度空间：四季更迭中的贫瘠的黄土高原、陕北那片土地上农民的生存状态以及他们的心灵世界。小说通过陕北老人白老汉维系了"我"的清平湾印象，白老汉在简约、真挚的叙述中极富立体感。史铁生常以亲情、友情等搭建叙事框架，将纷繁的社会历史变迁推到背景，如《奶奶的星星》，就是以单纯的儿童视角描述了"奶奶"，又以"奶奶"的一生折射了一个社会、一个时代。

在80年代中期的"寻根文学"潮流中，史铁生开始显出自己的与众不同。以短篇小说《命若琴弦》为标志，史铁生进入对人本困境的深切追问。此后的作品，很鲜明地显示出他是一个很特异的作家，一个有着独特价值的作家。因为身体的原因，史铁生以异于常人的细腻和深刻表达着对生与死、对生命意义的探寻。这也使得对生与死的思考构成了他作品的基本主题。

汪曾祺（1920—1997），江苏高邮人。1939年考入昆明西南联合大学中文系。在校期间深受在该系任教的沈从文影响。40年代开始发表小说，80年代以《受戒》《大淖记事》《陈小手》等作品令文坛瞩目。

在人生态度上，汪曾祺崇尚宽容、随便，厌恶生活中不必要的清规戒律。他充分肯定合理、正当、健康的世俗欲望，相信人生的意义就存在于此岸的日常生活中。这种人生态度反映在小说里，就是特别善于在凡俗生活中发现诗意。而另一方面，对超凡脱俗的东西，对不带人间烟火气的东西，汪曾祺往往无法亲近、敬而远之。在文学传承上，汪曾祺则深受晚明以来性灵文学的影响，同时也从西方文学中吸取了营养。这形成了汪曾祺小说艺术风格兼具中国式民族特色和西方现代小说技法的特点。

散文化是汪曾祺小说结构的突出特色。《受戒》即十分鲜明地呈现出人物"散"、故事"散"、结构"散"的结构追求。小说故事主线写明海与小英子的故事,但并非把笔墨主要花在二人身上,还写了庙里的几个毫无清规戒律的和尚,写了小英子一家人,故事没有什么中心情节,不过是些日常琐事,在仿佛信马由缰的散漫叙述中,又不断节外生枝、牵藤扯蔓,然而虽然经纬万端,却又并不杂乱无章。不难看出汪曾祺在结构上的苦心经营。而这种散文化的方式营造出来的温馨、和谐的整体氛围,又与小说的主题思想相得益彰,小说"写的是美,是健康的人性"。汪曾祺自述《受戒》是他"这样一个 80 年代的中国人的各种感情的总和"。小说用散文化的结构和诗意的语言,创造了一幅清幽淡泊的中国山水画的意境,而突出礼赞的则是氤氲在世俗生活中的健康、自由、纯正的人性美和人情美。

二、先锋精神与现代小说实验

1985 年是文学发生重要变化的年份,后来所谓的"先锋小说"创作潮流,在这一年开始初露端倪。刘索拉、徐星、残雪、莫言、马原、扎西达娃、洪峰以及稍后出现的余华、苏童、格非,开始发表或者酝酿他们的"新潮"作品。不过在此之前,文坛上已经开始了颇为热闹的现代主义艺术观念和小说创作的具体实践了,这可以视为"先锋文学"出场的前奏和准备。

80 年代初期,大量的西方文学、哲学与艺术著作被译介进来,显示出文坛和学界对现代主义文艺的强烈兴趣。西方现代派文化的进入,对作家们的震动与启示是十分巨大的。徐迟的《现代化与现代派》一文,引发了一场有关"现代派""现代主义"的大争论。在此前后,王蒙、茹志鹃、谌容等作家运用意识流、荒诞超现实等叙述手法进行创作,显示了作家们有别于传统现实主义文学对叙事技巧的探索。这些 80 年代早期的探索小说虽然还不成熟,但无疑给文坛带来了创新的生气,对 80 年代中期先锋作家们的出场具有启示价值。

与"寻根"小说由现实问题转向历史文化不同,先锋小说家们所表现的一些思想观念和情感状态,就是急剧变动的现实生活的精神产品。20 世纪 80 年代中期,改革开放的深入发展使人们的思想情感经历了一个前所未有的复杂变化,这种复杂变化有许多方面甚至与西方人对现代社会的复杂经验有相似之处。这种对于现实的超常经验就使得一部分作家,尤其是那些敏于感受、长于思索的青年作家,开始以西方现代主义小说的手法和技巧进行艺术表达的最初尝试。与此相适应的是,另一部分青年作家则企图使当代小说的叙事观念同时也发生一个革命性的变化。因此，这期间的另一批作家更多地热衷于小说的叙事方式和叙事技巧的革新尝试。这种革新尝试同样也接受了西方现代主义小说的影响，是现代小说的形式革命在本时期小说创作中的重要表现。这些具有"现代派"特色的小说创作，是小说艺术革新的重要收获，它不但给当代小说带来了一些全新的叙事方式，而且改变了当代小说的艺术观念，使当代小说在注重"写什么"的同时也注重"怎么写"的问题，使形式革命也成了当代小说一个重要的艺术课题。

不过，这一时期的新潮小说只是接受了西方现代派小说的艺术影响，并未真正形成一个艺术流派，也不是西方现代派小说在中国的艺术分支，因而，一般称为"先锋派"新潮小说。同时，又根据作家们对西方现代派文学的选择和所接受影响的性质与来源，以及在创作中对这种影响的融合与转化的不同表现，将这一创作群体分为"前先锋派"和"后先锋派"。

所谓"前先锋派"，是指对西方现代主义文艺思潮的引进基本上着眼于20世纪中叶以前的诸流派，包括象征主义、荒诞派、意识流、表现主义、超现实主义、存在主义、"垮掉的一代"等，也称为"前现代主义"。在充分注重艺术形式的反传统性以外，更重要的是表现了现代人的反理性和荒诞生存的抽象观念。中国青年先锋派的这些小说，基本一致地体现出这一总体倾向，侧重于运用现代派手法表达作家对社会人生复杂的经验和感受，具有十分明显的理念化倾向。所以我们不妨对应地称之为"前先锋派"，代表作家包括刘索拉、徐星、莫言、张炜、张承志等，稍后出现的青年女作家残雪是"前现代主义"倾向的集大成者。

所谓"后先锋派"，是指同时期出现的另一路青年先锋派作家，他们更多接受20世纪五六十年代之后西方现代主义文学的艺术倾向影响，以神秘主义尤其是语言哲学、现象哲学为其思想基础，用绝对反艺术（反传统艺术）的形式来表现既不同于现实主义文学又与"前现代主义"相异的种种主题，具有更神秘化、更抽象化、更非人格化、更形式主义化的反艺术精神。代表作家包括80年代中期的马原、洪峰、扎西达娃，以及80年代末期出现的更年轻且更具有后现代主义倾向的格非、余华、苏童、孙甘露等人。

进入80年代后期，先锋派小说也暴露出创作上的弊端，主要表现是"预支"现代观念，追求极端的形式化，因而在艺术表现上或给人以牵强附会之感，或陷入玄奥艰深的迷途，背离了读者的阅读期待。作为一种创作潮流，无论是历史文化的"寻根"，还是先锋性的艺术形式革命，都验证了现代主义艺术实验道路难以为继。

刘索拉（1955— ），女，籍贯陕西，生长于北京。1978年初考入中央音乐学院作曲系，毕业后在中央民族学院任教。代表作品有《你别无选择》《寻找歌王》《蓝天绿海》等。刘索拉以处女作《你别无选择》（1985年获全国优秀中篇小说奖）跻身新时期优秀作家之列，获得了较之她的作曲更高的荣誉。小说以一所音乐学院为背景，描写一群貌似放诞不拘、骚动狂妄的学生们的学习和生活。在旁人看来，这群音乐学院学生无疑是天之骄子，只要学习努力，信奉师长的学说，循规蹈矩，前途将锦绣灿烂。然而他们却不安于现状，充满了痛苦和骚动。孟野、森森们不满传统卫道士、不会作曲只会照搬教条理论的贾教授做一个规规矩矩的音乐家的教诲，在充满原始生命和个性生命的世界寻找着"妈的力度"、音乐生命的源头和现代人生的感觉；李鸣厌倦传统的艺术教育格局，始而想退学，继而又每日蒙头大睡消极地逃避；小个子到国外去寻找新的天地，尽管前景未卜仍坚持"去找找看"；戴齐、董客、"懵懂"、"时间"……都以各自的方式寻找着属于自己的价值。对传统文化规范的挑战以及这群艺术浪子身上敢于创新的精神，构成了小说最有意义的部分，流贯在他们身上的是这样一种信念：用自己的思考和行动寻找自我存在的方式和价值。

但在以传统为基础的社会格局和思想格局中，他们似乎"别无选择"，只能依照习惯给予的方式作曲乃至生存。这就构成了小说里两种观念形态的冲突。毫无疑问，作家充分运用她的音乐思维，将诸种冲突以主题旋律形式纳入这部现代交响乐之中，采用一系列不谐和音符反复将主题冲突呈示和展开，最后在一个轰响明亮的音符上砸出一个现代主题：森森的曲子终于在国际比赛中获奖，李鸣告别了他的被窝……小说在清晨的阳光和莫扎特辉煌的交响乐中结束。显然，这群艺术浪子不是西方文学中屡屡出现的"多余人""局外人"，或者"迷惘的一代""垮掉的一代"。从这个意义上说，《你别无选择》又摆脱了西方现代派"黑色幽默"和荒诞派的观念，更多地融入了比较乐观的理想主义色彩。

正如有人指出的那样，《你别无选择》对美国现代作家约瑟夫·海勒《第二十二条军规》和荒诞派文学有较浓重的借鉴。恰如那条无形的军规，音乐学院的艺术浪子们也无法摆脱那个无所不在的"功能团"。此前有宗璞等作家采取荒诞形式，但仅是以荒诞形式表达并不荒诞的世界，《你别无选择》则是以荒诞形式表达荒诞世界，这既是对西方现代派的直接借鉴，又开启了新时期小说中最早的荒诞派文学。小说用一种情绪、一种心态构思，打破传统的故事情节性结构，充满了音乐流动感的手法都是属于刘索拉自己的。

徐星（1956— ），北京人。1976年中学毕业后到陕北农村插队，1977年参军，

1981年复员后到北京和平门烤鸭店当服务员。徐星的《无主题变奏》在表现现代音乐那种迷惘彷徨的情绪上似乎比刘索拉走得更远。正如小说主人公所说的那样："我搞不清除了我现有的一切以外，我还应该要什么。我是什么？更要命的是我不等待什么。"小说主人公"我"离开了大学，独自进入社会。在"我"的眼中，什么也没有比实现自我价值更有意义。当女友老Q反复规劝"我"去学校报考时，"我"和她分手了。"老Q！我只想做个普通人，一点儿也不想做个学者，现在就更不想了。我总该有选择自己生活道路和保持自己个性的权利吧！"在这个天地里，充塞着永远用不准时态的"现在时"，附庸流氓的"伪政权"，假装正经的老G等等俗不可耐的人群。小说给了我们一个世人皆醉而"我"独醒的画面。无疑的是，"我"也不是一个"多余人""局外人"，不是"迷惘的一代""垮掉的一代"，尽管小说开篇即通过"我是什么？"等表现了一种对人生的困惑，但通篇里"我"的言行分明知道"我是什么"，更知道"我"等待着什么。

整篇小说的立意、故事结构、人物形象，甚至人物语言都受美国现代著名作家塞林格《麦田里的守望者》的影响，在"我"的身上无疑有霍尔顿·考尔菲德的影子，他们都是离开学校步入社会，用迷惘的眼光打量这一切，甚至那满嘴秽语都可以证明这一事实。不过，尽管孟野、李鸣等和"我"的身上都有尤·考尔菲德的影子，但本质上仍然属于中国当代青年；尽管小说的观念受"黑色幽默"和荒诞派的影响，但展现的仍然是中国当代生活。如果我们以宽容的眼光审视这一转折时期、旧的价值观念正在倒塌而新的价值观念尚未确立的时代里的模仿行为的话，那么我们的评论会公允得多。

残雪（1953— ），原名邓小华。原籍湖南耒阳，生于长沙。1966年小学毕业。四年后进长沙一街道工厂当铣工十年。后退职自学缝纫，以此为生。1985年发表第一篇作品。主要作品有《苍老的浮云》《山上的小屋》《阿梅在一个太阳天里的愁思》《黄泥街》《污水上的肥皂泡》等。这些作品将阴森恐怖的现实环境、莫名其妙的梦呓谵语、怪异丑陋的人物行为交织在一起，真实世界的逻辑从而在作者的笔下变得支离破碎。《苍老的浮云》描述更善无与慕兰、虚汝华与老况两对夫妻同床异梦，互相猜忌，不是夫妻的两个男女却又有着心灵感应，异床同梦；女儿挑拨父母的关系，父母算计女儿的生活。这些人似乎无一不是精神病患者，他们像鬼魂一般四处穿梭。《山上的小屋》中的"我"，无时无刻不处于精神恐惧的幻觉中，认为父亲成了一群狼中的一只，整夜围着"我"的屋子嚎叫奔跑，经常用发着绿光的狼一样的眼睛窥视"我"，在他的窥视下。"我"的皮肤发麻而且生出了一粒粒小疹子；母亲总是预谋要弄断"我"

的胳膊,而且趁"我"不在时将"我"的抽屉翻得一团糟。在残雪的笔下,人与人之间,哪怕是父母子女这样的家庭成员之间都充满了嫉妒、戒备、冷漠、猜忌、虐待与仇恨,在这里,作家把人性中丑恶的一面通过怪诞的手法展现了出来,人一旦被剥去理性的画皮,就会呈现出一副困兽之像。残雪似乎要将人的生命本性定位为荒诞和丑陋,唯有用荒谬变态的非理性行为来描述才足够准确。残雪的小说明显地受到西方现代主义艺术的影响,使用夸张的非理性手段来彻底否定理性的价值。

马原(1953—),辽宁锦州人。中学毕业后下乡插队。1978年考入辽宁大学中文系,毕业后进藏,任记者、编辑多年。1982年开始发表小说,有一系列以西藏的现实、历史、文化为叙事背景的作品。这个"西藏系列"小说在1985年以后陆续发表,包括《冈底斯的诱惑》《错误》《拉萨河女神》《虚构》《拉萨生活的三种时间》《喜马拉雅古歌》《叠纸鹞的三种方法》等,除此之外,他还有《上下都很平坦》《西海无帆船》等作品。

对小说叙述方式的探索,是为了更好地表达作者独特的人生体验和社会感受。然而,在80年代中期的先锋小说潮流中,一些作家将叙述实验不同程度地变成了"叙述游戏",叙述什么变得无足轻重,怎么叙述则成了小说的一切。这种"为叙述而叙述"的倾向在马原、扎西达娃、洪峰等作家的创作中表现得最为典型。

马原的"叙述游戏"主要受到欧洲、拉美小说家创立的"元小说"模式的影响,在这一模式里,小说是一种能指与所指、想象与实在之间的游戏,读者会恍然领悟到小说是语言叙述出来的,小说的真实性已经被延伸到文本之外。另外,马原的小说常常设置一个叙述者的形象,这个人在小说中既是行动的参与者,又是故事的讲述者,或者干脆只是故事的讲述者,不在故事中承担任何角色。这个叙述人的设立警醒读者:人在历史情景叙事中的作为是大可被怀疑的,就这一点而言,作家与其他人并没有任何价值的等级差别。而所谓的文学作品,其意义在于它们的叙述行为本身,而绝不在于它们所叙述的对象——人物或事件。换言之,马原在讲故事中,看重的是"讲",而不是"故事";或者说看重的是故事本身,而不是故事的意义。比如,《冈底斯的诱惑》中,马原把剧作家、陆高和姚亮、穷布与野人以及顿月、顿珠、尼姆几个各不相干的故事和人物,拼贴在同一部小说的结构框架中。《拉萨河女神》也是如此,小说的七个章节分别讲述了没有任何因果联系的几个事件,完全由一些随机性事件漫不经心地拼贴在一起,这使传统小说的组织结构方式受到了极大的挑战。

苏童(1963—),原名童忠贵,祖籍江苏扬中。1984年毕业于北京师范大学中文系。主要作品有《一九三四的逃亡》《妻妾成群》《我的帝王生涯》《罂粟之家》

《红粉》《飞越我的枫杨树故乡》《米》等。《一九三四的逃亡》描写一个陈姓家族苦难深重的历史。小说从"我"的视角展开整个叙述,但"我"又似乎是个不负责任的代言人。在小说中,"我"总是随便进出故事,一会儿一本正经地叙事,一会儿又以导引读者的身份出现,提醒读者不必沉溺于故事之中,而要与故事保持距离。苏童在写作中不断破坏作品结构的完整性。他喜欢写历史故事,而又好像故意放弃传统历史小说"再现历史"的观念和做法,主张打破历史的所谓权利化的"真实",充分发挥自己的想象力,以一种对话的姿态处理历史,表现出一种民间化和个人化叙述立场。进入90年代以后,苏童小说也有一次剧变,即回到传统的写实主义,并且创作出了《妻妾成群》一类颇具通俗意味的作品。

三、遁入世俗的生存书写

1985年前后,一批被批评界冠以"新现实主义""后现实主义"的作品相继问世,其中包括方方的《风景》、池莉的《烦恼人生》、刘恒的《伏羲伏羲》、刘震云的《一地鸡毛》等。事实上,"新写实"的最终命名更多地得力于理论界。江苏省的《钟山》杂志于1989年第3期起设立了"新写实小说大联展"栏目,倡导"新写实"小说创作,从而结束了此前有关"新现实主义""后现实主义"的名称之争,使得"新写实"成为一个被普遍使用的概念。

这批"新写实"小说不再以旧有的思想体系对历史和现实进行阐释,并在写作观念和艺术形式诸多方面揉进新鲜质素,呈现出清新自然之风,在评论界引起颇多关注。"新写实"小说是现代主义小说的艺术实验走向衰落之际,纯文学小说内部产生的一种"反拨"此前种种极端偏向的艺术趋势。就其创作方法的属性而言,是属于现实主义的,但它并没有完全否定80年代中期以后小说创作中的现代主义艺术实验,而是抛弃了其中的某些极端偏向,将诸多合理因素融入现实主义的创作方法。这种融合现代主义的新的现实主义小说形态,表明新时期小说创作在经历了一个曲折的艺术探索行程之后,正在走向艺术上的完善和成熟。

"新写实"小说创作注重写实性,因为作家取材方式和追求写实的艺术途径不同而有不同的表现。就影响较大和较有成就的作品而言,主要有以下两种类型:一是注重对生存欲望和生命本能的表现,突出的代表作家作品是刘恒的《狗日的粮食》《伏羲伏羲》和方方的《风景》;二是注重对生存状态和生活本相的还原,池莉的《烦恼人生》和刘震云的《一地鸡毛》是主要代表。

总体来看，"新写实"小说的创作呈现出较为新颖的美学风貌，主要包括这样几个特征：第一，强调"零度情感"的介入，隐匿作者的主观题旨。在作品中，真实性不再有精心提炼和加工的痕迹，而更多出自对生活原生状态的直接临摹。第二，不再将小人物塑造为"普通英雄"，而是还原其庸常平凡的中性状态，无所谓褒贬，消除了"英雄"存在的任何痕迹。第三，注重挖掘人物的潜意识层面，解构"崇高"的悲剧美学观。另外，特别需要强调的是，"新写实"作家群的构成非常复杂，作品的精神含量和艺术价值往往相差很大。刘震云、刘恒、方方、池莉、叶兆言、苏童、李晓等一批风格各异的作家，都先后被纳入"新写实"的旗下。这也表明"新写实"并不是严格意义上的文学流派，只是一个具有类似创作倾向的松散集合体。

刘恒（1954— ），北京人，原名刘冠军。1969年应征入伍，1975年退役，曾做过钳工。1977年发表小说处女作。著有《狗日的粮食》《白涡》《伏羲伏羲》《虚证》等作品，在"新写实"作家群中风格较为独特。其作品大多注重对人的基本生存欲望的关注，强调人的生理因素对人物命运的支配，强调人的动物性所包含的勃勃生机与杀气。

《狗日的粮食》和《伏羲伏羲》分别从食与色两个方面，探讨了严酷的生存环境下人的本能会遭遇怎样的异化与冲击。在虚拟的故事背景中，食与色因为荒芜的物质环境和精神世界而膨胀成唯一触手可及的生活乐趣，它们以无法抗拒的力量摄取了主人公生活的重心。瘿袋女人为粮食而生、为粮食而亡。她生活的中心就是如何不断地攫取粮食，当她丢失了粮本———一家人的命根子之后，死亡成为她必然的归途（《狗日的粮食》）。杨天青与菊豆在爱欲中摆脱了各自生活中的苦难与压抑，品尝到生命的升华与永恒，但同样也是爱欲将他们打入命运的底层，他们的儿子杨天白成为一枚复仇的苦果，为他们的生活投下了沉重的阴影，悬终将杨天青逼入死亡（《伏羲伏羲》）。刘恒在文本中没有为食色这样的人类最基本的生存意识涂抹上社会意义的色彩，而是力图在一种原初的生存意义的基础上，探寻人类的生理本能。当然，这种对人的生理本能的极端化探寻并没有完全脱离现实语境，作家的批评视角也触及当代农村生存环境的恶劣困窘、传统文化心理的因循守旧，以及由此引发的人格畸变、人性扭曲等方方面面。

刘震云（1958— ），河南延津人。1973年应征入伍，1978年退役。1982年毕业于北京大学中文系。主要作品有《塔铺》《新兵连》《单位》《一地鸡毛》《官场》《官人》等，新世纪以来有长篇小说《手机》《我叫潘金莲》《一句顶一万句》等，产生了较大影响。刘震云是"新写实"小说的主要代表作家。他着眼于被体制或日常生活所挤压的普通人压抑自我、泯灭个性的过程，以冷峻的叙事笔调，揭示日常生活意识形态如何以它巨大的腐蚀性和消解力介入并规范每个普通人的私人生活。其冷峻与反讽相结合的叙事态度，折射出作家还保留着若干传统现实主义文学的批判精神。

《一地鸡毛》和《单位》是"新写实"的"经典"文本。小说中的小林夫妇曾经是一对不谙世事、单纯诗意的大学生，自从他们走出浪漫的校园进入工作、家庭之后，日常生活显示出巨大的融合与侵蚀能力，理想主义的光芒相形之下不堪一击。单位里阴暗、琐碎的人际关系，老家来人，与保姆吵架，孩子入托，调动工作……这些琐碎得不能再琐碎的生活碎片竟然彻底改变了小林夫妇的一切。日常生活以"存在就是合理"的价值体系，毫不留情地摧毁了精神乌托邦存在的可能性与必要性。于是原本还保存了一些个人性追求的小林夫妇逐渐向日常生活的世俗性低头，"淹没在黑压压的千篇一律千人一面的人群之中"。小林夫妇逐渐"成熟"、逐渐为社会规范体系接纳的过程，也就是他们的精神生活逐渐被抽空、个性日益消泯的过程。刘震云以冷静客观的写实笔法，通过一些平常人都会遭遇的日常琐事，刻画出一个真正令人无言以对的悲剧。

方方（1955—　），女，原名汪芳，江西彭泽人，1957年随父母迁到武汉，1982年毕业于武汉大学中文系。主要作品有《风景》《祖父在父亲心中》《行云流水》《桃花灿烂》等作品。其风格多变，自《白梦》《白驹》《白雾》起开始关注普通人的灰色生活。1987年发表的《风景》是"新写实"的代表作。

方方的情感取向最接近自然主义的态度，她的《风景》以冷静得近乎冷酷的语态详细描绘了一个最底层家庭的挣扎与奋斗，对底层生存困境的还原深刻而具有探索性。方方选择了以一个死者的口吻来叙述这个故事，在一种极端强化的不动声色、冷静客观的叙述中，生存状态的真相赤裸裸地显露出来。她有意摒弃了主体的观念评判倾向，也在很大程度上抛弃了以往的意识形态内容，尤其是权力政治意识的遮蔽，舍弃简单的认识模式及道德评判，传达出一种源自民间的生存意识。方方的小说开拓出一种写作的新空间——对现实底层生存状态的关注，她的作品激起了人们对生存本身的文化思考，并将一种崭新的生存意义上的民间尺度带进了人们的价值判断体系，从而冲淡了经典现实主义文本中常见的过于意识形态化、哲学化的知识分子式的表述。方方隶属新写实的作品虽然不多，但是《风景》以自然主义的强悍写实笔触和其中潜藏的批判性，为诸多评论家所重视。

池莉（1957—　），湖北仙桃人，1974年高中毕业后成为下放知青，1976年就读于冶金医专，1979年毕业后任职于武汉钢铁厂卫生处，在此期间对产业工人生活有深入了解，促使她创作了成名作《烦恼人生》。主要代表作品有"人生三部曲"（《不谈爱情》《太阳出世》《烦恼人生》）《生活秀》《来来往往》《小姐你早》《有了快感你就喊》等。

池莉的小说被认为是"新写实"小说中最注重表现生活的原生状态的作品。《烦恼人生》记述一个普通工人一天之中的生活细节和生活感受，《不谈爱情》和《太阳出世》分别描写恋爱结婚和婴儿出世，初为人父、人母的人生经历，都没有大起大落的情节和大悲大喜的遭遇，不过是一些人皆身历、人皆心受的琐屑的日常生活和平凡的人生过程。作品用一种近乎自然主义的描写和类似于"生活流"的结构，把这些琐屑的日常生活和平凡的人生经历呈现在人们面前，使之与生活的本来面貌达成一致，接近生活的本色状态，因而具有很强的真实感。正是通过这种方式，作者把向来在文学作品中描写的理想的生活和生活的理想还原成生活的本来样子和本真色彩，让人们从中品尝酸甜苦辣俱备的而不是仅有甘洌甜美的生活滋味，从中体验喜怒哀乐兼有的而不是仅有喜悦欢欣的生活感受。也只有从这种真实的而不是虚幻的、实在的而不是想象的生活中体悟到的生活意义才是最接近生存本义的。池莉用类似于佛家的"平常心"对待这些平常人物的日常生活和平凡经历，让人物细细地体味生活的滋味和人生的意义，同时在描写这些平常人物的平凡生活时，也描写了他们从中获得的人生感悟和人格升华，因而具有很深切的启示。

思考练习

1. 简要概括"寻根"小说的创作维度。
2. 结合作品谈谈对"先锋派"小说作品的评价。
3. 结合作品分析马原的叙述实验特征。
4. 简述"新写实"小说的创作特征。

第四节　多元并存的文学景观

20世纪90年代文学的发展，面临着社会主义市场经济的生存环境，经历了一个从仓促应对到自觉回应的历史过程。这一阶段小说的创作并未直接沿袭80年代末的"新写实"浪潮，而是根据新的历史情境，重新做出选择和调整。小说发展面貌主要有以下几个方面。一是文学的传媒和载体纷纷改旗易帜、改弦更张，希图以一个全新的面目走向市场。在这种情况下，大批文学报刊为了适应市场经济的生存环境，纷纷由纯文学性质改变为综合性的文化刊物，对文学创作特别是小说的艺术形态提出了通俗化要求，客观上助长了小说创作的商业化倾向；二是作家作品纷纷实行商品化包装，以求迎合商品化时代读者新的文化口味和阅读兴趣，过度的包装将已经高度商品化的现代通俗文学最富感官刺激性和诱惑性的情节要素，尤其是性和暴力融入纯文学情节之中，成为不可分割的组成部分，同时对作家进行包装，造成举凡作家的年龄、性别、经历乃至私人生活都成为附加的卖点，小说创作的庸俗化现象堪忧；三是市场化消费文学潮流的勃兴，刺激了娱乐消闲和快餐文学类的作品大量涌现，比如依附通俗文学的一些衍生创作，低俗的"下半身"写作，跟影视产业组合而生的"大话文学"泛滥的都市写作，无厘头的历史奇幻小说等等。

尽管如此，90年代小说创作仍然在无序的文学市场化乱象中呈现出前所未有的活力和繁荣局面。尽管全面而有效地清理这一时期的创作全貌存在困难，但有一些突出的小说创作成就值得我们重点关注。

一、长篇小说的重要收获

90年代文学创作的发展并不十分平衡，就小说这一文类而言，长篇小说无疑得到了长足的发展，取得了重要的收获。80年代的文学创作特别是长篇小说创作的活跃积累了丰富的经验，为这期间长篇创作的繁荣发展做好了艺术准备，奠定了艺术基础。加上这期间提倡文学创作"三大件"的推动和深入扩大的文化市场对于长篇作品的需要，长篇小说脱颖而出，一枝独秀，不但在产量上为过去年代所不可企及，而且其中的优秀之作在质量上也达到了新的高度。

较具代表性的长篇小说创作，主要表现为这样几种创作倾向：第一，以张承志、张炜等作家为代表，追求精神理想的创作倾向，他们大多数时候站在文化理想主义立场对市场经济背景下的社会人生进行一种自觉的理性审视，以求救治社会颓风而高扬理想的旗帜。他们的作品虽然不一定全是取材于当下的现实生活，但所高扬的各式各样的精神理想，如宗教的、革命的等等，对于重建精神信仰、价值秩序、道德传统和警醒世道人心、匡正社会流弊，无疑具有重要的启示作用。第二，以陈忠实、阿来、王蒙等作家为代表，在创作中追求丰富的历史、文化等人文内涵，构成了以反思民族历史文化为特征的创作倾向。第三，以张炜的《九月寓言》和贾平凹的《废都》《白夜》《高老庄》等系列作品为代表，构成了一种以传统的价值立场和文化心态应对现代文明的创作倾向，这种倾向某种程度上带有文化保守主义色彩。第四，以史铁生的《务虚笔记》和余华的《在细雨中呼喊》《活着》《许三观卖血记》等为代表，涉及人的生存状态尤其是普通人的世俗生存状态，以及人性和人生哲理范畴的问题，因而可以称作带有人生本位色彩或人本主义色彩的创作倾向。第五，以王朔和王小波的创作为代表，表现出对主流文化和传统价值观念的背叛，以极端自我主义扩张的方式构成情感体验和生命体验的创作倾向。

在这期间的长篇创作中，最能体现现实主义创作方法，密切关注当下社会和现实人生的作品，要数在20世纪90年代中后期出现的一批以反映深入发展的改革开放和反腐倡廉为题材的长篇作品，如陆天明的《苍天在上》、张平的《抉择》、周梅森的《人间正道》《中国制造》等。这些作品呼应了文学面向现实、反映改革的"主旋律"的提倡，敢于大胆暴露改革开放过程中各种错综复杂的社会矛盾，深入揭示围绕权力和财富展开的各种冲突和搏斗。因为表达了人民群众的愿望，传达了人民群众的呼声，显示了正义和道德的力量，因而受到读者的广泛欢迎，尤其是借助影视传媒的传播作用，在人民群众中产生了广泛的影响，产生了自80年代中期以来少有的轰动效应。

在现实题材的长篇创作产生轰动效应的同时，历史题材的长篇创作进入20世纪90年代以后，也取得了长足的进展。以唐浩明的《曾国藩》和二月河的《雍正皇帝》等为代表的历史小说创作，在80年代历史题材的长篇创作已经形成的多元艺术格局中，又进一步拓宽了历史观照的视野。在对历史事件和历史人物的历史评价，在历史人物的形象塑造尤其是对人物心理和人性的深度开掘方面，以及在处理历史真实和艺术创造的雅俗关系等问题上，都超越了以往的历史小说，成为当代历史小说发展新阶段的一个突出标志。

陈忠实（1942—2016），陕西西安人。主要作品有中短篇小说集《初夏》《最后一次收获》等。1979年发表的短篇小说《信任》产生了较大影响。1993年发表长篇小说《白鹿原》。

陈忠实作为一位在 20 世纪 60 年代中期就开始文学创作的小说家，在喧闹的 80 年代文坛上是颇为寂寞的。他在这期间发表的一些中、短篇作品，虽然也表现了一种长于思考的创作特征，但大多是针对改革开放过程中出现的一些现实的社会或人生问题，并未深入历史文化的层面。80 年代中期，在酝酿和写作中篇小说《蓝袍先生》过程中，"一个重大的命题由开始产生到日趋激烈日趋深入，就是关于我们这个民族命运的思考"。这种思考把他的某些从未触动过的生活库存"触发了、点燃了"，使他对这个问题的思考就像"一种连续性爆炸，无法扑灭也无法终止"，由此开始了长篇小说《白鹿原》的创作酝酿和构思。从 80 年代后期到 90 年代初期，经过 5 年的艰苦创作，终于完成了这部具有史诗规模和气魄、记录了"民族的秘史"的长篇力作。这部作品经修订后于 1997 年获得第四届茅盾文学奖，是这期间长篇小说反思民族历史文化的重要收获。

《白鹿原》反映的是从清末民初到中华人民共和国成立近半个世纪中国社会的历史变迁，作品把众多人物和矛盾冲突集中浓缩在陕西渭河平原白鹿原上同属一个家族的白、鹿两个家庭之间，通过这两个家庭之间的恩恩怨怨，以及众多家庭成员在其中的命运变幻和人生沉浮，表现了我们民族在 20 世纪上半叶不断与旧的腐朽的东西"剥离"，"从衰败走向复兴"的历史过程，以及在这个过程中和由这个过程演示的民族心灵和民族灵魂艰难蜕变的历程。《白鹿原》以民族心史为构架，以宗法文化的悲剧和农民式的抗争为主线，组成了全书的整体结构。其中交织着复杂的政治冲突、经济冲突和党派斗争、家族矛盾，但作为一条主线贯穿始终的，却是文化从中所激起的人性冲突——礼教与人性、天理与人欲、灵与肉的冲突。无数生命的扭曲、荼毒、枯萎，构成了白鹿原上文化交战的惨烈景象。作者试图通过对中华文化精神以及这种文化培育的人格的深刻观照，来探究中华民族的文化与历史命运。

张炜（1956— ），山东栖霞人，1976 年高中毕业回原籍参加副业劳动。1980 年从山东烟台师专中文系毕业后到山东省档案局工作，同年发表小说处女作。1984 年调到山东省文联从事专业创作。问世于 1986 年的《古船》，是当代最优秀的长篇小说之一。小说以胶东地区的洼狸镇为中心，叙述了近 40 年间的故事。《古船》可列入"家族小说"的范围。小说重点选取了 40 年间的四个时期——土改前后、"大跃进"、"文革"、80 年代初——进行叙述，将社会政治的动荡变迁与家族的兴衰交织在一起，强烈而深沉的人道主义精神使作品具有非同寻常的感人力量。

90 年代，张炜的写作在文本内在精神上依然继承着从 80 年代《古船》开始的对人类生存的价值意义的追索。这种追索在 90 年代日益商业化和世俗化的语境中便衍化为激烈的文化抵抗与社会道德批判立场。道德理想主义立场在系列小说《我的田园》《柏慧》《家族》中转化为叙述人"我"（同时也是作品重要的角色）的声音，在文本价值取向上占绝对的支配地位。在《我的田园》和《柏慧》中，他营造了"葡萄园"这一意象，作为沉沦年代精神最后的栖居地。但就是这样一块最后的净土，也面临着商业经济开发及各种邪恶势力的威胁。在现实生活中因坚守与拒绝而无处逃遁的"我"，只有逃回自己的内心。于是回忆和倾诉便成了张炜主要的叙事方式，同时也是他价值寻根的源泉。

贾平凹80年代的长篇小说《浮躁》，以政治经济变革与文化寻根的巧妙融合为人所称道。1993年出版的《废都》则转向了对自我精神世界的揭示，有灵魂自剖的倾向，在某种程度上可以说，这标志着作者自我主体精神的形成。《废都》一方面写出了在物欲横流的现代都市中，一些知识分子在精神上的自我迷失，渴望自我确证而又无从确证的痛苦和绝望；一方面又对在欲望中沉沦挣扎的人们和混乱颓废的社会世相做了极鲜活的表现。小说塑造了西京城内四大文化名人之首的庄之蝶，一位具有浓郁传统士大夫特点的作家形象。庄之蝶其实是作者的一个精神载体，是一个符号化的人。作为名人，大家众星拱月似的包围着他、需要他，但他又不愿别人以名人待他，却又挣脱不掉，他真正成了"名"的仆役。作为作家，他为周围的人事所累，写有偿的报告文学，写假论文，写假情书，为法院某人之子代写文章，他找不到真正用于自己的时间和空间。他脑子里塞满了《闲情偶记》、《浮生六记》之类的古代典籍，因此一心要在现实中寻找他心中的古典美。他和唐宛儿在宾馆里丑态百出，不一会儿又在大会的主席台上正襟危坐。于是，庄之蝶沉溺女色，穿梭在牛月清、唐宛儿、柳月、阿灿好多个女人之间，目的是为了在温柔乡里逃避文化的挤压。作者通过庄之蝶这样一个孤独而病态的灵魂的塑造，揭示出在急剧变革的现代社会进程中，一个缺乏人格支撑和理想追求的"作家"如何走向"文化休克"的精神悲剧。

阿来（1959—   ），生于四川西北部阿坝藏区，藏族。80年代中期开始创作，出版过小说集《旧年的血迹》和诗集《棱磨河》。《尘埃落定》为其第一部长篇小说。这部作品是对藏族这未经现代意识和现代经验整合的特定生命群体的历史想象与诗意阐释。具体地说，这个独特的生命群体是指汉藏交界地带的藏族人。在小说塑造的独特世界中，汪波土司的贪婪招致了麦其土司搬来汉人军队实施征服；随汉人军队而来的罂粟在使麦其土司富甲整个土司世界的同时，也引发了土司们之间的罂粟之战；当麦其土司家族失去对罂粟的垄断时，粮食的匮乏却带来毁灭性的饥荒；正是在周围的土司们纷纷种植罂粟的这一年，麦其土司因改种粮食再次暴富；麦其土司在边境地带建立的粮食市场带来了比粮食、罂粟更多的财富,但市场又孕育出梅毒、战争,甚至最终导致整个土司世界的覆没。小说选取了一个特殊的叙事角度,以麦其土司的二少爷——傻子"我"的眼光来看这部历史,从而使这部历史带有一种特殊的魔幻色彩。从 20 世纪 80 年代中期以来,西藏作家就以其独特的文化风韵和叙事风格,引起了人们的广泛注意,成为文学寻根和小说叙事革新浪潮中的一支劲旅。阿来的创作显然吸收了文学革新的成果,《尘埃落定》因而既带有扎西达娃式的神秘主义文化色彩,又不乏马原式的叙事圈套的痕迹,虽然由于作者所选定的这种特殊的叙述角度的影响,相对于这一题材所提供的艺术表现的可能性来说,作品对历史的反映尚未达到应有的深度和广度,对人性的挖掘也稍欠力度,因而在整体上尚嫌不够深沉和厚重,但就其承接 80 年代中期的文学寻根和小说艺术革新浪潮,转化诸如拉美魔幻现实主义和西方现代小说的叙事经验,创造新的民族叙事艺术来说,《尘埃落定》仍不失为一部承前启后的优秀作品。

二、女性写作景观

在中国现代文学史上,女性作家的创作在"五四"时期曾十分活跃,形成了一种相对集中的群体。此后逐渐从文学的历史上淡出,女性作家的创作除偶尔有个性或风格上的区别外,几乎与男性作家无异。20 世纪 80 年代,女性作家的创作虽然也十分活跃,但因为性别特征不够突出,所以时人并未以一个女性作家群体视之,更不存在今天所说的女性主义(或女权主义)文学创作潮流。

进入 20 世纪 90 年代以后,由于此前西方女性主义理论和女性主义作家作品的译介,启发了这期间女性作家在文学创作中的性别意识,加上开始实行社会主义市场经济体制,被物质消费所激发的欲望本能以及随着现代科技、电子媒体的发展而兴起的大众文化潮流的影响,封闭已久的感官意识开始觉醒,在这个过程中,受中国文化传统禁锢甚深的女性,也开始挣脱各种观念的束缚,由"五四"以后的争取自由平等,到开始反观自身,正视自身生理的和心理的诸多问题,有了许多新的认识和发现、感悟和体验,由此开始了具有女性主义倾向和女性性别特征的文学书写,逐渐形成了一股被称作女性主义的文学创作潮流。90 年代的女性写作,在小说领域的代表作家依照不同年龄和创作阅历以及写作的基本倾向,可以分为这样三个支脉:首先是构成 90 年代女性写作最引人注目的前沿风光的以陈染、林白、徐小斌、徐坤、海男等为代表的具有鲜明女性主义意识的女作家们激进的文本试验;然后是贯穿 80 至 90

年代的王安忆、铁凝、迟子建等人的创作，她们并不特别张扬女性主义的叙事立场，而以深厚的写作构成90年代女性写作广阔的腹地风景；最后就是90年代末出现的以卫慧、棉棉为代表的70年代出生女作家的创作，她们的思想和作品更为前卫大胆，但也因过于暴露而引发争议。从较为严肃的女性文学概念角度来看，女性主义倾向和性别特征比较突出且具有较广泛影响的，当首推林白和陈染。

陈染（1962— ），出生于北京，1986年毕业于北京师范大学中文系，做过大学教师、报社记者、出版社编辑。陈染早在80年代就开始创作，90年代以具有鲜明的性别意识的写作引起广泛的关注。主要作品有中短篇小说《嘴唇里的阳光》《与往事干杯》《无处告别》《在禁中守望》，长篇小说《私人生活》以及散文随笔集《断片残简》等。陈染小说一再讲述女性创伤性的个人成长记忆，表达背对公共生活空间的女性个体的生命体验。独身女性幽居中的情绪感受、精神臆想、隐秘的身体经验、大胆的性爱场面描写，一反传统女性风格的文雅、精致、矜持，呈现失衡、扭曲、焦虑、迷狂的审美特征，这一典型的"陈染式"的女性文体特征，在90年代女性写作中具有一定的代表性。相对于其他的女性书写，陈染的创作还充满了哲理化的生存之思，人生场景和女性场景纠结于她的主人公身上，但鲜明的性别身份多少淡化了形而上的哲理意味。事实上，陈染始终以知识者和女性双重身份面对世界，构筑自我与世界的紧张与对抗，作品显得感伤而晦暗。

林白（1958— ），生于广西北流。1982年毕业于武汉大学图书馆系，曾任图书管理员、电影厂编辑和报社记者。90年代以来的主要作品有中短篇小说《回廊之椅》《致命的飞翔》《同心爱者不能分手》《子弹穿过苹果》《说吧，房间》和长篇小说《一个人的战争》等。林白的作品也沉湎于"我的自我、我的身体"的讲述，但相对于陈染形而上的晦涩，林白的女性世界散发出坦荡流丽、富有震撼力的美感。她特别注重对成熟的女性之躯美轮美奂的诗意展现。她的一些以故乡亚热带边陲小镇（沙街）为背景的小说充满了诡秘、悲凉的异域情调。林白常注重通过语言让平凡的生活场景显得不同凡响。流水与飞翔是林白文本常见的两个意象，同时也可以用来喻指她的文体特征。

徐小斌（1951— ），北京人，1982年毕业于中央财政金融学院，曾任教于中央电视大学，后到中国电视剧制作中心从事编剧工作。徐小斌90年代的主要作品是中篇小说《敦煌遗事》《迷幻花园》《双色星座》和长篇小说《羽蛇》等。相对于陈染、林白，徐小斌更钟情于不可知的神秘事物：佛教密宗、古奥的博弈论、神秘莫测的埃及巫师、虚无缥缈的佤寨、文身、耳语、前世记忆，这些都是徐小斌作品重要的意象。"神秘的背后是悲哀"（徐小斌语），是对女性人生不可洞见意味的暗示。徐小斌始终认为神秘的事物保存了现代社会日益丧失的自然的本真，而这种本真只存在于女性身上，她笔下的女性人物总给人以忽人忽仙的感觉。《羽蛇》就讲述一个家族五代女人百年间与世隔绝的幽闭神秘的生存方式，以内心的历史对抗外部的大历史。大量的隐喻、象征、寓言，营造了徐小斌女性世界绝望的诗情。同时徐小斌还非常注重结合现实世界的感性经验，获得对女性生存的多元表达。

徐坤（1965— ），生于沈阳，1989年获文学硕士学位，中国社会科学院文学研究所研究人员。徐坤在90年代的女作家中显得很特殊，正是这种特殊使得90年代中期以来徐坤以《热狗》《狗日的足球》《先锋》《游行》《遭遇爱情》《厨房》等中短篇小说和长篇小说《女娲》等迅速崛起。相对于陈染、林白极端个人化的女性心灵的讲述，徐坤自觉把写作目标确立在对现实男权中心社会文化的解构上，尤其注意塑造承载着这一秩序文化的男性精英知识分子形象。她以文艺复兴时期薄伽丘式的"泼皮精神"游戏诸神，无情而有力地拆解当下语境中包括知识精英、竞技体育、官僚机构在内的诸种男性话语。当然徐坤也从超越性别的视角对知识分子的当下处境进行思考，因此她也经常被指认为"知识分子写作"。徐坤老到的反讽与调侃也与90年代的女性话语惯例大相径庭，显得十分"男性化"，但已不再是花木兰式的仰视性的模仿，而是俯视性的戏仿。正是戏仿使她获得一种强大的解构力度，不仅解构男权文化秩序，而且解构秩序内对女性主体的再生产，体现了女性文化自审意识。

思考练习

1. 思考1990年代文学环境给小说创作发展造成的影响。
2. 阅读作品，分析《白鹿原》中的主题内涵。
3. 分析陈染的《私人生活》中的女性意识。

第五节　散文、戏剧的不同境遇

一、日益繁荣的散文和逐渐衰落的话剧

（一）日益繁荣的散文

从 1949 到 1976 年，疾风骤雨式的社会主义建构在经济、政治、文化、思想等各个方面基本完成，"文革"的结束是完成的标志。而后中国社会进入了新时期。在新的时期，完成建构的国家逐步放开了对社会各个领域的控制，体现在文学领域中，则是逐步实现了从国家话语向个人话语的转变。这种转变首先从怨叹与反思开始，逐步走向新个体的自我展示。可以预期的是，这种个人自我展示到了某个阶段，又会重新把个人话语与国家民族话语的大文化、大时代打通，把个人的狭窄体验与某种宏大的历史场域嫁接，从而实现个人文学性精神体验的宏大背景再生，这是历史发展的否定之否定必然规律。

八九十年代的散文发展从最初的挽悼散文、反思散文、抒情散文，再到女性散文、学者散文，走出了一条异常繁荣的道路。进入 80 年代以后，散文发展的一个方面是首先突破了五六十年代形成的散文创作模式的束缚，使散文完成了以国家话语为中心到以个人话语为中心的转变。五六十年代的散文模式，一般热衷于表现重大的时代主题，采用以小见大、托物言志的表现方法，追求散文的诗化，具有鲜明的时代色彩。到了新时期，作家们逐渐意识到这种散文模式强调集体、消解个体，突出大我、淡化小我等弊端，解放散文已成为作家的共识。虽然一些作家依然呼应时代主题，但从总的发展趋势来看，作家更多地追求述说日常情感，表达个人经验，强调散文语言的个性特征。

80 年代散文的个性化突破是从挽悼散文开始的。作为伤痕文学的一个分支，挽悼散文率先拉开了新时期散文的序幕。1978 年 12 月，以《人民日报》发起的《丙辰清明纪事》为起点，很多作者以自己的亲身经历为依据，记录了 1976 年"天安门事件"的始末，愤怒声讨"四人帮"的罪行。这次事件成为挽悼散文兴起的前奏。许多作家开始回顾那段不平凡的岁月，抚今追昔，痛定思痛，挽悼散文就此应运而生。从思想内容方面来看，挽悼散文主要涉及两个方面：一类是悼念伟大领袖人物。如毛岸青和邵华的《我爱韶山的红杜鹃》、巴金的《望着总理的遗像》、何为的《临江楼记》、

杜宣的《刻骨铭心的教诲》、廖承志的《我的吊唁和回忆》、曹靖华的《小米的回忆》等。其中，陶斯亮的《一封终于发出的信》揭露了"四人帮"对陶铸同志的迫害内幕，展示了陶铸的铮铮铁骨；张长的《泼水节的怀念》渲染了周恩来与民同乐、平易近人的风度；刘白羽的《巍巍太行山》歌颂了朱总司令杰出的军事才能以及身先士卒的平易作风。这些作品史料丰富，具有强烈的感情，产生了巨大的影响。第二类散文是悼念"文革"中被迫害致死的文学家、艺术家、科学家和其他革命同志。如丁宁的《幽燕诗魂》描摹了散文家杨朔的神采风姿、性格风度；丁一岚的《忆邓拓》控诉了"四人帮"对邓拓的冤屈。此外，新凤霞的《怀念老舍先生》、张志民的《忆萧三》、荒煤的《忆何其芳》、楼适夷的《痛悼傅雷》、黄宗江的《海默难默》等都是感人至深的优秀之作。

哀悼散文之后，作家们从控诉"四人帮"、批判"文革"的激愤情绪中冷静下来，开始了对伤痕的抚慰和对历史悲剧的反思，出现了许多对自我、社会和历史的冷静审视和理性反思的散文作品。一些老年作家写出了大批或追怀亲友，或回忆过去生活经历的散文，带有明显的反思色彩。如杨绛的《干校六记》描写了自己与丈夫钱锺书在社科院被批斗以及到干校劳动改造的过程，让读者感受到那个年代对灵魂的撕裂和挤压。丁玲的《"牛棚"小品》描述了在非人时代中一对患难夫妻相互关怀思念的情景，肯定了美好的人性。冰心也写作了一批悼念老友的散文，如《怀念老舍先生》《悼念林巧稚大夫》《念丁玲》等，发出了对温暖人性呼唤的声音。萧乾复出后的散文集《一本褪色的相册》《北京城杂忆》《负笈剑桥》等追忆青春美好生活，表现了流浪异国他乡的思乡之情。这些散文，既批判了"文革"中种种丑陋的人和事物，解构了那个荒谬的时代，又挖掘了动乱之中底层人民光辉的人性；既有作家对时代历史的深刻反思和总结，又有对过去人生经历的追悼和纪念，蕴含着强烈的悲剧感和使命感，具有丰富的史料价值。

80 年代散文发展的另一方向，是散文文体"窄化"的趋势，即缩小"散文"概念的外延，把报告文学、回忆录以及史传文学等纯叙事文体和杂文等纯议论性文体从散文中剥离出去，散文多为"抒情散文""艺术散文"或"美文"，即强调散文应该"独抒性灵"，注重表现作家丰富复杂的内心世界和生命体验，突出散文的审美性，体现出创作主体对散文本体意识的自觉。尤其是报告文学，80 年代初期的《哥德巴赫猜想》（徐迟）、《大雁情》（黄宗英）、《船长》（柯岩）等，以及 80 年代中后期出现的引起一时轰动的大批长篇社会问题"报告"，基本上已不再被作为散文看待。

小说家张洁、贾平凹、汪曾祺等人是在抒情散文创作中取得较为突出成绩的作家。

张洁的散文就其题材来说，有四大类型：一是童年怀旧散文。这一部分散文大多写作于1980年前后，主要作品有《挖荠菜》《拣麦穗》《哪里去了，放风筝的姑娘》等；二是怀念作家朋友的散文，主要描述了她与冯骥才、冰心、骆宾基等人的友谊，如《音乐系主任卡尔文·保尔教授》《保尔哭了》等；三是游记散文，主要记叙她在国外旅游的足迹，在世界各地的见闻，以及引起的文化观感，如《芝加哥，没有太阳的街》《费城故事不太多》等；三是杂感类，包括创作谈、对艺术作品的品评、对时事的分析评论等，如《怀念关中》《不把艺术家当标杆》等。张洁的散文与其小说一样，特别关注女性的情感命运，执着追求自由平等、个性尊严，表现出鲜明的女性意识，别有一种洒脱真切、直率随性的风格。

贾平凹在散文领域也很有建树，被老作家汪曾祺称作"鬼才"。他的散文创作非常高产，迄今为止已经出版有两百多万字的散文作品，且多为优秀之作。贾平凹从20世纪70年代末开始散文创作，其散文大致可以分为如下几类：一是早期的咏物抒怀散文，代表作品有《丑石》《一棵小桃树》《月迹》等，至今被认为是当代散文的经典之作。他此期的作品善于书写儿童眼睛中的美丽而单纯的世界，曲折隐晦地表达了渴望通过不懈奋斗，改变不公平的命运，实现自身的价值和理想这一主题。在艺术上，他注重散文意境的营造，具有诗意美。如孙犁就在评论《一棵小桃树》时说："此调不弹久矣，过去许多名家这样弹奏过。它是心之声，也是意之向往"，指出了贾平凹与"五四"早期朱自清、冰心等抒情散文的继承关系。二是地域文化散文。1983年后，《商州初录》《商州又录》的问世更是引起了散文界的强烈反响，获得读者和评论界的高度评价。在这些作品中，贾平凹转向写风土人情，展示商州、静虚村等陕南乡村的风景、文化和生活情态，体现出明显的地域文化特征。三是世态人情散文，如《闲人》《弈人》等。这些文章主要描述当代世俗生活中的世态人情，类似于30年代林语堂、梁实秋等的"闲适"风格。四是具有自传色彩的散文，代表作品有《一位作家》《读书示小妹十八岁生日书》等。这类作品真实地反映出作者的成长经历，既具有艺术价值，也具有史料认识价值。总之，贾平凹更倾向于吸取中国文学传统因素，体现出简洁古朴的文风。

80年代中期以后，"女性散文"以其独特诱人的魅力为广大读者所瞩目。它的出现，使得女性散文创作出现了自"五四"以来的第二次繁荣，代表性的女作家有王英琦、唐敏、叶梦、苏叶、斯妤等。在女性散文中，女作家们站在女性立场，以家庭、爱情和母爱为主要内容，用女性的眼光从细微的日常生活中挖掘诗意，表达女性的内心感受和个人情绪，表现出敏感细腻、温柔多情的女性意识。由于禀赋不同和志趣各异的女性作家恣意地表现自我，女性散文呈现出鲜明的个性化特征。叶梦被认为是"新时期女性散文中，开始得最早也走得最远的女性之谜及人性之谜的探索者"，她的代表作有《不能破译的密码》《不要碰我》《月之吻》《梦中的白马》等。在这些作品中，叶梦探索了青春少女在性意识觉醒后，既因无知保守而惧怕男性，却又因朦胧好奇而渴望男性的那种脉脉含情、躁动不安的性心理，表现了女性在生命内部重大变动时期的甜蜜而惶惑的矛盾情绪。叶梦描写爱情的作品尤为特别。在叶梦的笔下，女性除了梦想得到一般爱情浪漫梦幻的情调外，还渴望满足生命的原始欲望，让自身的肉体和灵魂在自由舒展中享受到一种极致的本能快乐。但在这生命的高峰体验中，女性又永远有一种来自生命本能的"被破坏的恐惧"乃至"不可挽回的悲哀"，由此表现了叶梦对女性的独特爱情心理和性心理的深刻认识。王英琦有散文集《热土》《漫漫旅途上的独行客》《我遗失了什么》《美丽地生活着》以及小说集《爱之厦》等作品。她的成名作是《有一个小镇》，散文通过对一个民风淳朴的小镇上的人与事的回忆，抒发了对"文革"中的人间温情的思念和感慨。在《活出女性的滋味来》中，王英琦写出了自己独特的生命体验，她虽然生了一个儿子，却输掉了一场婚姻，但作为母亲，却享受到他人无法感受到的快乐与满足。由此她慎重地告诫现代女性，不要因为婚姻的失败、生活的艰辛就失去女性的独立品格。在《我遗失了什么》中，王英琦感叹女性生存的不易：可怜许多有头脑的女人，为了保住所谓的女人味，活得既像男人又像女人，活得好累好累，差不多要被撕成两半，发出了对当代女性无奈命运的喟叹。唐敏主要有散文集《怀念黄昏》《心中的大自然》《纯净的落叶》《女孩子的花》等。她的散文在审视女性生命本体时，着力描写女性的苦难与美丽。如在《女孩子的花》一文中，那即将成为母亲的女人用水仙花来占卜孩子的性别，她的内心深处盼望生男孩，因为"无法形容地疼爱女孩子"，爱到根本不忍心让她来到这个女性处境和际遇不可预测的世界，温婉而细腻地传达出对生为女性的复杂感受。到了90年代，一批来自上海、广东两地的年轻媒体女性作者在文坛出现，如黄爱东西、黄茵、张梅、石娃、素素、兰妮以及莫小米等人，她们的散文主要着眼于自己的家庭，以亲身经历、琐碎小故事为中心，涉及几个朋友圈子、商店、街道、工作单位等，引出对复杂现实生活的真实慨叹，其语言生活化，显得平易近人，深受读者青睐，被称为"小女人散文"。这些散文虽然闲适轻松，却稍显肤浅，最终很快就销声匿迹。

进入90年代，散文的发展进入了一个新的高峰时期，甚至有人说，20世纪90年代是一个散文的时代，就连太阳都"对着散文微笑"。90年代的"散文热"主要表现几个方面：一是各种散文集、散文选本的大量畅销。在各种散文选本中，20年代至 30 年代写日常生活、带有闲适情调的散文小品被重新发掘。林语堂、梁实秋以及 40 年代的张爱玲、钱锺书等人的散文集大量出现在书店和小书摊上。此外，还有《九十年代散文年选》《当代艺术散文精选》《百家散文名作鉴赏》《当代最佳千字散文选》《新时期抒情散文大系》等选本大量出现。二是各种专门散文刊物大量出现，像《散文》《散文选刊》《散文百家》等刊物受到读者的普遍欢迎。一些大杂志如《十月》《收获》开辟散文专栏，而报纸的副刊更是拿出相当多的版面来登载散文、随笔。三是写作散文、随笔的作家甚至跨领域的文人大量涌现。90 年代虽有许多专门从事散文创作的作家，如周涛、斯好、叶梦等，但也有更多的学者、小说家以及诗人介入散文创作，如张中行、金克木、余秋雨、张洁、王安忆、舒婷等人的作品，比那些专业散文家的作品更受读者欢迎。一时间，散文几乎炙手可热。90 年代散文热的出现是社会思想环境宽松、作家思想更为自由以及散文观念不断深入等多方面共同作用的结果。

90 年代散文创作的最大特征在于价值取向有较大变化。如果说 80 年代的散文更具有纯文学特征，更讲究散文"文体的自觉"和规范性，那么 90 年代散文则更多地迎合读者的口味，认同现代社会的物质化需要和消费性追求。故 90 年代散文受市场经济影响比较大，散文作为文化消费的特点被凸显出来。

在八九十年代的散文发展中，学者散文（或文化散文）的崛起是一个引人注目的现象。这些散文的作者大都是一些从事人文学科或社会科学研究的学者，他们在专业研究之外集体亮相文坛，创作一些融合了学者的专业理性思考和个人的文学感性想法的文章。在 80 年代，较早进入散文创作的有金克木、张中行等老一辈学者。90 年代初期，从事艺术文化史和戏剧美学研究的学者余秋雨，在《收获》杂志的专栏发表系列散文，后结集为《文化苦旅》《文明的碎片》出版。一些重要的刊物和出版社也有意识地推崇这一散文体式的创作，学者散文就此走向兴盛。学者散文的作家大都具有较为渊博的学识，一般不太讲究散文的文体规范，而只是将其看作专业研究之外的表达个人体验或者关注现实的另外一种方式。如余秋雨称自己为"票友"，陈平原则把写作短评看作保持人间情怀的特殊途径。学者散文的出现，显示了知识分子关注社会现实和参与文化交流的新趋势，也为散文的发展指出了一条新的道路。

汪曾祺被称为 20 世纪中国的最后一个"士大夫"，其散文也别具一格，代表作有《蒲桥集》《旅食小品》《汪曾祺小品》等集子。汪曾祺的散文扎根于乡土之中，主要表现的是江苏高邮、云南昆明两地的人物与故事，流露出深深的乡土情结。汪曾祺散文的另一主要内容是对民间食物的描写。食物既是他言说乡情、回忆往事的途径，也展现了其热爱平凡生活、品味闲适人生的审美理想。在艺术上，汪曾祺的散文继承了古代笔记体散文、晚明小品文的文学传统，还继承了京派文学的衣钵，具有浓郁的古典美。他还试图打破小说与散文的界限，其散文具有独特的文体特征。

张中行的主要散文论著有《文言与白话》《佛教与中国文学》《顺生论》，散文集有《负暄琐话》《负暄续话》《负暄三话》《流年碎影》等。他的散文大致可分为三类。一类是记人散文，如《梁漱溟》《胡博士》《启功》《王世襄》等。这类散文既有"世说新语"之味，又有笔记小说之调，还有从容不迫之风。二类是状物散文，如《酒》《城》《桥》《户外的树》《灯》《晨光》等。这类散文看起来是摹物缘情，但实际上却隐喻人生哲理，是哲思与史学、灵感与理性的交织，显示着张中行特异非凡的散文天赋。三类是数量最多的言理散文，如《我与读书》《月是异邦明》《临渊而不羡鱼》《错错错》《王道》等。张中行主要从事语言文字方面的研究工作，但他对生活有极其广泛的兴趣，经史子集、古今中外的知识都有所涉猎，被人称为"杂家"。在这些散文中，张中行仿佛一个历史老人，用苍凉浑厚的声音，讲述那些小及日常琐事、大至天理人道的故事，透露出理趣和淡雅的文化品位。张中行的这些随笔，让他在八九十年代声名大噪，甚至有人称它们为"现代的《世说新语》"。

（二）逐渐衰落的话剧

新时期戏剧的发展大致可以分为四个阶段：第一阶段（1977—1979）是现实主义戏剧的恢复期，此时期的戏剧从"文革"的一片废墟中重生，现实主义戏剧传统得以恢复，并取得了很大收获。第二阶段（1980—1985）是戏剧理论和实践的探索期，此时期的"话剧热"突然降温，在某种程度上失去了对现实的感应兴趣，沉迷于对西方现代派戏剧的模仿借鉴，留下了一批探索戏剧。第三阶段（1986—1989）是戏剧探索的深化期，在总结前期探索戏剧经验教训的基础上，戏剧的探索实验工作进入深化阶段，其中的小剧场运动成果最为显著。第四阶段（90年代以后）是戏剧发展的沉寂期，此时期的戏剧受到电影、电视等艺术形式的冲击，以及市场经济运作的影响，进入发展的萧瑟沉寂阶段。总之，新时期戏剧经历了一个从复兴繁荣再到沉寂萧瑟的过程。

1977—1979年是现实主义戏剧的恢复期。新时期初期，话剧的成就非常突出。《枫叶红了的时候》和《曙光》的问世，标志着"文革"结束后话剧创作的真正复苏。此时期的话剧从题材和主题看，主要有五个方面的内容。

一是揭露和批判"文革"中的反动和丑恶现象，这类剧被称作"政治批判剧"。

如《神州风雷》（赵寰、金敬迈编剧）是表现人民群众在"文化大革命"中与"四人帮"及其爪牙斗争的剧作。《枫叶红了的时候》（金振家、王景愚编剧）是一出五场政治讽刺喜剧，故事的背景是"四人帮"倒台前后的一段时间，描写的是某科研单位以冯云彤、陈欣华为首的科研人员与"四人帮"的亲信张得志、陆峥嵘等人，围绕着一项周恩来交办的科研任务所展开的一场你死我活的斗争。《于无声处》（宗福先编剧）讲述的是1976年初夏，受"四人帮"迫害的老干部梅林与儿子欧阳平，途经上海来到老战友何是非家。何由于诬陷救命恩人梅林而官运亨通。当他知道欧阳平就是参与"四五运动"而被全国通缉的"罪犯"时，偷偷向"四人帮"告密。何妻当众揭发了他，女儿何芸也毅然与父亲决裂。剧作勇闯题材禁区，为"四五"英雄平反发出第一声呐喊。《丹心谱》（苏叔阳编剧）作于1978年。老中医方凌轩致力于冠心病新药的研究，得到周恩来总理的关怀和支持。"四人帮"控制的卫生部利用方凌轩的女婿庄济生，对新药研究百般阻挠，以此达到反对周恩来的目的。方凌轩对此严加斥责，却因遭到严重迫害而受到精神上的沉重打击。在被迫停止试验后，周恩来半夜电话鼓励，方凌轩等人一片丹心，终于制成新药，却传来周总理逝世的噩耗。大家化悲痛为力量，踏上医药事业的新征程。剧中的方凌轩正直磊落、疾恶如仇；丁文忠个性倔强、狷而不狂，他们代表了中华民族老一代知识分子的风骨。

二是缅怀和歌颂老一辈无产阶级革命家的丰功伟绩，被称作"领袖人物剧"。在《转折》（周来、王冰、林克欢、赵云声编剧）、《报童》（朱漪、邵冲飞、王正、林克欢编剧）中领袖形象还只是偶尔露面，在《西安事变》（程士荣、郑重、姚云焕、胡耀华、黄景渊编剧）、《陈毅出山》（丁一三编剧）、《陈毅市长》（沙叶新编剧）、《转战陕北》（马融编剧）、《彭大将军》（王德英、靳洪编剧）等剧作中，贺龙、周恩来、陈毅、彭德怀、毛泽东等领袖人物已成为剧作的中心形象。《曙光》描写的是30年代贺龙与王明"左倾"机会主义路线的斗争。作者通过冯大坚等优秀红军战士被杀被抓的故事，揭示了极"左"路线对于中国共产党所领导的革命事业的危害，讴歌了无产阶级革命家贺龙刚毅勇猛、坚定果敢的性格特征。《陈毅出山》以1937年秋陈毅在江西南部坚持游击战争时，遵照中共中央的指示，不畏艰险，毅然出山与国民党赣南当局谈判共同抗日的历史真实故事为依据，着重描写由陈毅出山而引起的各派政治力量之间错综复杂的矛盾斗争，展现出陈毅为国家和民族的存亡，不顾个人安危的革命精神以及无产阶级革命家的气魄和才能。在这些戏剧中，领袖人物已经逐渐从理想化、神化、个人崇拜中解放出来，走向"人化"。

三是反映现实生活中出现的重大社会矛盾和问题，被称作"社会问题剧"。这类剧作不以刻画人物为主，而以反映问题见长。如《报春花》（崔德志编剧，）、《假如我是真的》（六场话剧，沙叶新、李守成、姚明德编剧）、《未来在召唤》（赵梓雄编剧）、《救救她》（赵国庆编剧）、《权与法》（邢益勋编剧）、《灰色王国的黎明》（中杰英编剧）等。这些剧因及时提出社会生活中亟待解决的重大问题（如出身问题、平反冤假错案问题、失足青年问题、权大于法的问题、封建残余问题等等），而引起极大反响。《报春花》写的是十一届三中全会以后，某纺织厂新任党委书记兼厂长李键与老战友党委副书记吴一萍之间的思想路线冲突。吴一萍思想僵化，以血统论为"阶级路线"，以封建门第观念为联姻依据。在治厂问题上，抓产量不顾质量。为此，在树什么人为劳模以带动改变企业面貌的问题上与厂长发生了分歧，她压制右派的女儿、万米无次布的技术高手白洁，另树厂长之女、产量高而质量差的红兰为劳模，同时强行干涉儿子与白洁的恋爱，要他与红兰联姻。厂长却顶住压力和个人感情上的冲击，树白洁为劳模，推广她的经验，使全厂精神面貌和生产面貌发生了巨大变化，副书记和红兰也受到了教育。《报春花》一出现就受到热烈欢迎，全国上百个剧团争相上演。它不仅在主题上符合时人的关注重心：表面上看来是"树谁为标兵"的故事，实际揭露的却是"血统论"问题，也是如何看待青年人的问题，而且第一次塑造了白洁这样出身不好的正面人物形象，塑造了李键这样一位实事求是、具有改革精神、极富人情味儿的领导新形象。

这些社会问题剧在当时引发了社会大讨论。1980年1月23日至2月13日，中国戏剧家协会和中国电影家协会在北京联合召开"剧本创作座谈会"。会议围绕有争议的几部作品（《假如我是真的》，电影文学剧本《在社会档案里》《女贼》，中篇小说《飞天》，电影文学剧本《苦恋》等），就当前文艺创作的估价、如何认识时代、如何认识文艺任务、如何理解文艺的真实性以及如何发展文艺批评等问题展开讨论。时任中共中央宣传部部长的胡耀邦在会上对于"如何正确地看待我们这个社会"，"如何看待占我国人口绝大多数的从事体力劳动和脑力劳动的人民"，"如何看待我们的人民解放军"，"如何正确地看待毛主席，看待毛泽东思想"以及"如何看待我们社会生活中的阴暗面"等问题，作了长篇讲话。

四是再现历史人物和历史事件，即历史剧。如曹禺的《王昭君》、陈白尘的《大风歌》等，主要重现历史事件和历史人物的风貌。

五是反映社会生活原貌，侧重表现人们的生存真相，追求人物语言和背景的地方化和民俗化，被称为"民俗风情剧"。如李云龙的《有这样一个小院》、苏叔阳的《左邻右舍》等剧作。

以上戏剧尽管题材各异，却有大致相同的艺术追求，也表现出了一些共同的艺术特征：戏剧观念和创作手法上基本延续了十七年的现实主义话剧模式，以写实为主；人物形象塑造自觉清除了"高大全""三突出"等模式的影响，致力于塑造有血有肉的舞台形象。虽然也有艺术创新不足等问题，但总的说来，这些剧作的问世，标志着新时期初期现实主义戏剧的繁荣。

1980—1985年是戏剧理论和实践的探索期。进入80年代后，反思和声讨的激情褪去，"话剧热"开始降温，在话剧生存的外部经济、文化环境变化以及话剧自身从观念到形式的多样化等多种因素的共同影响下，话剧创作步入困境。这也促进了话剧界在理论和实践两个层面同时掀起了一股面向西方借鉴的热潮。

在理论上，突出地表现在1983年前后出现的戏剧观念的讨论。这场讨论兴起的原因如下。一是总结"五四"以来，尤其是十七年的话剧正反两方面的经验教训。二是西方戏剧理论的影响。改革开放后，除了"五四"时期曾经介绍过的梅特林克、霍普特曼、约翰·辛格、斯特林堡、凯泽、托勒、奥尼尔以及未来主义剧作家马利蒂尼、基蒂等剧作家的作品被再度介绍外，20世纪五六十年代以来的西方戏剧理论，如布莱希特的叙述体戏剧、荒诞派戏剧理论、格罗托夫斯基的"质朴戏剧"、阿尔托的"残酷戏剧"等等，纷纷被引入中国，外来戏剧理论的影响是引发这次讨论的主要原因。三是话剧舞台的实践。1979年，中国青年艺术剧院演出了布莱希特的叙述体戏剧《伽利略传》，实验布莱希特与斯坦尼斯拉夫斯基两大演剧体系的结合；1981年，上海青年话剧团演出了萨特的名剧《肮脏的手》；1983年5月，北京人民艺术剧院演出了由阿瑟·米勒亲自执导的《推销员之死》，这些演出对中国话剧界产生了直接的震撼。四是文学领域对于外国现代派文学的介绍。80年代以来，西方现代派文学的大规模介绍引发了诗歌界的争论；高行健的《现代小说技巧初探》引起一批中、青年小说作家对于现代派小说的注意；1982年，徐迟的《现代化与现代派》引发了关于现代派文学的论争，这些讨论也加深了剧作家对戏剧理论的理解。

以上这些戏剧理论和实践，冲击了自"五四"以来一直被认为不可逾越的创作准则，如斯坦尼斯拉夫斯基的"体验派"戏剧、"再现论"的传统戏剧观念，以及易卜生的"社会问题剧"的传统模式，为戏剧在新时期的变革提供了理论支持。同时，我国戏剧大师黄佐临在60年代提出的"写意戏剧观"也被重新提起。诸种因素的共同作用，对于中国戏剧界重新认识话剧艺术产生了重要影响，最终在戏剧观念方面引起讨论。

1983年，《戏剧艺术》针对黄佐临的"写意戏剧观"之"写意"与"写实"、"幻觉戏剧"与"非幻觉戏剧"的理论概括的准确性展开争论；《戏剧报》就戏剧观的诸多问题展开讨论；《戏剧论丛》《剧本》《戏剧界》等报刊发表文章，就戏剧的本质规律、戏剧舞台的假定性、戏剧与观众的关系、戏剧的生存模式等问题进行了深入讨论，持续到1985年。这次讨论为戏剧创作界和舞台实践上的戏剧探索提供了舆论支持。借鉴西方现代派戏剧，突破传统写实戏剧模式的束缚，进行戏剧革新的主张获得了戏剧界的广泛关注。

在实践上，一些戏剧家身体力行地进行了各种艺术探索，为戏剧创作提供了新的经验。最早引起社会关注的探索戏剧是马中骏、贾鸿源、瞿新华编剧的独幕剧《屋外有热流》。剧本写的是"文化大革命"时期，一个孤儿家庭里，大哥赵长康为了挣钱养活弟妹，到黑龙江农场农业研究所当了勤杂工。留在城里的弟妹受到社会上利己主义思想的影响，自私自利，处处为个人打算。弟妹在得知大哥可能要病退回城的消息后各怀心计，就在此时，农场寄来了一千元，弟妹两人都争着去取钱，拿到之后才知道竟是大哥在冰天雪地里因公殉职的抚恤金。兄妹二人为了分这笔钱又争吵不休。大哥的灵魂来到他们当中，使得他们的心灵在羞愧和自责中受到震撼。两个人发现自己不仅失去了可敬的大哥，还失去了最宝贵的信念、理想和灵魂。

该剧大胆借鉴了象征主义、表现主义和荒诞派的戏剧技巧，不但在时间上顺序颠倒，在空间上灵活转换，还让现实场景与回忆梦想交替出现，死人可以穿墙而过，人鬼同时登台。在剧中哥哥的形象出现了三次，除了中间一场是在弟弟妹妹的回忆中，另两次都是以鬼魂的形象出现。剧作发表之后引起轰动。它的获奖，突破了传统现实主义的戏剧模式，推动了探索戏剧的发展。

从1985年底到1986年初，全国性的探索戏剧热潮已经逐渐消退，探索戏剧的发展进入深化期。此时期的戏剧探索更多地是以现实主义为主，充分吸收、消化现代派戏剧美学观念，体现出开放现实主义特征。其中有影响力的作品有《黑骏马》（罗剑川编剧）、《狗儿爷涅槃》（刘锦云编剧）、《寻找男子汉》（沙叶新编剧）、《洒满月光的荒原》（李龙云编剧）、《中国梦》（孙惠柱、费春放编剧）、《二十岁的春天》（余云、唐颖编剧）、《桑树坪纪事》（朱晓平编剧）、《芸香》（徐频莉编剧）、《蛾》（车连宾编剧）等。

总体来说，所谓探索戏剧，指的是那些跳出了现实主义戏剧的套路，在创作观念和艺术手法方面都锐意求新、求变的戏剧。80年代的探索戏剧大致可以分为两类：一类是在坚持现实主义的原则下，充分吸收现代派的戏剧观念和手法，带有鲜明的现实主义开放特征的剧作，这些剧作丰富了现实主义戏剧的表现手法，推动了现实主义戏剧的发展。如《屋外有热流》《绝对信号》《一个死者对生者的访问》《狗儿爷涅槃》

《桑树坪纪事》；一类是充分借鉴西方现代主义的戏剧理论创作出来的无场次、多声部组合式的写意哲理剧，更多地表现出现代主义戏剧特征，如《红房间·白房间·黑房间》《野人》《魔方》等。探索戏剧在艺术形式方面的创新主要体现在如下几个方面：第一，强调演员和观众之间的思想与情感的交流，突破了传统的"第四堵墙"的限制；第二，叙事时空发生大幅度的跳跃与变化，突破了"三一律"的限制；第三，注重表现人物的内心世界，突破了传统戏剧强调外在表演的要求；第四，形成了新的多元化的结构模式，摆脱了传统的剧情冲突式的结构模式；第五，强调各艺术门类之间的融合，使话剧成了真正的综合性艺术。总之，探索戏剧淡化了写实性，突出了写意性；淡化了再现观，强调了表现观。

值得关注的还有小剧场戏剧运动。小剧场戏剧运动最早产生于19世纪末20世纪初的欧洲，是西方戏剧反商业化的产物。20世纪初的"爱美剧"是小剧场运动在中国的初次实践，当时的小剧场话剧运动虽然是在较小的观演空间进行的，但其观演模式还是传统镜框式舞台结构。中国真正的小剧场话剧是从80年代开始的。1982年，导演林兆华第一次将小剧场话剧《绝对信号》搬上了首都的戏剧舞台，标志着小剧场运动的复兴。在随后的几年中，小剧场戏剧的影响悄然渗透至全国各地，使得当时的话剧在不甚景气的情况下，通过调整观演距离，进行小规模的探索和实验，来实现话剧自身的突破与提高，吸引观众重返剧场。1988年是小剧场话剧的丰收年，中国青年艺术剧院的"青艺小剧场"改建成功，并上演《火神与秋女》《天狼星》，中央实验话剧院演出了《女人》，南京市话剧团在连续上演几部小剧场戏之后，又上演了新作《天上飞的鸭子》。1989年4月，由中国戏剧家协会和南京市文化局联合举办的"中国第一届小剧场戏剧节"在南京举行，来自全国的9个话剧团上演了16个剧目，显示了小剧场戏剧的实力。

90年代以后，小剧场戏剧开始复兴，小剧场戏剧在京、沪地区发展迅速。出现了90年代初期和末期两个小剧场演出热潮，涌现了一批小剧场艺术工作者，在演艺市场的总体颓势中，一定程度上改善了戏剧的市场处境，以孟京辉为代表的先锋戏剧逐渐得到观众的认可。

二、本体意识的自觉与开放多元的散文景观

新时期以来，散文的成就巨大，主要代表性作家是巴金和余秋雨，他们的散文都具有某种文化反思和拷问的特征。不同的是，巴金更多的是针对特定历史时期如"文革"中饱受苦难命运折磨的个体和群体的人性反思和控诉，而余秋雨则是将个体放在

文化历史的大视野、大场域中拷问和追寻，以寻求中华文明的未来走向。他们的散文体现了在大历史中个人的主体自觉。

从1978年12月起，巴金在香港《大公报》开辟《随想录》专栏，开始了"随想录"的系列写作，到1986年9月完成最后1篇，共150篇，合42万字。巴金以时间为序，将其编为《随想录》《探索集》《真话集》《病中集》、《无题集》等共五集，以《随想录》作为总题，由香港三联书店和人民文学出版社陆续出版。《随想录》是一部"力透纸背、情透纸背、热透纸背"的散文佳作，是巴金"以散文形式在自己的文学道路上竖起的又一座丰碑"，也代表着80年代散文的最高成就。

巴金说："十年浩劫教会一些人习惯于沉默，但十年的血债又压得平时沉默的人发出连声的呐喊。我有一肚皮的话，也有一肚皮的火，还有在油锅里反复煎了十年的一身骨头。火不熄灭，话被烧成灰，在心头越集越多，我不把它们倾吐出来，清除干净，就无法不做噩梦，就不能平静地度过我晚年最后的日子，甚至可以说我永远闭不了眼睛。"这段话，高度概括了《随想录》在思想内容和表达方式上的特征：历经十年"文革"炼狱磨难的巴金，怀着强烈的责任感与使命感，把他对社会历史的反思，对痛失亲友的追忆，对自我灵魂的拷问，尤其对一些他不能认同的言论与观点的批判，以"说真话""吐真情"的方式表达出来。在《随想录》中，巴金首先对"文化大革命"做了深刻的反思。他说："我们谁都有责任让子子孙孙牢记十年惨痛的教训。"他从自己的亲身经历出发，选取真实的历史题材，融入真诚的情感体验，用凝练沉郁的文笔，控诉了十年"文革"对人的尊严和价值的摧残和践踏，在读者的心中建立了一座"文革"的历史博物馆。其次，《随想录》体现了巴金深刻的自审意识和忏悔意识。巴金说："我写作，也就是在挖掘，挖掘自己的灵魂"，而且"必须挖得更深，才能理解更多，看得更清楚"，"讲真话"就要"从解剖自己、批判自己做起"。所以巴金不仅揭露和批判"文化大革命"的残酷，同时也冷静严厉地解剖自身，对自我做了真诚的自审和批判。巴金的自审和忏悔无疑是真诚的，体现了一个充满良知的知识分子在时代剧变期间对民族国家、时代社会以及自身心灵的阴暗面和复杂性的深刻探究与拷问。这是一部知识分子的心灵变迁史、忏悔史，具有重要的思想文化史的价值。

巴金认为："艺术的最高境界是真实，是自然，是无技巧。"《随想录》的"随"字，既是巴金平易近人的处世风格，也是其散文无技巧的艺术特征。巴金不再受到任何艺术技巧的束缚，而是将自己的所思所见、所闻所感用"讲真话""诉真情"的方式不加任何修饰地表达出来，率性而写，任意而作，通篇以真情动人。这既是作家主观心灵的自由，同时也是散文文体的自由，最终使《随想录》在思想境界和艺术技巧方面实现了真正的艺术突破。

余秋雨（1946— ），浙江余姚人。1968年毕业于上海戏剧文学系。历任上海戏剧学院院长、教授。1962年开始发表作品。著有散文集《文化苦旅》《山居笔记》《霜冷长河》《千年一叹》《行者无疆》《文明的碎片》等。"文化苦旅"系列散文发表之前，余秋雨的影响基本在学术界，随着"文化苦旅"系列散文在1992年问世之后，几乎在整个中华文化圈都掀起了一股余秋雨散文热。但值得注意的是，在受到高度赞扬的同时，余秋雨的散文也受到了更为挑剔甚至最为尖刻的嘲骂。

余秋雨是文化散文的开创者，深沉的文化忧患意识是其散文的首要特征。他的散文大多记叙自己游历祖国的名胜古迹、山川河流的感受，也介绍与之相关的文化历史知识，并进一步对民族命运与社会历史展开思考。他说："我是个文化人，我生命的主干属于文化，我活在世上的一项重要使命是接受文化和传递文化。"从这一思路出发，作家深入不同的文化类型，揭示文化的发展过程，展示文明的兴衰浮沉。余秋雨是研究中国艺术史的学者，他对中国传统文化有着深深的迷恋，但他在臣服于中国传统文化的巨大魔力时，同时也看到了古老的传统文化与现代文化之间的冲突，以及传统文化在这种种冲突中表现出来的软弱与无力，这使得他的内心充满极大的矛盾与痛苦，从而透露出浓厚的文化忧患意识。《文化苦旅》中的一个"苦"字，就道尽其无穷的文化体验，其苦涩来源于对历史人生洞察之后的困惑与无奈。余秋雨散文有着厚重的历史感。在《文化苦旅》自序中他说："这是中国历史文化的悠悠魅力和它对我的长期熏染而成的，要摆脱也摆脱不了。每到一个地方，总有一种厚重的历史气压罩住我的全身，使我无端地感动，无端地喟叹。"故而他的散文以人文山水为经，以人类历史为纬，最终交织展开的是对历史的思考与追问。他的文字不仅是在简单地记叙山水游记、不是无意地搜集历史传说和典故，而是渗透着内涵丰富的文化底蕴，隐藏着立体深邃的民族精神，具有浓厚的历史感。余秋雨散文还具有突出的理性精神。余秋雨认为："艺术家能在理性的宁静中透视作品的精灵，不是技巧之意，而是平日默默地以人格贴近自然界和世间的天籁所致。只有习惯于思考，习惯于膜拜自然的人，才能从容地进入这一境界。"他痴迷于中国历史与文化，诗人的气质使得他的散文充满热情与活力，但是学者的身份又使得他绝不失去理性，反而促使其散文具有激情沉淀之下的哲学层面的生命体悟与独到见解。

在八九十年代的中国，在伤痕文学和反思文学以及随后的寻根文学的浪潮中，余秋雨的散文在时代喧嚣的声音中，多了一份清醒和自信，表现出一种文化建设的精神、一种培养文明的精神、一种反思传统文化的精神，最终指向传统文化的现代转化，中华文明的生命与前途等重大问题，因而其理性精神中也就熔铸了厚重的历史感以及深刻的文化忧患意识。

三、现实主义话剧与话剧艺术的探索

新时期以来的戏剧主要由现实主义话剧和探索话剧平分天下，二者一起丰富了戏剧舞台，其中代表性的作家是沙叶新。

沙叶新（1939— ），回族，江苏南京人。中学时即开始发表文艺作品，1957年考入华东师范大学中文系，毕业后被保送至上海戏剧学院戏曲创作研究班学习。1963年分配至上海人民艺术剧院任编剧。1965年创作独幕喜剧《一分钱》。新时期以来，沙叶新先后创作发表了《约会》《风波亭的风波》（与人合作）《假如我是真的》（与人合作）《论烟草之有用》《大幕已经拉开》（与人合作）《陈毅市长》《马克思秘史》《寻找男子汉》《耶稣·孔子·披头士列侬》《东京的月亮》《尊严》等剧作。其中，《假如我是真的》《马克思秘史》《寻找男子汉》《耶稣·孔子·披头士列侬》发表（演出）后均引起争议，成为话剧界引人瞩目的作家。

沙叶新是一位具有强烈社会责任感的开放现实主义戏剧家。他对于时代重大问题的关注，往往通过通俗、轻松而机智的戏剧性台词和荒诞不经的喜剧性情境传达，从而与观众产生广泛的共鸣。因此，他的话剧在内容上力求表现时代生活中的重大问题，具有鲜明的现实主义特征，在形式上则具有浓重的喜剧色彩。

沙叶新成名于戏剧《假如我是真的》。1979年夏，上海曾发生一起小青年冒充将军儿子招摇撞骗的事件。沙叶新就以此为基础，来揭露干部队伍中的特权和不正之风问题。李小璋是东风农场的知青，他有理想又聪明，还会演戏。按照政策，他可以上调回城，但是回城的机会又被干部子弟给挤掉了。他的女朋友周明华已经回城当了工人，但他俩的婚事却因李小璋调不回城，受到周父的反对。一个偶然的机会，李小璋听到了话剧团赵团长、文化局孙局长和组织部钱处长的谈话，为了达到返城目的，他便冒充自己是中纪委领导干部张老之子张小理。赵、孙、钱三人很快相信了李小璋，积极运作他上调回城的事情。但是，由于农场场长的检举信，李小璋假冒张小理的事情被戳穿，他最终以诈骗罪被送上法庭。在戏剧结尾，李小璋悲愤地指出："我错就错在我是个假的。假如我是真的，……那我所做的一切就将会是完全合法的。"就这样，作者将批判的锋芒从个人的道德品质问题指向了社会现实：正是这个特权的社会和某些不合理的制度给不正之风提供了土壤，而这也被后来层出不穷的社会问题所证实。《假如我是真的》发表后，因其对现实问题的揭露和对青年人精神状态的关注，

引起了超越话剧艺术本身的大讨论,最后因政治干预而被禁演。

十场话剧《陈毅市长》是沙叶新戏剧的代表作。在《陈毅市长》发表前,戏剧舞台上已有《陈毅出山》《东进!东进!》《陈毅出山》《黄桥决战》《朋友》《南天柱》《梅岭雪》等描写陈毅的话剧和戏曲,但《陈毅市长》仍然取得了成功,并在主题、艺术形式上都有所开拓和创新。

《陈毅市长》的主题具有强烈的现实针对性。作者认为,十年"文革"把中国国民经济推到崩溃的边缘,导致民生凋敝、百废待兴,而这与陈毅担任上海市市长初期的历史惊人地相似。所以,作者"寄深意于现实",有意避开陈毅战争年代的传奇生涯,择取上海解放初期陈毅担任市长期间的几段轶事,通过塑造陈毅这一人物形象,"告诉共产党员应该怎样",体现出明显的现实主义精神。

《陈毅市长》通过描写无产阶级革命家陈毅在担任上海市长期间的工作、生活和思想风貌,展现出他豪爽直率、睿智坚定、雄辩机敏、幽默风趣的性格特征。陈毅具有豪爽直率的性格,如在戏剧开头,他一出场就指着台下的观众,请大家不要鼓掌,直言不讳地说自己有气、有火,要批评人。陈毅也具有睿智坚定的性格,他不仅清醒地认识到接管上海的艰巨性,同时也对改造、建设上海充满了信心:"试看明日之上海,竟是谁家的天下!"陈毅还具有雄辩机敏、幽默风趣的性格,如他带领工业局长顾充到国华纱厂经理傅一乐的家中,借赴宴的机会,深刻地阐述了党对民族资产阶级的经济政策,使这个对共产党抱着怀疑、观望态度的民族资本家理解了党的政策,增强了经营纱厂的信心,为恢复生产尽了自己的力量;他夜访齐仰之,使这位在旧社会怀才不遇的科学家有机会一展平生才学为人民服务;他以"比伤疤"的生动事例,教育了居功自傲、向党伸手的师长彭一虎;他借旧历年的机会,带着傅一乐到工人徐根荣家拜年,用工人吃豆渣的事例教育了傅一乐,调整了劳资关系。这些事件,不仅反映出陈毅的性格特征,同时也体现出他作为一个共产党员全心全意为人民服务的精神,以及深入实际、联系群众的优良作风。

此外,剧本还表现了陈毅作为一个共产党员严于律己、以身作则的高度党性原则。在工作中,他事事以革命利益为重,不徇私情,不以权谋利:为减轻国家负担,他说服自己的老丈人从上海返回了家乡;军长童大威犯了错误,他毫不留情给予严厉的批评;当他发现自己严厉的批评伤害了党外人士时,马上当面道歉,进行自我批评。这些事件,显示了他作为一个共产党人的党性原则。

在情节结构上,《陈毅市长》根据题材的特点和主题的要求,独创了"冰糖葫芦式"结构。作者没有追求完整的故事结构,也没有围绕某一中心事件来展开矛盾冲突,而是十场写十件彼此独立的故事，事件之间没有必然联系，但以陈毅这一主要人物穿引各场，并在"什么才是真正的共产党人"这一主题上统一起来。这种结构，使得整个剧作分开来看，像十出折子戏，合起来看，又具有整体感。

此外，《陈毅市长》还是一部富于喜剧意味的正剧。剧作虽然刻画的是无产阶级领袖形象，表现的是严肃的历史主题，但是采用了轻喜剧的手法，使得戏剧具有了喜剧色彩。陈毅在现实生活中本来就是一个幽默风趣的人，他的革命生涯本身也具有一定的喜剧因素。在剧作中，作家有意设计了陈毅与资本家太太、女售货员、老化学家、老丈人、彭师长等之间有趣误会的情节冲突，而且语言诙谐风趣，这不仅有利于展现陈毅平易近人的性格特征，同时也有利于观众在笑声中缩短与领袖之间的距离，使人倍感亲切。

1983年，沙叶新创作了《马克思秘史》。该剧是为了纪念马克思逝世一百周年而作，沙叶新也成为中国第一个将马克思真正搬上话剧舞台的剧作家。沙叶新说："所谓秘史，都是一些个人生活、家庭琐事，或者是一些重大斗争中的一些微不足道的插曲。"所以，剧作虽然讴歌了马克思写作《资本论》坚定不移的意志和毅力，但是作家更加注重还原马克思的普通人品格，显示出反对造神的时代意识。在该剧的序幕中，逝世百年之后的马克思在自己的墓前接受来自中国的剧作家的采访，马克思告诫说："其实我是个普通人，人所具有的，我都具有。"所以，剧作中的马克思不是"脚穿厚底靴，头绕灵光圈"的伟大革命家，而是一个普通的父亲、丈夫和朋友：马克思和恩格斯具有真挚伟大的友谊，他们偶尔也会发生误会，但是随之而来的对彼此的谅解使得他们的友谊更加牢固；在流亡途中，马克思总是毫不顾忌地表现自己的思想和情感，完全像个孩子，从不善于伪装的直率性格，使他总是难免遭遇更多的惊险；在贫困、饥饿、流离失所中，马克思变得越来越暴躁，他被房东追讨房租，只能向好友恩格斯借钱，向政敌拉萨尔借钱，甚至靠典当物品度日；马克思因为喜欢孩子而多生孩子，却因此更加贫困，让燕妮和他发生争吵；对于金钱的重视，使得马克思在女儿的恋爱中坚持要调查对方的经济状况。《马克思秘史》上演后，观众的反响极其热烈。许多观众称，自己看到了一个活生生的马克思，他有着常人的缺点与烦恼，而不再是那个"居于庙堂之上，不食人间烟火的、政治化了的神像"，这说明了剧作恰好暗合了那个时代呼唤回归人性的需要。

在新时期的戏剧史上，《狗儿爷涅槃》和《桑树坪纪事》是探索戏剧中的精品。刘锦云的《狗儿爷涅槃》讲述的是农民与土地的故事。一个名叫陈贺祥的农民，他父亲酷爱土地却没有土地，竟与别人打赌，冒着被撑死的危险活吃一条小狗后，为儿子赢得两亩地，从此陈贺祥被人叫作狗儿爷。从他父亲的经验，狗儿爷知道土地是农民的命根子，为了土地可以冒任何危险，甚至不惜赔上生命。狗儿爷本来是地主祁永年的雇农，他饱受祁的压迫，曾被祁吊在门楼上打。解放战争时，祁一家为了逃命，丢弃了即将收割的芝麻跑了，狗儿爷乘机收割了祁永年的庄稼，其妻子却被炸死。中华人民共和国成立后，狗儿爷分了地，买了马，购了车，娶了漂亮的寡妇，要到了象征着地主祁永年财富与地位、却记载着他屈辱历史的高门楼。在合作化运动中，土地归公，牲口合槽，大车上交。狗儿爷因此发了疯，妻子也改嫁他人。改革开放后，好马好地重新发还给农民，狗儿爷清醒过来，准备重建大院子跟祁家比，可是儿子陈大虎为了开工厂，要拆除被狗儿爷视为命根子的高门楼，狗儿爷悲愤无奈之下放火烧了门楼。剧本通过描写狗儿爷这样一个饱经忧患、痴迷土地的农民几十年艰难坎坷的生活经历，不仅概括了中国当代农民三十多年的历史道路，表现了极"左"路线的危害，同时在狗儿爷与土地和门楼的关系中，深刻地揭示了"小农意识中的因循守旧、妄自尊大、报复心等特征"，批判了小生产者的落后守旧意识，挖掘了中国封建文化在农民心灵中的沉重积淀。

在艺术上，剧作采取了一种开放式的叙述方式，化用了小说的第一人称叙事手法，让狗儿爷充当叙述主体，通过主人公的独白，把回忆、联想、幻想等内心世界外化在舞台上，让人物或与人对话，或与鬼魂纠缠。这不仅表现了狗儿爷内心世界的激烈冲突，而且加强了剧中人物与观众的直接交流。这种现实主义戏剧与表现主义戏剧艺术手法上的融合，使得主人公狗儿爷的形象既具有现实主义的真实性，同时又具有某种超现实的象征性。

将这场戏剧探索运动推向最高峰的，是徐晓钟1987年导演的无场次话剧《桑树坪纪事》，这部戏被戏剧界誉为中国新时期戏剧的里程碑。剧作从一个下乡知青的视角出发，以1968年至1969年前后中国西部黄土高原上贫瘠、苍凉、闭塞的一个小山村为背景，讲述了其中一群各具特色的人物的困苦愚昧的生存状态，展现了挣扎在生存线上的西部农民的惨烈人生。在这里，封建宗法观念、家长意识、保守心理，"极左"思潮和脑系们（领导）的胡作非为，物质上的极度贫困，这三条相互交织的绳索，捆绑在桑树坪的村民身上。为了最基本的生存，他们出让儿女、买卖婚姻、互相敌视、残酷厮杀，制造着一幕又一幕惊心动魄的人间悲剧。他们在辛勤创造着人生，又在残酷地毁灭着人生。

其中，塑造得最为成功的是具有复杂矛盾性格特征的李金斗。他是村民的保护神，在桑树坪有很高的威望，具有很多优秀的性格特征。他以农民特有的精明与勇敢、智慧与坚韧为全村人的利益不懈地奋斗：作为村里的生产队长，他深知农民生活的艰辛与苦楚，为了给村民们多留下一些口粮，他与估产干部斗智斗勇，还巧妙地利用"我"的特殊身份，为村民多争取了口粮，避免来年闹春荒；为了村民的共同利益，他跟麦客们讨价还价，差点跟霸场的麦客打起来；为了保住村里唯一的耕牛"豁子"，他不惜跟公社干部闹翻，最终保不住耕牛，他又因伤心气愤过度而要打死耕牛，表达了农民对当权者无力的抗议。但李金斗性格中还有狡诈无情、自私狠毒、冷酷吝啬的一面。他狡诈无情，面对比他更贫穷的麦客们，他没有一点同情心，欺行霸市，逼迫麦客们自己降价；对麦客们挑挑拣拣，只想要能干活的人，还故意降低霸场麦客个人的价格以泄私愤；为了拿回外姓人王志科住着的两孔李姓窑洞，他先以"杀人嫌疑犯"的罪名指使村民在村里反复地批斗王志科，再联合全村人写检举信举报王志科的杀人嫌疑，最终王志科被警察带走了。他自私狠毒，为了让寡妇儿媳彩芳与有拐子病的二儿子仓娃结成转房亲，他再次收许彩芳做干女子，用亲情套牢许彩芳；当许彩芳跟榆娃私奔时，他动用私刑，把许彩芳抓了起来，把榆娃打个半死，并要把榆娃送到公社学习班，告他拐骗妇女，使彩芳跳井自尽；他热心撮合"阳疯子"与陈青女的婚事，结果陈青女在"阳疯子"当众扯去裤子的侮辱下终于也成了疯子。他冷酷吝啬，李金财夫妇筹不出那五百块的"养媳钱"，想跟队上借，但李金斗却出馊主意让李金财夫妇把12岁的女儿月娃卖了来筹这笔钱；为了多抢救一些牲口饲料，土窑就要塌了还往里面钻，最后被砸断了一条腿。他愚昧封建，率众演出了纯属封建迷信活动的"赶雨"闹剧。正如作者所说，李金斗既是"一只为人抽打的羔羊，又是一只吞噬生灵的恶虎"；既是一只狼，又是一头老黄牛。这是新时期话剧创造的一个性格复杂的农民形象。

《桑树坪纪事》集传统戏剧和现代戏剧精华之大成，它既有传统戏剧尖锐集中的戏剧冲突、个性鲜明的人物形象，又有现代戏剧调动歌队、舞队等叙述手段，赋予作品以间离效果；既写实又写意，为了强化对生活的思考，以象征升华写实，以写实充实象征。

思考练习

1. 名词解释：探索戏剧 小剧场运动
2. 《随想录》如何"讲真话，说真知，诉真情"？
3. 简述沙叶新戏剧的喜剧特色。

第三章 作家论

【章目要览】

当代小说创作名家众多，各以鲜明的个性特征和独特的创作风格丰富着当代文坛。莫言以在"高密东北乡"上的辛勤耕耘，走上了世界文坛；王蒙以一如既往的探索与创新成为文坛的不老神话；余华从先锋到世俗的转变显示出中国文学的"变"与"常"；张洁以特有的女性书写关注着女性的生存与命运……众多作家的不同叙事和多元审美，共同构成了新时期百花齐放、万紫千红的文学景观。

【重点提示】

莫言的创作成就与"高密东北乡"的文学富矿；王蒙小说艺术的不断探索与创新；余华小说创作的叙事策略；张洁小说中的性别意识与女性写作以及更多作家的创作实践，共同构成了新时期文学发展的重要成就。

【拓展阅读】

1. 张闳．莫言小说的基本主题与文体特征．当代作家评论，1999（5）．
2. 邢建昌，鲁文忠．先锋浪潮中的余华．北京：华夏出版社，2003．
3. 丁东，孙珉．世纪之交的冲撞：王蒙现象争鸣录．北京：光明日报出版社，1996．

第一节 从"高密东北乡"走向世界——莫言

莫言（1955— ），原名管谟业，山东高密人。小学毕业后回乡务农，1976年参加中国人民解放军。1986年毕业于解放军艺术学院文学系。1981年开始创作，以《透明的红萝卜》引起文坛注意。代表作品有长篇小说"红高粱系列"《酒国》《丰乳肥臀》《檀香刑》《生死疲劳》《蛙》等，中篇小说《欢乐》《球状闪电》《白棉花》等，短篇小说集有《白狗秋千架》《与大师约会》《故乡人事》等。2012年获得诺贝尔文学奖。

莫言小说的素材主要来自他的家乡——高密东北乡。他的小说有一部分是取自童年生活经历的，写出一个乡村少年所体验到的痛苦、忧郁及憧憬、向往，揭示了特殊历史年代农民艰难的生存状态。另一部分取材于故乡、家族、先人的传奇生活。他对爷爷、奶奶一辈人热烈奔放、无拘无束的人生态度、生存方式的传奇性写照，映衬出现代人的退化和萎缩。他说："我是一个向前看的作家。"他对僵化、陈腐的文化扭曲了人的正常、健康的本性，压抑了人的生命活力表现出了极大忧虑，这是对人类命运的一种宏观思考。

莫言至今为止的作品大致可分为三个阶段及相应的三种形态。第一个阶段以中篇小说《透明的红萝卜》为代表，另有《白狗秋千架》《球状闪电》《金发婴儿》《爆炸》等。这些小说面对的是故乡的现实生活，但作家把这一现实世界感觉化了，采用变形的手法将客体的现实世界进行主体化处理。

《透明的红萝卜》展示了一个乡村少年扭曲的心灵和痛苦中的追求。黑孩少小丧母，父亲出走，倍受继母的虐待，小小年纪就变得沉默寡言，犹如一个古怪的精灵。他能够承受常人难以忍受的种种苦痛，深秋时节还是穿着裤头，光着脊梁，甚至攥着烧红的钢钻，眼看着手里冒出黄烟。他以一种冷漠的接受态度来对待外界的残酷并将之推向极端，以进行扭曲的反抗。当他握着灼热的钢钻蹲到欺凌他的小铁匠面前，使小铁匠目瞪口呆、不敢正视这种冰冷的残酷时，他得到了一种心理的满足和胜利。他深深地感到自卑，但这自卑转化成一种强烈的偏狭的自尊，这既使他冷漠地对待嘲弄和侮辱，也使他拒绝接受同情和爱抚。菊子姑娘是他心目中美好的希冀和神圣的象征，可是他只愿意在内心深处独享这一份愉悦，当菊子在众人面前公开地表示对他的怜悯和同情时，他竟在菊子的手腕上咬了一口。当小铁匠和小石匠打架时，他出人意料地助了小铁匠一臂之力，扳倒了一直爱护他的小石匠。他的爱和恨都是极端的和反常的，这是被生活的冷酷扭曲的结果。

这篇小说的写法与传统写实小说是有明显区别的。在莫言的小说世界里，背景、事件、情节、人物性格、环境描写，都变成主观心绪的随机外化。他的小说带有感觉化、意绪化、意象化的特点。在《透明的红萝卜》中，莫言几乎调动了现代小说的全部知觉形式，作品的容量迅速膨胀，大量主体心理体验的内容带来多层次的隐喻象征效果。莫言小说中的感觉是朦胧的情绪性的产物，没有固定的观念对应物。他小说中的感觉异常丰富而且具有多觉性，感觉之间互相转化。如写黑孩手攥发红的钢钻："他听到手里哐哐啦啦地响，像握着一只知了，鼻子里也嗅到炒猪肉的味道。"这种感觉的丰富、多觉性使所表现的对象获得了很大的艺术张力。

第二个时期是莫言小说艺术的成熟期，也是最富成就的一个创作阶段。这时期的代表作自然是蜚声文坛的"红高粱系列"——《红高粱》《高粱酒》《高粱殡》《狗道》《奇死》等作品。这一时期莫言小说总体上的艺术倾向充分体现出了他的反传统精神。

"红高粱系列"通过红高粱这一象征意象，来表现抗日战争期间，中国北方农民充满野性、生机勃勃的民族精神和生命意识。《红高粱》中，"我爷爷""我奶奶"等人个个都是草莽英雄、能人好汉，个个血气方刚、豪迈奔放，表现出强悍的生命力，他们虽然生活在兵荒马乱、水深火热中，却能独立掌握和支配自己的生命，活得洒脱自在。余占鳌杀死与自己母亲姘居的和尚，杀死九儿婆婆家的一对父子，以炽热和粗野的感情爱着九儿。日本鬼子侵入红高粱地后，余占鳌毅然率领伙计们杀向敌人，"我奶奶"也悲壮地死在高粱地里。莫言的小说总是在写实中融入大量奇异的想象与怪诞的色彩，并在结构上表现了新的时空形态：作家凭着自己的感觉体验随心所欲地变换着时空，使物理与心理时空界限、历史与现实界限都变得模糊不清，构成了非线性、非逻辑的循环复叙结构。不过从莫言的创作实践看，这种现代意识是有意而为之的，许多作品明显受到拉美魔幻现实主义文学作品的影响。值得注意的是，这一时期莫言前期小说中的主观化感觉色彩渐渐减淡，不再以感性反理性，而更多地转向以新的理性反传统理性，以现代意识反传统意识，以现代化的艺术方式反传统化的艺术规范，因此，这些小说在总体上不再体现为一个"感觉化了的象征世界"，而体现为一个"民族化了的象征世界"，即"高密东北乡及此之上的红高粱家族"。

"红高粱系列"以后的小说，我们可以归纳为莫言创作的第三个阶段。这一时期的代表作是《红蝗》。也许是因为莫言的"红高粱系列"很大程度上是以他的新理性反传统理性而获得成功，这一时期的小说中，莫言把主要精力用在这一方向上。《红蝗》中描写了一个"吃草的种族"的故事。这个家族中原始的生命力在陈腐虚伪的理性束缚中退化,这是"种的退化"。作者视封建化的社会理性为人类自我摧残的罪恶之根,因而他更毫无顾忌地描写人的原始行为:性交、饮食和排泄等。前期的主观感觉在此时期也再度得到充分的膨胀,达到一种为所欲为的境地。他以反讽的笔调描写理性习惯中的丑恶事物,并表现出一种极度的"审丑"倾向,这种反讽表现不仅指向传统文化,而且指向现实世俗社会。这一切超出了现有社会及中国当代读者的理性审美承受力,因而遭到了一些读者和批评家的反对。不过这并不意味着对莫言小说艺术的成功或失败的定性,只是对莫言来说似乎有一种挫败感。事实上,《红蝗》及以后的作品中现代性、先锋性渐渐失去读者的拥戴,从中国当代小说艺术发展来说,让人失望的不仅是莫言后期作品的这种"恶魔式表现"的过分膨胀,把一般的审美接受者置于尴尬境地,而是这些作品在艺术上没有提供更新的内容和方式。

> **思考练习**
> 1. 分析《透明的红萝卜》中的象征意象。
> 2. 谈谈你对莫言建构的"东北高密乡"地域审美空间的认识。
> 3. 分析《红高粱》中的人物形象。

第二节 百变"蝴蝶"的探索与创新——王蒙

王蒙 1934 年 10 月 15 日生于北京,原籍河北沧州。1948 年加入中国共产党,是一位早熟的少年布尔什维克。中华人民共和国成立初期一直做团的工作。1953 年开始写长篇小说《青春万岁》,1955 年 9 月《人民文学》发表了他的第一个短篇《小豆儿》,1956 年又发表了《春节》《组织部新来的年轻人》和《冬雨》;由于作品触及官僚主义,1957 年被错划为右派。1958 年,下放郊区参加劳动,"摘帽"后曾一度到北京师范学院中文系任教,其间发表过短篇小说《夜雨》《眼睛》。1963 年主动要求去新疆深入生活,正赶上"文化大革命",结果在新疆工作、劳动了十六年。对于新疆生活的十六年,王蒙一直深怀感情,他后来的许多作品都直接取材于这段生活。可以说,没有这段生活经历,就没有他后来的一系列"故国八千里,风云三十年"的创作。这段生活不但影响到他的创作,而且影响到他的思想、性格和艺术风格。

从 50 年代初开始文学创作到 1979 年的《悠悠寸草心》,王蒙的作品基本上是现实主义小说。自1979年《当代》第三期发表中篇小说《布礼》开始，王蒙连续写了五部中、短篇小说（《夜的眼》《蝴蝶》《春之声》《风筝飘带》《海的梦》），集中对包括意识流在内的现代派手法进行了尝试。可以说，在当代中国现代派小说的诞生、发展史上，王蒙是起过拓荒作用的。

王蒙的这批早期的有现代派迹象的作品，与后来出现的先锋派青年作家群的现代派小说有很大的不同。首先，王蒙只是从方法和技巧的角度来理解和接受现代派的。他的作品采不采用现代手法，主要是看它是否适应作品内容表达的需要。也就是说，他坚持的是内容选择和决定形式，形式为内容服务。比如他第一部采用了意识流手法的小说《布礼》，由于在时间和空间上都有很大的跨度，从时间上说前后有三十多年，从空间上说，既写到了城市、农村，又写到党委机关，学校和家庭。如果沿用传统的写法，以时间顺序和情节顺序结构故事，就很容易写成流水账。于是他根据作品内容的需要．大胆地突破了传统现实主义小说按照时间顺序和情节线索结构故事的方法，打破时间顺序和情节顺序，以人物内心活动和意识的流动来结构小说，着重表现主人公心灵活动的历程，这就在一定程度上适应了表现大的时空跨度、广阔的社会场景和三十年人的心灵变化历程的要求，这种按照人的心态意识流动的轨迹对时空进行切割和重新组合的方法，使《布礼》带上了明显的意识流小说的特征。不仅是《布礼》，其他几部作品，如《夜的眼》《风筝飘带》《春之声》《海的梦》《蝴蝶》《相见时难》《杂色》等，也都有明显的意识流手法的运用。

王蒙的这批意识流小说，还表明他率先认同了一种来自西方的新的小说观念，打破了传统现实主义小说的"三要素"说，认为小说不一定非要描绘典型环境，不一定以塑造典型环境中的典型性格为主，也不一定要有完整的故事情节，它可以只写作者或作品中人物的某种感受、情绪或联想。《春之声》就是比较典型的以写联想为主的意识流小说。它只有一个只知姓名和身份的人物，和一个被切割了的、要全文读完后才能连缀起来的极简单的情节：一位学有专长的知识分子岳之峰，出国考察三个月才回来，接到父亲的信，他决定回一趟阔别二十多年的家乡。时值春节期间，他搭乘从X城开往N地的闷罐火车回家。这篇小说所写的就是他在火车上的见闻和由此所产生的一系列联想。《海的梦》完全写的是一种情绪，它以大海为中心，通过想海——观海——游海——赏海——别海等，有层次地揭示了一个从生活低谷一下上升到顶峰的主人公的心态和意绪。这部作品可以说是作者用梦幻般的旋律谱写的一支激动读者心灵的交响曲。

《蝴蝶》则是对各种现代派手法的综合运用，里面有象征的，有感觉的，有自由联想的，有意识流动的，也有中国式的杂文和相声式的东西，甚至有纯抽象的概括，不再单一地采用意识流。一句话，它是用杂烩式的结构，反映杂烩一样的生活。杂烩式的《蝴蝶》，基本上实现了王蒙以有限的篇幅大跨度地开阔地思考我们的历史和现实、城市和乡村的目的。

到写作《相见时难》的时候，王蒙对现代派手法的运用又有了新的发展。单是意识流手法或侧重描写人的心理流程的手法，毕竟只是刻画人物的一种手法，要塑造出真正的艺术典型还必须调动更多的艺术手法，包括继承和发扬传统的现实主义手法。《相见时难》的创作及其成功，除了在思想内容上有新的开拓之外，很重要的一个原因是在作品中成功地将传统现实主义手法和现代主义表现手法结合起来，综合运用，使二者合流，真正做到了"运用一切配器及和声"，既注意心灵变化历程的追踪，又注意通过丰富生动的细节刻画典型环境中的典型性格。

王蒙并不是一个现代派作家，但他不拒绝使用现代派的创作方法，或者可以称为以现实主义为主的艺术上的多元论者。王蒙在小说艺术上始终是一个探索者，开拓者，从不限于也不满足于一种表现形式，但在他的全部作品中，占主导地位、起支配作用的始终是现实主义。他对意识流等手法的一切尝试，都不过是为了达到从现代派五花八门的艺术表演中走出来，将其引入现实主义的大潮，从而大大增强和丰富了现实主义的表现力。

思考练习

1. 思考王蒙进行现代小说艺术探索的成就和局限。
2. 试析《蝴蝶》中艺术手法的运用对主题表达的作用。

第三节 从暴力叙事到苦难讲述——余华

余华（1960— ），浙江杭州人，曾在浙江海盐县文化馆工作。1983年开始创作。1987年，余华发表了第一个短篇作品《十八岁出门远行》，讲述十八岁的"我"一次离家远行的经历，其中"我"的主观感觉超越了一切客观环境的"真实"，这是余华质疑现实真实性、关怀人的生存状况的开始。

随后，他在短短两年里，写出了《四月三日事件》《一九八六年》《世事如烟》《河边的错误》《难逃劫数》《古典爱情》《往事与刑罚》等作品，这些作品无不充斥着神秘的氛围，其中的主人公大多是有着残暴变态欲望的精神异常者。这也彰显出余华在"先锋"时期创作的两大主题：暴力和死亡。

余华极端迷恋暴力和死亡，却又对故事保持一种冷漠的距离感。他不动声色地营造出的小说世界，真如一个屠宰场，人既是屠夫，又是被屠宰的对象。同另一个先锋小说家残雪一样，余华也热衷于揭示亲子兄弟之间的亲情和夫妻情人之间的爱情之虚假。在《世事如烟》里，我们看到算命先生为了自己长寿，不惜把五个儿子都克死；看到6以每个三千元的价格将六个女儿都卖到远方；看到祖母与孙儿乱伦而怀孕；看到7为了自己健康长寿而将儿子卖给了算命先生，虽然明知卖给算命先生后会被克死。在《现实一种》中，我们看到兄弟相残。在《四月三日事件》中，我们看到儿子怀疑父母欲置自己于死地。在《一九八六年》里，我们看到夫妻父女怎样变成不相干的路人。在《古典爱情》中，我们看到妻女怎样被丈夫和父亲卖给酒店，又怎样被酒店活剖零卖结顾客下酒……这个世界是血腥、冷酷到极点的。固然可以说，余华以一种极端的方式揭示了人性和生活中的某种真实，也不妨说余华小说具备了那种片面的深刻。但同时，也可以说余华小说有着明显的"溢恶"倾向。那样冷静、从容、客观地描写着人类之恶，意味着已经把恶当作不可改变的既存事实接受下来了，意味着认可了恶的合理性与永久性。

90年代初，余华发表了长篇小说《呼喊与细雨》。小说以一个被世界冷落的孩子"我"作为故事的目击者和叙述人。因为特殊处境，"我"只能成为故事的边缘人物，而无法在众多人物当中以主角的身份出场，这就使"我"与周围的世界始终保持着一定的距离。小说首句就为整个作品定下了生存绝望的基调："一九六五年的时候，一个孩子开始了对黑夜的不可名状的恐惧。" 在南门这个地方出生的"我"，6岁即被带到孙荡由一对名叫王立强和李秀英的夫妇领养。当"我"12岁再回到南门时，仿佛又开始了被人领养的生活。父亲嫌弃我成了家庭的累赘,"我"的兄弟受父亲的影响也远离了"我"。然而"我"被王立强领养的那段时光也并非充满了快乐和幸福,相反,还遭受了数不清的伤害和惊吓。养母李秀英对"我"诚实的考验,养父王立强对"我"的暴虐,同学国庆和刘小青对"我"的诬告,老师对"我"的恫吓和惩罚,王立强死后李秀英出走对"我"的抛弃……饱受虐待的母亲忍辱负重,正是这个让"我"辛酸的母亲在"我"考上大学的时候,却更希望考上大学的是"我"的哥哥。现实中的一切是那样令人失望,但"我"还是努力从中寻找一些温情的回忆,以躲避现实中孤苦无助的精神处境。然而对过去的温情回忆毕竟不能真正为"我"疲惫破碎的心灵找到憩息修复的寓所,因为这些温情回忆仅仅是特定情景下的一个表象瞬间,如王立强轻微的慈爱,小学同学的慷慨支持,苏医生的一次偶然的病中友爱,母亲的逆来顺受,等等。这些温情不是发自人物的内心,因而像建立在沙漠上的房屋一样容易倒塌和转移,无力承担"我"将整个心灵托付给它的重负。与当下叙述同步的现实形态无法提供真正的发自心灵的温情,"我"只好把目光推到远处:祖父年轻时候的威望和令"我"自豪的传奇经历。然而这一切又与当下祖父的猥琐和卑微构成了反讽。他仍然无法为"我"的精神伤口作温情的抚摸。

《活着》标志着余华小说创作的重大转向。小说的主人公福贵是一个地主家的少爷,狂嫖滥赌而把家产败光后,变成了雇农。这时他开始对家庭充满温情,但不幸却接踵而至。福贵的亲人一个又一个地死去,与他的生命紧密相连的最有价值的部分不断地毁灭,而他依然顽强地"活着",历经沧桑的他最后与一头老牛为伴。这种以执拗的"活着精神"来抵抗强大苦难的方式,在余华的另一部长篇小说《许三观卖血记》中得到了延续。小说主人公许三观是一个普通市民,他一生共卖了九次血。第一次卖血所得的费用花在了娶亲上,大儿子一乐把铁匠儿子的头打破了,许三观为了垫付医药费卖了一次血;1958年闹饥荒,在全家人喝了57天的玉米粥之后,为了让全家人吃顿面条,许三观毅然决然地卖了三次血;一乐回来探亲,身体非常虚弱,许三观卖血犒劳队长,以期队长能关照一乐;一乐得了肝炎到上海住院,许三观一路三次卖血到上海,第三次卖血时差点丢掉了性命。卖血,对许三观来说是解决生存困境的唯一方式。

余华的《活着》《许三观卖血记》这类小说,也博得了广泛的好评。不少人用"地老天荒""悲天悯人"一类话来表达对这几部小说的感受。但常识告诉我们,一个作家在艺术方式和精神向度上的重大变化总应该有迹可寻。从《现实一种》、《世事如烟》一类先锋小说到《活着》一类"准通俗小说",在艺术方式和精神向度上都实在是一种巨变。余华的这种巨变多少给人突兀之感，让人对两者中何者表达的是作者真实的人生体验暗生疑虑。

思考练习

1. 试梳理余华前后期创作的转变表现。
2. 结合作品分析余华创作中的"暴力"主题审美内涵。
3. 思考并评价余华的"苦难"叙事的价值和存在的问题。

第四节　女性生存境遇的执着叩问——张洁

张洁（1937—　），祖籍辽宁，生于北京。1960年毕业于中国人民大学，在第一机械工业部工作多年。1978年，人到中年的张洁携带着短篇小说《从森林里来的孩子》登上文坛，向人们展示了一个充满生机的绿色世界，也给刚复苏的文苑吹来一股清新的风。主要作品有《张洁小说剧本选》，小说散文集《爱，是不能忘记的》《方舟》，长篇小说《沉重的翅膀》，散文集《在那绿草地》等。其中，《从森林里来的孩子》《谁生活得更美好》《条件尚未成熟》分别获得1978、1979、1983年全国优秀短篇小说奖，《祖母绿》获1983—1984全国优秀中篇小说奖，长篇小说《沉重的翅膀》和《无字》分别获第二届、第六届茅盾文学奖。

张洁自20世纪70年代末登上文坛以来，一直被视为理想的歌者。她呼唤真爱，鞭挞丑陋，以"知其不可为而为之"的精神为理想的社会秩序奔走呼号，以斗士的姿态抨击一切的虚伪与丑恶。尤其对女性命运的思考与关注，更是贯穿在她三十多年创作的始终。虽然张洁一直不承认自己是个女性主义者，但她的创作却清晰地呈现了新时期以来女性写作的嬗变轨迹，体现了这一时期知识女性的解放之路。

80年代以来，张洁以个人独特的生命体验，以女性的直觉表达对爱的理解和感受。她是新时期女性文学的卓越代表，她书写了女性在不同时期，对爱情、家庭、婚姻的现实性要求，展示了女性解放的艰难历程，表达了明丽的审美理想与压抑的现实之间的尖锐矛盾。张洁一直深刻关注着女性的命运和心理。从表观突破传统道德藩篱的《爱，是不能忘记的》到表现女性知识分子艰难跋涉的《方舟》，从爱的无私奉献的《祖母绿》到《只有一个太阳》《红蘑菇》的冷峻犀利，再到《无字》的博大精深，张洁创作了一个完整的女性成长史，勾勒了女性从追求神圣爱情到争取独立、解放的精神历程。

《爱，是不能忘记的》发表于1979年，是张洁最具有代表性的一篇理想爱情小说，是作者将笔触转向女性世界的第一篇作品，展示女性自我意识的觉醒和张扬。作品以姗姗为叙述者，讲述了她的妈妈钟雨和老干部之间纯洁的精神之恋。主人公钟雨是一位痛苦的理想主义者，她与一位有妇之夫的老干部精神相恋了二十多年，她爱老干部爱得很辛苦，但这种辛苦却包含着甜蜜的忧愁。二十年来，老干部占据着她全部的感情。他们因为世俗道德的原因在现实中不能生活在一起，只能将对对方的爱深深地放在心里，他们只能拥有互相牵挂时的柏拉图式的精神之恋。张洁的这种爱的神话的书写，是新时期文学最早的爱的精神宣言，当时这篇小说重要的启蒙意义在于，在这一段刻骨铭心的苦恋中，男性和女性是两个彼此回应的主体，女性不再是男性的占有欲和性欲的载体，也不再是传统婚姻中传宗接代的工具，这种平等的互敬的两性关系颠覆了视女性为欲望的男性权力话语。

1981年发表的小说《方舟》中，张洁集中笔力描绘了三个个性刚硬、独立自强的知识女性，书写了她们在工作和生活中遇到的艰难困苦，以及她们不懈努力却看不到希望的悲惨境遇。《方舟》被看作最早具有原始的、朴素的女性主义意识的作品。小说的卷头就以一句警语"你将格外地不幸，因为你是女人"奠定了整个小说的格调。作品中三个知识女性焦头烂额的生活，消解了中华人民共和国成立三十年来"男女平等"的神话，在《方舟》中，女性的生存处处被以男权文化为中心的社会观念牵制着，这已经是人们的一种固定观念，理所应当，无所顾忌。在《方舟》的末尾，女性发出了为女人干杯的呼喊，显示了三位知识女性的风采和悲哀。在男尊女卑的社会中，男权中心意识渗透人心，形成了一种无处不在的氛围，这种压抑女性的历史积淀下来的社会氛围，构成了中国女性的精神世界的困境。

《祖母绿》发表于1984年，与《方舟》仅仅间隔三年，是张洁的又一篇关于女性之爱的小说。这部作品不同于《方舟》中女性意识的激烈和张扬，试图用女性博大的胸怀来包容男性的薄情和懦弱。小说篇名用稀有的祖母绿来象征文中女主人公曾令儿的伟大崇高的、闪耀着宝石光芒的人生境界。这篇作品对中年知识分子心路历程的剖析，着重写人的命运，人的精神成长过程，人与社会结合起来的命运史，对历史的审视更加理性化、辩证化。

综合看张洁笔下的一系列女性形象，呈现出比较清晰的发展脉络，体现出作者女性意识的发展演变。由钟雨的单薄，发展到吴为性格的丰满，由单一追求爱情的性格，到社会广阔背景下复杂的性格。从早期作品中对爱情人生的"乌托邦"式的幻想，到

《方舟》中女性自主走出婚姻后面对社会现实的艰难跋涉,再到《红蘑菇》《祖母绿》中女性崇高的精神境界与男性薄情的鲜明对比,尖锐辛辣地批判了男权中心的丑恶社会。长篇小说《无字》的问世,将张洁逐渐带向了理性批判后达至的超脱平和。最终在小说《知在》中,张洁开始倾心于平淡的爱情,并且女性的命运带有极大的淡定的"宿命"意味。著名的女性主义批评家戴锦华曾对张洁这样评论:"如果将张洁的重要作品做一共时排列,那么我们不难从中读出一个关于女人的叙事,一个女性的被迫定位自我的过程,一个女性的话语由想象朝向真实的坠落。"在这样漫长的转变过程中,张洁笔下的女性形象、女性意识日益成熟。张洁用全部的热情和心血来叙写她笔下的一系列经历坎坷命运的女性,描述了这些女性的真诚的、崇高的情感世界,和面对艰难生活的顽强和柔韧的性格。让我们为她们的真诚、激情、追求、向往所感动、所征服,使我们真切感受到了女性内心世界的丰富情绪和真诚的脉搏。

思考练习

1. 试梳理张洁小说创作中女性意识发展变化的路线。
2. 思考并讨论《爱,是不能忘记的》中提出的婚姻与道德问题。
3. 分析张洁笔下的女性人物形象,并对其女性观做出评价。

后记

现在，我们正面临着大学教育改革创新的新形势，肩负着建设新型应用型大学的重任，努力搞好本科教育教学工作，为祖国培养适应时代要求的高素质人才。因此，顺应教学改革的要求，本着创新求实的理念，文学与新闻传播学院策划并组织专业课教师编写了一系列相应的教材，本教材便是其中的一部。

汉语言文学专业本科教学改革的重要举措，在于强化学生素质和能力的培养。具体做法为改革培养方案，调整课程体系，加强实践性课程教学，重视作品文本研读。作为新型应用型大学的汉语言文学专业，培养学生更应注重立足于实践与应用，所以，从教学大纲、培养方案、课程设置开始，我们就倾心进行了打造。尤其是中国现代文学课程，这个汉语言文学专业中举足轻重的独立学科，改革创新，首当其冲。

中国现代文学是本科教学中的学位课程，又是区别于中国古代文学的新时代文学。虽然中国文学的发展演变有着悠久、深远的传统，但以新文化运动为起点的、以"科学""民主"为旗帜的中国现代文学，向中华民族古老的传统发起了新的挑战，在思想意识、语言形式、美学观念、艺术风格等方面，造就了一代新文学，并发展成今天的社会主义文学、美学形态多元化的新时期文学。

中国现代文学课程教学历来分为现代文学、当代文学两个阶段。新时期以来，在"重写文学史"的思潮中，人们早就提出了"现、当代文学"合一的"二十世纪中国文学"的概念，但是时至今日，纵观国内的高校，真正"现、当代文学"合起来讲授的很少，我们学校原来就是现代文学、当代文学分两个学年讲授。而且，中国现代文学课程是文学史和作家作品两部分内容的组合，有时候因课时所限，加之教师兴之所至，往往文学史讲得细，作家作品则讲得不精，这就使得课程脱离了教学的初衷。既然汉语言文学专业强调要重视作品的文本研读，那就要进行教学改革，即：文学史为线索（略讲）、作家作品为基础与重点（详讲）。目前社会上广泛使用的大学汉语言文学教材，很难符合的我们教学实际。为此，编写一部符合教学实际的教材，就是摆在我们面前的紧迫任务。

我们定下的第一个原则就是"现代文学""当代文学"合一，统称"中国现代文学"（含"当代"）。其实，正如大家所知道的，现代文学、当代文学虽然是中国现代文学的两个阶段，但的确有着很大不同。至今很多高校"现、当代文学"还没有合一，就因其脉络和线索乃至评价标准有很大差别，合为一体有难度。所以，我们给书名加了一个"稿"字，意味着不很成熟，属草稿、草拟，待以后教学过程中逐步完善。第二个原则就是突出重点——作家作品（文本研读）。

"中国现代文学史稿"总共分五编，前三编为现代文学，后两编为当代文学。每一编各为三章，第一章为"文学史概况"，简要概述文学史的情况；第二章为"文学运动的发展"，其实是分文体按照文学现象，进行文学史上诸多作家作品的简要介绍、评析；第三章为"作家论"，是对中国现代文学史上重点作家作品的解读分析。人们可以从体例上看出，作家作品是本书的重点，这就体现了这次教材编写的初衷——重视作家作品，尤其是作品文本的研读。

为了配合教学的需要，我们在各编每一章特地安排了以下几个板块。

章首的板块有三个：

1. 章目要览

这一板块对每一章的内容作简明扼要的介绍。这样做既看到知识的系统性、普适性，又能明白结构的科学性、完整性，不仅让学生对本章所涉及的内容了如指掌，更便于学生学习时的归纳、预习时的梳理。

2. 要点提示

这一板块是对本章内容要点、难点的提示，本板块重点、难点的描述在于提示学生必须深入思考掌握的核心内容，在学习过程中既给予精确提示和深刻分析，又指出解决问题的途径和方法，对学生深入钻研有积极的引导作用。

3. 拓展阅读

这一板块在中国现代文学各章节学习的基础上，列举了一些相关内容的经典文献资料，可供学生阅读并借鉴钻研。这里列举的书籍和学术论文能引导学生开阔眼界，受到启发，从而进一步提高和深化自己在现代文学领域的专业知识，激发兴趣，学会思考。

本书在各章每一节的末尾，都设置了"思考练习"板块。这一板块力求从不同角度、不同层面开发学生的智力，培养学生的问题意识、质疑精神，同时启发思维。

围绕此教材，我们还进行了实际意义上的教学改革创新，不仅仅是把"现代文学""当代文学"合一，而且把文学史与作家作品分开来讲授。"中国现代文学"课程并未减少课时，跨度仍然为两个学年：第一个学期讲文学史，第二到第四个学期，专门讲授作家作品。这样，就真正突出了作品，做到了真正意义上的作品文本研读，加大了原典阅读的力度，这就是我们教学改革创新的尝试。

然而，教学改革创新尝试的成功并非一蹴而就。有了新编的文学史书稿，接下来的就是作品选的采用。一连三个学期专门讲授作家作品，没有哪家出版社出版的《中国现代文学作品选》能够拥有这样大的量！小说作品的讲授要好一些，而诗歌作品，甚至散文，还有戏剧，都是少之又少，要讲授的作品绝对没有一本作品选能够找全的。我们曾经想用参考资料的办法，把一些要讲授的作品用参考资料的形式，印制出来作为文学史的附属物，但又涉及很多现实问题而难以解决。目前，教学中师生手头没有可供阅读的作品选，这个难题还得留待以后去设法解决。

本书编撰者：魏洪丘、张普安、巫桂英、臧海涛、杨高强、张舒敏。

第一主编魏洪丘负责第一、二、三编的统稿和文字修订工作，第二主编张普安负责第四、五编的统稿和文字修订工作。

各章节的具体执笔者（按章节的顺序）

第一编　第一章、第二章、第三章　魏洪丘

第二编　第一章　巫桂英

　　　　第二章　第一节、第二节　臧海涛

　　　　　　　　第三节、第四节　臧海涛　巫桂英

　　　　第三章　第一节　巫桂英

　　　　　　　　第二节、第三节　臧海涛

　　　　　　　　第四节、第五节　巫桂英

第三编　第一章、第二章、第三章　吴　露

第四编　第一章　张普安

　　　　第二章　第一节　张普安

　　　　　　　　第二节、第三节　杨高强

　　　　　　　　第四节　张舒敏

　　　　第三章　张舒敏

第五编　第一章　张普安

　　　　第二章　第一节　张普安

　　　　　　　　第二节、第三节、第四节　杨高强

　　　　　　　　第五节　张舒敏

　　　　第三章　杨高强

本书从构思到出版近两年，由于水平所限，加之教学任务繁重，编者风格各异，体例、详略、语言风格也不尽一致，问题在所难免，还望同行及专家不吝赐教。此时，我们要特别提到学院院长高廉平教授、副院长段茂升老师自始至终的关怀与指导，西南师范大学出版社责任编辑钟小族同志为此所付出的辛勤劳动，在此一并致谢！

2018 年 8 月